DEIRDRE PURCELL

Flammen der Erinnerung

Buch

Sky MacPherson ist Journalistin bei einem kleinen Provinzblatt in Butte, Montana. Sie ist geschieden, lebt bei ihrer Mutter Johanna, die Sky mit ihrem New-Age-Tick zum Wahnsinn treibt, und unterhält eine eher lockere Liebesbeziehung mit Greg. Gelangweilt, rastlos und leicht frustriert von der Enge ihres Jobs, beschließt sie, daß bald etwas geschehen müsse.

Eines Tages soll Sky einen Nachruf auf Midge Treacy schreiben, die Frau des einflußreichsten Bürgers der Stadt. Und sie entdeckt, daß hinter deren Tod mehr zu stecken scheint. Plötzlich ist Sky einer großen internationalen Story auf der Spur, die ihren Anfang in Irland nimmt. Treacy selbst scheint darin eine Rolle zu spielen, aber auch Skys Mutter Johanna und deren streng gehütete Familiengeschichte. Und immer öfter begegnet Sky dem attraktiven Iren Fergus Lynskey, der behauptet, in Montana nur Urlaub zu machen. Das bedrohliche Gewirr aus Verdächtigungen und Geheimnissen wird immer dichter – bis sich Sky entschließt, selbst in Irland nach der Wahrheit zu suchen …

Autorin

Nach einer erfolgreichen Karriere als Journalistin widmet sich Deirdre Purcell inzwischen ganz dem Schreiben von Romanen. Jedes ihrer bislang vier Bücher wurde von Kritikern und Lesern gleichermaßen hoch gelobt. Deirdre Purcell lebt in Dublin.

Von Deirdre Purcell ist bereits erschienen

Tränen aus Stein (35009)
Heimat meiner Träume (42564)
Heimkehr nach Béara (43800)

DEIRDRE
PURCELL

Flammen der Erinnerung

Roman

Aus dem Englischen
von Uta Hege

BLANVALET

Die Originalausgabe erschien 1996 unter dem Titel
»Sky« bei Macmillan, London

Umwelthinweis:
Alle bedruckten Materialien dieses Taschenbuches
sind chlorfrei und umweltschonend.
Das Papier enthält Recycling-Anteile.

Blanvalet Taschenbücher erscheinen im Goldmann Verlag,
einem Unternehmen der Verlagsgruppe Bertelsmann

Deutsche Erstveröffentlichung September 1998

Umschlaggestaltung: Design Team München
Umschlagillustration: Schlück/Arena
Satz: Uhl + Massopust, Aalen
Druck: Elsnerdruck, Berlin
Verlagsnummer: 35018
Redaktion: Barbara Gernet
MD • Herstellung: Heidrun Nawrot
Made in Germany
ISBN 3-442-35018-2

3 5 7 9 10 8 6 4 2

Für Pat Brennan,
in Dankbarkeit.

Prolog

Februar 1972, Dublin
Trinity brennt. Das alte Kopfsteinpflaster des vorderen Platzes erglüht unter den Füßen der Studenten und der allgemeinen Dubliner Bürgerschaft, die zu vehementen Protesten gegen den Blutigen Sonntag zusammengekommen sind, in Leidenschaft.

Dreizehn Zivilisten von britischen Soldaten in Derry – für die Briten Londonderry – abgeknallt!

Ein Sprecher nach dem anderen betritt mit in der frostigen Luft dampfendem Atem das Podest: Jungen, die infolge des Schocks plötzlich zu Männern geworden sind, Mädchen, deren Gesichter die von erwachsenen Frauen sind. Die kleinste und letzte von ihnen ist ein Mädchen, das an jenem Tag dabeigewesen war. Erst hatte sie das Zünden und dann die Kugeln gesehen.

Inmitten der Menge steht Rupert de Burgh, ein junger Mann mit eigenartig hellen Augen und in dem künstlichen Licht wächsernen Gesicht, der vom Feuer der Rhetorik dieser jungen Frau ganz hingerissen ist. Auch sein neben ihm eingezwängter Freund steht so in ihrem Bann, daß er nicht einmal applaudieren kann – Rupert nimmt sein Zittern wahr.

Jemand weiter vorn zündet eine zusammengerollte Zeitung an und wirft sie in die Luft. Zahllose Hände strecken sich gleich schwarzen Sternen vor der Flamme und den Funken aus, bis sie zerbirst und zischend erlischt. »Da oben bringen sie unsere Brüder um.« Ruperts Begleiter wendet sich ihm zu. »Rupert, sie bringen unsere Brüder um.«

»Los, Rupert! Komm.« Er dreht sich um und quetscht sich zwischen den hinter ihm zusammengedrängten Leibern hindurch.

»Wohin? Wohin gehen wir?« Rupert folgt ihm, so gut es geht.

»Sie ist noch nicht fertig – wo, in aller Welt, gehen wir hin?« Sein Akzent ist nicht irisch, sondern von englischer Vornehmheit. Er verrät, daß er aus einer der an London angrenzenden Grafschaften stammt.

»Wir verbrennen diese Hunde, wir verbrennen sie…«

»Wen verbrennen wir?« Rupert merkt, daß er ebenfalls zu zittern begonnen hat. Er verspürt Panik – aber in seine Furcht mischt sich leises Erkennen.

Die Rede der jungen Frau schwingt sich zu neuen Höhen auf, überall um sie herum recken Studenten geballte Fäuste in die Luft, schwenken ihre Schals, boxen sich gegenseitig an die Schultern. Ruperts Freund stimmt immer lauter und lauter in die Rufe ein. »Verbrennt diese Hunde…«

Hinter ihnen nehmen einige Nachzügler den Slogan auf: *»Verbrennt diese Hunde.«* Sie machen kehrt und rennen in Richtung des überdachten Bogenganges, durch den man nach draußen auf die Straße gelangt. *»Verbrennt diese Hunde.«* Der Ruf breitet sich nach vorne aus – *»Verbrennt diese Hunde… Verbrennt diese Hunde«* – teilt sich und wogt in einem immer breiter werdenden V durch die Menge, bis Reihe um Reihe kehrtmacht und davonrennt.

Die mit der Überwachung der Versammlung betrauten Ordner springen entsetzt auf das Podium und einer schnappt sich das Mikrofon. »Kommt zurück, kommt zurück«, brüllt er. »Ruhe, bitte, *Ruhe…*« Doch es ist bereits zu spät. »VERBRENNT DIESE HUNDE, VERBRENNT DIESE HUNDE.« Die Menge hat sich in einen tosenden Mob verwandelt.

Fergus Lynskey, groß und schlaksig, mit schlaff herunterhängendem Haar und einem Falkenprofil, kommt zufällig vorbei, als die Meute durch den Torbogen auf den Platz vor dem College drängt. Er preßt sich ans Geländer, als der Sturm auf die Nassau Street beginnt und alles mit sich zieht. »Was ist los? Was ist los?« ruft er hinterher.

Als Antwort reckt ein Junge mit triumphierendem Gesicht die Fäuste in die Luft. »VERBRENNT DIESE HUNDE!« schmettert er, ehe er weiterrennt.

»Was ist los?« fragt Lynskey ein atemloses Mädchen mit dünnem, hüftlangem Haar, das neben ihm kauert und sich die Plateauschuhe von den Füßen zieht.

»In den Dingern bin ich zu langsam«, erklärt sie und zerrt an den um ihre Knöchel geschlungenen Bändern.

»Nein«, er schüttelt ihren Arm. »Was habt ihr – warum rennen alle wie die Wilden durch die Gegend?«

»Wir werden diese Hunde verbrennen!« Das Mädchen schubst den ersten Schuh von ihrem Fuß und nimmt den Kampf mit dem zweiten auf. Auf der gegenüberliegenden Straßenseite wirft jemand einen Stein in das Schaufenster von Cook's Reisebüro. Das Klirren des Glases nimmt in dem allgemeinen Aufruhr niemand wahr.

»Wen verbrennen?« Lynskey, dessen Kerry-Akzent dick wie Sahne ist, muß brüllen, damit sie ihn durch das Tosen und Schreien, durch den Lärm der stampfenden Füße hindurch überhaupt versteht.

Wieder kracht es, als jemand einen zweiten Backstein wirft, dieses Mal in das Fenster von Barnardo's, dem Pelzgeschäft. »Sag es mir!« Am liebsten hätte er das Mädchen oder irgendeinen von den anderen geschüttelt. »Wo rennt ihr alle hin? *Wen* wollt ihr verbrennen?«

»Die Briten, wen sonst?« Keuchend tritt das Mädchen den zweiten Schuh vom Fuß und schon hat sie sich wieder in den Strom der Masse eingereiht.

Lynskey, der zur Gárdaí, zur Polizei, gehen will – und in der Gewißheit, die Aufnahmeprüfung zu bestehen, nur auf die nächste Stellenausschreibung wartet – zögert; doch dann duckt er sich zwischen den Nachzüglern am Ende hindurch, hechtet in Richtung der Telefonzelle auf der anderen Straßenseite, wählt 999, gibt die Information weiter und wählt erneut, dieses Mal die Nummer der Store Street Polizeistation. Er fragt nach einem Sergeant, der ein Freund seiner Familie ist. »In Richtung der britischen Botschaft? Da kommen Sie zu spät, mein Sohn«, erwidert der Sergeant lakonisch. »Das Ding brennt bereits.«

Rupert de Burgh, der seinen Freund irgendwo unterwegs verloren hat, kommt bei der Botschaft an, doch statt sich nach vorne zu drängen, bleibt er zurück und schaut innerlich jubelnd zu.

Einige Zeit später, es könnten zehn oder auch fünfzehn Minuten sein, gerade, als die Polizei die Kontrolle über die Geschehnisse zurückgewinnt, bemerkt Rupert neben sich einen großen, jungen Mann, dessen Nase auffallend lang und hakenförmig ist. Über das, was er sieht, scheint er ehrlich empört zu sein. »Was meinen sie bloß, was sie dadurch erreichen?« Er schüttelt den Kopf und Rupert ist froh, daß er außerhalb des Lichts der Straßenlaterne im Schatten eines Baumes steht, so daß der Neuankömmling sein Gesicht nicht sieht.

Ein paar Jugendliche rütteln an einem in der Nähe geparkten Wagen. »Hört auf!« Der Neuankömmling eilt zu ihnen und packt den ihm am nächsten stehenden Knaben am Kragen. »Hört sofort auf damit…«

Die Jugendlichen, in einem Alter, in denen größere Männer ihnen noch Angst einjagen, fliehen die Straße hinab. »Solche Dinge ertrage ich einfach nicht.« Die Hakennase kehrt zu Rupert zurück. »Ich wünschte, ich wäre bereits in Templemore.«

»Wie bitte?« Außerhalb seines Elternhauses bedient sich Rupert immer eines höflichen Tons.

»Templemore«, sagt der andere Mann. »Das Ausbildungszentrum. Ich werde nämlich Polizist.«

Wie es manchmal in den unwahrscheinlichsten Situationen vorkommt, taucht vor Rupert de Burghs Augen plötzlich seine eigene Zukunft auf.

Mayville, Montana, Juni 1992

Sheriff Brian O'Connor, schwergewichtig, mit schwarzer Tolle, die ölig aus der tiefen Stirn gestrichen ist, legt den Telefonhörer auf die Gabel und starrt ihn an. Hin und wieder, vielleicht einmal im Jahr, sträubt sich das feine Haar, das in seinem Nacken wächst. Dies ist ein solcher Fall.

Der Anruf stammte von Joe Mason, einem Klempner aus Santa Barbara, Kalifornien, den er nur flüchtig kannte. Doch was

Mason gesagt hatte, klang durchaus glaubwürdig. Die Zeit des Leisetretens, die Zeit sogenannter »friedlicher« oder auch von Protestlösungen der Probleme zwischen Irland und England war vorbei. Und jetzt erzählt ihm Joe, daß selbst die IRA, diese letzte Bastion, Gefahr lief, zu verweichlichen. Geheime politische Gespräche mit der heimlichen Billigung der feigen, zögerlichen irischen Regierung, Allmächtiger! Wenn das stimmte – und es schien wirklich wahr zu sein – dann wurden damit die Ideale, für die Pádraic Pearse und seine Märtyrerfreunde 1916 gestorben waren, lächerlich gemacht. Auch die Geduld von Menschen wie ihm selbst und anderen patriotischen Amerikanern und Kanadiern irischer Abstammung, die all die Jahre auf Gerechtigkeit für das Volk gewartet hatten, geriet dergestalt ins Lächerliche.

Der Sheriff verläßt seinen Schreibtisch, geht durch sein Büro und sieht zum Fenster hinaus. Es ist ein ganz gewöhnlicher Sommertag und draußen stehen die üblichen Autos auf einem normalen Parkplatz – aber sein Leben steht vor einer dramatischen Veränderung. Das weiß er so sicher, wie er seinen Namen weiß. Joe Mason ist Mitglied einer erlesenen neuen irisch-amerikanisch-kanadischen Gruppe, die nur aus zehn Menschen besteht und zu der man lediglich auf Aufforderung und durch persönliche Empfehlung Zutritt erhält. Seit einer Minute ist Brian O'Connor einer dieser zehn.

Der eigenartige gemeinsame Nenner dieser zehn Menschen liegt darin, daß – bisher – keiner von ihnen je irischen Boden betreten hat.

1

Ihr heutiger Streik erschien ihr als nichts Besonderes. Hätte er nicht ausgerechnet an jenem Tag stattgefunden, hätte Sky den Shamrock-Auftrag nie übernommen und vielleicht auch keine Verbindung zwischen den Ereignissen hergestellt.

Für Anfang Juni war es ein heißer Tag. Heiß für Butte, wo man eine Temperatur von über 30° bereits als den Anfang einer Hitzewelle betrachtete. So heiß, daß der Wetterbericht des Radiosenders KLFM Gewitterwarnungen enthielt. Und am Ende rettete sie tatsächlich der nasse Fleck auf dem Rücken ihrer Bluse, der sie von ihrem Platz hinter dem Schreibtisch aufspringen und geradewegs hinter Jim – oder Jimbo – Larsen in sein Büro marschieren ließ – Sekunden, nachdem er die Pressemitteilung bei ihr abgelegt hatte.

Das Blatt Papier zwischen den Fingern, als wäre es radioaktiv, öffnete sie seine Tür, ehe er auch nur Zeit fand, sich wieder in den behäbigen Sessel zu werfen, der hinter seinem Schreibtisch stand. »Tut mir leid, aber ich habe dir schon letztes Jahr gesagt, daß es mir reicht. Daß ich es nicht noch mal machen werde.« Sie sah ihren Boß mit einem herausfordernden Lächeln an. Sollte er sie doch feuern! Acht Jahre waren sowieso viel zu lange, um an einer Stelle zu bleiben, vor allem in einer Stadt wie Butte, in der es gerade mal zwei Buslinien gab.

Während sie auf seinen Bescheid wartete, rümpfte Sky, die selbst den Ordnungssinn eines Hurrikans besaß, die Nase über das Durcheinander in Jimbos Büro, in dem es kaum genug Platz für einen, geschweige denn für zwei Menschen gleichzeitig gab. Bisher hatte noch niemand je erlebt, daß der Herausgeber des *Butte Courier* auch nur einen Schnipsel Gedrucktes, sei es von ihm selbst oder von jemand anderem, dem Papierkorb übergab;

also kauerte er zwischen den Bergen vergilbenden Papiers wie in einer engen Höhle. »Wir müssen darüber berichten.« Diese unerwartete Revolte schien ihn mit Unglauben zu erfüllen; deshalb setzte er sich in seinem Sessel auf und sah sie fragend an. »Was schlägst du denn vor?«

»Schick die Kleine.«

Das hieß: Lindy, die junge Frau, um die es ging, war ein schönes, undefinierbares Geschöpf, dessen Anstellung bei der Zeitung wohl eher der jahrelangen Freundschaft zwischen Jimbo Larsen und ihrem Vater als ihren Fähigkeiten oder auch nur ihrem Ehrgeiz zu verdanken war. Sky hegte den Verdacht, daß Jimbo sie nicht bezahlte, sondern von ihrem Vater Geld für seine Beschützerrolle bekam. Nun, zumindest zeigte die Kleine ein gewisses Interesse an Kleidern, so daß es im *Courier* zum ersten Mal in seiner sechzigjährigen Geschichte hin und wieder eine Modeseite gab. »Täte ihr sicher gut.« Sky überwand das Mitleid, das sie normalerweise mit der untalentierten jungen Frau empfand. »Wäre nicht schlecht für sie, wenn sie endlich mal was alleine macht!«

»Also bitte!« änderte Jim seine Taktik und speicherte den Text in seinem Computer ab, für den Fall, daß sich das Gespräch in die Länge zog. »Du bist doch sonst nicht so«, sagte er in flehendem Ton. »Nur einmal noch, ja? Nächstes Jahr mache ich es selbst – oder vielleicht haben wir bis dahin die Kleine soweit, daß sie es hinkriegt. Wo steckt sie überhaupt?«

»Woher soll ich das wissen? Bin ich vielleicht ihre Mom?« Sky unterbrach sich, als sie sah, wie ein Sonnenstrahl durchs Fenster genau auf die kahle Stelle zwischen Jimbos sandfarbenen Haaren fiel – ach, wie lange focht sie bereits an seiner Seite. Sie wurde ein wenig weicher und betrachtete die Pressemitteilung, als dächte sie noch einmal über die Sache nach. Sie wußte, wie das bevorstehende Rodeo mit der Zeitung zusammenhing: Der Eigentümer des *Courier* war zugleich der Eigentümer des Rodeoterrains, und einigen Cowboys seiner Ranch schrieb man gute Chancen zu. Jedes Jahr wiederholte sich das Theater. Die Preisgelder waren niedrig, aber ein Sieg in einem so dünn besiedelten

Staat wie Montana bedeutete Ansehen, da jedermann ihn zur Kenntnis nahm.

Sky haßte Rodeos, seit sie als Kind zum ersten Mal in Augusta bei einer solchen Veranstaltung gewesen und von den vierbeinigen Teilnehmern wesentlich beeindruckter war als selbst von den talentiertesten Helden, deren Können dort allgemein bestaunt wurde. »Wenn ich es tue – *wenn* – dann wäre es wohl nur fair, daß du es dir im Gegenzug noch einmal überlegst, mich zum Nationalkonvent fahren zu lassen.« Die Vorwahlen in Montana standen auf dem Programm; Sky, nach deren Überzeugung dies landesweit das Jahr der Demokraten und der November der letzte Monat von George Bushs Präsidentschaft war, bewarb sich bereits seit Monaten bei ihrem Boß darum, sie zusammen mit den Big Boys die Berichterstattung über die Nationalparteitage machen zu lassen.

»Sei doch mal realistisch, Sky, du weißt, unter welchem Druck wir stehen.« Die Auflage der Wochenzeitung nahm ständig ab. Der Wettbewerb war hart, immer mehr Zeitungen aus anderen Städten und Staaten drängten herein; zugleich ging die Zahl der Zeitungsleser generell zurück. In gewisser Weise war der *Courier* ein Opfer seines hohen Niveaus. Wie überall in den USA zogen auch die Menschen in Montana heutzutage vorverdaute, innerhalb von sieben Sekunden lesbare Nachrichten und Informationen vor.

»Kein Konvent, kein Rodeo.« Ihr Lächeln verbreiterte sich. Aufgabe des Rodeoberichterstatters war die Erwähnung jedes Menschen, der sich an diesem Tag in einem Umkreis von fünf Meilen um die Arena herum blicken ließ, ebenso wie die Nennung jedes Zuchters, Cowboys, Seilers, ihrer Söhne und Töchter, Mütter und Väter und, wenn möglich, jedes High-School-Lehrers, in dessen Klasse einer von ihnen je gewesen war. Jeder gedruckte Name bedeutete mindestens eine, und für den Fall, daß die genannte Person Verwandte oder Freunde außerhalb von Montana besaß, gleich ein Dutzend verkaufter Zeitungen mehr.

»Das ist Erpressung!« Aber Sky sah, daß Jimbo nicht wirklich grollte. Ihm war der Abdruck der langweiligen Listen mindestens ebenso verhaßt wie ihr die Namen-Sammlerei. »Nenn es lieber einen Kompromißvorschlag.« Sie wedelte mit dem Infoblatt vor seiner Nase herum. »Du weißt genauso gut wie ich, daß eine vernünftige Berichterstattung über die landesweite Politik mehr als wünschenswert ist. Versteh doch, unser Staat hat bei dieser Wahl einiges zu verlieren, und Perot findet wesentlich mehr Unterstützung, als einige Leute glauben möchten.«

Der Herausgeber sah sie für den Bruchteil einer Sekunde böse an, doch dann verkniff er sich den Kommentar, der ihm auf der Zunge lag. »Ich habe nicht allzu viel Hoffnung.« Sein langes, ständig kummervolles, skandinavisches Gesicht wirkte noch trübseliger als sonst. »Aber ich werde sehen, was sich machen läßt.«

»Gut.« Ohne ihm die Chance zu geben, ihren soeben errungenen Sieg durch etwaige Einschränkungen zu schmälern, machte Sky auf dem Absatz kehrt, verließ sein Büro und zog sorgsam die Glastür hinter sich ins Schloß. Sie wußte, ihre Chance, zu einem der Nationalparteitage in Houston oder New York zu fahren, war ungefähr so groß wie die Aussichten von Dan Quayle, die Präsidentschaft zu gewinnen; aber inzwischen war sie zu weit gegangen, als daß es noch die Möglichkeit zu einem Rückzieher gab. Die zusammengeknüllte Pressemitteilung warf sie in Richtung des leeren Papierkorbs, der am anderen Ende des Raumes stand. Das Vibrieren des Metalls erfüllte sie mit Zufriedenheit. »Treffer!« Innerlich klopfte sie sich auf die Schulter, während sie hinter ihren Schreibtisch glitt und den Cursor suchte, den sie mitten in einem Satz auf dem Bildschirm stehengelassen hatte.

Sie schrieb weiter an einem Routineartikel über die jährliche Wasserknappheit in der Stadt; aber nach ungefähr einer Minute stand sie wieder auf und ging zur Kaffeemaschine nebenan. Der Streit mit Jimbo war lediglich das Symptom für eine tiefere Unzufriedenheit. Irgendwann im Verlauf des Frühjahrs hatte sich die seit langem in ihr gärende Ungeduld, etwas in ihrem Leben zu verändern, so laut zu Wort gemeldet, daß sie geradezu danach schrie, endlich etwas zu unternehmen. »R. Sky MacPherson, du langweilst, langweilst, langweilst dich. Du langweilst dich noch tot.«

»Hi!« Hinter ihr öffnete sich die Tür. Die Kleine stand auf der Schwelle.

»Wie ist es gelaufen?« Sky drehte sich um. Die junge Dame sah selbst bei dieser Hitze in ihrem knappen T-Shirt und dem winzigen Rock, der ihren langen, gebräunten Beinen sensationelle Geltung verlieh, wirklich hübsch aus.

»Ich glaube, ganz gut.« Die Kleine hatte ein Interview mit der neuen Bibliothekarin von Butte gemacht. »Sieh nur, was ich hier habe.« Ein ordentlich zu einem Rechteck gefaltetes Stück braunes Papier, auf dem in leuchtendem Purpur *Scheffredagtör. Dringent.* gekritzelt stand, flatterte durch die Luft. »Irgend so ein Typ hat es mir auf dem Herweg in die Hand gedrückt. Soll ich es wegwerfen?« Sie hielt es über den Papierkorb, in dem bereits die verschmähte Pressemitteilung lag.

»Nein.« Sky setzte sich wieder an ihren Schreibtisch und fuhr mit dem Tippen fort. »Bring's ihm rein. Schließlich ist es an ihn adressiert, oder nicht?« *Gut gemacht, Kleine,* dachte sie zufrieden, während sie bereits die entgeisterte Miene des Chefredakteurs vor sich sah. Geschah ihm gerade recht.

Die Kleine trug das Papier wie auf einem Silbertablett zu Larsens Tür und klopfte höflich an, während Sky seufzend wieder auf ihren Bildschirm sah. Zehn Sekunden später, als sie gerade in ihrem Notizbuch blätterte, hörte sie, wie Lindy wiederkam. »Und, was war's?« Sie blickte auf.

»Keine Ahnung. Er hat nur gesagt, daß ich es auf seinen Schreibtisch legen soll.« Die Kleine tänzelte zur Kaffeemaschine. »Heiß heute, nicht wahr, Sky?«

»Absolut.« Dem sich anbahnenden Lamento der Kleinen kam sie mit einer wilden Tipporgie zuvor. »Mindestens dreißig Grad, schätze ich.« Sie wußte, daß ihr Sarkasmus vergeudet war. Diese Transuse hatte sicher noch nie Montanas Grenzen überschritten und keine Ahnung, was echte Hitze war.

Unmittelbar nach dem Schulabschluß hatte Sky in dem Versuch, Montana, vor allem aber ihrer Mutter zu entfliehen, drei Jahre und somit drei schweißtreibende Sommer als Angestellte der *Sun Times* in Chicago verbracht. Im Gegensatz zu der Feuchtigkeit und Schwüle dort waren die Hitzewellen in Montana kurzlebige Licht- und Wärmeperioden, die sie nach den langen, klirrend kalten Wintern mehr als willkommen hieß.

Das Telefon klingelte, doch noch ehe sie auch nur »Hallo« gesagt hatte, drangen das vertraute Plärren eines Fernsehers und ein »Bist du es, Sky?« an ihr Ohr. Die Stimme ihrer Mutter traf sie direkt ins Nervenzentrum.

»Ja, Mom?« Sie packte eine Strähne ihrer Haare und zog daran, bis ihr der Schmerz die Tränen in die Augen trieb.

»Meinst du, daß du mich, falls du heute abend nicht zu beschäftigt bist, zu Franklin's fahren kannst?« Eine von Johannas Untugenden stellte ihre Einkaufswut dar. Die Ben-Franklin-Kette, deren Warenangebot von Haarschmuck über Körbe mit getrockneten Blumen, grauenhafte Garderobe und preiswertes Büromaterial bis hin zu Sportartikeln ging, lockte sie an wie Sirenengesang. »Triffst du heute abend denn nicht die Mädels, Mom?« fragte Sky in gespielt munterem Ton. Die »Mädels«, von denen inzwischen allesamt die Fünfzig überschritten hatten, waren die Relikte von Johannas Vergangenheit: zwei geschiedene Matronen, denen, wie Johanna selbst, trotz ihres fortgeschrittenen Alters die Freude an Räucherstäbchen, Dirndln und langen Haaren nicht vergangen war.

»Buffy hat keine Zeit. Ihr Sohn kommt aus Wisconsin.« Johannas Stimme war reizend, melodiös und mit einem irischen Akzent durchsetzt; vor allem aber machte sie Sky verrückt.

Sie zog fester an ihrem Haar und straffte die Haut an ihrer Stirn, bis sie gleich in Fetzen reißen würde. »Und was ist mit Hermana?«

»Die leidet ziemlich unter den Wechseljahren. Also, fährst du mich hin?«

»Ich wünschte, du würdest endlich den Führerschein machen, Mom.«

»Du weißt, daß ich mit der Technik einfach nicht zurechtkomme, Sky. Manche Menschen sind nun mal nicht dafür geeignet.«

Sky knirschte mit den Zähnen. »Was brauchst du denn von

Franklin's?« In ihrer momentanen Stimmung erschien ihr die Vorstellung, im Windschatten ihrer sich gleichsam in Trance befindlichen Mutter durch dic mit zahlreichen Sonderangeboten bestückten Regalreihen zu ziehen, schlichter Horror. »Schließlich ist ganz in unserer Nähe ein wunderbarer Supermarkt, den du problemlos zu Fuß erreichen kannst. Außerdem«, improvisierte sie, »habe ich heute abend vielleicht noch zu tun.«

»Himmel, warum hast du das denn nicht gleich gesagt? Wenn du arbeiten mußt, ist das kein Problem. Dann mache ich uns einfach einen netten, kleinen Salat.«

»In Ordnung. Bis später dann.« Sky legte den Hörer auf und ließ ihren Frust am Keyboard ihres Computers aus.

Alle ihre Freunde fanden ihre Mutter toll. Was die Tochter indessen zur Weißglut trieb, war Johannas Vorstellung von jedermanns gleicher Wellenlänge. Am häufigsten benutzte sie das Pronomen »Wir«. Yin, Yang, Jungs kollektives Unterbewußtsein, mysteriöse Kräuter und Tees, Ginseng, seltsame Pulver und Heilmittel von Johannas Freunden aus dem Schwarzfußreservat – diese Dinge waren für »uns alle« gut. Nur hatten »wir« leider zumeist unsere wahren Ichs hinter falschen, durch den Götzen der Realität geprägten, Ichs versteckt. Statt der Nachrichten und möglicher negativer Berichte über das Weltgeschehen sah sich Johanna im Fernsehen immer nur Seifenopern und ihre täglichen Serien an.

Auch wenn Sky wußte, wie pervers ihr Verhalten war, verstrickte sie ihre Mutter ständig in Diskussionen über Katastrophen und Betrügereien, die die Welt erschütterten; außerdem ernährte sie sich fast ausschließlich von Tiefkühlkost und künstlich konserviertem Fleisch.

Doch nicht einmal durch dieses ostentative und kindische Verhalten erreichte sie, daß dabei in dem faltenlosen Gesicht ihrer Mutter auch nur eine Spur von Schmerz auftauchte. Johanna hörte ihr geduldig und ohne sie zu unterbrechen zu, zauberte weiter nahrhafte und wohlschmeckende gesunde Gerichte auf den Tisch – und räumte sie ohne jede Beschwerde wieder fort, wenn ihre Tochter lieber etwas anderes aß. »Wir« – einschließlich Sky – wußten alle, daß Sky in einer Trotzphase und es nur eine Frage der Zeit war, bis sie wieder zu sich kam.

Sky las, was auf ihrem Bildschirm stand, und erkannte ihr Geschreibsel als baren Unsinn. »Grrrr!« Mit beiden Händen fegte sie über ihren Schreibtisch, so daß sich eine Kaskade von Blättern, Zeitungsausschnitten und Pressemitteilungen auf dem Fußboden ergoß.

Die Kleine, die am Fenster stand und versonnen auf die Straße blickte, fuhr angesichts des lauten Schreis erschreckt herum. »Hast du nichts zu tun?« Sky griff nach dem Telefon und bedachte sie, während sie wählte, mit einem giftigen Blick. »Stell den verdammten Fernseher leiser, ja?« zischte sie, noch ehe ihre Mutter am anderen Ende der Leitung Gelegenheit zu einem »Hallo« bekam, und fauchte hinein: »Jetzt arbeite ich heute abend doch nicht.«

Gerade als Sky mit ihrer Mutter auf den Parkplatz vor Franklin's fuhr, brach ein Sturm über dem Städtchen los, der den kleinen Wagen unter kieselsteingroßen Regentropfen erzittern ließ. »Bei diesem Wetter können wir unmöglich aussteigen, Mom.« Sie stellte die nutzlosen Scheibenwischer ab. »Es sind vierzig Meter bis zum Eingang, das reinste Tauchen durch einen Wasserfall. Schlimmer als unter der Dusche. Am besten fahren wir wieder nach Hause!«

»Warte noch ein bißchen.« Johanna sah drein wie ein Kind, das entschlossen war, aus einem Streit mit einem Erwachsenen als Sieger hervorzugehen.

»Fang nicht *so* an, Mom. Du weißt, daß mich das wahnsinnig macht.« Sky, die überall lieber gewesen wäre als hier, mußte sich beherrschen, nicht mit der Stirn gegen die Fensterscheibe zu schlagen. Ihre Mutter bedachte sie mit einem Blick aus ihren kornblumenblauen Augen, der durchdringender als ein scharfes Messer war. Dieser Blick hatte sich gerade aufgrund seiner Harmlosigkeit im Verlauf der Jahre als Johannas wirksamste Waffe herausgestellt. »Und guck mich nicht so an.« Dieses Mal schlug Sky mit ihrem Schädel gegen das Glas. »Ich frage mich, woran es liegt, daß ich als vierunddreißigjährige geschiedene Frau dir gegenüber immer das Gefühl habe, als wäre ich wieder zehn und du hättest mich mit der Hand in der Plätzchendose erwischt.«

»Das ist mir ein Rätsel.« Die ältere Frau sah sie reglos an. »Nur du weißt, wie du dich fühlst oder woher deine Reaktionen kommen. Wenn du willst, fahren wir wieder heim.«

Stöhnend legte Sky ihren Kopf auf das Lenkrad. Der Sturm vibrierte in ihrer Stirn und bahnte sich einen Weg in ihr Inneres. »Mom, ich muß hier weg. Diese Stadt – das Zuhause-Leben – es bringt mich um.« Sie sah ihre Mutter an. »Es liegt nicht an dir persönlich, also sei bitte nicht verletzt.«

Immer noch rührte Johanna sich nicht. »Also gut, es liegt nur zum Teil an dir. Unsere Persönlichkeiten sind einfach zu verschieden; aber wenn ich das sage, will ich dich damit keineswegs beleidigen oder zum Ausdruck bringen, daß ich dich nicht liebe.« Sky merkte, daß ihre Stimme einen erregten Klang bekam. »Aber du weißt, was ich meine – mit vierunddreißig sollte man nicht mehr bei seiner Mutter leben. Keine andere Spezies auf diesem Planeten tut so etwas. Alles kommt zusammen, Mom, du, Butte, diese öde Zeitung. Ich muß irgendwoanders hin, irgendwohin, wo ich alleine bin.«

Immer noch gab ihre Mutter keinen Ton von sich. Im graublauen Licht des Wageninneren erschien ihr Johannas dunkles Haar vor dem verschwommenen Rotblau der Sonderangebotsplakate, das von der Ladenfassade durch das Fenster fiel, wie ein Heiligenschein. Sie war zu nah, zu fehlerlos, und am Ende stellte sich ihr Schweigen als unerträglich heraus. Ehe sie wußte, wie ihr geschah, hatte Sky die Tür geöffnet und war in den deftigen, warmen Regen getreten, der ihr jungenhaft geschnittenes Haar an ihrem Kopf festklebte. »Also gut, in Ordnung, vergiß es«, übertönte sie die Naturgewalten. »Wir gehen rein. Wen interessiert es schon, daß der Pullover, den ich mir dabei ruiniere, hundert Dollar gekostet hat?« Sie kämpfte mit dem Regenschirm, den sie bei ihrem letzten Besuch bei Franklin's erstanden hatte; doch als sie ihn endlich geöffnet hatte, nützte er ihr nichts mehr, so daß sie ihn frustriert auf den Rücksitz warf.

Johanna stieg nicht eher aus, als bis ihr getupfter Plastikregenmantel bis oben zugeknöpft und das passende Kopftuch fest unter dem Kinn zugebunden war. »In Ordnung.« Vorsichtig schloß sie die Wagentür. »Ich bin bereit.« Ihr Lächeln verriet weder Vorwurf noch Triumph.

»Na großartig!« Sky nahm ihren Arm und schob sie auf die Eingangstür des Supermarkts zu, in dessen höhlenartigen Gängen kaum jemand anzutreffen war.

Die Angestellten bewegten sich in gemütlichem Tempo an den Regalen entlang, zeichneten Waren aus, ordneten Sonderangebote an und nutzten die unerwartete Ruhe, um sich lautstark zu unterhalten, wobei das sanfte Rauschen der Klimaanlage ihren Stimmen einen unwirklichen Klang verlieh.

Sky ließ ihre Mutter im Laden zurück, trat selbst abermals in den Regen hinaus und wandte sich einem nahe gelegenen Schnellimbiß zu, wo sie Papierservietten zum Aufsaugen eines Teils der Feuchtigkeit aus ihren Kleidern auf den Sitz ihres Plastikstuhles schob. Anders als bei Franklin's war die Luft hier drückend und feucht, so daß sie nach kurzer Zeit zu dampfen begann. Entschlossen zu leiden, hob sie einen Becher entkoffeinierten Kaffees mit dem Geschmack von kochendem Traktorenöl an den Mund und kaute auf einem synthetischen Gummidoughnut herum. Sie war der einzige Gast, ignorierte hartnäckig die Blicke der Serviererin hinter dem Tresen, der ganz offensichtlich daran gelegen war, daß sie bald wieder verschwand, und zwang sich zur Ruhe.

Warum hatte sie es nur soweit kommen lassen, daß sie derart in der Falle saß? Natürlich wußte sie die Antwort darauf. Sky dachte an ihren Ex-Mann, der sich so liebevoll, so aufmerksam, von einem so natürlichen Witz – und als so furchtbarer Säufer herausgestellt hatte.

Als sie sich kennenlernten, war er trocken gewesen, und auch während der ersten drei Monate nach ihrer Hochzeit hatte er keinen Tropfen angerührt. Doch es blieb ihr nicht lange verborgen, daß er weit entfernt von der Normalität, nicht nur vom Alkohol, sondern auch von anderen Drogen, längst kaputtgemacht worden war. Damals hatte er sie innig geliebt, hatte er ihr viele Versprechungen gemacht, ihr zugesagt, daß er für den Rest ihres gemeinsamen Lebens an ein und demselben Ort bleiben würde, was für ein Mädchen, das im Gefolge seiner Mutter ein Leben lang durch sämtliche westlichen Staaten gezogen war, eine Menge bedeutete.

In vielerlei Hinsicht, wußte sie, hatte ihr Ex ihr einen großen Gefallen erwiesen. Wäre er nicht so schnell vor die Hunde gegangen, würde sie vielleicht immer noch versuchen, das Beste aus allem zu machen, sich an die Hoffnung auf eine Wende klammern. Anders als in ihrem Beruf schreckte Sky in ihrem Privatleben vor Konfrontationen persönlicher oder emotionaler Natur zurück. Egal, um was es ging, beim ersten Anzeichen der Verstimmung eines anderen Menschen gab sie nach.

Daß sie den Charakter und das Verhalten ihres Mannes so falsch eingeschätzt hatte, war ihr eine Lehre gewesen; auch wenn sie seit ihrer Scheidung regelmäßige Verabredungen hatte und nie um einen Freund verlegen war, hatte sie seit Randy keinem Mann mehr ihr Vertrauen geschenkt. Diesmal war Sky noch mit einem blauen Auge davongekommen, und sie hatte keinerlei Sehnsucht nach einer Wiederholung. Seit nunmehr beinahe einem Jahr genoß oder ertrug sie, je nach Stimmungslage, ihren momentanen Freund. Greg Landos war ein hübscher Bursche, ein begeisterter Angler und Jäger, der, sooft er das Flugzeug seines Vaters geliehen bekam, durch die Lüfte reiste und ansonsten mit seinem Pickup herumstreunte – oberflächlich betrachtet ein typischer Junge aus Montana mit der Überzeugung, daß nur ein Waschlappen von der Ostküste beim Essen den Hut abnahm. Wenn es in Gesprächen nicht um eines seiner Hobbys ging, verstummte er. Momentan empfand sie ihre Beziehung zu Greg eher als Last denn als Lust, und da sie diesbezüglich einige Schuldgefühle hegte, suchte sie bereits nach einer sanften Möglichkeit, weiterzuziehen. Es wurde höchste Zeit. Wie sie sich allerdings von ihm trennen sollte, ohne ihm weh zu tun, war ihr schleierhaft.

Sie betrachtete die klebrige Masse auf dem Boden ihres Styroporbechers, die ihr ebenso trübe und uninteressant wie ihr Leben erschien: Hier saß sie in Butte, mit einem Job, bei dem es keine Aufstiegschancen gab, mit einem Freund, der sie eigentlich anödete, in einer Mutter-Tochter-Beziehung, die, wie sie wußte, klassisch war. Sie konnte weder mit Johanna leben noch ohne sie. Die Ketten, die sie als Einzelkind an ihre Mutter band, bestanden aus Stahl. Hätte Johanna doch wenigstens ein häßliches, brutales oder auch nur armseliges Temperament; würde sie trinken, wäre sie vulgär oder hätte sie billige Affären wie die Mütter ihrer Freundinnen, dann hätte es Sky die Sache vielleicht leichter gemacht. Aber tief in ihrem Inneren wußte Sky, daß sie ob der wenn auch schrulligen Einzigartigkeit ihrer Mutter einen perversen Stolz empfand – ein wahres Verhängnis.

An diesem Abend hatte Sheriff Brian O'Connor sich dreihundertfünfzig Meilen oberhalb von Butte in Mayville in seinem unaufgeräumten Wohnzimmer gemütlich in einem Sessel vor dem Fernseher ausgestreckt. Die Cubs schlachteten gerade die Dodgers ab: Cubs im neunten Inning am Schlag, Stimmung aufgeheizt, Werfer dreht auf.

Neben ihm schrillte das Telefon. »Ver*dammt*!« Der Sheriff stellte sein Bier auf den Tisch und nahm, ohne sich vom Bildschirm loszureißen, den Hörer ab. »Ja?«

Der Cubs-Mann am Mal schlug ab und die Fans wurden wild; aber etwas, das der Anrufer sagte, ließ den Sheriff hektisch nach der Fernbedienung suchen, um das Gebrüll abzudrehen. Er setzte sich kerzengerade auf und konzentrierte sich auf das, was er durch die Leitung vernahm. »Ich verstehe.« Nach ungefähr zwei Minuten runzelte er die Stirn und sagte: »Darf ich fragen, woher Sie meinen Namen kennen?« Erneut lauschte er. »Verstehe. Wissen Sie, so etwas habe ich noch nie gemacht...«

Offenbar unterbrach ihn der Anrufer, denn langsam wurde das für gewöhnlich leuchtendrote Gesicht des Sheriffs kreidebleich. »*Wie*viel? Könnten Sie das bitte wiederholen?... Lassen Sie mir ein, zwei Tage Zeit zum Überlegen«, krächzte er, nachdem sein Gesprächspartner seiner Bitte nachgekommen war. »Ich werde sehen, was sich machen läßt.«

In Zeitlupe legte er den Hörer auf. Es war unglaublich, ein echter Knüller, wow!

Er hatte sich bereits Sorgen gemacht, wie er die fünftausend Dollar zusammenraffen sollte, die man von ihm als Beitrag zu der neuen, spontan entstandenen Gruppe patriotischer Freunde erwartete. Das Budget war bescheiden und wurde größtenteils durch eins der kanadischen Mitglieder, einen Millionär in den Sechzigern namens Jerry Flynn, finanziert. Doch aus Gründen der Demokratie, Psychologie sowie unbedingter Fahnentreue sollte jeder einzelne eine gewisse Summe zu der Sache beisteuern. Bisher hatte Sheriff O'Connor immer, wenn er zusätzliches Geld brauchte, einfach irgendein Individuum innerhalb seines Machtbereichs erpreßt. Hier passierte nichts, ohne daß er davon erfuhr, so daß ihm stets eine ganze Reihe von schwarzen Schafen sowie ausreichende Mittel der Einschüchterung zur Verfügung standen. Allerdings hatte er diese Möglichkeit in der Vergangenheit immer nur genutzt, wenn eine Aufstockung seines mageren Gehalts, das hieß zum Beispiel zum Kauf eines neuen Wagens, unumgänglich war. Bisher hatte er noch jedes Mal mit seiner Gaunermethode Erfolg gehabt, da er sie nur selten anwandte – und selbst wenn, hatte er sich bei seinen Forderungen stets bescheiden gezeigt. Fünf Riesen waren weit mehr als das, worum es in der Vergangenheit je gegangen war.

Mit dieser Aufforderung ergab sich ein Geschäft, das ihm nicht nur die Möglichkeit der Begleichung sämtlicher Schulden, sondern darüber hinaus noch eine Menge Extrageld versprach. Der Anruf war aus der Hauptstadt des Staates, Helena, gekommen, und sein Gesprächspartner schien zwar nicht mit der Gruppe verbunden zu sein – das Geschäft, um das es ging, war rein kommerzieller Natur – aber er wußte den Namen des Sheriffs von einem Gruppenmitglied aus der Stadt. Irgendwie erschien ihm das alles ganz logisch, und obgleich ihn das Ausmaß dessen, worum man ihn bat, ein wenig erschreckte, gefiel ihm die Aussicht auf einen sauberen und raschen Fischzug.

Nähme er den Auftrag an, dann dürfte er darüber nur mit seiner Kontaktperson in Helena sprechen, die gesagt hatte, sie riefe in unregelmäßigen Abständen bei ihm an. Ansonsten hätte er, solange er sich an den Zeitplan hielt, vollkommen freie Hand. Der einmalige und äußerst lukrative Job bestand darin, eine Methode zu finden, wie sich eine bestimmte Fracht von der Größe und dem Gewicht eines menschlichen Körpers in einem legitimen Sarg nach Irland transportieren ließ. Nach Erledigung der Aufgabe erhielte er umgehend sein Honorar.

Die Beschaffung eines Sargs konnte nicht allzu schwierig sein. Schließlich war er ein, wenn auch nicht unbedingt treues, Mitglied der St. Patrick's Brigade in Butte – einer Organisation, die sich selbst als einer der Fackelträger Irlands sah, auch wenn sie diese Fackel nur am St. Patrick's Day entzündete. Der momentane Präsident der Brigade hieß Bill Collins, Direktor eines Bestattungsinstituts.

Er zog das Telefon heran. In zwei Wochen sollte die Sache erledigt sein.

Während er den Apparat läuten ließ, dachte er darüber nach, daß die Beschaffung der Leiche sicher problematischer war. Es galt einen Toten zu finden, der keine Verwandten mehr besaß. »Dalli, dalli«, bellte er ungeduldig in den Hörer. Schade, daß er nicht einfach einen dieser Särge aus den Zeiten der Hungersnöte schicken konnte – einen wiederverwendbaren Kasten mit aufklappbarem Boden, durch den man den Leichnam in das Grab fallen ließ. Würde entdeckt, daß in dem Sarg keine Leiche war, könnten sie einfach so tun, als wäre sie unterwegs unbemerkt herausgerutscht.

Endlich kam jemand an den Apparat. »Hallo, Bill.« Der Sheriff zwang sich zu einem warmen Tonfall. »Wann soll denn das nächste Treffen der alten Brigade sein?« Er lauschte. »Ich weiß, ich weiß, aber ich habe unheimlich viel Arbeit und Butte ist furchtbar weit weg. Warum treffen wir uns nicht einfach alle mal hier?«

Ein wenig später an diesem Abend verschafften sich in Ottawa, Kanada, Polizisten mit einem Durchsuchungsbefehl Zugang zum luxuriösen Heim eines ehemaligen Regierungsmitglieds. Der Exminister, inzwischen um die Sechzig und sehr reich, bereiste gerade mit seiner Frau Europa.

Innerhalb von Sekunden hatten sie die Alarmanlage mit einem hochmodernen Scanner außer Betrieb gesetzt und die Vordertür des Hauses mittels eines dünnen, kreditkartengroßen, biegsamen Stückchen Plastiks aufgemacht.

Im Inneren des Hauses bewegten sich die vier Männer erstaunlich zielstrebig durch das Wohnzimmer, wobei der dicke Teppich die Geräusche ihrer Schritte aufsaugte.

Sie betraten einen als Arbeitszimmer ausgestatteten Raum und durchsuchten ihn. Jede Schublade öffneten sie, jeden Zettel auf der Schreibtischplatte drehten sie um. Es dauerte einen Augenblick, bis ihnen das Knacken eines großen Aktenschranks gelang; aber eins der zwölf nadelähnlichen Instrumente an einem Schlusselring paßte ins Schloß, so daß bald etliche Geheimnisse ans Tageslicht kamen.

Eins dieser Geheimnisse sollte weitreichende Wirkung sowohl für Sky MacPherson als auch für den Sheriff von Mayville zeitigen.

2

Beinahe eine Woche später, auf der anderen Seite des Globus, in der Grafschaft Kerry in der südwestlichsten Ecke von Irland, kauerten zwei Spaziergänger über einem flatternden, kämpfenden Vögelchen. Sie hatten es während ihres Spaziergangs über eine entlegene Landzunge in der Nähe des Strandes entdeckt. Das Dubliner Paar, das momentan im Urlaub war, hatte keine Ahnung, um was für eine Art es sich handelte. Langbeinig, von der Spitze des dünnen, gebogenen Schnabels bis zum Ende des Schwanzes ungefähr dreißig Zentimeter, mit dunkelbraunem, glänzendem, wenn auch leicht zerrupftem Gefieder, sah er recht gewöhnlich aus. »Ist es vielleicht eine Art Möwe?« fragte die Frau.

»Ich glaube nicht.« Der Mann tippte den Gefiederten mit dem Zeigefinger an, worauf dieser verzweifelt versuchte davonzuhüpfen, nur damit er nach einigem Schwanken erschöpft in sich zusammensank. »Möwen sind viel größer und kräftiger. Und sicher haben sie Schwimmhäute an den Füßen, was meinst du?«

»Habe mich noch nie damit beschäftigt. Am besten lassen wir ihn einfach sitzen.« Die Frau stand auf und zog an seinem Ärmel.

»Ach nein, das geht doch nicht.« Unter der Berührung des Mannes flatterte der Vogel aufgeregt mit den Flügeln, ohne daß er dadurch auch nur einen Zentimeter von der Stelle rückte. »Ich denke, wir sollten ihn zu einem Tierarzt bringen. Das arme Ding sieht völlig fertig aus.«

»Und wenn er im Auto stirbt?« Die Frau trat einen Schritt zurück, als würde sie bereits durch die Erwähnung dieser Möglichkeit mit einer schrecklichen Krankheit infiziert.

»Wir hüllen ihn warm ein und legen ihn in den Kofferraum.« Sanft nahm der Mann das arme Geschöpf in die Hand, das zu erfolgreicher Gegenwehr nicht mehr in der Lage war. »Nimm die Brote aus meiner Tasche. Am besten wickeln wir ihn in die Alufolie. Im Fernsehen hat man das mal mit Unfallopfern so gemacht. Auf diese Weise bleibt er wenigstens schön warm; und wenn wir den Kopf freilassen, bekommt er auch genug Luft.«

Sofort befolgte die Frau die Anweisung, wobei sie sorgsam darauf achtete, nicht in die Nähe des langen Schnabels zu geraten. Sie packte den Vogel ein, der vor Erschöpfung völlig reglos in der Hand des Mannes lag. »Ist er tot?« Wieder trat die Frau einen Schritt zurück.

»Nein, sein Herz schlägt noch. Komm, wir müssen so schnell wie möglich nach Tralee.« Eilig kehrten sie zu ihrem Wagen zurück, wobei der Mann den kleinen Patienten so vorsichtig hielt, als wäre er aus chinesischem Porzellan.

Als sie allerdings den Tierarzt erreichten, war es zu spät. Beim Öffnen des Päckchens fiel der Vogel leblos heraus.

»Was ist es für ein Tier?« Unwillig zu gehen, strich der Mann die zerzausten Federn. Die Frau saß draußen im Wagen und wartete auf ihn.

»Keine Ahnung.« Der Tierarzt, der mit Räude, Maul- und Klauenseuche und Fußfäule vertrauter als mit Federvieh war, sah das Elendshäufchen auf dem Tisch zweifelnd an. »Könnte ein Regenbrachvogel oder ähnliches sein, aber ich weiß es nicht genau. In der Stadt gibt es einen Typen, einen Holländer, der eine Menge über Vögel weiß. Wenn Sie wollen, frage ich ihn – schließlich sollen Ihre Bemühungen um das Tierchen nicht ganz umsonst gewesen sein.«

»Das haben Sie gut gemacht. Nein, Sie brauchen nicht länger dort zu bleiben; aber danke für den Anruf, ich kümmere mich darum, daß sich ein Krankenwagen auf den Weg macht. Sie fahren jetzt besser nach Hause zu Ihrer Frau und Ihren Kindern. Aber melden Sie sich morgen bei mir, ja?« *Ja!* Der Sheriff von Mayville, der in seinem leeren Haus herumgelungert und auf sein Abendessen in der Mikrowelle gewartet hatte, warf den Hörer zurück und legte den Gürtel mit seiner Waffe um. Eine der beiden Wochen seiner Frist war bereits vorbei, und er hatte immer noch keine passende Leiche ausfindig gemacht. Diese hier schien ein aussichtsreicher Kandidat zu sein.

Der Anruf stammte aus der Fahrerkabine des Trucks eines ihm bekannten, ziemlich dämlichen Holzfällers namens O'Shaughnessy, den er wegen einiger nicht geahndeter Verkehrsübertretungen zappeln ließ; denn schließlich konnte es sein, daß sich entweder er selbst oder aber sein Truck eines Tages von Nutzen erwiese: der Mann, der, wenn es eng wurde, sicher ein paar Extra-Dollar herüberwandern ließe; sein Truck, falls der Sheriff mal um ein Transportmittel verlegen wäre.

Auf dem Weg nach Norden hatte O'Shaughnessy auf dem Highway 506 offenbar einen halb neben, halb auf der Straße liegenden toten Landstreicher entdeckt. Und eine nach Alkohol riechende Frau, die tot oder fast tot hinter dem Steuer eines in der Nähe stehenden Volvos saß.

Sheriff O'Connor wußte sofort, daß diese Frau Midge Treacy, das Luxusweib von Daniel Treacy, einem der angesehensten und erfolgreichsten Bürger Buttes, war. Der Sheriff hatte allen Grund, es zu wissen; denn erst vor drei Wochen wäre dieselbe Frau in einem anderen Volvo an derselben Stelle des Highways beinahe mit ihm und seinem relativ neuen Buick zusammengekracht. Ihr Blut wies in jener Nacht einen bemerkenswerten Promillegehalt auf, und, falls sie in diesen Stunden nicht das Zeitliche segnete, stünde sie deshalb irgendwann in den nächsten Tagen vor Gericht.

Während er durch den strömenden Regen auf seinen Wagen zurannte, spürte der Sheriff regelrecht, wie jedes einzelne Rädchen in seinem Hirn zu arbeiten begann. Und als er mit seinem Wagen aus der Einfahrt schoß, witterte er neben dem Gottesgeschenk eines toten Landstreichers, dessen Beerdigung sicher keine Komplikation durch irgendwelche Verwandten erfuhr, sogar noch einen weiteren Glückstreffer.

Bisher hatte er Treacy nicht als mögliches Erpressungsopfer angesehen. Sicher, nach dem Zwischenfall mit dem Buick hätte er dem Typen vielleicht etwas mehr als den bloßen Betrag für die Reparatur des Wagens abknöpfen können; aber da es das erste Vergehen seiner Frau und bei dem Zusammenstoß niemand verletzt worden war, käme sie wahrscheinlich mit einem Klaps auf die Finger davon. Und Treacy selbst schien nicht so leicht erpreßbar zu sein, denn soweit der Sheriff wußte, ging es bei all seinen Geschäften stets sauber zu.

In einem kleinen Ort wie Mayville Sheriff zu sein, gefiel ihm ausgezeichnet; deshalb war ihm bisher nie an besseren Posten in Helena oder Missoula oder Butte gelegen gewesen. Hier regierte er! Hier schuldete ihm jeder einen Gefallen, selbst der Richter und der Kerl von der Gerichtsmedizin. Und die, denen bisher noch kein Fehltritt anzulasten war, betrachteten eine dem Sheriff erwiesene Gefälligkeit als sichere Investition in die Zukunft.

Die Stelle, die O'Shaughnessy ihm beschrieben hatte, lag weniger als zwei Meilen vor der Stadt. Da er keine Aufmerksamkeit auf sich lenken wollte, stellte O'Connor weder die Sirene noch das Blaulicht ein und hielt sich, obgleich die Versuchung zu rasen beinahe unwiderstehlich war, genau an die vorgeschriebene Geschwindigkeit. Wegen des Unwetters trieben sich glücklicherweise nur wenige Menschen auf den Straßen herum. Der durch die Gegend fahrende Sheriff löste in Mayville stets umgehend Spekulationen aus. Wenn es Schwierigkeiten gab, dachte er, zum Beispiel könnte eine Menge Schaulustiger am Unfallort versammelt sein – obwohl sich der Verkehr auf der 506 immer in Grenzen hielt – vergäße er besser Treacy als Erpressungsopfer, beschränkte sich auf Plan B und nähme einfach die Leiche des Landstreichers, damit er einen Sarg und die dazugehörigen Papiere bekäme.

Sein Glück hielt an. Er erreichte den Unfallort so schnell, daß bis auf einen Pkw und einen Pickup, beide aus anderen Staaten, noch niemand vorbeigekommen war. Der Volvo, dessen Scheibenwischer weiterhin die Windschutzscheibe bearbeiteten, hatte sich mit dem Kühler in die metallene Leitplanke gebohrt, die ihrem Bestimmungszweck gemäß einen tödlichen Fall in den Abgrund verhindert hatte.

Ein wenig weiter vorn lag der mausetote Landstreicher, dessen zerschlissene Kleider so durchgeweicht waren, daß er inmitten der vom Regen auf der Straßenoberfläche gebildeten Bäche kaum zu erkennen war. »Für den armen Mann konnten wir nichts mehr tun, aber die Frau lebt noch.« Obgleich der langhaarige, höchstens siebzehnjährige Fahrer des Pickup von der Dramatik der Situation ganz offensichtlich überwältigt war, drängte er sich, während er sich die strähnigen Haare aus den Augen schob, hinter den Sheriff, als dieser den Leichnam inspizierte.

»Wir wollten die Frau nicht bewegen, Officer.« Die Frau aus dem Pkw stand ebenfalls unter Schock. »Sie ist in einem miserablen Zustand und muß so schnell wie möglich ins Krankenhaus.«

»Danke, Lady, ich habe bereits eine Ambulanz bestellt.« Der Sheriff richtete sich wieder auf, ging zu dem Volvo und streckte den Kopf durch die offene Tür.

Midge Treacy atmete langsam und mühevoll. Ihr Kopf war zur Seite gerollt, aus ihrer Nase und aus einem Schnitt unter dem Haaransatz tropfte Blut, aber ansonsten sah sie sauber wie ein

Baby aus. Der Alkoholgestank allerdings mußte jedem sich Nähernden auf der Stelle die Sprache verschlagen. »Die Show ist vorbei, Leute, machen Sie jetzt bitte die Straße frei.« Der Kopf des Sheriffs tauchte aus dem Wagen auf. »Dies ist eine gefährliche Stelle, und bei dem Sauwetter wollen wir doch nicht riskieren, daß es zu weiteren Unfällen kommt.«

»Sollten Sie nicht unsere Namen und Adressen notieren, Officer? Brauchen Sie uns nicht als Zeugen?« Die Frau, die unter ihrem großen Regenschirm kaum zu sehen war, blickte zwischen der Leiche des Landstreichers und dem Sheriff hin und her.

»Sieht aus, als wäre keiner von Ihnen aus der Gegend. Wollen Sie sich wirklich die Mühe machen und extra noch mal kommen, nur wegen einer Aussage? Ich fürchte, für den armen Kerl kann sowieso niemand mehr etwas tun. Den Typen kenne ich, er hat keine Verwandten und kein Zuhause. Das Schlimmste ist für ihn überstanden.«

»Tja, wenn Sie meinen…« Die Frau wirkte nicht allzu überzeugt.

»Aber sicher!« Der Sheriff war die Freundlichkeit in Person. »Armes Menschenkind«; mitfühlend schüttelte er den Kopf. »Er hatte ein elendes Leben. Und machen Sie sich keine Sorgen wegen der Dame, um die kümmern wir uns.« Erleichtert kehrte die Frau zu ihrem Wagen und der Junge zu seinem Pickup zurück – nach einem letzten Blick in Richtung der Unfallstelle fuhren beide davon.

Als ihre Rücklichter um die Kurve verschwanden, lauschte der Sheriff angestrengt, bis er kein Motorengeräusch mehr hörte. Der Unfall lag weniger als eine halbe Meile weiter vorn, wo neulich Midge Treacy beinahe seinen Buick von der Straße gedrängt hätte. Obgleich die Straßenoberfläche glatt und ohne Schlaglöcher war, galt der nur zwei Fahrbahnen breite 506 als gefährlich, da er sich von Libby bis Yaak in gefährlichen Kurven durch die Purcell-Berge wand. Gruppen kleiner weißer Kreuze, die für Montana typischen Markierungen von Stellen, an denen es zu tödlichen Unfällen gekommen war, erhoben sich wie Dickichte gespenstischer Büsche am Straßenrand.

Der Regen trommelte auf den Hut des Sheriffs und auf die Kühlerhaube des Volvos herab. O'Connor klappte den Kragen seiner Jacke hoch, öffnete in der Gewißheit, daß niemand in der Nähe war, den Kofferraum seines Polizeiwagens und lud die Ausrüstungsgegenstände, die sich in seinem Inneren befanden, auf den Rücksitz um. Dann eilte er zu dem toten Landstreicher und hob diese Reste aus Haut und Knochen leichten Griffs hoch. Wasser strömte von seinen baumelnden Armen und Beinen, als der Sheriff ihn zum Wagen trug und in dem Kofferraum säuberlich verstaute. Er klappte den Deckel zu, ging zur Fahrertür und rief erst jetzt nach einer Ambulanz.

Sie kam innerhalb weniger Minuten an den Unfallort und wieder gab er sich als der nette Schutzmann von nebenan. »Schrecklich das Ganze, einfach fürchterlich...« Nachdem Treacys Frau aus dem Volvo gezogen und in den Krankenwagen verfrachtet worden war, führte er den Rettungsfahrer um den Volvo herum. »Sehen Sie sich das an«, sagte er, wobei er auf die Spuren des Bluts von dem Landstreicher an der Stoßstange wies. »Offenbar hat sie ein Reh oder ähnliches erwischt. Bei diesem Wetter kann so etwas leicht passieren.«

Dann brauchte er nur noch zu warten, bis er die Leiche des alten Leon in den frühen Morgenstunden während einer Routinepatrouille ein Stück weiter oben am Rand des Highways »fand«. Bis dahin wollte er ihn allerdings noch ein wenig zurechtmachen.

Hinterher telefonierte Sheriff O'Connor mit dem Büro der Treacy Resources Inc. in Butte. Ihr Boß, sagte die arrogante Sekretärin des Mannes, befand sich natürlich am Bett seiner Frau im Krankenhaus.

»Aber sicher«, pflichtete der Sheriff ihr höflich bei. Wie sonst sollte es bei guten Eheleuten sein? Mit zusammengepreßten Lippen wählte er die Nummer des Hospitals. Landstreicher, Gesocks. Über Nacht hatte er gründlich nachgedacht, und die Aussicht darauf, ein wenig bei Treacy abzusahnen, war einfach zu verlockend, als daß sich ihr auf Dauer widerstehen ließ. Schließlich hatte diese Frau innerhalb von drei Wochen zwei Unfälle gebaut, so daß sie eindeutig eine Gefahr für sich und die Gesellschaft darstellte.

Als er ans Krankenhaustelefon gerufen wurde, war Treacy erwartungsgemäß zunächst deutlich unterkühlt; doch als er den Vorschlag des Sheriffs vernahm, erklärte er sich zu einem Treffen bereit.

Das Hauptquartier der Gárdaí in Dublin lag hinter den Toren zu einem der größten und unberührtesten Stadtparks, die es in Europa gab. Allerdings wirkte das lange, geduckte Gebäude aus grauem Stein genau wie eine Kaserne, die es leider auch war.

In einem der Sitzungssäle in seinem Inneren beschloß ein schütterer, rotgesichtiger Chief Superintendent gerade eine Konferenz. Er sah sich die aus verschiedenen Spezialeinheiten stammenden Teilnehmer nacheinander an. »Mehr können wir heute abend nicht tun, Leute. Außerdem« – er gähnte – »muß ich endlich nach Hause ins Bett.« Obgleich seine klischeehafte Sprache eher in einen der Hollywoodfilme gepaßt hätte, die er mit Begeisterung sah, als zu der ernsten Aufgabe, die es zu bewältigen galt, waren sämtliche Anwesenden über den rasiermesserscharfen Verstand hinter seiner flapsigen Ausdrucksweise im Bilde. »Bei mir hängt der Haussegen ohnehin schon schief«, fuhr er fort. »Ich hatte meiner Frau versprochen, endlich mal wieder mit ihr ins Kino zu gehen, aber – Pustekuchen, wie so oft.«

Die anderen räumten schweigend ihre Sachen vom Tisch. Keiner von ihnen wagte zu sagen, daß die Frau ihres Vorgesetzten zweifellos ganz froh über den Ausfall einer der zahllosen Kinobesuche war. »Wir sind uns also alle einig, ja?« fragte der Chief Superintendent ein letztes Mal. »Lynskey sollte nach USA gehen.«

Jedes einzelne Mitglied der Gruppe, die aus siebenundzwanzig Männern und zwei Frauen bestand, erwiderte seinen Blick und nickte zustimmend. Wie auch immer ihre persönliche Meinung von Fergus Lynskey aussah, zweifelte doch keiner an seinen Fähigkeiten als Polizist. Sie waren ein seltsam zusammengewürfelter Haufen. Vielleicht hätte mit Ausnahme des Chief Super selbst und Lynskey keiner je privat Kontakt zu einem der anderen gesucht. Ob nun aus der Spezialabteilung, der Notstands-, der Anti-Terror- oder der Anti-Drogen-Einheit, war jeder von ihnen sorgsam ausgewählt. Die Größe der Gruppe wies auf die Bedeutung der Untersuchung hin, zu deren Zweck sie gebildet worden war. Der Chief, dessen Nachname Daly und dessen Spitzname Joxer war, drehte seinen Füllfederhalter sorgsam zu. »Was meinen Sie, Rupert?« wandte er sich an den Mann, der ihm unmittelbar gegenübersaß. »Meinen Sie, daß er gehen sollte? Wie gewöhnlich haben Sie während der gesamten Besprechung kaum einen Ton gesagt.«

»War auch nicht nötig.« Rupert de Burghs Augen nahmen wie die Haut eines Chamäleons stets die Farbe ihrer Umgebung an. »Auf alle Fälle brauchen wir dort drüben unseren eigenen Mann.« Der Chief Super bewegte zustimmend sein Haupt. Er hatte Rupert de Burgh noch nie gemocht, ließ sich aber keinesfalls anmerken, wie unsympathisch dieser Beamte ihm war. Obgleich der Detective technisch gesehen Ire war, da er während eines Urlaubs seiner Mutter auf einem der halbverfallenen großen Güter, auf denen ihre Verwandten noch heute mühsam ihren Lebensunterhalt erwirtschafteten, das Licht der Welt erblickte, war er in den Augen des Chief Super durch und durch Engländer. Auch wenn sich sein Akzent nicht von dem der gebildeten Dubliner unterschied, hatte er doch seine Kindheit und Jugend in England verbracht.

Bill Daly kannte die Personalakte seines Mannes ganz genau, und dessen Eintritt 1971 ins Trinity College; von dort aus war er jedoch bereits nach wenigen Monaten, Anfang 1972, zur Polizei gegangen. Seine Karriere entwickelte sich rasch aufwärts und er stellte sich als guter, gewissenhafter, stets pünktlicher Kriminalbeamter heraus; auf sein Konto ging eine überdurchschnittlich hohe Zahl an Verbrechensaufklärungen und Verhaftungen, weshalb er zu dieser Spezialeinheit berufen worden war. Außerdem kannte er sich recht gut mit Computern und Elektronik aus, Fähigkeiten, an denen großer Bedarf bestand. Anders als viele andere Mitglieder der Gárdaí schien er glücklich verheiratet zu sein, was auf ein ausgeglichenes Wesen schließen ließ.

Warum mißfiel er ihm dann so heftig? Daly wußte nicht genau, weshalb ihm bei dem Gedanken an de Burgh immer unbehaglich zumute war. Vielleicht war es die Wachsamkeit, die in seinen eigenartigen Augen lag? Als der letzte Nachzügler den Raum verließ, sagte sich der Chief Super nicht zum ersten Mal, daß es kein Gesetz gab, nach dem ein Polizist ein netter Junge zu sein hatte. Außer Rupert de Burgh gab es bei der Truppe noch genügend andere Leute, deren Persönlichkeit Daly mehr als unsympathisch war. »Bleib bitte noch einen Augenblick, Fergus«, bat er, als Lynskey sich ebenfalls zum Gehen wandte.

Auch wenn sich dieser stets kumpelhaft und locker gab, war er bei seinen Kollegen mindestens ebenso unbeliebt wie de Burgh. Viele von ihnen ärgerten sich zu Recht darüber, daß er sich kaum jemals an irgendwelche Regeln hielt; trotzdem trug ihm das keinerlei Verweise ein, sondern er genoß sowohl den Respekt als auch die Nachsicht seines Vorgesetzten und bekam zugleich ständig die interessantesten Aufgaben zugeteilt. Während sich die anderen regelmäßig mit Papierkram herumschlugen, segelte Lynskey daran vorbei von einer Einheit zur nächsten, die irgendeine aufregende Geschichte zu lösen bekam. Er sprach fließend Französisch und Deutsch, so daß er ständig durch die Weltgeschichte gondelte, wobei er legendäre Spesenrechnungen zusammentrug.

Jetzt setzte er sich wieder auf den Stuhl, von dem er soeben aufgestanden war. Daly und er hatten sich während der Ausbildung in Templemore kennengelernt, aber während der eine die Karriereleiter erklomm, hatte sich der andere, der nichts mehr haßte als die Arbeit am Schreibtisch, dem Drängen seiner Vorgesetzten, seiner früheren Frau, ja selbst seiner Mutter widersetzt, und weiter im Feld agiert. Bill Daly war vielleicht der einzige Mann bei der Truppe, der wußte, daß Lynskey hinter seinem Zynismus einen unerschütterlichen Idealismus – für einen erfahrenen Kriminalbeamten alles andere als typisch – verbarg. Abgesehen von ihrer Freundschaft bildete dieser Idealismus die

Grundlage der Vorzugsbehandlung durch den Chief Superintendent.

Als die Tür hinter dem letzten Gruppenmitglied ins Schloß gefallen war, wandte sich Daly an seinen alten Mitstreiter. »Was meinst du? Womit haben wir es hier zu tun? Ich sehe einfach keine klare Linie. Glaubst du, daß die Informationen des Nachrichtendienstes richtig sind?«

»Die ganze Sache ist ein bißchen undurchsichtig; aber wenn du mich fragst«, Lynskey streckte sich und gähnte, »dann haben die beiden Situationen, denen wir uns gegenübersehen, vielleicht doch etwas miteinander zu tun.«

Der Chief Superintendent stieß einen Seufzer aus. »Warum kann nicht einmal etwas einfach sein?«

»Mir erscheint es unbegreiflich, wie man über die ganze Sache ein so vollkommenes Stillschweigen bewahren konnte, wenn der Typ, dessen Haus von den Kanadiern durchsucht wurde, wirklich ein so hohes Tier ist. Bisher habe ich in den Zeitungen nicht die kleinste Meldung darüber entdeckt.«

»Sie haben einfach den günstigsten Augenblick gewählt. Er scheint momentan im Urlaub zu sein. Und was den zweiten Teil der Sache, die uns interessiert, betrifft, hat das FBI schon immer ein Talent für die Identifizierung von staatsgefährdenden Individuen gehabt. Wenn sie behaupten, daß es in der Stadt eine neue Gruppierung gibt, dann trifft das zu. Und wie du sehr wohl weißt, haben sie ein paar von ihren eigenen Leuten bereits vor einer ganzen Weile unter Beobachtung gestellt.« Der Chief Superintendent machte eine Pause. »Ich wünschte, wir besäßen in bezug auf das Abhören von Telefonen dieselbe Handlungsfreiheit wie sie…«

»Sorgen macht mir«, Lynskey betrachtete die Decke, »die Frage, wer sie von hier aus mit Informationen versorgt. Mich stört ihr Timing. Es erscheint mir ein bißchen allzu passend, daß Irland plötzlich zum internationalen Lieblingsthema wird, vor allem, da – hm – Operation Omega kurz vor dem Abschluß steht!« Es machte ihm Spaß, Daly mit den phantasievollen Namen aufzuziehen, die er problematischen Aktionen verpaßte.

Daly jedoch schluckte den Köder nicht, sondern dachte gründlich über Lynskeys Worte nach. »Es gibt keinen Beweis dafür, daß irgend jemand sie von hier aus mit Informationen versorgt.«

»Erscheint es dir nicht auch ein wenig auffällig, daß diese Gruppe – wenn wir überhaupt auf der richtigen Spur sind und es eine Vereinigung ist – urplötzlich genau in dem Augenblick, in dem unser VIP aus England die verrückte Idee hat, uns zu besuchen, Betriebsamkeit entfaltet?« Lynskey sah seinen Boß fragend an. »Und daß sie sich dabei ausgerechnet an Drogendealer hängen – die hier *jeder* kennt?«

»Ich hasse das Königshaus, weißt du das?« Der Chief Superintendent sprach voll echter Leidenschaft.

»Also bitte!« Lynskey zog die Brauen über seiner langen Hakennase hoch, so daß er ein wenig einem überraschten Adler glich. »Du kannst es dem armen alten Großohr ja wohl kaum verübeln, daß er eine ernst gemeinte Einladung annimmt. Und gib ruhig zu, daß deine sogenannte Operation Omega ein wunderbarer Test für dein Talent als Sicherheitschef ist.«

»Hoffentlich bleibt es tatsächlich bei einem Test.« Daly zupfte an seinem Ohr, was er stets bei dunklen Gedanken zu tun pflegte.

»Also bitte, Joxer, laß den Kopf nicht hängen. Du weißt sehr wohl, warum unsere Politiker so versessen darauf sind, unseren Freund zu begrüßen. Fototermine, ein paar nette Schnappschüsse, wie man sich die Hände schüttelt und Geschichte schreibt, und so. Tut dem angeschlagenen Image unseres werten Premierministers durchaus gut. Ganz zu schweigen von unserer teuren Präsidentin.«

»Warum nimmst du an, daß es hier eine undichte Stelle gibt? Ich habe alles vollkommen geheimgehalten.«

»Bei deinen Fernsehdetektiven nennt man das den siebten Sinn.« Lynskey grinste ihn fröhlich an.

»In Ordnung, Kojak!« Endlich lächelte Daly, während er nach seiner achtlos über einen Stuhlrücken geworfenen Jacke griff. »Am besten fängst du in den Staaten mit diesem Typen namens Treacy an. In den vergangenen Wochen hat er ein paar interessante Anrufe gekriegt. Weißt du, wir haben nicht viel Zeit, und ich würde mich wesentlich wohler fühlen, wenn ich über die Planung dort drüben Informationen besäße. Angesichts dessen, was uns über ihren Hintergrund übermittelt wurde, muß es etwas im Zusammenhang mit Bomben und Gewehrkugeln sein.«

»Vielleicht...« Lynskey dachte nach. »Genau das ist doch sicher der Grund, weshalb du unsere nationalen Schulden noch weiter in die Höhe treibst und mich nach Amerika schickst? Damit ich es herausfinde.« Er erhob sich von seinem Platz.

»Soll ich dich mitnehmen?« Daly kämpfte sich in die Ärmel seiner Jacke hinein.

Lynskey schlenderte neben seinem Freund zur Tür. »Ich gehe lieber zu Fuß.«

»Daß dieser königliche Soundso ausgerechnet an diesem Wochenende kommen muß.« Die Hand am Türgriff, machte der Chief Superintendent noch einmal halt. »Als hätten wir nicht bereits genug Probleme damit, daß die Gewerkschaft ausgerechnet an diesem Wochenende die verdammten Überstunden anprangern will. Außerdem kommt noch der Marsch von Bodenstown dazu!«

»Das hatte ich vergessen. Offen gestanden ist Bodenstown nicht allzu oft in meinem Bewußtsein.« Auf dem Friedhof der Kirche von Bodenstown in der Grafschaft Kildare, nicht weit von Dublin, befindet sich das Grab des irischen Patrioten Wolfe Tone. Alljährlich wird hier im Juni ein Erinnerungsmarsch abgehalten, der nicht nur überzeugten Anhängern einer Republik mit zweiunddreißig Grafschaften wie Sinn Féin, sondern mittlerweile auch diversen Regierungsmitgliedern Gelegenheit zum Ausdruck nationalistischer Überzeugungen und Gefühle gibt. Für Nationalisten ist der Marsch von Bodenstown ein bedeutendes Symbol, weshalb er in der von Leidenschaft geprägten Vergangenheit zeitweise verboten war. »Aber der Marsch hat doch keine große Bedeutung mehr?« Lynskey wurde ungeduldig – er wollte endlich gehen.

»Für dich vielleicht nicht.« Wieder zupfte Daly an seinem Ohr. »Für mich schon. Die Truppe wird immer noch hinbestellt, so daß etliche von uns gerade an einem Wochenende auf den Straßen fehlen, an dem in der Stadt mit internationalen Konferenzen und der Weltmeisterschaft im Irischen Tanz bereits mehr als genug Trubel stattfindet. Es wird von Taschendieben nur so wimmeln, sowohl von unseren eigenen als auch von denen, die leider ohne Einladung kommen. Am besten stürzen wir uns ins Getümmel.«

»Ich habe davon gehört«, erwiderte Lynskey unbekümmert. »Aber dir wird schon etwas einfallen. Dafür bekommst du schließlich deinen fürstlichen Lohn, Joxer, während ich persönlich nichts weiter als ein jämmerlicher Befehlsempfänger bin.«

Zu ungefähr derselben Zeit identifizierte ein Holländer in der Stadt Tralee in der Grafschaft Kerry den kleinen Vogel, den die beiden Urlauber aus Dublin auf der grasbewachsenen Landzunge gefunden hatten.

In größter Erregung verbreitete der Holländer, der Zugang zu einer weltweiten Bibliothek für Ornithologie hatte, die Neuigkeit, daß bei ihnen ein *Numenius borealis,* ein Eskimobrachvogel, aufgetaucht war. Der Zugvogel, der in der arktischen Tundra, wahrscheinlich in Alaska, nistete – obgleich seit über hundert Jahren keine Nester mehr existierten – gehörte zu einer Gattung, die Mitte des letzten Jahrhunderts gnadenlos gejagt und nach Meinung der meisten Experten ausgerottet wurde, ehe man zu Beginn dieses Jahrhunderts erstmals wieder einen Vogel seiner Art sichtete. Seit Beginn ornithologischer Aufzeichnungen hatte man nur sechs Exemplare im Bereich der britischen Inseln gefunden. Und dieser, der siebte, war der erste, der sich seit einhundertundfünfzehn Jahren in dieser Gegend blicken ließ.

3

Nachrufe! Sky schenkte sich ihren Kaffee ein und blickte voller Verachtung auf ihren Computerbildschirm. Als hätte sie nicht bereits so viele geschrieben, daß es gleich für mehrere Leben reichte. Und dieser hier würde so interessant, als sähe man Farbe beim Trocknen zu.

Vor ungefähr zwei Wochen hatte sie ihren kleinen Streik wegen des Rodeos inszeniert, und während der Termin näher rückte, trotzte sie weiter, auch wenn sie bisher ihrem Ziel – der Erlaubnis, zu einem der Nationalparteitage zu reisen – keinen Schritt näher gekommen war.

Die Tür ging auf, die Kleine trat ein und warf das High-School-Jahrbuch, das sie in Händen hielt, auf ihren gemeinsamen Tisch. »Das Zeug, nach dem du suchst, ist irgendwo in der Mitte. Seite dreißig, vierzig oder so – aber mach dir lieber keine allzu großen Hoffnungen, Sky. Es steht nichts Besonderes drin. Wenn du mich fragst, scheint sie eine ziemlich graue Maus gewesen zu sein.«

Natürlich erwartete Sky keine Sensation. Weshalb sollte sie auch plötzlich Glück haben und auf etwas stoßen, das ihr weiterhalf?

Sie trug den Kaffee zu ihrem Schreibtisch und starrte abermals den bescheuerten Text auf ihrem Bildschirm an. Sie versuchte, über Midge Treacy zu schreiben, die Frau des mächtigen Daniel Treacy, eines der angesehensten Bürger von Butte und Wohltäter bei jeder guten Sache in der Stadt.

Mrs. Treacy hatte im Gegensatz zu ihrem Mann so zurückgezogen gelebt, daß es beinahe an Unsichtbarkeit grenzte. Den wenigen dürftigen Absätzen zufolge, auf die Sky bei ihrer Suche im Archiv der Zeitung gestoßen war und in denen sie Erwähnung fand, war Mrs. Treacy eine zarte Seele gewesen. Aber damit hatte es sich auch schon. Während der letzten fünfzehn Jahre lebte sie offenbar zurückgezogen in der Jagdhütte des Paares im Nordwesten des Staates, so daß sie in der Öffentlichkeit nur noch selten erschien. Um den für ihren Artikel eingeräumten Platz zu füllen, hatte Sky auf der Suche nach sonst etwas Erwähnenswertem bereits überall herumtelefoniert.

Natürlich tat sich nichts auf – zumindest nichts, was als Grundlage für einen Nachruf dienen konnte. Das einzige Drama im Leben dieser Frau hatte sich vor ein paar Wochen ereignet, als sie wegen Fahrens unter Alkoholeinfluß angeklagt wurde. Aber der Fall war nicht mehr zur Verhandlung gekommen, da sie vor dem Termin auf so tragische Weise ihr Leben verlor. Davon abgesehen hatte sie offenbar ein unsichtbares, absolut tadelloses Dasein geführt.

Alkoholprobleme eigneten sich wohl kaum als Thema für einen Nachruf; außerdem stimmten Skys Kontaktpersonen darin überein, daß Mrs. Treacy die stille Gesellschaft der Rockies lieber gewesen war als die der sogenannten Butteschen High Society. Daher zog Sky als letzte Möglichkeit das Synonymwörterbuch des Büros zu Rate und machte sich auf die Suche nach möglichst vielen Entsprechungen für die Begriffe »charmant«, »lieblich« und »großherzig«. Seufzend griff sie abermals nach dem verhaßten, wenn auch regelmäßig benutzten Wälzer. Ganz bestimmt war es an der Zeit, sich nach etwas Neuem umzusehen, dachte sie erneut, und ersetzte auf ihrem Bildschirm das Wort »Versteck« durch »Abgeschiedenheit«.

In den ersten Jahren ihrer Ehe mit einem der prominentesten Bürger Buttes, Daniel Treacy, ehe sie der Abgeschiedenheit ihrer geliebten Rocky Mountains den Vorzug gab, zeichnete sich Midge durch ihr sowohl bescheidenes als auch großherziges Wesen aus. Als eine der charmantesten [Sky ging zurück und überschrieb »charmant« mit »stilvoll«] stilvollsten, wenn auch zurückhaltenden Hausherrinnen vermittelte sie während dieser ersten Jahre den Gästen ihres Mannes in ihrem entlegenen, aber lieblichen [da sie das Anwesen nicht kannte und somit keine Ahnung hatte, was für ein Bau es war, betonte sie »lieblich« und strich » Anfang des Jahrhunderts erbauten«] Heim immer das Gefühl, nicht nur willkommen zu sein, sondern…

»Wenn du schon für das Rodeo nicht zur Verfügung stehst, nehme ich doch an, daß du vielleicht wenigstens das hier übernimmst?« Jimbo trat neben sie und hielt ihr einen Zettel hin, auf dem die Zeit und der Ort des allmonatlichen Treffens der St. Patrick's Brigade stand. Obgleich die Versammlungen im privaten

Rahmen veranstaltet wurden und man sich nur für ein paar Minuten dort sehen lassen mußte, damit einem die Sekretärin vorbereitete Notizen und Prospckte übergab, ging er normalerweise immer persönlich hin. Die Brigade nahm sich sehr ernst und verübelte es dem Chefredakteur, wenn er nicht selbst, sondern eine Vertretung – und dann noch in Gestalt eines weiblichen Gernegroß – erschien. »Hör zu, Sky!« Er legtc die Pressemitteilung auf ihren Tisch. »Ich weiß – und du auch – daß du zu gut bist für derartigen Müll; aber es gibt nun mal nur uns zwei« – das Schnauben der Kleinen ignorierte er – »und solange du hier bist, mußt du eben tun, was in deinen Kräften steht. Genau wie ich.«

Nach dieser Ansprache kehrte er in sein Büro zurück und überließ sie ihrem Grübeln darüber, wie ungerecht das Schicksal manchmal waltete.

Als sie am Spätnachmittag nach Hause fuhr, machte Sky einen Umweg über das Beerdigungsinstitut, in dem Mrs. Treacys sterbliche Hülle vor der letzten Ruhe aufgebahrt worden war. Der Artikel mußte erst am nächsten Morgen fertig sein; wenn sie die geforderte Seite schon nicht mit Einzelheiten aus dem Leben der Frau voll bekam, dann wäre es vielleicht nicht schlecht, wenn sie beschrieb, wie friedlich und heiter sie im Tod aussah. Oder es diktierten ihr sogar noch irgendwelche Verwandten ein paar angemessene Sätze via Blickkontakt?

Das mit Schindeln gedeckte Gebäude stand an einer breiten baumbestandenen Allee zwischen Porphyry und Silver, nicht weit von der Interstate 90 entfernt, und kündete mit einem ständig beleuchteten Neonkreuz über der Eingangstür von seinem Bestimmungszweck, so daß auch Ortsfremde es kaum verfehlen konnten. Im Besitz der Collins-Brüder, Iren der dritten Generation, deren Großvater sich noch in der Waisenkinder-Mine unter Tage das Leben aus der Lunge gehustet hatte, war es, wenn auch nicht die größte, so doch sicherlich die beeindruckendste Leichenhalle der Stadt. Die Bleiglasfenster und die messingbeschlagenen Türen schimmerten, und Sky, wie immer verzweifelt auf der Suche nach nennenswerten Einzelheiten, bemerkte, daß heute sogar die Glimmer- und Quarzadern, die den frisch geharkten Kies auf dem Parkplatz durchzogen, funkelten, als hätte man sie extra blankpoliert.

Draußen auf der Straße machte sich der Berufsverkehr – oder das, was man in Butte als Berufsverkehr bezeichnete – durch das gedämpfte Hupen eines einzelnen Wagens, der an den wenigen Fahrzeugen auf dem Parkplatz vorüberfuhr, bemerkbar. Offenbar hatte sie einen ruhigen Augenblick im Geschäft mit der letzten Reverenz vor den Toten ausgewählt, und ehe sie das Gebäude betrat, lehnte sie sich an ihren Nissan, um sich ein paar Momente der Stille und Besinnlichkeit zu gönnen.

Der Geruch in der Allee war eine sanfte Mischung aus Hitze, butterweichem Teer und warmem Stein, Motorenöl und der undefinierbaren Würzigkeit, die jede noch so kleine Stadt aufweist. Auch wenn Butte hinsichtlich der Einwohnerzahl kaum als Stadt zu bezeichnen war. Von ihrem Standort aus hatte Sky einen Überblick über die kleine Gemeinde, die sich vom Ende der Allee bis hin zu den Bungalows unterhalb des Hochplateaus zog.

Heute wehte nicht das geringste Lüftchen, was bei dieser Höhe selten war, und Sky zupfte an ihrer weißen Baumwollbluse, die an der feuchten Haut unter ihren Brüsten zu kleben begann. Sie rollte ihre Ärmel hoch, nahm ihre Sonnenbrille ab und hob das Gesicht der verschwommenen, weißlichen Sonne entgegen, die bereits gegenüber den sich im Westen auftürmenden gelben Gewitterwolken zu kapitulieren begann.

»Sky! Wie geht's?« Sie öffnete die Augen und erblickte Teddy Morzsansky, einen ehemaligen Schulkameraden, ein ebensolcher Hobbyfotograf wie sie selber, und, wie auch seine Frau, Angestellter des Bestattungsunternehmens. »Gut, Teddy, gut. Ich sammle nur gerade ein paar Kräfte für die nächste Schlacht.«

»Verständlich«, sagte er in mitfühlendem Ton. »Du siehst wie immer phantastisch aus. Die Bräune steht dir, genau wie die Länge deines Rocks. Deine Beine habe ich schon immer geliebt – aber du überlegst es dir sicher nicht anders und erhörst endlich mein Flehen?«

»Ich habe es einmal mit der Ehe versucht und festgestellt, daß ich dafür ungeeignet bin!« Ohne daß sie es merkte, umspielte ein Lächeln ihren Mund. Es war ein alter Witz zwischen ihnen, dessen Vertrautheit ihr gefiel. Inzwischen lag die Erinnerung an das Neun-Tage-Wunder ihrer einzigartig katastrophalen Ehe ziemlich lange zurück. »Und außerdem«, Teddy war einen Kopf kleiner als sie, und sie zerzauste ihm freundschaftlich das Haar, »nehme ich an, daß Melinda einiges dagegen hätte.« Die Ehe der Morzsanskys sollte besonders glücklich sein.

»Ich habe immer gesagt, der Kerl hat nicht alle Tassen im Schrank – wie hieß er doch gleich?«

»Du weißt genau, wie er hieß. Randy.«

»Randy, ach ja!« Teddy lockerte seine Krawatte. »Vermutlich bist du wegen Midge Treacy hier?« Ohne auf ihre Bestätigung zu warten, wandte er sich wieder zur Tür. »Eigentlich war ich auf dem Heimweg, aber wenn du willst, komme ich noch mal mit rein. Auch wenn es nicht gerade viel zu sehen gibt.«

»Was soll das heißen, es gibt nicht viel zu sehen?« Sky rollte die Ärmel ihrer Bluse wieder herunter und knöpfte die Manschetten zu.

»Der Sarg ist bereits geschlossen ...« Mit einem Blick himmelwärts bemerkte er: »Sieht nach einem Unwetter aus.«

»Aber das ist doch unmöglich! Findet denn nicht irgendeine Art Totenwache statt?« Sky war verärgert. Was sollte man sich bei einem solchen Tatbestand bloß aus den Fingern saugen?

»Er ist bereits versiegelt.« Teddy fuhr sich mit den Fingern durch das gelgeglättete Haar. »Weißt du, er wird zurück nach Irland verschifft.«

Ihre Autoschlüssel steckte sie wieder weg. »Hat sie schlimme Schnittwunden gehabt? Ist das der Grund, weshalb sie niemand sehen soll?« Den Berichten der Lokalreporter aus Libby zufolge war Daniel Treacys Frau ums Leben gekommen, als ihr Wagen auf der steil abfallenden Straße zwischen der Jagdhütte der Treacys und Libby mit einem Holzfällertruck zusammengestoßen war.

»Keine Ahnung, wie sie ausgesehen hat.« Teddy ging voran, öffnete die Eingangstür und trat beiseite, um sie vorgehen zu lassen. »Hast du heute morgen die Lokalnachrichten gehört? Der Fahrer des Trucks wird wegen des Unfalls nicht gerichtlich belangt – offenbar hatte er keine Chance, ihr auszuweichen, da sie auf der falschen Seite fuhr oder so was. Sicher weißt du, daß er ein Telefon in der Fahrerkabine hatte und selber Hilfe gerufen hat.«

Teddy würde sich niemals ändern, dachte Sky unterwegs auf dem Pfad zur Kapelle. Er war schon immer ein Plappermaul gewesen – aber vielleicht half ihm sein unbeschwertes Wesen über die traurigeren Aspekte seines Berufs hinweg.

Das Innere der Leichenhalle präsentierte sich ebenso ordentlich wie das Äußere, und der dicke rote Teppich im Vorraum schluckte das Geräusch ihrer Schritte. »Melinda ist sicher im Einbalsamierungsraum.« Teddy blickte in Richtung des Empfangstresens, hinter dem im Augenblick niemand zu sehen war. »Aber sicher ist sie jeden Moment wieder da. Nun denn, wie gesagt, ich habe sie nicht gesehen. Der Boß bestand darauf, sie selbst zu präparieren. Was wohl normal ist bei so einer Persönlichkeit. Sieht aus, als wärst du vergeblich gekommen, Sky.«

»Da ich nun schon da bin, gehe ich trotzdem einfach mal rein.« Es herrschte eine solche Stille, daß sie instinktiv ihre Stimmen senkten, während er vor ihr den kurzen Gang links des Empfangstresens hinunterging. Vor der hintersten der vier Türen blieben sie stehen und er klopfte kurz, ehe er öffnete und durch den Türspalt sah. »Ich schätze, es ist niemand da außer der Lei...« Da er immerhin mit einer, wenn auch befreundeten, Reporterin sprach, unterbrach er sich. »Geh nur rein. Weißt du, sie hat einen Volvo gefahren.« Besserwisserisch fügte er hinzu: »Da sieht man mal wieder, was von der Werbung zu halten ist. Aber du weißt ja, wie groß diese Holzfällerkisten sind. Sie muß eingenickt sein, sonst hätte sie das Teil auf jeden Fall gesehen.«

»Der Sarg ist ganz schön groß.« Sky durchforstete ihre Erinnerung. Nirgends hatte sie etwas darüber gelesen, daß Mrs. Treacy eine ungewöhnliche Größe besaß.

»Das liegt daran, daß sie verschifft werden soll. Sie wurde erst in einen inneren und dann noch in einen äußeren Sarg gelegt. Bei diesen Dingen gibt es eine Unzahl von Bestimmungen, an die es sich zu halten gilt.« Sie plauderten noch ein wenig über ein bevorstehendes Treffen ihres Fotografievereins und dann wandte Teddy sich zum Gehen. »Ich lasse dich jetzt allein – falls du irgend etwas brauchst, frag einfach Melinda.«

»Danke.« Sky betrat den Raum und ihr fiel vor allem seine Kahlheit auf. Angesichts der Tatsache, daß Midge Treacys Mann ein prominenter Bürger des Städtchens war, hatte sie erwartet, den Sarg unter der Unzahl von Sträußen und Gebinden gar nicht zu Gesicht zu bekommen; statt dessen jedoch zierte das schwere Gehäuse aus stumpfem, schlachtschiffgrauem Metall eine einzige pinkfarbene Rose, die auf dem Kruzifix des Deckels lag. Die Vasen, Urnen und Kranzständer, von denen es in dieser Kapelle normalerweise nur so wimmelte, hatte man aus dem Raum entfernt, als wäre jemand besonders taktvoll oder besonders unfreundlich zu Werke gegangen.

Sie zog einen Miniaturkassettenrecorder aus ihrer Handtasche. Wenn sie, statt Interviews zu machen, an Artikeln arbeitete, schrieb sie sich nur selten Einzelheiten auf, da sie der Ansicht war, daß wichtige Punkte automatisch in der Erinnerung haftenblieben. In bezug auf diesen Nachruf allerdings war sie in derartigen Schwierigkeiten und hatte eine derart große Spalte zu füllen, daß sie jedem noch so winzigen und nebensächlichen Detail nachjagte. Ein, zwei Sekunden lauschte sie, und als sie sicher war, allein zu sein, baute sie sich am Fuß des Sarges auf, stellte den Recorder an und beschrieb in einer Art verbalem Steno alles, was sie sah und empfand: »Ein Gefühl, isoliert, aber nicht verloren zu sein… gedämpftes, ins Rosafarbene gehendes Licht… tiefe Stille… als ginge der Raum nein nicht nur der Raum… als gingen *sämtliche* Gegenstände auf Zehenspitzen umher… als warteten sie… Auf was?… Zwei große, flackernde Kerzen werfen gelbe Kreise auf das glatte, graue Metall… schnörkellose Griffe aus Messing – Gold? – der Sarg sieht reglos und solide aus… Dichte…«

»Ich bewege mich jetzt näher heran… eins der pinkfarbenen Blütenblätter der Rose auf dem Deckel ist breiter, lockerer als die anderen, es welkt bereits in der abgestandenen Luft... Mary Dorothy Treacy, geborene Shelton, geboren am 6. April 1943, gestorben am 18. Juni 1992...« Sie drückte den Pausenknopf, errechnete das Alter der Frau und bemerkte zu ihrem Entsetzen, daß Midge Treacy zum Zeitpunkt ihres Todes erst neunundvierzig gewesen war.

Aus irgendeinem Grund hatten ihr die aus dem High-School-Jahrbuch entnommenen Daten und das einzige Erwachsenenfoto, das sie hatte auftreiben können von einer Mrs. Treacy in einem alterslosen Kostüm, das blonde Haar zu einem strengen französischen Knoten aus dem hübschen Gesicht gekämmt, diesen Umstand nicht vor Augen geführt. Wenn ihr ein Artikel Schwierigkeiten bereitete, hatte Sky die Angewohnheit, die Einleitung erst zu verfassen, wenn bezüglich des Hauptteils eine erste Form zu erkennen war. Wahrscheinlich hatte sie sich aus diesem Grund das Alter der Frau bisher noch nicht bewußtgemacht.

Wenigstens ergab sich damit der erste Satz des Nachrufs: »Tragisch jung starb in dieser Woche...«

Auf einmal verspürte sie Interesse an der Person, um die es in dem Nachruf ging. Diese Frau war wesentlich jünger gewesen als ihr Mann, eine Tatsache, durch die sie plötzlich ein eigenes, unabhängiges Leben bekam. Der beachtliche Altersunterschied ließ darauf schließen, daß man sie umworben und hofiert hatte, daß sie die Konventionen mißachtete – darauf fehlten im Verlauf ihrer bisherigen Recherche jegliche Hinweise. Konnte es sein, daß die Liebe zwischen ihr und ihrem Mann von ungewöhnlicher Tiefe gewesen war?

Für derartige Spekulationen war es nun zu spät. Sie zuckte die Schultern und schaltete ihren Recorder wieder an. »Ich gehe weiter, die Wände sind mit dicken Eichen?-Mahagoni?-Teak?-Paneelen versehen... in einer Ecke steht ein großes, hölzernes, kantiges, modernes Kruzifix auf einem Messingständer... Mir ist schleierhaft, weshalb es keine Blumen gibt...« Da sie, während sie in ihr Mikro murmelte, mit dem Rücken zum Eingang der Kapelle stand und ganz in ihre Arbeit versunken war, hörte sie über das leise Surren des Geräts hinweg nicht, daß jemand den Raum betrat.

»Darf ich fragen, was Sie hier tun, Miss MacPherson?«

Der Recorder lief immer noch, als Sky sich umdrehte und entgeistert auf Daniel Treacy sah. Spontan reichte sie ihm die Hand. »Mein Beileid, Mr. Treacy.«

»Vielen Dank.« Kurz schüttelte er ihr die Hand, ehe er auf den Kassettenrecorder wies. »Würde es Ihnen etwas ausmachen, das Ding abzustellen?« In der Enge der Kapelle entfaltete diese Stimme eines immerhin Achtundsechzigjährigen eine überraschende Kraft und Resonanz. Sky hatte ihn früher schon einige Male gesehen; aber nie zuvor war ihr aufgefallen, wie schmächtig er bei aller Autorität, die er wie ein Alleinherrscher ausstrahlte, im Laufe der Jahre geworden war.

»Tut mir leid.« Überrascht, aber keineswegs eingeschüchtert, schaltete Sky das Aufnahmegerät ab. »Ich schreibe den Nachruf auf Ihre Frau und bin gekommen, um ihr die letzte Ehre zu erweisen.«

»Verstehe.« Er starrte sie reglos an. »Haben Sie bei solchen Anlässen immer einen Recorder dabei?« Sky war schon öfter aufgefallen, daß braune Augen mit dem Alter weniger verblichen als blaue, und die tiefe, undurchdringliche Iris aus dunklem Braun war zweifellos das Bemerkenswerteste an Daniel Treacys Äußerem.

»Woher wissen Sie meinen Namen?« entgegnete sie und hielt seinem Blick stand, obwohl sie diese Unterhaltung für vollkommen absurd hielt. »Ich meine, wir sind uns bisher nur ein paarmal begegnet, immer in Gesellschaft und dann nur recht flüchtig.« Sie hörte, daß ihre Stimme ihren offiziellen Reporterinnenton annahm.

»Ich kenne Sie von Ihrer Arbeit«, sagte er etwas barsch. »Aber darüber hinaus bin ich mit Ihrer Familie bekannt. Ihr Vater hat ein Häuschen nicht weit von unserer Jagdhütte im Nordwesten. Und vor vielen Jahren in Irland bin ich Ihrer Großmutter Elizabeth begegnet.«

Es war ein Schock – nicht nur, daß er ihren Vater kannte, der für Sky selbst beinahe ein Fremder war – sondern daß er von der Mutter ihrer Mutter sprach, an die sich Sky von ihrem einzigen Irlandbesuch in ihrer Kindheit als eine große, elegante Dame von ungefähr hundert Jahren erinnerte. Daß sie eindeutig keine hundert gewesen war, hatte Sky anschließend anhand von Fotos und Briefen begriffen; aber dennoch erschien es ihr seltsam, daß jemand sie bei ihrem Vornamen nannte. Zugleich stand im übrigen fest, daß die meisten Iren in Butte von Familien aus derselben kleinen Region irgendwo im Südwesten Irlands stammten; daher mußte zwangsläufig der Großteil der älteren Generation miteinander bekannt sein. Dieser Mann allerdings trug seine Nationalität anders als zahlreiche andere Landsleute hier nicht wie ein Abzeichen vor sich her, was gerade sie besonders gut verstand. Mittlerweile waren ihre eigenen familiären Bindungen an Irland immer lockerer geworden, denn ihre Mutter hatte sich ihre Freunde in Montana aus anderen ethnischen Minderheiten gesucht.

Anders als viele ihrer Klassenkameraden und Kameradinnen hatte sich Sky stets vehement gegen das, was sie die irische Ghettomentalität bezeichnete, zur Wehr gesetzt. Auch wenn sie auf eine katholische Schule gegangen war, hatte sie weder irische Tänze gelernt noch sich je zur Teilnahme an der Parade zum St. Patrick's Day bereit erklärt. Da sie also immer nur unterstützte, was sie verstand, trug sie weder durch ihr Engagement noch finanziell zu den zahllosen Sammlungen für den »Freiheitskampf« bei, der immer noch bei den radikaleren Iren in Butte seine Befürworter hatte.

Ihre Erinnerungen an ihren einzigen, weit zurückliegenden Besuch waren verblaßt; nur noch gelegentlich sah sie kleine Blitze wie in einem Kaleidoskop vor ihrem geistigen Auge auftauchen: ein dickes Federbett im Haus ihrer Großmutter in Cork, eine flauschige weiße Henne auf einem Bauernhof, den sie nach einer endlos langen Fahrt besucht hatten, der Geruch eines besonderen Sprudels, der Rote Limonade hieß, furchtbare Unwetter, wie es sie wohl nur auf der Grünen Insel gab. Sie hatte ihre Großmutter zusammen mit ihrer Tante Goretti besucht, die inzwischen auch nur noch eine entfernte Stimme am Telefon war, nicht aus Irland, sondern aus New York. »In unserer Familie sind die Bande nicht besonders eng.« Der Satz rutschte ihr einfach so heraus.

»Wie bitte?« Nun war die Reihe an Treacy, überrascht zu sein.

»Tut mir leid, es scheint, als redete ich in letzter Zeit häufiger vor mich hin.« Ihr verlegenes Lächeln erstarb, als sie in seine undurchdringlichen braunen Augen blickte.

Er fürchtete die Stille nicht, und so wartete er, bis sie weitersprach. »Vielleicht könnten wir uns ja einmal zum Kaffee oder so treffen, und uns ein wenig unterhalten?« Nur mit Mühe brachte sie überhaupt einen Ton heraus. »Ich meine, wenn – nachdem...« Sie wies auf den Sarg. »Oder ist dies nicht der passende Zeitraum?«

»Kann sein.« Seine Stimme verriet weder Sarkasmus noch Ironie. »Ich melde mich bei Ihnen. Und jetzt entschuldigen Sie mich bitte.«

Sky wünschte verzweifelt, er hätte sie nicht bei der peinlichen Arbeit mit dem Recorder ertappt, und mit einem letzten Ausdruck ihres Mitgefühls zog sie sich diskret zurück.

Draußen hatte der bleigraue Himmel die Sonne besiegt, und als sie wieder in ihren Nissan stieg, kurbelte sie die Fenster in Erwartung des sicher bald einsetzenden Regens zu. Einen Augenblick lang blieb sie reglos in der Schwüle sitzen, starrte auf das Armaturenbrett und wehrte sich erfolglos gegen den Eindruck, daß die Begegnung mit Treacy eine Art Kampf gewesen war. Da sie es sich angewöhnt hatte, jeden Gedanken und jedes Gefühl in einer entsprechenden Schublade zu verstauen, versuchte sie, ihre Beunruhigung zu analysieren, doch sie fand keine zufriedenstellende Aufbewahrung.

Allerdings betrübte es sie, daß ihre Mutter nicht ein einziges Mal die Bekanntschaft mit den Treacys bereits in Irland erwähnt hatte. Sicher, zu einer derartigen Erklärung hatte sie keine Veranlassung gehabt. Skys eigene Begegnungen mit dem Geschäftsmann waren so kurz gewesen, daß sie sie zu Hause nie zur Sprache brachte. Aber jetzt kam ihr der Gedanke, daß Johanna, die über all ihre anderen Freunde und Bekannten stets und ständig sprach, die Verbindung wenigstens hätte andeuten können. Um ihre Mutter zu ärgern, nahm sich Sky für zu Hause eine riesige Pizza voller Pepperoni, Sardellen und Konservierungsstoffen mit, von der sie sicher war, daß sie sie bis auf den letzten Happen vertilgen würde.

Leider ergab sich keine Gelegenheit zu diesem Schmaus, denn als sie die Tür öffnete, stand Johanna, den Telefonhörer am Ohr, im Korridor. »Oh, da ist sie, warten Sie einen Augenblick, ja?« Johanna haßte das Telefon. Sie zog es vor, bei einem Gespräch ihrem Gegenüber in die Augen zu sehen. »Da ist sie«, wiederholte sie und hielt ihrer Tochter den Hörer hin.

»Wer ist denn dran?« fragte Sky lautlos, während sie, Pizza, Schlüssel, Laptop und Handtasche balancierend, danach griff. »Keine Ahnung«, reagierte Johanna ebenso lautlos.

»Hallo?«

Vor Überraschung hätte Sky beinahe alles fallen gelassen, was sie mit ihren Armen festklemmte. Der Anrufer war Daniel Treacy, und er lud sie für heute zum Abendessen ein.

4

»Seltsam.« Skys Mutter sah zu, wie ihre Tochter Anstalten traf, erneut aus dem Haus zu gehen. »Seine Frau liegt gerade unter der Erde, und er …«

Seit sie mit ihrer Mutter in diese Doppelhaushälfte gezogen war, hatte Sky eine Veränderung des Dekors ihres Schlafzimmers geplant: Das Faible ihres Vermieters für Tapeten mit rosafarbenen Blümchen, passende rosafarbene Vorhänge und grüne Teppiche teilte sie keineswegs; aber jedesmal, wenn sie sich zu einer Neugestaltung aufraffen wollte, kam etwas Wichtigeres dazwischen. »Sie liegt noch gar nicht unter der Erde, Mom.« Es war typisch für Johanna, daß sie dieses Detail nicht weiter beachtete. »Der Sarg befindet sich noch in der Leichenhalle. Das habe ich dir doch erzählt.« Sky war weniger ungeduldig als vielmehr defensiv; aber wenn sie während ihrer Tätigkeit als Journalistin etwas gelernt hatte, dann jedenfalls die Genauigkeit. Daniel Treacys Verhalten war für einen Mann, dessen Frau erst vor wenigen Tagen diese Welt verlassen hatte, nicht normal? Nun ja. Die Worte »normales Verhalten« trafen auf verschiedene Menschen in verschiedener Weise zu. Und sie konnte sich kaum darüber erheben, da schließlich sie selbst das Treffen vorgeschlagen hatte.

»M-mmm!« Johanna griff nach einer Bürste und strich ihrer Tochter über das kurze, feine, blonde Haar – ein Erbe ihres Vaters – woraufhin Sky, die sie wegen Treacy hatte zur Rede stellen wollen, umgehend in wohliges Schweigen versank. Sie legte den Mascarastift auf den Tisch und genoß das sinnliche Gefühl, die Art, in der sich ihr Haar als Reaktion auf die Bürstenstriche angenehm zu sträuben begann.

Der Sturm rüttelte weiter an der Doppelverglasung der Fenster, aber ihr Raum war vom rhythmischen Streifen der Borsten über ihr Haar und dem Schnurren der beiden Katzen ihrer Mutter erfüllt, die ihrer Herrin von einem Zimmer ins nächste zu folgen pflegten. Jetzt hatten sie es sich auf dem Bett, dessen Decke wie immer ein zerwühlter Haufen war, gemütlich gemacht.

Immer noch war Sky die »saubere Schlampe«, als die sie einmal eine ihrer High-School-Freundinnen bezeichnet hatte. Sie selbst und ihre Kleidung strahlten stets vor Sauberkeit; aber egal, wie sehr sie sich auch bemühte – in ihren vier Wänden auch nur ein Mindestmaß an Ordnung zu halten, war ihr ein Ding der Unmöglichkeit. In diesem Augenblick jedoch verbreitete, da wegen der verfrühten Dunkelheit die Lampe angeschaltet und alles in ein weiches gelbes Licht getaucht war, selbst das Tohuwabohu ringsum eine surreale Schönheit.

»Vielleicht will er dir einen Job anbieten?« Johanna sprach gedämpft, als übe das gleichmäßige Bürsten auch auf sie eine beruhigende Wirkung aus. »Ich an deiner Stelle wäre lieber vorsichtig.«

»Warum? Immerhin bin ich inzwischen eine erwachsene

Frau.« Sky schloß die Augen, da sich die wohlige Streichelei auf diese Weise noch intensiver genießen ließ.

»Tja…« Ihre Mutter hielt für ein paar Sekunden mit ihrer Tätigkeit inne, als dächte sie über eine geeignete Antwort nach. Als sie weitersprach, klang ihre Stimme ein wenig höher als zuvor. »Wir kennen ihn ein wenig, meine Liebe. Hermana und Buffy und ich sind ihm bei einer Wohltätigkeitsveranstaltung von St. Mary's begegnet und wir haben uns wegen seiner Aura einige Sorgen gemacht. Wenn er also daran denkt, dir einen Job anzubieten…«

»Was für einen Job, Mom?« Der Bann war gebrochen. Sky fuhr mit dem Kopf herum, nahm den Mascarastift vom Tisch und malte sich weiter die Augen an. »Bei allem gebotenen Respekt, er kann mir ja wohl schwer einen Job anbieten, solange er keine Zeitung besitzt. Und warum hast du mir nie zuvor erzählt, daß du ihn kennst?« Sofort tat ihr ihre Unfreundlichkeit leid. »Danke fürs Bürsten!«

»Tja.« Johanna sah sich das Utensil in ihrer Hand an. »Trotzdem finde ich es ein bißchen seltsam, daß er dich eingeladen hat. Ein paar von deinen Haaren sind etwas spröde, Sky, vielleicht täte dir ein wenig Selen ganz gut…« Einen erneuten Streit vom Zaun zu brechen lohnte sich nicht, dachte Sky, und beschloß, das Gespräch über Daniel Treacy lieber zu vertagen.

Sie biß sich auf die Lippe, als ihre Mutter über diverse Haufen abgelegter Kleider, alter Bücher und halb vergilbter Zeitungen stieg und in die Küche entschwand. Am besten hielte sie die Klappe und schluckte das Zeug. Vielleicht tat es ihr ja sogar gut – wer wußte das schon so genau?

Langsam erhob sie sich von ihrem Platz am Ankleidetisch und wühlte sich vorwärts bis zum Spiegel. Normalerweise weder eitel noch allzusehr auf ihr Äußeres bedacht, bedachte sie sich heute mit einem ungewöhnlich kritischen Blick. Zugegeben, ihre Haut wies immer noch keinen Makel auf und höchstens unter ihren Augen sah man eine Andeutung schwacher Ringe. Vielleicht waren die Pillen und Cremes ihrer Mutter ausgleichsweise zu all dem schwarzen Kaffee und dem anderen Gift, das sie zu sich nahm, gar nicht so schlecht? Sie hatte das hübscheste Outfit aus ihrem Kleiderschrank gewählt, ein taubenblaues Seidenkostüm mit geradem, engem Rock, durch dessen Farbe ihr blondes Haar eine besondere Betonung erfuhr. Neben der Haarfarbe hatte sie von ihrem Vater auch die geschmeidige Gestalt geerbt, die langen Arme und Beine, die breiten Schultern, die schmale Taille und den flachen Bauch, während der Beitrag ihrer Mutter zu ihrem Aussehen in den kornblumenblauen Augen, dem vollen Mund und den vorstehenden Wangenknochen bestand. Nur ihre Nase ragte wie eine Sprungschanze aus ihrem Gesicht. Die Lampe auf dem Ankleidetisch beleuchtete sie indirekt, so daß der Höcker noch deutlicher als sonst zum Vorschein kam. Diese Nase rührte weder von ihrem Vater noch von ihrer Mutter her, und sie war ihrer Meinung nach das körperliche Kreuz, das es für sie zu tragen galt. Während all der Jahre auf der High-School und später auch auf dem College hatte sie gegen jeden gekämpft, der diese Nase nicht durch ihre Augen sah, und sie hatte es sich zur Angewohnheit gemacht, sie gegen Komplimente ins Feld zu führen.

»Sky, du bist wirklich schön.«

»Um Himmels willen, wie kann jemand schön sein mit solch einem Gesichtserker? Mach dich bloß nicht lustig über mich!« Zugleich jedoch hätte sie es nicht ertragen, etwas gegen die Form ihres Zinkens zu tun. Ihre katholische Erziehung hatte sich seit jeher gegen jede künstliche Veränderung ihres Äußeren vehement zur Wehr gesetzt. *In Gottes Schöpfung pfuscht man nicht hinein...*

»Hier!« Ihre Mutter kam mit einem Glas Wasser und zwei Pillen zurück. »Für den Fall, daß wir es morgen früh vergessen. Wirklich, Sky, du siehst phantastisch aus. Aber sei vorsichtig, wenn du dich mit ihm triffst. Von ihm gehen finstere Gedanken aus.«

Die Tochter verkniff sich einen Kommentar und schluckte die Pillen, während ihre Mutter ihre Handtasche aus dem Durcheinander auf dem Fußboden fischte. »Danke für alles, Mom.« Sie überprüfte, ob eine Kassette in ihrem kleinen Recorder war, gab Johanna einen flüchtigen Kuß und eilte los.

Sicher konnte sie Daniel Treacy nicht bitten, über ihre eigenen Verwandten zu sprechen, dachte sie, während sie den Nissan in den abendlichen Verkehr fädelte. Eher beabsichtigte er, Einfluß auf das zu nehmen, was sie in ihrem Nachruf schrieb.

Diese Vermutung stellte sich als richtig heraus.

Sie hatten ein Treffen in der Copper King Mansion an der Granite Avenue ausgemacht, und da sie ein wenig früher als verabredet ankam, überflog sie schon einmal die Karte und plauderte ein wenig mit der Serviererin – die die jüngere Schwester einer Klassenkameradin war – wobei sie möglichst beiläufig ihren Gastgeber heute abend erwähnte. Als sie die kaum verhohlene Überraschung des Mädchens bemerkte, erklärte sie ihr genau den Beweggrund ihres Kommens. Das letzte, was sie jetzt brauchte, war Klatsch über sich selbst.

Das dreistöckige Backsteingebäude, ehemaliges Heim von William Clark, Milliardär und Minenbesitzer, hatte man in den Sechzigern liebevoll restauriert; mit den schweren Möbeln, dem alten Silber, Kristall und den Porzellantellern erstrahlte sein Inneres in elegantem und zugleich heimeligem Glanz. Die Copper King Mansion war das nobelste Restaurant der ganzen Stadt, aber infolge des heutigen Montagabends stellte Sky mit einem Blick durch den Speisesaal erleichtert fest, daß sämtliche Gäste Fremde waren, hauptsächlich Touristen, denen man ihr Unbehagen in ihrer zweifellos einzigen eleganten Garderobe auf der Reise ansah.

Durch ein Fenster bemerkte sie, wie Treacy auf der gegenüberliegenden Straßenseite seinem importierten Saab-Cabriolet entstieg; nur mit Mühe unterdrückte sie den für sie als Reporterin wahrscheinlich typischen Gedanken, daß dies wohl kaum das passende Fahrzeug für sein Alter war. Sie baute bereits ein Gerüst aus Vorurteilen um diesen Mann, das nichts mit ihrem ursprünglichen Anliegen zu tun hatte.

»Guten Abend.« Sie erwartete ihn an der Tür. »Ihr Anruf hat mich, ehrlich gesagt, überrascht.«

»Sollen wir uns gleich setzen?« Er schien nicht willens zu sein, auf ihr höfliches Geplänkel einzugehen, und abermals betroffen von der kalten Undurchdringlichkeit seiner Augen, nickte sie stumm.

Er hatte einen diskreten Ecktisch gewählt, der durch einen nicht besetzten Nebentisch zusätzlich abgeschirmt wurde gegen andere Gäste. Während man ihnen die Speisekarten aushändigte, eilte ein Hilfskellner an den Nebentisch und räumte Teller, Bestecke und Gläser fort.

»Ich habe die ganze Ecke reserviert.« Daniel Treacy hatte Skys Überraschung über das Tun des Kellners bemerkt.

»Ach so!« Sie breitete ihre Serviette aus. Über was auch immer er mit ihr sprechen wollte, es war alles sorgfältig eingefädelt. »Dinieren Sie immer so? An zwei Tischen?«

»Essen Sie Fleisch?« Er blickte von seiner Karte auf. »Darf ich für Sie mitbestellen?«

»Manchmal.« Sky fühlte sich ein wenig bevormundet, aber unter den gegebenen Umständen war es vielleicht tatsächlich besser, ihm die Führung zu überlassen. »Ja, bitte sehr.« Sie klappte ihre Tasche zu und legte sie vor sich auf den Tisch.

Er winkte die Bedienung heran und bestellte für sie beide Lamm und eine Flasche Chateauneuf du Pape. »Ich nehme an, daß das akzeptabel ist?«

»Wie Sie meinen, Mr. Treacy.« Wo blieb die Trauer des Ehemanns, dessen Frau vor so kurzer Zeit gestorben war? »Für mein Gefühl ist dies eine höchst unorthodoxe Begegnung. Ich nehme an, Sie wissen, *wie* unorthodox.« Dann verspürte Sky, die regelmäßig die komische Seite selbst des unmöglichsten Szenariums sah, als Antwort auf die Frage, die ihr so unversehens durch den Sinn ging, ein verräterisches Kribbeln in der Brust. Beinahe hätte sie gefragt, um wieviel Uhr Midge Treacy morgen abflog.

Sie unterdrückte sowohl die Frage als auch das Lachen, indem sie einen Hustenanfall vortäuschte. »Tut mir leid«, keuchte sie und goß sich eisgekühltes Wasser in ein Glas. »Ich bin heute sehr naß geworden und habe offenbar eine Erkältung davongetragen.«

Schweigend beobachtete er, wie sie das Glas leerte und sich ein zweites Mal einschenkte, ehe er sagte: »Ja, dieses Treffen entspricht wohl nicht ganz der Norm. Aber vielleicht könnte ich Ihnen bei Ihren Recherchen behilflich sein. Ich möchte nicht, daß irgendwelche Spekulationen über Midge als Tatsachen in der Zeitung stehen; und da Sie sich diesen Nachruf nun einmal in den Kopf gesetzt zu haben scheinen, spreche ich lieber vorher mit Ihnen.« Eine so lange Rede hatte sie bisher noch nie von ihm gehört – normalerweise überließ er öffentliche Reden irgendeinem seiner Vasallen – sein Akzent ähnelte übrigens demjenigen ihrer Mutter. Allerdings sprach er wesentlich schneller als sie, so daß seine Rede etwas Dringliches hatte.

Wie bereits am Nachmittag in der Leichenhalle spürte Sky eine gewisse Unruhe um diesen Mann. Sie versuchte, Johannas Warnung, daß er von einer unangenehmen Aura und unguten Gedanken umgeben war, auszuklammern. »Bitte, verzeihen Sie, Mr. Treacy.« Sie hatte keine Angst vor ihm und zeigte das am besten sofort. »Aber ich kann mir nicht helfen. Für einen Mann, dessen Frau vor so kurzer Zeit gestorben ist, sind Sie ungeheuer gefaßt und gelassen.«

Doch statt zu explodieren starrte er sie sekundenlang wortlos an. Da sie wußte, wie wichtig ihre Selbstbeherrschung war, hielt sie dem bohrenden Blick seiner Augen stand.

Die Spannung löste sich, als der Weinkellner mit der Flasche kam. »Danke.« Treacy griff in die Brusttasche seines Jacketts, zog eine Lesebrille heraus und betrachtete das Etikett. »Sehr gut. Bitte schenken Sie ein.« Dann schob er die Brille an ihren Platz zurück. »Inwiefern sollte meine Fassung oder sonst etwas für Sie von Belang sein, Miss MacPherson? Aber da Sie nun einmal danach fragen, lassen Sie es sich gesagt sein, daß ich persönlich meine Gefühle für mich behalte. Außerdem sind diese für Ihren Artikel über meine Frau ohnehin vollkommen bedeutungslos.« Er sprach mit ihr, als wäre der Kellner gar nicht da.

Sky hätte sich getadelt fühlen können, doch aus irgendeinem Grund tat sie es nicht. Statt dessen überlegte sie weiter, weshalb er sie überhaupt hierhergebeten hatte. Diese Begegnung widersprach wirklich allem, was sich gehörte: Mrs. Treacy lag weniger als eine Meile entfernt tot in einem Blei- oder Stahlgehäuse, in dem sie für die Ewigkeit versiegelt war. Doch zugleich spürte Sky, daß da noch etwas Tieferes vorlag. Wenn sie in das Innere dieses Mannes schauen wollte, wäre ihr ihre gewöhnliche Skepsis ziemlich im Wege. Johanna, dachte sie matt, konnte stolz auf sie sein.

In der Tat wußte sie über ihren Gastgeber nicht mehr als jeder andere, nämlich, daß Daniel Treacy vor beinahe fünfzig Jahren aus Irland gekommen und nie wieder, nicht einmal zu einem Besuch, dorthin zurückgekehrt war. Seine Bergwerksgesellschaft, Treacy Resources, Inc., hatte ihn reich gemacht und später auch das Geschäft mit Holz und anderen Rohstoffen; er arbeitete hart und heiratete spät – beinahe als Mittvierziger – lebte sehr zurückgezogen, war Mitglied in beinahe sämtlichen Wohltätigkeitsvereinen Buttes und sein Name stand auf dem Briefkopf diverser Gesundheits- und Kunstvereine. Bisher hatte Sky sich nie besonders für Geschäftsleute interessiert und lieber Personen aus anderen Sparten wie zum Beispiel Künstler interviewt. Ihrer Erfahrung nach wurden Menschen nur deshalb reich, weil sie sich fanatisch auf ihre Arbeit konzentrierten und alles andere, in manchen Fällen sogar persönliche Beziehungen, vernachlässigten. Normalerweise gab es über sie nichts von allgemeinem Interesse zu berichten.

Der Weinkellner war wie die Serviererin ebenfalls mit Sky bekannt, weil er mit ihr die erste Schulbank gedrückt hatte. Als er sich zum Gehen wandte, zog er hinter Treacys Rücken fragend die Brauen hoch, und sie sah ihn mit einem gewinnenden Lächeln an. Daß Butte eher ein großes Dorf war als eine Stadt, ließ sie zwar regelmäßig mit den Zähnen knirschen; aber es gab Augenblicke wie diesen, in denen sie das Vorhandensein von Komplizen durchaus als angenehm empfand. Jetzt allerdings wandte sie sich wieder ihrem Gegenüber zu. »Stammte Ihre Frau aus derselben Gegend in Irland wie Sie?«

»Sie kam vom anderen Ende des Landes.« Er schüttelte den Kopf. »Aus Mayo, ganz im Norden. Als ursprüngliche Irin wissen Sie sicher, daß die meisten Leute in Butte aus West Cork gekommen sind. Midge hat sich hier ziemlich einsam gefühlt. Zwischen den Leuten aus Mayo und denen aus Cork bestehen ebenso große Unterschiede wie zwischen« – er zögerte und suchte in der Tiefe seines Weinglases nach einem einleuchtenden Vergleich – »den Leuten aus Neuengland und denen aus Texas oder Kalifornien – beziehungsweise Montana, wenn man so will.«

»Ich verstehe.« Aber im Grunde verstand Sky es nicht. Irland maß von einem Ende bis zum anderen gerade mal dreihundert Meilen, und wie jemand behaupten konnte, daß es innerhalb eines so überschaubaren Gebiets bemerkenswerte Unterschiede geben sollte, war ihr schleierhaft. »Sie sind nie dorthin zurückgekehrt? Vermissen Sie Ihre Heimat nicht manchmal?«

»Nein.« Er schüttelte den Kopf auf eine Art, die weitere Fragen in diese Richtung verbot. »Wie geht es Ihrer Mutter?«

»Sie haben meine Großmutter und meinen Vater erwähnt – Mutter kennen Sie auch?«

»Nur insoweit, als daß ich sie dem Namen nach kenne.« Treacy ging nicht näher auf seine Bekanntschaft mit Johanna ein.

Ihr Essen kam, und während Sky beim Servieren zuschaute, nahm sie sich vor, mit ihren Recherchen über seine Frau fortzufahren, auch wenn ihr Daniel Treacy inzwischen als die interessantere Person erschien. »Macht es Ihnen etwas aus, wenn während unseres Gesprächs über Ihre Frau der Recorder läuft?« Sie zögerte, ehe sie nach Messer und Gabel griff. »Morgen früh muß mein Artikel fertig sein, so daß mir nicht mehr viel Zeit bleibt.« Zum ersten Mal sah er unsicher aus. »Es entspricht der gängigen Praxis, das versichere ich Ihnen.« Sie zog ihr Gerät aus der Tasche, ehe er etwas dagegen sagen konnte. »Aber falls Sie befürchten, daß die Kassette hinterher irgendwo herumliegt, schicke ich sie Ihnen oder vernichte sie, obwohl ich normalerweise einfach drüberspreche.«

»Nicht nötig! Ich vertraue Ihnen.« Er schien ein Mann schneller Entschlüsse zu sein.

Auch wenn sich Sky während der folgenden fünfzehn Minuten die größte Mühe gab, zeichnete der Witwer ein derart lückenhaftes Bild von Mary Dorothy Treacy, daß es die Neugier, statt sie zu befriedigen, nur weiter anstachelte. Wie konnte zum Beispiel ein Mann vierundzwanzig Jahre mit einer Frau verheiratet sein, ohne einen plausiblen Grund zu wissen für ihr mangelndes Interesse, je nach Hause zurückzukehren und ihre Familie zu sehen? Skys eigene Familienbande mochten ähnlich lose sein, aber dafür gab es durchaus eine Erklärung. Sie hatte immer geglaubt, Johannas fehlendes Heimweh nach Irland wäre ein Symptom ihrer generellen Einstellung zum Leben gewesen, der zufolge man alles so nahm, wie es kam. Doch wenn sie Treacys Darstellung von Midges Einsamkeit Glauben schenkte, hätte sie doch ein ganz besonderes Verlangen danach empfinden müssen, wenigstens einmal im Jahr nach Irland zu ihren Angehörigen zu fliegen? Schließlich war es bei den Iren in Butte beinahe ein gesellschaftliches Muß, auch wenn die meisten von ihnen weit weniger Geld und Möglichkeiten besaßen als die Treacys. Sky hatte die Beobachtung gemacht, daß es vielen Exilanten gelang, genügend zusammenzukratzen, um mindestens alle zwei Jahre die Reise ins »alte Land« zu ermöglichen; und selbst Iren der zweiten und dritten Generation hingen noch häufig an dem Hirngespinst, daß es eines Tages für immer zurück an die Stätten ihrer Wurzeln ginge. Daniel Treacy hingegen und seine verstorbene Frau hatten, wie er behauptete, keine derartige Bindung an die alte Heimat verspürt. Es schien, als hätten sich beide zu verschiedenen Zeiten die irische Scholle ein für alle Male von den Schuhen geklopft.

Und doch soll sich Midge Treacy »einsam« gefühlt haben.

Irgendwie paßte das nicht zusammen. Sky konzentrierte sich auf die abgehackten Antworten, die sie auf ihre Fragen bekam. Midge hatte ihrem Ehemann zufolge ihr Leben in der Jagdhütte fast ausschließlich mit der Anfertigung von Aquarellen der sie umgebenden Berge oder mit Lesen zugebracht. Sie war immer sehr spät aufgestanden, war nie einkaufen gegangen, und wenn sie überhaupt irgendwohin fuhr, dann nie weiter als die vierzig Meilen bis Libby hinab. Der Eigentümer eines Ladens für Künstlerbedarf dort hatte sie mit ihren Materialien versorgt, und ihr außerdem immer einige Exemplare seiner eigenen Sonntagsausgabe der *New York Times* aufbewahrt, aus deren Literaturbeilage sie regelmäßig eine Reihe von Büchern aus New York oder Toronto bestellte.

»Tut mir leid, viel mehr gibt es nicht…« Das Gespräch versandete und Treacy spießte eine kleine Kartoffel auf. Sky bemerkte, daß nicht nur ihr eigenes Essen fast unberührt auf dem Teller lag, wie es bei Interviews während einer Mahlzeit die Regel war, sondern daß er kaum mehr gegessen hatte als sie. Was sie unter den gegebenen Umständen einigermaßen verstand. Als wäre er sich ihres beginnenden Mitgefühls bewußt, sah er sie an, und sie entdeckte einen Ausdruck in seinen Augen, der möglicherweise als Hinweis auf ein leichtes Auftauen zu werten war.

In dem Gefühl, von ihm einen Wink bekommen zu haben, überlegte sie, was als nächstes in Frage kam. »Ich habe Gerüchte gehört, denen zufolge Sie für ein öffentliches Amt kandidieren wollen.« Obgleich ihr nichts Derartiges zu Ohren gekommen war, stellte eine Frage ohne offensichtlichen Zusammenhang mit dem bisher Gesagten eine Technik dar, durch die eine ins Stocken geratene Unterhaltung wieder in Gang kam.

Dieses Mal jedoch nicht. »Aber nie und nimmer! Da hat man Sie offenbar falsch informiert.« Treacy machte wieder dicht. »Um nun auf den eigentlichen Anlaß unseres Gesprächs zurückzukommen – Midge hat, wie Ihnen inzwischen sicher deutlich geworden ist, Miss MacPherson, ein sehr, sehr zurückgezogenes Leben geführt. Und zwar ist es ihr Wunsch gewesen!«

Wenn die Frau so versessen auf ein ruhiges Leben war, weshalb hatte sie sich dann an jenem Abend ganz allein auf einen gefährlichen Highway begeben? Etwas schien hier nicht geheuer, doch war dies wohl kaum der richtige Augenblick und Ort, um sich aufzuführen wie ein Oberstaatsanwalt. »Was hat sie denn so gelesen?« Sky schob sich ein winziges Stückchen inzwischen kalten Fleischs in den Mund und zerkaute es bedächtig.

»Bestseller, Frauenromane, so Zeug.« Er winkte ab.

Vor Empörung errötete Sky, aber wieder hielt sie ihre Zunge im Zaum. Was hatte sie damit zu tun, wenn Feminismus nicht seine Stärke war; immerhin ging der Kerl auf die Siebzig zu. Sie schluckte ihr Fleisch und sagte: »Wohin wollte Ihre Frau an jenem Abend überhaupt, Mr. Treacy?«

»Das weiß nur der liebe Gott!« seufzte er. »Offenbar fuhr sie Richtung Süden; aber ich kann mir nicht vorstellen, daß sie noch nach Butte wollte. Wie Sie wissen, hat sich der Unfall in der Nähe von Mayville, nördlich von Libby ereignet – vielleicht war das ihr Ziel, obgleich sie, soweit ich weiß, dort weder Freunde noch Bekannte hatte. Wenn ich an jenem Abend doch nur zu Hause gewesen wäre! Aber jetzt nützt Jammern nichts mehr.« Zum ersten Mal nippte er an seinem Wein. »Das Leben ist voller ›wenns‹, nicht wahr?«

Statt einer Antwort fragte Sky: »Was ist mit Schulfreunden Ihrer Frau oder deren Familien? Hat – Verzeihung – hatte Mrs. Treacy irgendwo in den Staaten zu irgend jemandem Kontakt?«

Wieder schüttelte er den Kopf. »In Irland hat sie ein Internat besucht, bis sie zu Beginn ihres letzten High-School-Jahres hierher kam; soweit ich weiß, hat sie bereits kurz nach dem Abschluß niemanden aus ihrer Klasse mehr getroffen. Das ist der Grund, weshalb sie in Irland begraben wird. In einem kleinen Dorf namens Crossmolina. All ihre Verwandten und Freunde leben dort, so daß jeder, der sich noch an sie erinnert, zur Beerdigung kommen kann. Wir haben eine Todesanzeige in die irischen Zeitungen gesetzt.«

»Und was für ein Gefühl ist es für Sie, nach Irland zurückzukehren?« Sky fand, daß sie nur wenig zu verlieren hatte, wenn sie dem Gespräch eine leichte Wendung gab. »Auch wenn es natürlich ein trauriger Anlaß ist…«

»Allerdings.« Irgend etwas auf seinem Teller schien sehr interessant zu sein. »Aber ich bleibe nicht lange dort. Sofort nach der Beerdigung werde ich wieder aufbrechen – ich habe dringende geschäftliche Termine, die ich nicht verschieben kann.«

»Dann werden Sie die Gelegenheit also nicht nutzen, um Ihre eigene Familie zu besuchen?«

»Dazu ist wohl keine Zeit.« Endlich schaute er sie an, wobei sein Blick wieder so unergründlich wie zu Beginn der Unterhaltung war. »Aber um Ihre nächste Frage vorwegzunehmen, Miss MacPherson: einige Verwandten von meiner Seite werden zweifellos zur Beerdigung kommen, so daß ich sie dort treffe. Könnten wir bitte aufhören, über mich zu sprechen?«

Sky akzeptierte den Tadel und spielte eine Zeitlang mit ihren Lammscheiben. Sie wartete, während das Band in ihrem Recorder lief und nichts außer dem hohlen Geklapper von Bestecken aufnahm. »Sie haben nie Kinder gehabt?« fragte sie plötzlich gespielt spontan.

»Nein.«

Eindeutig hatte sie einen Nerv getroffen, aber so schnell ließ sie nicht von ihrem Opfer ab. »War dies ein Grund zur Trauer für Ihre Frau? Für Midge?«

»Es war ihre Entscheidung. Ich bin sicher, inzwischen haben Sie für Ihren Artikel mehr als genug, Miss MacPherson.« Er bedachte den kleinen Kassettenrecorder mit einem vielsagenden Blick.

»Beinahe!« Sky ließe sich nicht von ihm über ihre Arbeit belehren, egal wie delikat die Situation auch war. »Ohne Ihnen zu nahe treten zu wollen, Sir, möchte ich noch anmerken, daß es erstaunlicherweise in der Leichenhalle weder Blumen noch Kränze gab…«

»Auf meinen Wunsch hin«, unterbrach er sie. »Wir hätten sie doch hierlassen müssen, denn ich sehe keinen Sinn darin, Trauerkränze über den Atlantik zu fliegen. Und bevor Sie weiter fragen, die Rose auf dem Sarg war tatsächlich von mir.«

Sie nahm den Fehdehandschuh auf. »Wie stand es eigentlich um die Gesundheit Ihrer Frau, Mr. Treacy? Hier in der Stadt haben wir sie ja nicht allzuoft gesehen, denn, wie Sie selbst sagten, war sie während der letzten Jahre offenbar am liebsten allein. Könnte das daran gelegen haben, daß sie, nun… gebrechlich war?«

»Wer hat Ihnen denn das erzählt?« Seine Empörung war echt und Sky erkannte, daß sie die Grenze des Schicklichen überschritten hatte. »Tut mir leid, Mr. Treacy, ich wollte Ihnen nicht zu nahe treten. Begreiflicherweise ist diese ganze Sache schmerzlich für Sie – aber schließlich wurde sie erst vor wenigen Wochen betrunken hinter dem Steuer ihres Wagens erwischt…«

»Ich muß darauf bestehen, daß der Interviewteil unseres Zusammenseins jetzt beendet ist«, unterbrach er sie, ehe er sich wieder im Griff hatte. »Da Sie nun einmal danach fragen – für einen Menschen in den Vierzigern war meine Frau durchaus gesund. Ja, man hat sie einmal betrunken am Steuer angetroffen. Aber Sie können suchen, soviel Sie wollen, mehr finden Sie nicht! Sie hat weder die Menschenansammlungen noch den Schmutz in der Stadt gemocht und aus diesem Grund mit meiner vollen Unterstützung ihren eigenen Lebensstil gewählt. Stellen Sie nun bitte endlich dieses Gerät ab.«

Sky kam seiner Bitte nach. Die Frau war tot und die Privatgeschichten ihrer Ehe gingen außer ihr und ihrem Mann niemanden etwas an… aber offen gestanden war ihre anfängliche Verwunderung über das Ausmaß der Kooperationsbereitschaft dieses Mannes dem Verdacht gewichen, daß er mit allen Kräften die Umstände des Todes seiner Frau zu verschleiern versuchte. Das wollte sie auf jeden Fall im Auge behalten. »Es tut mir leid, falls ich Sie aufgeregt habe.« Sie schob den Recorder in die Tasche. »Wahrscheinlich bin ich einfach von Natur aus neugierig. Wie alle Reporter bekomme ich nie genug.«

Er bedachte sie mit einem bösen Blick, doch dann legte er sein Besteck ordentlich über das zur Hälfte gegessene Fleisch auf den Teller und lehnte sich entspannt zurück. »Und mir tut es leid, falls ich ein wenig ruppig war«, sagte er. »Aber in den letzten Tagen stehe ich ziemlich unter Druck. Das verstehen Sie bestimmt.«

»Natürlich.« Sie lächelte in seine kalten braunen Augen. »Wenn es Ihnen recht wäre, würde ich irgendwann einmal über Sie etwas veröffentlichen, Mr. Treacy.«

»Auf keinen Fall.«

Sie widersprach ihm nicht. Hier war eine Geschichte, und eines Tages wäre sie diejenige, die sie schrieb. »Wäre es dann vielleicht möglich, daß wir uns einmal auf einer etwas persönlicheren Ebene unterhalten?« Seine grimmige Miene schreckte sie nicht.

»Ihre Erinnerungen an meine Großmutter interessieren mich. Meine Mutter hat mir eine Menge erzählt und selbstverständlich bekommen wir regelmäßig Briefe – meine Großmutter lebt heute in Cork, wußten Sie das?«

»Nein, leider nicht.« Er schüttelte den Kopf, zog seine Brille aus der Tasche und polierte sie.

»Dann wäre Ihnen ein solches Gespräch also recht?« Sky nutzte sofort ihren momentanen Vorteil. »Manchmal ist es nett, wenn man eine Sache aus einer anderen Perspektive berichtet bekommt.«

»Ohne Kassettenrecorder?« Er hob seine Brille ins Licht.

»Keine Aufzeichnungen, egal welcher Art, Mr. Treacy. Sie würden mir damit einen persönlichen Gefallen erweisen.«

»Dann vielleicht irgendwann einmal – schließlich braucht man einen positiven Draht zur Presse.« Er bedachte sie mit einem frostigen Lächeln, aber ehe sie etwas erwidern konnte, blickte er auf ihren halbleeren Teller und fuhr fort: »Ich möchte nicht unhöflich sein, aber zu Hause warten ein paar Freunde auf mich und morgen steht mir, wie Sie sich vielleicht denken können, ein schwerer Tag bevor. Macht es Ihnen etwas aus, wenn wir diesmal auf die Nachspeise verzichten?«

»Es ist ein Jammer, dieses köstliche Essen zu vergeuden, aber genau wie Sie« – Sky wies auf seinen Teller, der ebenso wenig leer gegessen war – »habe ich keinen besonderen Appetit. Muß an meiner Erkältung liegen.« Sie faltete ihre Serviette zusammen und legte sie auf den Tisch.

Zu ihrer Zufriedenheit war immerhin ein Anfang gemacht.

5

Als Sky nach Hause kam, erfüllten die Luft in der kleinen Küche ganze Räucherstäbchenschwaden: Offensichtlich hielten die Glückseligen Schwestern, das aus ihrer Mutter und ihren seelenverwandten Freundinnen bestehende Trio, eine ihrer Sitzungen ab. Und, wenn sie die Zahl der Tassen, der benutzten Teebeutel und duftenden Kerzenstummel nahm, tagte die Gruppe bereits seit geraumer Zeit.

»Greg hat angerufen, während du fort warst.« Skys Mutter saß hinter Buffy und massierte ihr den Nacken, während sie sprach. »Er sagt, ich soll dir ausrichten, mit Freitag ginge alles klar.« Er und Sky wollten am Wochenende in die Hütte seiner Eltern am Flathead Lake, und auch wenn sie den Ort liebte, wünschte sie, sie hätte ihn für sich allein. Buffy, die die beiden Katzen auf dem Schoß beherbergte, schniefte und schneuzte sich; aber Sky hatte weder Lust, sich anzuhören, weshalb ihr offenbar so elend zumute war, noch verspürte sie das geringste Interesse an einer Interpretation dieser Leiden durch Hermana oder ihre Mom. »Ich dachte, euer Treffen fällt aus?« Es war bereits nach halb zehn, und da ihr eigenes Zimmer so unaufgeräumt war, hatte sie auf die Verfügbarkeit des Küchentisches gehofft.

»Sollte es auch, aber dies ist eine Notsituation. Buffys Sohn wollte aus Wisconsin kommen.« Johanna fuhr mit der Massage ihrer Freundin fort. »Aber dann hat er eine Stunde, bevor sie zum Flughafen startete, angerufen und abgesagt. Buffy hat den Jungen seit vierzehn Monaten nicht mehr gesehen, Sky. Wie war dein Abendessen?«

»Die Jugend! Möchte irgend jemand noch Kamillentee?« Hermana erhob sich von ihrem Stuhl und schlurfte zum Herd, wodurch es Sky erspart blieb, auf die Frage zu antworten. Hermana war im wahrsten Sinne des Wortes das Schwergewicht unter den Schwestern; doch hinter ihrer brummigen Art verbarg die beinahe hundert Kilo schwere, einen Meter achtzig große Hünin mit dem kurz geschnittenen Haar und dem leuchtenden, kreisrunden Gesicht ein geräumiges, butterweiches Herz. Sie war nicht unbedingt die Hellste des Vereins. Als Sky sie einmal gefragt hatte, ob sie ihren Namen, spanisch für »Schwester«, gewählt hätte, weil er als Hommage an den Feminismus zu sehen war, hatte sie sie mit großen Augen angesehen und geschnaubt: »Ach, Hermana heißt Schwester?« Wobei ihr Gesicht vor Freude und Überraschung burgunderrot geworden war. »Eigentlich ist es anders gelaufen. Weißt du, Sky, Mom und Dad wollten unbedingt einen Jungen – Hermann, du verstehst?« In den wenigen Augenblicken, wenn sie nicht gerade von den drei Glückseligen Schwestern wahnsinnig gemacht wurde, betete Sky sie an. Jetzt allerdings lehnte sie den angebotenen Kamillentee freundlich ab und wandte sich zur Tür. »Ich muß noch einen Artikel schreiben. Das mache ich wohl besser in meinem Zimmer. Aber euch dreien wünsche ich weiterhin viel Spaß.«

»Den haben wir ganz sicher.« Hermana riß das Zellophan von einer Packung Sonnenblumenplätzchen und ordnete sie gefällig auf einem Teller an.

Die andere Hälfte des einstöckigen Doppelhauses, das Sky mit ihrer Mutter bewohnte, stand seit über sechs Monaten leer, was ihnen wegen der papierdünnen Wände, durch die man normalerweise noch die intimsten Aktivitäten der Nachbarn mitverfolgen konnte, durchaus gelegen kam. Wenn Sky einmal nicht der Sinn nach Flucht vor allem stand, sehnte sie sich danach, zusammen mit ihrer Mutter umzuziehen; aber dazu hatte das Geld bisher einfach nicht gereicht. Johanna war so gut wie mittellos – ihr einziges Einkommen bestand in dem wenigen, was sie für wöchentlich zwölf Stunden als Serviererin im Café des nahe gelegenen Krankenhauses bekam; außerdem bewirkte ihre Weltfremdheit – die allen anderen so anziehend erschien und nur Sky oft dazu brachte, vor Wut in die Luft zu gehen – daß sie mit ihrem Geld niemals über die Runden kam. Zwar wusch sie benutzte Pappteller sorgsam ab und verwendete denselben Teebeutel ohne Bedenken zehnmal – aber dann gab sie alles Geld, das sich in ihrer Börse befand, dem erstbesten Schnorrer oder Lackaffen, der mit einer Sammelbüchse vor der Haustür stand.

Die anderen Glückseligen Schwestern halfen Sky, so daß sie mit der Verantwortung für Johanna nicht ganz alleine war: Buffy, eine vorzügliche Köchin, brachte regelmäßig etwas zu essen vorbei, und Hermana, deren schuldbewußter Exmann einen weit überhöhten Unterhalt zahlte, »verlor« hin und wieder ein paar Dollar in der Wohnung, damit die glückliche Johanna sie als eigene, offenbar irgendwann einmal beiseite gelegte Reserve fand.

Skys Gehalt reichte aus, daß es sich bequem leben ließ; aber eine Mieterhöhung hätte eine Verringerung der Zahl der Fahrten zu Ben Franklin's und ein Ende ihrer Wochenendausflüge, mit oder ohne Greg, zur Folge gehabt. Diese kleinen Urlaube von ihrer Mutter und ihrem Job waren allerdings unbedingt erforderlich, damit sie nicht vollends den Verstand verlor.

Sie schloß die Tür ihres Zimmers, fegte ihren Schreibtisch leer und stürzte sich in die Arbeit, auch wenn das Murmeln der Frauenstimmen aus der Küche dabei ein wenig lästig war. Ohne zu überlegen tippte sie geradewegs vom Band in den Laptop, und irgendwann nach einer Stunde, die sie bereits über dem Artikel saß, fand die Therapiesitzung in der Küche ein hörbares Ende. Die beiden Freundinnen verabschiedeten sich von ihrer Mutter und eine Wagentür schlug zu. Hermana und Buffy lebten beide weiter südlich, ungefähr eine Meile entfernt am anderen Ende der Stadt.

Als der Nachruf schließlich fertig war, fühlte sich Sky wegen des konsumierten Weins ein wenig träge, so daß sie sich erhob und mit ein paar Dehnübungen begann, auch wenn dies wegen des allgemeinen Wirrwarrs nur schwer möglich war. Anschließend ging sie in die Küche, denn eine letzte Tasse entkoffeinierten Kaffees wäre sicher nicht schlecht.

Johanna starrte verträumt auf ihr eigenes Spiegelbild im dunklen Glas des Fensters über der Spüle und wickelte sich eine Strähne ihres lockigen Haars um den Zeigefinger; anscheinend war sie aus irgendeinem Grund wieder mal aus dem Gleichgewicht geraten. Skys Angebot, ihr etwas zu trinken zu bringen, lehnte sie dankend ab. »Ein seltsamer Abend, Sky. Irgend etwas wirklich Seltsames geht hier vor. Seit Jahren habe ich nicht mehr an deinen Vater gedacht, und jetzt taucht er plötzlich einfach auf.«

»Wo? Tut mir leid, Mom!« Sky versuchte sich zu konzentrieren. »Woran hast du denn in Zusammenhang mit Dad gedacht?«

»Ach, nur...« Ihre Mutter zerrte nun heftiger an der Strähne. »Er ist ganz in der Nähe. Ich fühle ihn ganz stark.«

»Also bitte, Mom, was soll dieser Quatsch?« Dann bemerkte Sky, daß Johanna, höchst untypisch für sie, Unsicherheit verriet. »Willst du darüber reden?« Sie schüttete kochendes Wasser auf das braune Pulver in ihrem Becher und trug ihn zum Tisch.

»Nicht wirklich.« Die Stimme ihrer Mutter hatte einen traurigen Klang. Sie kam und setzte sich neben Sky. »Ich nehme an, es liegt einfach an Buffy und an dem, was sie im Augenblick alles durchmachen muß. Vermutlich ist Leichtlebigkeit einfach eine Junge-Männer-Krankheit.«

»Denkst du das über Dad?« Bei ihrem letzten Pflichtbesuch vor beinahe acht Jahren, kurz nachdem sie aus Chicago nach Montana zurückgekehrt war, hatte Sky Larry MacPherson als einen durchaus glücklichen Single vorgefunden, der sich seinen Lebensunterhalt mit Führungen reicher Männer durch die Jagd- und Fischgründe verdiente, die er liebte und in denen er zu Hause war.

Johanna und er hatten früher einmal in einer Wohngemeinschaft zusammengelebt, und wie Skys Mutter immer betonte, absichtlich nicht geheiratet, damit die Erinnerung an die herrliche gemeinsame Zeit keine Trübung erfuhr. Sie gingen als Freunde auseinander: Der damals erst achtzehnjährige Larry war geblieben, bis Sky auf die Welt kam; dann hatte er sich Richtung Norden treiben lassen, erst nach Alaska, von wo aus er sich durch das nördliche und westliche Kanada arbeitete, bis er schließlich in der Nähe von Yaak, nordwestlich von Montana, gelandet war. Bis zu Skys einundzwanzigstem Geburtstag hatte er immer wieder, wenn auch sporadisch, soviel Geld geschickt, wie er erübrigen konnte. »Du vermißt ihn heute abend, ist es das?« Sky verzog das Gesicht, als sie den ersten Schluck des bitteren Kaffees trank, und gab ein paar Löffel Zucker aus der Dose auf dem Tisch hinzu.

»Es ist mir ein Rätsel, wie du immer so schlank bleibst, Sky.« Ihre Mutter stieß einen Seufzer aus. »Nein, so kann man es nicht sagen. Wenn ich mein Leben noch einmal anfinge, würde ich alles genauso wieder machen.« Dann lächelte sie. »Wahrscheinlich liegt es einfach an meinen Hormonen, Schatz. Hermana ist nicht die einzige, der die Wechseljahre zu schaffen machen.«

»Red doch keinen solchen Unsinn, Mom, das sieht dir so gar nicht ähnlich.«

»Ich weiß.« Johanna stand auf und räumte die Reste des Teegeschirrs in die Spüle. »Liegt bestimmt an dem Sturm heute abend. Irgend etwas ist in der Luft – ich spüre es – ahh.« Sie schüttelte sich. »Und bestimmt fällt der Apfel auf den Kopf desjenigen, der sich unter den Baum gestellt hat, wie man bei uns früher sagte.«

»Was für wunderbare Sprichwörter ihr Iren doch habt!« Sky genoß diese kurzen Phasen des Waffenstillstandes, während derer ihre Mutter ihr weniger als gewöhnlich auf die Nerven ging. »Hier, mein Kaffee ist sowieso noch zu heiß. Laß mich dir helfen.« Sie nahm einen Lappen und wischte die Kekskrümel vom Tisch in ihre Hand. »Hör zu, Mom…« Da sie den Frieden nicht stören wollte, überlegte sie, wie sie wohl am besten das ansprach, was ihr auf dem Herzen lag, doch dann sagte sie es geradeheraus. »Daniel Treacy scheint eine Menge über unsere Familie zu wissen. Offenbar kennt er sogar Dad. Weshalb hast du mir das nie erzählt?«

»Ich wußte nicht, daß er deinen Dad kennt.« Etwas in der Stimme ihrer Mutter führte dazu, daß Sky im Wischen innehielt. Sie spähte Johanna an, die, ihr den Rücken zugewandt, wieder hinaus ins Dunkle sah. Diese Verhaltenheit paßte so gar nicht zu ihr. »Mutter! Was ist los?«

»Du weißt genauso gut wie ich, Sky, daß die Iren in Butte alle aus derselben Gegend in Irland stammen. Natürlich kennen – oder besser – haben wir uns alle gekannt.«

Sky dachte eilig über ein paar Daten nach. Wenn ihre Mutter 1954 im Alter von sechzehn, und Treacy vor achtundvierzig Jahren, also 1944, hierhergekommen war, dann mußte Johanna etwa fünf und er ungefähr zwanzig gewesen sein beim Verlassen der Heimatgemeinde. »Warum diese Geheimniskrämerei? Warum hast du es mir nicht schon längst einmal erzählt? Erst vorhin hast du mich noch glauben lassen, daß du den Kerl überhaupt nicht kennst…«

»Das ist nicht wahr!« Johanna war empört. »Du hast mich bisher noch nie direkt nach ihm gefragt, so daß sich gar keine Gelegenheit ergab.«

»Mom!« Sky warf den Lappen fort. »Über Lahersheen und alle, über Grandma und meinen tollen Onkel Francey hast du mir auch schon jede Menge Geschichten erzählt, ohne einen zwingenden Anlaß!« Johannas Bruder, Francis Sullivan, war der einzige des Clans, der es zu etwas gebracht zu haben schien. Er mußte ein reicher Mann sein und hatte seit langem versprochen, einmal nach Amerika in die neue Heimat seiner Verwandten zu kommen. »Sieh mich an, Mom!« Sky sank auf einen der verchromten Plastikstühle. »X-mal hast du mir die Namen eurer ehemaligen Nachbarn, eurer Pferde, eurer Kühe und Hunde, und selbst eurer verdammten Hühner, genannt. Was soll ich also davon halten, daß der Name von Buttes prominentestem Bürger bisher nicht ein einziges Mal über deine Lippen drang?«

»Bitte sprich nicht in diesem Ton mit mir, Sky. Ich sagte bereits, du hast mich einfach nie danach gefragt.« Als Johanna sich umdrehte, sah Sky ihrem starrsinnig zusammengepreßten Mund an, daß jedes weitere Bohren sinnlos war.

»Bilde dir ja nicht ein, daß ich es dabei bewenden lasse, Mom.« Widerwillig akzeptierte sie den Gute-Nacht-Kuß, den ihre Mutter ihr gab.

»Ich bin müde, es ist Schlafengehenszeit.« Johanna hob einen Finger an ihre Lippen. »Es ist schon spät, am besten reden wir morgen weiter. Stardust! Moondancer! Kommt, Jungs!« Von den beiden Katzen gefolgt, verließ sie den Raum.

Früh am nächsten Morgen gab Sky ihren Artikel ab und erklärte Jimbo, sie führe in das Bestattungsinstitut und nähme an der Andacht vor der Verschiffung des Leichnams statt.

Er war überrascht. »Wir brauchen nur den Namen des Typen, der die Gebete spricht, und die der wichtigsten Trauergäste, was wir alles schon wissen. Es besteht also keine Verpflichtung für dich, dorthin zu gehen.«

»Aber ich will es!« Sky war wütend. Sie hätte ihr Vorhaben ihm gegenüber gar nicht erwähnen sollen.

»Wie du meinst.« Der Chefredakteur zuckte die Schultern und wandte sich dem Telefon zu.

Erwartungsgemäß herrschte in der Leichenhalle Hochbetrieb. Obgleich Sky überpünktlich zu der für zehn Uhr angesetzten Feier erschien, waren in der Kapelle bereits sämtliche Plätze besetzt, so daß sie, den Rücken an die Wand gepreßt, im Korridor zu stehen hatte. Sie tauschte Verbindlichkeiten mit anderen Reportern und Leuten, die sie zwischen all den dunklen Anzügen und Amtsketten erkannte, aus, und fragte sich, was sich die arme Mary Dorothy Treacy wohl dächte angesichts dieses respekteinflößenden Defilees, das ihr im Leben – auf eigenen Wunsch allerdings – nie zuteil geworden war.

Um Punkt zehn tauchte Daniel Treacy auf und wurde von dem vor Diensteifer triefenden Direktor des Bestattungsunternehmens durch das Gedränge geführt. Von ihrem Platz aus beobachtete Sky seine Haltung, als schriebe sie einen ausführlichen Bericht über ihn, und sofort fühlte sie sich wie ein Voyeur. Wie auch immer es um Treacys Gefühlszustand an diesem Morgen bestellt sein mochte, er wollte eindeutig Distanz bewahren; deshalb starrte er reglos auf einen Punkt vor sich in der Luft, während Bill Collins die Menge im Flur auseinanderschob. Ein, zwei der Würdenträger versuchten, ihm ihr Beileid auszusprechen, als er vorüberging, aber das ignorierte er.

Als im Inneren der Kapelle das Murmeln der Gebete begann, fragte sich Sky erneut, weshalb ihre Mutter nicht gekommen war. Auch wenn Johanna keineswegs regelmäßig in die Kirche ging, hatte sie doch ein Faible für sämtliche Veranstaltungen, die in der Umgebung der verschiedenen religiösen Organisationen des Städtchens stattfanden. Sie und die Glückseligen Schwestern waren stets bereit, bei Sammlungen behilflich zu sein oder Kuchen zu backen; außerdem nahmen sie zuverlässig an den Beerdigungen von Menschen teil, deren Verwandten man irgendwann einmal irgendwo begegnet war. »Aber du kanntest diesen Mann doch noch von zu Hause, Mom!« Sky hatte fest mit ihrer Mutter gerechnet.

»Nein, ich glaube, ich komme lieber nicht.« Ihre Mutter hatte sich auf ihre Schale mit Nüssen und Körnern konzentriert. »Ich denke hier an das arme Geschöpf. Da habe ich mehr Ruhe.«

Falls es überhaupt eines Nachdrucks bedurft hätte, daß Sky die Geschichte weiterverfolgen sollte, die ihre Mutter über Daniel Treacy und seine Frau so hartnäckig verbarg, dann war die Sache hiermit klar; aber Sky wußte, daß Johanna auf die ihr eigene reizende Art stur wie ein Maulesel sein konnte und so bedrängte sie sie für den Augenblick nicht weiter.

Als sie hörte, wie sich das Geleier in der Kapelle dem Ende des Rosenkranzes näherte, überlegte sie, ob sie dem Trauerzug bis zum Flughafen folgen sollte. Sie würde gern sehen, wie man beim Verladen eines Sarges verfuhr – wurde der Sarg zum Beispiel einfach an Bord gehievt wie eine Kiste Obst? Oder gab es ein vorgeschriebenes Ritual wie bei der Überführung eines Soldaten, der in der Fremde gefallen war? Am Ende jedoch hielt sie Zurückhaltung für besser. Sie mußte Daniel Treacy unbedingt dazu bewegen, sein Versprechen zu halten und sich, wenn ein angemessener Zeitraum verstrichen war, mit ihr über die gegenseitigen Familienverhältnisse unterhalten; doch wenn sie den Anschein erweckte, an seiner Person allzu interessiert zu sein, verschreckte sie ihn sicher.

Die Gebete endeten und Collins schaffte mit Hilfe von Teddy Morzsansky einen Korridor vor der Kapelle, damit auf dem Weg des Sarges hinaus zu dem wartenden Leichenwagen keine Verzögerung entstand. Draußen in der Allee blitzten Chrom, Seitenspiegel und metallischer Lack, glitzerten goldene Uhren und goldener Schmuck, glänzte der sorgsam geharkte Kies. Ein kurzes Morgengewitter hatte die Luft angenehm abgekühlt, und es war ein perfekter Montana-Sommertag.

Was erwartete Midge Treacy in der Grafschaft Mayo, wohin die Reise ging? Nach allem, was Sky über Irland wußte, schlösse sich der kalte, nasse Lehm des Landes sicher wie eine erstickende Decke über ihr. Arme Frau – Sky drehte sich um und beobachtete, wie die Gruppe der Sargträger die metallene Kiste in den Leichenwagen hob –, hätte sie das gewollt?

Sie spürte, daß Daniel Treacy ungeduldig auf den Fortgang der Prozession wartete, wenn er auch mit regloser Miene die Beileidsbezeugungen seiner Bekannten, Kollegen, Angestellten und ihrer sorgsam frisierten Gattinnen entgegennahm oder kurz irgendwelche Hände schüttelte. Sobald die Tür des Leichenwagens geschlossen war, marschierte er entschlossen auf die dahinter parkende Limousine zu und stieg ein. Der beobachtenden Sky kam seine Eile unangemessen vor. Schließlich war es kein planmäßiger Flug, durch den man an bestimmte Zeiten gebunden war: der Sarg wurde nämlich im Privatflugzeug der Treacy Resources transportiert. Es war, als hätte Daniel das Kapitel seiner Ehe bereits abgeschlossen und sich in Gedanken schon neuen Geschäften zugewandt.

Wie eine dunkle, wenn auch nicht allzu wohlgeordnete Ehrengarde flankierte die Menge die Allee, als der Leichenwagen, gefolgt von der Limousine, langsam die Einfahrt des Bestattungsunternehmens hinunterfuhr. Es würde eine kleine, traurige Prozession sein, die den Sarg bis zum Flughafen begleitete, und nicht zum ersten Mal dachte Sky, daß zwischen Geld und Glück offenbar kein direkter Zusammenhang bestand.

Sie merkte, daß sie neben Teddy und Melinda Morzsansky ein wenig abseits der Leute auf der anderen Seite des Weges stand. Als die Limousine an ihnen vorüberglitt, starrte Sky, in der absurden Vorstellung, aufgrund ihres Berufs gewissermaßen unsichtbar zu sein, angestrengt in das Innere des Fahrzeugs, um Daniel Treacy ein letztes Mal zu sehen. Die Fensterscheibe war leicht getönt, aber sie erkannte sein Gesicht – genau dann, als er zu ihr herübersah. Die feinen Härchen an ihren Unterarmen straubten sich, es lag ohne jeden Zweifel auf der Hand, daß ihm ihre Anwesenheit mißfiel.

Vor lauter Versunkenheit bemerkte sie nicht, wie sich zwei der Trauergäste, passend gekleidet und ordentlich frisiert, aus der Menge lösten und entschlossen dem Ende der Einfahrt zustrebten, wo eine unauffällige, beigefarbene Limousine stand.

KAUF DAD EINEN SECHSER-PACK! NUR $ 23.95! Das Schild prangte auf dem Vordach einer Tankstelle am Ortseingang von Polson, der Stadt, die an der südlichen Spitze des Flathead Lake gelegen war. Der fragliche Sechser-Pack beinhaltete sechs Wagenwäschen, die tolle Idee irgendeines brillanten Burschen für ein Geschenk zum Vatertag. »Hast du deinem Dad für den dreiundzwanzigsten was gekauft?« Sky blickte hinüber zu ihrem Freund, dessen Fahrstil, gelinde gesagt, lässig war. Einen gestiefelten Fuß hatte er auf das Armaturenbrett neben dem Lenkrad gestemmt, das er genau mit einem Finger hielt.

»Was?« Greg nahm seinen Hut vom Kopf, wischte sich mit dem Arm über die Stirn und setzte ihn wieder auf. »Das soll ja wohl ein Scherz sein, nehme ich an. Bildest du dir allen Ernstes ein, die Geschenkindustrie würde von mir unterstützt?«

»Reg dich nicht auf, ich habe ja nur gefragt.« Sky war nicht in der Stimmung für eine Diskussion oder einen Streit. Zufällig hatte sie gerade, bevor ihr das Schild ins Blickfeld kam, an ihren Vater gedacht. Breite, menschenleere Straßen – in Montana wahrscheinlich noch menschenleerer als in jedem anderen Staat – erinnerten sie immer an seinen freiheitsliebenden Geist. Auch wenn es nicht ihre Gewohnheit war, Larry zum Vatertag zu kontaktieren, hielt sie es für angebracht, ihm mal wieder zu schreiben. Ihr letzter Briefwechsel war Weihnachten erfolgt.

»Hast du schlechte Laune oder so?« Greg lenkte den Pickup schwungvoll auf den Parkplatz eines Lebensmittelgeschäfts. »Einverstanden mit einem Stop?«

»Hier halten wir ja wohl immer an, oder nicht?« Sky betrachtete das Schaufenster des Ladens, in dem sich Berge von Wassermelonen stapelten, ohne allzu große Begeisterung. »Und nein, ich habe keine schlechte Laune.«

»Tja, beinah sah es so aus!« Er stellte den Motor ab. »Und jetzt setz mal deinen hübschen kleinen Hintern in Bewegung und sieh zu, daß du mir was Anständiges zum Beißen besorgst, Frau!«

»Ich wünschte ...« Sky unterbrach sich. »Ach, egal.« Sie sprang aus dem Führerhaus des Wagens und ließ die Tür hinter sich zukrachen. »Also los, nimm dir einen Einkaufswagen und komm mit.« Wie leicht er doch zu durchschauen war: Gregs Gehabe stand in direktem Verhältnis zu seiner Unsicherheit. Schweigende Frauen bereiteten ihm Unbehagen und während dieser Fahrt war sie ungewöhnlich ruhig gewesen.

Obwohl er bisher nicht den Mut aufgebracht hatte, sie zu fragen, wußte Sky nur allzu gut, daß sich Greg verzweifelt nach ihrer Hochzeit sehnte. Er hatte Dutzende, im Endeffekt erfolglose Beziehungskisten hinter sich. Außerdem kapierte er absolut nicht seine offensichtliche Unfähigkeit, sich – trotz seines anziehenden Äußeren – das Interesse einer Frau langfristig zu bewahren. Und sie war bisher nach jedem Trennungsversuch zu ihm zurückgegangen, weil sie die Erinnerung an seinen verletzten Blick einfach nicht ertrug. Niemals würde er der weiße Ritter in der schimmernden Rüstung sein; aber er war ehrlich und gutherzig, und ihn zu verlassen erschien ihr ebenso grausam, wie wenn man einen Welpen an der Autobahn aussetzte. »Vielleicht hast du recht. Ich bin ein bißchen gereizt. Verzeihst du mir?« Sie nahm seinen Arm und verspürte abermals Schuldgefühle, als sie seine erleichterte Miene sah. Aber dann machte er alles wieder kaputt. »Klar doch verzeihe ich dir, Baby!«

»Tust du mir bitte einen Gefallen, Greg?« Sie drehte sich zu ihm herum.

»Mit Vergnügen!«

»Meinst du, daß du an diesem Wochenende, nur einmal, auf diesen Western-Scheiß verzichten kannst? Und bevor du fragst, sage ich dir, daß ich damit das Baby, das Frau und all den anderen Macho-Blödsinn meine. Ich bin ein bißchen überarbeitet und wenn du das schaffen könntest, wäre es wesentlich leichter für mich.«

Er bedachte sie mit einem verwirrten Blick, doch nach kurzem Zögern sagte er: »Aber sicher. Tut mir leid, Sky, mir war nicht klar, wie dreckig es dir geht.«

»Dreckig ist übertrieben.« Sky hatte keine Lust, ihm zu erklären, was ihr auf der Seele lag. »Zumindest im Augenblick noch. Ich möchte nur vermeiden, daß es schlimmer wird, okay?«

Sie wandte sich ab und ging vor ihm in den Laden, damit er keine weitere Gelegenheit bekam, ihr zu zeigen, wie verletzt er war – denn dann nähmen ihre Schuldgefühle ihm gegenüber sicher noch an Stärke zu.

Sie deckten sich mit Bier, Fleisch- und Feinkostsalaten, Pommes frites, Barbecue-Saucen, Holzkohle, Steaks, Würstchen, Brot, Plätzchen und einem Zehnerpaket ihres heimlichen Lasters, nämlich Snickers-Riegeln, ein; schließlich traten sie mit genug Verpflegung für eine kleine Armee wieder ins Sonnenlicht hinaus.

Die Hütte lag acht Meilen hinter der Stadt, am Ende eines Privatwegs im Wald. Manchmal dachte Sky, gemessen an der Länge der Fahrt von Butte hierher, war ein so weiter Wochenendtrip vollkommen verrückt. Und trotzdem freute sich Sky, trotz der Reisestrapazen bei ihrer Ankunft, jedesmal über das Glück, das ihr den Zugang zu einem solch zauberhaften Ort bescherte. Außerdem waren sie tröstlicherweise nicht die einzigen, die nicht davor zurückschreckten, die Hälfte des Wochenendes auf der Straße zu verbringen – den meisten anderen Hüttenbewohnern erging es ebenso. Offenbar entsprach dieses Verhalten dem Nationalcharakter.

Greg fuhr den Pickup rückwärts auf eine kleine Lichtung, und sie trugen die Lebensmittel ins Haus, das direkt am Wasser lag. Zuerst einmal öffnete Sky nach jeder Ankunft sämtliche auf den See gehende Fenster und Türen, betrat dann die auf Pfählen erbaute Sonnenterrasse und stellte sich an das Geländer, wo sie sich vorkam wie an Deck eines vor Anker liegenden Schiffs. Auch wenn es am Ufer des Flathead Lake nicht ein einziges unbebautes Grundstück gab, hatte man doch nie das Gefühl der Enge: Die Parzellen waren nach strengen Vorschriften aufgeteilt, und sämtliche Grundstücke erstreckten sich weitläufig bis an die mit Bäumen bepflanzten Grenzen. Heute waren sie erst spät aufgebrochen, so daß es bereits dämmerte und zwischen den Tannen entlang des Ufers an diversen Stellen der Rauch von Grillfeuern in den Himmel stieg. »Alles in Ordnung, Ba...? Tut mir leid – alles in Ordnung, Sky?« Greg trat hinter sie und schlang ihr die Arme um den Bauch. »Willst du ein Snickers?«

»Immer.« Sie nahm den Schokoriegel und lehnte sich in der Hoffnung zurück, daß er den momentanen Frieden nicht durch umgehende sexuelle Offerten erschütterte. »Ein herrlicher Abend, nicht wahr?«

»Hunger?« Seine Umarmung verstärkte sich.

»M-mmm.« Körperlich reagierte sie nicht. »Noch nicht. Ich schätze, daß der hier mir erst mal über die Runden hilft.« Sie riß das Papier auf. »Laß uns einfach einen Moment hier stehen und diese phantastische Aussicht genießen.«

»Gerne.« Er akzeptierte ihre Nachdenklichkeit und trat einen Schritt zurück.

Langsam lutschte Sky an ihrem Snickers, ließ die nussige Süße auf der Zunge zergehen und spürte, wie der Frieden der Umgebung auf sie überging. Als die Sonne hinter den Hügeln versank, erglühten die schneebedeckten Spitzen der Mission Range im Südosten in pinkfarbenem Glanz, und eine leichte Brise zupfte an den Grasbüscheln, die in den Ritzen zwischen den Brettern der Terrasse wuchsen.

Weit draußen auf dem schnell dunkel werdenden Wasser zog ein einsames Rennboot, dessen Motorengeräusch nicht lauter als das Summen einer Mücke war, einen Wasserskifahrer hinter sich her. Plötzlich machte der Sportler einen Purzelbaum, sein hellblauer Schwimmanzug leuchtete kurz vor den schwarzen Stämmen auf, dann tauchte er unter. Sofort verlangsamte das Boot seine Fahrt und fuhr vorsichtig und sanft wie ein Moorhuhn, das nach seinem Küken sah, einen weiten Kreis, ehe es sich leise tuckernd zu seiner Anlegestelle, ungefähr eine Viertel Meile von ihnen entfernt, zurückbegab. Als das Boot näher kam, sprang ein Hund mit freudigem Bellen vom Ufer ins flache Wasser am Rand, und Sky hörte durch die Entfernung gedämpftes Gelächter, während die Mannschaft das Boot vertäute und, angeführt von dem Hund, das Ufer hinaufrannte. Dort, wo sie und Greg standen, zitterten silbrig die Blätter einer jungen, im Wasser stehenden Birke unter der verspäteten Welle, die bis zu ihnen geschwappt war.

Allmählich gingen, eins nach dem anderen, die Lichter an den

Anlegestellen und in den Häusern ringsum an und entflammten in der dunklen Landschaft überall goldene Pünktchen.

»Glücklich?« Gregs warmer Atem liebkoste ihren Hals, und als sie sich zu ihm umdrehte, um ihn zu küssen, verdrängte sie das Unbehagen, das sie innerlich erfüllte. Natürlich war sie glücklich. Im Augenblick.

Dieses Wochenende verging, wie stets am Flathead Lake, wesentlich schneller als jeder Arbeitstag in der Stadt. Sie kamen Freitag abend an, sofort war es Sonntag mittag und die Heimfahrt stand bevor. »Ich wünschte, du hättest flexiblere Arbeitszeiten.« Greg, der in der Spirituosenhandlung seines Vaters mithalf, konnte natürlich nach Bedarf freinehmen.

»Sag das mal den Leuten beim *Courier*.« Auch wenn ihr Verhältnis zu Greg nicht weniger ambivalent als vorher war, kehrte Sky ebenso ungern wie er nach Butte zurück. »Vielleicht könnten sie die Zeitung ja immer einen Tag später herausbringen, da uns das besser paßt.«

»Ach, Schwamm drüber!« Er packte sie und sie küßte ihn, doch dann machte sie sich von ihm los.

»Am besten zwitschern wir jetzt los. Selbst wenn wir noch in dieser Minute aufbrechen, kommen wir auf keinen Fall vor Mitternacht zu Hause an.«

»Du hast recht.« Er wandte sich ab, zog die Gurte seines Rucksacks fest, und am liebsten hätte sie beim Anblick seiner hängenden Schultern laut geweint. Das ganze Wochenende über hatte er sich von seiner besten Seite gezeigt, rücksichtsvoll und sanft selbst im Bett, so daß es wahrlich keinen Grund zur Beschwerde gab. Aber ständig schlich gleich einem hungrigen Wolf das Wissen mit ihr herum, daß sich langfristig ein ernstes Gespräch über ihre gemeinsame Zukunft nicht vermeiden ließ. Und auch jetzt starrte das Untier sie mit gierigen gelben Augen an und wartete darauf, daß einer von ihnen die Fassung verlor. Beide waren sich darüber absolut im klaren. Es brach ihr das Herz – nicht um ihretwillen, sondern wegen ihm.

Völlig erschöpft betrat sie schließlich gegen ein Uhr nachts die Doppelhaushälfte in Butte. Johanna hatte ein Licht über dem

Küchenherd angelassen, das Zeichen für eine wichtige Nachricht.

Da sie dachte, diese könnte nur von Jimbo sein, hätte sie sie sich fast nicht mehr angesehen; doch dann trat sie, da er sie vielleicht um früheres Erscheinen bei der Zeitung bat, müde vor das Schwarze Brett.

Mr. Daniel Treacy hat telefoniert wegen eines Gesprächs. Du sollst ihn Montag morgen in seinem Büro anrufen. Bis zum Frühstück, Johanna, xxx.

Ihre Mutter hatte noch nie etwas mit »Mom« unterschrieben, nicht einmal, als Sky noch zur Grundschule ging und Johanna anflehte, sich wie alle anderen Mütter zu verhalten.

Ehe sie schlafen ging, sprach Sky eine Zusammenfassung dessen, was sie bisher über Daniel Treacy wußte, auf Band, eine Angewohnheit, durch die sie, egal wie fieberhaft ihr Hirn am Abend vor einem herausfordernden Tag arbeitete, eine gewisse Ruhe fand. Wenn das, woran sie denken mußte, auf der Kassette gespeichert war, ließen ihre Gedanken sie in Frieden.

»Auf die Plätze!« Sie stellte die kleine Maschine an und diktierte nun das Erfahrene, wo sie Referenzen fand und wo es Hintergrundinformationen gab.

Aber dann merkte sie, daß sie unbewußt all das aufzählte, was ihr an dem Tod von Treacys Frau rätselhaft erschien. »Wie zum Beispiel die Zeitungsberichte, denen zufolge sie Richtung Süden, wahrscheinlich nach Butte, gefahren war. Und anscheinend ahnte niemand, daß sie kommen wollte. Aber der Unfall hatte sich mitten in der Nacht ereignet und bis Butte hätte sie es ohne Zwischenstop nicht geschafft. Wo aber beabsichtigte sie dann, sich auszuruhen?«

Sie drückte den Pausenknopf und wollte gleich eine Zusammenfassung dessen, was sie über Midge Treacy wußte, in den Recorder geben. Das Gerät lief nun wieder an. »Erstens, die Frau war ziemlich jung, wesentlich jünger als ihr Mann. Wie ist sie nach Montana gelangt – oder überhaupt in die USA? Was hat sie beruflich gemacht, ehe sie ihm begegnete?« Während das Band weitersurrte, versuchte Sky sich daran zu erinnern, ob der Beruf der verstorbenen Mrs. Treacy in dem vorliegenden Material erwähnt worden war. Wenn ja, mußte es ihr entgangen sein – aber schließlich hatte sie auch nicht danach gesucht. Wie für jedermann hier war das Leben der Mary Dorothy Treacy, geborene Shelton, nur bezüglich ihrer Ehe mit einem beruflichen Tycoon von Interesse.

»Zweitens«, murmelte sie. »Wann ist sie hergekommen? Er sagt, sie hätte das letzte High-School-Jahr hier absolviert. Also mußte sie bereits als Jugendliche in die Staaten gekommen sein. Doch zugleich hatte Treacy gesagt, sämtliche Verwandten seiner Frau wären in Irland und sie hätte dort ein Internat besucht. Weshalb hatte sie also die Schule gewechselt? War sie ein Waisenkind? Hatte jemand sie hierher geschickt? Vielleicht ein Vormund?« Wieder dachte sie angestrengt über mögliche Hinweise nach, die sie bei der Recherche für den Nachruf übersehen haben könnte, aber ihr fiel nichts ein. »Drittens, nur ein kleines Detail, warum war die Rose auf dem Sarg *pink* und nicht rot? Diese Sache ist wohl eine Frage wert. Viertens...« Wieder drückte Sky den Pausenknopf, und nach ein paar Sekunden stellte sie den Recorder ab, legte sich auf ihr Bett und starrte zur Decke. Sie hatte Treacy um ein paar Antworten auf persönliche Fragen gebeten und nicht um Auskunft über die Vergangenheit seiner Frau. Doch sah es so aus, als sei seine Beziehung zu seiner lebenden und seiner toten Frau das Interessanteste an ihm. Die vierte Frage, die sie auf das Band hatte sprechen wollen, betraf die mögliche Existenz einer dritten Person in diesem Spiel. Gab es da vielleicht ein Verhältnis der scheuen Mrs. Treacy? Hatte sie in jener Nacht gar nicht nach Butte fahren wollen, sondern zu einer Verabredung mit ihm – oder ihr?

Lag hierin der Grund für eine pinkfarbene Rose auf dem Sarg? Hatte Treacy von der Affäre seiner Frau gewußt? War ihr irgendeine besondere Bestürzung in der Leichenhalle aufgefallen? Nicht, soweit sie sich erinnerte. Sky legte den Kassettenrecorder auf ihren Nachttisch, drehte sich auf die Seite und starrte durch das Fenster zu den dunklen Bäumen hinaus. Ihre Phantasie ging mit ihr durch. Und nun, da die Frau gestorben war, brauchte R. Sky MacPherson sich ja wohl nicht mehr darum zu kümmern, ob sie ihren Mann ein wenig hintergangen hatte.

Aber während sie langsam entschlummerte, beschäftigte sie weiterhin die Kernfrage: Weshalb, in aller Welt, war Daniel Treacy, der auf ihre Erkundigungen bisher mit einem solchen Widerwillen reagierte, plötzlich so versessen auf ein Gespräch?

6

»Darf ich Ihnen das abnehmen, Sir?« Der elegant gekleidete Leibwächter streckte die Hand nach dem Zeitungsausschnitt aus, dessen Lektüre der Prince of Wales gerade beendete. Die beiden Männer wurden von einem offiziellen Abendessen in der Guildhall zurückchauffiert.

Der Erbe des britischen Throns hatte den Abschnitt nach einer Diskussion über Ornithologie mit einem seiner Tischnachbarn bekommen, da er nicht nur als Aquarellmaler und wegen seiner Liebe zum Land, sondern auch als Vogelexperte Ansehen genoß; überallhin trieb ihn sein Interesse, wo es ein Exemplar einer seltenen Gattung zu sehen gab.

Ehe er den Ausschnitt zusammenfaltete und in seine Tasche schob, las der Begleiter ihn flüchtig durch: Offenbar hatte das Irische Museum für Naturgeschichte in der Merrion Street eine Ausstellung eines Neuerwerbs – einen Eskimobrachvogel – geplant.

LIEBHABER STEHEN SCHLANGE
VOR DEM MUSEUM

...geplagte Museumsangestellte werden bereits von Liebhabern aus der ganzen Welt mit Fragen bestürmt, wann der Vogel endlich zu sehen ist. »Wir haben im Augenblick zu wenig Personal«, sagte ein Sprecher des Hauses gestern abend, wobei er auf allgemeine Beschränkungen im öffentlichen Sektor verwies. »Und die Tatsache, daß im Augenblick Ferienzeit ist, erschwert die Situation noch um einiges.«

Wie jeder andere wußte auch der Wächter Seiner Hoheit, daß der Prinz ein Verfechter der ganzheitlichen, ein wenig mystischen Sichtweise des Lebens war; demzufolge würde er es sicher nicht als Zufall ansehen, daß ihm die Information über die geplante Ausstellung genau in dem Augenblick in die Hände fiel, als er zum ersten Mal einen Besuch in Dublin in Erwägung zog.

Die Dubliner Gruppe von Amnesty International war Gastgeberin einer großen, internationalen Konferenz, in deren Mittelpunkt die erste Europareise von Naboom Kebele stand, dem Nelson Mandela des zentralafrikanischen Staats Kaman, eines Landes, das nach Erlangung der Unabhängigkeit von Großbritannien grauenhafte Stammesfehden und schließlich ein Bürgerkrieg erschütterte. Kebele hatte noch mehr Zeit als Mandela im Gefängnis verbracht und, genau wie der Südafrikaner, stellte er für die Menschen seines Landes aufgrund der Länge seiner Inhaftierung eine regelrechte Kultfigur dar. Gegen größten Widerstand hatte er eine Friedensbewegung gegründet, der nach vierzigjährigen Unruhen die Unterzeichnung eines Abkommens über landesweite Wahlen gelang.

Auch wenn dem Leibwächter der Irlandbesuch aus Sicherheitsgründen ein Dorn im Auge war, kannte er die Hochachtung des Prinzen vor dem afrikanischen Führer und ahnte seine Versessenheit auf eine Begegnung trotz Kebeles allseits bekannter antibritischer Rhetorik. Außerdem hatte er bereits häufig den Wunsch ausgesprochen, die Irische Republik zu besuchen, auch wenn seit der Gründung des Staates 1922 kein Erbe des britischen Throns – selbst als Privatperson – je in Éire gewesen war; übrigens meinte sein Begleiter, daß die Einladung von Amnesty ohnehin in Erwartung einer Absage ausgesprochen worden war. Hinsichtlich der geplanten Reise stand angesichts der endlosen Kampagne von Gewalt in Nordirland die Frage im Vordergrund, ob die Iren das Gefühl hatten, für die Sicherheit des Prinzen bürgen zu können oder nicht.

Der Leibwächter seufzte, als er den Zeitungsausschnitt in seine Tasche schob. Durch diesen Artikel würde der Wunsch des Prinzen, nach Dublin zu reisen, sicher noch verstärkt.

Sky brauchte nicht lange zu warten, bis sie erfuhr, weshalb Daniel Treacy angerufen hatte.

Während sie am nächsten Morgen in der Leitung hing, damit man sie zu ihm durchstellte, malte sie sich wie immer die Szene am anderen Ende plastisch aus. Den Firmensitz der Treacy Resources – eine zurückhaltende Struktur aus Glas und Stahl in der Nähe des Montana College für Mineralogie und Technologie – hatte sie schon einige Male besucht, aber immer als Teil einer Reportermeute, wenn die PR-Maschinerie des Unternehmens die Presse herbeizitierte. Nie hatte sie etwas anderes als die für die Öffentlichkeit gedachten Räume gesehen. Irgendwie stellte sie sich vor, daß Daniel Treacys Büro mit spartanischen, doch zugleich kostspieligen Möbeln und Geräten eingerichtet war, durch die er seinen Sinn für das Praktische mit einem erlesenen Geschmack verband.

»Danke, daß Sie zurückrufen, Miss MacPherson.« Endlich war er am Apparat.

Normalerweise hätte Sky bei einem derartigen Gespräch ihrer Stimme genug Wärme verliehen, um den ewigen Schnee auf den Gipfeln der Rockies zum Schmelzen zu bringen; aber ihr Instinkt sagte ihr, daß Treacy eine derartige Heuchelei wahrscheinlich beim ersten Laut durchschauen würde, daher entschied sie sich für einen neutralen Ton. »Gern geschehen. Es freut mich, daß Sie sich so umgehend gemeldet haben. Ich hoffe, in Irland ging alles glatt.«

»Danke, plangemäß. Es war ein trauriger Anlaß, aber das Leben bleibt deshalb nicht stehen.«

»Natürlich nicht.« Sie spürte, daß der Kampf abermals eröffnet war. »Tut mir wirklich leid – sind Sie an diesem Wochenende zurückgekommen?«

»Gestern abend.« Sie hörte förmlich, wie er die inneren Rolläden herunterließ. »Aber im Augenblick geht es nicht um meine Reise, sondern um Ihre verdammten Nachforschungen.«

Gut, daß sie geübt war in Beherrschung! »Wann wäre es Ihnen denn recht?«

»Wir könnten heute zusammen zu Mittag essen. Hier, falls es Ihnen paßt. Ich könnte es arrangieren, daß man uns etwas im Büro serviert.«

Sky dachte eilig nach. Sie hatte es gern, wenn sie Menschen in ihrer persönlichen Umgebung traf; aber in Treacys Fall kam ihr die Einladung allzu kalkuliert vor. Er versuchte, sie zu lenken, so wie der Cowboy bei Jimbos elendem Rodeo den Stier durch die Arena trieb. Durch ihr Zögern hatte sie allerdings bereits verloren, und schon erklärte sie sich bereit, am nächsten Tag um viertel vor zwölf bei ihm zu sein. Da sie heute morgen nichts weiter zu tun hatte, hätte ihr auch der von ihm vorgeschlagene sofortige Termin gepaßt; aber man sollte sich nicht zu rasch unterwerfen. »Die Zeitung muß Mittwoch mittag fertig sein«, straffte sie die Wahrheit ein wenig, »und heute habe ich noch einiges zu tun, so daß mir offen gestanden morgen lieber wäre.«

»Fein. Ich werde jemanden schicken, der Sie am Empfang abholt. Es ist mir ein Vergnügen, Sie zu sehen, Miss MacPherson.«

Der Hörer summte an ihrem Ohr. »Kaum bist du gegangen, vermisse ich dich schon...«, murmelte sie in einem gehässigen Singsang, ehe sie sich zu einer Erklärung gegenüber der Kleinen genötigt sah.

Als sie schließlich Daniel Treacys Büro betrat, hatte sich Sky auf die Begegnung so gut wie irgend möglich vorbereitet. Das deprimierende Ergebnis der Recherchen, die sie während des gesamten Montags betrieben hatte, war ein schmaler Hefter mit Werbebroschüren von Treacys Unternehmen, einigen lobhudelnden Berichten, zu deren Veröffentlichung die Lokalpresse während der letzten Jahre herbeieilte, und einer Handvoll äußerst knapper Artikel aus einer kleinen Anzahl von überregionalen

Zeitungen oder Wirtschaftsmagazinen, die die Butte/Silver-Bowsche Handelskammer an Ort und Stelle gelockt hatte.

Zum Beispiel porträtierte der *U.S. News and World Report* 1989 auf einer halben Seite im Zusammenhang mit dem »Wiederaufleben« der Unternehmen in der Stadt Treacy als »starrsinnig, aber effizient«: er und seine Initiativen versprächen allerhand.

Johanna hätte ihr vielleicht helfen können; aber als Sky am Montag morgen vor Arbeitsbeginn die Küche betrat, hatte sie statt ihrer Mutter nur eine weitere Nachricht von ihr entdeckt. Offensichtlich war sie auf die Idee gekommen, eine ihrer Blackfoot-Freundinnen zu besuchen, die aus dem Reservat in die Nähe von Helena gezogen war, hatte einen der ersten Busse genommen und bat Sky, gegebenenfalls die Katzen zu füttern. Was bedeutete, daß sie an diesem Abend so gut wie sicher auswärts schlief. Sky hatte sich darüber geärgert, als wäre nicht Johanna, sondern sie die Mom.

Also begab sie sich, statt mit ihrer Mutter zu sprechen, in das hervorragend organisierte Butte/Silver-Bowsche Archiv, das ihr bereits des öfteren eine große Hilfe gewesen war. Doch am Ende des Tages hatte sie sich eingestehen müssen, daß es sehr wenig brauchbare Informationen über Daniel J. Treacy gab, der vor achtundvierzig Jahren nach Montana übersiedelte und seither offenbar stets erfolgreich kontrollierte, was die Öffentlichkeit über ihn mitgeteilt bekam. Außer Cork als Geburtsort tauchte nirgends etwas über seine Kindheit, seine Ausbildung, sein früheres Leben auf. In anderen Staaten hätte so etwas wahrscheinlich merkwürdig gewirkt, aber in Montana war fast jeder der älteren Bewohner des Staates irgendwann einmal von woanders gekommen. Einen Menschen zu finden, der über fünfunddreißig und in Montana geboren war, erschien Sky als ebenso unwahrscheinlich wie die Entdeckung eines echten Goldklumpens im Hellroarin' Gulch, dem Mekka der Butteschen Grubenmuseumsbesucher.

Beim Betreten von Treacys Büro stellte Sky zufrieden fest, daß ihre Vorstellung von der Einrichtung des Raums zutraf. Abgesehen von einem gerahmten Foto seiner Frau – demselben, das über dem Nachruf im *Courier* abgedruckt war – wirkte alles wie aus einem Katalog für exklusiven Bürobedarf: helles Holz und Stahl, Parkettboden, ein großes, abstraktes Ölgemälde in einem Metallrahmen. Sein Schreibtisch war tadellos aufgeräumt. Die vom Boden bis unter die Decke reichenden Fenster erstreckten sich über eine ganze Wand, so daß der Besucher eine Standardansicht von Butte geboten bekam – stillgelegte Fördertürme thronten wie Dinosaurierskelette über den Reihen von schindelgedeckten Dächern, hinter denen man die eine Meile breite Wunde der Berkeley-Grube und dann die schneeigen Gipfelkuppen der Rockies sah.

Er kam um seinen Schreibtisch herum und reichte ihr die Hand. »Sind Sie katholisch, Miss MacPherson?« Die Frage überraschte sie.

»Aufgrund meiner Abstammung wissen Sie sicher, daß ich zumindest katholisch erzogen wurde.« Sie nahm seine Hand, und er schüttelte sie diskret, ehe er sie auf die Fenster zuführte, vor denen ein, mit einer weißen Decke geschmücktes Tischchen stand.

»Es ist so, daß man bekanntlich von meinem Büro aus einen guten Blick auf unsere Statue hat.« Er lächelte breit, was ihn um Jahre jünger wirken ließ und sie derart aus dem Gleichgewicht brachte, daß sie sich ein klein wenig auf den Arm genommen fühlte. Die dreißig Meter hohe Statue Unserer-lieben-Frau-von-den-Rockies, die auf dem Gipfel nordöstlich des Städtchens stand, erfüllte das katholische Butte, auch wenn sie als nicht religiöser Tribut an die Mutterschaft galt, als eigenes Rushmore, als eigener Christus der Anden – auf Meilen hin sichtbar und des Nachts hell beleuchtet – mit großem Stolz. Allerdings hätte sie niemals gedacht, daß Daniel Treacy ebenfalls ein Verehrer des Denkmals war.

»Allerdings«, murmelte sie und tat, als bestaune sie die weiße Figur, während sie auf seinen nächsten Schritt wartete.

»Also!« Er zog ihr einen Stuhl zurück. »Treacy Resources hat die Finanzierung und die Errichtung der Figur ein wenig unterstützt.«

Der erste Gang, Räucherlachs und Languste, war bereits serviert, in einem Kübel neben dem Tisch stand der Wein gekühlt, und, während Sky Platz nahm, tauchte ohne ein sichtbares Zeichen ihres Gastgebers aus dem Nebenraum plötzlich ein Ober auf. Das Wetter hatte sich gehalten und trotz der Klimaanlage wärmte das hereindringende Sonnenlicht ihr die rechte Schulter und den Hals, was sie aus unerfindlichem Grund als tröstlich empfand. Den angebotenen Wein lehnte sie ab, und sofort wurde ihr Glas durch einen mit Perrier gefüllten Schwenker ersetzt. Das war der Beweis für wahre Klasse, dachte sie und sah Treacy verstohlen an. »Sollen wir anfangen?« Er bedachte sie mit einem erwartungsvollen Blick.

»Ja, danke.« Sky verstand ihn absichtlich falsch, breitete ihre Serviette aus und schob sich ein winziges Stück Räucherlachs in den Mund. Da sie ihn jedoch nicht verärgern wollte, führte sie gleichzeitig höflichen Small-Talk mit ihm und stellte allgemeine Fragen über die Vorgehensweise und die Verflechtung seiner verschiedenen Unternehmen, auch wenn sie darüber aufgrund ihrer Nachforschungen bereits im Bilde war.

»Lassen wir diese Dinge einmal beiseite, ja?« Nach ein paar Minuten bedeutete er der Bedienung, daß der Genuß der Vorspeise beendet war. »All das haben Sie, Miss MacPherson, wohl längst nachgelesen. Ich hatte den Eindruck, daß es Ihnen bei Ihrer Bitte um ein Gespräch mit mir um etwas anderes ging.«

»Richtig.« Als Sky ihren Recorder aus der Tasche zog, runzelte er die Stirn. »Ich weiß, ich habe versprochen, nichts aufzunehmen«, sagte sie in ruhigem Ton und schaltete das Gerät an. »Aber Ihnen leuchtet sicher ein, daß es so gut wie unmöglich ist, sich während des Essens Notizen zu machen, ohne daß sich dadurch alles unnötig in die Länge zieht. Als vielbeschäftigter Geschäftsmann…«

»Was wollen Sie wissen?« Er starrte in sein Consommé.

Obgleich sie darauf brannte zu erfahren, weshalb er ihrem Wunsch nach einem Gespräch auf einmal so prompt nachkam, hoffte sie, im Laufe des Gesprächs von selbst darauf zu stoßen, so daß sie mit der Frage nach seiner Kindheit begann. Das, was er erzählte, unterschied sich nicht von den Berichten anderer irischer Emigranten: kein Geld für Schuhe, eine große Familie, in der man zu viert in einem Bett schlief, ein kleiner Bauernhof in einem winzigen Fischerdorf, Schulbesuch wegen mangelnden Geldes und fehlender Zeit ein Ding der Unmöglichkeit. Es hörte sich an wie die Vorlage zu *Quiet Man* oder der anderen Bibel der Iren aus Butte, *Man of Aran;* nach kurzer Zeit verlor sie die Geduld und betete, daß er im Anschluß an die Erinnerungen an seine hart arbeitenden Eltern und die Ausflüge zum Lachsfischen oder zum Kaninchenschießen möglichst bald auf seinen Entschluß auszuwandern zu sprechen kam.

»Sie wirken gelangweilt. Wie viel von alledem wissen Sie bereits, Miss MacPherson?« fragte er plötzlich, wodurch er sie aus ihren Gedanken riß.

»Nichts, das versichere ich Ihnen.« Wenn er sie so mühelos durchschaute, war es offenbar nicht weit her mit ihrem psychologischen Gespür.

»Und was hat Ihre Mutter Ihnen von Irland erzählt?« Seine gnadenlosen Augen schienen wirklich alles zu sehen.

»Sie hat nie von Ihnen gesprochen.«

»Das zu glauben fällt mir schwer. Unsere Familien waren beinahe Nachbarn. Die Treacy Resources hat ihr Licht niemals unter den Scheffel gestellt – von Zeit zu Zeit gab es sogar Bilder von mir in den Zeitungen.«

Immer dieselben, immer sorgfältig ausgewählt, dachte Sky. »Meine Mutter und ich leben erst seit acht Jahren wieder in Butte«, sagte sie laut. »Und, bitte verzeihen Sie mir diese Bemerkung – aber der Altersunterschied zwischen Ihnen und ihr bedeutet, daß sie erst fünf oder sechs gewesen ist, als Sie auswanderten. Außerdem ist sie eine weltfremde Frau. Die Namen von Geschäftsleuten, egal, wie prominent sie sind, kommen in ihren Gesprächen nur selten vor.«

Immer noch starrte er sie ungläubig an, auch wenn sie die volle Wahrheit gesprochen hatte – sie und ihre Mutter wohnten zwischenzeitlich in diversen Kleinstädten im Westen des Staates, ehe Sky in den Osten gegangen war; und gemäß ihrer Abmachung nach dem Scheitern ihrer Ehe wollte sie nur dann wieder nach Montana kommen, wenn sich ihre Mutter für ein Leben in einer etwas größeren Stadt entschied. So waren sie schließlich nach Butte zurückgekommen. »Sie kennen meine Mutter nicht«, beharrte sie. »Aber sie hat Sie nie auch nur erwähnt, bis der Tod Ihrer Frau publik wurde.«

»Und was hat sie über Midges Tod gesagt?« Gespannt wie ein Drahtseil saß er steif auf seinem Stuhl und Sky wußte, daß sie ihre Worte sorgfältig wählen mußte.

»Sie hat gesagt, daß sie an Ihre Frau denken wird.«

»An sie denken?«

»So ist sie nun einmal. Sie glaubt an die Übertragung von Gedanken und dieses Zeug. Daß wir alle irgendwie miteinander in Verbindung stehen. Daß konzentriert an jemanden zu denken der Kommunikation in vielerlei Hinsicht ebenso zuträglich ist, wie wenn man mit dieser Person aktuell zusammen ist.«

»Ich verstehe.« Er zog eine Braue hoch, und plötzlich verspürte Sky den absurden Drang, ihre Mutter zu verteidigen. Es war eine Sache, wenn sie sie kritisierte und mit ihrer Mystik skeptisch aufzog; aber einem Dritten stand das jedoch nicht zu. »Tut mir leid, ich weiß nicht, wie ich es anders ausdrücken soll. Es ist nicht wie bei *Star Trek* oder so – aber ich habe mit eigenen Augen gesehen, daß so etwas wie außersensorische Wahrnehmung existiert. Wenn zum Beispiel das Telefon klingelt, Sekunden, nachdem man an jemanden dachte, den man schon seit Jahren nicht mehr gesehen hat…«

Immer noch blickte er sie fragend an. »Und, glauben Sie etwas Ähnliches, Miss MacPherson?«

Da hatte sie es! Auch er fischte im trüben. Er fürchtete, daß sie – oder ihre Mutter – vielleicht ein Medium war. Auf keinen Fall wollte er hinsichtlich des Todes seiner Frau mit der Sprache herausrücken. »Ich glaube, daß alles möglich ist, Mr. Treacy«, sagte sie kühl. »Aber nein, die gewagteren Vorstellungen meiner Mutter teile ich nicht.«

Dies schien genau die richtige Antwort gewesen zu sein, denn seine Anspannung ließ sichtlich nach. »Tut mir leid, wenn ich ein wenig gereizt wirke.« Er löffelte sein Consommé. »Aber wie Sie sicher verstehen, bin ich momentan ziemlich mitgenommen.«

»Natürlich verstehe ich das.« Sky unterzog ihn einer verstohlenen Musterung, als der Ober mit dem Hauptgericht erschien. Treacys Appetit hatte sich nicht gebessert, merkte sie. Er hatte nur die Hälfte der Vorspeise und vielleicht ein Drittel des Consommé verzehrt. Als Gary-Cooper-Typ gehörte er zu jenen Männern, deren typische hagere Gesichter mit dem Alter immer attraktiver wurden. Da er vermutlich nicht besonders eitel war, suchte sie gar nicht lange nach Spuren von Transplantaten oder teuren Haarteilen in seinem drahtigen, eisengrauen Schopf, den er sich gnadenlos kurz hatte schneiden lassen.

»Und, finden Sie mich passabel?« Er blickte nicht von seinem Teller auf, und sie besaß den Anstand zu erröten.

»Schade!« Sie zuckte mit den Schultern. »Offenkundig bin ich doch nicht so gut, wie ich gedacht habe.«

»Ganz im Gegenteil. Schon seit langem bewundere ich Ihren Stil. Obgleich er in dieser Stadt vergeudet ist, wenn ich es so sagen darf.« Ehe sie etwas erwidern konnte, fuhr er fort: »Darf ich Ihnen vielleicht auch einmal eine Frage stellen, Miss MacPherson?« Er lehnte sich zurück und der Ober servierte Schloßkartoffeln und Brokkoli.

»Nennen Sie mich bitte Sky. ›Miss MacPherson‹ klingt allzu sehr nach schottischer Lehrerin in *Unsere kleine Farm*.« Für diese Bemerkung wurde sie mit einem Grinsen belohnt, dem ersten Zeichen echter Spontaneität seit ihren verschiedenen Treffen. »Also gut, Sky, meine Frage betrifft Ihren Namen, das heißt die Verfasserangabe unter Ihren Artikeln. Sie unterzeichnen Ihre Artikel immer mit ›R. Sky MacPherson‹ – hin und wieder habe ich mich gefragt, was das R. wohl zu bedeuten hat.«

Bisher hatte Sky, die den Blumenkindernamen haßte, auf den ihre Hippie-Eltern verfallen waren, Fremden gegenüber immer das R. für Roberta ausgegeben. In diesem Fall allerdings hegte sie die Zuversicht, daß ihr Gegenüber die Wahrheit vertragen konnte. »Ich werde es Ihnen sagen, wenn Sie mir versprechen, nicht zu lachen.« Trotzig reckte sie das Kinn.

»Ich verspreche es – wollen wir essen?« Er nahm sein Besteck in die Hand.

»Rainbow, *Regenbogen.*« Sie machte sich auf eine belustigte Reaktion gefaßt, doch er sah sie lediglich fragend an.

»Wenn Sie Ihren Namen derart hassen, warum ändern Sie ihn dann nicht? Wir sind schließlich in Amerika, dem Land der unbegrenzten Möglichkeiten, wie es immer so schön heißt.«

»Es würde meine Mutter zu sehr verletzen.« Sie schluckte seinen Köder nicht. »Sie hat mich fast ganz allein großgezogen und ich denke, daß ich ihr dafür etwas schuldig bin. In Neuengland habe ich immer R. S. benutzt, aber dann entdeckte ich die Vielzahl all der R.J.s und D.J.s und S.J.s in Montana. Wenigstens ist ›R.Sky‹ etwas Besonderes. Und die Leute hier scheren sich sowieso nicht weiter drum.«

»Rainbow Sky – Regenbogenhimmel«, sagte er ohne eine Spur von Ironie. »Das wäre noch außergewöhnlicher.«

»Ich denke, wir fahren jetzt besser mit unserem eigentlichen Thema fort.« Die Wendung des Gesprächs behagte ihr nicht. »Ich habe ein paar Nachforschungen über Sie angestellt.«

Er nickte zum Zeichen, daß er damit gerechnet hatte; die Kassette war zu Ende und Sky streckte die Hand nach dem Recorder aus. »Bitte entschuldigen Sie.«

»Hören Sie, ich habe Sie aus einem ganz bestimmten Grund hergebeten.«

Sie blickte auf. Seine Stimme hatte sich vollkommen verändert und seine Augen sahen nicht so undurchdringlich aus. »Das habe ich mir gedacht.« Ohne den Blick von ihm zu nehmen, drehte sie die Kassette um.

»Wenn es Ihnen recht ist, ohne das Ding.« Er legte eine Hand über ihren Finger, der auf dem Startknopf lag.

»Aber trotzdem offiziell?« Allmählich kamen sie zum Kern des Gesprächs. Seine Hand war warm und stark, aber die Haut hatte die alterstypische pergamentene Trockenheit.

»Gibt es ein Mittelding zwischen offiziell und inoffiziell?« Widerstrebend zog er seine Hand zurück und wies auf das Gerät. »So etwas wie gegenseitiges Vertrauen vielleicht?«

Dieser Vorschlag klang akzeptabel. »Sie können sich auf mich verlassen.«

»Sehr gut.« Wieder sah er sie reglos an. »Hören Sie – das Ganze mag Ihnen seltsam erscheinen...«

»Mit vierunddreißig Jahren, Mr. Treacy, hat man schon einiges hinter sich. Ich bin katholisch erzogen und geschieden; bis zu meinem fünfzehnten Lebensjahr habe ich in mindestens zwanzig verschiedenen Kommunen und Wohngemeinschaften überall zwischen Oregon und Montana gelebt. Meine Mutter spricht mit Bäumen und mein Vater ist ausgestiegen, liebt Tiere und zeigt zugleich Leuten, wo und wie man Elche und Bären erlegt. Mein Exmann, ein Alkoholiker, vegetiert im Keller des Hauses seiner Eltern dahin. Mein Freund findet, Wein ist nur etwas für Außerirdische, und offenbar heiße ich nicht ohne guten Grund Rainbow Sky. So schnell kommt mir also nichts seltsam vor.«

Treacys Mundwinkel zuckten. »Wenn Sie es so sagen...«

Sky wußte, daß sie ihm nichts abnehmen konnte, und wartete auf seine Entscheidung. Einen Augenblick lang sah er sie mit ernster Miene an. »Sie haben das Haar Ihrer Großmutter. Auf den Fotos, die hin und wieder unter Ihren Artikeln erscheinen, sieht man das nicht.«

Automatisch hob Sky, die der Themenwechsel einigermaßen überraschte, die Hand an den Kopf. »Ich dachte immer, ich hätte meine Haarfarbe von meinem Vater geerbt.«

»Ihr Vater hat ganz normales blondes, amerikanisches Haar. Ihr Haar – das Ihrer Großmutter – jedoch ist etwas Besonderes. Dort, wo ich herkomme, nennt man es erdbeerblond. Soweit ich mich erinnere, hat auch Ihr Onkel Francey diese Farbe. Was macht er übrigens?«

»Meines Wissens geht es ihm gut. Hin und wieder hören wir von ihm.« Da er offensichtlich einen Anlauf brauchte, bis er in der Lage war zu sagen, worum es ihm wirklich ging, übte sie sich erneut in Gelassenheit. »Er hat Glück gehabt, Geld geerbt und gut geheiratet. Das macht ihn zufrieden und ziemlich reich.« Während sie sprach, sah sie, daß der ach so selbstbewußte, mächtige und erfolgreiche Daniel Treacy so stark schluckte, daß sein Adamsapfel zu hüpfen begann.

Schließlich brach es aus ihm heraus. »Im Grunde geht es um Ihre – Ihre Großmutter. Ich möchte mich allzu gern nach ihr erkundigen, besonders da sie ja am achtzehnten August fünfundsiebzig Jahre alt wird.«

Wieder schluckte er und nur mit Mühe gelang es ihr, sich nicht ihr Erstaunen über sein Wissen anmerken zu lassen. Offenbar hatte der Mann ihre Großmutter geliebt und vielleicht, ja vielleicht, liebte er sie immer noch. Wo blieb da die arme Midge? »Ka-kannten Sie sie?« Daß sie stotterte, erboste sie.

»Nachdem ich Irland verlassen hatte, brach unser Kontakt ab. Und ehe Ihre scharfe Intelligenz Sie zu Ihrer nächsten Frage treibt« – er starrte sie mit großen Augen an – »bestätige ich Ihnen hiermit, daß mir meine Frau lieb und teuer war.« Er machte eine Pause, damit sie die Bedeutung des Gesagten auch wirklich erfaßte, ehe er fortfuhr: »Ihre Großmutter und ich hatten eine freundschaftliche Beziehung. Ich habe immer noch die Corkschen Zeitungen abonniert und möchte Elizabeths Namen nicht eines Tages unter den Todesanzeigen im *Examiner* entdecken, ohne sie vorher noch einmal gesehen zu haben.« Er starrte auf seinen halbvollen Teller. »Aber aus Gründen, die ich Ihnen noch darlegen werde, möchte ich nicht nach Cork zurück. Miss MacPherson – Sky –« Er beugte sich vor und einen Augenblick lang dachte sie, er nähme ihren Arm, so daß sie aus Angst, ihn zu ermutigen, wenn sie auch nur einen Muskel bewegte, wie ein Laternenpfahl dasaß.

»Ich frage mich, ob Sie Ihre Mutter oder vielleicht Ihre Tante in Chicago dazu bewegen könnten, Ihre Großmutter anläßlich ihres fünfundsiebzigsten Geburtstags hierher nach Montana einzuladen?« Sein Gesichtsausdruck hatte sich so plötzlich verändert, daß es geradezu erschreckend war: Statt arrogant und mächtig wirkte er plötzlich wie ein Kind. »Die Kosten übernehme ich, ohne daß sie etwas davon zu erfahren braucht. Wenn Sie meinen, daß es sie nicht zu sehr aufregen wird, schicke ich ihr ein Flugzeug. Sie könnten ja sagen, die ganze Familie hätte dafür gespart.«

Dann merkte er, daß er zu schnell vorgegangen war. Das Leuchten in seinen Augen erlosch und müde legte er seine Serviette auf den Tisch. »Also gut.« Jetzt schlug er einen unverfänglichen Geschäftston an. »Die Idee mit dem Privatflugzeug scheint Ihrer Meinung nach wohl übertrieben zu sein. Nur ist die normale Reise von Butte nach Cork sehr umständlich und sie nicht mehr die Jüngste. Natürlich bräuchte sie jemanden, der sie begleitet. Auch dafür würde ich sorgen, kein Problem.«

»Ich habe keine Tante in Chicago.« Endlich fand Sky ihre Stimme wieder. »Vielleicht meinen Sie Goretti. Sie lebt seit einigen Jahren in New York.«

Ehe sie weitersprach, hob er die Hand. »Egal. Verständlicherweise ist das Ganze ein Schock für Sie. Nachdem ich Sie also derart erschreckt habe, hoffe ich, daß es Ihnen nichts ausmacht, wenn alles noch ein wenig schlimmer wird. Wissen Sie, Sky«, er pickte eine Krume von der weißen Tischdecke und unterzog sie einer eingehenden Musterung. »Ich kann Ihnen eine Menge Arbeit ersparen. Sie brauchen nicht mehr in beinahe fünfzig Jahre alten, verstaubten Akten herumzuwühlen und vielleicht auch nicht extra nach Irland zu fliegen, wenn Sie sich meinen Bericht anhören. Nur grundsätzlich möchte ich Sie bitten, daran zu denken, daß es, auch wenn es banal klingt, immer zwei Seiten einer Medaille gibt.« Sein Gesicht war eine Maske aus Stein. »Und, gilt unser Abkommen über gegenseitiges Vertrauen immer noch?«

Beweg nur keinen Muskel, sagte sie sich, bleib bloß ruhig…

»Der Grund, weshalb ich nach Amerika gekommen und nie wieder zurückgekehrt bin, ist, wie Sie ohne Zweifel sicher inzwischen erraten haben, Ihre Großmutter, ohne daß es für uns je eine Chance gab.«

»Ich verstehe.« Sky erkannte an seiner Wortwahl, daß das sicher noch nicht alles war.

»Nun werden Sie etwas erfahren, das in diesem Land niemals publik gemacht wurde, etwas, dessen Bekanntwerden ich gefürchtet habe, seit ich hierhergekommen bin; trotzdem bin ich ziemlich sicher, daß Ihre Mutter und viele der anderen Iren mit

Vorfahren von der Béara-Halbinsel – vor allem die Älteren – darüber genau Bescheid wissen. Sie sind nicht die einzige mit einem Namensproblem. Ich selbst habe mich nach meiner Ankunft in USA umbenannt. Mein wahrer Name ist McCarthy.«

»Ja, und?« Verblüfft runzelte sie die Stirn.

»Das ist noch nicht alles. Ihre Großmutter und ich haben nie eine Chance gehabt«, Treacys Gesicht wurde gelb, da alles Blut aus seinen Wangen wich, »weil ich Ihren Großvater umgebracht habe.«

Sie hatte sich bereits halb erhoben, als er eine Hand über das Tischchen schob und sie daran hinderte, zu gehen. »Fragen Sie Ihre Mutter oder eine Ihrer Tanten, Sky. Es war ein Unfall, ein unglückseliger. Das schwöre ich.«

7

In der Hoffnung, ihre Mutter daheim anzutreffen, fuhr Sky auf direktem Weg nach Hause, wo sie allerdings niemanden vorfand. Dem Drang, sämtliche Busgesellschaften anzurufen und sich nach den Fahrplänen zu erkundigen, konnte sie gerade noch widerstehen; aber der Versuchung, in das Zimmer ihrer Mutter zu gehen und sich die Briefe anzusehen, die Johanna in der untersten Schublade ihrer niedrigen Kommode aufbewahrte, gab sie schließlich nach. Sie sagte sich, sie hätte alles Recht der Welt, herauszufinden, was man ihr all die Jahre verheimlicht hatte.

Die Schublade war so voll, daß sie sich nur mit Mühe öffnen ließ, und als sie ungeduldig daran rüttelte, sprang sie schließlich aus der Schiene, so daß sich die oberste Papierschicht auf den Boden ergoß. Neben persönlichen Schreiben flatterten alte Rechnungen und Quittungen, Schnappschüsse, leere Umschläge, Handzettel, Werbebroschüren, Einkaufslisten und zahllose leicht vergilbte Zeitungsausschnitte durch die Gegend. Ein paar von ihnen stammten aus irischen Zeitungen, aber die meisten waren Artikel von Sky. Offenbar hatte ihre Mutter sämtliche ihrer Werke sorgsam ausgeschnitten und aufbewahrt, selbst ihren Nachruf auf Midge Treacy.

Da ihre Mutter ihr nie als sentimental erschienen war, beunruhigte und rührte diese unerwartete Entdeckung mütterlicher Liebe und mütterlichen Stolzes sie. Sie war der Beweis, daß eine Mutter, egal wie alt oder selbstbewußt oder erfolgreich ihr Kind auch war, stets die Arme ausstreckte, um die Schritte ihres Babys zu bewachen.

Und es sollte noch mehr kommen: Als Sky ein paar der Artikel vom Fußboden hob, entdeckte sie darunter eine Reihe von Schnappschüssen, auf denen sie am Tag ihrer Erstkommunion zu sehen war – mit ernstem Lächeln und blonden Löckchen, die man unter dem weißen Schleier kaum sah. Natürlich hatte Johanna sie nie in ein Album geklebt. »Eines Tages muß ich unbedingt meine Papiere sortieren«, war ein beständiger Refrain, und doch fand sie stets interessantere Beschäftigungen. »Oh, Mom!« Sky schnürte es die Kehle zu. »Ich werde dir dabei helfen – es tut mir leid, daß ich oft so gemein zu dir war...« Zugleich jedoch ahnte sie, daß dieser der Rührung entsprungene Entschluß wohl innerhalb kürzester Zeit wieder in Vergessenheit geriet; also räusperte sie sich und machte sich systematisch auf die Suche nach irgendwelchen Hinweisen auf die Vergangenheit.

Nicht lange, und ihre Bewegtheit hatte sich gelegt. Auch wenn sie selbst von Natur aus mit der Ordnung auf Kriegsfuß stand, ging Sky bei ihrer Arbeit methodisch vor, und eine halbe Stunde nach ihrem tapferen Anfang hatte sie mehrere ordentliche Stapel auf der Tagesdecke des großen Bettes aufgehäuft. Die Briefe sämtlicher irischen Verwandten lagen zur späteren Sortierung zunächst einmal auf der Seite. »Grandma, Onkel Francey, Tante Goretti, Tante Margaret, wieder Grandma, Tante Abbie, Tante Constanze, Onkel Francey, wieder Onkel Francey...« Ihre Lippen bewegten sich in einer stummen Litanei und nach kurzer Zeit bemerkte sie, daß die meisten Briefe von Skys Großmutter stammten. Allerdings zeichnete sich keiner der Schreiben durch besondere Länge oder extremen Tiefgang aus. Grandma schrieb in kurzen, prägnanten Sätzen, was es von den Tanten und von

Francey zu berichten gab, den gewaltsamen Tod ihres Mannes und Daniel Treacy/McCarthy jedoch erwähnte sie mit keiner Silbe.

Auch wenn es schwierig war, jemandem ernsthaft verbunden zu sein, dem man im Leben nur ein einziges Mal begegnet war, bildete Sky sich ein, daß sie ihrer Großmutter trotz der eher sporadischen Korrespondenz und der nur seltenen Telefongespräche recht nahe stand. Wie die Verrücktheit ihrer Mutter hatte die steile, kraftvolle Schrift ihrer Großmutter selbstverständlich zu ihrem Leben gehört, so daß sie in den Gesprächen auf dem Schulhof stets ebenso real wie die Großmütter der anderen Kinder dazugehörte. Sky hatte immer gedacht, für den lange versprochenen Irlandbesuch hätte sie noch jede Menge Zeit; doch nun, angesichts der Tatsache, daß die alte Dame beinahe fünfundsiebzig war, stellte sich doch ein gewisser Zeitdruck ein.

Die Briefe ihres Onkels Francey versetzten ihr einen anderen Schock. Eine Reihe der Umschläge enthielten Schecks, teilweise über mehrere hundert englische Pfund. Alle außer den letzten beiden – über jeweils zweihundert Pfund – waren verfallen, und Sky starrte sie ungläubig an.

Es hatte Wochen gegeben, in denen sie sich Geld von Greg hatte borgen müssen, um auch nur das Nötigste kaufen zu können, und die ganze Zeit hatte ihre Mutter über dieses ruhende Vermögen verfügt – sie zählte die Beträge zusammen und kam auf dreitausendvierhundertfünfzig Pfund, was ungefähr sechstausend Dollar entsprach. Auch der letzte Rest ihrer anfänglichen Rührung legte sich; sie nahm die beiden noch gültigen Schecks und schob sie in die Tasche ihres Rocks. Himmel, selbst die Geduld einer Heiligen stellte Johanna ganz schön auf die Probe!

Franceys Briefe entpuppten sich als ebenso wenig hilfreich wie die ihrer Großmutter, denn auch sie enthielten keine Rückblicke auf die Vergangenheit, auch wenn in ihnen gelegentliche Heimreisen zur Mutter nach Cork zur Sprache kamen. Falls Francey aufgefallen war, daß Johanna seine Schecks nicht einlöste, so erwähnte er es nicht. Wahrscheinlich schwamm er einfach in Pfunden, dachte Sky erbost.

Die längsten Briefe kamen von Constanze, die ihr eigenartiges Leben auf einer australischen Schaffarm beschrieb und um Fotos von den Rocky Mountains als Ausgleich zu der endlosen Ebene, in der sie lebte, bat. Auch die Briefe der anderen Tanten, voller Klatsch und Tratsch, aber offenbar stets in Eile verfaßt, die zeigte, daß man einander eher aus Pflichtgefühl denn aus Freude schrieb, verrieten Sky nicht den geringsten Hinweis auf die ehemaligen Geschehnisse. Es mußte schwierig sein, dachte Sky, als sie auf das mit Briefen übersäte Bett blickte, wenn man den Kontakt ausschließlich per Post pflegte. Johanna freute sich über jede Nachricht, aber nie schien sie das Bedürfnis zu verspüren, einen der Absender einmal zu besuchen.

Mit einem Mal erkannte Sky, daß ihre Mutter damit offenbar nicht alleine dastand. Keiner dieser Menschen schien auch nur das geringste Bedürfnis zu verspüren, einen der anderen zu sehen. Abermals nahm sie einen der Schriebe ihrer Tante Goretti zur Hand. Sie war Johannas Schwester, lebte in New York, was, relativ gesehen, gleich um die Ecke lag, war unverheiratet und somit frei von familiären Bindungen; doch selbst sie hatte die lange versprochene Reise in den Westen bisher niemals wahrgemacht. Wie sie schuldbewußt in ihren Briefen gestand, verbrachte sie ihre zwei Wochen Jahresurlaub lieber in der Sonne Floridas.

Wieder schaute Sky auf die fächerförmig neben dem Stapel ihres Onkel Francey ausgebreiteten verfallenen Schecks. Hätte sie etwas von diesem Geld gewußt, hätte sie sicher ihre Mutter überredet, endlich einmal zu ihrer Schwester an die Ostküste zu fliegen. Schließlich war Johanna nicht ans Haus gebunden; da sie nur samstags und sonntags arbeitete, hatte sie die Woche über frei, und zu Besuchen bei ihren Freunden in den Reservaten fand sie oft genug Zeit.

Und noch etwas fiel Sky, trotz der Gespräche auf dem Schulhof, in denen sie häufig ihre Familien miteinander verglichen hatten, erst heute auf: Von den sechs noch lebenden Kindern ihrer Großmutter – ursprünglich waren es acht gewesen, aber ein Mädchen verstarb bei einem Unfall und ein anderes verschwand irgendwie und galt als tot – gab es nur Sky als Enkelkind. Margaret, Goretti und Abigail waren alte Jungfern und weder Francey noch Constanze, die einzigen Verheirateten, hatten Kinder. Was bei einer irischen, katholischen Familie keineswegs der Norm entsprach.

Ihre Verwandten waren schon ein seltsamer Haufen, dachte sie grimmig, auch wenn ihre Mutter das sicher anders sah. Eine von Johannas Lieblingsideen lautete folgendermaßen: die Geburt war kein genetischer Zufall, sondern nach unserem letzten Ausflug auf die Erde pausierten wir auf irgendeinem anderen, ätherischen Planeten und suchten uns dann aus, wer uns wo erneut auf die Welt verhalf. Eine Antwort auf die Frage, wie es zu den mißbrauchten und verhungernden Kindern kam, hatte sie allerdings bisher noch nicht.

Wie also lag dann der Fall bei Sky? Nur angenommen, daß Johannas Theorie ein winziges Körnchen Wahrheit enthielt – welches halbwegs vernünftige Baby hätte sich wohl Johanna und Larry als Eltern »augesucht« und wäre dann aufgrund dessen mit einem Namen wie Rainbow Sky gestraft? Während sie die verschiedenen Briefstapel ordentlich übereinanderschob, dachte Sky, daß sie gar nicht anders konnte, als mit dem ersten ihr halbwegs normal erscheinenden Mann vor den Friedensrichter zu treten.

Greg. Sie sah auf ihre Uhr. Es war noch früher Nachmittag, und ihre Mutter käme wohl kaum vor dem Abend zurück – wenn sie nicht sogar noch eine zweite Nacht bei ihrer Freundin blieb. Sky hatte das Gefühl, verrückt zu werden, bliebe sie weiter allein in diesem Kasten.

Kurzerhand stopfte sie sämtliche Briefe und andere Papiere in die Schublade zurück und rief Greg im Laden an. Er war überrascht und erfreut, ein paar freie Stunden seien kein Problem für ihn. Sie entledigte sich ihrer Arbeitskleider, zog Jeans und ein T-Shirt an, und beschloß, auf dem Weg zu Greg noch im Büro vorbeizuschauen, obwohl eigentlich nichts anstand.

Wenn die Zeitung am Dienstag nachmittag zum Druck ging, war normalerweise nie etwas zu tun. »Oh, hi, Sky!« Die Kleine hackte mit zwei Fingern auf der Tastatur des Computers herum, da Jimbo sie als verzweifeltes Ergebnis einer Arbeitsbeschaffungsmaßnahme zur Leserbriefredakteurin ernannt hatte. Inständig hoffte er, daß sie zumindest zur Auswahl und zum Abtippen kontroverser Briefe in der Lage war. »Mr. Larsen hat dich schon gesucht – oh, verdammt!« Ärgerlich sah sich die Kleine ihren abgebrochenen Fingernagel an.

Sky blickte auf das Nachrichtenbrett, sah, daß dort nichts für sie hing, streckte den Kopf in Jimbos Büro und fragte: »Du hast mich gesucht?«

»Vergiß den Shamrock-Haufen nicht. Das Treffen findet heute abend statt.«

Tatsächlich war es Sky vollkommen entfallen, daß sie mit der Berichterstattung über das Treffen der St. Patrick's Brigade beauftragt war. Doch ihre persönlichen Angelegenheiten beschäftigten sie derart, daß ein erneuter Streit mit dem Chefredakteur ihre Kräfte übersteigen würde. Außerdem wäre die Sache in weniger als zehn Minuten abgehakt, wenn sie zum richtigen Zeitpunkt dort eintraf. »Na ja, dann haue ich erst mal wieder ab«, sagte sie in möglichst freundlichem Ton und wandte sich zum Gehen.

»Und, hat dein Gespräch mit Treacy was gebracht?« rief er ihr hinterher.

Durch Daniel Treacys Enthüllungen war die Bedeutung seines Porträts für Sky in den Hintergrund gerückt; aber das ging ihren Boß zumindest im Augenblick nichts an. »Ein wenig schon«, gab sie über die Schulter zurück, »Ich erzähle dir morgen davon.«

»Ja, bitte!«

»Abgemacht.« Sky registrierte das ungewöhnliche Interesse, das Jimbo an der Sache zeigte, wollte sich aber jetzt nicht aufhalten lassen.

Ein paar Meilen entfernt stiegen am Flughafen von Mooney die Passagiere eines Horizon Air-Fluges von Billings aus. Die meisten waren Einheimische, jedoch ein oder zwei, wie Lynskey, kamen zum ersten Mal nach Butte.

Viele der Flughäfen, auf denen er bisher gelandet war, strahlten eine Art erwartungsvoller Ruhe aus; in Butte hingegen spazierten die Leute auf der Rollbahn umher und nahmen die Ankommenden direkt an der Treppe des Flugzeugs in Empfang. Der Chief wäre begeistert gewesen, kam einem doch die gesamte Flughafenanlage mit den wenigen, niedrigen Gebäuden und den kleinen Maschinen, auch wenn die lastende Kriegsatmosphäre fehlte, wie die Kulisse der Abschlußszene in *Casablanca* vor.

Er nahm ein Taxi zu seinem Hotel namens War Bonnet Inn, und unterwegs bat er den Fahrer, an einem Laden zu halten, wo er eine Flasche Mineralwasser und sämtliche angebotenen aktuellen Zeitungen erstand.

Das War Bonnet stellte sich als ebenso unexotisch wie all die anderen Touristenunterkünfte heraus, in denen er im Laufe seiner Karriere abgestiegen war; aber es sah gemütlich und sauber aus, und so verstaute er sein wie immer leichtes Gepäck innerhalb einer Minute im Schrank, warf sich auf das Bett und blätterte in den Journalen.

Eines von ihnen, der *Butte Courier*, enthielt, was er suchte, nämlich einen langen Artikel über Daniel Treacys Frau. Es war von einer Person namens R. Sky MacPherson verfaßt, auf der mitgelieferten daumennagelgroßen Abbildung ebenso glanzlos und großäugig wie alle Menschen auf Pressefotos. Der Artikel verriet ihm wenig, was er nicht schon wußte.

Lynskey war müde, aber schlafen wollte er noch nicht. Am besten machte er einen Spaziergang und sähe sich die Umgebung ein wenig an. Neue Orte erregten ihn – das Reisen liebte er an seinem Job besonders.

Nachdem Greg sie bei ihrem Nissan abgesetzt hatte, der auf dem Hof hinter dem Laden stand, steuerte Sky auf direktem Weg eine Telefonzelle an. Am anderen Ende der Leitung antwortete ihre eigene Stimme vom Band.

Ob sie noch nach Hause fahren sollte, ehe sie zu der Versammlung der Brigade fuhr? Vielleicht war ihre Mutter in der Zwischenzeit eingetrudelt? Sie fühlte sich klebrig und zerzaust, und eine lange Dusche und neue Kleider hätten ihr sicher gutgetan; aber am Ende spielte es keine Rolle, da sie schließlich nicht viel mehr als ein Botenjunge wäre. Wen interessierte es schon, ob den Typen von der St. Patrick's Brigade ihre Aufmachung gefiel? Jimbo brachte ihr Zeug sowieso nur deshalb heraus, weil die Gruppe ein Anzeigenkunde und Sponsor dreier kostspieliger Farbbeilagen zu Weihnachten, Ostern und zum St. Patrick's Day war. Auf subtile Weise distanzierte er den *Courier* von den vorlauten, antibritischen Parolen in den meisten Artikeln, die diese Beilagen füllten; aber die Zeitung brauchte das Geld, das ihr der Verein zuschanzte.

Konnte sie Jimbo anvertrauen, wie unbehaglich ihr bei dem Gedanken an Treacy zumute war? Diese Frage stellte sich Sky, während sie langsam durch die Stadt in Richtung der Versammlungsstätte fuhr. Der Chefredakteur des *Courier* war ein intelligenterer und erfahrenerer Mann, als es sein gegenwärtiger Job vermuten ließ. Nach Antritt ihrer Stelle bei der Zeitung hatte Sky beinahe ein Jahr gebraucht, um zu erkennen, daß dieser Chef mit der ständig gerunzelten Stirn und dem immer müden Blick einst ein Senkrechtstarter gewesen war. Ursprünglich aus Missoula, mit einem hervorragenden Abschluß der Universität von Montana und einem Postgraduiertendiplom der Columbia School of Journalism in New York, hatte er sowohl für die *News* als auch für die *Post* in Washington gearbeitet – wodurch er zahlreiche Kontakte besaß – und hatte als einer der aufsteigenden Sterne seines Berufsstandes gegolten, ehe er mit ungefähr dreißig die Arena verließ – soweit Sky wußte, weil er mit einer schönen Frau verheiratet war, die aus Butte stammte und nicht weg wollte. Seine Söhne studierten beide in Harvard Medizin.

Jimbo konnte jähzornig und rachsüchtig sein, weshalb er lieber sie zur Berichterstattung über das Treffen der St. Patrick's Brigade abkommandierte; doch seine journalistischen Instinkte respektierte sie. Außerdem mochte sie ihn – außer, wenn es an sein alljährliches zwei- bis dreitägiges Saufgelage ging, einer Phase, in der sich jeder von ihm fernhielt, soweit irgend möglich.

Während dieser Tage blieb er in seinem Büro und faselte von Projekten, die er verwirklichen würde, wäre da nicht der verdammte Rest der Welt, auf den es ständig Rücksicht zu nehmen galt; Aggressionen und Selbstmitleid wechselten sich ab, bis er schließlich aufgrund von Schlafmangel und der physischen Unmöglichkeit, weiteren Alkohol zu sich zu nehmen, in eine Art Koma versank. Dann schlief er ungefähr zwölf Stunden lang zwischen seinem Papiermüll, bis er, von Reue und Scham erfüllt, wieder zu sich kam. Den Rest des Jahres sorgte er sich um seinen Computer und seinen Taschenrechner, so daß höchstens ein Drittel seines journalistischen Talents je zur Geltung kam. Skys Meinung nach war es wirklich schade um ihn.

Nachdem sie sorgfältig pro und contra einer Einweihung Jimbos in ihre Gedanken abgewogen hatte, verwarf sie die Idee. Wahrscheinlich ging einfach ihre Phantasie mit ihr durch – schließlich hatte Treacy geschworen, daß die Tötung in Irland ein Unfall gewesen war – und außerdem lag das Ganze beinahe ein halbes Jahrhundert zurück. Wahrscheinlich ging sie ein wenig zu weit, wenn sie eine Verbindung zwischen diesem Ereignis und dem tragischen, doch durchaus plausiblen Autounfall sah. Hinter Mayville nahm die Straße nach Nordwesten die Gestalt eines engen, gewundenen Alptraums an, und diese Holztransporter waren Ungetüme, denen man besser nicht in die Quere kam. Nein, beschloß sie, sie würde Jimbo so lange ausklammern, bis sie die Version ihrer Mutter über den Tod ihres Großvaters kannte und ein wenig mehr über Midge Treacys Autounfall in Erfahrung gebracht hatte.

Der Shamrock-Haufen, wie Jimbo ihn respektlos nannte, hatte für sein Treffen wie üblich ein Hinterzimmer des War Bonnet Inn in der Cornell Street bestellt. Ein Großteil der gesellschaftlichen Ereignisse in Butte fand entweder im Plaza oder im War Bonnet, beides Hotels der Best Western-Kette, statt.

Sky fuhr auf den Parkplatz vor dem Hotel; da es noch nicht acht war, blieb sie sitzen und stellte in ihrem Autoradio einen Countrysender an. Über dieses Treffen hatte sie schon des öfteren berichtet, wenn Jimbo verhindert gewesen war; er hatte ihr den Trick beigebracht, daß man sich ein paar Minuten vor Ende des Treffens im Flur postierte und die Typen denken ließ, man hätte die ganze Zeit ungeduldig wartend dort verbracht.

Sie hatte sich mit ihrem Wagen eine Lücke recht nah am Vordereingang des Hotels gesucht; nachdem sie ungefähr fünfzehn Minuten totgeschlagen hatte, wollte sie gerade aussteigen, als sie Bill Collins, den Direktor des Bestattungsinstituts und diesjährigen Shamrock-König, aus der Tür kommen sah – hastig sank sie auf ihrem Sitz zusammen.

Allerdings hätte sie sich keine Sorgen machen müssen, daß er sie entdeckte; denn Collins eilte, ohne nach rechts oder links zu blicken, auf seinen Wagen zu. Da er wahrscheinlich von der Versammlung fortgerufen worden war, wartete Sky, die ihn in ihrem Rückspiegel beobachtete, darauf, daß er vom Parkplatz losfuhr; doch zu ihrer Überraschung saß er einfach untätig auf dem Fahrersitz.

Die Minuten verrannen, bis Sky das ferne Klingeln eines Autotelefons vernahm und sah, wie Collins den Hörer ergriff, an sein Ohr hielt und nach wenigen Minuten wieder sinken ließ. Die Fenster seines Wagens waren geschlossen, und er hatte ihr den Rücken zugewandt, so daß sie seine Aktion nicht verfolgen konnte.

Sie beugte sich über den Beifahrersitz, um sich außer Sicht zu begeben, als er – immer noch, ohne auf die Umgebung zu achten – wieder an ihrem Nissan vorübereilte und erneut im Hotel verschwand. Bevor er allerdings das Gebäude betrat, kam ein anderer, Sky unbekannter schwergewichtiger, bulliger Mann heraus, machte kehrt und geleitete Collins durch die Tür, als hätte man ihn nach ihm ausgeschickt.

Offenbar hatte Collins den Anruf zuvor arrangiert. Sky lachte laut: Konnte es sein, daß der gute alte Bill mit dem frommen Gesicht, den konservativen Anzügen und den Schnürhalbschuhen mit einer anderen als seiner Ehefrau Umgang pflegte? Auch wenn es sie nichts anging, war sie von dem Gedanken fasziniert. Vielleicht sollte sie sich mal mit Teddy unterhalten – er wüßte sicher darüber Bescheid.

So oder so, dachte sie, als sie schließlich aus dem Wagen stieg, war dies ein interessanter Tag.

Immer noch lächelnd ging sie zur Tür, ohne zu sehen, daß schräg von der Seite ein Mann neben sie trat. »Und, was amüsiert Sie so?«

»Oh!«

Der Mann war groß und schlank, und seine Hakennase hätte jedem von Johannas Freunden aus dem Reservat zur Ehre gereicht. »Sie sahen aus, als sei Ihnen etwas Lustiges eingefallen.«

»Sind Sie Ire?« Die Frage war rein rhetorisch, denn seine Stimme plätscherte in dem Singsang, der nur diesem Land eigen war.

»Erraten.« Seinen Namen nannte er ihr nicht.

Inzwischen hatten sie die Tür erreicht, er öffnete und trat höflich einen Schritt zurück.

»Vielen Dank.« Lächelnd betrat sie vor ihm das Foyer. »Ist dies Ihr erster Besuch in Butte?«

»In der Tat ist dies überhaupt mein erster Besuch in der Nähe der Rockies.«

»Tja, dann wünsche ich Ihnen einen schönen Urlaub.«

»Er wird mit jeder Minute besser.« Sein unverhohlenes Starren hätte sie erröten lassen, wäre sie der Typ gewesen, der schnell in Verlegenheit geriet.

»Nochmals vielen Dank. Auf Wiedersehen.« Sie wandte sich ab in Richtung des Raums, in dem das Treffen stattfand; aber während sie rasch dahinschritt, war ihr bewußt, daß der Mann ihr neugierig nachblickte.

Wenige Sekunden später war sie vor der Tür des Raumes angelangt, und da trug auch schon die Sekretarin, eine alte Fledermaus mit dem verkniffenen Mund der personifizierten Selbstgerechtigkeit, die Pressemitteilung heraus. Sie reichte sie Sky, die an diesem Abend die einzige anwesende Journalistin war, und sah sich enttäuscht um.

»Gibt es irgend etwas, das ich besonders hervorheben soll?« Sky überflog die beiden Seiten, aber entdeckte nichts Unerwartetes: schlecht formulierte Aufrufe an Präsident Bush, seinen

Einfluß auf die Vereinten Nationen und/oder die Europäische Gemeinschaft geltend zu machen und auf einer Untersuchung der angeblichen Folterung fälschlicherweise verhafteter Katholiken durch britenfreundliche Polizisten zu drängen – eine Wiederholung der Standardfloskeln, mit denen man die Besatzung Nordirlands durch die britische Armee verurteilte sowie die Ankündigung einer geplanten Unterstützung der Familien von Kriegsgefangenen. »Möchten Sie, daß ich jemanden interviewe?« Die Frau stieß ein verächtliches Schnauben aus. »Unseren Präsidenten, Mr. Collins? Mr. Larsen hat unseren Präsidenten bisher jedesmal interviewt.«

»Dann mache ich das auch.« Wenn auch aus dem Grund, daß Sky genug hatte von dieser alten Kuh, täte eine Verzögerung seiner Termine dem König der Shamrocks ebenfalls gut. Sollte er tatsächlich noch verabredet sein, dann machte sich diese Verabredung besser auf eine gewisse Wartezeit gefaßt.

Allerdings beanspruchte sie mit ihrem Interview am Ende höchstens fünf Minuten seiner Zeit. Bill Collins wirkte, wenn auch angespannt – Sky kannte ihn nicht gut genug, um dies als seinen Normalzustand zu identifizieren – so doch erfreut, daß sie gekommen war. Er gratulierte ihr zu ihrer Arbeit und benahm sich, als führe er sie, falls erforderlich, die ganze Nacht durch die labyrinthische Geschichte des nordirischen Konflikts.

»Das alles habe ich bereits Jim Larsen erzählt.« Er ließ seine Knöchel knacken, und Sky fuhr zusammen. »Aber nichts davon hat er je veröffentlicht. Ich schätze, ich bin einfach nicht überzeugend genug – oder er hat nichts mit uns Iren am Hut.«

»Was Sie zu erzählen haben, ergäbe einen wunderbaren Bericht über die Hintergründe des heutigen Konflikts, Mr. Collins.« Sky erkannte die Gefahr, als Spießgesellin zu gelten, und so fuhr sie eilig fort: »Aber wie Sie wissen, ist der Platz für Lokalnachrichten eingeschränkt. Schließlich sind wir ein kommerzielles Unternehmen...«

»Immerhin wären das *Nachrichten.* Warum sieht das denn niemand ein?«

»Ich stimme Ihnen zu, wenn Sie sagen, daß es Nachrichten

sind – natürlich, absolut Mr. Collins – aber angesichts all der anderen Dinge, die in meinem Terminkalender stehen, erführe die Geschichte durch meine begrenzte Berichterstattung keine Gerechtigkeit.«

»Dann vielleicht ein anderes Mal? Ich glaube nicht, daß die amerikanische Allgemeinheit zur Gänze versteht, was dort drüben im besetzten Irland vor sich geht, Miss MacPherson. Sie bringen unsere, das heißt, Ihre und meine Leute um! Tag für Tag!« Er packte ihren Arm, aber vor lauter Leidenschaft war ihm diese Geste wohl gar nicht bewußt. »Es ist einfach grauenhaft. Der britischen Propagandamaschinerie läßt man hier drüben einfach freien Lauf. Das liegt an den sogenannten ›besonderen Beziehungen‹, vor allem, seit Reagan und Maggie Thatcher, die ja bestens miteinander ausgekommen sind!« Als Sky ihm so sanft wie möglich ihren Arm entzog, blickte er überrascht auf seine Hand. »Tut mir leid, Miss MacPherson, manchmal lasse ich mich zu sehr hinreißen. Das ist mein Temperament.« Er versuchte zu lächeln. »Aber da Sie selbst irischer Abstammung sind, verstehen Sie zweifellos, wie frustrierend das alles für uns ist. Wir möchten den Menschen klarmachen, worum es uns geht, vor allem, da man uns bei jeder sich bietenden Gelegenheit in die Parade fährt. Wissen Sie, wir sind weder verrückt noch fanatisch« – wieder knackten seine Knöchel, und Sky erschrak abermals –, »aber mit einer guten Journalistin wie Ihnen könnten wir dafür sorgen, daß unsere Botschaft endlich in die Höhen der Politik von Montana vordringt. Auf unsere eigene Art sind wir hier draußen nämlich so wichtig wie die Typen in New York oder Boston, verstehen Sie? Für ein Räderwerk ist jedes auch noch so kleine Zähnchen von Bedeutung.«

»Auf alle Fälle hört es sich faszinierend an, und Sie haben recht, ich weiß bei weitem nicht genug über das, was in Nordirland geschieht.« Dann fügte sie fatalerweise hinzu: »Vielleicht finden wir ja noch einmal Gelegenheit zu einem Gespräch.«

»Wann?« Wieder nahm er ihren Arm.

»Ich rufe Sie an.« Wütend auf sich, weil sie ihm derart in die Falle gegangen war, fügte sie boshaft hinzu: »Und wie geht es Ihrer Frau?«

Woraufhin er zu ihrer größten Bewunderung mit einem nicht im geringsten nervösen, sondern lediglich erstaunten Zucken der Brauen antwortete: »Gut, sehr gut – aber Sie rufen mich hoffentlich tatsächlich an. Larsen verspricht jedesmal einen ausführlichen Bericht, ohne daß bisher jemals einer erschien.«

»Wir reden noch mal darüber«, versprach sie und wandte sich zum Gehen.

Nie im Leben, dachte sie, während sie auf ihren Nissan zusteuerte.

Daheim in ihrer Wohnung nahm sie eine gründliche Dusche, verbannte, zusammengekuschelt in einem wallenden Nachtgewand, jeden Gedanken an ihre Arbeit und griff nach einem Buch. Greg hatte ihr E. Annie Proulxs *Schiffsmeldungen* geschenkt.

8

Der Regen im Norden von Mayo war in der Gräue vor Anbruch der Dämmerung kälter und nasser als zu jeder anderen Tageszeit. So weit von Greenwich entfernt zogen allerdings Mitte Juni bereits vor vier Uhr morgens am Himmel die ersten hellen Strahlen auf. Drei Uhr dreißig war gerade vorbei.

Nachdem der erste Teil des Auftrags erledigt und der Telefonanruf aus der Telefonzelle in Crossmolina auf die Minute pünktlich getätigt worden war, näherte sich der Hiace-Lieferwagen der Stadt Ballina. Weiß, da dies in Irland die verbreitetste Farbe war, trug er 1990er Nummernschilder, so daß er weder neu noch alt genug war, um Aufmerksamkeit zu erregen; er fuhr in einem beständigen Tempo gerade unterhalb der Geschwindigkeitsbegrenzung für den Fall, daß irgendwo ein neugieriger Polizist, statt ordnungsgemäß in seinem Bett zu liegen, durch die Gegend streunte. Die drei mit Arbeitsjacken bekleideten Insassen des Lieferwagens hatten sich alle nebeneinander auf den Vordersitz gequetscht. Drei stämmige Kerle, Arbeiter, vielleicht vom Bau, deren Arbeitstag wegen des langen Tageslichts besonders früh begann. Oder Fischer auf dem Weg nordwärts nach Killybegs, wo die Flut gerade kam.

Der Motor des Lieferwagens surrte wie eine Nähmaschine, und das regelmäßige Kratzen der Scheibenwischer war in der Fahrerkabine das lauteste Geräusch. Keiner der drei Insassen sprach ein Wort. Vielleicht waren sie auch als Iren nicht unbedingt versessen auf diesen Coup.

»Endlich!« Sky warf ihren Roman beiseite und rannte, als sie das Geräusch des Schlüssels ihrer Mutter vernahm, zur Tür.

»Hallo, mein Schatz.« Johanna kämpfte sich, mit einem enormen, in braunes Papier gewickelten Paket beladen, durch die Tür. »Wie war dein Tag? Komm rein, Hermana.«

Als Sky die Freundin ihrer Mutter sah, erstarben die Fragen auf ihren Lippen, deretwegen sie noch nicht zu Bett gegangen war.

»Bist du sicher, daß es nicht ein bißchen spät ist?« Hermana schien seltsamerweise zu zögern, ehe sie sich durch den schmalen Türrahmen schob.

»Es ist nie zu spät.« Johanna war bereits in der Küche, wo sie sich ihrer Last auf einem Stuhl entledigte. »Komm rein, nimm das Gewicht von deinen Füßen – oh, tut mir leid, Hermana! Du weißt, ich habe es nicht böse gemeint.« Kichernd wandte sie sich ihrer Tochter zu. »Hermana hat mich von der Bushaltestelle abgeholt, Sky. Ich wollte dich nicht anrufen, weil ich dachte, du hättest vielleicht noch zu tun, wärst bei Greg oder so.«

»Ich habe mir Sorgen gemacht, Mom, es ist bereits nach zehn. Du hättest wenigstens anrufen können.« Sky schloß die Tür und folgte den beiden auf dem Fuße.

»Also bitte, Sky, ich bin eine Dame mittleren Alters, beinahe schon alt. Wer in aller Welt sollte mich schon überfallen?« Johannas Lachen, das so falsch wie eine Zwei-Dollar-Note klang, drang unter dem Schränkchen unter der Spüle hervor, wo sie nach Katzenfutter fahndete. »Allein der Gedanke ist absurd. Da haben wir's, meine kleinen Lieblinge«, säuselte sie den um ihre Mokkasins streichenden Katzen zu. »Arme Schätze, habt ihr mich vermißt? Möchtest du einen Tee, Hermana? Setz mal bitte Wasser auf, Sky.«

Sky machte den Tee und brachte die Tassen herbei, während sich der verbale Orkan ihrer Mutter weiter über den Dosenöffner und das Katzenfutter ergoß. Hermanas Anwesenheit konnte kein Zufall sein: Johanna wich einem Gespräch über Daniel Treacy aus. Aus diesem Grund war sie so früh aufgebrochen und hatte die Nacht außer Haus verbracht.

Schließlich kam sie ein wenig zur Ruhe und setzte sich zu ihnen an den Tisch, allerdings immer noch ohne Sky in die Augen zu schauen.

»Es gibt da etwas, das ich dich fragen möchte, Mom«, begann Sky in ruhigem Ton.

»Ja, mein Schatz?« Johanna blickte eilig zu Hermana hinüber.

»Was ist in dem Paket?« Wütend, weil sich ihr Verdacht bestätigte, wollte sie ihre Mutter noch ein wenig schmoren lassen.

»Ein Weidenkorb, den mir Freda Little Calf mitgegeben hat.« Johannas Erleichterung war geradezu grotesk. »Ihre Schwester lebt von Flechtarbeiten für Touristen. Ich dachte, die Katzen könnten darin schlafen – am besten lege ich die kleine Decke rein, die Buffy mir letztes Jahr zu Weihnachten geschenkt hat. Sie hat bestimmt nichts dagegen …«

»Mom!« Sky hatte genug davon, sich rücksichtsvoll und sanft zu geben. »Eigentlich will ich dich etwas anderes fragen, und das wissen wir alle ganz genau. Was war mit Daniel Treacy und Grandma? Und wie kommt es, daß du mir nie seinen richtigen Namen genannt hast?«

»Aber warum denn?« Ihre Mutter versuchte verzweifelt, ehrlich überrascht zu klingen, während sie ihre ganze Aufmerksamkeit der Aufgabe widmete, auch noch den letzten Tropfen Flüssigkeit mit ihrem Löffel aus dem Teebeutel zu quetschen. »Na, so was. Was sagt man dazu?«

»Also hör mal, in Wirklichkeit heißt er McCarthy. Und das weißt du ebenso gut wie ich. Mach dir nicht die Mühe, es zu leugnen, Mom! Erzähl mir statt dessen lieber, was damals vorgefallen ist.«

»Ach du meine Güte!«

Das Geplappere ging Sky auf die Nerven, aber für den Augenblick sagte sie nichts dazu. »Ja?« fragte sie, wobei sie sich auf die Lippen biß.

»Das alles ist furchtbar lange her, meine Liebe, und ich war damals noch sehr jung – laß mich überlegen, wie alt ich gewesen sein muß...«

»Laß mich dir helfen, Mom. Er hat mir bereits erzählt, daß sein richtiger Name McCarthy ist. Ich weiß, daß er meinen Großvater getötet hat. Aber er behauptet, daß es ein Unfall war und du mir erzählen könntest, was genau geschehen ist. Erinnerst du dich jetzt?«

»Das Ganze ist nicht *meine* Schuld, Sky, also sprich bitte nicht in diesem Ton mit mir!« flüchtete sich Johanna in mütterliche Entrüstung.

»Wie kannst du deine arme Mom nur so aufregen, meine Liebe.« Hermana, deren Leibesfülle den Stuhl, auf dem sie saß, wie eine Miniatur erscheinen ließ, wäre in ihrem Eifer, der Freundin beizustehen, beinahe vornübergekippt. »Es ist etwas, über das sie nicht gerne spricht.« Nur indem sie mit beiden Händen die Tischkante umklammerte, rettete sie ihr Gleichgewicht. »Vergangene Dinge läßt man besser ruhen, meinst du nicht?«

Sky sah immer noch ihre Mutter an. Von hinten drang das Schlabbern der über den Futternapf gebeugten Katzen an ihr Ohr. »Es gab ein Gerichtsverfahren«, sagte Johanna nach einer Ewigkeit. »Aber er wurde freigesprochen, Sky. Es war alles ein Sturm im Wasserglas. Hier, meine Schätzchen!« Sie bückte sich und hob die beiden Katzen hoch. »Brave Kinder, habt ihr fertig gegessen?«

Sky zählte im Geiste bis drei. »Mom?«

»Ja, meine Liebe?«

»Bitte sag mir die Wahrheit. Er behauptet, daß es ein Unfall war. Stimmt das?«

»Ich glaube schon.« Johanna hielt die beiden Katzen wie ein felliges Pelzschild vor ihre Brust. »Warum schreibst du nicht an deine Tante Margaret? Oder sogar an Goretti? Die beiden sind viel älter als ich, sie erinnern sich bestimmt genauer daran. Ich selbst weiß nur noch, daß es eines Nachts bei uns zu Hause ein entsetzliches Drama und anschließend eine Beerdigung gab. Die von meinem Vater. Daniel Treacy *kannte* ich nicht, Sky, das habe ich dir schon gesagt…«

»Aber du wußtest und *weißt*, daß er in Grandma verliebt gewesen ist. Und daß er meinen Großvater getötet hat, woraufhin er in die Staaten flüchtete.«

»So war es nicht – wie gesagt, der Richter hat ihn freigesprochen. Oh…« Johanna sah Hermana hilfesuchend an. »Es war ein *Unfall*, alle haben es gesagt. Jawohl.« Sie nickte heftig mit dem Kopf. »Ganz sicher war es das.«

»Ich denke, du solltest deinen Tanten schreiben, Sky.« Hermana tätschelte ihrer Freundin die Hand. »Oder, warum rufst du sie nicht direkt an?«

»Das muß ich sowieso.« Sky erhob sich von ihrem Stuhl, trat vor die Spüle und wusch ihre Tasse aus.

Sie hätte es wissen müssen. Ihre Mutter ertrug nicht einmal eine Andeutung von Mißstimmung. Sie ließ die Stille hinter sich anschwellen, ehe sie sich umdrehte und möglichst beiläufig sagte: »Übrigens, er will, daß Grandma auf seine Kosten anläßlich ihres fünfundsiebzigsten Geburtstags herüberkommt.«

»Wow!« Johanna rang angestrengt nach Luft. »Ich hatte schon Angst, ich würde sie nie wiedersehen – es ist so wahnsinnig teuer, wenn man nach Irland fliegen will.«

Oh, Mom! Wenn du dir den Flug nicht leisten kannst, ist das ja wohl deine eigene Schuld. Sky dachte an all die verfallenen Schecks in der Schublade. Sie hatte endgültig genug. Diese Dinge mußten erst überdacht werden, ehe sie die Einzelheiten der Geschichte ergründen oder den Besuch ihrer Großmutter planen konnte, der inzwischen durchaus möglich erschien. »Ich bin sehr müde, Mom. Am besten reden wir morgen weiter.«

»Natürlich, Sky.« Ihre Mutter sah ängstlich wie ein Teenager aus. Sky küßte sie und Hermana auf die Wange und ließ die beiden allein zurück.

Es mochte ein Unfall gewesen sein, vielleicht aber auch nicht, dachte sie, als sie die Tür ihres Schlafzimmers schloß. So oder so würde sie ein paar diskrete Nachforschungen über Mary Dorothy Treacy anstellen, die auf so tragische Weise passend vor dem Geburtstag ihrer Großmutter verschieden war. Das Ganze kam ihr erdrückend verdächtig vor.

Noch lange, nachdem sie das Licht gelöscht hatte, drangen Johannas heller, aufgeregter Singsang und Hermanas Baritongebrumme an ihr Ohr.

Am nächsten Morgen beim Frühstück entlockte sie ihrer Mutter Stück für Stück die ganze Geschichte, wie ihr Großvater ums Leben gekommen war. Nur widerstrebend dachte Johanna an die turbulente Vergangenheit ihrer Mutter zurück, aber das Grundgerüst der Geschichte stellte sich als recht simpel heraus. Skys Großeltern hatten sich spät abends gestritten, weil ihre Großmutter auf einer Tanzveranstaltung mit Daniel McCarthy geflirtet zu haben schien. Die Auseinandersetzung war immer heftiger geworden, und ehe alles vollkommen außer Kontrolle geriet, hatte ihr Großvater das Haus verlassen, um spazierenzugehen und einen kühlen Kopf zu bekommen; unterwegs begegnete er McCarthy, der gerade Kaninchen schoß. Die beiden hatten sich gegenseitig beschimpft, es kam zum Kampf, und aus McCarthys Gewehr löste sich ein Schuß. McCarthy war vor Gericht gestellt worden, aber dort hatte er einen Freispruch erwirkt.

»Allmächtiger.« Sky sah ihre Mutter mitfühlend an. »Weshalb hast du denn all die Jahre ein solches Geheimnis daraus gemacht? Du hättest mir das doch längst erzählen können. In der Tat finde ich diese Geschichte sogar romantisch.«

Johanna starrte sie mit großen Augen an. »Nun, er war dein Großvater, aber ich nehme an, da du keinen der Beteiligten kanntest… Allerdings war die Sache damals für uns alles andere als romantisch, da man uns anschließend in der Gemeinde wie Aussätzige behandelte. Nicht alle haben an Daniel McCarthys Unschuld geglaubt.« Johanna senkte verlegen den Blick. »Oder an die meiner Mutter.« Die letzten Worte sagte sie so leise, daß Sky sie kaum verstand.

»Was hat Grandma gemacht?«

»Nun, wie gesagt, ich war damals noch ein Kind. Niemand aus unserer Familie sprach je wieder über diese Zeit, Sky, aber vielleicht tun sie es ja jetzt...« Tapfer sah sie ihre Tochter an. »Warum schreibst du nicht an deine Tanten, wie wir dir gestern vorschlugen?«

»Das werde ich, Mom, aber zuerst will ich hören, was du darüber weißt.«

Wieder wandte ihre Mutter den Blick von ihr ab. »Ich glaube, sie hat ihn geliebt, ja.« Ihre Stimme klang jämmerlich wie die eines bei einer Missetat erwischten Kindes. »Aber dann hat sie relativ bald meinen Stiefvater geheiratet.«

»Der auch wieder jung gestorben ist.«

Bei diesen Worten fuhr Johannas Kopf herum, als hätte ihre Tochter ihr einen Schlag versetzt. »Viel, viel später. Mossie Sheehan ist einfach vom Dach gefallen. Ein *ganz normaler* Sturz – für solche bösen Worte sollte man dir den Mund mit Seife auswaschen, Rainbow Sky MacPherson!« Bei einem weniger ernsten Thema hätte Sky über ihre Empörung vielleicht gelacht. »Der Himmel bewahre uns vor Journalisten. Euer Sinn für Dramatik ist einfach schauderhaft.« Johanna trank auf einen Sitz ihre Tasse aus, so daß sie einen Schluckauf bekam. »Tut mir leid...« Wieder hickste sie. »Ihr seht die einfachsten Dinge immer furchtbar kompliziert! Ich kann dir versichern, Daniel McCarthy hatte mit dem Tod unseres Stiefvaters nicht das geringste zu tun. Damals lebte er bereits seit Jahren in den USA. Ich selbst war schon lange nicht mehr daheim – nicht einmal zur Beerdigung schaffte ich es.«

»Aha!« triumphierte Sky. »Dann hast du also die ganze Zeit über gewußt, daß Treacy und McCarthy ein und derselbe waren.«

»Na wennschon!« Johanna hatte sich von ihrer Bestürzung erholt, was ihrem kornblumenblauen Blick deutlich anzumerken war.

»Ich will wissen, wann du dahintergekommen bist, daß Treacy und McCarthy identisch sind. Und weshalb hast du das noch nie hier an diesem Frühstückstisch erwähnt?«

»Wir nahmen gemeinsam an einer Beerdigung teil.« Johanna

war die Würde in Person. »Und ich habe ihn aufgrund eines Fotos erkannt, das meine Mutter in einer Schublade ihres Schreibtisches zu Hause auf dem Hof aufbewahrte. Soweit ich weiß, hast du mir vorher nie eine Frage über ihn gestellt, Sky, woher sollte ich also wissen, daß du dich für ihn interessierst?«

Sky sah sie hilflos an. Dafür, daß ihre Mutter immer so sanft erschien, hatte sie ein erstaunliches Talent, dennoch ihre eigenen Vorstellungen durchzusetzen.

»Weißt du, er hat sich nicht allzusehr verändert.« Johanna lehnte sich bequemer zurück – was sie betraf, so war der schwierige Teil des Gesprächs vorbei. »Und er ist ein recht gutaussehender Mann, findest du nicht? Meine Güte! Zu denken, daß er sie nach all den Jahren immer noch liebt ...« Sie rümpfte ihre Nase über einem nachsichtigen Lächeln.

»Weich jetzt nicht vom Thema ab.«

»Ist das nicht süß?« Johannas Gesicht erhellte die unwiderstehliche Arglosigkeit ihrer Natur, und sie preßte ihre Hände gegen den unter einem Kaftan verborgenen Busen. »Wäre es nicht wunderbar, wenn sie ihn auch noch lieben würde und sie endlich zueinander fänden?«

»Natürlich müssen wir Mr. Treacys – Mr. McCarthys – großzügiges Angebot annehmen, damit sie im August herüberkommen kann.« Unweigerlich zog diese Jahrzehnte alte Liebesgeschichte Sky in ihren Bann. Sie erhob sich von ihrem Platz und schenkte sich eine weitere Tasse Kaffee ein. »Warum unternimmst du nicht den ersten Schritt und rufst sie an? Aber freu dich lieber nicht zu früh, Mom. Sie ist eine alte Dame. Vielleicht will sie damit nichts mehr zu tun haben, wer weiß?«

»Ich soll in Irland anrufen? Oh, Sky, das können wir uns nicht leisten.«

Langsam, wobei sie die Aufmerksamkeit ihrer Mutter wie magisch auf ihre Handbewegung lenkte, nahm Sky ihre Tasche vom Tresen, zog den kleinen Stapel Schecks heraus und suchte die beiden noch gültigen Papiere heraus. »Unterschreib sie, Mom«, sagte sie sanft. »Und schreib folgende Worte drauf: ›Zahlbar an R. Sky MacPherson‹.«

Mit offenem Mund nahm ihre Mutter die Schecks samt dem von Sky gebotenen Stift und tat wie ihr geheißen.

»Im Augenblick werde ich nichts weiter dazu sagen«, Sky nahm die Beute an sich und betrachtete sie. »Aber wenn du nicht heute noch an deinen Bruder schreibst und ihn bittest, diese Dinger da zu erneuern«, sie wies auf den Stapel nutzlosen Papiers, »dann tue ich es für dich.« Daraufhin leerte Sky, für die das Telefon ebenso lebenswichtig wie starker Kaffee war, abermals ihren Becher. »Und ruf, verdammt noch mal, deine Mutter an, Mom. Das hier sind vierhundert Pfund.« Sie fuchtelte ihrer Mutter mit den beiden gültigen Schecks unter der Nase herum. »Außerdem lädt Treacy sie schließlich ein, so daß er unsere Unkosten sicher ebenfalls übernehmen wird.«

Den ganzen Tag über hatte sie so viel mit Routinearbeiten zu tun, daß sie keine Gelegenheit zur weiteren Verfolgung ihrer privaten Angelegenheiten bekam. Sie tippte den Shamrockbericht, schmückte ihn mit einer Reihe von Bill-Collins-Zitaten aus und bereitete die Artikel für die nächste Ausgabe der Zeitung, einschließlich des Berichts über das verhaßte Rodeo, weitestgehend vor. Hinfahren würde sie auf keinen Fall, Prinzip war Prinzip, aber effiziente Arbeitsmethoden schüttelte man nun einmal nicht einfach ab. Wenigstens bliebe auf diese Weise der Kleinen, dem freien Mitarbeiter oder wem auch immer die Mühsal vorheriger Recherchen erspart.

Gerade hatte sie sich in die Vorbereitung eines Interviews mit einem der Planer in der Stadthalle über Zuwiderhandlungen gegen die städtischen Bebauungspläne vertieft, als sie merkte, daß Jimbo neben ihrem Schreibtisch stand. »Hast du vielleicht eine Minute Zeit?«

»Wenn es sein muß.« Sie stand auf und folgte ihm in sein Büro.

»Erzähl mir von deinem Gespräch mit Treacy.« Der Chefredakteur lehnte sich in seinem Sessel zurück und stellte seine Füße auf den einzigen freien Platz, den die Schreibtischoberfläche bot.

»Ist ganz gut gelaufen, ein interessanter Typ – nun, ich bin sicher, das weißt du.« Sky war vorsichtig. Auch wenn Treacy offenbar zuvor noch nie zu einem Gespräch bereit gewesen war, weckte Jimbos selbst für ein Exklusivinterview übertriebenes Interesse an der Sache den Verdacht, daß irgend etwas Ungewöhnliches vorlag. Normalerweise gab er erst dann einen Kommentar zu einem Artikel ab, wenn er fertig war. Wußte er vielleicht über ihr persönliches Interesse an dem Herrn oder gar über Treacys Vergangenheit Bescheid?

Sie würde ein wenig nachforschen. »Ich habe das Gespräch noch nicht transkribiert, Jim, und du weißt, daß ich solche Dinge nicht beurteilen kann, solange meine Notizen nicht im reinen sind. Gibt es einen besonderen Grund zur Eile? Vielleicht muß ich noch einmal mit ihm sprechen, falls es irgend etwas Strittiges gibt...«

»Hm-mm.« Er blickte zum Fenster hinaus. »Im Augenblick nicht. Du sprichst noch mal mit ihm? Das ist gut. Halt einfach die Augen und Ohren offen.«

»Inwiefern?« Diese Frage war ein bißchen voreilig. Angesichts ihrer persönlichen Verwicklung in die Sache hätte sie ihre Recherchen lieber unabhängig von der Zeitung durchgeführt.

»Möglicherweise ist an der Sache gar nichts dran.« Er schien zu überlegen, nahm die Füße vom Tisch und kam offenbar zu einem Entschluß. »Auf jeden Fall«, fuhr er fort, als wäre ihr Gespräch beendet, »will ich nichts sagen, was dich in eine falsche Richtung drängen könnte. Am besten nähert man sich diesen Dingen ohne jedes Vorurteil. Aber wenn du noch einmal mit ihm gesprochen und deine Notizen geordnet hast, komm zu mir, damit wir gemeinsam darüber reden. Und zwar, bevor du deinen Artikel abschließt.«

Sky war beinahe durch die Tür, als seine Stimme sie nochmals festnagelte. »Hat er viel von seiner Frau gesprochen?«

»Nicht übertrieben, nein.« Sie sah ihn fragend an. »Hör zu, Jim, hast du eine Information, die ich wissen sollte?«

Seine Miene blieb ausdruckslos. »War nur so eine Idee. Also bis später!«

Als Sky die Tür hinter sich schloß, wußte sie nicht, ob sie wegen des Gesprächs froh oder beunruhigt sein sollte. Einerseits hatte Jimbo ihr eigenes Unbehagen in bezug auf Treacy bestätigt; doch andererseits waren da ihre Mutter und Großmutter, an die es zu denken galt.

»Scheiße«, murmelte sie, zog das Telefon zu sich heran und gab ihre Privatnummer ein. »Hast du schon in Irland angerufen?«, fragte sie ihre Mutter ohne jegliche Einleitung.

»Nein, mein Schatz.« Johanna wirkte überrascht. »Dort drüben ist es noch viel zu früh. Zumindest glaube ich das ...« Ihre Stimme verhallte, doch Sky hatte für Überlegungen bezüglich der Zeitverschiebung jetzt nichts übrig.

»Gut«, sagte sie. »Dann warte noch ein bißchen mit dem Anruf, vielleicht bis morgen, ja? Es sind noch ein paar Fragen aufgetaucht, die zuvor geklärt werden müssen.«

»Oh, Sky! Haben wir uns etwa umsonst Hoffnungen gemacht?«

»Natürlich nicht. Ich bitte dich nur darum, vierundzwanzig Stunden zu warten, Mom. Es ist noch eine Rücksprache mit Treacy nötig, denn er soll nicht denken, er würde vor vollendete Tatsachen gestellt. Nur abklären will ich, ob er die Einladung wirklich ernst gemeint hat, okay?«

»Aber da bin ich ganz sicher, Sky. Mach dir darüber keine Gedanken.« Johannas Stimme hellte sich wieder auf. »Außerdem haben wir schließlich noch jede Menge Zeit. Meinst du, wir sollten das Wohnzimmer neu streichen, bevor sie kommt? Ich finde, daß es ein bißchen schmuddelig wirkt.«

Sky versicherte ihrer Mutter, daß am Abend mehr als genug Zeit für derartige Pläne war, legte auf und starrte lange reglos auf den Apparat.

»Ist bei dir zu Hause alles in Ordnung, Sky?« Die Kleine hob den Blick von dem Aktenschrank, wo sie sich gerade abrackerte mit dem Einsortieren neuer Berichte und Infos.

»Alles bestens.« Sky kehrte mit ihren Gedanken in die Gegenwart zurück und blickte auf die Uhr. In fünf Minuten mußte sie in der Stadthalle sein.

Die langweiligen Interviews im Planungsbüro dauerten viel länger als geplant, so daß sie erst nach fünf wieder im Büro saß.

Die Kleine hatte einen Notizzettel an ihr Telefon geklebt: *Mr. Daniel Treacy hat angerufen. Bitte melde dich umgehend.* Unwillig, sich ihre Termine von ihm vorschreiben zu lassen, starrte Sky auf das kleine gelbe Blatt. Dann allerdings gewann ihre Neugier die Oberhand und sie schlug ihr Adreßbuch auf.

Sie wurde unverzüglich durchgestellt; aber offenbar hatte Treacy nur wissen wollen, ob sie ihre Mutter über seine Einladung informiert hatte. Auch wenn seine Sprache förmlich, ja beinahe brüsk zu nennen war, hatte seine Stimme einen gepreßten, etwas unsicheren Klang.

Jawohl, sie hätte mit ihrer Mutter gesprochen, doch hätten sie bisher noch niemanden im Haus ihrer Großmutter in der Grafschaft Cork erreicht. Allerdings gäbe sie ihm über die weiteren Entwicklungen pünktlich Bescheid. Dann bat sie um ein zweites Interview für das Porträt, wobei sie ihm versicherte, daß es lediglich noch um ein paar Einzelheiten ginge. Nach einer kurzen Pause erklärte er sich zu weiteren Auskünften bereit, und auf ihren Vorschlag hin sagte er ihr für den folgenden Montag zu. Auf diese Weise konnte sie sich darauf vorbereiten.

Während sie einhängte, fiel ihr Jimbo wieder ein. Ehe sie Nachforschungen betrieb, deren Ergebnis vielleicht nichtig oder aber peinlich für die Zeitung war, spräche sie wohl besser mit ihrem Vorgesetzten.

»Ich hoffe, ich störe nicht?«

»Abrechnungen!« Jimbo schob den Haufen Computerausdrucke beiseite. »Für einen Mittwoch bist du noch ziemlich spät im Büro. Was kann ich für dich tun?«

»Es geht um Treacy und ist mehr privat. Ich habe ein persönliches Interesse an der Sache, also, kann ich dir vertrauen?«

»Himmel! Du hast dich in den Kerl verliebt!«

Sie sah ihn verwundert an: der Gedanke war so abwegig, daß es ihr regelrecht die Sprache verschlug. »Das ist ja der Hammer!«

»Entschuldigung.« Jimbo bedeutete ihr, Platz zu nehmen. »Liegt bestimmt an all den Zahlen. Sie weichen einem das Hirn auf.«

Sky holte tief Luft, und dann erzählte sie ihm von der lange zurückliegenden Liebesgeschichte, von Treacys Einladung an ihre Großmutter und von seinem Namenswechsel nach dem Tod ihres Großvaters – wobei sie ihren Boß glauben ließ, daß Treacy nicht nur wegen des Unglücksfalls, sondern auch wegen eines gebrochenen Herzens in die Vereinigten Staaten geflohen war.

Als sie anschließend auf ihr Unbehagen bezüglich des Todes von Midge Treacy zu sprechen kam, sah sie, wie sich Jimbos zuvor skeptischer Blick veränderte, und allmählich erkannte sie, wie lächerlich ihr Bericht klang: Außer, daß Treacy das Bindeglied zwischen beiden Todesfällen war, mußte man diesen Autounfall eben als Schicksal akzeptieren. »Tut mir leid«, sagte sie lahm. »Ich schätze, ich habe mich mit dem Butteschen Virus infiziert… Ich weiß, ich weiß, es ist lächerlich. Nun habe ich deine kostbare Zeit gestohlen.«

»Lache ich?« Jimbo sah sie reglos an.

»Willst du damit sagen, daß meine Vermutung vielleicht richtig ist?« Sky war verblüfft.

»Nicht unbedingt – aber ich denke, daß es sich lohnt, darüber nachzudenken. Eigentlich wollte ich dir das hier erst zeigen, wenn dein Artikel fertig ist – du weißt, daß es normalerweise besser ist, die einzelnen Teile eines Puzzles voneinander zu trennen, bis man aufgrund ausreichenden Materials eine gewisse Ordnung erkennt – aber sieh dir das hier doch jetzt schon einmal an. Tja, es entspricht nicht ganz dem, was du mir geschildert hast, aber was hältst du davon?« Aus einer Schublade seines Schreibtischs zog er ein Stück Papier und gab es ihr.

Quer über vier Rabattmarkenfelder von Folgers Kaffee, die aus einer Zeitschrift oder einer Wochenendbeilage herausgerissen zu sein schienen, hatte jemand mit Leuchtstift folgenden Text verfaßt:

Fragen Sie Daniel Traecy nach seiner wehrten Frau und nach dem
Lantstreicher den sie ermordet hatt. Was für eine Beerdigunk hat DER gekriekt?
Ein Gesez für die Armen und eins für die kozigen Reichen.

Unterzeichnet von einem (der wenigen), dem es nur um die Gerechtikkeit geet.

»Seit wann hast du das?« Sky drehte den Wisch um, doch die Rückseite war leer.

»Seit ungefähr zwei Wochen.« Er unterzog ihn einer eingehenden Musterung. »Er traf am Tag deiner Rodeostreikerei ein.«

»Wie wurde er gebracht?«

»Irgend jemand hat ihn abgegeben – in diesem hier.« Jimbo zog eine braune Papiertüte hervor, auf der in derselben Manier *Scheffredagtör. Dringent.* geschrieben stand. Ironischerweise trug die Tüte den Namen von Gregs Familiengeschäft. Allerdings erkannte Sky sie nicht deshalb, sondern weil die Kleine sie erst entsorgen wollte und dann doch auf ihr Anraten zu Jimbo gebracht hatte.

Im Verlauf der Jahre erhielt der *Courier* wie alle anderen Zeitungen auf der Welt mehr als genug anonyme Hinweise, von denen ein Großteil verrückten oder rachsüchtigen Leuten zuzuschreiben war. Sky dachte, daß auch dies ein solcher »Hinweis« war; denn selbst draußen in der Einöde, wo Treacys Frau zu Hause gelebt hatte, blieb ein Mord sicher nicht unentdeckt. »Erinnert sich irgendwer an den Überbringer?« Sie gab Jimbo den Wisch zurück.

»Offenbar war der Typ schwarz.« Jimbo schob die Nachricht zusammen mit dem provisorischen Umschlag wieder in die Schublade. »Oder, um genauer zu sein, denkt dieser kleine Hohlkopf draußen, daß er *vielleicht* schwarz gewesen ist – aber so, wie ich sie kenne, kann er auch einfach ungewaschen gewesen sein.«

»Also bitte.« Angesichts seines resignierten Schulterzuckens hatte Sky das Gefühl, daß sie, wenn auch nur aus weiblicher Solidarität, zur Verteidigung der Kleinen verpflichtet war. »So schlimm ist sie nun auch wieder nicht. Wenn es sich tatsächlich um einen Schwarzen handelte, dann sollte er nicht allzu schwer aufzuspüren sein.« Afroamerikaner waren in Montana im allgemeinen dünn gesät. »Du nimmst diesen Hinweis ernst, nicht wahr? Was hast du gehört?«

»Ich bin nicht sicher.« Er schob die Schublade so vorsichtig zu, als wäre sie aus kostbarstem Porzellan. »Und wenn ich ehrlich bin, habe ich gar nichts gehört. Wie du weißt, würde ich ein solches Geschmiere normalerweise nicht zweimal lesen, aber ...«

»Aber was?«

»Ist dir vor dem Unfall wirklich nie etwas über die Frau zu Ohren gekommen?« Jimbos geistesabwesender Blick verriet, daß sein Gehirn auf Hochtouren arbeitete.

»Hör zu!« Allmählich verlor sie die Geduld. »Vor ihrem Tod habe ich nie etwas von dieser Frau gehört. Warum sollte ich auch? Also gut, sie war eine Einsiedlerin – jedem das Seine, wenn du mich fragst – aber der einzige Schwachpunkt in Midge Treacys tadellosem Charakter war offenbar hin und wieder ein Gläschen zuviel.«

»Ich verstehe.«

»Jim, ich muß nach Hause, ich komme viel zu spät.«

»Es scheint mehr als ein Gläschen gewesen zu sein.«

Sofort erinnerte sich Sky an Daniel Treacys Reaktion, als sie ihn auf den Tod seiner Frau angesprochen hatte. »Na und?« fragte sie erbost. »Den Leuten zufolge, mit denen ich bei meinen Recherchen für den Nachruf gesprochen habe, lag das alles lange zurück.«

»Da bin ich mir nicht so sicher.« Jimbo starrte sie reglos an. »Ich habe gehört, daß die Frau so gut wie ständig besoffen war. Sternhagelvoll. Nicht hier und da ein Gläschen, sondern regelmäßig der totale Suff. Und nicht in der fernen Vergangenheit, sondern bis zu ihrem Tod.«

»Aber auf den Rabattmarken ist die Rede von Mord«, widersprach Sky vehement. »Und Säufer bringen nur selten andere Leute um. Sie interessieren sich ausschließlich dafür, sich vollaufen zu lassen, Jim. Und gerade Säufer mit so viel Geld wie Mrs. Daniel Treacy haben es wohl kaum nötig, einen Landstreicher umzubringen, weil der vielleicht zufällig eine Flasche Wein in Händen hält.«

Immer noch sah der Chefredakteur sie reglos an. »Halt, wie gesagt, die Augen und Ohren offen – außerdem könnte ein Anruf bei der Polizei von Mayville unter Umständen weiterhelfen. Warum fliegst du nicht gleich morgen hoch? Oder rufst auch mal in Libby an... Überprüf die Dinge. Ich muß bis morgen abend sechs Uhr mit den Abrechnungen fertig sein«; er wies auf das Durcheinander von Ausdrucken, das vor ihm lag, »sonst flöge ich selber hin. Ich habe so meine eigene Theorie bezüglich der Ereignisse; aber ich würde gerne sehen, was für Dinge du herausbekommst.«

Sky stieß einen abgrundtiefen Seufzer aus. »Um Himmels willen, Jim, die Frau ist tot...« Dann allerdings unterbrach sie sich, denn mit einem Mal war ihr Instinkt als Reporterin geweckt. Wenn Daniel Treacys Frau zu ihren Lebzeiten jemanden getötet hatte, dann durfte ihr Tod kein Hinderungsgrund für eine Enthüllungsstory sein. »Was hast du für eine Theorie?«

»Darüber spreche ich lieber noch nicht.«

Fünf Minuten lang versuchte sie ihm etwas zu entlocken, aber Jim verriet ihr kein Sterbenswörtchen von seinem Verdacht. »Es ist besser, wenn du der Sache selbst nachgehst. Wie ich schon sagte, möchte ich dich nicht beeinflussen.«

Schließlich gab sie sich geschlagen, kehrte an ihren Schreibtisch zurück und versuchte, die Geschichte aus möglichst vielen verschiedenen Blickwinkeln zu prüfen. Wenn Midge Treacy sich illegal verhalten hatte, war das für den *Courier* bereits eine entscheidende Neuigkeit. Aber wenn Treacy selbst davon gewußt und sein Geld benutzt hatte, um die Sache zu vertuschen, wäre das eine Sensation. Sky wählte gerade die Nummer der Auskunft von Libby, als ihr einfiel, daß ihre Mutter ebenso wie ihre Großmutter persönlich in die Sache verwickelt waren. Trotzdem legte sie nicht wieder auf.

9

Umgeben von dichtem Wald, zeigt sich Libby dem Besucher als eine nette, kleine Stadt voller niedriger, langgezogener Gebäude und breiter Alleen, wie sie typisch sind für die meisten Ansiedlungen in Montana, wo es Platz im Überfluß gibt. Außerdem ist es ein gottesfürchtiger Ort, was man an der Unzahl blitzender, schindelgedeckter Kirchen und Kapellen, deren Angebote von diskreten Anschlagtafeln abzulesen sind, unschwer erkennen kann. Als Sky in ihrem Mietwagen vom nahe gelegenen kleinen Flughafen kam, wurde sie von Plakaten und Fahnen auf das hundertjährige Bestehen des Städtchens aufmerksam gemacht und dachte, daß ein Bericht über Libby vielleicht einmal einen netten, kleinen Artikel ergab.

Da sie auf dem Weg zu ihrem Vater schon ein paarmal durch den Ort gekommen war, kannte sie sich ein wenig aus, so daß sie das Büro des Sheriffs ohne Probleme fand. Der Hilfssheriff am Empfangstresen war ein betont lässiger, aber freundlicher junger Mann. Er sah flüchtig die Computerdateien durch und erklärte Sky, über einen toten Landstreicher, den man irgendwann in den letzten Monaten in Libby gefunden haben sollte, wisse er nichts. »Sie sagen, er könnte vielleicht sogar ermordet worden sein? Dann wenden Sie sich vielleicht lieber gleich an die Staats- oder Bundespolizei.« Sein Blick wanderte zu dem weißen Leinenausschnitt über ihrer Brust.

»Zumindest sagt das unser Informant.« Nur mit Mühe unterdrückte Sky den Impuls, ihre Bluse weiter zuzuknöpfen. »Und ich dachte, daß es auf diese Weise vielleicht etwas schneller geht. Sie wissen ja, wie die Bundespolizei ist...«; aber während sie ihm weiter erklärte, daß der Hinweis auf den Toten anonym bei ihnen eingegangen war, erkannte sie, daß er sich wesentlich weniger für die Geschichte interessierte als für ihre Kurven. Sie atmete tief ein. »Ich würde es zu schätzen wissen, Officer, wenn Sie mir zuhörten, statt mich anzustarren, als hätten Sie noch nie eine Frau gesehen.«

Mit hochrotem Kopf wandte er sich wieder der Tastatur seines Computers zu, und als er sprach, hatte seine Stimme einen gedämpften Ton. »Ich kann Ihnen versichern, daß Sie hier in Libby nur Ihre Zeit vergeuden, Ma'am. Wir haben in diesem Jahr keinen Mord an einer obdachlosen Person zu verzeichnen.«

Sie fragte nach dem Unfall in Mayville, bei dem Midge Treacy ums Leben gekommen war.

»Ich bin mir nicht sicher, ob er von uns aufgenommen wurde. Haben diese beiden Dinge irgend etwas miteinander zu tun, Ma'am?« Er vergaß seine Verlegenheit und war mit einem Mal hellwach.

»Nein, zumindest nicht, soweit ich weiß«, sagte sie in beschwichtigendem Ton. »Aber es könnte durchaus sein. Unser Informant zumindest scheint es zu denken. Auf jeden Fall wäre ich Ihnen wirklich dankbar, wenn Sie mir in irgendeiner Weise weiterhelfen könnten – mein Boß würde es sicher nicht besonders lustig finden, wenn ich mit leeren Händen zurückkäme.« Sie sah, daß er sie immer noch verstohlen musterte, und setzte ein strahlendes Lächeln auf. »Eine Hand wäscht die andere – dürfte ich Sie zum Essen einladen? Welches ist das beste Restaurant der Stadt?«

Nach einigem guten Zureden schmolz er schließlich dahin und erklärte sich, auch wenn er die Essenseinladung ausschlug, zumindest bereit, sie nach Dienstschluß zur Unfallstelle zu fahren.

Sie verbrachte die Wartezeit, indem sie in einem Motel eine Tasse Kaffee trank und anschließend in dem dahinterliegenden Park und gleichzeitigem Friedhof spazierenging. Nach der kurzen Abkühlung durch die Gewitter wurde es wieder drückend heiß, und so setzte sie sich, um Energie zu sparen, auf eine Bank; von hier aus verfolgte sie das Kommen und Gehen in einem nahegelegenen Appartementblock, der offenbar extra für Rentner gebaut worden war, da sie zahlreiche Gehhilfen ausmachte und keiner der Passanten auch nur einen Tag jünger als siebzig aussah.

Sky hoffte, der Tod würde sie eines Tages einfach überraschen, ohne daß sie hilflos dem allmählichen körperlichen Verfall ausgeliefert war – ähnlich den Steinen eines alten Mosaiks, von denen einer nach dem anderen aus der Fassade eines Gebäudes bröckelte. Sie dachte an Midge Treacy. Hatte der Alkohol sie unsicher und schwach gemacht? War sie betrunken gewesen in jener Nacht? Obgleich sicher eine Autopsie vorgenommen worden war, hatte sie in keiner der Zeitungen eine Aussage über den Alkoholgehalt im Blut der Toten entdeckt.

Autopsie. So sehr sie sich auch bemühte, erinnerte sich Sky an keinerlei diesbezüglichen Vermerk; also griff sie nach ihrem Recorder und diktierte eine Erinnerungshilfe, daß der Bericht des Gerichtsmediziners noch einmal einzusehen war.

Mayville lag ungefähr zwölf Meilen von Libby entfernt, und etwa eine Viertel Meile von der Stelle, an der der Volvo vom Highway abgekommen war; hier fand der Hilfssheriff einen Platz, an dem es sich gut parken und aussteigen ließ. Die Elektrizitätswerke von Montana spannten entlang der Straße neue Leitungen, und die Arbeiter hatten, indem sie vor ihnen das Kabel über die Straße wuchteten, den Verkehr aus beiden Richtungen vorübergehend zum Stillstand gebracht.

Sky und ihr Begleiter verließen den Wagen und kletterten die Steigung entlang der wartenden Fahrzeuge hinauf. Zahlreiche Reisende waren ausgestiegen und warteten an der Luft, bis der Verkehr wieder lief. Die zweispurige Straße klebte sozusagen am Rand eines dichtbewachsenen Berges; zu ihrer Linken klammerten sich eine Reihe von Bäumen über ihren Köpfen an die schroffe Felswand, aber zu ihrer Rechten tat sich ein Abgrund auf, der sie nur die Spitzen der dort wachsenden Riesen sehen ließ.

Eine Gruppe von Leuten stand an der Unfallstelle, die mitten in einer ungemein scharfen Kurve lag, hinter der die Gerätschaften der Arbeiter standen.

Volvo oder nicht, Treacys Frau hatte nicht die geringste Chance gehabt.

Sky und der Hilfssheriff gesellten sich zu den anderen, tauschten gutmütige Witze über die mangelnde Effizienz der Elektrizitätwerke aus, und dann trat Sky ein weniger näher an den Abgrund. Der schnell wachsende sommerliche Dschungel hatte die Narben von Midge Treacys gräßlichem Ende noch nicht ganz verdeckt. Weit unter Sky störte die dichte Symmetrie des Grüns ein breiter, unregelmäßig brauner Fleck. Kein Wunder, daß der Sarg geschlossen gewesen war, dachte sie. Ganz offensichtlich war der Volvo nach dem Aufprall ausgebrannt. Sie sah sich die Straße genauer an, doch nirgends entdeckte sie auch nur die schmalste Reifen- oder Bremsspur, das kleinste Teil verbogenen Metalls oder auch nur den winzigsten Glassplitter.

»Und, genug gesehen?« Der Hilfssheriff trat neben sie.

»Irgend etwas ist seltsam. Wenn sie mit dem Holztransporter zusammengestoßen und auch die Unfallstelle hinterher aufgeräumt worden ist, wundert es mich, daß absolut jegliche Spur von dem Zusammenstoß fehlt...«

»Wer sagt denn, daß sie mit dem Transporter zusammengestoßen ist?«

»Ich dachte...«

»Soviel ich weiß, ist sie einfach unmittelbar vor ihm von der Straße abgekommen und in den Abgrund gestürzt.« Er wies vage in die Runde. »Der Typ ist lediglich an den Rand gefahren und hat über Funk Hilfe gerufen. Er hat einen ziemlichen Schreck gekriegt, aber berührt haben sich die beiden Fahrzeuge nicht.«

Sky durchforstete ihre Erinnerung nach einem genauen Wortlaut der Zeitungsberichte. Der Hilfssheriff hatte recht: Nirgends war eine Kollision erwähnt, und hier vor Ort wurde das auch klar. Midge Treacy hatte die Kurve nicht gekriegt und total die Kontrolle verloren. Der Knick war so gefährlich, daß die Frau nicht einmal unbedingt betrunken gewesen sein mußte für so eine Tragödie.

Dem unglückseligen Fahrer des Holztransporters galt ihr ganzes Mitgefühl. »Und was war mit dem Truckfahrer?« fragte sie. »Sie sagen, er hätte einen Schreck gekriegt – ich würde sagen, daß es eher an einen Herzstillstand rankam. Schließlich wollte er ihr ausweichen – den Bruchteil einer Sekunde später und ihn hätte es ebenfalls erwischt.«

»Genau.« Der Hilfssheriff sah auf seine Uhr. »Aber diese Typen sind wirklich klasse. Auch wenn sie vielleicht draufgängerisch wirken, achten sie doch stets darauf, was um sie herum auf der Straße vor sich geht. Wenn das jetzt alles ist…«

Sky dachte eilig nach. Es sah aus, als hätte sie die Reise umsonst gemacht; aber irgend etwas in ihrem Inneren sagte ihr, daß das noch nicht alles war. »Halt, was ist mit Unfallspuren? Nirgends sind auch nur Brems- oder Reifenstriche zu sehen.« Abermals sah sie sich die Straße an. »Finden Sie das nicht auch ein bißchen seltsam?«

»Lady, dies ist eine gefährliche Kurve – gefährlicher, als ich Ihnen sagen kann.«

»Aber es sieht aus, als hätte sie nicht einmal versucht zu bremsen.« Sky machte eine Pause. Hatte vielleicht jemand den Wagen manipuliert?

»Sie hatte schon vorher zwei Unfälle, Miss.«

»Und wer hat diesen hier aufgenommen?« Sky sah, daß er allmählich die Geduld verlor.

»Ich schätze, jemand von der Staatspolizei.«

»Wer von der Staatspolizei? Könnten Sie mir einen Namen nennen?«

»Keine Ahnung. Zu der Zeit war ich in Urlaub. Wahrscheinlich irgendein hohes Tier. Der Name Treacy ist in ganz Montana bekannt, und Gleiches zieht normalerweise Gleiches an.«

»Da haben Sie sicher recht. Und, wurde ein Krankenwagen bestellt? Wurde sie ins örtliche Krankenhaus gebracht oder direkt nach Butte?«

»Das kann ich überprüfen, wenn wir wieder in der Stadt sind. Hören Sie, Miss MacPherson, ich muß wirklich los. Meine Frau mag es nicht, wenn ich nachmittags nicht zu Hause bin. Sie sieht mich auch so schon selten genug.«

»Verstehe. Tut mir leid. Nur eins noch, wo ist das Autowrack?«

»Normalerweise werden die Dinger zu Deke 'n' Skippy's Schrottplatz gebracht. Wenn Sie wollen, zeige ich Ihnen den auf dem Weg durch Mayville.«

»Okay.« Für den Augenblick hatte Sky genug, so daß sie sagte:

»Vielen Dank. Aber setzen Sie mich doch einfach in der Stadt ab! Dann sehe ich mir mal den Schrottplatz an und gehe der dortigen Polizei auch noch ein bißchen auf den Geist.«

Die Polizeistation von Mayville ähnelte vielen anderen, die Sky schon aufgesucht hatte, weder besonders schäbig noch besonders elegant, sondern von praktischer Nüchternheit; inzwischen wartete sie darauf, daß ein Untergebener Sheriff Brian O'Connor holte, der offenbar zu Midge Treacys Unfall gerufen worden war. Auf einem der Tische am Fenster stand ein elektrischer Ventilator zu dicht an einer metallenen Aktenablage, wodurch ein höllischer Lärm entstand. Sie verschob ihn ein wenig und baute sich vor dem kühlen Luftzug auf.

»Was kann ich für Sie tun?«

Sky fuhr auf dem Absatz herum und sofort haßte sie den Mann, der wenige Meter von ihr entfernt in der Bürotür stand. Es war die Art von Haß, die ohne jeden Grund entflammt. Er mußte Mitte bis Ende Fünfzig sein, und trotz seines Namens sah er eher lateinamerikanisch aus, mit übervollen Lippen, Augen in verwaschenem Braun und schwarzem, öligem, ohne Scheitel nach hinten gekämmtem Haar. Der dünne Stoff seines Hemdes spannte über seinem Bauch; aber seine Arme und Schultern waren muskulös, und er bewegte sich wie ein trainierter Athlet. In dem auffallend lässig um den Bund seiner Uniformhose geschlungenen Gürtel steckte seine Waffe, die wie eine monströse Geschwulst auf seiner fleischigen Hüfte lag; alles in allem machte der Sheriff den Eindruck eines Menschen, mit dem man besser nicht aneinandergeriet.

»Ich hoffe, daß Sie tatsächlich etwas für mich tun können, Sheriff.« Sie stellte sich vor und setzte ihr ihrer Meinung nach entwaffnendstes, süßestes Lächeln auf – doch er unterbrach sie in brummigem Ton.

»Gibt es irgendein Problem?«

»Das ist noch nicht raus.« Sky war nicht bereit, ihn die Führung übernehmen zu lassen, so daß dies wohl der Zeitpunkt für ein kleines Täuschungsmanöver war. »Wissen Sie, meine Zeitung veröffentlicht gerade eine Reihe von Artikeln über tödliche Verkehrsunfälle ...«

»Wieder unterbrach er sie. »Zu welchem Zweck?«

Ohne jeden Erfolg starrte sie ihn an. »Es ist eine Zeitung, Sheriff. Wir schreiben Artikel, von denen wir denken, daß sie unsere Leser interessieren.«

Er reagierte nicht auf ihren sarkastischen Ton. »Sind Sie diejenige, die den Nachruf auf Mrs. Treacy geschrieben hat?« Trotz seines Namens hatte er nicht den geringsten irischen Akzent, und die gepreßten Vokale des Mittleren Westens verrieten mindestens eine zweifache Generationenfolge in den Vereinigten Staaten. Hinter seinem Schreibtisch nahm er eine Handvoll Pistazien von einem Teller neben dem Telefon und brach sie eine nach der anderen mit dem Daumennagel auf.

»Ganz richtig!« Vielleicht wäre es doch in ihrem Interesse, ihm die Führung des Gesprächs zu überlassen.

Aber falls sie erwartet hatte, daß er sich nun zu ihrem Stil oder zum Inhalt des Geschriebenen äußerte, sah sie sich getäuscht. Wortlos erweiterte er seinen Gürtel um ein Loch, öffnete eine Schublade seines Schreibtischs und durchforstete die darin liegenden Papiere. »Welches Interesse haben Sie an der toten Lady?« Er blickte auf, als wäre ihm diese Frage erst jetzt in den Sinn gekommen.

»Wie ich schon sagte ...«

»Ja, ja! Wie Sie schon sagten – tödliche Verkehrsunfälle. Aber warum finden Sie gerade *diesen* hier so interessant?«

Sky hatte entweder Kooperationsbereitschaft oder aber Abschottung erwartet, nicht jedoch ein Verhör. »Zufällig schreibe ich gerade an einem Porträt von Mrs. Treacys Ehemann. Es wird ein ziemlich ausführlicher Artikel werden ...«

»Was ist mit den tödlichen Verkehrsunfällen?«

»Wenn Sie mich ausreden lassen würden, Sheriff, dann würde Ihnen ersichtlich, daß die Verbindung zwischen den beiden Artikeln rein zufällig besteht. Wie Ihnen bekannt sein dürfte, arbeiten Reporter normalerweise gleichzeitig an mehr als einem Thema.«

»Und Treacy macht bei dieser Sache mit?« Seine Augen waren so reglos wie die einer in der Sonne liegenden Eidechse, und er schien vergessen zu haben, was auch immer er in der Schublade gesucht hatte. Sky war ratlos, was sie von seinem Gebaren halten sollte, und so nickte sie als Antwort auf seine Frage und setzte erneut ein innerlich hoffnungsvolles, äußerlich reizendes Lächeln auf. »Es ist eine ziemlich große Sache für meine Zeitung, aber zu behaupten, er mache mit, wäre wahrscheinlich übertrieben. Ich denke, daß er meine Aufdringlichkeit mit stoischer Gelassenheit erträgt. Zumindest hat er mit mir gesprochen. Kennen Sie ihn?«

Seine Miene entspannte sich. »Wer kennt ihn nicht?« murmelte er und wühlte erneut in seiner Schublade.

Sky wartete, denn andernfalls hätte sie ihn wohl noch mehr gegen sich aufgebracht. Während sie beobachtete, wie er die Papiere sichtete, kam ihr eine vage Erinnerung, diesem Mann schon vorher einmal begegnet zu sein. Doch ehe sie weiter darüber nachdenken konnte, schob er die Schublade zu und schloß sie ab. »Er ist nicht da.«

»Haben Sie nach etwas gesucht, das mit dem Unfall in Verbindung steht?«

»Meinen Bericht aus jener Nacht.«

»Ist er denn nicht im Computer?« Sky warf einen Blick auf den flackernden Monitor, der auf dem Schreibtisch des Ekels stand.

»Noch nicht.«

Sie ersparte sich die Mühe zu fragen, warum. Sie war diesen Typen mehr als leid. »Hier ist meine Telefonnummer.« Sie fischte eine Standard-Visitenkarte mit dem blau-weißen *Courier*-Logo aus ihrer Handtasche und überreichte sie ihm. »Ich wäre Ihnen verbunden, wenn Sie mich benachrichtigten, sobald sich der Bericht wiederfindet.«

Er steckte die Karte kommentarlos ein und zweifellos tauchten in Montana eher lebende Dinosaurier auf, als daß sie von ihm einen Anruf bekäme. Aber sie hatte genug und wollte aus dem Büro dieses Typen hinaus. Vielleicht wäre ihr der Fahrer des Holztransporters ja eine größere Hilfe als dieser Widerling.

Erst als sie draußen auf der Straße stand, merkte Sky, daß sie vergessen hatte zu fragen, ob ihm etwas von einem toten Landstreicher zu Ohren gekommen war.

Bei der Holzfällerfirma allerdings hatte sie noch weniger Glück als im Sheriffbüro. Bei ihrem Telefongespräch mit dem Personalleiter im Firmenhauptsitz in Helena erklärte man ihr nach einer Ewigkeit, der fragliche Fahrer wäre augenblicklich nicht im Dienst, und die Privatadresse und Telefonnummer von Mitarbeitern herauszugeben widerspräche der Unternehmenspolitik. »Wann kommt er denn wieder zur Arbeit?« Allmählich kostete es sie wirklich Mühe, freundlich zu bleiben, denn jede Richtung, in die sie sich wandte, stellte sich als Sackgasse heraus.

»Einen Moment, bitte!« Die Leitung wurde unterbrochen, und sie mußte weitere vier Vierteldollarmünzen einwerfen, damit sie abermals eine Verbindung bekam. Jimbo würde einiges von ihr einstecken müssen, wäre sie erst wieder in Butte. Haushaltslöcher hin oder her: dies wäre das letzte Mal, daß sie ohne Handy die Stadt verließ – bereits seit Monaten kämpfte sie darum.

Der Personalleiter meldete sich, doch das, was er ihr zu sagen hatte, besserte ihre Laune nicht. Der Fahrer hatte Urlaub genommen und käme erst in einer Woche zurück.

Nach einer weiteren fruchtlosen Stunde im Archiv der Lokalzeitung, wo sie nichts als Aufgüsse der Artikel und Nachrufe des *Courier* fand, machte sich Sky mit schmerzendem Kopf auf die Suche nach einem Café. Eine Glocke bimmelte, als sie die Tür zum nächsten Lokal öffnete; es tat sich ein holzgetäfelter Raum auf, der mit seinen Vorhängen und Smiley-Gesichtern an den Fenstern zwar nicht elegant, doch durchaus freundlich gestaltet war. Sie sah sofort, daß sie nicht alleine war. In einer Nische auf einer Seite des Raumes saß ein Schülerpärchen händchenhaltend an einem Tisch, und in einer gegenüberliegenden Ecke hatten Sheriff O'Connor und ein anderer Polizist in der Uniform eines Stellvertreters die Köpfe über Gläser mit Eistee gebeugt. Beim Klang der Glocke drehten sich beide um, und O'Connor bedachte Sky mit einem Blick, der tödlich war. Dann blickte er in

Richtung Tresen, hinter dem die Bedienung – mit wogendem Haar, violettem Lidschatten und einem Busen, der jedem Versuch ihrer pinkfarbenen Baumwolluniform, ihn in eine Form zu zwängen, Paroli bot – sich dem Auffüllen von Zuckerstreuern widmete. »He, Velma«, rief er laut. »Legst du die verdammten Eier selbst oder was?«

»Nur die Ruhe, sie kommen schon.« Velma hob nicht einmal den Kopf.

Sky glitt auf einen Stuhl an einem Tisch, der außerhalb des obrigkeitlichen Blickfelds lag.

»Was kann ich für Sie tun, meine Liebe?« Die Bedienung kam hinter dem Tresen hervor und stellte ein Glas Eiswasser auf den »rustikalen« Holztisch vor Sky.

»Nur einen Kaffee, bitte, schwarz.«

Während sie auf ihre Bestellung wartete, sah Sky noch einmal ihre mageren Notizen durch. In Ermangelung des Polizeiberichts aus der Unfallnacht hatte sie auf dieser unglückseligen Reise bisher nur erfahren, daß Midge Treacys Volvo von allein aus der Kurve geschleudert wurde.

»Bitte sehr, meine Liebe, schwarz wie die Seele des Teufels!« Die Bedienung tauchte mit der Kaffeekanne auf, beugte sich über den Tisch, so daß Sky ihren bebenden Busen direkt ins Gesicht bekam, drehte eine Tasse um und füllte sie. »Machen Sie Urlaub hier?«

»Nein, ich bin nur auf der Durchreise.«

»Schade.« Velma räumte das Eßbesteck vom Tisch. »Ist 'ne nette Gegend bei uns.«

»Velma!« O'Connor starrte sie böse an.

»Keine Sorge, Sheriff, ich bin schon da.« Sie sah Sky mit einem verschwörerischen Lächeln an und rollte die Augen himmelwärts. »Wenn man Männer aufs Essen warten läßt!« Mit ihren weißen Gesundheitsschuhen schlurfte sie zur Durchreiche zwischen dem Tresen und der Küche, und rief, als sie an den beiden liebeskranken Teenagern vorüberkam: »Wollt ihr noch 'ne Limo, ihr zwei?«

Während Sky beobachtete, wie Velma in ihrem kleinen Reich

das Kommando führte, kam ihr der Gedanke, daß eigentlich sie am ehesten etwas von einem ermordeten Landstreicher in der Gegend von Mayville oder Libby wissen mußte. Sie wartete, bis der Sheriff mit seinem Kumpan, ohne sie auch nur eines weiteren Blickes zu würdigen und, wie sie bemerkte, ohne zu zahlen, das Lokal verließ.

10

Sky rief die Serviererin, die in der Nische bei den beiden Teenagern saß.

»Aber sicher, Ma'am, noch einen Kaffee?« Velma holte die Kanne und trat an ihren Tisch.

»Danke.« Sky stellte sich vor.

»Eine Reporterin, ja? Habe ich's mir doch gedacht.« Velma wies auf das spiralgebundene Notizbuch, das sie allerdings nicht unbedingt zu beeindrucken schien. »Was kann ich für Sie tun, meine Liebe?«

Sky dachte, daß es am besten wäre, wenn sie direkt zur Sache kam. »Ich frage mich, Velma – es stört Sie doch nicht, wenn ich Sie Velma nenne?«

»Auf etwas anderes höre ich gar nicht!«

»Ich frage mich, ob Ihnen vielleicht in letzter Zeit mal ein ungewöhnlicher Todesfall in dieser Gegend zu Ohren gekommen ist. Wahrscheinlich ein Landstreicher. Ob hier irgendwann in den letzten Wochen ein Fremder unter mysteriösen Umständen zugrunde ging?«

Während sie überlegte, türmte die Bedienung ihre Haare mit ihrer freien Hand zu einem noch gewaltigeren Gebirge auf. »Unter mysteriösen Umständen? Sie meinen Mord oder Selbstmord?«

»Genau.«

»Nicht daß ich wüßte«, sagte Velma nach einer Ewigkeit. »Es sei denn, Sie meinen den alten Leon.«

»Den alten Leon?«

»Ja, wir wissen nicht mal, ob das sein richtiger Name war. Er wurde am Rand des Highway gefunden, armer alter Kerl, aber das war weder Mord noch Selbstmord, soviel ist klar. Es war, lassen Sie mich überlegen ...« Velma hob die Stimme und rief zu den Teenagern hinüber. »Habt ihr beiden irgendwas darüber gehört, wie der alte Leon verschieden ist? Hat er Selbstmord begangen?«

»Glaub' ich nicht«, legte das Mädchen los. »Mein Dad sagt, daß er bestimmt erfroren ist.«

»Eher hat er sich wohl zu Tode gesoffen«, kicherte ihr Freund.

Sky empfand den Namen des Toten bereits als eine große Hilfe. »Dieser Mann, Leon, war obdachlos, nicht wahr?« Sie blätterte in ihrem Notizbuch und richtete die Frage sowohl an Velma als auch an die Jugendlichen. »Woher kanntet ihr ihn?«

»Aber ich habe Ihnen doch schon gesagt«, warf Velma ein, »das war weder Mord noch Selbstmord – er hat eben hin und wieder getrunken ...«

»Das ist im Augenblick egal.« Sky saß mit gezücktem Kugelschreiber da. »Kam er öfter hier herein?«

»Ja, obwohl wir nie wußten, wann. Er hatte keine Zähne, und Vern«, sie wies in Richtung des hinter der Trennwand unsichtbaren Kochs, »hat ihm immer besondere Gerichte gekocht, bei denen er nicht kauen mußte. Spiegelei mit Kartoffelbrei, Hackfleisch, so Zeug, Sie verstehen schon.«

»Erzählen Sie mir von seinem Tod.«

»Tja, darüber weiß ich nicht besonders viel.« Die Serviererin setzte sich Sky gegenüber auf einen Stuhl. »Ich hörte nur, daß er am Rand des Highway lag. Der Sheriff hat ihn gefunden und in die Stadt gebracht. Armer alter Kerl. Ich denke, die Kinder haben recht. Wahrscheinlich ist er erfroren. Wissen Sie, sicher hatte er was getrunken und sich dann einfach schlafen gelegt ...«

»Aber es war Frühling ...«

Velma dachte darüber nach. »Ja, aber bei uns hier im Norden sind die Frühlingsnächte manchmal ziemlich kalt. Haben Sie etwa noch nie was von Verkühlung gehört?«

Sky verkniff sich die Bemerkung, daß man in solchen Fällen

von Unterkühlung sprach. »Wenn er am Rand des Highway gefunden wurde, könnte es dann nicht sein, daß er von einem Auto angefahren worden ist?«

»Er hatte keinerlei Verletzungen. Zumindest hat das der Sheriff gesagt. Stimmt's, Kinder?« Velma sah die beiden an. »Oder gibt's da noch eine andere Version?«

»Uh-huh!« Die Teenager verließen ihre Plätze und setzten sich an den Tisch, der Skys Nische gegenüberstand. »Mein Dad kennt den Sheriff. Er sagt, der Sheriff hätte ihm erzählt, ein paar von Old Leons Zehen wären beinahe abgefallen.« Das Mädchen war der hübsche Cheerleader-Typ, bis sie den Mund aufmachte, wodurch ein starker Überbiß zum Vorschein kam. »Soll das Ganze ins Fernsehen?«

»Ich fürchte, nur in die Zeitung.« Sky fischte drei Visitenkarten aus der Tasche und reichte sie herum. »Seid ihr sicher, daß ihn der Sheriff gefunden hat?«

»Unbedingt! Bei allem, was hier in der Gegend passiert, hat Brian O'Connor die Finger im Spiel.« Velma schob die Karte in die Tasche ihrer Uniform und hievte ihren üppigen Busen bequem auf den Tisch.

Da Sheriff O'Connor auch nach Midge Treacys Unfall zur Stelle gewesen war, verstärkte sich Skys Eindruck, daß dies eins von Jimbo Larsens weitverstreuten Puzzleteilen war. »Über diesen Leon würde ich gern ein bißchen mehr erfahren.« Sie nippte an ihrem Kaffee. »Ich weiß, daß er sich herumtrieb und keine Zähne hatte, aber wie alt war er? Woher habt ihr ihn gekannt? Und erinnert sich einer von euch genau daran, wo er gefunden wurde?«

Alle drei stimmten auf ungefähr hundert Meter überein, wo die Leiche entdeckt worden war; aber hinsichtlich der anderen Fragen blieb die Beschreibung dieses Individuums eher skizzenhaft. Keiner war über sein Alter im Bilde – überall in der Stadt hatte man ihn einfach den alten Leon genannt, und sie schätzten ihn auf ungefähr fünfundvierzig oder fünfundsiebzig. Der langhaarige Vagabund besaß ein zurückhaltendes Wesen und gemäßigte Trinkgewohnheiten – seit Jahren war er in unregelmäßigen

Abständen nach Libby gekommen. »Frühling, Sommer, Herbst, immer wieder tauchte er einfach auf«, erklärte der Junge Sky. »Meine Mom hat ihm immer meine ausrangierten Turnschuhe geschenkt.« Soweit sie sich erinnern konnten, mochte Leon, der nie länger als ein paar Tage im Ort geblieben war, zwischen einem Meter siebzig und einem Meter achtzig groß gewesen sein. »Er ging immer vornübergebeugt«, fügte das Mädchen noch hinzu.

Seinen Gang bezeichneten sie als schlurfend, und er hatte blaue oder vielleicht graue oder hellbraune Augen. »Keine Ahnung, aber so genau hat ihn sich wohl keiner von uns angesehen.« Velma schob sich aus der Nische und holte erneut die Kaffeekanne zum Nachschenken.

»Wo ist er begraben?« Sky dachte, bekäme sie den Nachnamen des Landstreichers heraus, hätte sie vielleicht ein weiteres Puzzleteil.

»Davon ist nichts bekannt, ob der arme Kerl überhaupt anständig beerdigt worden ist. Vielleicht weiß Vern etwas darüber – HE, VERN!« Sky war sich sicher, daß unter Velmas Gebrüll auch noch die letzte Tasse im Schrank erbebte. Zu spät wurde ihr klar, daß bestimmt keine Seele einen Grabstein für den Landstreicher bestellt hatte.

Vern, dünn wie eine Bohnenstange und somit das perfekte Gegenstück zu Velmas Opulenz, wußte wenig mehr als die anderen; viel mehr gab es hier für sie wohl nicht herauszufinden, daher lehnte Sky eine weitere Tasse Kaffee dankend ab und erhob sich.

»Kommt das Ganze im Fernsehen?« fragte nun auch Vern.

»Ich habe Ihnen alles Nötige mitgeteilt.« Sheriff O'Connors Augen waren hinter den buschigen Brauen kaum zu sehen.

Sky hätte ihren letzten Dollar verwettet, daß er irgend etwas Aufschlußreiches vor ihr verbarg. »Wofür ich Ihnen wirklich dankbar bin, Sheriff, aber vielleicht dürfte ich Ihnen ja noch eine letzte Frage stellen, die ich beim letzten Mal vergessen habe. Sie waren derjenige, der die Leiche des alten Leon als erster zu Gesicht bekam, nicht wahr?«

Hätte sie ihn nicht so genau beobachtet, dann wäre ihr das kurze Aufflackern in seinen dunklen Augen sicher entgangen. »Falls es Ihnen wieder um Ihre tödlichen Autounfälle geht, Miss MacPherson«, er wischte etwas von der Oberfläche seines Tischs in seine Hand, »dann lassen Sie mich Ihnen sagen, daß Sie auf dem Holzweg sind.« Vorsichtig klopfte er den Inhalt seiner Hand in den Papierkorb, der neben seinem Schreibtisch stand, hob den Kopf und musterte sie verächtlich. »Der Landstreicher starb an Alkohol und Unterkühlung.«

Sky sah, daß er ein wenig aus dem Gleichgewicht geraten war, ein Augenblick, den sie nicht ungenutzt verstreichen lassen sollte. »Es ist nur so…« Dann allerdings sagte ihr ihre Intuition, daß sie diesem Mann gegenüber besser vorsichtig war. »Ach, schon gut, es ist nicht weiter wichtig.«

»Und ob es wichtig ist, Miss MacPherson. Haben Sie vielleicht irgendeine Theorie? Wollten Sie mir weismachen, der Tod des alten Leon hängt in irgendeiner Weise mit Mrs. Treacys Unfall zusammen?«

»Mir ging gerade etwas ganz anderes durch den Kopf, aber das hat nichts mit meiner Story zu tun. Ich hatte in letzter Zeit ziemlich viel um die Ohren, entschuldigen Sie.«

Er kritzelte eine Telefonnummer auf einen Notizzettel, riß ihn ab und reichte ihn ihr. »Ich möchte, daß Sie mich über die Fortschritte bei Ihren Nachforschungen auf dem laufenden halten, Miss MacPherson. Es ist in unser aller Interesse, daß etwas gegen die hohe Zahl der – hm – tödlichen Verkehrsunfälle unternommen wird.«

»Natürlich, Sheriff.« Als sie den Zettel nahm, flackerte abermals etwas in seinen Augen auf. »Meine Zeitung ist der Polizei immer gern behilflich, soweit sie es kann. Auf Wiedersehen.«

Er nickte und griff nach dem Hörer seines Telefons.

Vor dem Büro des Sheriffs schüttelte Sky den Kopf, als hätte sie irgendwelches Ungeziefer im Haar. Sie sah die beiden Teenager aus dem Café – der Junge schaukelte selbstbewußt die Straße hinab, während das Mädchen lebhaft und zugleich anmutig neben ihm herging – und verspürte eine gewisse Eifersucht:

Diese Kinder hatten noch alles vor sich. Sie konnten die noch unbeschriebenen Seiten ihres Lebens füllen, wie es ihnen gefiel.

»Haben Sie vielleicht zufällig ein Abhörgerät dabei, Miss MacPherson?«

Sky fuhr zusammen. Sie hatte nicht gemerkt, daß sie laut gesprochen hatte – oder verfolgt wurde – bis die Stimme des Sheriffs an ihrer Schulter erklang. »Nein, habe ich nicht, und ich wäre Ihnen dankbar, wenn Sie sich nicht noch einmal so an mich heranschleichen würden. Sie haben mich erschreckt.«

»Sind Sie sicher, daß Sie nicht mit einer Wanze ausgerüstet sind?«

»Wollen Sie mich vielleicht durchsuchen?« Ihre Blicke durchbohrten ihn, bis er auf dem Absatz kehrt machte und wieder in seinem Büro verschwand.

Deke 'n' Skippy's Autoverwertung *(Sie ruinieren es, wir reparieren es)* erstreckte sich über ein riesiges Grundstück hinter einem Maschendrahtzaun am Rande des Orts.

Deke war nicht da, und Skippy – groß und drahtig – erwies sich als stumm wie ein Fisch. Als er Skys Presseausweis sah und ihre Frage nach dem Wrack des Volvos hörte, kratzte er sich endlos sein sommersprossiges Gesicht. »Keine Ahnung«, lautete schließlich sein Kommentar.

»Warum nicht?«

Wieder verging eine Ewigkeit der Unentschlossenheit, während der er erst den Schrottplatz und dann die Wolken am Himmel betrachtete. »Hat der Sheriff gesagt, daß er einverstanden ist?« erkundigte er sich schließlich mißtrauisch.

»Ich habe ihn nicht gefragt. Was macht es schon, wenn ich mich einfach ein bißchen umgucke? Möchten Sie, daß ich erst zu ihm fahre und frage, ob es in Ordnung ist? Aber was sollte er dagegen haben – und ich bin in Zeitdruck...« Sky, die keinen Grund sah, ihm zu enthüllen, daß sie dem Mann, ohne den in Mayville nichts zu laufen schien, bereits begegnet war, nahm lächelnd seinen Arm. Bisher hatte diese sanfte Berührung noch das Vertrauen beinahe jedes Menschen geweckt.

»Weiß nicht!« Dieses Mal allerdings wagte Skippy wenigstens, sie anzusehen. »Na ja, vielleicht…«

»Tausend Dank.« Sky wartete keine weiteren Erwägungen ab. »Es wird nicht lange dauern. Vielleicht zeigen Sie mir einfach, in welche Richtung ich gehen muß?«

Stumm wies er mit einem knochigen Finger in die hinterste Ecke des Platzes. »Er ist silberfarben. Oder besser, war. Eine Schande. Nigelnagelneues Auto.« Skippy preßte die Lippen zusammen, als hätte er bereits zuviel gesagt. Inzwischen war klar, daß er zu den weniger redegewandten Bürgern Mayvilles zählte, und so wandte sie ihre Aufmerksamkeit dem Wagen zu.

Die plattgedrückte Karosserie auf den radlosen Achsen war, wenn auch verbogen, immer noch als Volvo zu erkennen; doch hatte das Feuer den ehemals silberfarbenen Lack geschwärzt, und irgend jemand hatte auch das letzte Stückchen Glas, Stoff und Gummi sorgfältig entfernt. Sky strich über das Blech und Flocken schwarzen Schnees rieselten auf den Boden. Sie spähte ins Innere des Fahrzeugs, wo allerdings außer verbogenem Metall, ein paar Bolzen und einem Knäuel von Innereien wenig mehr zu erkennen war.

Als sie merkte, daß sie von der Besichtigung des Wracks auf alle Fälle irgendeinen, wenn auch noch so bescheidenen, Hinweis erwartet hatte, wallte Enttäuschung in ihr auf. Dieses traurige Moderne-Zeiten-Gebilde, das in der sonnigen Gewöhnlichkeit eines Sommernachmittags in Montana vor sich hindöste, verriet ihr einfach gar nichts.

Als sie das Wrack umrundete, um festzustellen, ob sie bei der ersten Betrachtung vielleicht irgend etwas übersehen hatte, dröhnte ein Flugzeug über ihrem Kopf. Sie blickte auf und nahm aus dem Augenwinkel ein Blitzen wahr. Dem Licht folgend sah sie Skippy, der, das Gesicht in ihre Richtung gewandt, in sein Handy sprach. Es war ihr ein Rätsel, was das Blitzen verursacht hatte, vielleicht seine Uhr. Und obgleich nichts darauf hinwies, daß er ihretwegen am Telefonieren war, bekam sie eine Gänsehaut.

Skippy wußte mehr, als er ihr gegenüber eingestand.

»Hi, Skippy!« Winkend und lächelnd kehrte sie zu ihm zurück. Als er sie kommen sah, beendete er eilig sein Gespräch, schob das Handy in die Tasche und sah sie unbehaglich an. »Vielen Dank.« Sky trat unbekümmert neben ihn. »Sie hatten recht, Skippy, ich fürchte, das Ding ist am Ende.«

»Hab' ich doch gesagt.«

»Tja, falls Sie jemals in Butte sind«, sie zog eine ihrer Karten heraus, »rufen Sie mich doch an. Zufällig wäre ich an einem guten gebrauchten Kombi interessiert.«

»Ach ja?« Die Erleichterung des Mechanikers war beinahe komisch.

»Nichts allzu Ausgefallenes, einen VW oder einen anderen kleinen Japaner vielleicht. Da unten in Butte wird man nicht allzu üppig bezahlt. Haben Sie vielleicht im Augenblick etwas Passendes da?«

»Ich verkaufe nicht. Das macht Deke.«

»Ist Deke Ihr Boß?«

»Wir sind Partner.« Skippys Gesicht strahlte vor Stolz.

»Tja, nun, da Sie und ich miteinander bekannt sind, Skip«, Sky hatte das Gefühl, ihn genug gepeinigt zu haben, »richten Sie doch bitte Deke mein Interesse aus, ja?«

»Mach ich.«

Während er die Karte nahm und sie, ohne auch nur einen Blick darauf zu werfen, in die Brusttasche seines Overalls schob, schrieb Sky sich eilig Dekes Namen auf. »Nur noch eine Kleinigkeit, Skip.« Sie strahlte heller als ein Leuchtturm. »Gibt es irgendeine Möglichkeit herauszubekommen, in welchem Zustand die Bremsen der Karre waren, als sie losgesegelt ist?«

Skippy blickte verzweifelt von Sky zu dem Wrack.

»Nee«, brummte er unsicher. »Auf jeden Fall glaube ich das nicht. Und jetzt muß ich weg.«

»Na klar. Tut mir leid, daß ich Ihre Zeit derart beansprucht habe. Sicher haben Sie eben mit dem Sheriff telefoniert, um durchzugeben, daß sich eine aufdringliche Reporterin für das Wrack interessiert. Hat er Ihnen gesagt, Sie sollen sich bei ihm melden, wenn jemand die Kiste in Augenschein nimmt?«

Skippys Miene drückte blankes Entsetzen aus. »Ich muß weg«, wiederholte er und stürmte im Laufschritt davon.

Unten in Butte schlenderte Fergus Lynskey auf das Büro des *Courier* zu. Miss R. Sky MacPherson hatte es ihm angetan. Als sie auf dem Parkplatz vor dem Hotel aus ihrem Wagen stieg, erkannte er sie umgehend. Dem langweiligen Foto in der Zeitung zufolge hatte er eine Xanthippe erwartet, die übliche Erscheinungsform bei Journalistinnen. Aber R. Sky MacPherson war so wunderschön, daß ihm beim Gedanken an sie das Herz stehenblieb. Auch wenn ihre Haare einen so zerzausten Schopf bildeten, als hätte man sie rückwärts aus einem Busch gezerrt, hatte sie eine unübersehbare Sinnlichkeit ausgestrahlt: ihre ganze achtlose Aufmachung lösten ein köstliches Prickeln in ihm aus. Am besten dachte er einfach nicht länger darüber nach.

Zu behaupten, Fergus' Liebesleben wäre trostlos, käme einer schamlosen Untertreibung gleich. Er übernahm die volle Verantwortung für das Scheitern seiner Ehe. Seine Frau, eine Stewardeß bei Aer Lingus, war sein ein und alles; aber ihre beiden Jobs, aufgrund derer jeder von ihnen über lange Zeiträume auswärts weilte, hatten das Band ihrer Liebe so gedehnt, daß es eines Tages zerriß. Nicht im Zorn, sondern eher verwirrt zog jeder davon – als wisse keiner von ihnen so genau, was warum zwischen ihnen vorgefallen war. Aber für ihn hatte sich die Trennung als Katastrophe herausgestellt.

Nach ihrem Auseinandergehen hatte er für kurze Zeit das Spielchen mitgemacht und sich eingeredet, wie wunderbar die Freiheit sei. Er hatte regelmäßig die Diskotheken und Weinbars in Dublins Leeson Street besucht, getanzt, Zigarettenrauch eingeatmet, schwer verdaulichen, überteuerten Wein getrunken, ja selbst hin und wieder einen Joint geraucht. Gelegentlich hatte er auch irgendein langbeiniges, blondes, engelgesichtiges Mädchen abgeschleppt.

Einmal jedoch, kurz vor Anbruch der hochsommerlichen Vier-Uhr-Dämmerung, war er wie gewöhnlich auf die Straße gewankt, um ein Taxi zu suchen, von denen es immer zu wenige gab. Eine Stunde später stand er immer noch da und sein Rücken war über die harte Lehne eines Geländers ziemlich beleidigt. Die Straße schimmerte in sanftem Licht, ja selbst das Blau des sich lautlos drehenden Lichts auf dem patrouillierenden Streifenwagen hatte weich gewirkt. Es war nicht das erste Mal gewesen, daß er bei Anbruch der Dämmerung dort gestanden hatte – aber zum ersten Mal nahm er plötzlich die leeren Pommes-frites-Tüten zu seinen Füßen, die Pfützen von Erbrochenem auf den Gehwegen und, auch wenn es ein nicht wegzudenkender Teil des Szenariums war, das betrunkene, barfüßige Mädchen wahr, dem die Kajaltusche in rußigen Rinnsalen über die Wangen lief und das sich von zwei ebenfalls betrunkenen jungen Männern über die Straße schieben ließ.

Eine sehr heilsame Ernüchterung für ihn! Zum ersten Mal fiel ihm der Schmutz dieser seiner höhlenartigen Existenz auf, in der er nicht nur mit Frauen seines Alters – von denen einige immer noch trotzig ihre Eheringe trugen – sondern auch mit Mädchen geflirtet hatte, die eigentlich noch auf die Schulbank gehörten. Er hatte nicht das Unterhaltsame, sondern die blätternde Fassade mühsam unterdrückten Unglücks auf der Straße entdeckt, wobei es ihm sozusagen wie Schuppen von den Augen fiel.

Was nicht hieß, daß er von dem Augenblick an gelebt hätte wie ein Mönch. Dublin bordete geradezu über vor verfügbaren Frauen, einsamen Beamtinnen und Bankangestellten vom Land, Mädchen, die Abendkurse in Tischlerei und Reparieren besuchten in der Hoffnung, dort auch Männer zu treffen – nur um dort abermals mit einer Überzahl von Frauen wie sich selbst konfrontiert zu sein. In Pubs und Rugbyclubs und Hotelbars, überall waren Frauen auf der Pirsch, und hin und wieder ging Lynskey, auch wenn er sich dafür haßte, mit einer von ihnen mit, normalerweise in eine ebenso schäbige Einzimmerwohnung wie seine eigene. Immer versuchte er, aus diesen Begegnungen mehr werden zu lassen, und arrangierte es so, daß er das Mädchen noch einmal traf, in der vergeblichen Hoffnung auf die einzig Richtige.

Dann hatte er erfahren, daß seine Frau schwanger war und ihr erhabener Zustand peinigte ihn bis aufs Blut. Weniger als sechs Monate nach ihrer Trennung hatte sie sich mit einem Steuerprüfer zusammengetan, mit dem sie nun in einen Dubliner Vorort gezogen war. Ihr neues Leben mit Tennisclubs und Frühstückseinladungen stellte eine andere Welt dar als die bescheidene Existenz, die Lynskey ihr aufgezwungen hatte. Auch wenn er ihr alles Gute wünschte, ertrug er den Gedanken nicht, daß dieses Kind zu einem anderen Vater gehörte.

Als er herangewachsen war, hatte er sich für seine Zukunft immer ein Leben in einem halbverfallenen Haus wie dem seiner Eltern in Kerry voller Horden von Kindern vorgestellt. Er selbst war das jüngste von zehn Geschwistern, sechs Jungen, vier Mädchen, von denen das Älteste beim Tod des Vaters gerade mal vierzehn Jahre zählte. Seine Mutter, heute pensioniert, hatte als Lehrerin gearbeitet und sie unter großen Mühen und Entbehrungen alleine aufgezogen, wobei allerdings der Kampf um ihrer aller Wohl Erfolg zeitigte. Heute lebten sie in der ganzen Welt verstreut: London, Kanada, Deutschland, Saudi-Arabien, Tansania, Philippinen. Sechs von ihnen waren verheiratet – sieben, wenn Lynskey sich selber dazu nahm – drei, ein Priester und zwei Nonnen, hatten freiwillig das zölibatäre Leben gewählt.

Seine Mutter blickte voll Stolz auf achtzehn Enkel und vier Urenkel herab, und Lynskey hatte in der Hoffnung geheiratet, diese Zahl noch zu vergrößern; aber die Schwangerschaft seiner Exfrau erschien ihm nun wie der Schlußstrich unter die Chance, je seine Träume zu verwirklichen; also verschloß er sein Herz vor möglichen neuen Hoffnungen. Jetzt war er ein guter Polizist geworden, immer der erste, der freiwillig Nachtschichten oder die unangenehmen Aufgaben übernahm. Und auch wenn er weiter Kontakte zu Frauen unterhielt, hatten sich seine Illusionen von Liebe und einer eigenen Familie irgendwann davongemacht. Jetzt trug er eine Maske zynischen Selbstvertrauens vor sich her, die die Welt halb bewunderte, halb verabscheute. Außer in den Augen der einzigen beiden Vertrauten, die es in seinem Leben gab – seiner Mutter und seines Freundes Bill Daly – die beide wußten, wie es in Wahrheit um ihn stand, galt er für jedermann als cleverer, klugscheißerischer Widerling.

Das Büro des *Butte Courier* lag in einem unauffälligen, ebenerdigen Gebäude mit Flachdach, das sich durch nichts außer der Aufschrift auf der gläsernen Eingangstür von den Nachbarhäusern unterschied.

»Kann ich etwas für Sie tun?«

Lynskey riß die Augen auf, als er das prachtvolle Geschöpf, das aufgrund seiner phantastischen Beine sicher als Strumpfmodell geeignet gewesen wäre, vor dem offenen Aktenschrank stehen sah. War dies Büro vielleicht ein Zuchtverein für Frauen dieser Art? »Ich suche R. Sky MacPherson.« Er sah dem Mädchen ins Gesicht.

»Tut mir leid.« Die Stimme klang ein wenig atemlos. »Aber Sky ist im Augenblick nicht da. Kann ich ihr vielleicht etwas ausrichten?« Ihr Singsang verriet, daß dies einer ihrer Standardsätze war.

»Nein, danke. Ich suche sie lieber.« Er beugte sich vertraulich vor. »Ich bin ein alter Freund aus Irland. Wissen Sie zufällig, wo ich sie finden kann?«

»Aus Irland, ja?« Das Mädchen sah ihn zweifelnd an. »Tja, ich bin nicht sicher, ob ich Ihnen das sagen sollte – aber sie meinte, daß sie heute abend zu einem Barbecue muß. Dem da.« Sie nahm einen Zettel aus der Ablage auf dem Aktenschrank und reichte ihn ihm. Mit großen Buchstaben wurde zu einer Benefizveranstaltung für ein krankes kleines Mädchen in der örtlichen High-School eingeladen.

11

Nach ihrer Rückkehr aus Libby war Sky, die ihrer Mutter versprochen hatte, sie auf eine Benefizveranstaltung für ein Kind, das eine Lebertransplantation in der Mayo-Klinik brauchte, zu begleiten, so erschöpft, daß Johanna allein gehen sollte. Doch wie gewöhnlich waren die Blitze, die Johanna aus ihren Kornblumenaugen schoß, stärker als ihre Entschlossenheit.

»Okay, okay!« Kapitulierend rang sie die Hände. »Aber lange bleibe ich nicht. Du kannst ja Hermana oder Buffy fragen, ob sie dich nach Hause fahren.«

Die Veranstaltung fand auf dem Parkplatz der Katholischen High-School statt; und trotz der relativ hohen Besucherzahl war der Platz so riesig, daß die Menge, die sich vor der Reihe für den Anlaß zur Verfügung gestellter Grills scharte, etwas verloren wirkte – die Atmosphäre ließ daher zu wünschen übrig.

Sky haßte kleinstädtischen Small Talk; deshalb stand sie allein im Schatten der Wand des Schulgebäude, starrte ohne allzu große Begeisterung auf ihren Pappteller mit dem geschwärzten Hamburger und den welken Kohlsalatblättern und überlegte sich, wann sie, ohne unhöflich zu wirken, verschwinden konnte. Da trat plötzlich ein sehr großer, sehr dünner Mann neben sie.

»Ich liebe das Schwarze.«

»Wie bitte?« Sky war ehrlich überrascht. Wenn dies ein Witz war, dann zeigte der Mann nicht die Spur von Belustigung, als er in seinen eigenen Hamburger biß. Nun erkannte sie an der Adlernase jenen Iren, der ihr die Tür des War Bonnet aufgehalten hatte.

»Das Schwarze. Ich liebe das Schwarze.« Er hielt den Hamburger ins Licht einer Lampe der Alarmanlage des Gebäudes, die von irgendeinem Spaßvogel mit farbigem Gel bestrichen worden war. »Und Sie?«

»Hoffentlich verfolgen Sie mich nicht?« Sie konnte sich nicht mehr daran erinnern, in welchem Aufzug er bei ihrer ersten Begegnung herumgelaufen war; aber heute abend trug er, als reichte sein Akzent noch nicht aus, seine Nationalität auf einem verwaschenen Sweatshirt, das von seiner Liebe zu Guinness kündete, vor sich her. »Da hoffen Sie zu Recht. Denn das käme mir niemals in den Sinn. Schließlich ist dies hier eine öffentliche Veranstaltung, oder?« Er balancierte Teller und Plastikgabel in der linken Hand und hielt ihr seine Rechte hin. »Fergus Lynskey.«

Sky schüttelte die angebotene Hand. »Sky MacPherson.«

»Was für ein Name!« Er pfiff durch die Zähne. »Ich weiß, wer Sie sind. Sie sind die berühmte Reporterin. Freut mich, Sie kennenzulernen.« Er schob sich den Rest seines Hamburgers in den Mund. »Hübscher Staat, in dem Sie hier leben, Miss MacPherson. Ich habe die Rocky Mountains schon immer geliebt. Kommen Sie aus der Gegend?«

»So ungefähr.« Sky war Männer mit einem so unerschütterlichen Selbstvertrauen nicht gewohnt. Normalerweise verspürten sie in ihrer Nähe immer eine gewisse Schüchternheit. »Kennen Sie sie gut? Die Rockies?«

»Aus Büchern.« Er sprach so gedehnt, daß Sky unversehens zu lächeln begann.

»Ist dies Ihr erster Besuch in Montana?«

»Sogar mein erster westlich von Manhattan.«

»Ich bin selbst Irin…« Wütend auf sich selbst bemühte sich Sky, ihm klarzumachen, daß sie nicht der Typ war, der am St. Patrick's Day ein Kleeblatt in den Haaren trug. »Zumindest kommt die Familie meiner Mutter von dort. Geboren bin ich hier. Aber das mit dem berühmt ist übertrieben.«

»Wissen Sie, es ist ja nichts Böses, Irin zu sein.« Er grinste sie fröhlich an. »Und natürlich sind Sie berühmt. Ich habe einen Artikel von Ihnen in der Lokalzeitung gelesen. Dort war sogar ein Foto von Ihnen abgedruckt, das sicherste Zeichen für Berühmtheit. Erzählen Sie mir von Ihrem Namen, ja? Wofür steht das R?«

Wieder einmal verriet Sky ihren wahren Namen. Und auch dieses Gegenüber brach nicht in lautes Lachen, sondern lediglich in ein leises Pfeifen aus. »Kein Wunder!« Lynskey warf seinen Pappteller in den Mülleimer, der in der Nähe stand. »Daß *das* für Sie eine Belastung ist, kann ich verstehen.«

Dies war eine so erfrischende Abweichung von den normalen Reaktionen – für gewöhnlich versuchten die Leute immer, einen Witz zu machen oder sie gar zu trösten – daß der Mann Sky mit einem Mal sympathisch wurde. »Freut mich, daß Sie das so sehen.« Sie entsorgte ihren eigenen Teller und das Essen, das sie nicht angerührt hatte. »Und was machen Sie?«

»Lehrer am Gymnasium – hier nennt man es wohl High-

School. Allerdings habe ich mir diesen Beruf ausschließlich wegen der Ferien ausgesucht. In Irland haben wir im Sommer dreieinhalb Monate frei. Fast schon peinlich.« Sein langes Gesicht hellte sich auf, als er grinste, wodurch Sky zwei Reihen gesunder, wenn auch nicht ganz regelmäßiger Zähne zu sehen bekam. »Nur daß bei uns leider nicht dreieinhalb Monate die Sonne scheint.«

»Peinlich, ja? Also gut, Sie sind Lehrer. Tja, und von der Launenhaftigkeit des Wetters drüben habe ich bereits gehört.« Sky grinste ebenfalls.

»Launenhaftigkeit? Mit dem Ausdruck haben Sie die Sache auf den Punkt gebracht, R. Sky MacPherson. Am besten schreibe ich mir das auf.«

»Spaß beiseite, Mr. Lynskey. Was unterrichten Sie?«

»Eine Horde von unverbesserlichen Taugenichtsen! Nein, ich unterrichte Gälisch und Religion. Irgendwie fällt das Fach Religion immer den Gälischlehrern zu. Als gehörten diese beiden Dinge zusammen wie Sonne und Schein.«

Sky war entzückt. »Lynskey. Wenn ich mich nicht irre, ist das kein irischer Name.«

»Sie irren sich. Und ob es ein irischer Name ist. Und darüber hinaus komme ich noch aus Kerry, eine der alleririschsten Grafschaften!«

»Dann hat meine Mutter fast nebenan von Ihnen gelebt. Sie stammt aus dem westlichen Teil von Cork.« Sie wies in die Richtung, in der das Trio der Glückseligen Schwestern hinter den Thermoskannen mit Kaffee stand. »Das ist doch wohl in der Nähe von Kerry, oder nicht?«

»In gewisser Weise, ja. Andererseits liegen in mancherlei Hinsicht wohl kaum zwei Bezirke weiter voneinander entfernt.« Er hob abwehrend die Hand. »Fragen Sie lieber nicht. Um Ihnen diese Dinge zu erklären, bräuchte ich hundert Jahre. Vielleicht reicht es ja, wenn ich sage, daß einem verglichen mit der Rivalität zwischen den Grafschaften in jenem Teil der Welt jeder der Trojanischen Kriege wie ein Streit zwischen Kindern erscheint. Welche der drei ist Ihre Mutter?«

»Die mit den vielen Farben.«

»Was für eine phantastische Frau!« Seine Bewunderung klang ehrlich, und anders als sonst empfand Sky nicht das Bedürfnis zu erklären, weshalb Johanna eine so eigenartige Erscheinung war. Heute abend zum Beispiel trug sie Freda Little Calfs durch Stirnband, Halsriemen und Wadenschnüre komplettierte sowie mit Perlen, Fransen und kleinen Silberglöckchen verzierte Hirschlederkluft samt einem Baumwollumhang in leuchtendem Rot und Blau – den sie aus ihren psychedelischen Tagen herübergerettet hatte.

»Phantastisch ist vielleicht eine etwas starke Bezeichnung...« Aber Sky merkte, daß sie ihre Mutter und die anderen Glückseligen Schwestern plötzlich durch die Augen dieses Fremden sah. Sie war es so gewohnt, für die drei sowohl bei sich selbst als auch bei anderen Entschuldigungen zu suchen, daß sie die Sicht dieses Mannes überrascht gelten ließ. Mit kurzen Sätzen klärte sie ihn über die Schwestern und die Beziehung ihrer Mutter zu ihnen auf.

Lynskey hörte schweigend zu, ohne daß er in regelmäßigen Abständen das für erste Gespräche zwischen Fremden typische »Ach« oder »Tatsächlich« einflocht, weshalb Sky die Unterhaltung mit einem Mal als wirklich angenehm empfand. Abgesehen von Jimbo war dies seit Jahren der erste Mann, der zu einem Gespräch über andere Dinge als Sport oder die Preise von Weizen, Autos, Kälbern oder Grundstücken in der Lage war.

»Möchten Sie vielleicht einen Kaffee?« Die ersten zögernden Klänge des Katholischen Schulorchesters drangen an ihr Ohr, was das Ende des Essens und den Anfang des gemütlichen Teils des Abends signalisierte. Sie selbst jedoch interessierte sich mehr für eine Fortsetzung des Gesprächs.

»Das Zeug rühre ich nicht an. Macht die Magenwände kaputt. Gibt es vielleicht erfreulicherweise auch Tee?« Fergus Lynskey lehnte sich so gemütlich gegen die Wand, als hätte er sein ganzes Leben auf diesem Parkplatz zugebracht und als wäre die Bewirtung durch Frauen, die er erst seit zehn Minuten kannte, völlig selbstverständlich.

Sky hingegen war es so gewohnt, daß sie Männern aus sexuellen Gründen – oder zumindest ihrer, wenn auch bescheidenen, Berühmtheit wegen – gefiel, daß sie seine Beherrschung und sein Selbstvertrauen als erfrischend empfand. Sie eilte davon und riß ihrer Mutter einen Pappbecher mit heißem Wasser und einen Teebeutel aus der Hand. »Man könnte meinen, daß du kurz vor dem Verdursten bist.« Im Schein der bunten Lichterketten sah Johanna sie mit blitzenden Augen an. Auf Veranstaltungen wie dieser lief sie regelmäßig zu Höchstform auf.

»Bin ich nicht.« Skys eigene gute Laune führte dazu, daß sie den fröhlichen Ton ihrer Mutter aufgriff. »Der Tee ist nicht für mich. Siehst du den Mann, der dort drüben steht?«

Johanna drehte sich um und sah in die Richtung, wo Lynskey an der Wand lehnte und gelassen beobachtete, was um ihn herum geschah. »Welchen?«

»Starr ihn bitte nicht so an, Mom. Den großen – den mit den langen Beinen und dem schmuddeligen Sweatshirt.«

»Er ist neu.« Ihre Mutter legte einen Finger an die Lippen und dachte nach. »Ich frage mich, wer ihn wohl mitgebracht hat? Wie heißt er, Liebes?«

»Fergus Lynskey. Ein Lehrer aus Irland. Und weißt du was, Mom? Er findet dich bereits phantastisch, obwohl er dich bisher nur aus der Ferne gesehen hat. Wie gefällt dir das, he?« Ehe die überraschte Johanna reagieren konnte, hatte Sky ihr bereits einen Kuß auf die Wange plaziert, sich den Tee geschnappt und kehrtgemacht.

»Vielen Dank. Ist auch Zucker drin?« Fergus Lynskey löste sich von der Wand und blickte skeptisch auf den Becher mit heißem Wasser und den Teebeutel in ihrer Hand. »Tut mir leid, ich hatte vergessen...«

Sky wollte gerade noch mal los, um den Zucker zu besorgen, als er sagte: »Lassen Sie nur! Andere Länder, andere Sitten, wie es so schön heißt...» Er tauchte seinen Finger in den Becher und drückte den Teebeutel aus.

Das Orchester spielte auf, und das Kind, zu dessen Gunsten die Veranstaltung abgehalten wurde, ein ungefähr vierjähriges

Mädchen mit aufgedunsenem Gesicht, wurde von seinem Vater auf die Bühne geschleppt. »Hören Sie!« Impulsiv wandte sich Sky dem beinahe Fremden zu. »Ich weiß, wo es besseren Tee gibt. Oder einen richtigen Drink. Mögen Sie Nudeln?«

Er zog eine Braue hoch. »Ich habe bereits von euch Amerikanerinnen gehört. Küßt ihr auch schon beim ersten Date?«

»Also bitte, machen Sie sich nicht lustig über mich.«

»Mache ich ja nicht. Die Frage war durchaus ernst gemeint.«

Der Inhaber von Pirelli's Restaurant und Bar, ein Skandinavier und entfernter Verwandter von Jimbo Larsen, hatte sich mit der Italianisierung seines Lokals große Mühe gegeben. Hinter der Bar sah man ein Wandgemälde des ausbrechenden Vesuv, auf den rotkarierten Tischdecken fristeten Kerzen in wachsverkrusteten Chiantiflaschen ihr Dasein, und als Hintergrundmusik ertönten unverdrossen neapolitanische Songs. »Wenigstens ist der Lautstärkepegel erträglich«, entschuldigte sich Sky, während sie auf ihr Essen warteten.

»Es ist nett hier. Mir gefällt's.« Lynskey sah sich um. »Wie ich sehe, geht man in Montana nicht zu spät ins Restaurant.« Das Dreiergespann an dem einzigen anderen besetzten Tisch stritt jetzt schon darüber, wer welchen Teil der Rechnung übernahm.

»Zumindest unter der Woche nicht.« Sky merkte, daß sie Hunger hatte, und brach sich ein Stück von einer Brotstange ab. »Erzählen Sie mir von sich. Ich habe ganz vergessen zu fragen, ob Sie verheiratet sind.«

»Etwas, was Sie vielleicht hätten tun sollen, ehe Sie mich hierher einluden.«

»Na schön. Sind Sie oder sind Sie nicht?«

Seine Miene umwölkte sich und für den Bruchteil einer Sekunde war Sky über das Ausmaß ihrer Enttäuschung schockiert. »Keine Sorge«, sagte sie leise. »Ich habe es sowieso nicht auf Sie abgesehen. Es soll einfach ein gemütlicher Abend sein.«

»Haben Sie je von der irischen Lösung des irischen Problems gehört?« Seine Miene blieb ernst.

»Sie meinen von der IRA?«

Lynskeys Lachen kam so plötzlich und überraschend, daß selbst der Hilfskellner, der mit dem Decken der Tische für den nächsten Tag beschäftigt war, zu ihnen herübersah. »Keineswegs!« Lynskey grinste sie fröhlich an. »Oh Gott, ihr Amerikaner seid wirklich von einer erfrischenden Naivität!«

Nicht wegen ihres offensichtlichen Ausrutschers, sondern wegen seiner plötzlichen Attraktivität, wenn er lachte, starrte Sky ihn unverhohlen an. *Vergiß es!* warnte sie sich. *Vergiß es...* Nach einem Grundprinzip ging sie in ihrem Liebesleben immer vor, nämlich, daß sie die Männer anderer Frauen als unberührbar betrachtete. »Ich dachte immer, die IRA wäre das größte irische Problem.«

»Das ist sie unbestreitbar.« Wieder grinste er. »Aber mit der irischen Lösung des irischen Problems hat sie nichts zu tun.« Jetzt wurde er ernst. »Ich lebe von meiner Frau getrennt. Wie Sie sicher wissen, gibt es im heiligen Irland keine Scheidung, so daß man vor Gericht geht und sich offiziell voneinander trennt. Diese Methode ist entsetzlich teuer und sorgt dafür, daß es allen weiterhin elend geht. Außer natürlich den Anwälten und den Bischöfen.«

»Tut mir leid.« Aber das stimmte nicht. Sky nippte froh an ihrem Wein. »Sprechen Sie nicht darüber, wenn Sie nicht wollen – aber sind Sie schon lange getrennt? Haben Sie Kinder?«

»Zur ersten Frage ja, zur zweiten nein – macht es Ihnen etwas aus, wenn ich schon mal mit dem Knoblauchbrot anfange?« Sky nahm diese Frage als Signal, daß das Thema für ihn beendet war, und so fragte sie, weshalb er in seinen Ferien ausgerechnet nach Montana gekommen war.

Offenbar hatte er diesen Entschluß ganz spontan gefaßt. »Normalerweise bringe ich meine Sommer mit dem Waschen von Zügen zu.«

»Mit was?«

»Ein Nebenjob. Die Unterhaltszahlungen an meine Frau sind ziemlich hoch.« Dies war eine Lüge, da Lynskeys Frau seit dem Tag, an dem sie mit ihrem neuen Partner zusammengezogen war, auf sämtliche Zahlungen verzichtete; aber wenn er verdeckte

Nachforschungen betrieb, trat er gewohnheitsmäßig als armer, unterbezahlter Lehrer auf.

»Und warum machen Sie das in diesem Sommer nicht?« Die Vorstellung von ihm, wie er Eimer voller Seifenwasser über Lokomotiven schüttete, faszinierte sie.

»Weil ich demnächst vierzig werde«, er hob sein Glas an den Mund, »und bisher noch nicht viel in der Welt herumgekommen bin.«

Während der nächsten Stunde plauderten sie über Kerry und Cork, über Montana, über Filme, die sie beide gesehen hatten und die ihnen gefielen; sie stellten fest, daß es, was ihre Geschmäcker betraf, etliche Ähnlichkeiten gab. Sky überlegte, wie sie am besten zur Sprache brächte, daß sie auch solo war; aber der natürliche Zeitpunkt wäre der Augenblick nach seinem eigenen Halbgeständnis gewesen, und den hatte sie verpaßt. Jetzt darüber zu sprechen hätte allzu plump gewirkt.

Das Gespräch wandte sich den bevorstehenden Präsidentschaftswahlen, über die Lynskey erstaunlich gut Bescheid wußte, und dann der Situation in Nordirland zu, über die er nur zögernd sprach: »Es ist so, daß sich die Angelegenheit weder in einem noch in zwei oder drei oder einem Dutzend Gesprächen erklären läßt. Es würde Jahre dauern, sie einem Außenstehenden verständlich zu machen. Beinahe so lange, wie der Konflikt inzwischen währt.«

Sky drang nicht weiter in ihn, doch empfand sie es als durchaus bezeichnend, daß er bereits dem irischen Patriotismus der Butteschen Emigranten begegnet war. In der Bar des War Bonnet Inn hatte er die Bekanntschaft einiger Mitglieder des Shamrock-Haufens gemacht.

»Wegen deren Treffen war ich dort. Ich habe darüber berichtet.«

»Tja, hätte ich *das* gewußt...« Er sah sie grinsend an.

»Dann hätten Sie sicher auf der Stelle kehrt gemacht!« beendete sie scherzhaft seinen Satz.

»Aber ganz bestimmt nicht ohne Sie.« Angesichts dieses unverhohlenen, beinahe intimen Kompliments verspürte Sky eine ungewohnte Schüchternheit. Lynskey jedoch schien keine derartigen Probleme zu haben, denn unbekümmert nahm er ihre Hand. »Ich bin froh, daß ich heute abend zu diesem Grillfest gekommen bin. Trinken wir noch ein letztes Glas?«

Der Besitzer von Pirelli's saß bereits mit steinerner Miene hinter der Kasse am Ausgang. Sie hatten schon zwei Verdauungs-Sambucca getrunken, und der Ober und der Hilfskellner waren lange fort.

Sie sah auf ihre Uhr. »Schon viertel nach elf. Ich denke, wir gehen jetzt besser – aber ich fahre Sie gern in Ihr Hotel.«

Er legte den Kopf auf die Seite und sah sie fragend an. »Nur, wenn ich Ihnen einen Gute-Nacht-Kuß geben darf, R. Sky MacPherson.«

Sky sollte, wie früher bei derartigen Sätzen, beleidigt sein. Nun allerdings verspürte sie, als sie diesem Mann in die Augen sah, etwas, aus dem sie ihrer Ansicht nach seit langem herausgewachsen war: ein pubertäres Kribbeln in ihrem Bauch. »Sie könnten Glück haben ...«

Schweigend fuhren sie die kurze Strecke zum Hotel, und Sky war froh, daß dieser Ire offenbar ebensowenig das Bedürfnis nach Small-Talk empfand wie sie.

Auf dem menschenleeren Parkplatz fuhr sie, auch wenn sie sich etwas lächerlich vorkam, an eine Stelle, die außerhalb des Lichtkegels aus der Eingangshalle lag, und Lynskey drückte ihr die Hand. »Ich bin wirklich froh, daß wir uns begegnet sind.« Dann beugte er sich herüber und gab ihr einen leichten Kuß. »Morgen rufe ich dich an.«

Ehe Sky die Flüchtigkeit dieses Kusses zu Bewußtsein kam, war sie auch schon allein; auf der Heimfahrt dachte sie an Tausende von Fragen, die sie hätte stellen sollen, sowie an Millionen von Dingen, die zu sagen sie vergessen hatte. Wie zum Beispiel konnte er es wagen, davon auszugehen, daß er ihr gefiel? Warum war er so sicher, sie am nächsten Tag im Büro anzutreffen? Weshalb hatte er sich nicht die Mühe gemacht zu fragen, ob *sie* verheiratet oder sonstwie mit jemandem liiert war ...? Wie lange blieb er in der Stadt? Wann würden sie sich wiedersehen?

Als Sky die Tür ihrer Wohnung öffnete, lag Johanna bereits im Bett; als sie auf Zehenspitzen durch den Flur auf ihr Zimmer zuschlich, fiel ihr noch eine zusätzliche, entscheidende Frage ein. Weshalb war Fergus Lynskey überhaupt auf der Benefizveranstaltung aufgetaucht? Schließlich stand so etwas nicht im Touristen-Programm.

Zurück in seinem Hotelzimmer ging auch Lynskey mit sich ins Gericht. Um Himmels willen, er hatte schon des öfteren mit schönen Frauen zu tun gehabt, mit einigen das Bett geteilt. Weshalb also wurde sein Körper bei einem züchtigen Kuß, bei ein paar Berührungen der Hände von R. Sky MacPherson von tosendem Donner überrollt? Obgleich sie zu einer richtigen Umarmung offenbar bereit gewesen war, hatte er es einfach nicht gewagt.

Diese Frau erschütterte Lynskeys Gleichgewicht. Sie hatte ihn in einem Maß aus der Fassung gebracht, daß er vermutlich die unbekümmerte Fassade, hinter der er seine Einsamkeit verbarg, auf Dauer nicht aufrechterhalten konnte. Bisher hatte er damit nicht die geringsten Probleme gehabt, und seine Kollegen und viele der Damen seiner Vergangenheit stempelten ihn als oberflächlichen Frauenhelden ab.

Er trat vor seinen Aktenkoffer, öffnete das Zahlenschloß und nahm ein handliches Satellitentelefon heraus.

Der Chief Superintendent, der sich gerade rasierte, ehe es zur Arbeit ging, sprach in gebieterischem Ton: »Und, ist schon was passiert?«

»Nichts von Bedeutung. Ich habe Kontakte zu einer gewissen R. Sky MacPherson geknüpft, die Reporterin bei der hiesigen Zeitung ist. Sie hat einen ziemlich rührenden Nachruf auf Treacys Frau verfaßt; aber soweit ich das beurteilen kann, weiß sie nichts.« Er testete, ob er ihren Namen aussprechen konnte, ohne dabei sein Interesse an ihr zu verraten – offenbar funktionierte es, denn sein Boß reagierte nicht. »Sonst noch was?«

»Die St. Patrick's Brigade wirkt ziemlich harmlos, ich habe mir gestern abend ein paar von den Typen angesehen. Den Präsidenten, den Direktor des Bestattungsunternehmens, aus dem der Sarg kam, habe ich noch nicht erwischt; aber den nehme ich mir morgen früh als ersten vor.«

»Tu das.« Dalys Stimme verriet eine gewisse Ungeduld. »Und sieh zu, daß du mir beim nächsten Mal etwas mehr zu erzählen hast. Die Zeit läuft uns davon.«

Lynskey drückte die »Ende«-Taste, legte das Telefon in den Aktenkoffer zurück, ging ins Bett, schob sich die Hände unter den Kopf und wünschte, er hätte nicht mit dem Rauchen aufgehört.

12

»Du willst mir ja wohl nicht weismachen, du wärst gestern abend rein zufällig bei dem Barbecue aufgetaucht?« Sky nestelte am Radio des Nissans herum. Sie hatte sich gefreut, als am Morgen Lynskeys Anruf eintraf, hatte, da sie normalerweise an Sonnabenden arbeitete, ein paar dringende Telefonate erledigt und beschlossen, den Nachmittag freizunehmen. Nun war sie, mit Lynskey auf dem Beifahrersitz, zu einem Picknick am Madison Buffalo Jump unterwegs.

»Möchtest du gerne, daß es ein Zufall war?« Er starrte geradeaus. »Es kann alles sein, was du willst.«

»Ich will eine ehrliche Antwort.« Sie gab die Sendersuche auf.

»Auf meinem Abendspaziergang habe ich den Geruch von verbranntem Grillfleisch bemerkt.« Lynskey machte eine Pause. »Reicht dir das? Vielleicht erinnerst du dich daran, wie ich sagte, daß mir das Schwarze besonders schmeckt.« Als sie ihn ansah, war seine Miene so ernst, daß sie unweigerlich zu lachen begann.

Er hatte dasselbe verblichene Sweatshirt wie am Vortag an, aber statt der Jeans trug er ein Paar Baumwollshorts, die aussahen, als hätte er sie von einem wesentlich kleineren Mann geborgt. Seine nackten Füße steckten in altmodischen Sandalen mit Schnallen, und Sky dachte, daß seine sicher zum Greifen geeigneten Zehen und die langen, muskulösen Beine so weiß waren wie am Tag seiner Geburt. Was sie über das irische Klima gehört hatte, schien den Tatsachen zu entsprechen. »Das ist immer noch keine zufriedenstellende Antwort«, sagte sie. »Hast du keine Hemmungen vor der Begegnung mit einem Haufen vollkommen Fremder? Oder befürchtest du nicht, vielleicht unerwünscht zu sein?«

»Hör zu, mein Schatz!« Spielerisch zog er an einem Büschel ihres Haars, das unter dem Rand ihrer Baseballmütze zum Vorschein kam. »Ich verstehe nicht, was dich an der Sache stört. Schließlich war es zu einem guten Zweck, oder nicht? Wenn es darum geht, anderen zu helfen, bin ich dabei. Und wenn du darüber nachdenkst, MacPee, meinst du nicht, daß mir für meine paar Dollar durchaus etwas geboten wurde?« Seine ausholende Geste schien sie, den Wagen und halb Montana zu umfassen.

»Außerdem«, er wandte sich von ihr ab und sah durch das Fenster in die Landschaft hinaus, »wirst du feststellen, daß Lehrer nicht besonders sensibel sind. Das treibt man uns bereits während der Ausbildung aus. Mit Schüchternheit kommt man vor einer Klasse sechzehnjähriger Flegel, die vor Hormonen beinahe platzen, nicht besonders weit. Aber hören wir auf, über mich zu reden. Das langweilt mich. Woran arbeitest du im Augenblick?«

Sky sah ihn an. »Oh, an diesem und jenem. Lauter normales Zeug.«

»Klingt faszinierend.«

»Es ist ein Job wie jeder andere, was erwartest du?«

»Im Ernst.« Er lächelte. »Ist wirklich nichts Interessantes dabei?«

»Ich glaube kaum, daß du es interessant finden würdest. Tja, vielleicht doch. Kann ich dir etwas anvertrauen, womit ich noch ganz am Anfang bin? Es ist ziemlich geheim – zumindest in diesem frühen Stadium. Und außerdem wächst mir die Sache vielleicht über den Kopf. Ich habe keine Erfahrung als Kriminalreporterin. – Oh, ich weiß, wir *alle* sollten ein ausgeprägtes Interesse dafür haben, auch das kleinste Steinchen umzudrehen, um zu sehen, was sich darunter versteckt. Aber irgendwie habe ich bisher mit derartigen Storys nie etwas zu tun gehabt.« Sie zögerte. »Das heißt, bis jetzt.«

»Du machst mich wirklich neugierig. Natürlich kannst du mir vertrauen, meine Lippen sind versiegelt.« Er kreuzte beide Zeigefinger über seinem zusammengepreßten Mund, und als er sah, daß sie immer noch zögerte, sagte er: »Was soll ich mit der Geschichte anfangen, R. Sky MacPherson? Ich bin nur ein kleiner irischer Lehrer und alles, was mich interessiert, ist das *tuiseal ginideach.* Darüber hinaus werde ich bereits in ein paar Tagen wieder verschwunden sein, nicht wahr?«

Ehe sie lange überlegte, hatte sie die Hand ausgestreckt und sein Haar berührt. »Was heißt das, was du da eben von dir gegeben hast?« Die Weichheit unter ihren Fingern überraschte sie. Sein Haar war lockig, ziemlich lang, wies bereits erste graue Strähnen auf, und trotz der Dichte fühlte es sich fein und seidig an. Warm, fein und seidig, um genau zu sein. Sky phantasierte bereits, wie es sich in ihren Händen anfühlen würde, wenn – *falls* – sein Mund mit ihren Brüsten beschäftigt war …

»Bist du sicher, daß du es wissen willst? Es ist Grammatik, der gälische Genitiv.« Er reagierte auf ihre Berührung, indem er sich zu ihr hinüberbeugte und mit den Lippen über die Haut unter ihrem Kiefer strich. »Du bist phantastisch«, flüsterte er. »Weißt du das? Die Personifizierung der Versuchung!« Dann löste er sich von ihr. »Zweifellos verstößt mein Verhalten gegen irgendeinen sehr, sehr strengen Kodex der amerikanischen Highways.«

»Entschieden tut es das.« Sky war froh über den Wind, der durch die geöffneten Fenster des Wagens drang.

Glücklicherweise schien er ihrer Verwirrung gegenüber blind zu sein. »He, MacPee, vertrau dich dem lieben Onkel Fergus an. Was ist an deiner Arbeit so geheimnisvoll? Führst du vielleicht verdeckte Ermittlungen durch?«

»Bilde dir ja nicht ein, daß du mich mit deiner, wenn auch cleveren, Imitation eines Naivlings auch nur für eine Sekunde täuschen kannst. Verdeckte Ermittlungen, haha!«

»In Ordnung.« Sein breites Grinsen verriet, daß er keineswegs erschüttert war. »Trotzdem, woran arbeitest du im Augenblick?«

»Interessiert es dich wirklich?«

»Na, und ob.«

Zunächst zögernd setzte sie zu einer Erzählung von ihrer Reise nach Libby und von ihren Recherchen weiter nördlich an. Wie erwartet, stellte er sich als aufmerksamer Zuhörer heraus, und nach wenigen Minuten merkte sie, daß sich durch das Gespräch mit ihm die Plausibilität ihrer Geschichte überprüfen ließ. Sie hatte immer noch nicht geendet, als sie den Motor abstellte und den Nissan in der Nähe ihres Ziels an den Rand des Highways rollen ließ. »Weißt du, die Sache ist die«, sie lehnte sich nach hinten und griff nach dem von Johanna am Morgen gepackten Picknickkorb, »daß ich keinerlei Beweise habe für meine Theorie. Aber mein Instinkt sagt mir, daß irgend etwas nicht stimmt. Und daß dieser Sheriff Brian O'Connor bis zum Hals in der Sache drinsteckt. Aber was sich da überhaupt abspielt, weiß ich nicht. Es ist total frustrierend.«

Sie blickte in Richtung des Buffalo Jump, einer außergewöhnlich steilen und hohen Klippe, die sich wie eine Beule aus der Prärie erhob und im Umkreis von Meilen die einzige Erhebung war. Durch das offene Fenster strömte die Brise herein wie ein kühler Wasserfall. »Irgend etwas muß ich übersehen haben.«

»Dieser Skippy«, ließ Lynskey sich leise und nachdenklich vernehmen, »hat er denn bei seinem Telefongespräch über dich geredet?«

»Allerdings. Aber der kapiert überhaupt nicht, worum es geht. Nein, es ist der Sheriff. Und ich weiß einfach, daß Skippy mit ihm über mich beratschlagt hat.«

»Meinst du nicht, daß du vielleicht ein bißchen dramatisierst?« Lynskey öffnete die Beifahrertür und setzte seine langen Beine ins Gras. »Komm, die frische Luft tut unseren Gehirnen gut. Da drüben, ja?« Er nahm den Korb und stapfte, ohne auf ihre Zustimmung zu warten, auf den Buffalo Jump zu.

Sie registrierte seine Verwendung des Wortes »unser«, und als sie ausstieg, um ihm zu folgen, wurde ihr klar, daß er sich schon als ihren Partner sah. Er ging voraus und sie beobachtete vergnügt, mit welcher Leichtigkeit er seine langen Beine durch die hohen Gräser bewegte. Während der letzten Sommer hatte Montana regelmäßig unter Dürre gelitten, so daß die kniehohe Vegetation trotz der jüngsten Regenfälle gelblich war. Sie suchte einen Vergleich zu dem Anblick, den der durch die Trockenheit marschierende Lynskey bot; doch nur ein nicht allzu schmeichelhaftes Bild aus einem geliebten Naturbuch der Kindheit kam ihr in den Sinn: Was sie vor sich sah, war eine Giraffe, die mit gerecktem Hals durch das afrikanische Veldt trottete. Mit seiner Hakennase, dem langen, dünnen Körper und der bleichen Haut konnte niemand Fergus Lynskey als attraktiv bezeichnen; aber aus irgendeinem Grund war R. Sky MacPherson hingerissen von ihm. »Immer mit der Ruhe«, warnte sie sich stumm. »Schließlich ist der Typ nur für ein paar Tage hier.«

Auf dem Gipfel des Jump setzte er sich ins Gestrüpp, und als sie ihn erreichte, blitzten seine Augen triumphierend auf. »Du bist nicht gerade fit, MacPee.«

»Stimmt, für eine Medaille bei den Olympischen Spielen wird es kaum reichen, falls du das meinst.« Sie sah ihn lächelnd an, und zum ersten Mal bemerkte sie, daß seine Augen nicht, wie sie ursprünglich gedacht hatte, grau waren, sondern dunkelgrün.

»Ich wette, das liegt daran, daß du auf der Suche nach irgendwelchen Knüllern allzu häufig in verräucherten Bars rumhängst!« Er streckte die Hand aus und zog sie neben sich ins Gras. »Könnten wir vielleicht gleich essen?« Sein Ton verriet eine kindliche Begeisterung. »Ich bin nämlich halb verhungert.«

Wenn Skys Mutter ein Picknick vorbereitete, dann übertraf sie sich immer selbst: Hühnerbrüstchen, eine Thermoskanne mit gekühlter Gurkensuppe, verschiedene Pakete Salzgebäck, zwei Sorten Käse sowie einen Salat mit Paprika, Karottenstreifen, rohem Blumenkohl, Brokkoli und Pilzen fanden sich im Korb. Zum Nachtisch hatte Johanna zwei kleine Töpfe Wackelpudding und für den Durst eine zweite Thermoskanne mit Eistee eingepackt. »Wahnsinn!« Lynskey sah sich die Köstlichkeiten an. »Aber wie man anständigen Tee kocht, habt ihr Amerikaner immer noch nicht gelernt. *Das hier«*, er schnupperte mit gerümpfter Nase an der langweiligen gelben Flüssigkeit, die Sky in zwei Pappbecher goß, »riecht nicht einmal nach Tee. Oder bist du jetzt beleidigt?«

»Ich bitte im Namen der amerikanischen Generation um Vergebung.«

Plötzlich beugte er sich vor und gab ihr einen schnellen Kuß.

»Wofür war denn der?« Instinktiv hob Sky die Hand an den Mund.

»Brauche ich einen Grund?« Unter seinem Blick bekam sie eine Gänsehaut; doch dann grinste er und wurde wieder ganz der verschmitzte, gutgelaunte Kumpan. »Vielleicht, weil es ein so wunderbarer Tag ist? Weil diese leichte Brise, die durch deine Haare weht, die frischeste und wärmste Brise ist, die je an meine Haut gedrungen ist? Weil mir all die armen Büffel leid tun, die man über den Rand dieser Klippe getrieben hat, nur damit es heute ein so perfekter Platz für ein Picknick ist?«

»Es war die effektivste Art, sie zu schlachten«, flüchtete sich Sky in den Ton einer Fremdenführerin. Seine Nähe – und der Kuß – verwirrten sie. »Die amerikanischen Ureinwohner waren sehr umweltbewußt.«

»Ach ja?« Er vergrub seine Zähne in einer Hühnerbrust.

»Hör auf, Fergus!«

»Womit?« Unschuldig blinzelte er.

»Hör auf, mich so anzusehen.«

»Kein Problem. Schon vorbei.« Artig senkte er den Blick. »Aber warte eine Sekunde, ja?« Schluckend legte er die Hühnerbrust vorsichtig auf die Papierserviette neben sich. »Und, ist dieser Blick besser, ja?« Er schielte, bis er alles doppelt sah.

»Fergus!« Sky brach in fröhliches Lachen aus, doch ebenso plötzlich verstummte sie, als er sie in die Arme nahm.

»Dies ist bereits unser zweites Date, MacPee.« Seine Stimme war heiser. »Also denke ich, daß ein anständiger Kuß fällig ist.« Dieses Mal war seine Berührung nicht im geringsten spielerisch. Mit seiner freien Hand strich er ihr das Haar aus dem Gesicht, und sie hatte das Gefühl, daß er ihr mindestens eine Stunde lang reglos in die Augen sah. Sie erwiderte seinen Blick, doch dann sah sie auf seinen breiten Mund – auf die tiefe Furche über der Oberlippe, das üppige Fleisch in der Mitte der Unterlippe – und nahm plötzlich die Geräusche der Umgebung viel stärker als vorher wahr. Sie hörte, wie sich das Gras unter dem Wind verbeugte, hörte das Zwitschern eines unbekannten Vogels und hatte das Gefühl, daß eine Ewigkeit verging, ehe er ihr endlich näher kam.

»Wenn du mich küßt, wird alles anders sein.« Wie gewöhnlich hatte sie die Worte, noch während sie sie dachte, bereits herausgesprudelt.

»Ich weiß.« Immer noch rührte er sich nicht. »Und ich denke, daß wir es deshalb noch aufschieben sollten. Es könnte sich als nützlich herausstellen, im Augenblick alles beim alten zu lassen. Was meinst du?« Sie hatte das Gefühl, aus zartem Porzellan zu sein. Als zerbräche sie bei der geringsten Bewegung in tausend Stücke. »Das denke ich auch.« Am besten verzöge sie nicht einmal die Lippen beim Sprechen.

»Aber wir werden uns wieder küssen. Mehr als das. Das garantiere ich dir, R. Sky MacPherson.« Er strich ihr über die Stirn und zwang sie sanft, ihn anzusehen. »Dies ist nur ein kleiner Vorgeschmack.« Zärtlich strich er ihr mit den Fingerspitzen über das Gesicht.

Es dauerte ein wenig, bis alles wieder beim alten war. Zunächst fuhren sie schweigend mit ihrem Picknick fort, wobei die Stille allerdings nicht so angenehm wie vorher, sondern elektrisch geladen war.

»Komm her, Sky.« Als das Mahl beinahe beendet war, zog er sie rückwärts an sich und legte die Arme um sie, so daß sie wie er über den Rand der Klippe sah. »Mach es dir gemütlich. Schau dir einfach die Gegend an.«

Sky blickte von der vielleicht hundertfünfzig Meter hohen Klippe über die Prärie, die sich wie ein gigantischer goldener Teller nach drei Seiten bis zum Horizont erstreckte, während sie in der vierten Richtung mit dem Blau und Purpur der Rockies verschmolz. Inmitten dieser honigfarbenen Unendlichkeit wirkte

Butte wie ein unregelmäßiger, bräunlicher Fleck. Die wenigen sichtbaren Farmen waren im Gras verteilt, kleine Ansammlungen rot gedeckter Bedeutungslosigkeit, und den Highway erahnte man nur deshalb, weil, Meilen voneinander entfernt, an einigen Stellen dichter Staub in den Himmel stieg.

Der weiche Westwind liebkoste ihre Haut, hingebungsvoll schloß sie die Augen und genoß Lynskeys Arme um sich. »Wie kann irgend jemand jemals nach Irland zurückkehren, wenn er das hier auch nur einmal gesehen hat?« flüsterte er leise in ihr Ohr.

»Dann bleib doch einfach hier...« Zu ihrer Erleichterung rutschten ihr die Worte diesmal nicht heraus.

»Und jetzt machen wir uns schleunigst über die Reste her.« Er küßte ihren Nacken und löste sich von ihr. »Ich habe immer noch nicht genug im Bauch.«

Sie aßen auch die letzten Krümel auf, und als sie sich ans Packen machten, dachte Sky mit einem Mal an Greg. »Oh, mein Gott!«

»Was ist los?« Lynskey, der gerade mit seiner Pocketkamera am Rand der Klippe stand, fuhr zu ihr herum.

»Greg. Den habe ich ganz vergessen.«

»Wer ist Greg, wenn ich fragen darf?«

»Mein Freund.« Sky hob den Kopf und sah ihn an. »Wir waren für heute verabredet, aber es ist mir völlig entfallen.«

»Ich verstehe. Dann machen wir uns jetzt gleich auf die Suche nach einem Telefon.« Sky bewunderte diesen Mann. Es fiel ihr schwer zu glauben, daß er ihr vor weniger als vierundzwanzig Stunden zum ersten Mal begegnet war. Sie merkte, daß sie die Verabredung mit Greg nicht nur vergessen, sondern ihn, seit sie Lynskey kannte, mit keinem einzigen Gedanken auch nur gestreift hatte. Sie mußte ihm endlich klaren Wein einschenken: Alles andere wäre ihm gegenüber ungerecht. »Hast du heute abend schon was vor?«

»Nichts Besonderes. Ich dachte vielleicht an einen Film, den ich noch nicht gesehen habe. Aber was ist mit diesem Greg?«

»Den überlaß einfach mir. Hättest du Lust, mit mir zu Abend

zu essen? Hör zu, Lynskey…« Sky blieb stehen und atmete tief ein. »Wahrscheinlich denkst du, daß ich zu direkt – zu amerikanisch – bin; aber wenn das, was zwischen uns ist, das ist, für das ich es halte, dann, tja – selbst wenn es das *nicht* ist – dann sind Greg und ich trotzdem nicht mehr – nun, Greg und ich…«

Sie haßte es, um den heißen Brei herumzureden, und trotzdem brachte sie ein paar offene Sätze einfach nicht heraus. »Was ich meine, ist«, machte sie einen neuen Anlauf, »selbst wenn ich dir gestern abend nicht begegnet wäre, wäre die Sache zwischen Greg und mir vorbei. Ich habe mich schon die ganze Zeit von ihm trennen wollen, nur fehlte mir bisher einfach der Mut dazu.«

Sein leises Pfeifen war ihr inzwischen vertraut. »Armer Junge. Los, Sky, gehen wir. Du solltest ihn zumindest anrufen.« Er stapfte entschlossen los und plötzlich hatte Sky das Gefühl, von ihm im Stich gelassen zu sein. Auf ihre Liebeserklärung hin blieb er völlig taub. Hatte sie sich, wie bereits so oft zuvor, lächerlich gemacht?

Also gut, dachte sie und eilte ihm nach, vielleicht waren wieder einmal die Pferde mit ihr durchgegangen. Von nun an würde sie cooler sein. Was auch immer Lynskey täte, sie schlüge dieselbe Gangart ein. »Rennst du immer so?« keuchte sie, als sie schließlich das Auto erreichte.

»Bloß, wenn ich am Überlegen bin.« Er hielt ihr die Fahrertür des Wagens auf. »Und eben habe ich über dein Dilemma nachgedacht. Wie wär's, wenn du mir noch ein bißchen über diesen Daniel Treacy erzählst?« Er schloß die Tür, ging zur Beifahrerseite und stieg ebenfalls ein. »Deiner Meinung nach muß er ein ziemlich mysteriöser Bursche sein.«

Sky stellte den Motor an und lenkte den Wagen auf die Straße zurück. »Ich habe dir alles erzählt, was ich weiß.«

»Aha.« Er wechselte das Thema und erzählte ihr während der anderthalbstündigen Fahrt zurück nach Butte von seinem Zuhause in Tralee, von der Geschichte der Stadt, von dem alljährlichen Festival, auf dem sich eine Reihe von Mädchen aus der ganzen Welt im Gedenken an eine Heldin namens Mary, die bekannt für ihre Schönheit und Tugend gewesen war, um den Titel der Rose von Tralee bewarb.

»Ein Schönheitswettbewerb?« Ihre gute Laune war zurückgekehrt, und der Singsang seiner Stimme lullte sie gemütlich ein.

»So könnte man es nennen.« Lynskey sah sie grinsend an. »Obwohl man es schwer erklären kann. Die Mädchen treten nicht in irgendwelchen knappen Badeanzügen auf, denn es kommt nicht in erster Linie auf ihr Äußeres an. Es geht mehr um ihr Wesen, ihre Persönlichkeit, so Zeug. Sie führen kleine Stücke auf...«

»Vergiß es. Du hast recht, es scheint wirklich schwer erklärbar zu sein. Offenbar ist es einfach zu irisch für mich.«

»Schade, daß deine Mutter nicht zwei Meilen weiter nördlich das Licht der Welt erblickte. Dann könntest du nämlich teilnehmen an diesem wunderbaren Wettbewerb.«

»Also bitte. Ich fürchte, für eine Schönheitskönigin bin ich inzwischen ein bißchen zu alt – he!« Sie sah ihn fragend an. »Woher weißt du überhaupt, wo genau meine Mutter geboren ist?«

»Du hast es mir gestern abend selbst erzählt.«

»Ich habe den Namen des Ortes erwähnt, aber niemand, nicht einmal waschechte Iren haben je davon gehört.«

»Aber ich«, widersprach er ungerührt. »Ich habe früher mal Fußball gespielt, und zu der Mannschaft von Cork gehörten ein paar Typen von dort.«

»Offenbar hast du irgendwann alles schon mal gemacht. Und vor allem weißt du überraschend gut Bescheid über mich.«

»Du redest ziemlich viel, MacPee, und hast mir gestern abend eine Menge erzählt.«

»Jetzt sag mir endlich, warum genau du auf der Benefizveranstaltung erschienen bist.«

»Ich wollte dich treffen«, gab er leise zu. »Als ich dein Foto in der Zeitung sah, bin ich geradewegs in dein Büro marschiert.« Wenigstens besaß er den Anstand, verlegen zu sein. »Und dort sagte mir eine junge Dame, wo ich dich finden kann. Tut mir leid, Sky. Verzeihst du mir diesen kleinen Winkelzug?«

Tief unter ihnen lag die Stadt. »Also gut, ich verzeihe dir. Vielleicht sollte ich sogar geschmeichelt sein. Und jetzt, werter Herr Oberlehrer, sehen Sie sich das an. Das ist meine Stadt.« Schon immer hatte sie den surrealen Anblick der Stadt von hier oben geliebt, zwischen deren Häusern man die verfallenen Bergwerksbagger wie riesige Insekten hocken sah. Als sie ins Tal hinunterfuhren, bot sie ihm eine Führung an. »Das heißt, wenn du noch ein wenig bleibst – wenn du nicht in der *Great Falls Tribune* oder im *Bozeman Daily Chronicle* ein Foto siehst, das dir noch besser gefällt.«

»Ich habe gesagt, es tut mir leid. Und du hast mir angeblich verziehen. Natürlich bleibe ich. Meine dreieinhalb Monate Ferien will ich nicht verschenken.«

»Eindeutig werden Lehrer in Irland besser bezahlt als bei uns.«

»Am Ende dieses Urlaubs bin ich sicher nur noch ein Schatten meiner selbst.» Er setzte ein spitzbübisches Lächeln auf. »Das War Bonnet ist mein kleines Extravergnügen zum Urlaubsbeginn. Dort haue ich mir noch mal so richtig den Bauch voll, bevor ...«

Abermals wurde der weiße Hiace gebraucht. Vor Anbruch der Dämmerung hatte man ihn in die Garage eines Doppelhauses am Rand von Sligo gefahren, wo er den Tag über verblieben war. Das Haus gehörte einem Lehrer, verheiratet und Vater von fünf Kindern, der seine Garage von Zeit zu Zeit verlieh. Nicht zu oft. Vielleicht alle zwei Jahre einmal.

Jetzt, kurz nach Mitternacht, glitt der Lieferwagen mit den drei Männern wieder leise auf die Straße. »Ich wünschte, es wäre alles schon vorbei.« Der Fahrer war jünger als die beiden anderen.

»Halt's Maul und gib Gas – und denk an die viele Knete.« Der Mann neben ihm sprach mit der Autorität, die man durch jahrelange Führung anderer erlangte.

Währenddessen hatte der morgendliche Vogelchor im Dubliner Vorort Churchtown seinen wenn auch eher störenden als melodischen Höhepunkt erreicht, und Elstern, Singdrosseln und

Spatzen, Stare und Rotkehlchen krakeelten, unterstützt durch das Glucksen von Tauben, wie eine Horde heranwachsender Jungen.

Rupert de Burgh nahm sie überhaupt nicht wahr, als er zur Telefonzelle an der Ecke seiner Straße huschte, um die sich solide Doppelhäuser scharten. Er mußte den Anruf tätigen und wieder im Haus sein, ehe seine Frau sein Verschwinden bemerkte.

Er schob zwei Münzen in den Schlitz und wartete. »Toby?« Höflichkeitsfloskeln ersparte er sich. »Hast du den Ausschnitt?« Er lauschte, und dann: »Natürlich vertraue ich dir. Sieh nur zu, daß du den richtigen Moment abpaßt, und achte genau darauf, wie er reagiert. Viel Glück!« Er legte den Hörer wieder auf und eilte zurück.

Als er sich Anfang der Siebziger zum Studium am Trinity College entschloß, unterschied sich der Sohn eines wohlhabenden Tory-Abgeordneten von keinem anderen, der Mittelklasse entstammenden, englischen Studenten. Aber an seinem ersten Tag, als er ruhig mit einem Glas Bier in der Kantine gesessen hatte, machte er die Bekanntschaft seines Tischnachbarn. Vielleicht wirkte ihre Gegensätzlichkeit anziehend, oder aber sein charismatischer neuer Freund hatte einfach den fruchtbaren, jungfräulichen Boden entdeckt. Auf jeden Fall begab er sich umgehend an Ruperts wahre Erziehung.

Im Laufe der folgenden Wochen und Monate hatte Rupert entsetzt erkannt, daß das wenige, was man ihn bisher über die Iren gelehrt hatte, durch das Sieb des selbstzufriedenen konservativen englischen Revisionismus gefiltert war, und innerhalb kürzester Zeit sagte er sich von seiner bisherigen Erziehung, von all seinen alten Freunden, ja selbst von seinen Eltern los.

Das Weihnachtsfest in jenem Jahr hatte sich zu einem Debakel entwickelt: Anders als in der Öffentlichkeit war Rupert zu Hause schon immer recht aufmüpfig gewesen, aber dieses Mal trieb er die Vorwürfe auf die Spitze. Alles hatte ihn gestört, nicht nur die Ansichten seiner Eltern, sondern auch deren Reichtum, deren Haus, deren ruhige Lebensart – selbst das Singen englischer Choräle während des traditionellen Weihnachtsgottesdienstes in der anglikanischen Kirche des Orts.

In jenen Weihnachtsferien hatte er sich an die Bekehrung seines Bruders gemacht. Toby, der hoffte, nach Oxford zu gehen, war ein treuer Gefolgsmann seines energischeren älteren Bruders, und er hätte alles für ihn getan. Rupert klärte ihn auf: über Cromwell, über die Strafgesetze, mit denen die Engländer die Katholiken wie Ungeziefer behandelten, über die verheerende Hungersnot in Irland, die die Bevölkerungszahl halbierte, während England weiterhin ungestört Steuern auf Getreide kassierte, über die Manipulationen der Wahlbezirksgrenzen im Norden, über die systematische Diskriminierung von Nationalisten, über Pádraic Pearse und die anderen Helden des Osteraufstandes; und als man nun die IRA für das Weihnachten erfolgte Bombenattentat in der McGurk's Bar, bei dem fünfzehn Menschen gestorben waren, verantwortlich machte, hatte Rupert Toby dargelegt, daß nicht die IRA, sondern britische Geheimagenten die Bombe plaziert und so die Einsätze in diesem Krieg erhöht hatten.

Seine armen, verwunderten Eltern, die ihren nach außen gefügigen, wohlerzogenen Sohn zum Englischstudium an eine altehrwürdige, wenn auch provinzielle Universität geschickt hatten, bekamen es plötzlich mit einem tobenden, zornigen Radikalen zu tun. Der Konflikt erreichte seinen Höhepunkt, als Rupert sich am zweiten Weihnachtstag weigerte, mit ihnen zusammen einen älteren, allein lebenden Onkel zu besuchen, einen pensionierten Colonel der Guards, dessen Gebrabbel über Winston Churchill und den Krieg alles in allem harmlos war. Während seine Mutter sich in Tränen auflöste, hatte Rupert über Kolonialismus und die Unterdrückung der Bürgerrechte der Iren gewettert, bis es seinem normalerweise langmütigen Vater zuviel geworden war. Er hatte Rupert erklärt, entweder käme er mit zu dem Verwandten oder er könne gehen. Woraufhin Rupert mehr als erfreut schnurstracks zurück nach Dublin floh. Dort hatte er allerdings statt Vorlesungen oder Tutorien entweder Bars oder die Bibliothek besucht, wo sich so einiges Interessante abspielte.

Und dann, nach dem Blutsonntag, war er zusammen mit den anderen in Richtung der britischen Botschaft gestürmt und hatte sich ein wenig abseits gestellt; möglicherweise inspirierte das Engagement des jungen Fergus Lynskey, übrigens völlig unabsichtlich, den aufgewühlten Rupert de Burgh, zur Polizei zu gehen.

13

Da Daniel Treacys Haus mit Blick auf die Rocky Mountains errichtet worden war, bestand die Südwestseite praktisch aus einer einzigen, vom Boden bis zur Decke reichenden Fensterfront. Auf dem schimmernden Parkett des teuer, aber schlicht möblierten Wohnzimmers standen drei weiße Sofas, zwei weiße Sessel und ein paar Tische aus Glas beziehungsweise mattgrauem Stahl. Selbst die Lampen zierten weiße Schirme, und über dem marmornen Kamin hing das einzige Bild im Raum: ein großes, stählern gerahmtes abstraktes Gemälde in blassem Grau und Weiß. Die spärliche Schlichtheit war bewußt gewählt, denn auf diese Weise lenkte nichts den Betrachter von der Schönheit des Panoramas ab.

Das Haus lag zwölf Meilen nordöstlich der Stadt am Ende eines Privatweges in der Nähe des Elk Park Passes, beinahe zweitausend Meter hoch. Vor den Fenstern, wo Treacy stand, fiel der das Haus umgebende Garten in lauter terrassenförmig angelegten, in ihrer Üppigkeit orientalischen Reisfeldern gleichenden, Rasenfeldern steil zum Rand einer Klippe ab. Dahinter erstreckte sich ein breiter, grüner Ozean aus Kiefern und Pinien – wiederum anschließend zerklüfteten die Berge das intensive Blau des Horizonts.

Treacy dachte an das allgemeine Amüsement, das in den Bars und Restaurants des sommerlichen Samstagabends in der Stadt, nur wenige Meilen von diesem Haus entfernt, stattfand. Dort unten unterhielt und kabbelte man sich, lachte, machte Blödsinn und aß billiges Essen, trank gemeinsam Bier oder Wein, schmiedete Pläne für sonntägliche Brunchs, Angel-, Grill- oder Picknick-Ausflüge.

Dieses Szenarium malte er sich nicht gerne aus. Der König der Burg, dachte er traurig und dachte an die Balgerei zurück, die er als Kind in Irland oft angezettelt hatte. Manchmal bösartig, manchmal übermütig, schob und zerrte man an den Gegenspielern herum und erkämpfte sich den Weg zum Gipfel der Erhöhung – eines Felsens, eines Ginsterhügels – die an jenem Tag auserkoren worden war. Als Kind hatte Daniel nie den Status des Königs erreicht, da ihn stets größere, schwerere und entschlossenere Jungen überwältigten. »Tja, nun hast du es geschafft«, sagte er zu dem leeren, eleganten Raum, der ihm diese atemberaubende Aussicht bot.

Zur Hölle mit Miss Rainbow. Vor sechs Stunden hatte er bereits zum ersten Mal bei ihr angerufen, und er war es nicht gewohnt, drei Nachrichten für jemanden zu hinterlassen, ehe sich dieser zum Rückruf bequemte.

Wenigstens hatte ihre Mutter ihm gute Nachrichten zukommen lassen.

Obgleich ihn niemand sehen konnte, zog er beinahe verstohlen ein schmales Silberkästchen aus der Innentasche seines Jacketts. Er öffnete es und blickte auf das Foto, das es enthielt, einen alten Schwarz-Weiß-Schnappschuß von Elizabeth Sullivan. Es handelte sich um eine dieser altmodischen Gruppenaufnahmen, die in den Dreißigern und Vierzigern zahlreiche Amateurfotografen mit einer Brownie Boxkamera arrangierten. Skys Mutter stand als winziges, vielleicht fünfjähriges Mädchen im Vordergrund.

Daniel Treacy hatte eine Menge Einfallsreichtum und Geld investieren müssen, um in den Besitz dieses mehr als vierzig Jahre alten Fotos zu gelangen. Er hatte es vergrößern und retuschieren lassen; aber selbst die amerikanische Technologie vermochte nicht, das Zittern der Fotografenhand, als die Klappe heruntergegangen war, wegzuzaubern.

Trotzdem erkannte Treacy Elizabeth Sullivans strahlende

Schönheit so deutlich auf dem Bild, als wäre es von Tizian gemalt. Sie hielt das jüngste ihrer Kinder, Constanze, die heute, wie er wußte, eine Schaffarm in Australien betrieb, auf dem Arm.

Von Elizabeths Familie war ihm jedes Detail bekannt.

Den Wert des Fotos verringerte indessen die Tatsache, daß sie neben Mossie Sheehan stand, ihrem zweiten Ehemann, dem gegenüber er, obgleich er längst das Zeitliche gesegnet hatte, immer noch glühenden Haß empfand. Elizabeths erster Mann war ein jämmerlicher Einfaltspinsel gewesen, aber Mossie hatte Daniel die Frau, die er seit nunmehr achtundvierzig Jahren liebte, endgültig geraubt. Die Nachricht von Mossies Tod hatte ihn mit Genugtuung erfüllt, aber grausamerweise gab es ja inzwischen seine Ehe mit einer anderen Frau. Doch nun, da Midge nicht mehr im Weg stand... sein Herz machte einen Satz, als das Bild des wächsernen Gesichts seiner Frau vor ihm erschien.

Versonnen klappte er das Kästchen wieder zu, schob es in seine Tasche zurück und durchquerte den perfekten Raum, wobei das Klappern seiner Absätze auf dem Parkett seine Einsamkeit unterstrich. Er setzte sich auf eins der Sofas, nahm ein Buch und versuchte zu lesen. Nach einem Absatz allerdings merkte er, daß das Gedruckte nicht in sein Hirn vordrang, und als er beim zweiten Versuch immer noch nichts aufnahm, schob er das Buch beiseite. Nichts, dachte er, konnte schlimmer sein als diese Leere, die er empfand.

Sofort verwarf er seine Gedanken. Selbstmitleid war die unwürdigste menschliche Schwäche, die es gab. Er griff nach der Fernbedienung des Fernsehers und drückte auf einen Knopf. Lautlos öffneten sich die Türen einer Konsole und das Gerät fuhr heraus. Ungefähr eine Minute verbrachte er mit der Suche nach einem ansprechenden Kanal; aber kein einziges Programm gefiel ihm. Also schaltete er wieder ab.

Die Uhrzeiger wollten nicht vom Fleck. Elizabeths Enkelin stellte sich wirklich als gute Journalistin heraus – er sah, daß sie nicht so leicht von einer Sache abzubringen war. Wo steckte sie nur? Weshalb rief sie ihn nicht zurück? Er wollte ihr seine eigene Version der Geschichte verkaufen, ehe sie hinter zu viele Dinge kam. Montag, bei ihrem verabredeten Treffen, wäre es vielleicht schon zu spät. Und so lange warten, bis er erfuhr, ob Elizabeth tatsächlich kam, konnte er auch nicht. Ob es ratsam war, noch einmal bei Sky anzurufen? Die Zeit wurde immer knapper für ihn. Er griff nach dem Telefon, doch dann hängte er wieder ein. Selbst Reporter hatten am Samstag abend wahrscheinlich frei.

Daniel Treacy verließ sein wunderschönes Wohnzimmer und ging zu der freitragenden Treppe, über die man den zweiten Stock und somit die Schlafgemächer erreichte. Seine Schuhe fühlten sich wie Betonklötze an.

Auf der Straße vor seinem Haus notierte ein Mann in einer schlichten beigefarbenen Limousine, daß im Obergeschoß ein Licht anging.

Als Sky mit dem Nissan auf den Parkplatz des War Bonnet Inn einbog, war dort die Hölle los. Mehrere Flughafenbusse spuckten zahllose gutgelaunte, mit auffälligen Namensschildern versehene Teilnehmer eines Kongresses aus. »Na, phantastisch!« stöhnte Lynskey, als der Wagen hinter einem der Busse zum Stehen kam. »Das hat mir gerade noch gefehlt. Ich habe von diesen Kongressen gehört. Wahrscheinlich kriege ich die ganze Nacht kein Auge zu.«

»Du wirst es überleben.« Sky ließ den Motor laufen und sah ihn an. Nun, da sie beschlossen hatte, sich von Greg zu trennen, empfand sie aufgrund von Lynskeys Anwesenheit den Drang, es auf der Stelle hinter sich zu bringen. »Hör zu, hättest du Lust, mit mir, nach meiner Aussprache mit Greg, essen zu gehen? Worauf hättest du Appetit?«

»Auf Hausmannskost. Am liebsten äße ich bei dir zu Hause.«

»Aber meine Mutter ist da.« Sky war ehrlich entsetzt.

»Genau deshalb. Ich möchte diese wunderbare Frau kennenlernen. Mich bei ihr persönlich dafür bedanken, daß sie uns ein so köstliches Picknick zubereitet hat. Meinst du, sie hätte etwas dagegen?«

»Auf alle Fälle rufe ich sie besser vorher an.« Dies war ein vollkommenes Novum für sie. Kein Mann, mit dem sie je zusammen war, hatte Interesse an der Bekanntschaft ihrer Mutter gezeigt. »Warum telefonierst du nicht einfach von meinem Zimmer aus, während ich schnell dusche und eine manierliche Hose anziehe? Außerdem kannst du auch bei deinem Greg anrufen, ob er jetzt Zeit für dich hat. Wenn ja, machst du dich am besten sofort auf den Weg und sprichst dich mit ihm aus. Ich warte gern, egal, wie lange es dauert. Aber wenn du ihn nicht erreichst, fahren wir spornstreichs zu dir. Und wenn dein Blick mich warnt hinsichtlich gewisser Anstandsregeln, so versichere ich dir, daß ich nicht allzu begriffsstutzig bin – Ehrenwort!«

»Was für ein Blick?« Als Sky den Motor abstellte, kam sie sich ein wenig wie Pinocchio oder eine der anderen Marionetten aus ihrer Kindheit vor. Immer noch war es weniger als vierundzwanzig Stunden her, seit sie Lynskey kannte: Trotzdem organisierte er bereits ihr gesamtes Leben. »Gibt es vielleicht sonst noch was, was du für mich zu regeln beabsichtigst?« fragte sie, als er die Tür öffnete und sich aus dem Wagen schob.

»Im Augenblick fällt mir nichts ein. Und jetzt komm.« Dann beugte er sich zu ihr hinab und sah sie grinsend an. »Es sei denn, du ließest mich beim Kauf eines größeren Fahrzeugs behilflich sein. Meine Beine sind vollkommen taub!«

Sein Zimmer entsprach Skys Erwartungen: unaufdringlich, in beigefarbenem Dekor, mit zwei Betten, einem Fernseher, einer Spiegelkommode, die sich gleichzeitig zum Schreiben verwenden ließ, einem Satztisch, zwei Stühlen und Vorhängen aus dickem, gerafftem Stoff. Sie setzte sich auf den Rand eines der Betten und starrte auf das Telefon. Was sollte sie nur sagen, wenn Greg den Hörer abnahm? Hinter ihr schloß Lynskey die Badezimmertür, und nach einem Augenblick schmetterte über das Rauschen der Dusche hinweg sein lauter Bariton. Eilig, ehe sie den Mut verlor, wählte sie die Nummer des Geschäfts.

Greg hatte schon Feierabend. Und bei ihm zu Haus war besetzt.

Voll schuldbewußter Erleichterung rief sie ihre Mutter an. Johanna war außer sich vor Begeisterung. Endlich hatte sie Skys Großmutter erreicht, die einen Besuch ernsthaft in Erwägung zog. Und natürlich wäre es ihr eine große Freude, wenn Skys junger Mann zum Essen kam. »Du hast ein paar Anrufe gekriegt.« Sky hörte das Rascheln von Papier und geschäftiges Hantieren. Offenbar setzte ihre Mutter gerade ihre Brille auf. »Einen von Bill Collins – und – Greg und oh! – Ja – rate wer? Daniel Treacy hat *zweimal* für dich angerufen. Beim zweiten Mal haben wir reizend miteinander geplaudert. Wir sprachen über meine Mutter. Er ist wirklich nett, wenn man ihn erst einmal besser kennst, findest du nicht?«

»Aber sicher, Mom, kann sein. Ich muß los. Bis dann!« Wieder versuchte sie es bei Greg, und als dort immer noch besetzt war, probierte sie es im Büro. Das Band wiederholte das, was sie bereits von Johanna wußte. Bill Collins. Treacy. Und Greg. Collins hatte bis Montag Zeit, aber Treacy? Gleich zweimal?

Sie suchte seine Nummer aus ihrem Adreßbuch heraus, doch gerade, als sie wählte, drehte Lynskey die Dusche ab, und sie legte wieder auf. Dann allerdings sang er weiter und ließ den Wasserhahn des Waschbeckens rauschen. Offenbar rasierte er sich noch, dachte sie und verschob auch den Anruf bei Treacy. Sie hatte frei, und zwar verdientermaßen.

Ehe ihr Mut sie ganz verließ, versuchte sie es zum dritten Mal bei Greg. Dieses Mal klingelte es, aber sein Vater meldete sich. Greg war nicht da, und nein, wann er zurückkommen würde, hatte er nicht gesagt. Sky bat ihn, ihren Anruf auszurichten und sah sich, voller Schuldgefühle wegen dieser willkommenen Verzögerung des unvermeidbaren Gesprächs, in Lynskeys Zimmer um. Vielleicht bekäme sie ja auf diese Weise etwas über seine Persönlichkeit heraus?

Auf jeden Fall hatte er es mit der Ordnung. Sein Koffer war nirgends zu sehen; doch durch die halbgeöffnete Schranktür nahm sie ein Jackett und eine ordentlich aufgehängte Hose wahr. Auf dem Ankleidetisch lag die Ausgabe des *Butte Courier,* in der der Nachruf auf Midge Treacy stand, und neben dem Bett hatte er einen kleinen Reisewecker installiert. Den einzigen zusätzlichen Hinweis dafür, daß das Zimmer bewohnt war, lieferte ein Aktenkoffer auf dem Satztisch.

Welcher Mann rüstete sich für eine Sommerreise durch den Westen der Vereinigten Staaten mit einem Aktenkoffer aus? Sky lächelte vergnügt. Dieser Typ bot wirklich Überraschungen, auch wenn er eindeutig ein wenig seltsam war. Sollte sie es wagen? Sie blickte auf die Badezimmertür: das Wasser lief noch. Eilig wollte sie zur Tat schreiten, doch der Aktenkoffer hatte ein Zahlenschloß.

Das Singen erstarb und das Wasser wurde abgedreht. Sky hatte kaum Zeit, an ihren ursprünglichen Platz auf der Bettkante zurückzukehren, als er den Kopf durch die Tür schob und fragte: »Bist du fertig? Kann ich hereinkommen?«

Sie nickte und hoffte, daß ihr ihr schlechtes Gewissen wegen der Schnüffelei nicht anzusehen war. Sein Anblick mit nichts als einem Handtuch um die Hüften verstärkte unbestreitbar ihre Erregung. Sein Torso war hart und muskulös, wenn auch ein wenig dürr. Er bemerkte ihren Blick. »Ich weiß«, sagte er unbekümmert. »Unter einem Kraftprotz stellt man sich etwas mehr vor. Aber du solltest mal die anderen aus meiner Familie sehen. Ich bin noch der fetteste. Was ist los? Du siehst aus wie ein Kind, das in der Speisekammer erwischt wurde. War es schlimm?« fragte er sanft und setzte sich neben sie. »Wie hat Greg reagiert?« Er beugte sich herüber und gab ihr einen leichten Kuß.

Beinahe hätte Sky, die genug hatte von seiner Zurückhaltung, ihn am Schopf gepackt. »Er war nicht da. Ich fühle mich schrecklich. Es macht mich immer ganz fertig, einen Menschen zu verlassen, der auch nur die geringsten Gefühle für mich hegt.«

»Aber darin könntest du doch sicher mittlerweile geübt sein?« Er sah sie skeptisch an.

»Bisher habe ich es nur einmal geschafft, gegenüber meinem Ehemann.« Sky kam sich wie ein elender Feigling vor. »Ich dachte, normalerweise zeige ich einfach durch mein Benehmen, daß eine Beziehung am Ende ist. Im allgemeinen verstehen die Typen das.« Sie blickte auf seine im Schoß gefalteten Hände und bemerkte die abgekauten Nägel. »Das klingt ja fast nach Mannstollheit... Aber weißt du, eher ist das Gegenteil der Fall; ich glaube, ich könnte nicht einmal flirten, wenn mein Leben davon abhinge.«

»Das brauchst du ja auch nicht.«

Als sie aufblickte, entdeckte sie in seinen Augen ein helles Leuchten. Dieses Leuchten rief ebenso wie der Tenor des Gesprächs Unbehagen in ihr wach; aber sie hatte das Gefühl; daß sie weitersprechen mußte. »Greg ist irgendwie anders. Ich habe versucht, es ihm zu erklären, ich meine, ihm zu zeigen...« Ihre Stimme erstarb und verzagt senkte sie den Kopf.

»Es gibt nur eine Lösung, und zwar, es ihm klipp und klar zu sagen...« So, wie er es ausdrückte, klang es erstaunlich einfach.

»Ja, schon.« Sie hob den Kopf und sah ihn an. »Aber es ist nicht dein, sondern mein Problem. Und jetzt zum Abendessen: meine Mom sagt, es ist okay, wenn du mitkommen willst.«

Wiederum lachte er ebenso überraschend auf wie am Vorabend in Pirelli's Restaurant. »Tausend Dank!« Er stand auf und trottete zum Kleiderschrank. »Ich kann es kaum erwarten. Mein Magen grimmt bereits.«

»Du scheinst immer kurz vor dem Verhungern zu sein.«

»Schließlich bin ich auch ein Wolkenkratzer, MacPee. Und jetzt sei ein braves Mädchen und dreh dich um, damit ich mich umziehen kann.« Sie gehorchte und fragte, weshalb er mit einem Aktenkoffer auf Reisen war. »Ach, der!« Sein Ton verriet fröhliche Wurstigkeit. »Du würdest sowieso nicht wissen wollen, was drin ist.«

»Warum nicht? Ist es ein Geheimnis? Ich habe dir alle meine Geheimnisse erzählt...«

»Eins zu null für dich. Aber lach mich bitte nicht aus.«

»Versprochen.«

»Ich schreibe ein Buch.« Egal, wie sehr sie ihn auch bettelte, mehr verriet er nicht. »Ein ganz normales Buch, Sky«, sagte er am Schluß. »Jeder Lehrer – und ich wage zu behaupten, wohl auch fast jeder Journalist – bildet sich ein, er hätte das Zeug zu mindestens einem Bestseller.«

»Ich möchte, daß du mich endlich einmal richtig küßt.« Am

liebsten hätte Sky sich ihre vorwitzige Zunge herausgerissen, aber trotzdem drehte sie den Kopf und sah ihn an. Immer noch stand er mit nacktem Oberkörper vor dem Schrank, trug jetzt allerdings eine Hose und zog sich gerade den zweiten Socken an.

Den er auf der Stelle fallen ließ. »Nur, wenn ich dabei deine Haut spüren darf.«

Sie sah ihm in die Augen, knöpfte ihre Baumwollbluse auf, griff hinter sich, löste den Haken des BHs, streifte die Kleidungsstücke ab und wartete auf ihn. Unterdessen zögerte er noch und während einiger schrecklicher Sekunden fürchtete sie, sie hätte sich vollends lächerlich gemacht. Dann jedoch war er mit zwei großen Schritten neben ihr und drückte sie in die Kissen.

Seine Hände lagen kühl und überraschend zart auf ihrer Brust. Sie reckte sich ihm entgegen und er rollte ihre Nippel zwischen Zeigefinger und Daumen, bis sie hart wurden wie Stahl. Dann küßte er sie, wobei er seine Zunge erst über die eine, dann über die andere Brustwarze gleiten ließ – die Haut an ihrem gesamten Körper zog sich straff wie die Bespannung einer Trommel zusammen.

Dann schob er sich hinauf zu ihrem Mund, und dieses Mal verriet sein Kuß nicht die geringste Züchtigkeit. Sky schlang ihre Arme um seinen Hals und zog ihn an sich, bis er auf sie fiel. Seine Lippen waren noch voller, noch wärmer und noch fordernder als in ihrer Phantasie.

Dann allerdings machte er sich mit einem Mal abrupt los. »Warte noch ein wenig, MacPee. Warte noch ein wenig ab.«

Sky wußte nicht, wie ihr geschah. »Warum denn?« Sie keuchte wie nach einem Hundert-Meter-Lauf.

»Dies ist nicht der richtige Augenblick.« Für den Bruchteil einer Sekunde entdeckte sie Furcht in seinem Blick.

Eines hatte sie erkannt: dies war nicht der selbstbewußte Typ, mit dem sie zum Madison Buffalo Jump gefahren war. Auch wenn ihr Körper schmerzlich pochte, setzte sie ein Lächeln auf. »Mit dir soll sich einer auskennen!«

Schweigend kleideten sie sich an und machten sich auf den Weg zu ihr nach Hause. Allmählich machte Sky sich Sorgen über Johannas Reaktion auf den unbekannten Mann. Als sie allerdings mit ihm das Haus betrat, drang aus der Küche lautes Lachen in den Flur, was wieder einmal eine Sitzung der Glückseligen Schwestern anzeigte. »Tut mir leid«, flüsterte sie. »Davon habe ich nichts gewußt.«

Vor ihren Augen machte Lynskey die perfekte Metamorphose durch, feuerte beim Betreten der Küche sämtliche ihm zur Verfügung stehenden verbalen Waffen ab und verlieh seiner Stimme einen Schmelz, der ihm im Handumdrehen die Herzen aller drei Damen sicherte.

Während er Johannas fleischlose Fleischpasteten mit Begeisterung verschlang, umwarb und umgarnte er die drei, unterhielt sie mit Räuberpistolen haarsträubendster Art, ja, er flirtete sogar. Innerhalb einer halben Stunde führten sich sowohl Buffy als auch Hermana, vor allem aber Johanna, wie unreife Teenager auf: Ihre Augen leuchteten und ihre Stimmen nahmen ein besonders helles Timbre an.

»Woodstock?« Als das Mahl beendet war, schob Lynskey seinen Tee beiseite und riß theatralisch die Augen auf. »Sie wollen doch wohl nicht im Ernst behaupten, Sie wären in *Woodstock* gewesen? Meine Damen, Sie nötigen mir allen Respekt ab, ganz zu schweigen davon, daß ich natürlich furchtbar neidisch bin.«

Woraufhin Johanna in ihr Schlafzimmer eilte, um das Fotoalbum zu suchen, das den Beweis enthielt. Als sie damit zurückkehrte und zusammen mit ihren Freundinnen die Bilder suchte, auf denen man sie als junge Frauen sah, blinzelte Lynskey Sky verstohlen zu. Sie saß, das Kinn in die Hände gestützt, am Tisch, und wunderte sich ohne Ende über diesen Kerl.

Vielleicht verstünde sie ihn besser, bekäme sie endlich noch eine Gelegenheit, mit ihm allein zu sein. Die Erinnerung an ihr nur zur Hälfte befriedigendes Zusammensein schmerzte nach wie vor, und sie begehrte ihn so sehr, daß man es ihr bestimmt ansah. Statt allerdings von ähnlichem Sehnen erfüllt zu sein, schien Lynskey sich mit den Glükseligen Schwestern derart zu amüsieren, daß sie sich ebensogut einfach wortlos zu den schnarchenden Katzen in den Korb zu Füßen ihrer Mom hätte legen können.

14

Auf Hermanas Drängen hin erklärte sich Skys Mutter schließlich zur Darbietung eines kleinen Liedchens bereit, allerdings nur, wenn sich eine Begleitung fand. »Sky, wie wär's mit dir?«

Dann wandte sich Johanna Lynskey zu. »Sie hat eine wunderbare Stimme, Fergus, einfach wunderbar, nur leider benutzt sie sie so gut wie nie.«

Verlegen schlug Sky die Chance, sich vor dem Iren in Szene zu setzen, aus. Jawohl, ihre Sprechstimme war ungewöhnlich ausdrucksvoll – in der Schule hatte man sie immer zum Lesen der Weihnachtsgeschichte auserkoren –, wohingegen ihre Singstimme ihrer Ansicht nach zu wünschen übrig ließ.

Nach langem Hin und Her, während die abendliche Dämmerung unmerklich den Himmel zu vergolden begann, sprang schließlich Buffy ein, und die beiden Frauen intonierten gemeinsam »Blowin' in The Wind«, wobei Buffys gehauchter Mezzo Johannas süße Sopranstimme perfekt ergänzte. Während des Singens zupfte Skys Mutter schüchtern an ihrem Haar, und bis zur letzten Strophe hatte sich ihr dicker Zopf gelöst, so daß die dichte Mähne wie weicher Honig um Gesicht und Schultern floß.

Unter normalen Umständen hätte sich Sky derart geschämt, daß sie es nicht einmal ertragen hätte, dabeizusitzen und zuzusehen; aber heute verfolgte sie das Schauspiel mit Lynskeys Augen und freute sich, ihre Mutter als das einzigartige Individuum anerkennen zu dürfen, das sie ohne jeden Zweifel war. Johanna gehörte einer vom Aussterben bedrohten Gattung an. Sky nahm sich vor, in Zukunft weniger ungeduldig mit ihr zu sein, auch wenn solche Entschlüsse eine Vergeudung von Hirnzellen bedeutete.

Gerade als der letzte Ton des Gesangs verebbte, läutete im Flur das Telefon, und als sie losging, blickte Sky noch einmal auf das Bild zurück, das ihr sicher für lange Zeit im Gedächtnis bliebe: Ihre Mutter und Buffy umarmten einander gerührt, Hermana schneuzte sich und Lynskeys Mund umspielte ein freundliches Lächeln.

»Hallo?« sang Sky, als sie nach dem Hörer griff.

»Ich versuche schon den ganzen Abend, dich zu erreichen. Hast du unsere Verabredung vergessen?«

»Du lieber Himmel.« Gregs schmerzliche Stimme traf sie wie ein Peitschenhieb. »Ehrlich gesagt, ja.«

»Wo zum Teufel hast du gesteckt? Im Büro haben sie mir gesagt...«

»Sprich nicht in diesem Ton mit mir. Schließlich gehöre ich dir nicht«, flüchtete sich Sky vor ihren Schuldgefühlen in Empörung. Während der folgenden Pause meinte sie beinahe, seinen Ärger vor sich zu sehen; dick, grau und schwer wie Eisen erdrückte er sie, so daß sie regelrecht nach Atem rang. »Tut mir leid«, setzte sie zögernd an. »Ich wollte dich nicht anschreien.«

»Niemals habe ich behauptet, daß du mir gehörst.« Seine Stimme klang steif. »Ich dachte nur...«

»Hör zu, Greg...« Sie saß fest. Eine Beziehung am Telefon zu beenden war völlig inakzeptabel.

»Was?« Sein gereizter Ton machte es leichter für sie.

»Wir müssen uns treffen.« Sie zwang sich zu einem forschen Ton. »Das mit heute abend tut mir wirklich leid, aber wir müssen miteinander reden.«

»Bitte, Sky, bitte!« Sein Schmerz schockierte sie.

»Es ist absolut notwendig«, beharrte sie.

»Du willst dich von mir trennen...«

Bei dem Gedanken an seine Traurigkeit geriet sie ins Wanken, aber dann führte sie die Sache zu Ende. »Ich möchte mit dir darüber *reden*.«

Sein panisches Schweigen tat ihr furchtbar weh. Hinter ihr in der Küche wurde das Rücken von Stühlen laut, und Hermana und Buffy überschlugen sich beim Abschied von ihrem neuen Freund Lynskey vor Freundlichkeit. »Greg, bist du noch da?« Durch die Leitung drang das Geräusch seines Atems an ihr Ohr. »Greg?«

»Ich bin noch da. Wenn du die Sache für dich beschlossen hast, Sky, dann gibt es ja wohl nicht mehr viel zu besprechen, oder? Aber mich einfach zu versetzen, war nicht gerade die feine Art eines Abschieds.«

»Es ist ein Versehen gewesen – Ehrenwort!«

»Meinetwegen …«

Zu ihrem Entsetzen brach seine Stimme, so daß sie eilig den Faden aufnahm. »Greg, ich möchte, daß wir Freunde bleiben …«

»Hör auf!« weinte er. »Behandel mich nicht so von oben herab.«

»Das tue ich nicht.« Sie spürte seinen Schmerz. »Es tut mir leid – von Herzen.«

»Ja, sicher. Also dann, Sky. Vielleicht sehen wir uns ja irgendwo zufällig einmal. Hoffentlich hast du auch weiterhin ein schönes Leben.« Er legte auf.

Einen Augenblick lang stand sie, den Hörer immer noch am Ohr, reglos da. So hatte sie es nicht geplant, aber nun, da es vorbei war, wallte durch die Scham und das Bedauern hindurch etwas Leichteres, Helleres in ihr auf: eine unendliche Erleichterung, ähnlich dem Gefühl in ihrer Kindheit, nachdem sie all ihre Missetaten bei der Beichte losgeworden war. Sie legte auf und am liebsten hätte sie es in ihrem Zimmer, im Haus – in der ganzen Welt – Blumen regnen lassen. »Wollt ihr schon gehen?« Sie wandte sich an Buffy, die, gefolgt von Hermana, aus der Küche kam.

Buffy beugte sich vor und flüsterte ihr ins Ohr: »Er ist ein Schatz. Ich an deiner Stelle würde dafür sorgen, daß er mir nicht durch die Lappen geht.« Mit normaler Stimme fuhr sie fort: »Sei nett zu deiner Mom, Sky, hast du mich gehört?«

»Okay, Buffy. Und danke für das Lied. Es war wunderbar.«

»Was für ein Prachtjunge!« Hermana zog Sky an ihren Busen

und hielt sie dann ein Stückchen von sich ab. »Was für ein Prachtjunge!« wiederholte sie. »Wenn du ihn nicht willst, nehme ich ihn vielleicht.« Und dann fügte sie verschwörerisch hinzu: »Hör auf meinen Rat, Schätzchen, und überleg dir die Sache mit diesem Greg noch mal. Ich habe schon immer gesagt, daß er dir intellektuell nicht das Wasser reichen kann.«

An Hermanas massigem Leib vorbei sah Sky, daß Lynskey Johanna verschwörerisch zublinzelte, während er von ihr erneut einen Tee eingeschenkt bekam. »Ich fürchte, ich habe bereits eine Konkurrentin, Hermana.« Sie nickte in Richtung der offenen Küchentür.

»Ach, *du*!« Hermana nahm kichernd Buffys Arm. »Wir finden schon alleine raus, meine Liebe. Und denk an meine Worte.«

»Wer war denn dran, mein Schatz?« Johanna setzte sich eine der Katzen auf den Schoß, als Sky wieder in die Küche kam.

»Nur Greg.« Sky wagte nicht, Lynskey anzusehen.

»Deine Mutter hat mir die Geschichte von Daniel Treacy und deiner Großmutter erzählt, Sky. Das Ganze klingt wie ein Märchen.«

»Ich hoffe, es macht dir nichts aus?« Johanna gab der Katze einen Kuß aufs Haupt. »Fergus wußte sowieso schon eine Menge darüber, mein Schatz. Er sagte, du hättest ihm bereits einiges mitgeteilt.«

»Habe ich auch.« Sky wunderte sich flüchtig über Lynskeys hartnäckiges Interesse an Daniel Treacy, doch dann vergaß sie es.

»Auch wenn ich selbst in Irland groß geworden bin, sind Sie doch der erste Fergus meines Lebens!« Johanna sah strahlend zwischen Lynskey und Sky hin und her.

»Mach ihm bloß keine Komplimente, Mom.« Sky setzte sich an den Tisch. »Er ist ohnehin eingebildet genug.«

»Vermissen Sie die alte Heimat nicht manchmal?« Lynskey trank seinen Kräutertee und hielt Johanna mit der Bitte um Nachschub den leeren Becher hin. Er schien auf einen längeren Aufenthalt in der Küche eingerichtet zu sein.

»Eigentlich nicht.« Johanna sprach inzwischen in demselben Singsang wie er. »Natürlich vermisse ich meine Familie. Obwohl ich nicht gerade behaupten kann, daß wir einander sonderlich nahestehen. Seltsam eigentlich...« Ihr Blick schweifte in die Ferne. »Meine Mutter und mein Bruder Francey, der heute in England lebt... zu beiden habe ich als Kind immer ein besonders enges Verhältnis gehabt. Aber heute sind wir in alle Winde verstreut.«

»Ich habe gehört, daß Ihre Mutter vielleicht zu Besuch kommt?«

Unsicher, wieviel sie enthüllen sollte, schielte Johanna zu Sky hinüber. »Das habe ich ihm erzählt, Mom.« Sky stieß einen Seufzer aus. »Und er weiß, daß die Idee von Daniel Treacy stammt.« Sie gähnte. »Da wir gerade von Treacy sprechen – er hat mehrmals für mich angerufen, und vermutlich will er mich lieber morgen als Montag treffen. Ich bin hundemüde, und wenn ihr beiden nichts dagegen habt, fahre ich Lynskey jetzt ins Hotel zurück.«

Lynskey verstand den Wink, so daß er sich erhob. »Tut mir leid. Ich habe die Gastfreundschaft deiner Mutter sowieso schon viel zu lange beansprucht – aber ich gehe lieber zu Fuß. Wirklich. Nach meiner inneren Uhr ist es früher Vormittag.«

»Gehen Sie noch nicht, der Abend fängt doch gerade erst an.« Johannas Enttäuschung war echt.

»Ich komme bestimmt wieder, Johanna, keine Angst. Einer der Vorteile derart ausgedehnter Ferien ist der, daß man sich seine Zeit selber einteilen kann. Und nachdem ich Ihnen und Ihrer Tochter begegnet bin«, er richtete sich auf und sah Sky an, »habe ich meine ursprünglichen Pläne bereits über den Haufen geworfen und beschlossen, nicht so schnell weiterzufahren. Sie werden mich noch des öfteren zu sehen bekommen.« Seine Augen blitzten ob der Doppeldeutigkeit seiner Worte belustigt auf.

»Und, ist das leidige Werk vollbracht?« murmelte er, als Sky ihn durch den kleinen Flur zur Haustür begleitete.

»M-mmm.« Sky fragte sich, ob er sie wohl küssen würde, ehe er ging.

»Gott sei Dank!« Er war wirklich rätselhaft.

»Das ist ja wohl ein bißchen unpassend, meinst du nicht?«

Obgleich ihr seine Aufrichtigkeit gefiel, riefen ihre Schuldgefühle eine gewisse Loyalität mit ihrem Exfreund in ihr wach. »Du könntest wenigstens so *tun*, als täte der arme Greg dir leid.«

»Oh, das tut er auch – und wie!« Sein Lächeln strafte seine Beteuerung Lügen. »Aber für mich bin ich froh. Komm her.« Er zog sie in seine Arme und gab ihr einen intensiven Kuß; doch abermals machte er sich, ehe sie darauf eingehen konnte, von ihr los. »So. Das müßte für den Augenblick genügen, denke ich.«

»Himmel, du bist wirklich ein komischer Kauz, weißt du das? Willst du tatsächlich zu Fuß gehen?«

»Und ob. Morgen ist Sonntag. Aber wenn du mich nicht sehen willst, fällt mir bestimmt etwas Nützliches ein.« Ehe Sky widersprechen konnte, hob er einen Finger an ihren Mund. »Auf alle Fälle wartet im War Bonnet Inn ein überdimensionales Bett. Tolles Hotel, dieses War Bonnet.«

Als sie die Tür hinter ihm schloß, fragte sie sich, ob er dieses Katz-und-Maus-Spiel, das sie wahnsinnig machte, wohl beabsichtigte. Aber die Spur von Angst in seinem Gesicht bei ihrer Nähe in seinem Hotelzimmer hatte er ganz sicher nicht vorgetäuscht.

Ehe sie ins Bett ging, rief sie noch Daniel Treacy an. Sie hatte mit ihrer Vermutung recht. Etwas war ihm am Montag dazwischengekommen, so daß er vorschlug, sich bereits morgen zu treffen.

Die in Killybegs in der Grafschaft Donegal geplante Aktion stand unter einem guten Stern. Das Wetter war perfekt: Obgleich es noch nicht regnete, verdeckten bleierne, tief hängende Wolken die sich hinter der Stadt erstreckende Hügeldecke schon zur Gänze. Draußen auf dem Meer peitschte ein heftiger Wind lange Fetzen weißen Schaums von den Spitzen der atlantischen Wellentürme herab. Es war kalt wie im Winter und bei dem scharfen Nordwestwind dachte man eher an Dezember als an Juni.

Der große Innere Hafen besaß solide Schutzanlagen, und obgleich die Planken der Fischerboote, die dort vor Anker lagen, knirschten und knarrten, weil sich ein Schiff am anderen rieb, waren sie dort in Sicherheit.

Selbst bei gutem Wetter sah man selten so früh an einem Sonntagmorgen jemanden arbeiten, aber hin und wieder kam es vor; also achteten die wenigen Menschen auf der Straße nicht weiter darauf, daß eine kleine Gruppe von Männern am Ende der Hauptstraße Kisten mit Fisch aus einer Garage trug und in den davorstehenden weißen Lieferwagen lud. Der ältere Herr, der mit seinem fetten, arthritischen Spaniel an ihnen vorüberschlurfte, blickte nicht einmal auf.

Die Männer arbeiteten schnell, und als das Beladen des Fahrzeugs beendet war, erklomm einer von ihnen den Fahrersitz, der zweite sicherte die Hintertüren und der dritte überprüfte, ob irgend etwas von der Fracht zu sehen war. Dann ging er in die Garage zurück und türmte einen Haufen alter Netze und eine Reihe von Segeltuchplanen in einer der hinteren Ecken auf. Zufrieden trat er wieder in den bewölkten Tag hinaus und sicherte die Türen der Garage mit einer rostigen Kette sowie einem Vorhängeschloß. Dann gesellte er sich zu seinen Kollegen, und der Lieferwagen fuhr davon.

Während der Hiace die Stadt verließ und sich der Küstenstraße näherte, holte eins der kleinen Fischerboote im Hafen, die *Agnes Monica,* den Anker ein und schob sich vorsichtig an den links und rechts von ihr vertäuten Booten vorbei. Während der Kapitän sie langsam dahinsteuerte, prüften seine Männer, ob in der zurückliegenden Fahrrinne auch alles in Ordnung war. Dann, als das Boot den Hafen verließ und langsam auf das offene Meer zutuckerte, begannen die Männer mit dem Aufrollen von Seilen, dem Verrücken von Kisten und allgemeinen Aufräumarbeiten, kurz gesagt, mit den Vorbereitungen für einen eintägigen oder auch einwöchigen Fischfang.

Der Kapitän wußte, daß selbst ein Auslaufen bei derart widrigem Wetter gelegentlich vorkam. Die Fischer von Killybegs waren keine Feiglinge, und vor allem unterschied sich die *Agnes Monica* von den anderen Superbooten, die auf dem offenen Atlantik die Schwärme verfolgten: ein Küstenboot, das stets dicht am wild zerklüfteten Ufer blieb und seine normale Fangquote gemischter Fische durch den Inhalt einiger Hummerreusen aufbesserte. Bekanntlich war sie auch zuvor schon des öfteren bei rauher See ausgelaufen.

Sie hatten herumerzählt, daß sie vielleicht in Richtung Rathlin schippern würden, so daß mit ihrer Rückkehr wohl erst in ein paar Tagen zu rechnen wäre. Auf diese Weise erregte ihr Fortbleiben zumindest bei den Kollegen keinen Verdacht. Und was die Gesetzeshüter betraf – der Kapitän grinste, während er das Boot zur Hafenausfahrt tuckern ließ – niemand war leichter zu durchschauen als die Gárdaí. Die meisten ihrer sogenannten verdeckten Ermittlungen führten sie während der Nachtstunden durch, so daß im Augenblick wohl jeder an derartigen Aktionen beteiligte Beamte sich gemütlich zu Hause ins Bett kuschelte. Und auch die Männer der Tagschicht drehten sich wahrscheinlich gerade noch einmal unter ihren warmen Decken um und widerstanden dem Drängen ihrer Frauen, mit ihnen die Frühmesse zu besuchen.

Das Verladen der Fischkisten auf die *Agnes Monica* war in einer winzigen, von der Straße aus unsichtbaren, ungefähr elf Meilen westnordwest von Killybegs gelegenen Bucht geplant. Durch den wirbelnden Regen hindurch konnte man nur das am allernächsten gelegene steinige Feld erkennen, das direkt am Rand der steilen Klippe lag. Die drei Männer in dem Hiace hätten sich keine besseren Bedingungen wünschen können für die zu erledigende Aufgabe.

Das Fischerboot sollte am Rande der Bucht vor Anker gehen, und falls irgend jemand zufällig in der Nähe wäre, würde er annehmen, daß die Männer an Deck die ordentlich an der Reling aufgereihten Hummerreusen vorbereiteten, ehe man sie über Bord warf. Solange man nicht unmittelbar am Rand des Wassers stand, blieb der Hiace hingegen unsichtbar, weil er sich nach Überwindung eines holprigen schmalen Wegs, nicht breiter als die eigenen Achsen, nun in einer Einbuchtung der Felsenklippen versteckte. Die drei auf dem Vordersitz nebeneinandergedrängten Männer sprachen nur wenig, aber über den Anführer bestanden keine Zweifel. Während der Regen und der Wind gegen das Fahrzeug schlugen und die anderen beiden unflätig fluchend aus dem Fenster sahen, saß dieser Mann mit behandschuhten, im Schoß gefalteten Händen geduldig wie eine Sphinx auf seinem Platz, während das Beiboot der *Agnes Monica* vor dem Wind durch den Eingang der Bucht gefahren kam. Auch wenn die Entfernung zum Strand nur weniger als achtzig Meter betrug, raste das Boot derartig, daß es regelrecht auf den Brechern zu surfen schien. Als es hart am Ufer auftraf, sprangen die beiden Männer von Bord und zogen es auf den knirschenden Sand.

Diese Bucht bildete ein Hufeisen: auf jeder Seite reckten sich felsige Vorsprünge wie schützende Arme ins Meer, wobei es am weniger als drei Meter breiten Eingang beinahe zu einer Berührung kam. Die schmale Öffnung wirkte wie ein Luftschacht, durch den der Wind mit solchem Nachdruck blies, daß die wirbelnde Gischt schäumend und tosend gegen die schwarzen, onyxgleich schimmernden Klippen brandete.

Die Fahrt zurück zum oberen Klippenrand war noch schwieriger als die Tour hinunter in die Bucht. An einer Stelle drehten die Reifen des Hiace durch und sprühten Kies in alle Richtungen. Fluchend stiegen die Männer aus, zwängten schmale Holzbretter unter die Hinterräder und schoben mit allen Kräften an – was bergauf alles andere als einfach war – bis die Räder wieder griffen.

Allerdings hatten sie immer noch nicht die oberhalb der Klippen verlaufende Straße erreicht, wo die Gefahr des Entdecktwerdens am größten war. Der Lieferwagen kam in einer Nische ungefähr dreißig Meter von der Einmündung entfernt zum Stehen, und einer der Männer erkundete zu Fuß, ob die Luft rein war. Währenddessen rann dem jungen Fahrer vor lauter Nervosität der Schweiß in Strömen von der Stirn, und nach weniger als einer Minute zupfte er am Kragen seiner Regenjacke. »Wo zum Teufel bleibt er nur?«

»Halt's Maul. Mit deiner Hektik hast du *meine* Nerven schon den ganzen Morgen strapaziert.« Der Akzent des sphinxähnlichen Mannes war, obgleich man diesen ursprünglich dem Donegal-Gebiet zuordnete, mit transatlantischen Vokalen durchsetzt.

Der Fahrer bedachte ihn mit einem bösen Blick. »Du hast ja auch keine Probleme. Wenn die Sache vorbei ist, bist du längst wieder in Amerika. Und im Gegensatz zu mir hast du mit deiner Kohle keine hungrigen Kindermäuler zu stopfen.«

»Halt's Maul, hab' ich gesagt.« Der Anführer griff in die Tasche seiner Regenjacke und zog eine schwarze, flache Waffe heraus. Beinahe lässig richtete er sie auf den Kopf des Fahrers, dem es vor Entsetzen die Sprache verschlug.

Sekunden vergingen. Der Dampf aus ihren nassen Kleidern setzte sich auf der Windschutzscheibe ab; ohne die Waffe zu beseitigen, beugte sich der Anführer vor und wischte mit dem Ärmel seiner Jacke ein Guckloch frei. »Und, meinst du, daß du jetzt endlich die Klappe hältst?«

Immer noch sprachlos nickte der Fahrer benommen.

»Gut.« Sein Begleiter steckte das Schießeisen wieder ein.

In diesem Augenblick kam der dritte Mann zurück, öffnete die Tür und sprang auf seinen Sitz. »Alles in Ordnung. Los, schauen wir, daß wir, verdammt noch mal, so schnell wie möglich auf die Straße kommen.« Auch er war eindeutig nervös.

Immer noch zitternd schluckte der Fahrer vor Erleichterung, als der Hiace wieder auf den schlaglochreichen Asphalt traf. »So was mache ich nicht noch mal mit, hört ihr mich?« Nun, da der dritte Mann wieder bei ihnen war, fühlte er sich sicherer. »Dies ist das letzte Mal. Das habe ich Marie versprochen. Es gibt einfach zu viele Augen und Ohren in diesem verdammten Land.« Als keiner der beiden anderen antwortete, legte er den höchsten Gang ein und trat aufs Gaspedal.

Die Straße, auf der sie fuhren, wand sich schmal und kurvenreich am Rand der Klippen entlang, bis sie sich wenige Meilen vor Killybegs wieder mit der Hauptstraße verband. »Verdammt, warum dieses Pesen!« rief der dritte Mann, als in einer engen Kurve das Quietschen der Reifen an seine Ohren drang. »Auf diese Weise lockst du jeden blöden Bullen von hier bis Letterkenny an.«

Der Fahrer antwortete nicht, sondern konzentrierte sich voll darauf, das rasende Fahrzeug auf der Straße zu halten. Der Regen fiel inzwischen so dicht, daß die Scheibenwischer nutzlos waren, und was das Licht betraf – man hätte denken können, es wäre Nacht und nicht halb neun am Vormittag. Der Fahrer machte die Scheinwerfer an, aber in dem Regen und den Nebelschwaden nützten sie rein gar nichts. »Fahr – verdammt noch mal – *langsamer!*« brüllte der dritte Mann erneut.

»Erbarmen!« Der Fahrer fluchte, als er ungefähr fünfzig Meter vor sich am Straßenrand einen weißen Polizeiwagen mit langsam rotierendem Blaulicht entdeckte. Neben dem Fahrzeug stand, in gelbem Regenmantel und lederner Koppel mit Schulterriemen, die im Scheinwerferlicht des Hiace blinkte, ein Gárda und bedeutete ihnen durch Schwenken seiner Taschenlampe, an den Rand zu kommen.

»Halt nicht an. Fahr weiter!« schnauzte der Anführer den Fahrer an.

Instinktiv gehorchte der junge Mann und trat so heftig aufs Gaspedal, daß sich der Hiace regelrecht aufzubäumen schien. Der Gárda sprang zur Seite, wobei er krachend auf die Kühlerhaube seines Fahrzeugs fiel, als der Lieferwagen vorüberschoß.

»Himmel, jetzt haben sie uns, so ein Dreck ...« Nachdem er mit quietschenden Reifen um die erste Hälfte der S-Kurve am Ende der kurzen Gerade geschlittert war, hätte er die zweite Hälfte beinah nicht mehr geschafft. Die Reifen drehten im Schlamm am Straßenrand einfach durch. »Warum habe ich nur mitgemacht?« Seine Stimme überschlug sich. »Wir sind auch vorher zurechtgekommen, Marie wird mich umbringen ...«

»Halt's Maul und fahr langsamer. Sonst sitzen wir alle in der Tinte.« Inzwischen hatten sie fast die Einmündung in die Hauptstraße erreicht, und die Stimme des Anführers begrub die Panik des Fahrers, so daß dieser gehorsam auf die Bremse trat. Aber die Gummisohle seiner Schuhe war naß, er glitt ab und der Lieferwagen preschte geradewegs auf die Kreuzung zu, wo er ins Schleudern geriet – schließlich krachte sein Hinterteil gegen einen Telegrafenmasten, der seinerseits quer über die Straße flog.

Der ältere Fahrer des Toyota Starlet, der ihnen in diesem Augenblick entgegenkam, hatte keine Chance.

Auf der Nebenstraße über dem Meer rief der Gárda, immer noch zitternd von diesem Kraftfahrzeugduell, auf seiner Wache an. Über dem Knistern des Funkgeräts und dem Tosen des Sturmes nahm er das Krachen des Zusammenstoßes gar nicht wahr.

Einzig der Windhund des Starlet-Fahrers überlebte dieses Unglück.

Die Nachricht erreichte den Chief Superintendent in Dublin am späten Vormittag. »Wieso hat dieser Trottel den Lieferwagen anzuhalten versucht?« Er starrte seine Leute grimmig an. Einige von ihnen fehlten noch, vielleicht weil sie in der Kirche waren; aber er hatte keine Lust gehabt, auf den Rest zu warten.

»Er ist erst seit kurzem in Killybegs«, sagte die einzige anwesende Frau. »Gerade wollte er zur Arbeit fahren – hier«, sie beugte sich vor und wies auf die Karte, die ausgebreitet vor ihnen lag.

»Ich weiß, wo diese verdammte Straße ist.«

»Tut mir leid.« Die Frau sah ihn unerschrocken an. »Er kam gerade aus der Einfahrt seines Hauses an der Hauptstraße und dachte, er hätte ein Fahrzeug gesehen, das mit deutlich überhöhter Geschwindigkeit auf der parallel verlaufenden Küstenstraße fuhr…«

»Ich verstehe«, sagte Daly, dessen Stimme von Sarkasmus troff. »Tja, am besten setzt sich dieser Kerl samt seinen Adleraugen umgehend auf eine einsame Insel ab. Wir haben eine Menge in diese Operation investiert.« Wieder sah er sich stirnrunzelnd unter den Anwesenden um. »Wo ist de Burgh?«

»Schon unterwegs, Sir«, meldete sich abermals die Frau und dann saßen alle schweigend da.

Der Chief stand auf, trat an einen kleinen Beistelltisch, schenkte sich Kaffee aus einer Thermoskanne in einen Becher, gab drei Löffel Zucker hinzu und kehrte an seinen Platz zurück. »Bisher hat niemand das verfluchte Fischerboot entdeckt«, sagte er in ruhigem Ton. »Offenbar hat es sich in Luft aufgelöst.«

»Weiß Lynskey, was passiert ist?«

»Ich habe eine Nachricht für ihn hinterlassen, daß er mich anrufen soll – ach, *Scheiße*!« Erbost schleuderte der Chief seinen Plastiklöffel durch den Raum.

15

Toby de Burgh war mittelgroß und mittelkräftig; trotz seines durchaus ansehnlichen Äußeren jedoch schaffte er es bei Bedarf mühelos, in den Hintergrund zu treten, wenn es sich empfahl. Einzig seine hellen Augen blieben einem vielleicht in Erinnerung. Anders als Rupert, der immer noch mit den Eltern im Streit lag, hatte er das Geld seiner Familie vorteilhaft für den beruflichen Anfang genutzt und war inzwischen aufgrund seiner Aktivitäten in der Londoner City recht wohlhabend geworden. Er war Junggeselle, aber niemals in den Klatschspalten der Zeitungen zu finden, und seine Wohnung bezeugte mit ihrem massiven viktorianischen Mobiliar absolute Durchschnittlichkeit. Im Augenblick brachte er gerade seine Gäste, den Prince of Wales und seinen Begleiter, zur Tür.

Nachdem sie gegangen waren, setzte er sich an den Tisch und überdachte das Gespräch, das nicht allzu ungünstig verlaufen war. Toby machte sich keine Illusionen, daß sein illustrer Gast wegen seiner charmanten Persönlichkeit gekommen war. Selbstverständlich hoffte der Prince auf eine beachtliche Spende für eine der Organisationen, die seine königliche Schirmherrschaft genoß. Mit der Behauptung, er hätte noch einen anderen Termin, hatte sich seine Königliche Hoheit bereits nach weniger als vierzig Minuten wieder verabschiedet und sogar das angebotene Glas Wein abgelehnt.

Toby war seinerseits einem Prinzen, der den Ehrenposten des Chief Colonel des Fallschirmspringerregiments innehatte – genau des Regiments, das für den Blutsonntag in Derry verantwortlich zeichnete – nicht sonderlich zugetan.

Er genehmigte sich einen Calvados und dachte über das bevorstehende Telefongespräch mit seinem Bruder nach. Der Zeitungsausschnitt, den Rupert ihm geschickt hatte, LIEBHABER STEHEN SCHLANGE VOR DEM MUSEUM, lag immer noch auf dem Tisch. Toby nippte an seinem Drink, las den Artikel nochmals, trug ihn zu seinem Schreibtisch und griff nach dem Hörer.

Als am anderen Ende der Leitung jemand an den Apparat ging, sagte er, ohne seinen Namen zu nennen: »Er hat nicht viel gesagt. Aber seine Reaktion war deutlich genug. Ich gehe jede Wette ein, daß es klappen wird. Er hat so getan, als wäre er nicht interessiert. So entschieden, daß er bereits darüber informiert gewesen sein mußte.« Ohne auf eine Antwort zu warten, hängte er ein.

Allein im Wohnzimmer seines Hauses in Churchtown legte Rupert ebenfalls den Hörer auf, erhob sich und legte das Ohr an die Tür: Aus dem Zimmer seines Sohnes dröhnte der Baß der Stereoanlage, und in der Küche stritt seine Frau mit der Tochter wie üblich. Ein ganz normaler Nachmittag.

Eilig kehrte er ans Telefon zurück und rief Sheriff O'Connor in Mayville, Montana, an. »Alles okay. Die Sache läuft wie abgesprochen. Aber da ist noch etwas: südlich von euch, in Butte, treibt sich ein Mann namens Fergus Lynskey«, er buchstabierte es, »L-Y-N-S-K-E-Y, rum. Seien Sie vorsichtig, er gibt sich als Lehrer aus. Ich habe keine Ahnung, wo er wohnt, wahrscheinlich in irgendeinem Hotel. Am besten probieren Sie das größte aus. Er ist einer von uns.« Wie vorher Toby hängte er, ohne auf eine Antwort zu warten, wieder ein, drehte sich um und betrachtete sich im Spiegel über dem Kamin. Er hatte das Hochzeitsgeschenk der Schwester seiner Frau noch nie gemocht; der dicke, vergoldete Rahmen wies zu viele Schnörkel und Cherubime auf. Aber sein eigener Anblick war ihm durchaus angenehm. In diesem Spiegel sah er aus wie ein Mann von Substanz.

Die beiden Telefonanrufe lösten eine regelrechte Kette weiterer Gespräche aus, und innerhalb von zehn Minuten waren sämtliche an der Operation Beteiligten in höchste Alarmbereitschaft versetzt.

»Wenn es sein muß, mietest du eben einen Wagen. Nur sieh zu, daß du in die Gänge kommst, Lynskey – warte mal …« Der Chief Superintendent unterbrach sich, denn es klopfte an der Tür. »Ja?«

Die Besprechung im Hauptquartier der Gárdaí war seit zehn Minuten vorbei, und als er sah, daß der Chief am Telefonieren war, machte Rupert de Burgh auf dem Absatz kehrt. »Ich komme später noch mal.«

»Worum geht's, de Burgh? Sagen Sie's sofort, später bin ich auf dem Weg nach Killybegs.«

»Genau darüber wollte ich mit Ihnen reden«, sagte de Burgh zerknirscht. »Tut mir leid, daß ich die Besprechung verpaßt habe – es klappte einfach nicht. Aber ich habe schon mal oben in Donegal zu tun gehabt und bin sicher, daß ich ein paar Gesichter wiedererkennen würde. Meinen Sie, ich könnte Ihnen dort oben vielleicht nützlich sein?«

»Warte einen Moment«, knurrte Daly ins Telefon und dann, wieder an de Burgh gewandt: »Kommen Sie anschließend, wenn ich mit meinem Gespräch fertig bin; dann reden wir darüber.« Er wartete demonstrativ, bis der Detective den Raum verlassen hatte, ehe er erneut in den Hörer sprach. »Bist du noch dran, Fergus? Genau, ich habe ein paar Namen für dich. Unsere Leute haben sie aus Ottawa – die scheinen unmittelbar am Ball zu sein. Es gibt da einen Kerl namens Jerry Flynn.« Er lauschte. »Ich weiß, bisher haben wir noch nie etwas von ihm gehört; aber bis vor ein paar Tagen hatten wir auch noch nie etwas von diesem Sheriff Brian O'Connor gehört. Offenbar fliegt dieser Flynn heute runter nach Montana zu irgendeinem Rodeo – neben allem anderen scheint er obendrein im Pferdegeschäft zu sein. Und rate, wer sein Gast sein wird?« Wieder lauschte er. »Stimmt. Aber nein, keine Ahnung, wo dieses verdammte Rodeo stattfinden soll. Das mußt du selber rauskriegen. Am besten gestern schon. Unser Freund auf der anderen Seite des Wassers wartet auf eine Antwort wegen des berühmten Besuchs. Genau wie der Premier – bei den heutigen Umfragen ist er noch mal um zwei Punkte abgesackt.«

Draußen auf dem Korridor schob sich de Burgh, der an der Wand lehnte und Kaugummi kaute, einen weiteren Gummi in den Mund. »Na, hat dich der Direx zu sich bestellt?« scherzte ein anderer Detective, der an ihm vorüberging.

»Erraten.« De Burgh sah den anderen reglos an. Die Wände und Türen waren dick und größtenteils schalldicht, so daß er trotz gespitzter Ohren außer einem schwachen Murmeln und dann dem leisen Krachen, als Daly den Hörer auflegte, nichts vernahm.

Er löste sich von der Wand und hatte gerade die Hand auf den Türgriff gelegt, als diese sich bereits schwungvoll öffnete. »Oh.« Der Chief stand auf der Schwelle. »Ich wollte Sie gerade holen. In zehn Minuten fahren wir.«

»Es gibt da noch ein paar Dinge, Chief. Hätten Sie vielleicht einen Augenblick Zeit?« De Burghs Gesicht war ernst.

Daly stieß einen Seufzer aus, doch dann kehrte er in sein Büro zurück und nahm hinter seinem Schreibtisch Platz. »Setzen Sie sich.« Er wies auf den Stuhl um die Ecke.

»Danke.« De Burgh legte seine Notizen vor sich auf den Tisch. »Verzeihung«, erinnerte er sich an den Kaugummi in seinem Mund. »Wo ist Ihr Mülleimer?«

»Hier.« Der Chief zeigte in die gewünschte Richtung. »Worum geht's?«

»Im Grunde um nichts Besonderes.« De Burgh manövrierte mit Mülleimer und Stuhl dergestalt, daß nun der Schreibtisch zwischen ihm und seinem Vorgesetzten war. Dann erst setzte er sich. »Ich wollte Ihnen nur sagen, daß ich in Kürze ein paar Tage Urlaub brauche. Meine Schwägerin bekommt ein Baby und meine Frau fährt rüber nach England, um ihr behilflich zu sein.« Während er sprach, beugte er sich vor, um den Kaugummi in den Mülleimer zu befördern. »Einer muß ja hier bei den Kindern die Stellung halten.«

Der Chief Superintendent konnte nicht sehen, daß de Burgh das Gummi aus der rechten in die linke Hand geschoben hatte, und anstatt es tatsächlich wegzuwerfen, so weit wie irgend möglich hinten unter der Tischplatte festklebte. »Widerliche Angelegenheit«, entschuldigte er sich abermals. »Aber zumindest rauche ich auf diese Weise nicht.«

Der Chief Superintendent sagte ihm den Urlaub zu; de Burgh erhob sich jedoch nicht, sondern blieb wie angewurzelt hocken. »Die andere Sache, wegen der ich Sie sprechen wollte, obwohl sich vielleicht nur jemand einen Scherz erlaubt hat...«

»Ich bin ganz Ohr.« Der Chief lehnte sich auf seinem Stuhl so weit zurück, daß sein Angestellter fast um ihn bangte.

»Gerade, als ich zu Hause los wollte, kam ein anonymer Anruf für mich. Der Kerl hat versucht, seine Stimme zu verstellen, aber er sprach eindeutig mit Cork-Akzent.« De Burgh sah Daly zögernd an. »Er sagte, das, was wir suchen, ist in einem Hotel in Glengarriff versteckt.«

»Das liegt genau in der entgegengesetzten Richtung von Killybegs. Sind Sie sicher, daß er Glengarriff meinte?« De Burgh nickte. »Hat er den Namen des Hotels erwähnt?« Der Chief Superintendent sah seinen Untergebenen fragend an.

»Nein.«

»Ist Ihnen klar, wie viele Unterkünfte es in Glengarriff gibt?«

»Wie gesagt, vielleicht hat sich der Typ ja nur einen Scherz mit uns erlaubt.« De Burgh zuckte die Schultern. Natürlich war Glengarriff, einer der schönsten Orte im Südwesten Irlands, ein Touristenmekka. Und im Moment begann die Hochsaison.

»Überlassen Sie die Sache mir.« Der Chief sah ihn mit zusammengepreßten Lippen an.

Ein paar Minuten später rief de Burgh aus einer Telefonzelle neben dem Eingang zum Phoenix Park, weniger als eine halbe Meile vom Gárdaí Hauptquartier entfernt, bei seinem Bruder an. »Erledigt.« Er hörte zu. »Das wird nicht passieren, Toby, du kennst unsere Putzfrauen nicht. Außerdem haben auch sie eine Überstundensperre gekriegt, so daß sie wahrscheinlich auf allzu große Gründlichkeit verzichten. Auf jeden Fall bleibt das Ding ja nicht lange dort. Ich rufe heute abend aus Killybegs noch mal an.«

Er hängte ein und kehrte unverzüglich durch den Park in sein

Büro zurück. Der augenblickliche personelle Engpaß bei den Gárdaí kam ihm durchaus gelegen.

Im Vorjahr hatte er auf Drängen seiner Frau die Hypothek auf ihr Haus erhöht und sich mit seiner Familie einen richtigen Urlaub gegönnt. Sie hatten Kalifornien gewählt. Am letzten Abend, in einer Hotelbar in San Francisco, hatte der irische Detective, ganz ungewöhnlich für ihn, ein oberflächliches Gespräch mit einem Klempner aus Santa Barbara namens Joe Mason geführt. Die Unterhaltung erstreckte sich bis tief in die Nacht, sie hatten, wie im Urlaub üblich, Telefonnummern und Adressen ausgetauscht. Im folgenden dachte de Burgh nicht mehr an den neuen Freund.

Aber dann hatte Mason bei ihm angerufen und sich behutsam erkundigt, ob er zur Teilnahme an einer Verschwörung zur Infiltration der alljährlichen republikanischen Gedenkveranstaltung in Bodenstown in der Grafschaft Dublin bereit war. Hierbei sollte der Premierminister unmittelbar vor dem Verlesen seiner Rede gefangengenommen werden, damit die Gruppe Gelegenheit zur Abgabe einer Erklärung nationalistischen Widerstandes bekam.

Zunächst hatte Rupert das Vorhaben als allzu verwegen abgetan; aber noch während Joe Mason gesprochen hatte, begriff er, daß ihm der Amerikaner mit seiner Gruppe eines Tages von Nutzen sein könnte.

Er war nach London geflogen, hatte mit seinem Bruder konferiert, und im Laufe ihrer Diskussion hatten sie erkannt, daß sich dieser Haufen vernagelter, altmodischer Idealisten für ihre eigenen Zwecke einspannen ließ – zumindest sah de Burgh die Sache so und überzeugte Toby nach einer Weile auch davon.

Bisher hatten die de Burghs sich ihre Unabhängigkeit von den bekannten subversiven Gruppierungen bewahrt. Sie waren eine Art Zwei-Mann-Organisation, die auf ihre Gelegenheit zur Leistung eines Beitrags wartete. Rupert hatte sich im Verlauf der Jahre immer dichter ans Herz des irischen Sicherheitsapparates herangedient, eines Apparates, der heutzutage allzusehr in den Diensten der verhaßten Engländer stand.

Joe Masons Anruf kam wunderbar zeitgleich mit der Chance, die die Brüder so lange herbeigesehnt hatten.

Diese Chance erhielten sie aufgrund von Tobys Lebensstil. Er war homosexuell, und einer seiner Liebhaber, der nicht offen zu seiner Anlage stand, bekleidete ein hohes Amt im Londoner Außenministerium. Allein aus diesem Grund wurde er überhaupt von seinem weltgewandten, wohlhabenden Freund aus der City hofiert. Das Arrangement, demzufolge es zu Begegnungen der beiden nur auf streng anonymen Partys kam, hatte den de Burghs durchaus ins Konzept gepaßt. Leider blieb bis vor kurzem die Bedeutung der auf diese Weise erhaltenen Informationen aus dem Außenministerium so gering, daß Toby die Treffen allmählich als reine Zeitverschwendung sah. Jetzt hatte er endlich einen Volltreffer erzielt.

Er und sein Freund hatten während einer Wochenendparty in Surrey in ihrem luxuriösen Schlafgemach einen Cognac genossen, als er plötzlich die vertrauliche Mitteilung von einer möglichen Reise des Prince of Wales nach Éire erhielt.

Bereits wenige Stunden später hatte Rupert Joe Mason kontaktiert. Er würde Joes Gruppe bei ihren Bemühungen behilflich sein, indem er ihnen einen genauen Zeitplan lieferte. Aber natürlich verriet er dem Amerikaner nicht, was seine und Tobys tatsächliche Absicht war. Er zweifelte, ob die Amerikaner mit einem so großen Coup fertig wurden.

Ohne Bill Dalys oder Fergus Lynskeys oder sonst irgend jemandes Kenntnis hatte er in den Teppich des Unheils einen weiteren Faden eingewebt.

Nach einer unruhigen Nacht voller erotischer Phantasien, in denen sie auf angenehmste Weise von den riesigen weichen Lippen und den geschmeidigen Gliedern eines einer Gottesanbeterin ähnlichen Fabelwesens liebkost worden war, erwachte Sky kurz nach Anbruch der Dämmerung. Noch ganz eingehüllt in ihren wunderbaren Traum, lag sie mit geschlossenen Augen unter der warmen Decke. Dann allerdings traf sie der Gedanke an Greg wie ein eiskalter Wasserstrahl.

Sie riß die Augen auf und blickte in die lachsfarbene Dämmerung. Verdammt. Warum nur tauchte hinter jedem Silberstreif am Horizont unweigerlich die nächste Wolke auf? Dieser Zustand war definitiv unhaltbar, solange sie nicht von Angesicht zu Angesicht mit ihm sprach.

Unbekleidet tappte und stolperte sie – Johanna stand erst am späten Morgen auf – ins Bad. Unter der Dusche ließ sie die Hände an den Hähnen und drehte abwechselnd das heiße und das kalte Wasser auf. Johanna bestand darauf, daß man durch ausgiebiges Duschen seine Aura reinigte, und in dieser Frage stimmte Sky ihr ausnahmsweise zu. Sie konzentrierte sich auf die erste Aufgabe des Tages, die in dem Gespräch mit Daniel Treacy bestand.

Die Kernpunkte der Story gingen ihr durch den Kopf: die Geheimnisse, die Midges Leben umgaben, der zeitlich so günstige Unfall, bei dem sie gestorben war, der geschlossene Sarg, die Unfreundlichkeit des Sheriffs, die gekritzelte Nachricht auf dem Rabattmarkenwisch, der Verdacht, daß Skippy Teil einer Verschwörung im Norden des Staates war, Treacys eigenartige Eile, als er vor dem Bestattungsinstitut in seine Limousine gestiegen war, seine jahrzehntelange Besessenheit im Zusammenhang mit ihrer Großmutter. Seine fragwürdige Vergangenheit. Als sie aus der Duschkabine trat und sich abtrocknete, drehten sich all ihre Gedanken ausschließlich um diesen Mann.

Auf die Minute pünktlich traf sie im Bürogebäude der Treacy Resources ein. »Es tut mir leid, Sie an einem Sonntag hierher zu bemühen.« Treacy saß ihr gegenüber hinter seinem Schreibtisch. Seine Gastfreundschaft war heute begrenzt. »Aber wie ich bereits gestern abend am Telefon sagte, fürchte ich, daß ich morgen den ganzen Tag über Besprechungen habe und auch den Rest der Woche über sehr beschäftigt bin. Die meiste Zeit werde ich gar nicht hier sein. Welche Details fehlen Ihnen denn noch?« Er trommelte mit den Fingern einer Hand auf die Tischplatte. Und das, nachdem er sie dreimal angerufen und ihre Familie gewissermaßen infiltriert hatte!

Wieder einmal beschloß Sky, sich nicht einschüchtern zu lassen. »Nehmen Sie sich nie frei, Mr. Treacy?«

Er starrte sie an. »Uns ist allen klar, daß der Tod meiner Frau noch nicht lange zurückliegt. Trotzdem, Miss MacPherson, habe ich mich dem wohlmeinenden Druck eines Geschäftsfreundes gebeugt und für heute nachmittag einem – äh – Ausflug zugestimmt. Auch wenn ich nicht sehe, inwiefern das für Sie von Interesse sein sollte.«

»Ein paar Details, die mir noch fehlen, betreffen den Tod Ihrer Frau.«

»Tatsächlich?« fragte er in eisigem Ton. »Ich hätte gedacht, daß der *Courier,* da meine Frau erst vor so kurzer Zeit verstorben ist, den Anstand besäße, in diesem schmerzlich persönlichen Punkt meines Lebens nicht mehr weiter herumzuschnüffeln.«

»Dürfte ich fragen, weshalb Sie bei mir angerufen haben, Mr. Treacy? Immerhin haben Sie es einmal in meinem Büro und zweimal bei mir zu Hause versucht.«

Seine Finger wurden starr. »Ich bin ein ordentlicher Mann, Miss MacPherson, und pflege Dinge in der Schwebe ordnungsgemäß zu beenden. Da Sie übrigens danach fragen – ich weiß, daß Sie im Norden waren, um eigenmächtig die Todesumstände meiner Frau herauszufinden.«

»Hat Sheriff O'Connor Sie darüber informiert?«

»Egal, woher ich es weiß. Warum stecken Sie Ihre Nase in Dinge, die Sie nichts angehen?« Mit einem Mal wirkte er weniger gefaßt als sonst.

»Das ist nun mal mein Job.« Ihre Stimme blieb kühl. »Sie könnten uns beiden eine Menge Arbeit und sogar Trauer ersparen, wenn Sie mit mir sprechen und mir erzählen würden, was in der Unfallnacht tatsächlich vorgefallen ist.«

»Die Wahrheit, Miss MacPherson«, er sah sie unbewegt an, »ist, daß ich wirklich nicht im Bilde bin. Ich war in jener Nacht nicht dort und weiß nicht, in welchem Zustand sich die arme Midge befand, als sie in den Tod fuhr.«

»Gab es denn keine Autopsie?«

»Es gab nicht mehr allzuviel, womit der Gerichtsmediziner hätte arbeiten können.«

Plötzlich fühlte sich Sky wie eine schmutzige, kleine Schnüfflerin, für deren Betragen es nicht die geringste Rechtfertigung gab. »Tut mir leid.«

»Ach ja? Leid genug, daß Sie bereit wären, von einer weiteren Verfolgung dieser nicht existenten Geschichte abzusehen?«

»Nur eins noch.« Abermals raffte Sky ihren Mut zusammen. »Hatte Ihre Frau irgend etwas mit dem Tod eines Landstreichers auf dem Highway nördlich von Libby zu tun?«

Treacy stand auf und blickte aus dem Fenster in Richtung der Statue Unserer Lieben Frau. Er faltete die Hände hinter dem Rücken, und als sie das Weiß seiner Knöchel sah, wartete sie schweigend ab. Wenn er es ihr jemals sagen würde, wäre dies der Augenblick.

Unterdessen prägte sich Sky diese vier Wände genauestens ein. Bereits bei ihrem letzten Besuch war ihr seine karge Ausstattung aufgefallen; aber heute hatte sie den Eindruck, daß karg als Beschreibung nicht ausreichte: Ungewöhnlich für einen Mann in seiner Position hatte er nirgends eine Uhr, eine Erinnerung, eine Urkunde, ein gerahmtes Zertifikat oder sonst irgendeine Spielerei aufgehängt. Abgesehen von dem einen Foto seiner toten Frau präsentierte sich Daniel Treacys Empfangsraum derart nüchtern, daß sich aus seiner Einrichtung nicht der geringste Rückschluß auf seine Persönlichkeit oder seine Interessen ziehen ließ.

Das Summen der Klimaanlage und das gelegentliche Knarren von Holz, die die unnatürliche Ruhe des Gebäudes noch betonten, hätten sie vielleicht nervös gemacht, hätte sie sich nicht derart auf den Mann am Fenster konzentriert. »Es mußte ja eines Tages herauskommen.« Er sprach so leise, daß sie ihn kaum verstand.

Dann wandte er sich zu ihr um, wodurch sein Gesicht, da das helle Licht von hinten kam, im Schatten lag. »Midge hat diesen Landstreicher überfahren«, sagte er. »Aber es war ein Unfall. Sie hatte getrunken. Zu viel, um die Lage zu überblicken.«

Sky sagte kein Wort. Wenn sie jetzt die Stimme erhob, ruinierte sie vielleicht diesen Moment.

Treacy kehrte langsam an seinen Schreibtisch zurück und

nahm wieder in seinem Sessel Platz. »Das Ganze war eine furchtbare Belastung für mich. Jetzt wissen Sie's. Und was tun Sie jetzt?«

»Das kommt darauf an, was Ihre Frau unterlassen hat. Sie wollen sagen, es war Fahrerflucht?« Treacy nickte und sein Gesicht war so bleich, daß sie beinahe Mitleid mit ihm empfand. Aber dann zwang sie sich, die Sache nüchtern zu sehen. Dieser Mann war reich – reich genug, um andere, ja selbst die Polizei, dazu zu veranlassen, die Drecksarbeit für ihn zu übernehmen. »Die dann vertuscht wurde.« Dies war keine Frage, sondern eine Feststellung.

»Ja.« Er faltete seine Hände in seinem Schoß und senkte den Blick, diese Bescheidenheit entsprach ihm eigentlich gar nicht. Sky war verwirrt, denn offenbar wagte er nicht einmal mehr, sie anzusehen.

»Hatte der Sheriff etwas mit dieser Sache zu tun?«

»Er ist ein alter Freund von Bill Collins. Und Bill Collins ist ein alter Freund von anderen. So laufen diese Dinge offenbar nun mal. Und der Mann, den sie überfahren hat, war selber auch betrunken.«

Sky ignorierte die Bitte, die dieser letzte Satz unausgesprochen enthielt, und mit einem Mal erinnerte sie sich daran, daß Collins sie mehrere Male angerufen hatte. Allerdings war es ihrer Meinung nach dem Direktor des Bestattungsinstituts nur um den Shamrock-Haufen gegangen, so daß sie seine Bitte um ein Gespräch bisher ignoriert hatte. »Hören Sie!« Sie hatte nicht die Absicht, den Mann zu quälen, der da so elend vor ihr saß. »Ich will ehrlich sein, Mr. Treacy! Was ich mit dieser Geschichte anfangen soll, weiß ich noch nicht. Ich muß erst einmal darüber nachdenken. Aber wir haben durchaus Zeit, es besteht keine Eile. Schließlich ist Ihre Frau tot und hat in gewisser Weise«, sie verlieh ihrer Stimme einen sanften Klang, da der Mann unter solch einem Schicksalsschlag litt, »den höchstmöglichen Preis bezahlt. Ich werde mit meinem Chef reden. Uns liegt nicht daran, Menschen zu verfolgen – das wäre wohl eher Sache des Staatsanwalts.«

»Danke.« Immer noch hielt Treacy den Blick gesenkt.

»Es wird bestimmt nicht unser letztes Gespräch gewesen sein. Schließlich«, sie verlieh ihrer Stimme einen munteren Klang, »ist da noch der Besuch meiner Großmutter...«

Endlich sah er auf. »Meinen Sie, daß sie kommen wird? Sie kommt bestimmt nicht, wenn sie denkt...«

»Machen Sie sich vorläufig darüber keine Gedanken!« Hinter der schrecklichen Müdigkeit seiner Augen glimmte ein Funken Hoffnung auf, und sie hörte sich sagen, noch heute abend riefe ihre Mutter in Irland an. »Sie sind acht Stunden weiter als wir, und sie bildet sich ein, es wäre billiger und sie könnten länger reden, wenn hier Nacht und dort früher Morgen ist.«

»Aber heute ist Sonntag und außerdem besteht kein Grund...«, setzte er an, ehe Sky abwehrend die Hände hob.

»Sie können nicht alles dirigieren, Mr. Treacy. Auf Wiedersehen!«

16

Eine Stunde, nachdem sich Sky von Treacy verabschiedet hatte, flimmerte die Hitze, auch wenn es erst halb elf Uhr morgens war, bereits über dem Asphalt und auf dem Lack der geparkten Fahrzeuge vor McDonald's. Im Inneren des Lokals jedoch spürten die mehrheitlich in T-Shirts und Shorts gekleideten Gäste die Kälte der Klimaanlage und rieben sich fröstelnd ihre Gänsehaut.

»Es war eine erstaunliche Veränderung.« Sie und Lynskey saßen beim sonntäglichen Brunch, auch wenn dieser für Sky ausschließlich aus schwarzem Kaffee bestand. »Rückblickend betrachtet habe ich den Eindruck, daß er gewissermaßen auf meine Entdeckungen *gewartet* hat.« Sie sah sich um, denn der Gesprächslärm der anderen Besucher störte sie. »Hier ist es furchtbar laut.«

»Erinnert mich an den Dubliner Zoo.« Lynskey biß in seinen zweiten Eier-MacMuffin. »Aber um auf deinen Mr. Treacy zurückzukommen, er tut mir beinahe schon leid. Auf jeden Fall hast du ihm den Tag verdorben. Bist du sicher, daß der anonyme Hinweis keine Finte war?«

»Eher nicht.« Sky beobachtete fasziniert, wie er zwei Päckchen Salz über seinen zweiten Karton Pommes frites streute, ehe sie im Ton von Johanna verkündete: »Das Zeug wird dich noch umbringen.«

»Was?« Lynskey sah sie fragend an. »Die Pommes frites?«

»Das Salz.«

»Hör zu, meine Mutter ist zweiundachtzig und sie mischt sich immer gern ein bißchen Kartoffelpüree unter ihr Salz. In unserer Familie haben wir Salz schon immer gemocht. – Also hat der arme Kerl ein Geständnis abgelegt. Und was ist dann passiert?« Mit seiner linken Hand schob er sich ein paar Pommes zwischen die Zähne.

»Bist du Linkshänder?« Sky neigte dazu, der unbewiesenen Behauptung zuzustimmen, daß Linkshänder intelligenter waren als die rechtshändige Mehrheit der Bevölkerung. So wie manche Frauen für Macht, hatte sie schon immer eine heimliche Schwäche für Intelligenz gehabt.

»Beidhänder.« Genüßlich mampfte er seine Fritten. »Ist manchmal durchaus praktisch, ohne Spaß.« Er grinste. »Also erzähl weiter, denkst du, daß noch mehr hinter der Geschichte steckt?«

Sky sah aus dem Fenster auf den Parkplatz und entdeckte einen überdimensionalen Lincoln, der infolge der übermütigen Hüpferei seiner kindlichen Fracht schaukelnd die Einfahrt anpeilte. Aus den offenen Fenstern stiegen farbige Luftballons, und selbst durch die dicke Doppelverglasung der Scheibe hindurch vernahm sie das übermütige Kreischen der Kinder in dem Wagen. »Ich wünschte, ich wäre noch mal so alt«, sagte sie.

»Offenbar eine Geburtstagsfeier.« Lynskey hielt lange genug im Schmausen inne, um dem festlich geschmückten Lincoln einen Blick zu gönnen. »Obwohl ich nicht gerade behaupten kann, daß der Anblick Heimweh in mir weckt. Gott sei Dank habe ich noch drei Monate lang nichts mit Junioren zu tun. Und?

Hattest du den Eindruck, daß McCarthy noch mehr erzählen wollte?«

Sky fuhr überrascht zu ihm herum. »Woher weißt du, daß sein richtiger Name McCarthy ist?«

»Das hast du mir selbst erzählt. Gestern, auf dem Weg zum Buffalo Jump.«

Hatte sie? Sky konnte sich nicht mehr genau erinnern an ihre Unterhaltung am Vortag. »Außerdem frage ich mich, weshalb du immer wieder auf dieses Thema zu sprechen kommst.«

»Tue ich das?« Lynskey öffnete ein weiteres Tütchen Salz. »Schließlich mußt du ja wohl zugeben, daß es eine faszinierende Geschichte ist. Sie enthält alles, was eine gute Story braucht – Geld, Sex – wenn auch eher in der Vergangenheit – einen mysteriösen Todesfall... sogar die Möglichkeit eines Happy-Ends.«

Immer noch hatte sich Skys Mißtrauen nicht gelegt. »Du verwendest doch wohl hoffentlich nicht das Ganze für deinen Roman?«

Lynskey brach in so lautes Gelächter aus, daß er die Aufmerksamkeit mehrerer Gäste ringsum auf sich zog. »Also bitte, meine Liebe«, sagte er, als er wieder zu Atem kam. »Ich bin ein Schulmeister. Mein Roman, wenn er denn überhaupt jemals fertig wird, behandelt die Zukunft der Nation. Sachen wie Geld und Liebe und mögliche Mordfälle sind viel zu trivial für mich.«

Lächelnd setzte Sky, während die Geburtstagsgesellschaft lärmend das Lokal stürmte, zu einer genauen Beschreibung von Treacys Worten und seinem Verhalten an. Je mehr sie erzählte, um so überzeugter war sie, daß dies nur die Spitze eines Eisbergs war. Und Lynskey stimmte ihr, den Kopf über seinen rasant schrumpfenden Pommes-Berg gebeugt, nickend zu.

»Wozu hast du Lust?« Sie verließen das Lokal und wandten sich dem Nissan zu.

»Keine Ahnung.« Er zuckte die Schultern. »Was machen die Leute in Montana an einem Sonntag im Juni? Gibt es nichts, womit ich dann später zu Hause glänzen kann? Irgend etwas Einmaliges? Ich habe meine Kamera dabei.« Er klopfte auf die Wölbung in der Gesäßtasche seiner gräßlichen Shorts. »Zuerst wollte ich dich bitten, mit mir zum Schlachtfeld am Little Big Horn zu fahren – aber dann ist mir eingefallen, daß heute Sonntag ist, und ich möchte lieber an einem Tag dorthin, wenn mit weniger Leuten zu rechnen ist.«

»Ich chauffiere dich ja gerne, aber weißt du, es ist ziemlich weit – noch hinter Billings...«

»Jetzt weiß ich's!« Sein langes Gesicht hellte sich auf. »In der Zeitung habe ich gelesen, daß irgendwo hier in der Gegend an diesem Wochenende ein Rodeo stattfinden soll. Das ist doch das Typischste, was man sich für diesen Teil von Amerika vorstellen kann. Meinst du, da ist heute noch was los? Könnten wir dort vielleicht hin?«

»Sicher gibt es einiges zu sehen.« Sky zögerte und dann erzählte sie Lynskey von dem Streit, den sie wegen des Rodeos mit Jimbo vom Zaun gebrochen hatte.

»Tja, dann fahren wir wohl besser nicht. Man kann auch irgendwo anders mal zu einem Rodeo gehen.« Aber er wirkte so enttäuscht, daß Sky ihre Meinung änderte. Für ihn wäre das beknackte Rodeo sicher ein Riesenspaß, und sie vollbrächte, wenn sie darüber berichtete, zumindest eine gute Tat.

»Bist du sicher, daß es dir nichts ausmacht?« Seine Erwartungsfreude war so ansteckend, daß sie zu lachen begann.

»Okay, vielleicht sollte jeder in seinem Leben zumindest einmal bei so einem Spektakel dabeigewesen sein.«

Auch Jimbo war, nachdem er seine Überraschung wieder im Griff hatte, hoch erfreut. »Ich rufe den Fotografen an und sage ihm, daß er dich dort treffen wird. Und die Kleine ziehe ich von der Sache ab. Ich finde bestimmt irgendwas Spannendes, was sie statt dessen am nächsten Wochenende auf Trab bringt.« Besonders zu Hause hatte Jimbo am Telefon eine Stimme, die sich deutlich von derjenigen bei Gesprächen von Angesicht zu Angesicht unterschied. Flach und barsch erweckte sie im Zuhörer den unmißverständlichen Eindruck, daß das Fernmeldegerät nicht gerade sein bevorzugtes Kommunikationsmittel war. »Tschüs!« Abrupt legte er auf.

»Alles klar.« Sky kehrte zu Lynskey zurück, der bereits im

Nissan auf sie wartete. »Ich fahre nur schnell noch am Büro vorbei, hole dort meine Unterlagen ab, und dann können wir! Es ist nicht weit, höchstens neunzig Meilen.«

»An die Entfernungen hier gewöhne ich mich wohl nie. Wenn du neunzig Meilen sagst, klingt das, als spräche unsereiner von drei. Dann ist es zum Little Big Horn also wirklich ein ganzes Ende!«

»Willkommen in Montana, Kumpel.« Auf dem Weg zum Büro blickte Sky skeptisch auf die sommersprossige Haut seiner Oberarme; endlich hatte Lynskey sein Sweatshirt abgelegt und aus Respekt vor der Hitze folgendes T-Shirt gewählt: grasgrün mit den Namen der irischen Fußballnationalmannschaft, die offenbar bei irgendeinem Festival oder Turnier namens Italia neunzig dabeigewesen war. »Bei der Sonne brauchst du einen Hut.« Sie nahm ihre dunkle Brille aus dem Handschuhfach. »Sicher kannst du bei dem Rodeo einen kaufen. Deine Haut sieht jetzt schon ein bißchen erhitzt aus.«

»Ich fühle mich phantastisch. Und schließlich kann ich ja wohl kaum nach Hause kommen ohne einen Bräunungseffekt.«

»Hast du noch nie etwas von Hautkrebs gehört?« Trotzdem betrachtete Sky ihn wohlgefällig. Sich von seiner Begeisterung nicht anstecken zu lassen war ein Ding der Unmöglichkeit. Vielleicht hätte sogar sie selbst zum ersten Mal bei dem Rodeo ein wenig Spaß.

Der Mann aus Helena, der Sheriff O'Connor in der Sargangelegenheit angeheuert hatte, sprach über ein abhörsicheres Telefon mit einer Frau in Vancouver.

Diese Frau, schlank und mit orientalischen Zügen, lebte zurückgezogen in einem teuren Appartement, das einen herrlichen Blick über das Wasser auf Vancouver Island bot. Die Ausstattung der Wohnung bestand aus geschütztem, lackiertem Edelholzmobiliar sowie Tapeten in mattem Gold und Rot. Sie hatte keine Familie, keine Haustiere und, da sie erst vor kurzem in die Stadt gezogen war, keinen Freundeskreis. Bei den Mitgliedern des Hausverwaltungskomitees wurden Befürchtungen laut, daß ihre Zurückgezogenheit schon beinahe exzentrisch zu nennen wäre, aber dennoch hatte man sie schließlich akzeptiert.

Was in den Augen sämtlicher Mitbewohner eine positive Entscheidung war. Sie stellte sich als vorbildliche Wohnungseigentümerin mit perfekter Zahlungsmoral heraus, die ihre Nebenkosten stets zur rechten Zeit beglich. Auch wenn sie auf keiner der Eigentümerversammlungen je erschien, begegnete sie ihren Nachbarn beispielsweise im Fahrstuhl oder in der Eingangshalle stets mit ausnehmender Höflichkeit. Und bei ihrer zurückgezogenen Lebensweise kam man bisweilen, hätte man sie nicht hin und wieder zufällig gesehen, auf die Idee, sie sei nie zu Hause.

Freilich konnte der Ausschuß nicht wissen, daß sie vor ihrem Umzug in dieses exklusive Ambiente die Geliebte zahlreicher Politiker und Wirtschaftsmagnate in Toronto, Ottowa und – da sie außer Englisch fließend Französisch sprach – auch in Montreal gewesen war. Überdies betrachtete sie ihre Wohnung bei ihnen sowieso nur als Durchgangsstation auf dem Weg zu ihrem Altersruhesitz. Es handelte sich um ein Haus, das sie auf einer winzigen, bisher unbewohnten Insel vor der Küste Brasiliens hatte bauen lassen, da es zwischen diesem Land und Kanada kein Auslieferungsabkommen gab. Sie konnten nicht wissen, daß sie zwar laut Steuerbescheid durch clevere Anlageinvestitionen reich geworden war, daß dieser Reichtum jedoch nur einen Bruchteil ihres wahren Vermögens ausmachte.

Durch den beständigen risikofreudigen Einsatz ihrer Aktiva hatte diese Dame ein Vermögen angesammelt und sorgsam auf die Cayman-Inseln, die Schweiz und die Isle of Man verteilt, mit dem sich die Wirtschaft eines europäischen Kleinstaats mindestens drei Monate lang am Leben erhalten ließe. Die von ihr erzielten Umsätze kamen denen eines kleinen multinationalen Konzerns, als den sie sich in gewisser Weise auch auffaßte, durchaus gleich. Nur daß sie sich keinem Aufsichtsrat gegenüber rechtfertigen mußte. Und daß sie nie dort, wo sie lebte, tätig war. Fünf vertrauenswürdige Stellvertreter führten die von ihr initiierten Operationen von Anchorage, Los Angeles, Orlando, Mexico City und Helena aus durch – letzteres, weil die Polizei so ein Provinznest für harmlos hielt. Diese Stellvertreter, ihre einzigen Vollzeitangestellten, erhielten jeder ein Gehalt, das über dem des Präsidenten der Vereinigten Staaten lag, und solange die Chefin die bei einem Objekt zu erwartenden Gewinne ausgezahlt bekam, strichen sie mit ihrer Billigung auch noch sämtliche Sondereinnahmen, die zum Beispiel aus günstigen Wechselkursen erwuchsen, ein.

Auch beim Rekrutieren von Handlangern hatten die Leutnants, wie sie sie nannte, freie Hand – vorausgesetzt, sie hielten sich an die von Nummer eins für ihre Organisation entworfene Pyramidenstruktur: Befehle wurden immer nur von den unmittelbar übergeordneten Personen den unmittelbar untergeordneten Personen erteilt, wodurch niemand außer der Dame und ihren fünf Leutnants über das gesamte Ausmaß einer Operation im Bilde war. Und keiner der fünf wußte etwas von der Arbeit der anderen vier. Die Frau hielt nichts von Konsultationen, Demokratie oder Gesprächen am runden Tisch. Beinahe sämtliche Geschäfte wickelte sie über abhörsichere Telefone ab, und einzig den hochkarätigen Wirtschaftsprüfer in Ottawa, der einst ihr Geliebter gewesen war, sprach sie gelegentlich von Angesicht zu Angesicht.

Sie hörte genau zu, als ihr Mann in Helena, der ihr immer auch die unangenehmsten Fakten melden sollte, erklärte, was bei der Aktion in Irland schiefgelaufen war.

Der außerplanmäßige Unfall des Hiace hatte die Aufmerksamkeit der irischen Polizei und Regierung geweckt. Die Waren befanden sich im Nordwesten von Irland in einem Versteck, versicherte er ihr; aber sie in nächster Zeit hervorzuholen, wäre nicht besonders klug.

Dann schilderte er die Probleme, die es in Montana gab, von denen allerdings keins unüberwindbar schien: Die Zeitung war ein unbedeutendes Lokalblatt mit Finanzproblemen, das früher oder später zum Aufgeben gezwungen wäre; von Seiten des FBI drohte keine Gefahr, weil dort ein gutbezahlter Maulwurf der Chefin saß, und auch wenn die Anwesenheit des irischen Bullen in Butte noch eine unbekannte Größe darstellte, hatte sich dieser offenbar an die Fersen der Zeitungsreporterin gehängt, so daß sich wohl eine Möglichkeit finden ließe, die beiden auf einmal zu erledigen, also zwei Fliegen mit einer Klappe zu schlagen.

Dies war der erste ausführliche Bericht, den die Dame erhielt. Normalerweise überließ sie, nachdem sie eine Operation angeleiert und das Geld zur Verfügung gestellt hatte, die restliche Arbeit den anderen. Ihr Genie bestand darin, daß sie ständig neue Marktlücken entdeckte, indem sie die Profitchancen verschiedenster Produkte in allen Teilen der Welt erkannte. Ihr Appartement war verkabelt, und darüber hinaus hatte sie eine Satellitenschüssel installiert, so daß sie mittels der Fernsehnachrichten stets über alles Bescheid wußte. Unermüdlich kümmerte sie sich darum, welchen Organisationen in welchem Teil der Erde zur Verfolgung ihrer Ziele an Geldern gelegen war.

Obgleich Irland längst vor ihr bereits andere als Eingangstor zum lukrativen europäischen Markt entdeckt hatten, war die derzeitige Operation ihr erster Vorstoß in dieses Land. Vorsichtig wie immer hatte sie die Anweisung erteilt, dieses Geschäft nur als Test zu sehen. Die folgende Angelegenheit jedoch – die, sobald sie grünes Licht gäbe, anlaufen würde – wäre der Höhepunkt ihrer bisherigen Aktivitäten.

Nun, als sie die schlechten Nachrichten aus Helena vernahm, wog sie ihre Möglichkeiten gegeneinander ab: Striche sie die Segel und sagte das Ganze ab oder wiese sie ihren Mann zur Schadensbegrenzung und anschließenden Fortführung des Tests an? Es ging für sie um viel; das Hauptgeschäft, das auf den Probelauf folgen sollte, bedeutete nicht nur ihren größten, sondern gleichzeitig vor ihrem endgültigen Ausstieg ihren letzten Coup.

Sky und Lynskey hielten Händchen wie zwei verliebte Teenager. Selbst für Montana war es ein außergewöhnlich schöner Tag, und Sky fühlte sich jung und unbeschwert, ja sogar glücklich, als sie mit diesem wunderbaren Verrückten neben sich über den Highway fuhr. Der Wind, der durch die offenen Fenster blies, liebkoste ihre Wangen und ihren Hals. Im Westen wirkten die amethystenen Berge vor dem kristallklaren Himmel ungewöhnlich plastisch, während im Osten die Prärie durch die Niederschläge der letzten Tage, die für richtige Regenschauer nicht heftig genug gewesen waren, frischer und grüner geworden war.

Nach einer Weile setzte Lynskey beinahe schüchtern zu einer Vorstellung seiner geographisch weit verstreuten, ansonsten jedoch sehr eng verwobenen Familie an.

Als er geendet hatte, verglich Sky unweigerlich die Grundsätze seiner Mutter von Kindererziehung mit den antiautoritären Ansichten Johannas. »Da habt ihr es ja alle ganz schön weit gebracht. Deine Mutter muß eine erstaunliche Frau sein. Jeder von euch scheint zu irgend etwas berufen zu sein, und dann seid ihr auch noch über den ganzen Globus verteilt.«

»So doll ist das, was ich mache, nun auch wieder nicht.«

»Als Lehrer kann man einiges bewirken.«

Er schwieg, und zum ersten Mal brach sie die Stille nicht, sondern ging mit sich selbst streng ins Gericht. Auch wenn sie das Gefühl hatte, als kannten sie und Lynskey sich bereits seit einer Ewigkeit, lag ihre erste Begegnung doch weniger als achtundvierzig Stunden zurück. Am besten ginge sie die Sache ein wenig langsamer an, vor allem, da ihm offensichtlich zunächst einmal an einem lockeren Miteinander gelegen war. Sie schaltete einen Gang herunter und wich einem nicht existenten Schlagloch aus. »Dann bist du also der einzige von euch, der noch in Irland lebt?«

»In der Tat. Wir Lynskeys sind ein, wenn auch bescheidener, multinationaler Verband. Wenn man die Wohnsitze, auf die wir verteilt sind, und die Nationalitäten der verschiedenen Ehegatten nimmt, trifft man uns in elf Ländern an.«

»Es ist schön für deine Mutter, daß wenigstens eine Nachwuchskraft daheimgeblieben ist. In ihrem Alter braucht man eine Stütze.«

Aber auch diese Vermutung stellte sich als falsch heraus. Offensichtlich war Lynskeys Mutter noch so fidel wie eine Vierzigjährige, und hatte die Jahre seit ihrer Pensionierung mit zahlreichen Wirkungsfeldern angefüllt. »Denk dran, daß sie aus Kerry kommt.« Lynskey lächelte zärtlich, als würde durch diesen Satz die Vitalität seiner Mutter ausreichend erklärt. »Sie liebt Kartenspiele – ist Mitglied in drei verschiedenen Pokerclubs. Dann macht sie noch bei einem Schreibzirkel mit, und letztes Jahr hat sie angefangen, Italienisch zu lernen, weil sie im August nach Verona reisen und den Text der Opern verstehen will.« Er drückte Sky die Hand. »Sie erinnert mich ein bißchen an deine Mutter. Die beiden sind von einem verwandten Geist erfüllt.«

Sky dachte daran, daß sich Johanna unter allem, was das Leben für sie bereithielt, wie eine Weide bog, und zog bei der Vorstellung, daß es auch nur die entfernteste Ähnlichkeit zwischen ihr und Lynskeys respekteinflößender Mutter geben sollte, die Brauen hoch.

»Mag sein. Aber ich habe den Eindruck, daß sie eher meiner Großmutter gleicht. Zumindest, was das Alter betrifft.«

Dann erzählte sie ihm, daß ihre Großmutter, nachdem auch das letzte ihrer Kinder das Haus verlassen hatte, aus der Einöde Westcorks wieder in die Stadt gezogen, im Alter von zweiundsechzig aufs College gegangen war, dort ihren Abschluß in Musik gemacht hatte und nun zu den führenden Persönlichkeiten in den heimischen Musikkreisen gehörte. »Wenn ich an diese Dinge denke, scheint sie deiner Mutter durchaus zu gleichen.«

»Seltsam, daß sie noch nie hier gewesen ist, findest du nicht?« fragte er. »Schließlich leben drei von ihren Kindern hier, und den Atlantik hat man heutzutage innerhalb weniger Stunden überquert.«

»Wahrscheinlich hat sie einfach keine Zeit. Außerdem stehen sich die Mitglieder unserer Familie, wie meine Mutter gestern abend bereits erzählte, nicht besonders nahe.«

Auf dem Rodeogelände war die Hölle los. Sie bahnten sich einen Weg an Pferdeboxen, Stiertransportern, Futter- und Tierarztwagen, Pickups mit Zaumzeug und dem Werkzeug von Hufschmieden vorbei, während eine Stimme per Lautsprecher die Teilnehmer des Faßrennens in die Arena bat.

Das einzige, was Sky an Rodeos gefiel, war der Geruch nach Tier, frischem Schweiß und Dung, Erde, Leder, Grillfeuer, Segeltuch, warmem Metall und gerösteten Zwiebeln, Bier und frischem Kaffee in der Luft. Ein Duftcocktail, dachte sie, während sie am Eingang ihren Presseausweis vorzeigte, in dem ganz Montana enthalten war. »Und dies ist mein Gast«, erklärte sie dem Mann, der ihren Ausweis musterte.

»Ich kann bezahlen«, protestierte Lynskey.

»Nicht nötig!« Sky winkte einem Kollegen von einem Radiosender in Great Falls, während der Mann ihnen bedeutete, weiterzugehen. »Schließlich bin ich hier im Dienst.«

»Ziemlich netter Dienst, finde ich. Ich kann noch gar nicht glauben, daß ich tatsächlich an dieser Fete teilnehme.« Lynskey machte ein paar Schnappschüsse von einer Gruppe von Treibern, die mit einem Bullen in die Arena zog.

»Glaub es ruhig.« Sky winkte einem anderen Bekannten zu. »Noch ehe der Tag vorüber ist, kannst du bestimmt keine Cowboys mehr sehen.« Sie ließ ihn kurz allein, da sie eine Bekannte aus Butte in der Menge sah, und als sie zurückkam, stellte sie entgeistert fest, daß er in einer Schlange vor einer Hot-Dog-Bude stand. »Ich weiß nicht, woran es liegt.« Ihr offensichtliches Mißfallen erschütterte ihn keineswegs. »Das amerikanische Essen macht einfach nicht satt. Willst du auch was? Los, es riecht einfach köstlich.«

Sky blieb standhaft und ging ein Stück weiter, um auf ihn zu warten und sich erste Notizen zu machen über die Atmosphäre auf dem Platz. Sie lehnte an einem Kombi, und noch während sie allen Enthusiasmus zusammenraffte, um zu einem der alten Hasen zu gehen und ihn um ein paar Sätze zu bitten, bemerkte sie, daß sämtliche Umstehenden zu einem am anderen Ende des Geländes landenden Hubschrauber hinübergafften.

Hubschrauber waren in Montana nichts Ungewöhnliches, aber in diesem hier hätte problemlos ein kleiner Gesangverein Platz gefunden – ganz offensichtlich kam in ihm irgendeine bedeutende Persönlichkeit angereist. Sie eilte zu Lynskey zurück, der immer noch in der Schlange stand, und sagte ihm, er solle in fünfzehn Minuten am Stand des Stadionsprechers sein.

Gerade als der Pilot den Motor abschaltete, erreichte sie den

Landeplatz. Der Reporter des Radiosenders aus Great Falls war schon da und stand, den Recorder schützend an die Brust gepreßt, ein Stück von den neugierigen Zuschauern entfernt.

Das Gemurmel der Menge erstarb, und amüsiert beobachtete sie, daß er, als im Lautsprecher die Stimme eines jungen Mannes mit der Nationalhymne erklang, die Schultern straffte und die freie Hand unter dem Recorder aufs Herz legte, wie es bei braven Patrioten üblich war. Sie selbst konzentrierte sich mehr auf das Langsamerwerden der Rotoren des Hubschraubers.

Als sich die Tür des Fliegers öffnete, erkannte sie den älteren Mann, der ihm als erster entstieg. Sie hatte ihn bereits in den Vorjahren hier gesehen, sogar einmal ein kurzes Interview mit ihm gemacht, aber sein Name fiel ihr nicht mehr ein. »Wer war das noch mal?« murmelte sie dem Radioreporter ins Ohr.

»Jerry Flynn.« Er überprüfte die Kassette in seinem Gerät. »Kanadier. Holzverwertung, Mineralien, solche Sachen. Außerdem hat er in Alberta eine riesige Ranch.«

Flynn, dessen Haar offenbar seit längerem nicht mehr geschnitten worden war, trug die komplette Westernkluft, einen riesigen cremefarbenen Stetson, Wildlederstiefel, ein Karohemd unter einer fransenbesetzten Lederjacke und um den Hals ein Lederband mit einem türkisbesetzten, silbernen Mustangkopf. »Für einen so feinen Pinkel ist er ziemlich gut getarnt. Er wäre der perfekte Buffalo Bill, was meinst du?« stellte ihr Kollege boshaft fest.

Was Sky ein wenig anders sah…

Auch wenn der Typ, gemessen an seiner runzligen Haut, dem weißen Schnauzbart und den Leberflecken überall, mindestens Mitte Sechzig war, schien er körperlich durchaus noch in Form zu sein; sie fand, daß die Garderobe an ihm nicht unpassender wirkte als an Jimmy Stewart, einem der Lieblingsschauspieler ihrer Mutter. Nur seinem Lächeln sah man seinen Reichtum an, da beim Öffnen seines Mundes auf jeder Seite ein dicker Goldzahn aufblitzte.

Der wesentlich jüngere Mann, der hinter ihm auf den Rasen trat, trug ähnliche Kleider, aber an ihm wirkten sie wegen seines

Übergewichts einfach grauenhaft. »Der Typ sieht aus, als wäre er jederzeit zu einem olympischen Wettessen bereit.« Skys Kollege war besorgt. »Gesehen habe ich den noch nie – kennst du ihn?«

»Uh-uhhh!« Sky starrte auf den dritten Passagier. Konservativ gekleidet in dunklen Jeans und einem schlichten Hemd, tauchte Daniel Treacy in der Tür des Fliegers auf. Kaum hatte sie ihre Überraschung überwunden, als sie bereits zusammen mit dem Radioreporter auf die drei Männer zuging. »Das ist ein Novum. Treacy hat sich hier noch nie blicken lassen«, zischte ihr ihr Kollege zu. »Laß mich erst mit ihm sprechen, ja?«

»Aber bitte sehr!«

Während Treacy und der Mops ein wenig abseits standen, sprach Jerry Flynn noch mit dem Piloten, der im Cockpit des Hubschraubers verblieben war. Natürlich, dachte Sky, Flynn mußte der »Geschäftsfreund« sein, den Treacy am Vormittag erwähnt hatte. Bisher schaute er noch in die entgegengesetzte Richtung, doch ehe sie weitere Überlegungen anstellen konnte, wandte er sich ihnen zu. »So sieht man sich wieder, Miss MacPherson«, sagte er trocken.

»Das kommt vor!« Sky stellte ihm ihren Kollegen vor, der sofort um ein paar kurze Antworten auf seine Fragen bat.

»Wenn es nicht sein muß ...« Als hoffe er, daß Flynn endlich sein Gespräch beendete, blickte er über seine Schulter zum Hubschrauber zurück. Dies war das erste Mal, dachte Sky, daß sie ihm, abgesehen von den wenigen Sekunden, während derer er von dem Bestattungsinstitut zu seiner Limousine gegangen war, außerhalb eines Gebäudes begegnete. Im hellen Sonnenschein sah er müde aus: Sein Gesicht war grau, und so nah vor ihm nahm sie auch die tiefen, violetten Ringe unter seinen Augen wahr.

»Es geht um nichts Besonderes, Sir«, versuchte es der Reporter noch einmal. »Unsere Hörer wüßten nur gern, ob Sie sich amüsieren, ob Ihnen das Rodeo gefällt ...«

Ohne den Sermon des Reporters abzuwarten, blickte Treacy zu Sky, gratulierte mit herrischer, monotoner Stimme der American League zu einer weiteren erfolgreichen Veranstaltung und versicherte allen, daß dies sicher das aufregendste Rodeo würde, das seit Jahren abgehalten worden war. Dann wandte er sich dem Dicken zu: »Ich gehe schon mal voraus. Wir treffen uns am Stand« – und sah Sky mit einem kühlen Lächeln an. »Vielleicht laufen wir uns ja im Laufe des Nachmittags noch einmal über den Weg.« Ohne ein weiteres Wort ging er seiner Wege.

»Wie steht's mit Ihnen, Sir? Was erhoffen Sie sich vom heutigen Tag? Entschuldigen Sie, könnten Sie uns vielleicht zuerst einmal Ihren Namen nennen?« Noch während Sky Treacy im Getümmel untertauchen sah, bedrängte ihr Kollege bereits den Fettwanst mit seinem Mikrofon.

Der Dicke war ebenfalls Kanadier, hatte aber mit Farmen und Viehzucht nichts zu tun. »Es sei denn, daß es derartiges zu versteigern gibt!« Seine riesige Wampe wackelte, als er asthmatisch zu lachen begann. »Ich bin Mr. Flynns Bankier, und nur deshalb mitgekommen, weil ich außer auf Rodeos nirgends Geschöpfe zu sehen bekomme, die noch gewaltiger sind als ich.« Wieder lachte er, während Sky mit halbem Ohr zuhörte und seine Worte flink in ihr Notizbuch kritzelte.

Während sie schrieb, verfolgte sie immer noch, wie Treacy über das Gelände schweifte und ein-, zweimal stehenblieb, um mit jemandem zu sprechen, ehe das Gedränge ihn schluckte.

Dann machte sie plötzlich Lynskey aus. Ihr Begleiter stand nicht wie verabredet vor dem Stand des Stadionsprechers, sondern hatte sich unauffällig in eine Ecke gestellt. Sie war zu weit entfernt, um sein Gesicht zu erkennen, aber soeben hatte er seine kleine Kamera hervorgeholt und Daniel Treacy aus der Hüfte heraus auf seinen Film gebannt. Beinahe wäre ihr ihr Notizbuch entglitten! Dann, als Jerry Flynn neben seinen schwabbeligen Banker trat und die Fragen des Radioreporters beantwortete, sah sie, daß Lynskey die Kamera auf einen Verkaufsstand richtete und einen weiteren Schnappschuß machte, ehe er wieder zu Treacy hinüberschaute.

Es war bestimmt keine Einbildung. Fergus Lynskey hatte Daniel Treacy mit voller Absicht fotografiert.

Oder etwa nicht? Jetzt zielte er auf sie und winkte ihr fröhlich zu.

Langsam winkte sie zurück, hörte mit halbem Ohr, was Flynn auf die Fragen ihres Kollegen antwortete, und beobachtete Lynskey weiterhin. Ganz der perfekte Tourist, fotografierte er alles, was ihm vor die Linse kam, und sie konzentrierte sich endlich wieder auf ihren Job.

Auch wenn Daniel Treacy und Jerry Flynn ungefähr ein Alter haben mochten, konnten sie kaum unterschiedlicher sein. Während Treacy mit seinem kurz geschnittenen Haar, dem schmalen Gesicht und dem dünnen, leicht gebeugten Körper eine unnahbare, müde, irgendwie asketische Erscheinung abgab, verströmte Flynn in seiner grellen Aufmachung Energie und Kraft. Er war vielleicht ein Veteran, aber hatte Schwung. Und anders als Treacy, der seinen Reichtum eher für sich behielt, stellte Flynn sein Vermögen gern zur Schau; an seinem kleinen Finger trug er einen Ring mit einem Diamanten, der Skys unmaßgeblicher Meinung nach mindestens ein Zweikaräter war.

Das, was sie gehört hatte, reichte für ihren Bericht weitaus; sie bedankte sich bei den beiden Kanadiern, sagte dem Radioreporter, man sähe sich wohl später noch einmal, und klappte ihr Notizbuch zu. Als Lynskey sie entdeckte und ihr auf halbem Weg entgegenkam, fiel ihr ein, daß er den Besuch des Rodeos angeregt hatte.

»Ist es nicht einfach phantastisch?« strahlte er sie an und schlenkerte unbekümmert seine Kamera.

17

Die Besprechung im Hauptquartier der Gárdaí neigte sich ihrem Ende zu. Sie fand im kleinen Rahmen statt; der Chief Superintendent und Rupert de Burgh waren in Killybegs, so daß die Leitung vorübergehend einem Detective Inspector oblag. Die Besprechung hatte länger gedauert als geplant – es ging auf Mitternacht zu – und der helle Holztisch war mit kaffeebefleckten Styroporbechern, zusammengeknüllten Zellophanverpakkungen und sonntäglich labbrigen Krusten von mitgebrachten Sandwiches übersät.

Dem Pressebüro hatte man den Auftrag erteilt, den Unfall in Killybegs herunterzuspielen; das hieß, daß außer dem üblichen Ausdruck von Mitgefühl angesichts des tragischen Todes des pensionierten Apothekers, der in der Gegend sehr beliebt gewesen war, sowie der drei Fischer, die alle junge Familien hinterließen, nichts nach außen drang. Bei den Beerdigungen sollten so wenige Gárdaí wie möglich anwesend sein, und darüber hinaus hatte man sich darauf geeinigt, den jungen Beamten, dessen Übereifer dieses Verhängnis auslöste, nicht zu tadeln, falls er etwas Ungeschicktes von sich gab.

Der Verbleib der *Agnes Monica* war immer noch nicht geklärt.

Sky starrte auf Lynskeys Kamera. Dann wandte sie sich direkt an ihn und fragte unverblümt: »Warum hast du Daniel Treacy fotografiert?«

»Wen? Wo?« Lynskey fuhr auf dem Absatz herum und sah sich suchend um. »Ist er etwa hier?«

»Also bitte. Ich habe dich beobachtet, Lynskey.«

»Wobei?« Er runzelte verwirrt die Stirn.

»Ich habe dich beobachtet, als du gezielte Aufnahmen von Daniel Treacy gemacht hast.« Sein Gesicht drückte nichts als ehrliche Verwirrung aus. »Zweimal.«

»Falls es so war, freut es mich – aber woher hätte ich wissen sollen, wie er aussieht? Es hat ja nichts weiter zu bedeuten, Sky, aber ich schwöre, ich habe einfach in der Gegend herumgeknipst. Natürlich würde ich ihn gerne sehen, wenn er hier ist. Zeigst du ihn mir? Oder besser noch, machst du mich vielleicht mit ihm bekannt?«

»Er hat sich in eine der VIP-Logen verdrückt.« Sky war immer noch nicht überzeugt. »Bist du sicher, daß du ihn nicht erkannt hast, als er aus dem Hubschrauber stieg?«

»Woran hätte ich ihn denn bitte erkennen sollen?« In seinen Augen funkelte der Übermut. »Um Himmels willen, MacPee, meinst du, daß du jemals wieder lachen wirst? Außerdem verstehe ich gar nicht, weshalb du davon ein solches Aufhebens machst.«

Das wußte Sky selber nicht. Ihr Grimm wunderte sie, doch noch während sie darüber nachgrübelte, sah Lynskey sie spöttisch an. »Da stehen wir beide hier herum«, er fuchtelte mit der Hand und wackelte mit der Hüfte, »und haben unseren ersten Streit. Soll ich jetzt vielleicht davonstürmen und darauf bestehen, mit einem Taxi nach Hause zu fahren? Soll ich vielleicht all meine Reiseschecks einlösen, damit wenigstens meine Würde erhalten bleibt?«

Unversehens brach Sky in Lachen aus. »So ist es besser.« Lynskey nahm sie flüchtig in den Arm. »Wäre ja wirklich bedauerlich, wenn sich dieser geheimnisvolle Alte zwischen uns drängen würde, meinst du nicht? Trotzdem möchte ich ihn gerne einmal sehen.«

Sky ermahnte sich, nicht so argwöhnisch zu sein und versprach, ihm bei Gelegenheit Treacy zu zeigen.

Während der folgenden Stunde hatte sie dann allerdings so viel zu tun, daß sie den Unternehmer fast vergaß. Und, vollkommen vertieft in ihre Arbeit, fiel ihr auch nichts Ungewöhnliches an den beiden Männern mit Stetsons auf, die in einer der hinteren Reihen der Zuschauertribünen saßen und Pommes knabberten. Die beiden schauten zwar hin und wieder in ihre Programmhefte und erweckten durchaus den Eindruck, sich ebenso zu amüsieren wie alle anderen; aber seltsamerweise wechselten sie kaum ein Wort. Auch etwas anderes an ihrem Verhalten war bizarr: Statt die Geschehnisse in der Arena zu verfolgen, sahen sie sich fast die ganze Zeit über die anderen Besucher an.

Es war Sky nicht zu verdenken, daß sie das Benehmen der beiden Männer nicht genauer unter die Lupe nahm. Sie hatte alle Hände voll zu tun. Der Name jedes Reiters und jedes Tieres, das an dem Rodeo teilnahm, war im offiziellen Programm aufgeführt, so daß ihr zwar dieser Teil der Arbeit erspart blieb; jedoch mußte sie ihren Fotografen dirigieren und die Namen sämtlicher Zuschauer mit dazugehörigen netten Anekdoten sammeln:

Glücklicherweise haben es die Willard F. Keyneses gerade noch rechtzeitig zum Faßrennen geschafft, so daß ihnen die hervorragende Leistung ihrer Tochter Sara, die ihre persönliche Bestzeit erreichte und den vierten Platz belegte, nicht entging. Sie erklärten der anwesenden Reporterin, ihre reinrassigen Jerseykühe auf ihrer Farm in der Nähe von Opportunity hätten nie so viele Kälber geworfen wie in diesem Jahr…

Auf der Zuschauertribüne zeigten Maynard und Peggy Olsen aus Wisdom ihren Freunden und gleichzeitigen Konkurrenten, den Chuck Fenweigs, die mit dem Wiederaufbau ihrer in diesem Frühjahr niedergebrannten Scheune beschäftigt sind, stolz Otley, ihr erstes Enkelkind… Die William Harringtons erwarten großartige Leistungen von ihrem Schecken Misty, der in dieser Saison noch jeden Cowboy abgeworfen hat…

Schließlich entdeckte sie den Eigentümer des *Courier* in der Menge und machte das obligatorische Interview. Der alte Mann, Jimbos »intellektueller Freund«, für den die Buttesche Zeitung nur ein weiterer Bestandteil seiner Bilanzen war, lieferte ihr dieselben Antworten wie jedes Jahr.

»Himmel! Ich hasse diesen Job…« Nachdem sie fast alles Material beisammen hatte, kehrte sie zu Lynskey auf die Tribüne zurück, wo er während ihrer Abwesenheit von sämtlichen umsitzenden Familien adoptiert worden war. Die langen Beine weit ausgestreckt, verschwand er förmlich unter zahllosen Getränkedosen und Plastiktüten, und kaute wie immer fröhlich. »Du bist einfach ein Snob.« Er kramte in einer der Tüten. »Schließlich bietet sich einem nicht jeden Tag die Gelegenheit eines Watergate.«

»In Montana bietet sich einem *nie und nimmer* ein Watergate.«

»Unsinn. Es gibt keine kleinen Storys, nur kleine Reporter. Hier, iß einen von Mrs. Krabbs selbstgebackenen Weizenkeksen, sie sind köstlich. Das muntert dich sicher auf.« Er strahlte die Frau an, die hinter ihm saß.

»Nein, danke.« Sie wandte ihre Aufmerksamkeit wieder der

Arena zu und beobachtete mit düsterer Zufriedenheit, wie ein Exemplar der riesigen Brahma-Kreuzungen aus seinem Verschlag geschaukelt kam und, statt den Reiter abzuwerfen oder auch nur ein wenig schneller zu laufen, erstaunt in Richtung der vor Vergnügen kreischenden Zuschauer glotzte. »Du wolltest Treacy sehen?« Sky stieß Lynskey in die Rippen. »Da ist er.«

»Wo?« Sofort richtete er sich zu seiner ganzen Größe auf.

»Da unten, vor dem Bullen.« Sie zeigte auf die Stelle, wo Treacy neben dem fetten Mann in der Nähe des widerspenstigen Tieres stand, das immer noch sämtlichen Aufforderungen seines Reiters und einer Gruppe von Treibern widerstand, kein Spielverderber zu sein.

»Das also ist er.« Lynskey beugte sich vor, um besser zu sehen. »Ich wünschte, er würde sich umdrehen, damit man sein Gesicht erkennen kann.«

»Mir ist dein hartnäckiges Interesse an ihm echt unbegreiflich.«

»Seit ich dich kenne, hast du kaum über etwas anderes geredet als über ihn, MacPee. Wie gesagt, gute Geschichten haben mich schon immer gereizt.« Er mußte seine Stimme erheben, um sich über dem Getöse der Menge verständlich zu machen, die den Bullen, der nun seine Beine spreizte wie ein widerspenstiger Hund, anfeuerte.

Der Reiter war außer sich. Er trieb dem Tier seine Sporen in die Flanken, aber auch das nützte nichts. Das Biest rollte lediglich mit den Augen und schwang langsam seinen massigen Kopf.

Auch wenn sie wußte, daß sie damit wahrscheinlich hier zur Minderheit gehörte, war Sky über das Gebaren dieser Kreatur hoch erfreut. »Los, mein Junge«, beschwor sie ihn lautlos. »Gib bloß nicht nach. Behaupte dich.« Als hätte er sie gehört, drehte der Bulle langsam den Kopf in Richtung der Tribüne, auf der sie saß, als ihm ein plötzlicher Windstoß eine leere Popcorntüte vor die Schnauze trieb. Erschreckt fuhr er zurück und begann, mit den Hufen zu scharren, was der Reiter als einen gewissen Fortschritt sah, so daß er ihm abermals die Sporen in die Seiten schlug; indessen verdoppelte die Gruppe der Treiber ihre Anstrengungen, das Tier aus der Ruhe zu bringen, ebenfalls.

Das dröhnende Gelächter des Sprechers wurde zu einem Brüllen, als der Bulle plötzlich ohne Vorwarnung mit allen vieren in die Luft sprang und sich heftig schüttelte, so daß der Reiter zu Boden ging. Dann stürmte das Tier auf den Zaun zu, worauf seine Peiniger in alle Richtungen stoben, und rammte eins seiner Hörner in das Holz.

Ebenso wie die anderen Zuschauer sprangen Sky und Lynskey auf, und ein paar Sekunden lang hörte man außer dem Krachen des Zaunes, der jeden Augenblick zusammenzubrechen schien, nur noch das Schreien des Clowns, der das rasende Tier in seine Richtung locken wollte. Sky sah weder Daniel Treacy noch den fetten Rechtsberater von Flynn, der direkt an der Stelle gestanden hatte, in die der Bulle geschossen war. »Sind die beiden in Ordnung?« brüllte sie Lynskey ins Ohr, der auf seinem Stuhl balancierte, um mehr mitzubekommen. »Kannst du sie sehen? Sind sie verletzt?«

»Nein.« Er zog sie neben sich. »Soweit ich sehen kann, hat Treacy den Dickwanst gerade noch rechtzeitig zur Seite gezerrt.«

Sky erblickte Treacy, der seinem Bekannten auf die Füße half. Allerdings tat er es nur mit einer Hand, da sein linker Arm lose von der Schulter baumelte. »Natürlich ist er verletzt.« Ehe Lynskey etwas erwidern konnte, sprang sie schon die Treppe der Tribüne hinunter, um zu Treacy zu rennen, dessen Verletzung in ihrem Rodeobericht nicht fehlen durfte.

Bis sie die Arena erreichte, hatten der Clown und die Cowboys den Bullen vom Zaun losgemacht und führten den inzwischen wieder lammfrommen Wüterich zurück zu seinem Pferch.

»Pech für Tuff Wexler«, stellte der Sprecher nüchtern fest. »Aber so ist es nun mal beim Rodeo, Leute«, meinte er, ehe er den Namen des nächsten Reiters verkündete.

Als Sky Daniel Treacy erreichte, wurde dieser bereits von einigen Zuschauern umringt. »Haben Sie sich den Arm verletzt, Mr. Treacy? Hatten Sie Angst?«

Er bedachte sie mit einem kalten Blick. »Natürlich hatte ich

Angst, Miss MacPherson, das können Sie ruhig schreiben. Und wenn Sie mich jetzt bitte entschuldigen, mache ich mich auf den Weg, damit einer der Sanitäter meine Schulter untersucht.« Er wandte sich an seinen keuchenden Begleiter, der kreidebleich geworden war. »Sind Sie sicher, daß alles in Ordnung ist? Kommen Sie rasch zur Ambulanz, Sie stehen ja unter Schock!«

Von den Zuschauern interessierte sich niemand mehr für den Zwischenfall, da inzwischen der nächste Reiter auf einem Bullen saß. Das Tor flog krachend auf und die beiden donnerten auf den Platz. Innerhalb von fünf Sekunden ging der Mann zu Boden und der Clown lockte das Tier in eine andere Richtung, als plötzlich der Sprecher unterbrach: »R. Sky MacPherson vom *Butte Courier* wird gebeten, zum Stand des Rodeosprechers zu kommen, R. Sky MacPherson, bitte kommen Sie umgehend zu mir!«

Die orientalische Dame blickte durch eins der Fenster ihres Appartements in Vancouver hinaus in die Natur. Draußen nieselte es und die Oberfläche des Wassers zwischen dem Festland und Vancouver Island war so grau und leblos wie sie selbst.

Kein Geschäft lief ohne Haken, aber der Ärger mit diesem kleinen irischen Probelauf überstieg bei weitem seinen Wert. Gewiß war sie der kanadischen Polizei aufgrund ihres zurückgezogenen Lebens und zahlreicher ausgefeilter Sicherheitsmaßnahmen noch nicht aufgefallen; auch die Amerikaner beunruhigten sie, da ihr Maulwurf beim FBI ihr aus Gründen verpflichtet war, die weder seiner Frau noch seinem Boß gefallen würden, keineswegs. Mit der irischen Polizei hingegen kannte sie sich noch nicht aus. Es mißfiel ihr, wenn sie über irgend etwas im unklaren blieb und die Informationen, die ihre Leute aus Irland bekamen, waren durchweg negativ. Ärgerlicherweise ging ihr dieser Fischzug vielleicht durch die Lappen. Oder sollte sie weniger gierig sein? Bedeutete dieser Mißerfolg einen Fingerzeig?

Immer noch am Fenster stehend wählte sie die Nummer ihres Mannes in Helena; aber obwohl er wie alle ihre Leutnants während einer Operation zur ständigen Kontakthaltung verpflichtet war, hatte er den Anrufbeantworter eingeschaltet, so daß sie frustriert den Hörer auf die Gabel warf. Ihre erste Reaktion war Zorn, doch sofort danach wallte Sorge in ihr auf. Den Mann in Helena hielt sie für einen ihrer vertrauenswürdigsten Mitarbeiter: Wenn er nicht zu erreichen war, konnte irgend etwas nicht in Ordnung sein.

In Vancouver-City stellte ein Detective, der darauf spezialisiert war, der neuesten Kommunikationstechnologie immer einen Schritt voraus zu sein, die Regler seiner Geräte ein. Und in Helena wartete der mit der Decodierung der verschlüsselten Signale bei Gesprächen der Zielperson Beauftragte geduldig ab.

»Ich werde sie umbringen. Himmel, eines Tages bringe ich sie um…« Sky sprach gedankenverloren zu sich selbst.

»Wie bitte?« Daniel Treacy, dessen Gesicht – wahrscheinlich wegen seiner Schmerzen – noch angespannter und grauer als vorher war, sah sie fragend an.

»Nichts.« Sky unterzog ihn einer verstohlenen Musterung. »Tut Ihre Schulter sehr weh?«

»Ein bißchen.« Sie mußten schreien, da das Rattern der Rotoren des Hubschraubers alles übertönte. Auf dem Rodeoplatz hatte man ihr in Jimbo Larsens Auftrag ausgerichtet, daß ihre Mutter verunglückt und ins Krankenhaus gefahren worden war. Offenbar hatte eine der Katzen auf dem Dach der Wohnung einem entflogenen Kolibri aufgelauert, der sich an einer der am Gesims befestigten Futterstellen gütlich tat. Johanna war, in dem Versuch, den Vogel zu retten, auf eine Leiter geklettert, hatte das Gleichgewicht verloren und war in die Tiefe gestürzt. Jimbo hatte nichts Genaues über die Verletzung gewußt; aber zumindest war sie wohl bei Bewußtsein gewesen, als der Krankenwagen eintraf.

»Wer ist jetzt bei Ihrer Mutter?« fragte Treacy sie.

»Die Freundin, die sie gefunden hat.« Sky dankte dem Schicksal dafür, daß Hermana an diesem Morgen unangemeldet bei ihrer Mutter erschienen war. Sie hatte den Krankenwagen gerufen und geistesgegenwärtig auch gleich den Herausgeber des *Courier* kontaktiert. »Sie wird bei ihr bleiben, bis ich komme.«

»Ich hoffe, daß Ihr irischer Freund sicher nach Hause findet.«

Sky war überzeugt, daß Lynskey, der den Nissan übernommen hatte, den Heimweg ohne besondere Probleme bewältigte. »Er will auch direkt ins Krankenhaus.«

»Dann hat Ihre Mutter ja eine Menge Leute um sich.« Treacys schmales Gesicht erhellte ein leichtes Lächeln.

»Allerdings«, pflichtete Sky ihm bei. »Es ist wirklich ein Glück für mich, daß Sie über den Hubschrauber verfügen konnten. Macht es Ihren Freunden wirklich nichts aus, daß Sie mich nach Butte bringen?«

»Vor heute abend kehren die beiden sowieso nicht nach Kanada zurück, also brauchen sie den Hubschrauber bis dahin nicht. Sie Freunde zu nennen, wäre außerdem ein wenig übertrieben.« Er beugte sich vor und sah aus dem Fenster. »Eher könnte man sie als Geschäftspartner bezeichnen.« Sky war so mit der Sorge um ihre Mutter beschäftigt, daß sie im weiteren an die Beziehung zwischen Treacy und den beiden anderen Männern keinerlei Gedanken verschwendete.

Es war Lynskeys Vorschlag gewesen, mit dem Unternehmer im Hubschrauber nach Hause zu fliegen. Er hatte sich um alles gekümmert, hatte dafür gesorgt, daß Sky mit Jimbo und dem Krankenhaus telefonierte, und hatte mit Treacys Sanitätern gesprochen. Und dieser, dachte sie jetzt, machte hilfsbereit bei alldem mit.

Durch das Fenster auf ihrer Seite des Hubschraubers sah sie bereits Butte unter sich. Der Pilot flog dicht am Rand des Berges entlang, an dem sich die Abschlußklasse von '92 durch symmetrische Reihen weiß gestrichener Felsblöcke verewigt hatte. Die Erinnerung an Johannas stolzes, tränenüberströmtes Gesicht bei ihrem eigenen Schulabschluß war beinahe zuviel für Sky, so daß sie die Augen schloß und zum ersten Mal seit Verlassen der Grundschule wieder betete. *Bitte, lieber Gott, bitte...* Voller Abscheu über ihre eigene Heuchelei machte sie die Augen wieder auf und sah Treacy fragend an. »Werden Sie den Rodeoveranstalter verklagen? Auf jeden Fall hätten Sie allen Grund dazu.«

»Wenn man jemanden verklagen sollte«, wieder huschte die Spur eines Lächelns über sein Gesicht, »dann wohl unseren übergewichtigen Partner. Schließlich ist nicht der Bulle, sondern er auf mich geplumpst.« Hätte sie sich nicht solche Sorgen um ihre Mutter gemacht – und wäre sie nicht so bedacht darauf gewesen, die große Story weiterzuverfolgen, die zweifellos diesem Mann anhaftete – dann hätte sie ihn in diesem Moment vielleicht gemocht.

Das Krankenhaus war menschenleer; nicht einmal die in einfache Baumwollkittel gekleideten Freiwilligen mit ihren Bastkörben voll von Büchern und anderen Freundlichkeiten sah man heute durch die Gänge hasten.

Skys Mutter hatte man bereits aus der Notaufnahme in ein eigenes Zimmer verlegt. »Es geht ihr den Umständen entsprechend gut.« Der jugendlich wirkende asiatische Assistent überflog den Zettel an dem Klemmbrett in seiner Hand. »Wir haben ihr etwas gegen die Schmerzen gegeben und warten darauf, daß sich der Chef die Röntgenbilder ansieht. Aber wahrscheinlich wird er unseren Verdacht bestätigen, Miss MacPherson, nämlich, daß Ihre Mutter zwei Rückenwirbel gebrochen hat.« Skys Herz verkrampfte sich. Ein gebrochener Rücken konnte bedeuten, daß es zu einer Lähmung kam. Danach zu fragen, brachte sie allerdings nicht über sich; daher murmelte sie lediglich, sie wolle nun zu ihr gehen.

Als sie dem Assistenten zu dem bewußten Zimmer folgte, versuchte sie, sich geistig auf eine Situation vorzubereiten, die für sie undenkbar war. In all den vierunddreißig Jahren seit ihrer Geburt hatte Johanna, soweit sie sich erinnern konnte, nicht einen einzigen Tag im Bett verbracht. Sie war immer stolz gewesen auf ihre robuste Gesundheit, die sie ihrer ganzheitlichen Lebensweise zuschrieb. Sich vorzustellen, daß sie mit einem Mal – vielleicht für immer – hilflos ans Bett gefesselt war, erschien Sky unfaßlich.

Johanna war bei Bewußtsein; aber ihr Hals und Kopf steckten in einem so festen Stützverband, daß sie ihre Tochter erst entdeckte, als diese unmittelbar am Fußende ihres Bettes stand. Als sie Sky erkannte, hellte sich ihre Miene auf. »Hallo, mein Schatz. Da habe ich uns ja ganz schön in die Bredouille gebracht!« Ihre Sprechweise war aufgrund der Medikamente ein wenig schleppend, aber abgesehen davon strahlte sie eine Ruhe aus, als säße sie zusammen mit Buffy und Hermana in ihrer Küche über einem Becher Tee. Sanft nahm Sky eine ihrer schlaffen Hände, wobei sie bemerkte, daß eine der Nadeln, mit denen Johanna ihre langen Haare bändigte, gefährlich nah über ihrem Auge hing. Sie zog sie ganz heraus, wobei sie furchtsam darauf achtete, nicht gegen die metallenen Schienen zu stoßen, die den Kopf ihrer Mutter umgaben. Dann wallten Empörung, Erleichterung, Zorn und Furcht zusammen in ihr auf. »Was, in aller Welt, hast du angestellt, Mom? Wo ist Hermana?«

»Regen Sie sie nicht auf, Miss MacPherson.« Der Doktor legte ihr besänftigend die Hand auf den Arm. »Ihre Mutter hat einen ziemlichen Schock; aber später kann sie Ihnen sicher genauestens erklären, wie es zu dem Unfall kam. Jetzt allerdings ist Ruhe das Wichtigste.« Mit einem strahlenden, professionellen Lächeln wandte er sich der Patientin zu. »Nicht wahr?«

»Moondancer hatte einen kleinen Vogel gefangen.« Johanna brachte die Worte nur mühsam heraus. »Ei-nen klei-nen *Vogel,* den ich retten mußte, Sky.«

Skys Zorn verrauchte ebenso schnell, wie er aufgeflammt war. »Natürlich mußtest du das, Mom.« Ergeben sank sie auf einen Stuhl.

»Hermana holt mir ein paar Sachen von zu Hause. Ich schätze, daß ich ein paar – ein paar Tage hierbleiben muß.«

»Das schätze ich auch.«

»Lieb von dir, daß du direkt von der Arbeit hierhergekommen bist, meine Süße. Vielen Dank.«

»Ich hatte dir doch gesagt, daß ich zu dem Ro ...«, setzte Sky automatisch zu einer barschen Erwiderung an, ehe sie sich auf die Lippen biß. »Das habe ich gern gemacht. Hast du große Schmerzen?«

»Überhaupt keine.« Johanna runzelte, in dem Versuch, sich an etwas zu erinnern, angestrengt die Stirn. »Jemand hat eine Na – eine Nachricht für dich hinterlassen, Sky – oh, verdammt, ich kann – ich kann ...«

»Pst, Mom, es ist egal. Am besten ruhst du dich jetzt gründlich aus. Bald kommt der Chef.«

Johanna sah den Assistenten mit einem seligen Lächeln an. »Dieser junge Mann ist ein Engel. Und natürlich hat mich mein eigener lieber Schutzengel gerettet. Er hätte – ich hätte ...« Hier verließen die Worte sie, so daß sie schläfrig die Augen schloß.

Überwältigt von einer Woge der Liebe und Zuneigung und in der Erkenntnis, daß sie tatsächlich einem Schutzengel oder irgend jemand anderem zu großem Dank verpflichtet war, beugte sich Sky über das Bett und küßte Johannas bleiche Wangen. »Keine Sorge, ich werde mich um dich kümmern.« Dann erinnerte sie sich daran, daß der Assistent immer noch im Zimmer war, und richtete sich entschlossen wieder auf. »Sagen Sie mir die Wahrheit. Wird sie je wieder laufen können?«

»Diese Frage kann man noch nicht beantworten, Miss MacPherson.«

Beim Anblick der verschlossenen Miene des Arztes kam sich Sky wirklich naiv vor. Die Mediziner in den USA hegten eine derart panische Angst vor Klagen wegen Kunstfehlern, voreiligen Informationen oder Erteilung falscher Auskünfte, daß niemand außer einem voll versicherten Spezialisten den Mut zu einer ehrlichen Diagnose fand. »Danke, Doktor, ich kann jetzt allein bei ihr bleiben. Aber lassen Sie die Tür bitte ein Stückchen auf?« Nachdem sie den Assistenten möglichst höflich entlassen hatte, setzte sie sich wieder auf den Stuhl, um auf den zuständigen Facharzt zu warten.

Während die Zeit verging, drangen aus anderen Zimmern entlang des Korridors gedämpfte Stimmen von Besuchern, Geräusche von Fernsehern, das leise Klicken sich öffnender und schließender Türen an ihr Ohr. Ohne irgendwelche persönlichen Gegenstände, Blumen oder Karten, kam ihr Johannas Raum mit den grauen Stahlmöbeln, dem unnatürlich ordentlichen Bett und den schlichten Satinvorhängen, deren Farbe irgendwo zwischen

Pink und Pfirsich lag, so sachlich und steril wie der Empfangsraum einer Leichenhalle vor.

Als sie ans Fenster trat, um sich abzulenken, nahm sie das gedämpfte Knattern der Rotoren des Hubschraubers wahr und fragte sich, wie schwer wohl Treacys Verletzung war. Sobald sie wußte, wie es um ihre Mutter stand, müßte sie daran denken, sich nach ihm zu erkundigen und für seine Hilfsbereitschaft zu bedanken.

18

Schneller als erwartet bekam Sky die Gelegenheit dazu. Wenige Minuten, nachdem sie ans Fenster getreten war, betrat er, den linken Arm sicher in einer Schlinge vor der Brust, eine Sekunde vor dem Spezialisten, dem jungen Assistenten und einer Schwester, Johannas Raum. »Oh!« Sky zögerte, als sie sein medizinisches Gefolge erblickte.

»Miss MacPherson?« Der Chef, dessen Gesicht ebenso gepflegt war wie sein Haar und dessen Füße noch in Golfschuhen steckten, reichte zunächst ihr die Hand, dann wandte er sich Treacy zu. »Sind Sie der Ehemann?«

Nach der Klärung der verwandtschaftlichen Verhältnisse bat er die beiden, draußen zu warten, bis seine Untersuchung beendet war. »Ich leiste Ihnen Gesellschaft.« Daniel Treacy setzte sich auf die Bank im Korridor und forderte Sky auf, es ihm gleichzutun. »Ein gebrochener Hals, nicht wahr?«

»Rücken.«

»Das kann schlimm sein, muß aber nicht. Was auch immer die erste Diagnose ergibt, übernehme ich persönlich die Garantie dafür, daß alles menschenmögliche für Ihre Mutter unternommen wird.«

»Danke, Mr. Treacy, aber ich bin sicher, wir kommen auch allein zurecht. Was macht Ihre Schulter? Ist sie gebrochen?«

»Nein, nur ausgekugelt. Sie haben sie mehr oder weniger wieder eingerenkt, und jetzt geht es nur noch darum, der Natur ihren Lauf zu lassen, bis die Schmerzen abklingen. Aber um auf Ihre Mutter zurückzukommen: bitte denken Sie nicht, daß ich mich aufdrängen will; nur lassen Sie mich im Rahmen meiner Möglichkeiten behilflich sein. Wenn Ihnen die Behandlung hier nicht zusagt, erkundigen Sie sich vielleicht einmal über die Mayo-Klinik.«

Sky schwankte, ob ihr diese, wenn auch gut gemeinte Einmischung willkommen war. So taktvoll wie möglich lehnte sie seine Hilfe ab, aber er schien sie gar nicht zu hören; er sagte nur, daß er, sobald er zu Hause wäre, ein paar Anrufe tätigen würde. »Und natürlich erscheint der geplante Besuch Ihrer Großmutter jetzt in einem völlig neuen Licht.«

»Wie bitte?« Sky verstand nicht, was er damit meinte.

»Elizabeth.« Er starrte auf die Wand. »Ihre Großmutter. Der Besuch.«

»Nun, es ist offensichtlich, daß wir uns augenblicklich nicht um sie kümmern können. Meine Mutter wird...«

»Ganz im Gegenteil! Ich bin sicher, daß sie aufgrund dieses Unfalls so schnell wie möglich zu ihrer Tochter kommen will. Und selbstverständlich braucht Ihre Mutter Zeit, um sich zu erholen, ohne sich darüber hinaus um einen Gast kümmern zu müssen.« Endlich blickte er sie an. »Ich werde dafür sorgen, daß es Ihrer Großmutter an nichts mangelt, sobald sie hier eintrifft, Miss MacPherson.«

»Aber Sie können unmöglich...«

»Es ist das mindeste, was ich Ihrer Familie schuldig bin.« Seine vor Leidenschaft leuchtenden Augen hoben sich dunkel von seiner Blässe ab. »Sie haben in der Früh gesagt, Ihre Mutter riefe heute abend in Irland an. Wenn es Ihnen keine allzu großen Umstände bereiten würde, wären dann vielleicht Sie bereit, dieses Telefonat zu tätigen? Ich weiß, Sie werden Ihrer Großmutter die traurige Neuigkeit mitteilen wollen – könnten Sie ihr dann gleichzeitig ausrichten, daß ich selber auch noch anrufen werde? Und bitte versichern Sie ihr, daß ich ihr gern eine Suite in einem Hotel ihrer Wahl reservieren lasse, falls ihrer Ansicht nach ein

Aufenthalt in meinem Haus den Regeln des Anstands zuwiderläuft.«

Unter anderen Umständen hätte Sky bei der Vorstellung, daß eine fünfundsiebzigjährige Frau sich Gedanken um Anstand machen könnte, vielleicht laut gelacht – aber jetzt sah sie ihr Gegenüber reglos an. »Ich werde mit ihr sprechen, und hinterher gebe ich Ihnen Bescheid.«

Aus dem Zimmer ihrer Mutter drang kein einziger Laut in den Korridor. Sky hoffte verzweifelt, daß Johanna keine Schmerzen litt, während sie sich ausmalte, was in dem Raum gerade vor sich ging. Sie zwang sich, an ihre Mutter nicht als das auf der Streckbank liegende folterbereite Opfer zu denken, sondern als die Mom, die in Skys Kindheit stundenlang an ihrem Bett gesessen und ihr Bücher vorgelesen hatte, wie zum Beispiel H. G. Wells, Orwell, Kerouac, Anna Sewell und Louisa M. Alcott, deren Lektüre andere Mütter als absolut unpassend erachteten. Als negative Seite ihrer Kindheit hatte Sky den endlosen, erfolglosen Kampf um normale Freundschaften in Erinnerung. An den Orten, an denen sie und ihre Mutter lange genug geblieben waren, um sie als Zuhause zu empfinden, hatten die Mütter anderer Kinder Besuche bei den MacPhersons nur widerwillig und Übernachtungen überhaupt nicht erlaubt. Sie hatten geahnt, daß es bei Johanna wahrscheinlich vor dem Zubettgehen außer Sonnenblumenkernen und Popcorn auch Geschichten von unter dem Glücksstern lebenden Liebenden zu verdauen gab.

Und trotzdem sah Sky ihre bizarre Kindheit im nachhinein als überwiegend gelungen an: Lange, bevor sie auf die weiterführende Schule kam, hatte sie gewußt, wo Saigon lag und was es bedeutete; außerdem kannte sie nicht nur Bob Dylan, sondern auch Che Guevara und die Berrigans. Einen herrlichen Sommer lang hatte sie im kalifornischen Sand unbekannte Spiele mit Horden zerlumpter, dunkelhäutiger Kinder gespielt, während ihre Mutter sich bemühte, Cesar Chávez bei der Verbesserung des Loses mexikanischer Obstpflücker behilflich zu sein.

»Sie lächeln.«

Aufgeschreckt murmelte Sky etwas davon, daß sie sich in

einen Tagtraum verloren hatte. »Hören Sie!« Sie stand auf. »Ich weiß Ihre Freundlichkeit zu schätzen, Mr. Treacy, aber jetzt sollten Sie wirklich nach Hause gehen. Ihr Arm hat ein wenig Ruhe verdient.«

»Da gebe ich Ihnen recht. Diese verfluchten Schmerzmittel setzen einem auch ganz schön zu.« Er erhob sich ebenfalls, als Sky ihr Versprechen wiederholte, ihn anzurufen, nachdem sie ihre Großmutter erreicht hatte.

»Sind Sie sicher, daß Sie allein warten wollen?« Er blickte auf Johannas geschlossene Tür. »Sie lassen sich verdammt viel Zeit …«

»Was hoffentlich ein gutes Zeichen ist.« Wenn sie das nur überzeugend genug sagte, könnte es auch wahr werden.

Ungefähr zehn Minuten, nachdem Treacy gegangen war, öffnete sich endlich die Tür und der Chef kam heraus. Sky, die sich gerade eine Cola aus dem Getrankeautomat am Ende des Ganges geholt hatte, blieb reglos stehen, als sie die ernste Miene des Mannes sah.

»Nehmen Sie Platz, Miss MacPherson.« Der Arzt setzte sich auf die Bank. »Wir müssen miteinander reden.«

Vor Angst betäubt sank Sky neben ihn.

»Ich habe eine gute und eine schlechte Nachricht für Sie«, setzte er verhalten an. »Die schlechte Nachricht ist, daß wir die verletzten Rückenwirbel operieren müssen.« Als er sah, wie Sky erbleichte, nahm er tröstend ihre Hand. »Aber die gute Nachricht ist, daß meiner Erfahrung nach diese Art von Operation erfolgreich verlaufen wird und daß sie sich, abgesehen vielleicht von ein bißchen Arthritis im Alter, vollkommen erholen kann. Sie hat Glück gehabt. Wir operieren sie gleich morgen früh. Haben Sie eine Krankenversicherung?«

Sky schüttelte den Kopf, und obgleich sie versuchte, die Tränen zurückzuhalten, indem sie fest die Augen schloß, begannen sie von alleine zu fließen. »Machen Sie sich keine Gedanken.« Der Arzt interpretierte ihre Tränen falsch. »Es wird teuer, aber wir finden schon eine Lösung.«

»Das ist es nicht …« Skys Stimme versagte und die Tränenflut brach sich endgültig Bahn. Erst jetzt merkte sie, wie beharrlich sich eine dauerhafte Lähmung ihrer Mutter bereits in ihr festgesetzt hatte. »Kann ich sie sehen?«

»Natürlich. Aber sie hat starke Mittel bekommen, weil wir sie ein wenig bewegen mußten. Sie wird nicht merken, daß Sie bei ihr sind.«

Hinter Sky wurden schwere Schritte laut, und als sie sich umsah, entdeckte sie Hermana um die Ecke keuchen. »Oh, Hermana, wahrscheinlich wird alles gut.« Sie rannte den Korridor hinab und warf sich der älteren Frau wie ein kleines Kind in die Arme.

»Natürlich wird es das.« Die mit Papiertüten beladene Hermana erwiderte die Umarmung, soweit es ihr möglich war. »Ein Mensch wie deine Mutter steht unter einem besonderen Schutz. Das haben wir alle schon immer gewußt.«

Normalerweise hätte Sky sich gegen derartige Sätze vehement zur Wehr gesetzt, aber in diesem Augenblick hätten die Glückseligen Schwestern auch sämtliche Bediensteten der Maharadschas von Indien herbeizitieren und mit ihnen ihre Mutter in einem Meer von Lotusblüten versenken können. Sie trat einen Schritt zurück und rieb sich die Augen. »Ich benehme mich einfach lächerlich. So werde ich ihr keine große Hilfe sein.«

Der Chef trat neben sie. »Ich mache mich dann mal wieder auf den Weg.« Er sah auf seine Uhr. »Wir brauchen noch ein paar Angaben von Ihnen, und dann müssen Sie noch Ihr schriftliches Einverständnis zu der Operation geben. Machen Sie sich keine allzu großen Sorgen.« Väterlich tätschelte er Sky die Schulter. »Es wird ein wenig dauern, aber ich habe schon mit wesentlich schlimmeren Fällen zu tun gehabt.«

»Offenbar wird es ein Vermögen kosten.« Sky nahm Hermana ein paar der Tüten ab und gemeinsam betraten sie das Krankenzimmer. »Ich nehme an, du weißt, daß wir nicht versichert sind?«

»Wir sind alle gut beschützt«, wiederholte Hermana nur. »Ich habe Buffy angerufen – in spätestens einer halben Stunde wird sie hier sein.«

Sie packten die Tüten aus und stopften den größtenteils überflüssigen Inhalt, da Johanna während der nächsten Zeit sowieso Krankenhauskleidung tragen würde, in den Schrank. Sie schlief, obwohl Sky mutmaßte, daß die Halterungen, in denen sie steckte, alles andere als komfortabel waren.

Sie und Hermana saßen neben dem Bett und sprachen leise über Johannas ereignisreiches Leben, als sich die Tür öffnete und ein zerzauster Lynskey hereinschlüpfte. »Ich bin wie ein Verrückter gefahren«, verkündete er ohne lange Einleitung. »Wie geht es ihr?«

Sie klärten ihn über Johannas Zustand auf und Hermana drängte Sky, sich zunächst einmal von ihm nach Hause fahren zu lassen. »Buffy kommt auch gleich und wir können dich anrufen, sobald es die geringste Veränderung gibt. Los, Sky, das Ganze war schließlich ein furchtbarer Schrecken für dich.«

»Ich könnte tatsächlich eine Dusche gebrauchen.« Die Aussicht auf sauberes Wasser und frische Kleider war für Sky, die sich in der letzten Stunde um zehn Jahre gealtert vorkam, so verführerisch, daß sie sich gerne Hermanas Diktat beugte.

Während der kurzen Heimfahrt sagte er kein Wort, wofür sie dankbar war. Abgesehen von einigen jungen Paaren, die händchenhaltend durch die Gegend spazierten, und einer Gruppe von Kindern, die auf einem Hügel Baseball spielten, lag Butte ausgestorben da. Sky hatte ein Gefühl von Unwirklichkeit: So vieles war geschehen, daß sie diesen Sonnenschein und diesen ganz normalen Sonntag nicht mehr einordnen konnte.

Ihr Kopf schien kurz davor, zu bersten – ein sicheres Zeichen von Koffeinentzug. Die Cola hatte ein wenig geholfen, aber die einzige sonstige Ration hatte sie zusammen mit Lynskey bei McDonalds heute morgen zu sich genommen – was ihr so weit weg vorkam wie das Gestern. Kein Wunder, daß sie im Flur des Krankenhauses in Tränen ausgebrochen war – ihre Nerven fuhren sozusagen Achterbahn.

»Kommst du noch mit rein?« Selbst die Wohnung erschien ihr fremd, als Lynskey in die Einfahrt glitt.

»Geht das denn?« Er stellte den Motor noch nicht ab. »Ich kann auch problemlos hier draußen warten.«

»Mach dich nicht lächerlich.« Sky öffnete die Beifahrertür und stieg aus.

Er bot an, Kaffee zu kochen, während sie sich duschte, und sie nahm begeistert an. Dann erinnerte sie sich an seinen unersättlichen Appetit. »Ich glaube, im Kühlschrank sind noch ein paar selbstgemachte Muffins.« Auf dem Weg zu ihrem Schlafzimmer fiel ihr ein, daß seit dem Aufstehen in ihren Magen noch kein Bissen gelangt war. Hatte sie tatsächlich erst heute morgen Daniel Treacy in seinem überwältigenden Büro interviewt?

Sie schälte sich aus den Kleidern und zog ihren Bademantel an. Das Handtuch in der Hand, machte sie sich zum Badezimmer auf. Das Telefon klingelte und sie starrte reglos den Apparat auf Johannas kleinem, halbmondförmigen Tischchen neben der Haustür an. Vielleicht war es das Krankenhaus. Sie hoffte, daß Lynskey an den Apparat in der Küche ging, aber es klingelte immer weiter. Schließlich griff sie nach dem Hörer. »Hallo?«

»Miss MacPherson? R. Sky MacPherson?«

Sie erkannte die Stimme nicht und ihre Panik wuchs. »Ja, hier ist Sky MacPherson, mit wem spreche ich?«

»Bill Collins, Direktor des Bestattungsinstituts. Wir haben uns schon einmal getroffen. Ich habe bereits mehrere Nachrichten für Sie hinterlassen, Miss MacPherson, aber Sie haben sich nicht mit mir in Verbindung gesetzt.«

Sky lehnte sich ermattet an die Tür. »Ja, tut mir leid, Mr. Collins. Morgen wollte ich mich auf alle Fälle bei Ihnen melden.«

»Wir müssen uns unbedingt einmal unterhalten.«

Am liebsten hätte sie ihn erwürgt. »Tut mir leid, wenn Ihnen der Bericht über das Treffen Ihrer Brigade nicht gefallen hat, Mr. Collins, aber ...«

»Es geht um etwas vollkommen anderes«, unterbrach er sie. »Wann hätten Sie Zeit? Vielleicht jetzt?«

»Du liebe Güte, das ist vollkommen unmöglich. Meine Mutter ...« Zu ihrer Verärgerung fing ihre Stimme zu zittern an, so daß sie sich energisch räusperte. »Meine Mutter liegt im Krankenhaus. Ich bin erst vor ein paar Minuten nach Hause gekommen, um ein paar Sachen für sie zu holen.«

»Oh!« Sofort bekam seine Stimme einen professionell teilnahmsvollen Ton. »Hoffentlich ist es nicht allzu ernst?«

»Ziemlich ernst, Mr. Collins. Meine Mutter hat sich das Rückgrat gebrochen. Ich mache mir große Sorgen um sie. Sie werden verstehen...«

»Natürlich, Miss MacPherson. Aber trotzdem würde ich gern mit Ihnen sprechen, sobald es Ihnen möglich ist. Vielleicht könnte ich ja morgen noch einmal anrufen. Vorausgesetzt natürlich, Ihrer Mutter geht es den Umständen entsprechend gut.«

»Wir werden sehen! Auf Wiedersehen, Mr. Collins.«

Ekelhafter Kerl. Obgleich dies natürlich eine Überreaktion war, warf sie angewidert den Hörer zurück. Wie, in aller Welt, hielten Teddy und Melinda Morzsansky es bei ihm aus?

»Alles in Ordnung?« Als sie sich umdrehte, stand Lynskey in der Küche.

»Dieser gottverdammte Shamrock-Haufen!« Sie wies auf das Telefon.

»Damit sind wohl wir gemeint?«

Seine Miene machte sie betroffen. »Oh, Fergus, tut mir leid. Natürlich habe ich nicht dich gemeint.« Sie ging auf ihn zu, aber als sie seinen Gesichtsausdruck sah, stoppte sie. »Was ist los? Ich habe gesagt, es tut mir leid...«

»An deiner Stelle würde ich den Morgenmantel zumachen.« Seine Stimme klang leise und beherrscht.

Sky blickte an sich herab – da der Gürtel ihres Bademantels aufgegangen war, stand sie völlig entblößt vor ihm. »Auch das noch.« Verlegen griff sie nach dem Gürtel, aber als sie den Kopf wieder hob, näherte er sich ihr.

»Laß ihn auf, bitte...« Der Griff seiner Hände auf ihren Schultern tat beinahe weh. »Ich weiß, dies ist sicher nicht der passende Augenblick...«

»O doch.« Sie sprach so leise, daß er sie kaum verstand.

»Aber deine Mutter...«

»Ich weiß.« *Verzeih mir, Mom...* Sky machte die Augen zu, als er sie in die Arme nahm und wie ein Baby auf ihr Schlafzimmer zutrug.

Sie fielen auf das Bett und zerrten gemeinsam an den Reißverschlüssen und Knöpfen von Lynskeys Garderobe. »Entschuldige bitte tausendmal, wenn es nicht lange dauern wird.« Lynskey atmete keuchend aus.

»Alles klar.«

Der Parkplatz neben der Gárdaístation in Killybegs diente gleichzeitig als vorübergehender Schrottplatz für ramponierte Fahrzeuge. Obgleich der Regen weitergezogen war, stürmte es stärker als zuvor und am Himmel türmten sich solche Wolkenberge, daß der Mond keinerlei Chancen hatte. Ideale Bedingungen für den Mann, der verstohlen über die Straße schlich.

Es war beinahe drei Uhr morgens, und obwohl er sich relativ unbeobachtet glaubte, spitzte Rupert de Burgh die Ohren und lauschte angestrengt. Von dort, wo er stand, erkannte er die Überreste des Hiace und des Starlet nur, weil aus den beiden Fenstern der Wache Licht auf den Parkplatz fiel.

Nachdem er sich über das Heulen des Windes und das Klappern einer losen Dachpfanne auf einem in der Nähe stehenden Haus hinweg vergewissert hatte, daß außer ihm niemand auf der Straße war, löste er sich aus seiner Nische und rannte auf den Parkplatz zu.

Dort angekommen schlich er weiter durch die Dunkelheit, doch als er aus dem Augenwinkel das Aufblitzen des Metallkanisters in seinen Händen sah, erstarrte er. Er duckte sich eine Weile, ehe er sich hinter die beiden zerstörten Wagen schob.

Als er mit äußerst sparsamen Bewegungen das Benzin ausgoß, stiegen ihm die Dämpfe in die Nase und er verspürte ein Kitzeln. Eilig stellte er den Kanister in das klaffende Loch, wo einmal die Kühlerhaube des Hiace gewesen war, und noch während er das erste Streichholz anriß, mußte er niesen. Der Ausbruch war so heftig, daß die Flamme davon erlosch.

Ohne die Nerven zu verlieren, brachte er ein zweites Streichholz in Gang und hielt die kleine Flamme an die Stofftasche, die die Anzünder enthielt. Als das Feuer deutlich entfacht war, legte er die Tasche am Anfang der von ihm gelegten Benzinspur ab.

Dann rannte er und erreichte, wenn auch knapp, die Straße, als der Hiace explodierte und den Starlet, einen Einsatzwagen und zwei Privatfahrzeuge der Gárdaí mit sich riß.

19

In Skys Schlafzimmer lagen sie und Lynskey wie zwei Löffelchen im Bett. Mit einem Finger fuhr er von ihrer rechten Schulter zu ihrem Ohrläppchen hinauf. »Ich habe dich so begehrt. Von der ersten Sekunde an, als ich dich aus deinem Wagen steigen sah. Und dann, als ich dich im Schatten auf diesem Schulhof entdeckte – mein Gott!« Er drehte sie zu sich herum und küßte sie.

»M-mmm.« Sky schlang ihre Arme um seinen Hals und zog ihn dichter an sich. »Halt die Klappe, Lynskey. Halt nur ein einziges Mal den Mund. Sag nichts, einfach nichts.« Er roch nach Aftershave und Schweiß und Sex, was eine kraftvolle, berauschende Mischung war. Sie hatte solche Sehnsucht nach ihm, daß es ihr körperliche Schmerzen bereitete. Es war tatsächlich zu kurz gewesen, dachte sie, aber die Macht seiner Leidenschaft hatte sie gleichsam begraben.

Zu spät fiel ihr ihre Mutter wieder ein. »Allmählich wird das Krankenhaus wieder fällig.«

»Natürlich.« Lynskey schnupperte an ihrer Wange und lag dann reglos neben ihr. »Deine Mutter hatte recht. Hat dir schon einmal jemand gesagt, daß du die schönste Stimme auf Erden hast?«

»Meine Stimme erscheint mir im Augenblick nicht allzu bedeutungsvoll …«

Einige spannungsgeladene Sekunden rührten sie sich nicht. Dann allerdings begrub er ihre Lippen unter einem Kuß, sie spürte, wie sich neues Leben in ihm regte und preßte sich an ihn, aber er ging nicht darauf ein. »Wirst du uns vertrauen?« flüsterte er in ihren offenen Mund.

»Uns vertrauen? In welcher Hinsicht?« Sky war so voll der Hitze und des Verlangens, daß sie zu allem ja gesagt hätte, nur damit er ihr endlich entgegenkam.

»Laß mich machen, Sky, nur fünf Minuten lang. Warte ab, ob es dir gefällt. Ja, das wird es!«

»Natürlich, nur mach schnell …«

»Genau das habe ich dieses Mal nicht vor.« Lynskey hörte auf, sie zu küssen und sah sie zärtlich an. »Vertrau mir«, wiederholte er.

Er richtete sich auf, bis er auf ihren Hüften saß. Als sie versuchte, sich ebenfalls zu erheben, um ihn zu küssen, schob er sie sanft auf die Kissen zurück und breitete ihre Arme auf dem Laken aus. »Du hast gesagt, daß du mir vertrauen wirst. Rühr dich nicht. Tu gar nichts, überlaß einfach alles mir.«

Zitternd, sich seines Gewichts auf ihren Hüften allzu bewußt, versuchte sie, sich nicht zu bewegen, als er sie langsam mit seinen Beinen umklammerte, sich nach vorne beugte und mit seinen zusammengelegten Händen zwischen ihre Brüste fuhr. »Bleib liegen und mach die Augen zu. Du sollst nur *fühlen*, Sky …«

Sie ergab sich ihm, als er die Hände öffnete und ihre Haut zu massieren begann, während er mit seinen Daumen ihre Brüste kitzelte, woraufhin sie ein wohliger Schauder durchrann. »Los, fühl mich, fühl es, Sky.« Der Druck seiner Schenkel verstärkte sich, und obwohl sie versuchte, ruhig zu bleiben, wand sie sich unweigerlich unter ihm. Wieder spreizte er die Hände über ihrem Bauch, dann liebkoste er mit den Daumen ihren Busen. »Fühl, was dein Körper dir sagt. Du bist wundervoll, einfach wundervoll …«

Er neigte den Kopf und umfaßte mit den Lippen ihre Brust. Der Druck war minimal, aber was auch immer er mit seinen flatternden Lippen und seiner gleitenden Zunge tat, führte dazu, daß sie vor Verlangen schrie.

Auf dieselbe Art umfaßte er nun die zweite Brust, und als er sie berührte, meinte Sky, zu vergehen. Trotz ihrer Bemühungen, reglos zu bleiben, nahm ihr Oberkörper den Rhythmus der erregenden Liebkosung auf, während ihr zur Reglosigkeit zusammengepreßter Unterleib praktisch schwerelos und als nicht zu ihr gehörig erschien.

Bis an den Rand führte er sie, doch als sie stöhnte und weinte und keuchend um Erlösung bettelte, machte er sich plötzlich los. Sie packte ihn, da sie dachte, daß nun der Moment der Vereinigung gekommen war, doch schob er ihre Hände vehement zurück. »Ich habe dir gesagt, daß du dich nicht bewegen sollst. Dreh dich um, bitte, dreh dich für mich um.«

»Ich hoffe, solange halte ich noch durch...« So ein Geräusch, wie es in diesem Moment aus ihrer Kehle drang, hatte Sky noch nie vernommen.

»Pst!« Er drückte ihren Kopf in das Kissen und als er mit seinen Händen von ihrem Hals zu ihren Hüften fuhr, ergab sie sich ihm abermals.

Mit einem Mal riß sie die Augen auf. Er liebkoste die Spalte zwischen ihren Pobacken auf dieselbe Art wie vorher ihre Brust. Ganz von alleine zog sie ihre Beine an, und tief in ihrem Inneren brach ein Vulkan aus.

»Noch nicht, noch nicht...« Er drückte sie aufs Bett zurück, spreizte ihre Schenkel, und quälte sie, indem er ihr seine Daumen, bis sie sich flehend aufbäumte, vorenthielt. »Deine Haut ist so weiß wie die Federn eines Schwans...« Langsam fuhr er ihre Pobacken entlang. »Du bist die perfekteste, schönste Frau, der ich je begegnet bin, ein Silberreiher, ein weißer Delphin...«

Sky wußte, daß dies das Ende war. »Ich kann nicht mehr...«

Sofort drang er von hinten in sie ein, wobei er ihre Brüste und Bauch in seinen großen Händen gefangenhielt und die Haut zwischen ihren Schulterblättern küßte, bis sie erschauderte und mit fremder Stimme aufschrie.

Wie aus weiter Ferne stimmte er mit ein, ehe er nach einer kleinen Ewigkeit wieder zu Atem kam. »Himmel! Was haben wir für einen Lärm gemacht! Umso besser, daß wir nicht auf das Stelldichein im War Bonnet gewartet haben – dort hätte bestimmt irgend jemand den Manager heraufgeschickt.«

Am liebsten wollte Sky die Augen niemals wieder öffnen. Das Kissen unter ihrer Wange war weich wie das Wasser in einem sommerlichen Swimmingpool. »Lynskey, du bist wirklich gut. Du solltest dich patentieren lassen – die Menschen würden lange Wartezeiten in Kauf nehmen.«

»Vielen Dank.« Er rollte sich neben sie. »Aber ich muß gestehen, daß mich vorläufig noch niemand in Kauf genommen hat.«

»Nur eins stört mich.« Sky drehte sich auf den Rücken und beobachtete ein Insekt, das gemäß dem Pochen ihres Blutes wechselweise mal größer und mal kleiner war...

»Was?« Zärtlich strich er ihr die feuchten Haare aus der Stirn.

»Silberreiher?« Sie sah ihn spöttisch an. »Schwäne – *Delphine*?«

Wenigstens besaß er den Anstand, einigermaßen verlegen auszusehen. »Ich dachte, daß du mich in deinem Zustand gar nicht hörst.«

»Da hast du falsch gedacht.« Genüßlich streckte sich Sky in ihrer ganzen Länge aus. Sie hatte das Gefühl, an einen anderen Ort versetzt zu sein, an dem sich der menschliche Körper endlos dehnen ließ. Dann allerdings fiel ihr plötzlich wieder ihre Mutter ein und sie richtete sich auf. »Mom! Wir müssen – oder zumindest *ich* muß – ins Krankenhaus zurück. Am besten setze ich dich unterwegs irgendwo ab.«

»Du setzt mich nirgends ab. Natürlich komme ich mit.« Lynskey gab ihr einen Kuß auf die Nase und rollte sich vom Bett. »Also los.«

Sie duschten gemeinsam und als sie sich abtrockneten, fiel ihr direkt unterhalb seiner Hüfte eine kleine, runde Verfärbung auf. »Was ist denn das?« Sie berührte seine Haut. »Sieht wie eine Narbe aus.«

»Ein angeborenes Muttermal.« Sein Ton war nonchalant, wie gehabt. »Bietet einem immer wieder die Möglichkeit eines unverfänglichen Gesprächsanfangs. Die Frauen lieben es.«

Gerade als sie ihm einen spielerischen Klaps versetzen wollte, klingelte im Flur das Telefon. »Verdammt.« Aus Angst, daß es das Krankenhaus war – und voller Schuldgefühle, weil sie nicht längst wieder bei ihrer Mutter war – griff sie nach einem Handtuch, schlang es sich um den Leib und stürzte in den Korridor.

»Gut, daß ich dich noch erreiche.« Jimbos trockene Stimme beruhigte sie. »Ich habe es erst in der Klinik versucht, aber dort sagte man mir, daß du kurz nach Hause gefahren bist.«

»Soeben bin ich wieder auf dem Weg dorthin.« Sky rieb sich mit einer Ecke des Handtuchs die Schulter. »Ich habe nur noch ein paar Sachen zusammengesucht.«

»Wie geht es deiner Mutter? Mir haben sie nichts gesagt.«

Sie klärte ihn mit dünnen Worten auf, und als sie fertig war, räusperte er sich. »Hör zu, Sky, nimm dir so lange frei, wie du willst. Denk am besten gar nicht ans Büro. Wir kommen auch so zurecht. Vermutlich machst du dir wegen der Kosten Sorgen; aber komm mal unverbindlich bei mir vorbei, damit wir eine Strategie entwerfen.«

»Danke.« Sein Angebot rührte Sky. Vielleicht war Butte doch kein so schlechter Ort. Dann allerdings fielen ihr all die Schecks in der Kommode ihrer Mutter ein. Am besten riefe sie ihren Onkel Francey an. »Du bist prima, Jim, aber ich kriege das schon auf die Reihe. Was ist mit dem Bericht über das Rodeo?«

»Könntest du vielleicht morgen irgendwann deine Notizen bringen? Dann sage ich der Kleinen, daß sie sie ins reine schreiben soll.«

»Wenn sie sie entziffern kann...« Sie dachte an die Hieroglyphen in ihrem Notizbuch und erschauderte.

»Wenn nicht, wird es höchste Zeit für sie, es zu lernen, meinst du nicht?« stellte Jimbo gelassen fest, ehe er ungewöhnlich zögernd weitersprach. »Tja, da wäre noch etwas.« Wieder räusperte er sich. »Ist dieser irische Lehrer noch bei dir?«

»Nein«, log sie spontan. »Warum?«

»Dieser Augenblick paßt wahrscheinlich nicht so richtig, aber ich möchte mit dir über ihn reden, Sky. Hör zu, ich weiß, das Ganze ist ein wenig delikat...« Da Lynskey inzwischen die Dusche abgedreht hatte und wahrscheinlich hörte, was sie sprach, antwortete sie nicht. »Bist du noch dran?«

»Ja.« Sie kehrte der Badezimmertür den Rücken.

»Ich will dir keine Angst machen«, seine Stimme wurde ungewöhnlich steif. »Und es soll nicht der Eindruck entstehen, ich mischte mich in fremde Angelegenheiten ein – aber es gibt da etwas, das du über ihn wissen solltest.«

»Jetzt nicht.« Sky hörte, wie Lynskey aus dem Badezimmer kam und lautlos in ihr Zimmer schlich.

»Natürlich.« Jimbos Ton wurde noch eine Spur unpersönlicher. »Ruf mich einfach an, wenn es dir paßt. Bis dahin gib gut auf dich acht! Grüß deine Mutter von mir – und auch von Sam. Sie sagt, ich soll dir ausrichten, daß du jederzeit zum Essen oder einfach zum Reden willkommen bist, okay? Ich will dich nicht ständig mit Anrufen belästigen, melde dich einfach, wenn dir danach zumute ist.«

»Danke. Und sag auch Sam vielen Dank.«

»Mach ich!« Ehe sie sich auch nur verabschieden konnte, hatte er schon eingehängt.

Langsam legte auch sie den Hörer auf. Die Euphorie, von der sie noch vor wenigen Minuten erfüllt gewesen war, hatte sich so vollkommen gelegt, daß sie sich dünn und flach fühlte wie ein Dollarschein. Sie kannte Jimbo Larsen seit einer Ewigkeit und es würde ihm nicht einmal im Traum einfallen, billigen Klatsch zu verbreiten oder sich grundlos in das Privatleben anderer Leute einzumischen. Sie blickte zur Schlafzimmertür. Der Korridor, in dem sie stand, hatte keine Fenster, und das Sonnenlicht, das durch die offene Tür ihres Zimmers fiel, erschien ihr ungewöhnlich hell. Von drinnen drang kein Laut heraus: Lynskey zog sich offenbar sehr leise an.

Er spürte sie, als sie in seinem Rücken den Raum betrat. »Gibt es etwas Neues?« Nur mit einem Handtuch bekleidet stand er vor dem Spiegel und bürstete sich das Haar. »Ich hoffe, es stört dich nicht?« Fragend hielt er ihre Bürste hoch.

»M-mmm.« Sie schüttelte den Kopf. »Es war nicht das Krankenhaus, sondern mein Chef, der fragen wollte, wie es meiner Mutter geht. Hör zu, langsam werde ich nervös, ich bin schon viel zu lange fort. Wir sollten uns vielleicht ein bißchen beeilen.« Er sah sie an und sie fürchtete, er könnte ihre Veränderung bemerken – aber er sagte nichts und so zogen sie sich schweigend an.

Als sie neben ihm im Wagen saß, versuchte sie, so zu tun, als wäre alles ganz normal; aber die ganze Zeit hallte ihr Jimbos Warnung wie eine Sirene im Ohr: *Es gibt da etwas, das du über ihn wissen solltest,* hatte er gesagt.

»Alles in Ordnung? Du bist so still.« Er hob ihre Hand an seine Lippen und küßte sie.

»Alles okay.« Sie sah ihn mit einem Lächeln an. »Wahrscheinlich wird mir erst jetzt das Ausmaß des Unfalls bewußt. Ich habe ein furchtbar schlechtes Gewissen, daß wir – du weißt schon –, während meine arme Mutter leiden muß...«

»Versuch, dir keine allzu großen Sorgen zu machen, mein Schatz. Heutzutage können sie phantastische Dinge bewerkstelligen. Bist du sicher, daß das alles ist? Du bedauerst unser Feuerwerk doch wohl nicht?«

Als Sky ihn ansah, bemerkte sie seinen aufmerksamen Blick. »Natürlich nicht.« Lebhaft drückte sie ihm die Hand.

»Gut.« Er erwiderte den Händedruck und sah sie erleichtert an. »Denn ich fand es zauberhaft und kann es kaum erwarten bis zur Rückrunde.« Sky lächelte, aber sein Blick verriet ihr, daß ihre schauspielerische Leistung offenbar alles andere als berauschend war.

Umgeben von ihren beiden treuen Freundinnen schlief Johanna immer noch, als Sky mit Lynskey ins Zimmer trat. »Wenigstens hat sie keine Schmerzen.« Buffy streichelte Johannas Arm. »Armes Kind, Sky! Sicher hast du einen fürchterlichen Schreck gekriegt.«

Sky verspürte solche Schuldgefühle, weil sie, während ihre Mutter um ihre Gesundung rang, sich mit Lynskey im Bett vergnügte, daß ihr Magen revoltierte. »Sie ist doch nicht ins Koma gefallen oder so?« Sie starrte auf Johannas bandagiertes, bleiches Gesicht.

»Nein.« Hermana erhob sich von ihrem Stuhl und streckte sich. »Der Arzt sagt, daß sie in guter Verfassung ist. Ihre Schläfrigkeit liegt nur an den Schmerz- und Beruhigungsmitteln. Sie wollen sie stillhalten, bis sie morgen früh operiert wird – oh, hallo!« Erst jetzt erblickte sie Lynskey, der dezent neben der Tür stehengeblieben war.

Während der nächsten Stunde kamen und gingen sie in Johannas Zimmer ein und aus, besprachen sich flüsternd mit dem medizinischen Personal, das, abgesehen von den physischen Kontrollen, wenig tat. Lynskey organisierte Kaffee und Sandwiches, besorgte und entsorgte zahllose Kleinigkeiten und machte sich langsam, aber sicher so unentbehrlich, daß unmerklich die gesamte Regie an ihn überging. Selbst der Assistent sprach, wenn er etwas zu sagen hatte, stets zuerst mit ihm.

Sky fühlte sich noch hilfloser und schuldiger als zuvor und – aufgrund von Jimbos Warnung – wallte übermächtiger Zorn in ihr auf. Sie versuchte, sich nichts anmerken zu lassen; aber als der Assistent zum zweiten oder dritten Mal nach dem Messen von Johannas Blutdruck statt mit ihr mit Lynskey sprach, hatte sie plötzlich das Gefühl, daß den Raum zu viele Menschen bevölkerten. »Entschuldigen Sie, Doktor«, ihr schnippischer Ton war ihr egal, »aber ich bin mit der Patientin verwandt und ich wäre Ihnen sehr verbunden, wenn Sie mit mir sprechen würden statt mit dem Herrn dort.« Sowohl Lynskey als auch der Arzt fuhren überrascht zu ihr herum. »Ich bin die Tochter«, wiederholte sie.

»Na, dann gehe ich wohl besser.« Lynskey verstand, was vor sich ging. »Nein, schon gut«, wehrte er Hermanas schwache Proteste ab. »Sie steht unter einem ungeheuren Druck. Das leuchtet in dieser Situation jedem ein.« Dann war er fort und ließ Sky mit einem Gefühl der Enttäuschung zurück. So hatte sie es nicht gewollt – oder vielleicht doch?

Wenig später verließ sie auf Drängen der Glückseligen Schwestern, die meinten, ein wenig Ruhe täte ihr gut, ebenfalls das Krankenhaus, als sie mit einem Mann, der einen riesigen Blumenstrauß in Händen hielt, zusammenstieß. »Greg!« Sie hoffte, daß ihre Stimme natürlich klang. »Ich wollte dich anrufen, um noch einmal mit dir zu reden, wirklich, aber dann …«

»Das mit deiner Mom tut mir wirklich leid«, unterbrach er sie und hielt ihr die Blumen hin. »Kann ich irgend etwas für dich tun?«

»Danke, aber außer abwarten kann man nichts machen.« Es

war ihr egal, woher er von dem Unfall ihrer Mutter wußte. »Aber vielen Dank für das Angebot. Hör zu«, fügte sie spontan hinzu. »Ich würde wirklich gern mit dir reden.«

Nach einer kurzen Pause fragte er zögernd: »Wann?« Doch dann wurde er aggressiv. »Aber erzähl mir bloß nicht noch mal so einen Scheiß mit dem Blablabla vom Freundebleiben.«

»Dein Besuch hier zeigt mir bereits, daß wir es geblieben sind.«

Wieder entstand eine Pause, doch dann meinte er: »Könntest du vielleicht ein bißchen Gesellschaft brauchen? Dann käme ich einfach mit zu dir.« Sky sah keinen Grund, weshalb er nicht mitkommen sollte, schließlich schuldete sie ihm etwas. Zwar sollte sie auch ernsthaft über Lynskey nachdenken, war sich indessen nicht sicher, ob sie Jimbos Meinung zu dem Iren überhaupt hören wollte. Auf jeden Fall wußte sie, daß die nächsten Stunden in dem leeren Haus sich bestimmt wie Jahre dahinschleppten, wenn sie alleine blieb. »Weißt du was?« Impulsiv griff sie nach seinem Arm. »Warum machen wir nicht einfach einen Spaziergang?« Sie sah auf ihre Uhr. »Es ist ein so milder Abend und ein bißchen frische Luft täte mir sicher gut.« Aus Furcht, daß Greg in seiner Begeisterung fürs Wandern gleich übertrieb, fügte sie hinzu: »Ein kleines Stückchen, vielleicht im Wald.«

Als sie die Stadt hinter sich ließen und sie nur noch der immense Himmel und die Weite Montanas umgaben, hellte sich Skys Stimmung sichtlich auf. An Abenden wie diesem hatte sie den Eindruck, daß die Schwärmerei der Reiseberichterstatter über die Rockies – schneebedeckte Gipfel, denen die untergehende Sonne goldene Kronen verleiht – durchaus berechtigt war. Neben den altehrwürdigen, zerklüfteten, hoch in den Himmel ragenden Gipfeln des Gebirges schrumpfte alles, selbst die Sorgen von R. Sky MacPherson, auf ein Nichts zusammen.

Sie fuhren schweigend, bis Greg vom Highway in eine Seitenstraße bog. »Also, ich habe zwar gesagt, daß ich mit dir reden will«, sie wandte sich ihm zu. »Aber wenn ich ehrlich bin, weiß ich überhaupt nicht, worüber. Alles, was mir im Augenblick einfällt, ist ›danke‹.«

Beinahe hätte er ihre Hand genommen, aber dann setzte er sich statt dessen seinen Hut auf den Kopf und sah sie lächelnd an. »Tut mir leid, daß es nicht geklappt hat zwischen uns. Aber vergiß nicht«, er starrte angestrengt geradeaus. »Falls du es dir jemals anders überlegst …«

Sky fühlte sich wirklich niederträchtig, aber sie verkniff sich jegliche Antwort, weil eine solche wieder einen Funken Hoffnung in ihm erweckt hätte.

Er lenkte den Wagen in einen schmalen Waldweg, der einem kühlen grünen Tunnel glich. Links und rechts von ihnen reckten sich zahlreiche Kiefern in den Himmel, die auf der Suche nach Licht so eilig in die Höhe geschossen waren, daß sich auf Augenhöhe kaum Grün ausmachen ließ.

Während der Pickup, dessen Federung man für derartige Wege konstruiert hatte, verwegen über die Schlaglöcher rumpelte, nahm die Außentemperatur merklich ab. Sky klammerte sich an ihren Sitz und beobachtete, wie hin und wieder ein Lichtstrahl auf die Kühlerhaube fiel. Trotz des Gefühls, von Lynskey verschaukelt worden zu sein und trotz ihres Unvermögens, sich von dem Mann neben sich auf anständige Weise zu verabschieden, blieb die Schönheit der Umgebung nicht ohne Wirkung auf sie. Das Gefühl belebender Einsamkeit mußte, auch wenn sie es noch nie ausprobiert hatte, dem Untertauchen in einer neuen Welt ähnlich sein.

Greg fuhr an den Rand und sie stiegen aus.

Nach dem Motorenlärm erschien die plötzliche Stille unter dem hohen grünen Dach zu Anfang vollkommen. Dann allerdings wurde deutlich, daß diese Lautlosigkeit von zahllosen Geräuschen – schwachem Zwitschern, Flattern, Pfeifen, einem unmerklichen Knistern, Summen und Klicken – belebt war. Sky hatte das Gefühl, als würde sie von tausend Augen verfolgt, während sie ein Stück vor ihrem Begleiter den Weg entlangschritt und versuchte, alles aus ihren Gedanken zu verbannen außer dem kräftigen Duft der Kiefernnadeln und dem leicht modrigen Geruch von Rinde und Waldboden, der ihr in die Nase stieg.

Mit der Zeit allerdings spürte sie den schweigend hinter ihr dreintrottenden Greg überwältigend. Direkt vor ihr flatterte ein blasser Schmetterling von einer Schwarzäugigen Susanne auf und tänzelte an einem Lichtstrahl zwischen zwei Bäumen empor. Sie verfolgte seinen Flug, bis er im Schatten entschwand und merkte, wie dunkel es geworden war. Die Dämmerung neigte sich dem Ende zu. Jetzt oder nie. »Greg?« Sie blieb stehen und drehte sich zu ihm um.

Auch er blieb stehen und sah sie an.

»Worte sind leicht gesagt, ich weiß, aber es tut mir wirklich leid.«

Er wirkte so betroffen, daß sie sich wünschte, es gäbe eine Möglichkeit, sein Leiden zu lindern. Am liebsten hätte sie ihn geküßt, aber diese Regung unterdrückte sie auf der Stelle. »Ich habe gesagt, daß ich mit dir reden will, aber im Grunde gibt es wohl kaum etwas zu sagen, nicht wahr?«

»Sieht so aus.« Er zuckte mit den Schultern. »Ich lie – tut mir leid – ich habe dich wirklich geliebt, Sky.«

»Das weiß ich.« Hilflos nahm sie seine Hand, doch er reagierte nicht, so daß sie sich geschlagen gab. Sie konnte es ihm wohl kaum verdenken, daß er ihr nicht behilflich war. »Nun...« Sie zögerte. »Sicher ist es das beste, wenn du mich jetzt nach Hause fährst.«

»Das finde ich auch.« Allzu schnell drehte er sich um und marschierte vor ihr zum Pickup zurück.

Zumindest hatte sie es versucht. Greg brauchte eine Frau mit einer Cheerleadernatur, und das war sie nun einmal nicht. Doch je mehr sie versuchte, sich einzureden, daß sie sich richtig verhalten hatte, und mit jedem Schritt, den sie seinem kerzengerade aufgerichteten Körper zu folgen gezwungen war, fühlte sie sich schuldiger.

Auf der Fahrt zu ihrer Wohnung blieb er ungemindert steif und förmlich, daß es sie regelrecht überraschte, als er ihre halb automatisch ausgesprochene Einladung auf einen Kaffee in der Küche annahm. So war es immer gewesen, wenn er sie nach Hause gefahren hatte.

Aber es gab so viel zu erledigen, daß sie, sobald sie das Haus betraten, wieder halbwegs zu sich kam und ihn schon mal vorausschickte, während sie – mit begrenztem Erfolg – ihre Tanten und ihren Onkel Francey zu erreichen versuchte, um ihnen das traurige Ereignis mitzuteilen. Francey besuchte gerade eine Landwirtschaftsausstellung – er hatte eine Menge in Shire-Pferde investiert – und seine Frau war ebenfalls nicht da. Sky sagte dem Butler, Francey solle so bald wie möglich zurückrufen. Auch Constanze war nach Aussage ihres Ehemanns nicht zu Hause; aber wenigstens die beiden Tanten in den Staaten und Margaret, die immer noch auf dem Hof in West Cork lebte, erreichte sie.

Im Haus ihrer Großmutter ging ebenfalls niemand ans Telefon; aber wahrscheinlich würde diese nun, da die Buschtrommeln sich rührten, bald von einem der anderen über Johannas Unfall informiert. Margaret hatte die Meinung geäußert, daß Skys Großmutter sicher in die Staaten käme, aber daß sie die Bezahlung der Reise bestimmt selbst übernähme. »Weißt du, wir sind nicht die armen Verwandten, als die ihr uns vielleicht seht«, hatte sie in leicht säuerlichem Ton hinzugefügt.

Sky legte den Hörer auf und kehrte mit einem Blick auf ihre Uhr zu Greg in die Küche zurück. Inzwischen bedauerte sie, ihn eingeladen zu haben. Es war so viel passiert, dachte sie. Sie mußte jetzt unbedingt die Ruhe bewahren; am besten stellte sie eine Liste in der Reihenfolge der Dringlichkeit der Dinge auf. Ihre Mutter kam zuerst, vor ihrer Großmutter, vor Jimbos verwirrendem Anruf wegen Lynskey, vor Greg, vor der Story über Treacy, an der sie schrieb. Vor allem anderen. »Tut mir leid.« Sie zwang sich zu einem Lächeln, als er den Kopf hob, und setzte sich ihm gegenüber an den Tisch. Im selben Moment wurde ein Klingeln laut. »Allmächtiger, hier geht es zu wie auf dem Hauptbahnhof.« Sie erhob sich wieder, um zu öffnen.

Es war Lynskey, hinter dem gerade ein Taxi die Einfahrt verließ.

»Ich habe ständig versucht, dich telefonisch zu erreichen.« Der Ire hatte sich umgezogen, und in der sportlichen Jacke und der Leinenhose wirkte er ungewohnt elegant. Entschuldigend hob er die Hände. »Dauernd war besetzt. Aber ich habe es einfach nicht ausgehalten, in meinem Hotel zu sitzen und nicht zu wissen, wie es dir geht. Hör zu, bevor du etwas sagst«, er sah sie beinahe schüchtern an. »Ich weiß, ich habe mich im Krankenhaus zu sehr aufgespielt. Verzeihst du mir? Manchmal übertreibe ich es mit meinem Verantwortungsgefühl, was wahrscheinlich an meiner Schulmeisterei liegt. Dabei wollte ich dir lediglich helfen.«

Beinahe hätte Sky schrill losgelacht. »Das Ganze entwickelt sich zu einem Alptraum...«

»Was ist los? Soll ich wieder gehen? Sag mir, was du von mir erwartest, Sky. Hör auf zu lachen!« Er packte ihr Handgelenk. »Bist du hysterisch? Sky, um Himmels willen, ich will dir das Leben doch nicht noch schwerer machen, als es sowieso schon ist...«

»Denkst du, das könntest du?« Sky hatte keine Kontrolle mehr über sich. Sie lachte immer lauter. »Komm rein. Greg ist schon da – oh, mein Gott!« Sie krümmte sich und verrückte Lachtränen rannen ihr über das Gesicht. »Kommt einfach alle rein!«

Er sah sie verwundert an. »Greg?«

»Na, komm schon.« Sie zog ihn in den Flur und schloß die Tür.

Als sie hinter ihm in die Küche ging, hatte sie sich halb gefaßt. »Fergus, das ist Greg. Greg, das ist Fergus. Kaffee, Fergus? Oh, tut mir leid, Tee, nicht wahr?«

Die beiden Männer sahen einander schweigend an, ehe sich Greg erhob. »Ich glaube, das reicht mir jetzt.«

»Bist du sicher, daß du nicht noch einen Kaffee möchtest?« Um ein Haar hätte Sky abermals laut losgeprustet.

»Nein, danke.« Greg setzte sich seinen Stetson auf den Kopf. »Du weißt, wo du mich findest, falls du mich brauchst. Grüß deine Mom von mir. Es ist nicht nötig, mich zur Tür zu bringen, ich kenne den Weg.« Er stürmte aus der Küche und ein, zwei Sekunden später fiel die Haustür krachend ins Schloß.

»Tut mir leid. Ich wußte nicht…« Lynskey lehnte im Türrahmen und sah Sky fragend an.

Sky nahm Gregs Becher, trug ihn zur Spüle, goß genug Spülmittel hinein, um das Abendgeschirr der Sechsten Flotte zu reinigen, drehte das Wasser auf und schrubbte den Becher, als versuche sie, das arme Gänseblümchen-Sonnenblumenmuster vom Erdboden zu vertilgen. Mit gerunzelter Stirn trat er neben sie. »Was ist los, Sky?« fragte er. »Was habe ich dir getan?«

»Nichts.« Sie schrubbte weiter und hielt den Becher erneut unter den Wasserhahn.

»Aber du bist böse auf mich.«

»Jemand hat mir erzählt, daß es etwas gibt, was ich über dich wissen sollte.« Sie stellte den Becher ab und kratzte an dem Fett in der Spalte, wo sich die Arbeitsplatte mit der metallenen Spüle verband.

»Wer? Was hat man dir über mich erzählt?« Ein anderer Mann hätte vielleicht empört geklungen, wütend oder verletzt. Lynskey jedoch klang nicht einmal besonders interessiert.

Sie hob den Kopf. »Daß es etwas gibt, was ich über dich wissen sollte. Mehr nicht. Was sollte ich über dich wissen, Lynskey?«

»Vielleicht…« Was auch immer er hatte sagen wollen, schluckte er gerade noch rechtzeitig hinunter. »Mein Leben ist ein offenes Buch!« sagte er statt dessen und setzte ein Lächeln auf.

»Das glaube ich dir nicht.« Sie wandte sich wieder der Spüle zu und bearbeitete erneut den bereits quietschenden Becher.

Lynskey trat hinter sie und schlang die Arme um ihre Taille. »Du kannst mir vertrauen, R. Sky MacPherson.« Seine Umarmung war nicht sinnlich, sondern voller Trost.

»Behandle mich bitte nicht so herablassend.« Sie klang wie Greg, doch das war ihr egal. Ein oder zwei Sekunden wehrte sie sich herrisch, doch dann ergab sie sich der warmen Behaglichkeit. Sie war hundemüde und inzwischen kümmerte es sie nicht mehr, wem sie vertrauen konnte. Als Lynskey ihr Haar zu streicheln begann, merkte sie, daß selbst ihr Interesse an Storys und Terminen und dem *Butte Courier* als solchem vollkommen erloschen war.

Es interessierte sie nicht einmal, ob er vielleicht bereits mit einer anderen Frau liiert war. Er belog sie, na und? Einzig wichtig war die Gegenwart, und im Moment empfand sie bei ihm Sicherheit und Trost.

Er nahm ihr Kinn und zwang sie sanft, ihn anzusehen. »Ich verspreche dir«, seine Stimme wurde tief, »ich verspreche dir, daß du mir vertrauen kannst.«

Über ihrem Kopf jedoch spiegelte sich in Lynskeys dunklen Augen echte Not. Beinahe hätte er ihr die Wahrheit enthüllt. Beinahe hätte er ihr gestanden, daß das, was er für sie empfand, Liebe war.

20

Sky nahm Lynskeys Angebot, sie ins Krankenhaus zurückzufahren, dankbar an. Allein wäre sie wahrscheinlich hinter dem Steuer eingenickt.

Er hatte versucht, sie davon abzubringen, wieder zu ihrer Mutter zu fahren – schließlich konnte sie kaum etwas für sie tun – aber ihre Schuldgefühle überwogen ihre Vernunft und schließlich gab er nach. »Aber erst muß ich kurz an meinem Hotel vorbei«, sagte er, als er ihr die Beifahrertür öffnete. »Ich erwarte nämlich eine Nachricht von einer Freundin meiner Schwester, die in Seattle lebt und die ich irgendwann die Woche besuchen soll. Also habe ich vorhin bei ihr angerufen, um ihr zu sagen, daß ich meine Pläne geändert habe – das war doch richtig, oder?« Er nahm ihr Schweigen als Zustimmung und fuhr fort: »Leider war sie nicht da, und deshalb habe ich auf ihrem Anrufbeantworter gebeten, mich zurückzurufen.«

Sky wartete im Wagen, als er das Hotel betrat. Ihre Beine fühlten sich wie Watte an und sie fragte sich, wie sie die Nacht überstehen sollte, ganz zu schweigen davon, daß es morgen immer noch zurechtzukommen galt mit der Welt. Abgesehen von ihrer Sorge um ihre Mutter fürchtete sie sich vor dem, was Jimbo über den Iren zu erzählen hatte: Auch wenn sie vorsichtig war, zu viel in dieser neuen Beziehung zu sehen – die sich tatsächlich unmittelbar an die in der Luft gelegenen Trennung von Greg anschloß – hatte Lynskeys Bitte, ihm zu vertrauen, sie mehr als angerührt. Von ganzem Herzen hoffte sie auf seine Vertrauenswürdigkeit.

Statt auf dem Parkplatz hatte er den Wagen unmittelbar vor dem Eingang abgestellt, so daß sie jedesmal, wenn sich die Glastüren öffneten, kleine Gruppen von Tagungsteilnehmern im Foyer herumstehen sah. Einmal, als sie Lynskey erblickte, las dieser mit gerunzelter Stirn eine Nachricht auf einem weißen Zettel, während er in seiner anderen Hand etwas Braunes hielt. Als sich die Tür das nächste Mal öffnete, kam er heraus. Sie kurbelte die Fensterscheibe herunter und sah ihn an. »Alles in Ordnung?«

»Sie hatten wirklich eine Nachricht für mich.« Er beugte sich herunter, damit er sie sah. »Ich muß noch kurz in mein Zimmer und einen Anruf tätigen. Macht es dir was aus, so lange zu warten? Vielleicht kommst du allerdings besser mit rein und trinkst, während ich telefoniere, etwas an der Bar.«

»Laß mich lieber hier warten.« Sky hätte das Tohuwabohu nicht ertragen, das sicher mit der Tagung verbunden war.

»In Ordnung. Ich beeile mich.« Er schlenderte davon und sie sah, daß der braune Gegenstand, der jetzt in seiner Jackentasche steckte, ein kleiner, gefütterter Umschlag war. Was für ein Hotel händigte seinen Gästen Nachrichten in braunen, gefütterten Umschlägen aus?

Lynskey marschierte auf direktem Weg zum Empfangstresen im Foyer und legte den Umschlag zwischen sich und dem jungen Angestellten auf den Tisch. »Entschuldigen Sie. Erinnern Sie sich zufällig, wer das hier für mich abgegeben hat? Falls Sie den Menschen nicht namentlich kennen, reicht mir eine Beschreibung.«

»Keine Ahnung, Sir.« Der Junge streckte die Hand nach dem Umschlag aus, aber Lynskey war schneller als er und zog ihn mit einem Fingernagel zurück.

»Könnte es ein Bote gewesen sein?«

»Leider kann ich Ihnen nicht weiterhelfen, meine Schicht fing eben erst an.« Der Angestellte zog ein Klemmbrett unter dem Tresen hervor und studierte es. »Ich könnte versuchen, es für Sie herauszufinden, wenn Sie wollen; aber ich glaube, mein voriger Kollege ist schon weg.«

»Macht nichts. Morgen ist früh genug, aber ich würde es wirklich gern wissen. Wie heißt der Angestellte, der vor Ihnen Schicht hatte?« Er riß ein Blatt von dem Block, der vor ihm auf dem Tresen lag und schrieb sich den Namen, den der Junge ihm nannte, auf. »Sind Sie sicher, daß außer diesem Umschlag nur der eine Anruf für mich gekommen ist?«

Der Angestellte sah noch einmal in Lynskeys Schlüsselfach. »Vollkommen, Sir! Außer dem Umschlag und dem einen Anruf war heute abend nichts für Sie da.« Lynskey bedankte sich und eilte auf den Fahrstuhl zu.

In seinem Zimmer angekommen machte er eilig seinen Aktenkoffer auf. Ehe er allerdings bei seinem Chief Superintendent anrief, nahm er eine durchsichtige Plastiktüte aus einem Fach des Koffers und verstaute behutsam den braunen Umschlag in ihr. Dann fischte er eine zweite Tüte heraus, hielt sie mit der Linken auf und schüttelte einen kleinen Gegenstand aus seiner Jackentasche hinein. Es war dumm genug, daß er die Patrone überhaupt auch nur berührt hatte.

Dann wählte er die Nummer des Chiefs. Die Warnung, die der braune, gefütterte Umschlag enthielt, störte ihn nicht sonderlich, denn er hatte sich bereits auf etwas Derartiges vorbereitet. Ganz im Gegenteil, sie erfüllte ihn sogar mit einer gewissen Befriedigung, denn offenbar kam er seinem Ziel näher.

Zuerst war der Chief Superintendent verärgert, weil er aus dem Schlaf gerissen wurde; aber binnen kurzem legte sich seine Verstimmung und er erzählte, was in Killybegs vorgefallen war. Auch über die Zerstörung der diversen Fahrzeuge klärte er ihn auf. Lynskey hörte ihm schweigend zu, aber da seine Konzentration einzig seinem Part des Unternehmens galt, fiel seine Unterstützung aus. Daly war bezüglich der Patrone weniger gelassen als sein Mitarbeiter. »Es geht nicht nur um dich, du Trottel, denn schließlich hast du diese Reporterin da mit reingezogen. Hoffentlich hast du ihr das Ausmaß der Geschichte verschwiegen?«

»Natürlich.« Lynskey war froh, daß sein Freund das Grinsen auf seinem Gesicht nicht sah. »Sie denkt, einzig Treacy und seine Frau seien involviert. Aber keine Sorge, ihr passiert schon nichts. Dafür werde ich sorgen.«

»Da du gerade von Treacy sprichst, hat er nun mit der Sache zu tun oder nicht?«

»Bisher stehen weder mir noch dem FBI, auch wenn es ihn unter ständiger Beobachtung hält, irgendwelche Beweise zur Verfügung. Wir werden sehen. Übrigens sind mir die Schätzchen hier extrem schnell auf die Schliche gekommen; meiner Beurteilung nach ist die undichte Stelle nicht auf dieser Seite des Atlantiks, es sei denn, unsichtbare Leute beobachten mich. Du solltest vorsichtshalber die Durchleuchtung zu Hause ein wenig intensivieren.«

»Wir führen genaue Überprüfungen durch, aber bisher hat sich noch jeder als sauber herausgestellt. Und was Operation Omega betrifft, weiß außer dir, dem Commissioner, mir selbst und den drei Polit-Heinzen niemand, daß dein Mann vielleicht hier herüberkommt. Oder einer der Letztgenannten hat sich verplappert. Aber das bezweifle ich.«

»Tja, nun, ich bin mir da weniger sicher als du. Aber halt einfach weiter die Augen offen.« Aus Rücksicht auf die draußen wartende Sky wollte Lynskey sich kurz fassen. »Ich schicke die beiden Tüten und den Film ans FBI. Spätestens Dienstag müßtest du dann die Ergebnisse kriegen. Beten wir, daß die Kamera tatsächlich so gut ist, wie die Techniker behauptet haben. Ich war ziemlich weit weg. Unseren irischen Freund dürftest du kennen« – man hatte ihm versichert, daß das Satellitentelefon abhörsicher war und obgleich er nur selten das Risiko einging, Namen zu nennen, tat er es jetzt: »Aber die anderen beiden, die Kanadier, sind, glaube ich, neu. Bei Flynn handelt es sich um denjenigen, der aussieht wie Hopalong Cassidy.«

»Apropos FBI«, fragte der Chief. »Hast du die Typen irgendwo in deiner Nähe gesehen?«

»Hier und da. In bestimmten Gegenden von Dublin blieben sie sicher nicht eine Minute unerkannt. Selbst wenn sie versuchen, mit der Umgebung zu verschmelzen, benehmen sie sich so auffällig, daß es beinahe schon lustig ist. Und dann solltest du ihre Autos sehen!«

»Tja, wende dich trotzdem an sie, im Falle eines Falles.«

»Ja, ja – hör zu, ich muß los.« Er klärte ihn über Johannas Unfall auf.

»Was hast du denn bitte mit ihrer Mutter zu tun? Klingt, als wärst du Hals über Kopf in die Kleine verknallt«, stellte sein Freund lakonisch fest.

»Äh...«

»Paß auf dich auf!«

Lächelnd drückte Lynskey auf den »Ende«-Knopf seines Telefons. Wie ein Großteil ihrer Kollegen waren sie beide Fans von Hopalongs Westernserie *Hill Street Blues* und verpaßten eine Folge nur, wenn es um Leben oder Tod ging, oder wenn eine neue Folge von *L.A. Law* dazwischenkam.

Als Sky und Lynskey im Krankenhaus eintrafen, war Johanna mit der diensthabenden Schwester, die ihren Puls maß, allein. »Ich habe die anderen Damen nach Hause geschickt und ihnen versprochen, sie anzurufen, wenn auch nur die geringste Veränderung auftritt. Auch für Sie besteht keine Veranlassung, hierzubleiben – sie wird bestimmt die ganze Nacht durchschlafen.«

»Trotzdem möchte ich bei ihr sein.« Sky rutschte auf ihrem Stuhl herum, um zu testen, wie bequem er auf Dauer war.

»Wie Sie wollen!« Die Schwester überprüfte, ob noch genug Infusionsflüssigkeit in der Flasche war.

»Was ist da drin?« erkundigte Lynskey sich.

»Kochsalzlösung.« Die Schwester wickelte die Manschette des Blutdruckmeßgeräts um Johannas Arm und pumpte sie auf. »Aber Sie brauchen wirklich nicht zu flüstern. Neben der Kochsalzlösung bekommt sie beruhigende und schmerzstillende Mittel, da kann sie nicht so leicht aufwachen. Wir möchten nämlich, daß sie sich möglichst wenig bewegt.«

Sie blickte auf das Meßinstrument in ihrer Hand, verringerte den Druck der Manschette und sah auf. »Wunderbar.« Sie machte eine Notiz auf der Tafel am Fußende des Bettes und wandte sich lächelnd an Sky. »Regen Sie sich nicht unnötig auf. Ihrer Mom geht es wirklich gut. Ich komme immer mal wieder herein; aber falls Sie oder Ihr Gatte irgend etwas wünschen, Miss MacPherson, klingeln Sie einfach. Ich bin im Stationszimmer am unteren Ende des Korridors.« Sie schob ihren Kugelschreiber in die Tasche ihres Kittels zurück. »Übrigens bin ich ein großer Fan von Ihnen. Meine Tochter besucht die Journalistenschule in Northwestern, Illinois.«

»Wie schön. Ich drücke ihr die Daumen – und vielen Dank.« Sky hatte immer noch das Wort »Gatte« in bezug auf Lynskey im Ohr, so daß sie nicht wagte, ihn anzusehen, als die Schwester ging.

Während der nächsten Stunden döste sie ein wenig, wobei sie sich durch die regelmäßigen Besuche der Schwester kaum stören ließ. Irgendwann am frühen Morgen allerdings merkte sie vage, daß man eine leichte Wolldecke über sie gebreitet hatte. Einen Moment lang fand sie sich nicht zurecht. Das einzige Licht im Zimmer kam von einer grünen Birne an der Decke, die den Gegenständen in ihrem Blickfeld – den Hebeln am Ende des Bettes, die man betätigen mußte, um es höher oder tiefer zu stellen, dem Infusionsständer, ja selbst den Streifen der heruntergezogenen Jalousie zwischen den Satinvorhängen – einen fremdartigen Charakter verlieh. Dann allerdings nahm sie den Krankenhausgeruch wahr und erinnerte sich.

Sie schüttelte den Kopf, um richtig wach zu werden, kämpfte sich hoch und sah, daß Lynskey, ihr gegenüber den Rücken an die Wand gelehnt, buddhagleich auf dem Boden saß. »Möchtest du irgend etwas?« flüsterte er, ohne dabei auch nur einen einzigen Muskel zu bewegen. »Wenn du willst, hole ich dir einen Kaffee.«

»Wieviel Uhr ist es?« Skys Zunge fühlte sich wie eine rauhe Bürste an. Sie blickte auf ihre Mutter, die ebenso fest schlief wie zuvor. »Erst kurz nach drei.« Lynskey entfaltete seine langen Glieder und stand auf. »Kaffee, ja? Schwarz?«

»Bitte.«

Nachdem er aus dem Zimmer geschlichen war, rieb Sky sich die brennenden Augen und machte ein paar Dehnübungen, damit ihr Kreislauf in Gang kam. Der wäßrige, dünne Kaffee, den Lynskey brachte, hatte einen widerwärtigen Plastikgeschmack. »Brrhhh.« Sie verzog das Gesicht.

»Ich weiß.« Lynskey massierte sanft ihre Schultern, da er sah, wie angespannt sie war. »Wenn er dem Tee ähnelt, dann schmeckt er wie Eselspi… ich meine, Spüli. Tut mir leid.« Er sah sie grinsend an. »Trink ihn vielleicht lieber nicht. Soll ich dir ein paar Kissen holen? Dann könntest du dich auf den Boden legen. Da ich selbst putzmunter bin, kann ich die Wache übernehmen.«

»Jetzt rufe ich erst mal meine Großmutter an. Ich habe es Treacy versprochen, und dort drüben ist es bereits elf Uhr.«

Sie benutzte die Zelle neben der Getränkemaschine in der Eingangshalle, wobei sie die Gebühren des Anrufs auf ihre Nummer zu Hause gehen ließ. Als der Vermittler sie mit Cork verband, war die Leitung endlich einmal so klar, als spräche sie mit jemandem direkt nebenan. Nicht zum ersten Mal bemerkte Sky, wie jung die Stimme ihrer Großmutter noch klang. Skys Tante Margaret hatte sie bereits über Johannas Unfall informiert, und obgleich ihr Ton auf eine gewisse Besorgnis schließen ließ, blieb sie gefaßt. »Ausgerechnet der Rücken! Aber heutzutage kann die Chirurgie wahre Wunder bewerkstelligen.«

»Daniel Treacy – ich meine, McCarthy – hält immer noch seine Einladung an dich aufrecht.« Sky holte tief Luft, ehe sie weitersprach. »Er nimmt an, daß du wegen des Unfalls sofort, am besten gleich morgen, kommen willst. Um deine Unterbringung kümmert er sich.«

»Hmmm.«

»Hör zu, Grandma.« Sky fand, die Durchsetzung von Treacys Interessen sei nicht ihre Aufgabe. »Er sagt, daß er dich selbst noch anrufen will. Ich fungiere sozusagen nur als Eisbrecher.«

»Wieso er nur nach all den Jahren wieder in mein Leben getreten ist! Natürlich wußte ich, daß er in Montana lebt…« Ihre Großmutter zögerte. »Aber es kommt mir schon ein bißchen lächerlich vor. In unserem Alter. Seit beinahe einem halben Jahrhundert habe ich Daniel nicht mehr gesehen. Wieviel weißt du über die Sache, Sky?«

»Er hat mir alles erzählt.«

»Alles?« Ihre Großmutter kicherte. »Wie indiskret.«

»So doch nicht! Hör zu, Grandma, ich überlasse es euch beiden, die Sache zu klären. Am besten rufe ich ihn gleich an und sage ihm, daß er sich bei dir melden soll.«

Die Stimme der alten Dame wurde fester. »So oder so werde ich herüberkommen, um Johanna zu sehen. Es ist höchste Zeit, euch einmal zu besuchen. Jeder sollte mindestens einmal in Amerika gewesen sein, bevor er stirbt. Außerdem kann ich es kaum erwarten, dich zu umarmen, Sky. Auch wenn ich natürlich gehofft hatte, daß dich Irland mal wieder reizt.«

»Sprich nicht vom Sterben, Grandma. Du hast noch Jahre vor dir.«

Sie verabredeten, am Abend noch einmal zu telefonieren, wenn die Operation überstanden und für Elizabeth ein Flug gebucht war. Dann rief Sky bei Treacy an, da sie boshafterweise dachte, wenn von ihnen schon niemand schlief, geschähe auch ihm das Gewecktwerden gerade recht.

»Hat die Nachricht vom Unfall Ihrer Mutter sie sehr aufgeregt?« Offenbar war er ohnehin wach.

»Vermutlich wird es Sie überraschen, wie lebhaft sie klingt. Und die Sache mit Mom scheint sie eher philosophisch zu sehen. Natürlich macht sie sich Sorgen…«

»Was nur allzu verständlich ist!« Der irische Akzent in Treacys Stimme hatte sich verstärkt.

»Alles Weitere überlasse ich Ihnen. Ich habe trotz dieser frühen Stunde bei Ihnen angerufen, weil Ihnen ja sicher daran gelegen ist, die jüngsten Neuigkeiten von meiner Großmutter zu erfahren.«

»Natürlich.«

Sie ergänzte, daß Elizabeth zu Hause sei und seinen Anruf erwartete; dann legte sie, obgleich er noch ein paar Fragen auf dem Herzen zu haben schien, mit ein paar freundlichen Floskeln den Hörer auf.

Zum ersten Mal bestürmte Lynskey sie nicht mit Fragen, als sie wieder in Johannas Zimmer kam. Statt dessen setzte er sie sanft auf ihren Stuhl und deckte ihre Beine mit der Decke zu. Es war ein wunderbares Gefühl, derart umsorgt zu werden. »Normalerweise bin ich keine solch trübe Tasse.«

»Es ist drei Uhr nachts.« Er kauerte sich vor sie, stopfte die Zipfel der Decke fest, und seine Stimme wurde weich. »Außerdem hatte das arme Mädchen einen anstrengenden Tag. Und jetzt schlafe noch ein wenig, mein Schatz.«

Eine Weile später wurde sie wach und merkte, daß er gegangen war. Sicher suchte er nur eine Toilette; sie hielt ihre Uhr ins Licht der grünen Birne, und obwohl sie ewig geschlafen zu haben meinte, war erst eine Stunde vergangen. Gemütlich hüllte sie sich wieder in die Decke.

Doch wie es manchmal zu so früher Uhrzeit geschah, wenn, oder vielleicht weil man sich noch im Halbschlaf befand, lief ihr Gehirn mit einem Mal auf Hochtouren, so daß sie die Geschehnisse der letzten Tage glasklar vor sich sah. Ziemlich viel war passiert, sowohl beruflich als auch privat, und das Durcheinander ließ sich nur schwer ordnen. Also erstellte sie eine ihrer mentalen Listen und zählte in der Reihenfolge der Dringlichkeit die Dinge auf, die es als nächstes zu erledigen galt.

An erster Stelle stand natürlich Johannas Operation; aber Sky beschloß, während ihre Mutter im Operationssaal war, rasch nach Hause zu fuhren, sich zu duschen und umzuziehen. Anschließend wollte sie noch einmal mit ihrer Großmutter sprechen und dann, auf dem Rückweg zum Krankenhaus, ihre Notizen über das Rodeo im Büro abgeben, damit die Kleine etwas zu tun hätte. Gleichzeitig könnte sie von Jimbo erfahren, was seiner Meinung nach in bezug auf Lynskey so mitteilungswert war. Aber wollte sie das überhaupt? Vor dieser Frage schreckte sie immer noch zurück.

Wo steckte der Kerl überhaupt? Wieder sah sie auf die Uhr –

er war seit über zehn Minuten fort. Zu rastlos, um noch länger sitzenzubleiben und abzuwarten, was geschah, schüttelte sie die Decke ab und verließ unruhig den Raum.

Sie entdeckte ihn sofort; ihr halb den Rücken zugewandt, stand er am Telefon. Sky fragte sich, mit wem, in aller Welt, er sich in der Morgendämmerung unterhielt – sicher nicht mit der Freundin in Seattle, von der am Vorabend die Rede gewesen war.

Als sie die Anspannung seiner Schultern und die beinahe verstohlene Art bemerkte, in der er die Muschel an seine Lippen hielt, erstarrte sie. Alles paßte zusammen. Alles, was sie an ihm und seinem Verhalten verwirrend fand – der verschlossene Aktenkoffer, sein beharrliches Interesse an Daniel Treacy, den er sogar fotografiert hatte, Jimbos Warnung vor ihm – wies auf ein Täuschungsmanöver hin.

Das Gefühl, betrogen worden zu sein, war ebenso schmerzlich wie die Erkenntnis ihrer Dummheit. Er hatte sie mit dem ältesten Trick der Welt aufs Kreuz gelegt: gaukelte ihr ein paar Gefühle vor, und schon teilte sie ihm alles, was er wissen wollte, freimütig mit.

Am liebsten hätte Sky sich in den Bauch gebissen; tatsächlich hatte sie ihm alles erzählt, war zu vertrauensselig gewesen oder zu verliebt, um ihren gesunden Argwohn zu beachten.

Ohne ihn aus den Augen zu lassen, schob sie sich vorsichtig ins Zimmer ihrer Mutter zurück, setzte sich auf den Stuhl, zog die Decke über die Knie und schloß die Augen. Vor Zorn schlug ihr das Herz bis zum Hals, und um nicht laut zu schreien, atmete sie betont langsam und regelmäßig.

Als sie ihn zurückkommen hörte, räkelte sie sich, als wäre sie gerade erst aufgewacht. »Hmmm, wieviel Uhr ist es?«

»Ungefähr viertel nach vier.« Er trat auf sie zu. »Kann ich irgend etwas für dich tun?«

Wie wäre es, wenn du dir eine AK47 besorgst und dich freiwillig erschießt? Statt diesen Gedanken jedoch laut zu äußern, hüllte sich Sky noch tiefer in die Decke ein. »Nichts, Fergus.« Ihre Stimme war verträumt. »Oder vielleicht holst du mir noch eine Tasse von diesem deliziösen Kaffee. Schließlich ist es eine extrem lange Nacht, nicht wahr?«

»Allerdings, obwohl wir den größten Teil inzwischen überstanden haben. Wenn es in diesem Krankenhaus so ist wie in den Hospitälern bei uns, dann werden in Kürze sicher sämtliche Patienten gnadenlos geweckt. Also Kaffee, ja?«

Als sie wieder alleine war, warf Sky die Decke ab und richtete sich empört auf. Der Kerl hatte wirklich Nerven! Das Wissen, daß sie erst vor wenigen Stunden mit diesem Verräter im Bett gewesen war, verdoppelte ihre Wut. Delphine und Silberreiher, haha! Ihre Augen loderten vor Haß. Sie würde ihm schon zeigen, was ein Silberreiher war.

Nur unter Aufbietung all ihrer Willenskraft und Selbstdisziplin brachte sie ein Lächeln zustande, als er mit dem Kaffee kam. Während gleichzeitig die Nachtschwester auftauchte und sich ein paar Minuten mit Johannas Infusionen und Kathedern sowie mit ihrem Blutdruck beschäftigte, rang Sky um Beherrschung. Statt weiter auf dem Stuhl zu bleiben, stapfte sie allerdings wie ein hungriges Raubtier im Zimmer auf und ab. »Du bist ziemlich erregt.« Lynskey lehnte mit vor der Brust gekreuzten Armen an der Wand. »Es ist schrecklich, aber außer warten können wir nichts tun. Ich möchte wirklich nicht klingen wie eine Platte mit Sprung, aber du wärst wirklich besser zu Hause in deinem Bett geblieben.«

»Ich hätte sowieso nicht schlafen können.«

»Wahrscheinlich nicht.« Lynskeys Miene verriet nichts, außer ehrlichem Mitgefühl – ein echt cleverer Bursche.

Sie zwang sich zu einem Lächeln und küßte ihn sogar. »Also, ich bin dir unendlich dankbar für deine Hilfsbereitschaft, Fergus. Du bist einmalig!«

»Gern geschehen.« Als er sie umarmen wollte, wich sie ihm jedoch, immer noch plappernd, aus.

»Hier drin erstickt man beinahe.« Sie ging ans Fenster, schob zwei Lamellen der Jalousien auseinander und spähte hinaus. »Dabei ist es eine so herrliche Nacht. Würdest du wohl noch ein wenig die Stellung halten, damit ich ein bißchen nach draußen gehen kann?«

»Aber sicher doch!«

Auf dem Parkplatz suchte sie im Radio des Nissans nach Ablenkung, aber sie fand nichts außer religiösen Sendungen, Sendungen für einsame Herzen, winselndem Countrygedudel, hämmerndem Hardrock oder irgendwelchen unglücklichen Seelen, die irgendeinem Discjockey ihre Herzen ausschütteten. Also stellte sie das Radio wieder ab, kurbelte das Fenster herunter und ergab sich der Stille der Dämmerung.

Außer an den von grellen Sicherheitslampen erhellten Stellen war der leere Parkplatz ins Gräuliche getaucht und vor ihr türmte sich bedrohlich die Fassade der Klinik. Sie fühlte sich einsamer als je zuvor. Trotz der oberflächlichen Verrücktheit ihrer Mutter und auch wenn sie Sky regelmäßig auf den Keks ging, hatte Johanna, die jetzt nur hundert Meter von ihr entfernt mit gestutzten Flügeln hilflos in einem der sterilen Zimmer lag, immer zu ihrem Leben gehört – wie achtlos war sie doch mit diesem kostbaren Gut umgegangen! Angenommen ihre Mutter stürbe im OP? »Oh, Mom«, flüsterte sie in Richtung der dunklen Fenster des Hospitals. »Du weißt, daß ich dich liebe, nicht wahr?«

Unfähig, länger so herumzusitzen, doch unwillig, wieder zurückzugehen, wühlte sie im Handschuhfach, bis sie ihr Notizbuch und einen Kugelschreiber fand; im Licht der Innenbeleuchtung stellte sie eine Liste aller Punkte, die sie über Treacy und Lynskey wußte, auf.

Ihre Erkenntnisse über letzteren ließen nur drei Schlüsse zu: Der Ire mußte entweder ein Privatdetektiv, ein verdeckter Ermittler oder, was aus ihrer Sicht das Schlimmste war, ein Reporter sein.

Tröstlicherweise gewann zumindest die Geschichte selbst deutlich an Schärfe. Es bestand kein Zweifel mehr, daß sie auf ein wirkliches Ding gestoßen war: Dieser Lynskey kam extra aus Irland – oder wurde hergeschickt –, weil die Story der MacPhersons und Treacys offenbar den Knackpunkt bildete.

Im Flur des Krankenhauses hatte Lynskey abermals die Nummer des Chief Superintendent in Dublin angewählt. »Sie ist mir auf die Schliche gekommen. Ich habe keine Ahnung wie – vielleicht hat sie davon Wind bekommen, als wir vor ein paar Minuten miteinander sprachen –, aber eindeutig wittert sie etwas.«

21

Der Kapitän und die Mannschaft der *Agnes Monica* hatten die Nase voll. Über Funk erfuhren sie von dem Zusammenstoß des Hiace mit dem Starlet, und waren aus Angst vor verstärkten Polizeieinsätzen in einer Bucht untergetaucht, die ein Schiff von der Größe der *Agnes Monica* nur bei Ebbe ansteuern konnte.

Dort hatten sie sich vierundzwanzig Stunden lang nicht gerührt. Zweimal, einmal in jeder Richtung, passierte ein Patrouillenboot die Bucht; obwohl sie unentdeckt blieben, war der Kapitän nervös. Beim nächsten derartigen Unternehmen würde er auf einer besseren Funkausrüstung bestehen: Sein Zeug schaffte das Abhören und Dekodieren der Signale von anderen Schiffen einfach nicht mehr. Aber dann beruhigte er sich mit dem Gedanken, daß das Boot, Gott sei Dank, der Fischereibehörde entstammte und nicht der mit atomarem Radar ausgestatteten Küstenwache.

Wieder war Ebbe, und der Kapitän machte sich zum Auslaufen in die offene See bereit. Die Wetterbedingungen hatten sich deutlich gebessert: Nach einer trockenen Phase am frühen Morgen regnete es zwar wieder, aber der Wind war weniger heftig als zuvor.

Die Mannschaft sollte ihren Kollegen in Killybegs erzählen, sie wären gezwungen gewesen, in einer einsamen Bucht an der ungeschützten Nordwestküste vor Anker zu gehen. Aber zumindest brächten sie als Lohn für ihre Mühen ein paar Weißfische mit; auf dem Rückweg würfen sie einfach die Netze aus.

Ehe sie sich gänzlich aus der Bucht herauswagten, schickte der

Kapitän das Beiboot aus, um zu überprüfen, ob nicht abermals eine Kontrolle in der Nähe war. Doch das Wasser stieg schnell und so wäre ihnen der Ausgang bald wieder versperrt. Die Männer im Beiboot berichteten, daß ihnen nichts Ungewöhnliches aufgefallen war und so beschloß der Kapitän, das Versteck aufzugeben.

Nach Erreichen der offenen See wurde die Funkverbindung zum Festland, die in der tiefen Bucht abgerissen war, knarzend wiederhergestellt. Die Nachrichten klangen alles andere als beruhigend: In Killybegs wimmelte es nur so von Cops. Irgendein Trottel meinte, die Beweismittel zerstören zu müssen, und hatte bei der Sprengung des Hiace gleich den halben Parkplatz der Polizeistation sowie drei Gárdaí-Fahrzeuge mit in die Luft gejagt. Noch beängstigender war die Meldung, daß den Bullen zufolge wohl eine Attacke der Loyalisten als Rache für einen Angriff der IRA auf eine RUC-Station in Strabane bevorstand.

Eindeutig sollte die Presse auf eine andere Fährte gelockt werden, da sie – wie der Kapitän, der in vielen Bereichen auch außerhalb der Fischerei beschlagen war, erkannte – zu wissen schienen, wo der Hase tatsächlich im Pfeffer lag.

Man sagte ihm, er solle nach Hause fahren, um Gerüchten von Flucht vorzubeugen. Er wußte, daß Widerspruch, vor allem in einer offenen Fahrrinne, sinnlos war; doch erwähnte er kurz das Patrouillenboot, ehe er Kurs nach Südosten nahm. Eine halbe Stunde nach Verlassen der Bucht sah er, wie ein Schiff von der Größe der *Agnes Monica* ungefähr eine Meile von der Küste entfernt durch die Wellen brach. Er erkannte es als die *Slua Cailíní* aus Burtonport, und um kein unnötiges Interesse auf sich zu lenken, verlangsamten sie ihr Tempo und warfen die Netze aus.

Fünf Minuten zuvor hatte das Patrouillenboot, das inzwischen mehr als zwanzig Meilen entfernt war, ihre Position ausgemacht.

Im Nordwesten von Montana verlor auch der Sheriff von Mayville die Geduld. Er wollte sein Geld, und da die Reise nach Irland immer näher rückte, wollte er es jetzt.

Mit einer Behendigkeit, die langer Übung entsprang, knackte er eine Pistazie und löste den Kern heraus. »Nun hören Sie mir mal gut zu«, sagte er leise in die Muschel seines Telefons. »Ich habe den Typen, so gut ich konnte, abgeschreckt. Es ist nicht meine Schuld, daß er immer noch herumschnüffelt. Wann kriege ich meine Kohle, Kumpel?« Er lauschte und sagte dann: »Na gut, aber noch einmal hinhalten lasse ich mich nicht. Ich melde mich wieder.«

Er brach die Verbindung ab, dachte nach, wählte eine andere Nummer und starrte ein paar Sekunden lang in die Luft. Schließlich begann er: »Hier ist O'Connor. Du weißt doch noch, welchen Auftrag du gerade für mich erledigt hast? Das gleiche mußt du noch einmal ausführen. Und zwar sofort.« Nach kurzem Lauschen erhob er seine Stimme. »Ist mir egal. Wir sind quitt, wenn ich es sage. Und bevor du weiter unnötiges Herzblut vergießt, denk dran, daß deine Akte immer noch in der Schub lade meines Schreibtischs liegt. Genau hier.« Er blickte hinab. »Natürlich eingeschlossen, aber den Schlüssel habe ich stets dabei. Die Angelegenheit könnte ich jederzeit hervorholen. Hat es dir die Sprache verschlagen, O'Shaughnessy?« Und dann: »Gut, hier ist die Adresse...«

Neben den alljährlichen Festivitäten, dem Dinosaurierfest, dem Rodeo, dem Steakgrillen und der Parade zum vierten Juli, dem Futtermittelmarkt und dem Dreschwettbewerb mit antiken Dampfmaschinen passierte in Choteau nicht allzuviel. Also abgesehen von der Weite und Offenheit der durchaus reizvollen Umgebung war der nahe gelegene Eierberg – wo es ein beinahe intaktes Nest versteinerter Dinosauriereier zu besichtigen gab – die einzige Touristenattraktion. Doch die von Pappeln gesäumten Straßen waren breiter als viele Pariser Boulevards, und der Rasen vor dem alten, steinernen Gerichtsgebäude lud mit seiner grünen Samtfläche zum Verweilen ein.

Manchmal würden Besucher von auswärts auf dem Weg zwischen den Nationalparks von Glacier und Yellowstone mit Hinweisen auf die Dinosauriereier und die Skelettsammlung in dem kleinen, privat geführten Museum zum Bleiben verführt. Einige mieteten sich für ein paar Tage auf einer der Ferienranches ein, auf denen man den Besitzern bei der Arbeit zusehen oder gar helfen konnte; aber die meisten Touristen suchten, wenn sie überhaupt in Choteau übernachteten, eins der vier preisgünstigen Motels oder eine der beiden gemütlichen Privatpensionen auf.

Die Ortsansässigen kümmerten sich nicht um die Angelegenheiten anderer; aber wie alle Menschen in Montana, deren Aufgeschlossenheit schon beinahe übertrieben ist, geizten sie nie mit Informationen. So hätten sie jedem, der es wissen wollte, gerne erzählt, daß in dem herrlichen ranchähnlichen Gebäude ein paar Meilen außerhalb der Stadt außerordentlich reiche Verrückte untergebracht waren.

Ein oder zwei der Bewohner von Choteau würden vielleicht sogar noch weitergehen: das Haus sei eine Müllhalde für ältere oder schwierige – jedoch unangenehmerweise noch lange nicht verschiedene – Verwandte, deren fortgeführte Existenz irgendeiner Tochter oder irgendeinem Sohn den Antritt des rechtmäßigen Erbes vereitelte. Und daß die diskreten, aber effizienten Sicherheitsarrangements nicht dem Schutz der wohlhabenden Irren diente, sondern der Verhinderung ihrer Flucht. Darüber hinaus berichteten diese Zyniker, daß so manche sich ihres Status' bewußte Familie ihr störendes Mitglied unter falschem Namen dort einquartierte.

Das Teton Sanatorium, wie das medizinische Personal es nannte, beherbergte niemanden auf Dauer, sondern lediglich zum Zweck der Beurteilung des jeweiligen Krankheitsgrades. Mit Ausnahme von ein, zwei wundersamen Fällen oder wenn es sich die Verwandten noch einmal anders überlegten, wurden die Patienten unweigerlich in andere, auf langfristigen Verbleib angelegte Heime verlegt. Solange sie jedoch in Teton waren, wohnten sie in Suiten ähnlich derer in Fünfsternehotels.

Ungeachtet des in dem Sanatorium herrschenden Luxus blieb sonntags immer vor Langeweile die Zeit stehen. Es war weniger Personal als an den anderen Tagen da, keine analytischen oder therapeutischen Aktivitäten fanden statt, und die trübäugigen

Patienten, von denen es nie mehr als ein Dutzend gab, lagen tatenlos herum. Für diejenigen, die geistig noch an der Realität teilnahmen, mußte dieser Tag endlos erscheinen.

Was das Personal betraf, begrüßten auch die meisten Schwestern erleichtert den Montagvormittag, an dem man sich beim Start in die neue Woche angelegentlich über die Aktivitäten des Wochenendes unterhielt.

»Guten Morgen!« Das Lächeln auf dem Gesicht der Praktikantin erstarb, als sie den Raum betrat und die stumme Frau in dem hohen, mit Gitterstäben gesicherten Bett liegen sah. Sie trat näher und zupfte die bereits makellos glatte Bettdecke zurecht. »Und Peggy, haben Sie ein schönes Wochenende gehabt?«

Natürlich erwartete sie keine Antwort. Wenigstens, dachte sie, war diese Frau nicht wie so viele andere Bewohner des Sanatoriums einsam und allein. In der kurzen Zeit, die Peggy McGovern hier verbrachte, hatte sie zahllose Male Besuch gehabt. Ihr Ehemann kam regelmäßig und, obgleich sie seine Anwesenheit in ihrem betäubten Zustand nicht recht wahrzunehmen schien, blieb er am letzten Wochenende beinahe einen ganzen Tag. Außerdem hatte er eine Gesellschafterin für sie engagiert, eine junge Frau mit stechenden Augen, die zwar in Choteau wohnte, sich aber täglich von morgens bis abends im Sanatorium aufhielt. Peggy würde bald in ein Heim in Oregon verlegt; solange sie hier war, wurde sie indessen, wie alle anderen Patienten, von den drei Schwestern und der Praktikantin rund um die Uhr versorgt.

Diese Praktikantin war allerdings noch nicht so abgebrüht wie die erfahrenen Kolleginnen. Als sie ihrem Schützling sanft die Arme wusch, sang sie in der Hoffnung, daß es den grauen Nebel, der die Frau ständig umgab, durchdrang, ein leises Lied. »So ist's brav, Peggy«, säuselte sie, als sie fertig war. »Und jetzt machen Sie es sich schön bequem.« Sie schüttelte das Kissen aus, befeuchtete einen Waschlappen und entfernte einen Essensrest aus Peggys Mundwinkel. »Nun, ist es gemütlich so? Möchten Sie, daß ich Ihre Freundin hole?«

Sie suchte im Gesicht der Patientin nach irgendeinem Lebenszeichen; aber außer einem Flackern der Lider, was auf schlechte Träume schließen ließ, entdeckte sie nichts. Irgendwie mußte sie sich eine dicke Haut zulegen. In diesem Sanatorium gab es keinen leichten Fall und sie könnte es unmöglich durchhalten, wenn sie sich jedes Schicksal derart zu Herzen nahm. Seufzend wandte sie sich zum Gehen. »Wir sehen uns dann beim Mittagessen, Peggy, okay?«

Sie öffnete die Tür und holte die bezahlte Gesellschafterin, die, in einen Roman vertieft, auf einem Stuhl saß und wartete. Dadurch entging ihr, daß die Frau in dem Bett für einen Moment die Augen öffnete und etwas flüsterte, was allerdings gegen das Quietschen der Tür nicht ankam. Dann war der Augenblick vorbei. Das Mädchen entfernte sich, und an ihrer Stelle kam die schweigsame Gesellschafterin herein.

Der Versuch zu sprechen, hatte Mrs. McGovern derart erschöpft, daß wieder ein grauer Film vor ihre Augen zog. Trotzdem war sie wach. Ihr Gehirn fühlte sich wie Porridge an, wie eine schlabbrige fliegende Untertasse, die über eine wattige Wolke trudelte. Sie stellte sich ihren Verstand als eine blubbernde, klebrige, gegen die Innenwand ihrer Schädeldecke klatschende Masse vor. Dann nahm sie ein Geräusch neben ihrem Bett wahr und blinzelte mühsam.

Die Frau war wieder da; ihr Gesicht, ein weißlicher Fleck, waberte über einem Gegenstand. Einem Buch. Sie las.

Peggy machte die Augen wieder zu und für den Bruchteil einer Sekunde wurden ihre Gedanken völlig klar. Sie begriff, daß sie sich danach sehnte, endlich tot zu sein.

Aber noch mehr sehnte sie sich nach einem Drink.

Ihre Gedanken wogten auf und ab, und während eines weiteren halbwegs klaren Augenblicks merkte sie, daß die Gesellschafterin nicht mehr bei ihr war. Sie zwang ihre Augen wieder auf. Die Person kehrte zurück, lehnte sich über das Bett und sprach mit ihr. Peggy versuchte, den Nebel in ihrem Hirn so weit zu verdrängen, daß sie die Worte der Frau verstand. Etwas von ihrem Ehemann. Der heute verhindert war. Was für ein Ehemann?

Es war alles entsetzlich schwierig, und so machte sie die Augen einfach wieder zu.

Die bezahlte Gesellschafterin ließ sich auf ihrem Stuhl nieder und nahm abermals das Buch zur Hand. Sich zu wiederholen, machte sicher keinen Sinn.

Im Schlafzimmer seines eleganten Hauses zog Daniel Treacy die Vorhänge auf und zuckte zusammen, als die Helligkeit des Morgens seine Augen traf. Er wandte sich ab, starrte auf das Telefon neben dem Bett, das er so lange mit seiner Frau geteilt hatte, und fragte sich, ob die Nachricht zu ihr durchgedrungen war.

Kaum daheim, rief Sky bei Jimbo Larsen an.

Die Zeit nach ihrer Rückkehr vom Parkplatz in Johannas Zimmer bis zu dem Augenblick, als ihre Mutter in den Operationssaal verfrachtet wurde, hatte sie wider Erwarten relativ gefaßt herumgebracht. Lynskey meinte nämlich, auch ihm täten ein wenig frische Luft und neue Kleider sicher gut; so hatte er sich ihren Wagen geborgt, war in sein Hotel gefahren und erst wenige Minuten vor Johannas Transfer in den OP wieder aufgetaucht. Dann hatte er angeboten, sie nach Hause zu chauffieren, und sie sah sich nicht in der Lage, das Angebot auszuschlagen, ohne Verdacht zu erregen. Sie hatte ihre Rache an ihm bereits genau geplant, und er sollte keinesfalls vorzeitig merken, daß seine Tarnung aufgeflogen war. »Danke, aber vielleicht könnten wir darauf verzichten, uns zu unterhalten, ja?« Um ihn nicht ansehen zu müssen, hatte sie getan, als sei ihr ein Fremdkörper ins Auge gedrungen. »Ich bin ziemlich erschöpft und außerdem mache ich mir Sorgen um Mom.«

»Verstehe!« Auf dem Weg zum Parkplatz hatte er sich bei ihr eingehakt und sie war glücklicherweise nicht zurückgezuckt. Jetzt hielt er sich wohl in War Bonnet auf und verschonte sie bis zum Ende der Operation. Während sie jetzt darauf wartete, daß Jimbo den Hörer abnahm, gratulierte sie sich zu ihrem schauspielerischen Meisterstück. Ganz sicher hatte Lynskey nichts von ihrem Verdacht gemerkt.

»Hallo?« Jimbo klang besorgt. »Wie geht es deiner Mom?«

»Sie ist gerade im OP. Es wird drei, vier Stunden dauern, bis man etwas erfährt. Auf dem Weg zurück ins Krankenhaus bringe ich die Rodeonotizen vorbei, aber vor allem wollte ich mit dir über diesen irischen Lehrer reden. Ich kann mir schon denken, was du mir sagen willst.«

»Aha«, meinte der Chefredakteur gedehnt.

»Er ist kein Lehrer, nicht wahr? Sondern Reporter. Oder ein Bulle.«

»Letzteres, glaube ich. Aber wie hast du das herausgekriegt?«

»Wer hat es dir erzählt?« Seltsamerweise erfüllte Sky die Bestätigung ihrer Annahme keineswegs mit Genugtuung, sondern rief heftige Übelkeit in ihr wach. Und sie hatte sich eingebildet, dies könnte der Beginn einer langfristigen Beziehung sein...

»Hat Bill Collins dich inzwischen erreicht?« Jimbo reagierte auf unangenehme Fragen seit jeher mit Gegenfragen.

»Ja und nein...« Sky starrte auf den Block neben dem Telefon, auf dem mehrfach der Name des Direktors des Bestattungsunternehmens stand. »Womöglich nicht so, wie du es gern hättest. Ich fürchte, daß ich ihm gegenüber ziemlich unhöflich war. Er hat mich einfach zu einem denkbar ungünstigen Zeitpunkt erwischt.«

»Vielleicht solltest du mit ihm reden, sobald es deiner Mom bessergeht. Nicht, daß er allzu viele Infos hat. Aber irgend jemand versorgt ihn mit Tips.«

»Hör zu, Jim.« Skys Übelkeit und Müdigkeit legten sich. »Ich bin furchtbar wütend auf diesen Typen Lynskey. Laß mich die Story weiterverfolgen, ja? Gib sie bitte niemand anderem.« Schon einmal, als ein Grubenunglück die mageren Ressourcen der Zeitung zu überwältigen drohte, hatte Jimbo einen jungen Freiberufler engagiert. »Ich verspreche dir, daß ich dich nicht hängenlassen werde.«

»Kannst du denn in der Sache überhaupt noch objektiv sein? Schließlich hängt deine Familie mit drin...«

»Du mußt mir vertrauen, ja?«

»Die Story läuft dir doch nicht weg.« Immer noch bezweifelte er, ob sie für den Job die Richtige war. »Und heute konzentrierst du dich ausschließlich auf deine Mutter, okay? Wenn er tatsächlich ein Bulle ist, wird er wohl kaum die *Washington Post* alarmieren. Vielleicht kann er uns sogar noch nützen.«

Während Sky eine Dusche nahm, überlegte sie fieberhaft die nächsten Schritte. In einer derartig hohen Liga hatte sie seit Beginn ihrer Karriere noch nie gespielt. Die alltäglichen Berichte über Rodeos, Ereignisse innerhalb der Gemeinde, Todesfälle, Landwirtschaft, Verstöße gegen die Bauvorschriften und Lokalpolitik hatten sie nicht vorbereitet auf das, was nun vor ihr lag. Kriminalstorys in Montana beschränkten sich normalerweise auf die Berichterstattung über Verhandlungen wegen Trunkenheit, Ordnungswidrigkeiten sowie alle Jubeljahre eines Mordes oder einer Vergewaltigung.

Ihr Talent lag eher im Schreiben als im Recherchieren. Selbst in Chicago hatte sie höchstens einmal mit einem unerheblichen Überfall oder Diebstahl zu tun gehabt. »Trotzdem solltest du es packen!« Sie drehte das Wasser ab und redete mit dem verchromten Duschkopf. »Also *los*!«

»Mr. Collins?« Für das Bestattungsinstitut schlug sie wieder ihren kühlen, geschäftsmäßigen Ton an. »Es tut mir wirklich leid, daß wir nicht eher miteinander sprechen konnten; aber bisher gab es dazu einfach keine Gelegenheit.«

Auf seine Frage hin klärte sie ihn über den Zustand ihrer Mutter auf und machte sogar einen kleinen Scherz: »Ich fürchte, Sie müssen noch ein wenig warten, Mr. Collins, falls Ihnen geschäftlich an meiner Mutter gelegen ist.« Sie wartete, bis er zu Ende gekichert hatte; dann fragte sie nach dem Grund seiner wiederholten Anrufe.

»Ich habe ein paar Informationen, die für Sie von Interesse sein könnten, Miss MacPherson.« Collins' Stimme sank auf ein Flüstern herab. »Mit Ihrem Chef habe ich bereits gesprochen.«

»Das weiß ich.« Sky war zu erregt, um sich zurückzuhalten. »Sie halten Fergus Lynskey für einen Polizisten. Dürfte ich fragen, warum?«

»Das kann ich Ihnen nicht sagen.« Er schien erbost, weil

Jimbo ihm die Schau gestohlen hatte. »Aber ich dachte, Sie sollten wissen, daß er nicht der ist, als er er sich ausgibt. Sie scheinen mit ihm... befreundet zu sein...« Er machte eine Pause und sagte mit veränderter Stimme: »Sie klingen keineswegs überrascht, Miss MacPherson.«

»Es würde mich interessieren, was dieser Mann hier in Butte macht und warum er den Lehrer spielt.« Sky hoffte, daß ihr ihr persönliches Interesse an der Sache nicht anzuhören war. »Ist er dienstlich hier? Geht hier eine Sache vor sich, die er aufklären soll?« Gespannt hielt sie den Atem an.

»Sagen wir so. Mr. Lynskey *denkt*, hier ginge etwas vor. Aber ich würde es zu schätzen wissen, Miss MacPherson, wenn Sie ihm klarmachten, daß sein Aufenthalt hier reine Zeitverschwendung ist. Inzwischen hat ihn jedermann enttarnt, und es gibt für ihn hier nichts zu holen. Hat übrigens nie etwas zu holen gegeben. Er wäre besser dran, wenn er entweder seinen Urlaub genießen oder nach Irland zurückfliegen würde. Wesentlich besser sogar. Außerdem«, seine Stimme wurde hart, »hat dieser Kerl Ihnen offenbar irgendwelche Flausen über Daniel Treacy und seine verstorbene Frau in den Kopf gesetzt. Anscheinend haben Sie eine Menge Fragen gestellt, was der Beweis dafür ist, daß er mit allerhand an den Haaren herbeigezogenen Geschichten aufgekreuzt ist. Aber *ich* weiß, und habe es auch anderen versichert, daß Sie eine viel zu erfahrene Journalistin sind, um diesem Kerl auf den Leim zu gehen. Ohne Zweifel wissen Sie, daß Mr. Treacy Freunde in den höchsten Kreisen besitzt, Miss MacPherson.«

Angesichts dieser lächerlichen Wortwahl hätte Sky beinahe laut gelacht. Freunde in den höchsten Kreisen, allerdings. Aber die Drohung, nicht nur gegen Lynskey, sondern auch gegen sie selbst, gefiel ihr keineswegs. Es war eine Sache, von Fergus Lynskey ausgenutzt zu werden, dachte sie empört – wenigstens hatte sie mit ihm jede Menge Spaß gehabt –, aber es war etwas gänzlich anderes, wenn man ihre Arbeit zensierte. »Danke für den Tip, Mr. Collins.« Ihre Stimme stand der seinen an Härte nicht nach. »Und keine Angst, ich werde wachsam sein. Aber jetzt muß ich los – nochmals vielen Dank!« Ehe er etwas hinzufügen konnte, legte sie den Hörer auf.

Dann rief sie ihre Großmutter in Irland an, hörte, daß die alte Dame für den nächsten Tag einen Flug über Billings gebucht hatte, verabschiedete sich und sah auf ihre Uhr. Bis zum Ende von Johannas Operation war noch jede Menge Zeit, so daß sie schnurstracks – ein weiteres Mal – zu Daniel Treacy fuhr.

22

Im Bereich zwischen den reichverzierten Eisentoren und der Fassade der Regierungsgebäude, von seinen Dubliner Kritikern wegen der teuren Restaurierung und der luxuriösen Flutlichtanlage »Versailles« genannt, herrschte ein Treiben wie an einem Busbahnhof vor einem Feiertag. Ständig fuhren Wagen von Ministern oder anderen hochrangigen Persönlichkeiten vor oder ab, und hier und da waren Gruppen von Lobbyisten und Beamten mit ernsten Gesichtern ins Gespräch vertieft. Auf den Stufen vor den Eingangstüren hatte sich ein Nachrichtenteam des Fernsehsenders RTE um den Justizminister aufgebaut. Éamonn Vaughan, ein Reporter mit großen, traurigen Augen, hatte soeben ein Interview mit dem Minister über Neueinstellungen, Bezahlung und Überstunden bei der Gárdaí abgehalten. Vaughan wurde von der gegenwärtigen Regierung wegen seines professionellen, aber zähen und unverblümten Interviewstils gleichermaßen gehaßt und geliebt.

»War's das, Jungs? Ich bin sowie schon zu spät – vielen Dank…« Aber als der Minister sich anschickte, das Gebäude zu betreten, folgte der Reporter ihm. »Herr Minister, eine Frage unter uns.« Vaughans Stimme senkte sich zu einem vertraulichen Flüstern. »Gibt es irgendwelche Neuigkeiten hinsichtlich des Schlamassels in Killybegs? Ist dort oben tatsächlich eine große Operation geplant?«

»Keine Neuigkeiten, Éamonn.« Der Minister winkte einer

Gruppe Schulkindern zu, die in einer Schlange an dem reichverzierten Brunnen vorüberzog. »Aber sobald ich etwas erfahre, werden Sie natürlich als erster benachrichtigt.«

»Minister…«, versuchte es der Reporter noch einmal, aber der Angesprochene beschleunigte seine Schritte und verschwand in der Sicherheit von »Versailles«.

Die Fragen des Journalisten hatten ihn unangenehm berührt; der Minister war auf dem Weg zu einer Besprechung über den Zwischenfall in Killybegs; anschließend würde man den Taoiseach und den Vizepremier, den Tánaiste, deren Büros beide hinter diesen Mauern lagen, in die Sache einbeziehen. Die Gárdaí hielten ihn über die Situation in Donegal auf dem laufenden, und da die Navy an der Operation beteiligt war, hatte er die Verteidigungsministerin gebeten, sich den Bericht vom Gárda Commissioner ebenfalls anzuhören.

Die Verteidigungsministerin und der Commissioner waren bereits anwesend, und letzterer wartete nach Eintritt des Justizministers umgehend mit unangenehmen Neuigkeiten auf. »Auf dem Fischerboot haben wir nichts gefunden, Minister, was allerdings niemanden überraschte. Unsere kanadischen Freunde haben uns signalisiert, daß die Sache schwierig wird, und obwohl wir versucht haben, das Zeug seit seiner Ankunft in Irland nicht aus den Augen zu lassen, stellt uns unser personeller Engpaß…«

»Ich hoffe, Sie haben diese Horde nicht hellhörig gemacht?« unterbrach der Justizminister in kühlem Ton. Er und der Commissioner konnten sich nicht riechen.

Der Commissioner preßte die Lippen aufeinander und sah ihn böse an. »Der Mannschaft gegenüber haben wir behauptet, daß die Suche illegalen Netzen gilt…«

»Meinen Sie, das haben die Ihnen abgekauft?« unterbrach ihn der Minister erneut und sah ihn durchdringend an. »Hiermit erfahren Sie, daß dieser Gauner Vaughan von RTE mich eben draußen nach einer großen Operation gefragt hat, die ihm angeblich zu Ohren gekommen ist.«

»Was mich nicht weiter verwundert. Schließlich haben wir zur Tarnung sämtliche Schiffe im Hafen durchsucht, im Namen der

Umsetzung einer neuen EG-Direktive. Der für die Operation verantwortliche Chief Superintendent ist persönlich nach Donegal gefahren, aber in der Kaserne geblieben. Und wir haben weder den Kapitän noch die Mannschaft des Bootes groß ausgefragt. Es ist alles unter Kontrolle.«

»Aber gefunden haben Sie nichts, nicht wahr?« Während der letzten Jahresversammlung seiner Partei, der Ard Fheis, hatte der Justizminister mit kraftvollen, leidenschaftlichen Worten vom Podium gedonnert: sein Ministerium wolle unmittelbar nach der Verwirklichung seines Hauptanliegens, das »zuerst, zuletzt und immer« den Schutz der Familie darstelle, vor allem an der Befreiung Irlands vom Fluch illegaler Drogen arbeiten – »vom Crack bis zum Kokain, vom Heroin bis zum Haschisch soll alles vernichtet werden, bis in ganz Irland nicht ein Körnchen und nicht eine Spur mehr davon zu finden ist. Bis unsere Städte wieder blühen und die Straßen und selbst die dunkelsten Gassen für unsere Kinder wieder sicher sind!« In der Tat war *Sicher für unsere Kinder* das Motto, unter dem die gegenwärtige Plakat- und Fernsehkampagne der Partei des Ministers stand.

»Wir machen uns wirklich große Sorgen, Commissioner.« Um ihr Gefühl der Unzulänglichkeit zu verbergen, sprach die Verteidigungsministerin mit äußerstem Nachdruck, doch beide Männer ignorierten sie. Der Justizminister legte seine Finger an die Schläfen, als bitte er den Himmel um Geduld. »Haben Sie irgendeine Vorstellung, wo das Zeug jetzt ist, Commissioner?«

»Ich fürchte, momentan haben wir es aus den Augen verloren, Minister.« Der Commissioner, der bereits Beamter unter mindestens fünf Regierungen verschiedenster Couleur und Zeuge zahlreicher Kabinettsumbildungen gewesen war, sah ihn gelassen an. »Der Stoff wird seit seiner Abholung vom Flughafen verfolgt; inzwischen hat man ihn an Bord der *Agnes Monica* verladen. Daher gehen wir davon aus, daß der Kapitän ihn während der vierundzwanzig Stunden, während der wir im dunkeln tappten, irgendwo an der Küste oder sonstwo versteckt hat, um ihn später wieder abzuholen. Unsere Leute werden jede Boje und jede Hummerreuse überprüfen, die es am Meeresstrand gibt.

Außerdem haben wir die Stelle, an der wir den Kontakt zur *Agnes Monica* verloren, inzwischen ausgemacht. Zu dem Zeitpunkt dachten wir, das Boot wäre mit modernsten Funkgeräten ausgestattet, aber bei der Durchsuchung hat sich das Gegenteil herausgestellt.«

»Dann liegt die Lösung ja wohl auf der Hand.« Angesichts der Begriffsstutzigkeit offenbar sämtlicher Polizisten runzelte der Minister ungnädig die Stirn. »Das Boot war irgendwo in einer unauffälligen Bucht versteckt. Finden Sie dieses Versteck, dann finden Sie auch das Gesuchte.«

»Ganz so simpel ist es nicht, Minister.« Der Commissioner streckte seine Beine gemütlich unter der Tischplatte aus. »Unseren amerikanischen und kanadischen Kollegen zufolge haben diese Kerle vielleicht etwas Neues mitgebracht. Zumindest für uns ist es neu. Offenbar versenken sie die Waren in mit Gewichten versehenen, wasserdichten Containern mit elektronischen Empfängern, die man zu jeder x-beliebigen Zeit wieder heraufholen kann. Sobald man die elektronischen Steuerteile aktiviert, werden die Gewichte abgeworfen, so daß das Zeug automatisch an die Oberfläche steigt.«

Der Minister ächzte aus tiefstem Herzen. »Dann sorgen Sie bloß dafür, daß uns keiner von der Mannschaft durch die Lappen geht.«

»Das Schiff, das die Ladung wieder heraufholt, ist selten dasselbe wie das, von dem aus die Ladung versenkt wurde. Wahrscheinlich hat diese Mannschaft keine Ahnung davon, wer außer ihnen an der Sache beteiligt ist, und vor allem wissen die Männer bestimmt nicht, wer die Bergung des Zeugs bewerkstelligt. Auf alle Fälle dürfen sie nicht erfahren, daß wir ihnen auf den Fersen sind.« Der Commissioner räusperte sich, um deutlich zu machen, wie verhaßt ihm der Zwang, sich zu wiederholen, war. »Wie Sie wissen, sind die Motive sämtlicher an der Sache Beteiligten vollkommen unterschiedlich. Selbstverständlich werden wir so viele der uns bekannten Verstecke wie möglich observieren, und alle erreichbaren Buchten und Meeresarme durchkämmen.« Er bedachte den Minister mit einem abgründigen Blick.

»Dennoch, Commissioner, meine Kabinettskollegen und ich sind sehr besorgt!« Der Justizminister ignorierte die Anspielung auf den Streit über Neueinstellungen und Überstunden bei der Polizei. »Wie meinen Sie, stehen wir vor dem Ausland da? Schließlich haben sowohl die Kanadier als auch die Amerikaner die Spur bis hierher verfolgt. Es ist ein wenig peinlich, zugeben zu müssen, daß wir das Zeug verloren haben, sobald es ein kleines Küstenschiff übernahm, meinen Sie nicht?«

»Allerdings«, stimmte die Verteidigungsministerin ihm mit schriller Stimme zu. »Mein Ministerium hat eng mit Ihnen zusammengearbeitet, Commissioner! Aber die Sache scheint sich unnötig in die Länge zu ziehen, und unsere Ressourcen sind begrenzt. Wir mögen es nicht, wenn unsere Leute mitten in der Fischereisaison keine Zeit mehr finden für ihre eigentlichen Aufgaben. Hoffentlich haben Sie bald Ergebnisse zu bieten.«

»Dies ist eine der größten Operationen, die wir je durchgeführt haben. Wenn die Gárdaí mehr Überstunden bewilligt bekämen...« Der Commissioner zog die Brauen hoch.

»Sie wissen, verdammt noch mal, ebenso gut wie ich, welches Budget Ihnen zur Verfügung steht«, schnauzte der Justizminister.

»Bis heute abend haben Sie die Aufstellung der Überstundenkosten auf Ihrem Tisch.« Der Commissioner sprach in ruhigem Ton und starrte den Minister reglos an. Er wußte nicht nur, welches Budget ihm zur Verfügung stand, sondern die ersten Risse der Koalition lagen bereits in der Luft, und Drogenkriminalität war für die Wählerschaft eins der wichtigsten Themen.

»Da gerade vom Budget die Rede ist...« Der Justizminister schob seine Brille hoch und durchbohrte den Commissioner mit seinem Blick. »Ich wüßte gern, wieviel die Einmannexpedition, die Sie nach Amerika geschickt haben, bisher gekostet hat.«

»Wir finden es heraus, Minister.«

»Das hoffe ich, Commissioner, ebenso wie ich hoffe, daß diese Sache endlich zu einem glimpflichen Ende kommt.« Der Justizminister zog eine Akte über den Tisch, als hätte er nun wichtigere Dinge zu tun. Er sah erst seine Kollegin aus dem Verteidigungsministerium und dann den Commissioner böse an. »Die Zeit spielt gegen uns.«

Die Amnesty-Konferenz fände bereits in wenigen Tagen statt.

»Und jetzt«, sagte er brüsk, »erwarte ich eine Gruppe aus meinem Wahlbezirk. Danach muß ich dann zum Taoiseach, um ihn über dieses Chaos aufzuklären. Wie Sie unterrichtet sind, hat er ein persönliches Interesse an diesem Fall. Ich kann nicht gerade behaupten, daß ich mich auf dieses Treffen freue, Commissioner. Zu diesem Zeitpunkt wollte ich schon von ersten Erfolgen berichten. Fällt Ihnen vielleicht irgend etwas ein?«

»Der Premierminister kann ja wohl kaum der Polizei die Schuld an einem Autounfall geben, durch den unsere Arbeit einschneidend behindert wurde. Aber wir sind weiterhin guten Mutes und Sie können ihm versichern, daß alles menschenmögliche getan wird. Ich rufe Sie heute abend an, Minister.«

Lächelnd nahm der Commissioner seinen Hut und seine Handschuhe vom Tisch und verließ mit einem höflichen Nicken in Richtung der Verteidigungsministerin den Raum. Arme Frau: sie hatte nicht die geringste Ahnung, was vor sich ging. Denn niemand hatte sie über den erwarteten subversiven Schlag aus dem Ausland aufgeklärt. Und was den bevorstehenden königlichen Besuch betraf, so war sie sicher weder über die geplante Amnesty-Konferenz noch über den geladenen Ehrengast im Bilde.

Hinter ihm fiel mit einem leisen Klicken die Tür ins Schloß. Im Kampf mit seinem politischen Herrn über zusätzliche Mittel hielt er alle Trümpfe in der Hand. In der letzten Zeit hatten die Medien der Tatsache, daß Irland als Umschlagplatz nicht nur für Drogen, sondern für alle möglichen illegalen Geschäfte diente, verstärkte Aufmerksamkeit geschenkt. Und da gemunkelt wurde, daß der Fortbestand der Koalition nicht sicher und somit eine vorgezogene Neuwahl zu erwarten war, brauchte die kränkelnde Regierung nichts dringender als einen Durchbruch in dieser Angelegenheit.

Sky telefonierte mit Daniel Treacys Büro, um ihn auch wirklich anzutreffen, doch zu ihrem Erstaunen sagte man ihr, er wäre noch nicht da. »Dann rufe ich ihn zu Hause an.« Die Proteste der Sekretärin entkräftete sie damit, daß sie eine persönliche Freundin sei. Dann schnappte sie sich ihren Kassettenrecorder, Notizbuch und Handtasche, schwang sich in den Nissan und fuhr los.

Das Haus zu finden war nicht schwer. Obwohl niemand, den sie kannte, je den Fuß über diese Schwelle gesetzt hatte, wußte jeder, wo es sich befand. Als große Überraschung allerdings entpuppte sich die Aussicht, die einem die Terrasse am Ende der Einfahrt bot. »Himmel«, entfuhr es ihr, als sie mit großen Augen aus dem Nissan stieg. Der runde Parkplatz, vor dem sich ein spektakuläres Bergpanorama erhob, war groß genug für einen beachtlichen Konvoi, auch wenn im Augenblick außer ihrem Nissan nur Treacys Cabrio dastand.

Sie ging zur Tür, drückte einen Messingknopf, hörte die Klingel und wandte sich der Sprechanlage zu. Mindestens neunzig Sekunden wartete sie, und als niemand reagierte, klingelte sie genau in dem Augenblick, als die Tür geöffnet wurde, ein zweites Mal. »Miss MacPherson – Sky –, was für eine angenehme Überraschung!«

Ohne Jackett und mit der grauen Armschlinge, die ihm in den Nacken schnitt, wirkte Treacy dünner und wesentlich älter als je zuvor. »Tut mir leid, daß ich Sie zu so früher Stunde zu Hause störe.« Auf seine stumme Einladung hin trat sie ein. »Ich habe in Ihrem Büro angerufen und dort sagte man mir, Sie wären noch nicht da. Außerdem entschuldige ich mich für meinen nächtlichen Anruf. Hoffentlich sind Sie hinterher noch einmal eingeschlafen?«

»Keine Sorge. In meinem Alter braucht man nicht mehr soviel Schlaf«, wich er ihrer Frage aus. »Haben Sie schon gefrühstückt?« Ganz der höfliche Gastgeber schloß er hinter ihr die Tür, so daß sich die Reporterin in Sky weniger kühn als vielmehr aufdringlich und schäbig vorkam.

»Ehrlich gesagt, nicht.« Sie erinnerte sich daran, daß sie seit über vierundzwanzig Stunden nichts mehr gegessen hatte, was sicher die Erklärung für ihre entsetzlichen Stimmungsschwankungen war: Nichts als Koffein auf leeren Magen zehrte einfach an der Substanz.

»Hier entlang.« Er trat zurück und bedeutete ihr, durch einen mit einem dicken Teppich ausgelegten Flur zu gehen. »Fühlen Sie sich wie zu Hause. Ich hole nur schnell eine Kanne frischen Kaffee.« Während er, wie Sky meinte, in die Küche ging, klingelte auf einem kleinen Tischchen im Flur das Telefon. »Wir lassen es einfach läuten.« Er sah über die Schulter und lächelte ihr zu. »Eine phantastische Erfindung, diese Anrufbeantworter...«

Während die elektronisch verzerrte Stimme von Treacys Sekretärin durch die Diele hallte, betrat Sky den Nebenraum. Das perfekte, ausschließlich in Schlüsselblumengelb und strahlendem Weiß gehaltene Zimmer wies ein Minimum an Möbeln auf: einen mit einer Glasplatte versehenen, zum Frühstück gedeckten Marmortisch, sechs elegante Stühle, eine passende Anrichte, über der ein impressionistisches Aquarell von einem Frühlingsgarten hing, sowie zwei gepolsterte Rattansessel, aus denen man durch die nach Süden gehenden deckenhohen Fenster sah, durch die den lieben langen Tag ein Maximum an Helligkeit ins Zimmer drang.

Die Fenster blickten auf eine sonnenüberflutete italienische Terrasse hinaus, und wäre der sich darunter und darüber erstreckende Wald nicht grün gewesen, sondern blau, dann hätte man sich in eine Villa auf Capri oder in Südfrankreich versetzt fühlen können. »Meine Frau und ich haben nur sehr selten Gäste empfangen.« Der Teppich war so dick, daß sie Treacys Rückkehr nicht gehört hatte. »Also haben wir keinen offiziellen Speiseraum gebraucht.« Er stellte die Kaffeekanne auf einen Keramikuntersetzer in der Mitte des Tisches.

»Es ist wunderschön hier.« Sky meinte es ehrlich. Der Raum strahlte Ruhe und Frieden aus.

»Vielen Dank.« Er wartete höflich, bis sie sich gesetzt hatte, ehe er selbst Platz nahm. »Ich mag dieses Zimmer auch. Wir nannten es immer, auch wenn es vielleicht ein wenig geschwollen klingt, den Gartensalon.« Mit seinem unverletzten Arm wies er auf das Gemälde über der Anrichte.

»Eigentlich bin ich wegen meiner Großmutter gekommen, Mr. Treacy...« Aber dann zögerte Sky, denn mit einem Mal kam es ihr nicht mehr richtig vor, Elizabeth zur Tarnung ihrer wahren Absichten vorzuschieben. Angesichts von Treacys ausgesuchter Höflichkeit fiel es ihr schwer, ihn darüber zu befragen, weshalb er die Aufmerksamkeit eines verdeckten irischen Ermittlers auf sich zog. Vor allem hier in seinem eigenen Heim. Das helle Licht, das durch die Fenster fiel, enthüllte ein Netzwerk feiner Falten in seinem Gesicht; aber am auffälligsten und erschreckendsten waren die gräuliche Farbe seiner Haut und sein müder Blick. Immer noch zögerte sie, ihn mit ihrem tatsächlichen Anliegen zu behelligen. »Was macht Ihre Schulter, Mr. Treacy? Haben Sie große Schmerzen?«

»Nicht so schlimm. Aber jetzt erzählen Sie mir, wie es Ihrer Mutter geht. Ich hoffe, Sie haben mein Angebot, Ihnen behilflich zu sein, nicht vergessen – bitte nehmen Sie sich doch ein Croissant oder ein wenig Obst.« Er wies auf die Körbe auf dem Tisch.

Während sie ihm von Johanna berichtete, dachte Sky, daß dies nicht derselbe unnahbare Tycoon war wie sonst. »Es tut mir leid, daß ich Sie bei Ihrem Frühstück störe.« Sie blickte auf das unangetastete Brötchen, das auf seinem Teller lag.

»Ach, ich habe sowieso keinen Appetit.« Er schob den Teller fort. »Bitte spannen Sie mich nicht länger auf die Folter, Sky. Was gibt es Neues?«

Die Wirkung, die sie mit ihrer Ankündigung von Elizabeth' morgigem Eintreffen erzielte, schockierte sie. Treacy fuhr sich mit der gesunden Hand über die Stirn, und sie fürchtete, er bräche jeden Augenblick in Tränen aus. »Mr. Treacy...« Sie erhob sich halb von ihrem Platz.

»Alles in Ordnung. Nur ein kleines Mißgeschick.« Er senkte den Kopf, so daß sie sein Murmeln kaum verstand.

Sky war ehrlich verwirrt. Wie in aller Welt sollte sie ihn wegen etwaiger dunkler Machenschaften zur Rede stellen?

Während sie noch schwankte in bezug auf ihre nächsten

Worte, hustete er und sah sie fragend an. »Meinen Sie, daß sie hier wohnen mag?«

»Eins nach dem anderen, Mr. Treacy.« Sie war erleichtert, denn offenbar hatte er, auch wenn seine Augen noch feucht schimmerten, seine Fassung wiedererlangt. Dann sagte sie, ehe sie sich besinnen konnte: »Wissen Sie, daß Sie hier zu Hause ganz anders wirken als in der Öffentlichkeit?« Du liebe Güte, gäbe es jemals irgendwo einen Lehrgang, wie man seine Zunge im Zaum hielt, wäre sie die erste, die sich um die Teilnahme bewarb.

»In der Tat?« Immer noch glänzten seine Augen verdächtig, aber wenigstens umspielte seinen Mund ein leichtes Lächeln. »Wer ist zu Hause nicht anders als in der Öffentlichkeit?« Er hielt inne und plötzlich sagte er: »Ich werde Ihnen etwas erzählen, was ich noch nie einem anderen Menschen verraten habe.«

In diesem Augenblick wäre es Sky, auch wenn es ihrer Ausbildung und ihren Instinkten als Reporterin zuwiderlief, lieber gewesen, er sagte nichts. »Sind Sie sicher, daß ich für ein Geständnis, gleich welcher Art, die richtige Adressatin bin?«

»Absolut. Midge haßt – das heißt, sie hat dieses Haus gehaßt. Es war ihr zu offen – sie hat sich hier vermutlich immer wie auf dem Präsentierteller gefühlt. Das war einer der Gründe, weshalb ihr unsere Jagdhütte mit den kleinen Fenstern und den dicken, dunklen Holzwänden lieber war. Ich habe bei der Auswahl dieses Grundstücks und beim Bau dieses Hauses an Ihre Großmutter gedacht. Sie hat Licht und Luft unendlich geliebt. Ich wußte, wahrscheinlich käme sie niemals hierher, aber diese Hoffnung hielt mich immer aufrecht. Schockiert Sie das?«

Sky war im Innersten bewegt; doch sie hatte das Gefühl, es wäre voyeuristisch, dränge sie weiter in ihn ein. »Leben Sie allein?« Natürlich klang diese Frage falsch, doch einen persönlicheren Ansatz wagte sie einfach nicht. »Gibt es niemanden, der Sie versorgt?«

»Sie meinen Personal?« Es schien ihn nicht weiter zu stören, daß sie sich vor einer Antwort drückte, denn wieder sah er sie lächelnd an. »Ich habe nur wenige Bedürfnisse. Dreimal die

Woche kommt eine Frau, die das Haus in Ordnung hält, und meine Wäsche gebe ich fort. Ich mag es nicht, wenn man allzu großes Aufhebens um mich macht. Die wenigen Leute, die wir hatten, waren in unserer Jagdhütte angestellt. Midge…« Er brach ab.

»Was ist mit Midge, Mr. Treacy?« Da sie sich daran erinnerte, weshalb sie gekommen und nun wieder sicheres Terrain in Sicht war, gab sich Sky einen Ruck.

»Wie bitte?« Beinahe verwundert schaute er sie an.

»Midge«, wiederholte sie. »Sie wollten etwas über Ihre Frau sagen.«

»Ja.« Es entstand eine kurze Pause und wieder machte er eine verblüffende Wandlung durch: Argwöhnische Reserve trat an die Stelle von Weichheit und Offenheit seiner Züge. »Meine Frau hat Personal gebraucht.«

»Ich bin nicht nur wegen meiner Großmutter gekommen, Mr. Treacy. Aber das wundert Sie sicher nicht.«

»Ach ja?« Er zog sich weiter in sein Schneckenhaus zurück.

»Erinnern Sie sich an meinen irischen Freund, mit dem ich gestern auf dem Rodeo war? Den, der meinen Wagen nach Hause fuhr?« Seine Augen verdunkelten sich und er sah sie schweigend an, so daß sie, ganz gegen ihre Gewohnheit, erst nach sorgfältigem Überlegen weitersprach. »Soeben habe ich herausgefunden, daß er kein irischer Lehrer ist, Mr. Treacy, sondern ein irischer Polizist. Ein Polizist, dessen Interesse Ihnen und dem Tod Ihrer Gattin gilt.« Sie sah ihn möglichst unerschrocken an. »Können Sie sich vorstellen, warum?«

Seine Antwort kam so unerwartet, daß es ihr beinahe den Atem verschlug. »Mir ist seine Identität bereits bekannt. Aber um Ihre Frage zu beantworten, ich habe keine Ahnung, weshalb er sich für mich interessiert. Und offen gestanden, ist es mir egal.«

Etwas an seinem Verhalten verwirrte Sky. Seine Worte klangen ehrlich und doch wußte sie, daß er log. Wenn er sich schon über Lynskey im klaren war, dann kannte er auch die Zusammenhänge. Was hatte der Direktor des Bestattungsunternehmens zu ihr gesagt? ...*Offenbar hat Ihnen dieser Kerl irgendwelche Flausen über Daniel Treacy und seine verstorbene Frau in den Kopf gesetzt... habe ich auch anderen versichert... an den Haaren herbeigezogene Geschichten...*

»Der Kerl hat mich hereingelegt, Mr. Treacy.« Wenn sie die Wahrheit sagte, gäbe es nichts weiter zu verlieren. »Ich bin furchtbar wütend auf ihn. Könnten Sie mir wohl mitteilen, was hier überhaupt vor sich geht?«

Sie spürte, daß er am Überlegen war.

»Sie sind eine Reporterin, Miss MacPherson.«

Zumindest gab er sich weniger kühl als zuvor, so daß sie diesen für sie günstigen Augenblick nicht ungenutzt verstreichen lassen wollte. »Außerdem bin ich die Enkelin von Elizabeth Sullivan. Meinen Sie, daß Ihnen auf dieser Ebene ein Gespräch mit mir möglich wäre?«

Er sah sie skeptisch an. »Also bitte! Sie erwarten doch nicht, daß ich glaube, Sie würden nichts von meinen Mitteilungen veröffentlichen?«

»Das kann ich natürlich nicht garantieren, aber ich könnte Ihnen versprechen, meinen Bericht so abzufassen, daß Ihnen keinerlei Schaden entsteht.« Da sie allmählich an Boden gewann, rückte sie dichter an den Tisch. »Irgendwie bringe ich Sie mit Illegalität einfach nicht in Zusammenhang. Dafür sind Sie nicht der Typ.«

Sein Mund kräuselte sich ein wenig. »Gibt es denn dafür einen speziellen Typ?«

Sie überlegte fieberhaft, wie er sich weiter aus der Reserve locken ließe. »Tja«, grinste sie beinahe fröhlich. »Rechnen Sie sich denn dazu?«

Wieder schockierte Treacy sie. »Ich fürchte, schon.«

Während sie ihn mit großen Augen anstarrte, griff er nach der Kaffeekanne und füllte seine Tasse nach. »Mr. Lynskey hat Konkurrenz. Wenn Sie auf dem Weg durch das Tor am Ende der Einfahrt vorsichtig zur Seite schauen, entdecken Sie wahrscheinlich irgendein tüchtiges Mitglied des FBI oder vielleicht auch des CIA oder aber einer privaten Detektei – das spielt keine

Rolle – in einem cremefarbenen Chevrolet, das sich eifrig Notizen macht.«

»Sie werden beobachtet?«

»Rund um die Uhr.« Treacy hielt inne und sah sie an. »Ich kann Ihnen sagen, es ist ein ziemlich seltsames Gefühl. Anfangs ärgerte ich mich darüber, denn es entspricht ja nicht der Norm. Trotzdem kommt man sich wie eine Berühmtheit vor.«

»Aber was legt man Ihnen zur Last, Mr. Treacy?« Wieder benahm sich Sky keineswegs wie die abgebrühte Reporterin.

Wieder sah er sie schweigend an, wobei er mit der Hand über den schimmernden Stoff seiner Schulterschlinge fuhr. »Hören Sie!« Inzwischen hatte er einen starken irischen Akzent. »Lassen Sie uns eine Abmachung treffen, Sky. Ich werde Ihnen erzählen, was hier vor sich geht – oder zumindest, was ich darüber weiß –, wenn Sie sich an bestimmte Bedingungen halten.«

»Kommt drauf an, was das für Einschränkungen sind.« Nur mit Mühe unterdrückte Sky einen Jubelschrei. Sie hatte es geschafft, dessen war sie sich ganz sicher.

»Als erstes stelle ich die Bedingung«, er wog seine Worte sorgsam ab, »daß ich alles, was Sie schreiben, zu lesen bekomme, bevor es veröffentlicht wird. Wenn Sie zustimmen, habe ich eine Story für Sie, die Sie vielleicht berühmt machen wird, R. Sky MacPherson...« Wieder huschte die Spur eines Lächelns über sein Gesicht.

Sky fragte sich, wie Jimbo wohl darauf reagieren würde, ginge sie auf Treacys Handel ohne vorherige Rücksprache mit ihm ein. Nie zuvor hatte sie sich bereit erklärt, einen Außenstehenden einen Bericht lesen zu lassen, ehe er in der Zeitung stand – aber schließlich hatte sie auch nie zuvor mit Storys dieser Größenordnung zu tun gehabt. »Und welches ist Ihre zweite Bedingung?« Sie trank einen Schluck Kaffee, doch hob sie die Tasse so eilig an den Mund, daß sie sich verschluckte und verzweifelt zu husten begann. Um ein Haar hätte sie die gesamte Flüssigkeit auf den makellosen Glastisch gespuckt. Sie war völlig außer sich, weil sie das Woodwards-und-Bernstein-Image der abgebrühten Reporterin endgültig verpatzt hatte.

Er wartete, bis sie wieder zu Atem kam. »Die zweite Bedingung ist, daß der Name einer Person, die in die Sache verwickelt ist, nicht genannt werden darf. Ich fürchte, der Name ist durchaus von Bedeutung, aber mit ein bißchen Anstrengung läßt sich zweifellos eine für alle Seiten annehmbare Lösung finden.«

»Drittens!« Sein intensiver Blick verriet ihr, daß die dritte Bedingung die bedeutsamste war, »dürfen Sie die Geschichte erst zu einem bestimmten Zeitpunkt veröffentlichen.«

Sky dachte eilig nach. »Wann wäre das?«

»Nach meinem Tod.«

Ehe sie protestieren konnte, hob er abwehrend die Hand. »Bis dahin wird es nicht mehr allzu lange dauern. Ich habe Krebs.«

23

»Vielleicht können Sie sich jetzt vorstellen, weshalb ich so versessen darauf bin, Ihre Großmutter noch einmal zu sehen«, sagte Treacy in nüchternem Ton.

»Wie lange haben Sie noch Zeit?« Sky hielt nun Zurückhaltung für fehl am Platze.

»Ich weiß es nicht genau. Vielleicht noch ein paar Wochen, vielleicht auch noch ein paar Monate. Länger nicht. Er hat bereits meine Leber erreicht, wodurch der Tod offenbar wenigstens nicht allzu qualvoll wird. Tja«, seine Stimme straffte sich, »meinen Sie nicht, daß Ihnen der Aufschub der Story, nun da Sie wissen, wie es um mich steht, ein wenig leichter fällt?«

Obgleich sie zu einer solchen Entscheidung im Grunde nicht befugt war, ohne zuvor mit Jimbo gesprochen zu haben, stimmte Sky ihm zu. Sie holte ihren Kassettenrecorder hervor und stellte ihn an. »Nein.« Jetzt war Treacys Ton unmißverständlich. »Keine Tonbänder!«

Sie versuchte, ihn zu erweichen, aber er gab nicht nach. »Sie werden kaum Schwierigkeiten haben, sich zu merken, was ich Ihnen erzähle, R. Sky MacPherson.« Als sie sein kühles Lächeln sah, rann ihr ein Schauder über den Rücken; dieser Mann war das reinste Chamäleon. In der einen Sekunde gab er sich als der perfekte, zuvorkommende Gastgeber, und in der nächsten so frostig und undurchschaubar, daß man sich wie ein Eindringling vorkam. »Bitte, Sky«, seine Stimme wurde wieder weich. »Wenn Sie meinen Bericht hören, verstehen Sie sicher, weshalb ich nicht wörtlich zitiert werden möchte. Niemals.«

Sie stellte den Recorder wieder ab.

Während der nächsten fünf Minuten hörte sie seiner leisen, doch eindringlichen Rede zu und bekam das Gefühl, sich irgendwo in der hintersten Reihe eines Kinos zu befinden. Das, was er ihr enthüllte, erschien ihr so absurd, daß sie das Sensationelle daran völlig ausklammerte. Sie registrierte, was er sagte, war aber nicht in der Lage, den großen Zusammenhang zu durchschauen.

Wie konnte es möglich sein, daß Ende des zwanzigsten Jahrhunderts, in einem langweiligen Staat wie Montana, Midge Treacy nicht gestorben – ja, nicht einmal in den angeblich tödlichen Unfall verwickelt gewesen –, sondern in eine geschlossene Anstalt im Norden des Staates verfrachtet worden war? Ihr eigener Ehemann war am Arrangement ihres angeblichen Todes beteiligt, hatte die Farce ihrer Beerdigung zugelassen und sogar persönlich an einem Sarg gestanden, in dem gar keine Leiche lag. In der Tat nahm ein gebeugter Gemahl die Beileidsbezeugungen von Sky selbst und sämtlichen Geschäftsleuten der Stadt entgegen. Irgendeine Organisation, für die die St. Patrick's Brigade nur eine Fassade war, besaß so viel Macht, daß sie zur Realisierung eines derart bizarren Plans unter Mithilfe von Polizei, Gerichtsmediziner und sogar Justiz in der Lage war?

»Dann hat es also drei Unfälle gegeben.« Sky versuchte, sich zu sammeln, soweit es ihr möglich war. »Den einen, bei dem Ihre Frau mit dem Buick von Sheriff O'Connor zusammengestoßen ist, den, bei dem sie den Landstreicher angefahren hat – ohne Fahrerflucht allerdings, wie Sie bei unserem letzten Gespräch behaupteten...« Sie bedachte ihn mit einem vorwurfsvollen Blick, den er jedoch nicht weiter beachtete.

»Oder im Grunde eher nur zwei«, verbesserte sie sich. »Denn schließlich wurde der dritte ja offenbar fingiert, als Ihre Frau bereits in Choteau war...« Vor Aufregung konnte sie nicht länger still sitzen, sondern begann im Raum auf und ab zu stapfen. »Wenn es so abgelaufen ist, wie Sie sagen, wenn also der Sheriff dafür gesorgt hat, daß ihr Wagen in den Abgrund gestürzt ist und Feuer gefangen hat, wie wurde er dann mit den Sanitätern fertig, die doch sicher gekommen sind? Selbst bei einem vorgetäuschten Unfall hat doch bestimmt jemand einen Krankenwagen bestellt. Und wenn es keine Leiche gab...«

»Das habe ich O'Connor überlassen. Ich war nicht dabei.« Angesichts seines Plaudertons hätte man meinen können, er spräche mit ihr über ein so belangloses Thema wie über Ross Perots Chancen bei den Wahlen im kommenden November. »Seltsam, wie unwichtig das alles wird, wenn einem das Leben durch die Finger rinnt. Meine Hauptsorge galt immer Midge. Sie haben Ihren Kaffee ja noch gar nicht angerührt. Soll ich vielleicht frischen holen?«

»Das alles klingt wie nach einem Thriller.«

»Vielleicht liest es sich auch so, wenn Sie erst einmal alles aufgeschrieben haben.« Dieses Mal wirkte sein Lächeln ehrlich amüsiert. »Aber ich fürchte, es ist die Wahrheit. Wie steht es nun mit dem Kaffee?«

»Wenn ich noch eine Tasse trinke, hebe ich wahrscheinlich ab. Hören Sie, worum ging es bei der ganzen Sache?« Sky erinnerte sich an ihre Bemerkung gegenüber Teddy Morzsansky, daß der Sarg eine ungewöhnliche Übergröße aufwies. »Der Sarg war sehr groß. Hat man darin vielleicht Drogen transportiert?«

»Ich habe nicht danach gefragt. Natürlich war ich mit der Abwicklung nicht unbedingt einverstanden, und wenn Midge erst endgültig in Sicherheit ist, werde ich auch zur Polizei gehen. Aber aus Gründen, die ich bereits nannte, war – ist – mir egal, was sie mit dem Gehäuse gemacht haben. Angesichts von Midges Zustand und meinem bevorstehenden Tod hielt ich es für richtig, dem Vorschlag zuzustimmen. Und, natürlich können Sie, falls ich sterbe, bevor ich bei der Polizei gewesen bin, dafür sorgen, daß zum Beispiel die Staatsanwaltschaft die ganze Geschichte erfährt. Wenn ich mit meiner Erzählung fertig bin, werden Sie die ganze Wahrheit wissen.«

Sky hatte den Eindruck, irgendwo in der Phantasie eines Krimiautoren gefangen zu sein, der kurz vor dem Höhepunkt seiner Geschichte stand. »Aber wie haben diese Typen die Beerdigung auf der anderen Seite des Atlantiks organisiert? Ich weiß, es ist nicht ungewöhnlich, daß Amerikaner irischer Abstammung in Irland begraben werden wollen; aber gab es denn keine Formalitäten zu erledigen? Was war mit der Familie Ihrer Frau? Wer hat den Sarg in Empfang genommen? Ist es nicht verdächtig gewesen, falls niemand am Flughafen war? Sie selbst waren doch nicht gleichzeitig dort.«

»Warten Sie!« Treacy hob abwehrend die Hände. »Sie sind zu schnell. Um die letzte Frage zuerst zu beantworten, ich war tatsächlich nicht in Irland – aus vielen Gründen, nicht nur dem, der auf der Hand liegt. Wissen Sie, obwohl der Tod Ihres Großvaters ein Unfall war, wurde ich wegen Totschlags vor Gericht gestellt und eigentlich hätte ich seinerzeit gar nicht in die Vereinigten Staaten einreisen dürfen. Das habe ich nur mit Hilfe eines New Yorker Freundes eines meiner Onkel geschafft. Dieser Mann hieß Treacy. Er besaß gute Beziehungen zu Politikern und bei den Gewerkschaften. Allein er hat mir einen Neuanfang ermöglicht, und aus diesem Grund habe ich bei meiner Umbenennung seinen Namen gewählt.« Wieder hob er die Hände hoch. »Fragen Sie mich nicht, wie er das alles bewerkstelligt hat, er sprach nie darüber. Soweit ich weiß, hat er das, was wir in Irland »Nick-und-Blinzel-Politik« nennen, offenbar bis zur Perfektion beherrscht. Er und mein Onkel sind seit langem tot, so daß ich es niemals herausfinden konnte, und im Grunde ist es auch vollkommen gleichgültig. Aber jetzt verstehen Sie vielleicht, weshalb ich nie wieder zu Hause war – ich hatte Angst, man ließe mich hier nicht wieder herein.« Treacy schneuzte sich.

»Ich habe das Flugzeug mit dem Sarg bestiegen, aber in Minneapolis hat man mich wieder abgesetzt. Von dort aus bin ich geradewegs nach Choteau gefahren, zu meiner Frau. Bevor Sie fragen«, er sah, daß sich offenbar ein weiterer Schwall von Fragen über ihn ergießen wollte, »ja, auch auf den Flughäfen haben sie ihre Beziehungen. Aber über die Arrangements auf der anderen Seite des Atlantiks weiß ich nichts, und wie ich bereits mehrfach sagte, Sky, interessiert es mich auch nicht.« Seine Stimme wurde lauter, der erste Beweis seiner aufgewühlten Gefühle.

Am liebsten hätte Sky ihn nicht weiter bedrängt, aber allmählich näherten sie sich dem ihrer Sicht gemäßen springenden Punkt. Sie hatte genug Artikel über aktuelle Geschehnisse in aller Welt gelesen, um zu wissen, welche Vorwürfe man gegen einige irisch-amerikanische Vereinigungen erhob. Waffenschmuggel, zum Beispiel, oder Spendensammlungen für Waffenkäufe für die IRA und INLA, das hieß den paramilitärischen Verband der Loyalisten. »Was ist mit Verwandten in Irland? Sie haben mir erzählt, Sie hätten Todesanzeigen in irischen Zeitungen veröffentlicht.«

»Und Sie haben mir geglaubt, Miss MacPherson.« Dieses Mal lächelte er sie beinahe zärtlich an. Er mochte ihr gegenüber ein wenig herablassend sein, aber nach dem Motto »im Zweifel für den Angeklagten« lächelte sie zurück. »Ich bin froh, daß Sie keine Zynikerin sind.« Er hatte es nicht böse gemeint. »Und ich hoffe, daß es so bleibt – auch wenn Sie aufgrund dessen, was ich Ihnen gerade erzähle, vielleicht fortgehen aus unserer gemütlichen, kleinen Stadt zu einer der großen Zeitungen, wo es vor Piranhas nur so wimmelt...«

»Das bezweifle ich. Ich bin nicht unbedingt ein Profi, wenn es um Storys dieser Größenordnung geht, aber – vielleicht dürfte ich Ihnen ja noch eine Frage stellen, Mr. Treacy, eine Frage, die mich wirklich beschäftigt.« Sie atmete tief ein. »Machen Sie sich keine Gedanken darüber, was sich vielleicht in dem Sarg befunden hat? Wenn es, wie gesagt, zum Beispiel Drogen gewesen sind...«

»Ich dachte, ich hätte Ihnen meine Position bereits deutlich gemacht, Sky.« Seine Augen sahen sie geradezu flehend an. »Nachdem Sie gehört haben, was ich Ihnen von meiner Frau erzählt habe, meinen Sie, mir hätten noch irgendwelche Forderungen zugestanden? Sie *müssen* verstehen, daß ich Midge einen Prozeß und am Ende womöglich eine Verurteilung ersparen wollte. Können Sie nicht wenigstens versuchen, das nachzuempfinden? Sie ist meine Frau, Sky, ein Mensch, den zu beschützen ich geschworen habe.« Er starrte sie lange an, während sie, was für sie ungewöhnlich war, schweigend darauf wartete, daß er weitersprach.

Allerdings schien ihr Blick nicht gerade tröstlich für ihn zu sein, denn langsam wandte er sich ab. »Wenn Sie sich dann besser fühlen, was ich allerdings bezweifle, kann ich Ihnen berichten, daß man mir versicherte, sämtliche Gelder, die infolge meiner »Kooperation«, wie sie es so freundlich nannten, zusammenkämen, wären ausschließlich für die Unterstützung von legitimen Unternehmen in Nordirland und Familien von Gefangenen bestimmt.«

Ihr blieb kaum etwas anderes übrig, als zu akzeptieren, daß er diese Erklärung geglaubt hatte; doch vor allem erkannte sie das moralische Dilemma, in dem er gesteckt haben mußte. Also fragte sie ihn, statt ihm irgendwelche Vorwürfe zu machen, nach den Namen der Mittäter. Zu diesem Punkt jedoch wußte er kaum welche. Die einzige Person, die länger mit ihm gesprochen hatte, war der Sheriff gewesen. »Und der hat mir kaum Informationen zukommen lassen, sondern lediglich behauptet, je weniger ich wüßte, um so besser wäre es. Er hat für Midges Unterbringung in dem Sanatorium oben bei Choteau gesorgt und kümmert sich auch um ihre Verlegung nach Oregon. Natürlich werde ich sie dorthin begleiten. Die einzigen Namen, die ich Ihnen nennen kann, sind der des Sheriffs von Mayville und der von Bill Collins, dem Direktor des Beerdigungsinstituts.«

Sky erinnerte sich an den Anruf, den Collins an dem Abend auf dem Parkplatz des War Bonnet erwartet hatte, als sie sich dort während des monatlichen Treffens der Brigade die Zeit vertrieb. »Bill Collins war derjenige, der mich vor Fergus Lynskey gewarnt hat, dem verdeckten Ermittler von der irischen Polizei. Collins wollte mich überreden, Lynskey klarzumachen, daß er verschwinden soll. Und auch meinen Chef hat er angerufen und ihm Lynskeys Identität verraten. Tatsächlich«, mittlerweile erkannte sie die Ironie der Geschichte, »würde ich sagen, daß er die ganze Sache überhaupt erst ins Rollen gebracht hat, indem er uns allen diesen Umstand mitteilte. Genaugenommen hat er die Ereignisse zu einer Story gemacht.«

»Bill Collins ist ein Narr und wahrscheinlich in Panik ausgebrochen. Vielleicht irre ich mich«, Treacy sprach langsam, als dächte er selbst noch über die Sache nach, »aber ich halte ihn nur für einen kleinen Fisch.« Er spielte mit einem losen Faden seiner Schlinge. »Meiner Ansicht nach benutzt irgendeine viel größere Organisation die gesamte St. Patrick's Brigade nur. Deren Mitglieder bilden sich allen Ernstes ein, sie trügen ihr Scherflein zur Verfechtung der, wie sie es nennen, irischen Frage, bei.«

Unvermittelt fragte er: »Sie erinnern sich doch an Jerry Flynn? Den Kanadier, in dessen Hubschrauber wir von dem Rodeo nach Butte geflogen sind? Vielleicht überprüfen Sie ihn einmal, auch wenn mein Verdacht aus der Luft gegriffen sein mag. Aber ich habe den Kerl einfach noch nie gemocht...«

»Wenn Sie ihn nicht mögen«, fragte sie, »warum haben Sie dann seine Einladung angenommen, sich mit ihm zusammen das Rodeo anzusehen?«

Treacy zog die Brauen hoch. »Es ist klar, daß Sie vom Geschäftemachen nicht allzuviel verstehen. Die meisten Abschlüsse finden nicht auf irgendwelchen Vorstandsversammlungen, sondern auf dem Golfplatz oder beim Mittagessen statt.«

»Tut mir leid, war eine blöde Frage. Aber warum wirkt er auf Sie nicht ganz korrekt?«

»Oh«, Treacys Blick schweifte in die Ferne. »Ich habe keinen konkreten Grund. Einige Dinge, die er von sich gab, und nicht einmal, *was* er gesagt hat, sondern das *Wie* hat mich gestört. Zum Beispiel haben wir uns über etwas unterhalten, was wir beide am Vorabend im CBS gesehen hatten. In einer kurzen Nachricht ging es darum, daß der irische Premierminister beim britischen Premier zu Besuch war und daß sie beide nett nebeneinander in die Kamera lächelten. Flynn ist irischer Emigrant der dritten oder vierten Generation, und ich erinnere mich nicht einmal mehr genau daran, was er gesagt hat. Es war wirklich mehr sein Ton. Aber in meinem Gedächtnis haftet irgend so etwas, daß unter der gutgelaunten Oberfläche einiges zu brodeln schien.«

Im Flur klingelte das Telefon und wieder schaltete sich nach kurzer Zeit die Automatik ein. Die Tür war offen und Treacy lauschte mit gespitzten Ohren zu: Es war seine Sekretärin, die ihn über ein paar Veränderungen seines Terminplans auf dem laufenden hielt.

Während er zuhörte, sah Sky auf die Uhr. Obgleich ihr Gehirn auf Hochtouren lief und nichts lieber wollte als in diese enorme, reife Pflaume zu beißen, die ihr in den Schoß gefallen war, durfte sie ihre Mutter nicht vergessen, die bald aus dem Operationssaal kam. »Ich halte Sie von der Arbeit ab, Mr. Treacy.« Als das Piepsen des Anrufbeantworters die Stimme der Sekretärin unterbrach, trank sie eilig ihren Kaffee aus. »Sie haben darum gebeten, einen Namen aus der Geschichte auszusparen. Ich nehme an, Sie haben den Ihrer Frau gemeint. Prinzipiell habe ich Ihren Bedingungen zugestimmt; aber ich bin sicher, Sie verstehen, wie schwierig eine Veröffentlichung der Story ohne Nennung ihres Namens ist.«

»Ich habe mich gemeint, Sky. Deshalb wollte ich unser Gespräch nicht auf Band haben. Denn sollten Sie mich wörtlich zitieren, würden mich sicher einige Menschen aufgrund bestimmter Redewendungen oder Wörter erkennen.«

»Aber warum? Und wie komme ich …«

»Sie haben sämtliche Informationen«, unterbrach er sie. »Es liegt an Ihnen, eine Lösung für Ihren Artikel ohne Nennung meines Namens zu finden. Vielleicht tun Sie ja einfach eine andere – ähh – Quelle auf. Mir ist natürlich klar, daß ich eine der zentralen Figuren der Geschichte bin. Ich bitte lediglich um Rücksicht gegenüber meiner Person. Niemand darf wissen, daß ich Ihr Informant bin.«

»Aber warum?« wiederholte sie. »Es kann Ihnen doch im Grunde gleichgültig sein. Sie werden …« Sie brach ab.

»Ja, ich werde«, interpretierte er das, was sie hatte sagen wollen, richtig, ehe er zu einer weiteren Erklärung ansetzte. »Aber wie Sie selbst vorhin gesagt haben, hat die Medizin in den letzten Jahren riesige Fortschritte gemacht. Zu spät für mich, aber vielleicht gibt es ja für meine Frau, auch wenn der Alkohol ihr Hirn bereits geschädigt hat, eines Tages die geeignete Therapie. Und wenn sie sich tatsächlich erholt, werde ich nicht mehr dasein, um sie vor dem zu beschützen, was folgen kann. Doch zumindest kann ich sie vor der Eröffnung bewahren, daß ausgerechnet ihr Ehemann der Hauptschuldige an diesem öffentlichen Kriminalstück war.«

Sky schob ihren Kassettenrecorder in die Tasche, denn allmählich mußte sie wirklich ins Krankenhaus. »Eine Sache verstehe ich nicht, Mr. Treacy. Nach allem, was Sie mir über Ihre Frau erzählt haben, ist nachvollziehbar, weshalb Sie nicht zur Polizei gegangen sind. Aber warum erzählen Sie, nachdem Sie so lange geschwiegen haben, mir all diese Dinge?«

»Die Wahrheit ist die...« Er rückte auf seinem Stuhl herum und sie spürte sein Unbehagen beinahe körperlich. »...ich mag es nicht, wenn man mich erpreßt oder als einen nützlichen Idioten betrachtet, der sich blind und hirnlos von anderen manipulieren läßt. Alles, was ich tun kann, um dem guten Sheriff und seinen netten Freunden das Leben schwerzumachen, tue ich. Damals hatte ich das Gefühl, als bliebe mir wegen Midge keine Wahl, als mitzumachen; und dieses Gefühl habe ich, da die betreffenden Arrangements noch nicht beendet sind, immer noch. Aber das bedeutet nicht, daß ich mich auf den Rücken werfe und die Pfoten in die Luft recke wie irgendein Schoßhündchen, das gekrault werden will. Eine Zeitlang habe ich überlegt, ob ich nicht trotz der Gefahren zur Polizei gehen soll; aber wenn ich das täte, würde Midge von O'Connors Nachfolger wegen beider Unfälle angezeigt. Ich habe keine Ahnung, wie er es überhaupt angestellt hat, das alles vor den Ohren des Staatsanwalts zu vertuschen. Aber er hatte recht mit seiner Meinung, ein Verfahren stünde sie sicher niemals durch. Mir graut vor dem Gedanken daran, was aus ihr geworden wäre, hätte man sie tatsächlich ins Gefängnis gesteckt. Selbst wenn wir beide nicht wegen Elizabeth miteinander ins Gespräch gekommen wären, hätte ich mich, sobald Midge in Sicherheit gewesen wäre, an Sie gewandt. Ich bin fest entschlossen, diese Kerle nicht ungeschoren davonkommen zu lassen. Mir war es ernst, als ich sagte, daß ich Ihre Arbeit bewundere, Sky. Hier in Butte vergeuden Sie Ihr Talent.«

»Vielen Dank!« Sky hatte schon vorher des öfteren Komplimente gehört, aber dieses hier erschien ihr wirklich aufrichtig.

Treacy wandte den Blick ab und blickte zum Fenster hinaus. Die Sonne stand immer noch tief genug am Himmel, um lange Schatten in die Täler zwischen den Berggipfeln im Westen zu zeichnen, und der grüne Ozean zu Füßen der Rockys bot ein herrliches Licht-und-Schatten-Spiel. Doch allen Versuchen des Architekten, die Schönheit der Umgebung in den Wohnraum miteinzubeziehen, zum Trotz, wirkte das stille, erlesene Zimmer aufgrund des Leids seines Bewohners vollkommen isoliert. Zum ersten Mal erfaßte Sky, wie einsam Daniel Treacy war. »Aber da sich die Behörden ja offenbar bereits für mich interessieren«, sagte er beinahe zu sich selbst, »wird mir die Qual der Entscheidung wahrscheinlich abgenommen. Ich unterschätze die Männer dort draußen keineswegs. Es würde mich nicht überraschen, ließen sie unseren Sheriff ebenfalls bereits beschatten, so daß mein großes Geständnis am Ende vielleicht gar nicht mehr erforderlich ist.« Als er lächelte, wirkten seine Zähne zu groß für seinen Mund. »Vielleicht fragen Sie ja einmal Ihren irischen Freund, den Polizisten, für wie gut er die Typen hält.« Er zuckte zusammen und richtete mühsam wieder seinen Blick auf sie. »Würde es Ihnen etwas ausmachen, mich jetzt allein zu lassen? Ich merke, daß ich sehr müde bin, und mir steht noch ein langer Tag bevor.«

»Natürlich gehe ich sofort.« Sky nahm ihre Handtasche vom Tisch.

»Es ist wunderbar, daß Ihre Großmutter tatsächlich kommt.« Beinahe schüchtern senkte er den Blick. »Ich wäre Ihnen verbunden, wenn Sie ihr das, was ich über das Haus gesagt habe, nicht erzählen würden.«

»Keine Sorge.« Es war ein so privates, intimes Geständnis gewesen, daß Sky es niemals weitergäbe.

»Haben Sie ihr meine Einladung ausgerichtet?« Immer noch sah er sie nicht an. »Meinen Sie, daß sie sich damit einverstanden erklären könnte, hier bei mir zu wohnen?«

»Haben Sie sie das denn nicht selbst gefragt?« Sky blickte von der Tasche, deren Reißverschluß sie gerade zuzog, auf.

Treacy schluckte. »Leider hatte ich nicht den Mut, sie anzurufen. Es ist lange her, seit wir zum letzten Mal miteinander gesprochen haben. Hören Sie, Sky«, wieder zuckte er zusammen und sie ahnte, daß es nicht aufgrund von körperlichen Schmerzen war. »Ich habe Angst, daß ich alles verpatze.«

»Sie freut sich darauf, Sie wiederzusehen.«

»Glauben Sie das wirklich?« Sein Gesicht hellte sich von innen auf, und auch wenn er im Augenblick einen eher jämmerlichen Anblick bot, konnte sie sehen, wie außerordentlich attraktiv er in seiner Jugend gewesen sein mußte.

»Unbedingt.« Zur Hölle mit der Objektivität! Irgendwann im Laufe des Gesprächs hatten sich Skys Gefühle verändert, so daß sie weniger die professionelle Journalistin auf der Fährte des ganz großen Knüllers als vielmehr die liebende Mutter war, die ihren Sohn ermutigte, seine heimliche Liebe zum Schulball einzuladen.

»Nur eins noch. Natürlich habe ich kein Recht, Sie darum zu bitten, aber könnten Sie mir als Gegenleistung für die von mir gebotene Exklusivstory vielleicht noch einen weiteren Gefallen tun?«

»Kommt drauf an...«

»Es würde mich sehr glücklich machen, wenn Sie von all diesen Dingen in Gegenwart Ihrer Großmutter nichts erwähnten. Ich werde ihr von Midge erzählen. Und von mir selbst. Aber ich glaube, sie braucht nicht zu wissen, was sonst noch alles geschehen ist.«

Da die Story sowieso noch zurückgehalten werden mußte, wollte Sky um keinen Preis den Kummer dieses armen Mannes während seiner letzten Tage noch vergrößern. Sie atmete lange aus. »Abgemacht!«

Beim Anblick seines plötzlich schmerzverzerrten Gesichts

bekam sie einen Schrecken. »Tut mir leid, so unhöflich zu sein«, keuchte er, wobei er mühsam um Beherrschung rang. »Aber ich muß Sie jetzt wirklich bitten zu gehen. Wahrscheinlich ist die Einnahme meiner Medikamente überfällig.«

Der Anfall ebbte ab und ehe sie ging, erbat er zwei weitere Gefallen von ihr. Er würde bei der Ankunft ihrer Großmutter am Flughafen sein, aber er hielte sich dezent im Hintergrund. Sky war ihm bereits so weit entgegengekommen, daß sie sich nun auch noch bereit erklärte, als Mittlerin zwischen den beiden zu fungieren und ihre Großmutter, falls diese einverstanden wäre, zu ihm zu führen.

Außerdem versprach sie ihm, niemandem gegenüber etwas von seiner Krankheit verlauten zu lassen. Treacy zufolge wußten außer ihr nur sein Arzt, seine Privatsekretärin und sein Anwalt darüber Bescheid. Die Vorstände seiner diversen Unternehmen hingegen hatte er noch nicht aufgeklärt.

Als sie am Ende der Einfahrt durch das Tor auf die Straße fuhr, drehte sie unauffällig den Kopf nach links. Die Limousine, von der er gesprochen hatte, parkte dezent am Straßenrand. Als Sky vorbeirollte, stellte der Fahrer den Motor an und tat, als wäre er ganz in die Lektüre einer Karte vertieft.

24

Fünftausend Meilen und mehrere Zeitzonen entfernt tuckerte die *L.E. Aideen* unter dem Kommando eines ehrgeizigen jungen Offiziers, dessen erstes Schiff sie war, langsam über die ruhige See. Er war stolz auf das Boot und auf die modernen Funk- und Ortungsgeräte, mit denen sich die *Agnes Monica* problemlos aufspüren ließe. Sein Auftrag war einfach: Er sollte überwachen, wo genau sie sich befand und in welchem Tempo sie in welche Richtung fuhr.

Das Fischerboot kam schnell voran. Eine Weile hatte der Trawler die Netze hinter sich hergeschleppt, dann holte die

Mannschaft den Fang ein und nun fuhr sie, wie der Kapitän der *Aideen* sah, mit voller Kraft voraus.

Er wies seinen Funker an, zu berichten, daß in ungefähr einer Stunde und zwanzig Minuten mit dem Einlaufen des beobachteten Objekts im Hafen von Killybegs zu rechnen wäre.

Auf dem Weg von Treacys Haus zum Büro des *Courier* kämpfte Sky gegen widerstreitende Gefühle an. Der Zustand ihrer Mutter sollte im Augenblick das Wichtigste für sie sein; aber ihre Erregung über die Story, in die sie soeben geradezu hineinstolperte, im Zaum zu halten, fiel ihr alles andere als leicht. »Jetzt reiß dich zusammen«, sagte sie laut zum Armaturenbrett des Nissan; zugegebenermaßen war sie schließlich nicht wegen der Story, sondern dem Verlangen nach persönlicher Rache, also um Lynskeys Tarnung auffliegen zu lassen, zu Treacy gefahren. Was für ein unverbesserlicher Hitzkopf sie doch war. Wie sie den Iren von der journalistischen Seite her attackieren würde, hatte sie sich noch nicht überlegt, am besten befolgte sie in diesem Punkt wohl Jimbos Rat.

Doch seltsamerweise war er nicht in seinem mit Papierkram vollgestopften Büro. »Er meinte, er hätte eine Verabredung zum Frühstück, und von der ist er noch nicht zurück.« Die sorgsam manikürten Hände der Kleinen flatterten über die herausgezogene Schublade eines Aktenschranks. »Oh, und du hast zwei Anrufe gekriegt. Einen von irgendeinem Typen von der American League. Ich habe seinen Namen aufgeschrieben, Sky, der Zettel liegt auf deinem Schreibtisch. Er wollte wissen, was du über die kaputte Schulter von Mr. Treacy schreibst.«

Sky griff nach dem bezeichneten Block, doch dann schob sie ihn, ohne auch nur einen Blick darauf zu werfen, wieder beiseite. »Ich muß ins Krankenhaus. Ruf ihn bitte für mich zurück, ja? Sag ihm, daß er sich um seine eigenen Angelegenheiten kümmern soll.«

»Soll ich das wirklich sagen?« Die Kleine riß entgeistert die Augen auf.

»Um Himmels willen, nein.« Sky stieß einen Seufzer aus. »So

sollst du es natürlich nicht formulieren, aber dir fällt schon das Passende ein. War der zweite Anruf wichtig?«

»Keine Ahnung. Die Nummer steht da auch.«

Unfähig, ihre Neugier zu bezähmen, zog Sky den Block abermals zu sich heran. Die Nummer und selbst der Name des Anrufers sagten ihr nichts. Doch nach ein, zwei Sekunden fiel es ihr wieder ein: Dies war der Fahrer des Holztransporters, mit dem Midge Treacy angeblich nördlich von Mayville auf dem Highway beinahe zusammengestoßen war.

»Könnte ich bitte mit Martin O'Shaughnessy sprechen?« Während sie ungeduldig an der Strippe hing, blätterte sie auf der Suche nach dem, was sie während ihres Trips nach Libby über ihn herausgefunden hatte, in ihrem Notizbuch.

Allerdings hatte sie die betreffende Seite noch nicht gefunden, als seine Stimme durch den Hörer drang. »Ja?«

»Danke, daß Sie sich melden, Mr. O'Shaughnessy.« Sie unterbrach sich, denn ihr wurde klar, daß Vorsicht geboten war. Ganz offensichtlich hatte der Kerl mit dem Betrug zu tun.

Etwas an seinem Namen, und zwar nicht nur die Tatsache, daß er der von ihr seit Tagen gesuchte Holzfäller war, irritierte sie. »Worum geht's?«

»Der Grund für meinen ursprünglichen Anruf hat sich erledigt.« Sie hoffte, daß sie überzeugend klang. »Damals habe ich an einer Story über tödliche Verkehrsunfälle gearbeitet, und Ihr Name wurde im Zusammenhang mit einem Unfall in der Nähe von Mayville erwähnt. Aber da Sie im Urlaub waren, habe ich den Artikel einfach ohne Ihre Stellungnahme verfaßt. Jetzt ist er fertig, und wenn Sie nichts Besonderes hinzuzufügen haben, besteht keine Notwendigkeit mehr zu einem Gespräch.«

Er antwortete erst nach einem Augenblick. »Ich hatte in der Nacht keine Chance. Sind Sie sicher, daß Sie die Einzelheiten richtig mitbekommen haben? Wann erscheint Ihr Artikel denn?«

Seine Reaktion verriet ihr, daß ihre Vorsicht begründet war. Sie sagte, daß es noch keinen definitiven Termin für die Veröffentlichung gab und daß das Ganze sowieso keine große Sache war. »Einfach eine der kleinen, üblichen Nachrichten, die man so in der Zeitung liest.« Sie stieß ein künstliches Lachen aus.

»Sind Sie sicher, daß Sie auch alles richtig mitbekommen haben? Wenn Sie mir vielleicht erzählen würden, was Sie über die Unfallnacht geschrieben haben...«

»Darüber kann ich leider keine Auskunft geben, Mr. O'Shaughnessy. Sagten Sie nicht, Sie sind bei dem Zusammenstoß glimpflich davongekommen?«

»Ich hatte Riesenglück. Sie ist wie eine Verrückte gerast.« Er zögerte kurz. »Ein Ausweichen war völlig unmöglich.«

»Das hörte ich bereits.«

Sie wartete, aber er schwieg sich aus. »Danke für Ihren Anruf«, sagte sie nachdrücklich. »Ich fürchte, jetzt muß ich ins Krankenhaus. Meine Mutter ist ziemlich krank.«

Der Holzfäller stieß ein Geräusch der Besorgnis aus. »Die Frau war eine Säuferin, Miss MacPherson. Am besten machen Sie sich keine weiteren Gedanken über sie.«

Dies war das Echo von Bill Collins' Rat – oder Warnung –, als er sie über Lynskey »aufgeklärt« hatte.

»Wie gesagt, momentan gibt es nichts mehr zu besprechen.« Am liebsten hätte Sky einfach aufgelegt. »Und mir eilt es wirklich! Wiederhören!«

Nach dem Ende des Gesprächs merkte Sky, daß ihre Hände zitterten. Ganz offensichtlich hatte der Sheriff von Mayville O'Shaughnessy instruiert; aber Sky spürte, daß er, wie Collins, eher eine Randfigur war. Was fand sie eigentlich an dem Namen so seltsam? Sie sprach ihn laut vor sich hin: »Martin O'Shaughnessy...«

»Hast du etwas gesagt, Sky?« Die Kleine blickte fragend auf.

»Nein.« Mit kurzen Sätzen erklärte sie die mysteriösen Notizen zum Rodeo. »Am besten tippst du sie zuerst einfach in den Computer, damit du ein Gefühl für die Story kriegst. Und achte vor allem darauf, daß du die Namen richtig schreibst. Okay? Wenn du dir ein bißchen Mühe gibst, kriegst du den Artikel sicher hin. Sag Jimbo – Mr. Larsen –, daß ich ihn anrufe, sobald ich kann.«

Als Sky das Krankenhaus erreichte, war Johanna immer noch im OP; inzwischen setzte sie sich in das leere Zimmer.

Sie war kaum zehn Minuten da, als mit einem Mal Fergus Lynskey den Kopf hereinstreckte. »Guten Morgen, gut geschlafen?« Sein Gesichtsausdruck war vergnügt wie eh und je.

»Gut, danke.« Sky mußte sich zwingen, ihm überhaupt zu antworten. »Und du?« Man hätte denken können, sie wären Gäste auf einer Cocktailparty, so unbeteiligt klang ihre Stimme.

»Gibt es schon etwas Neues?« Er kam herein, setzte sich, und Sky klärte ihn über das wenige, was sie über den Verlauf der Operation wußte, auf, ehe sie wieder in Schweigen versank.

»Ich bin noch gar nicht ganz wach.« Lynskey gähnte laut, streckte seine Beine von sich, faltete die Hände über dem Bauch und machte die Augen zu.

Angesichts der Perfidität dieses Kerls war Sky über seine offensichtliche Entspanntheit mehr als erbost. Aber während sie seinen lang ausgestreckten Körper mit scheelen Blicken maß, erkannte sie, daß sie, ohne Rücksprache mit Jimbo, besser nicht die Katze aus dem Sack ließ. »Es kann noch Stunden dauern, Fergus«, sagte sie möglichst friedfertig. »Und du scheinst wirklich noch müde zu sein. Warum gehst du nicht einfach zurück ins Bett, und ich melde mich dann zu gegebener Zeit bei dir?«

»Ach, nein!« Er ließ seine Augen zu. »Du sollst hier nicht so verlassen rumsitzen, und tagsüber kann ich sowieso nicht schlafen. Ich habe ein Auto gemietet, einen Chrysler Topaz – wenn den meine Ma sehen könnte! Zum ersten Mal in meinem Leben habe ich einen Wagen mit Tempomat. Großartige Erfindung.«

»Es macht mir wirklich nichts aus, alleine zu warten.« Ihre Verzweiflung wuchs. »Wenn du nicht müde bist, warum besichtigst du dann nicht einfach irgendwas? An dem Tag, als wir bei dem Rodeo waren, hast du gesagt, daß du Custers Schlachtfeld sehen willst, oder?« Es war ein Schock für Sky, als sie merkte, daß »der Tag« erst gestern gewesen war. Lynskeys Lider flatterten ein wenig, aber er rührte sich nicht. »Was spricht dagegen?« fuhr sie fort. »Schließlich bist du im Urlaub. Hier gibt es nichts weiter für dich zu tun, und es wäre eine Schande, einen so herrlichen Tag in einem Krankenzimmer zu vergeuden.«

»Vielleicht.« Immer noch machte er die Augen nicht auf. »Übrigens, wie ging es denn Treacy heute morgen?«

Außer sich vor Zorn sprang sie von ihrem Stuhl. »Hast du mir etwa nachspioniert?«

Endlich reagierte er, indem er den Kopf schüttelte, als müsse er darin Ordnung schaffen. Dann zog er sich auf seinem Stuhl in eine aufrechtere Position und sah sie an. »Du bist einfach viel zu direkt für dieses Spiel, MacPee. Was ist los mit dir?«

»Ich weiß nicht, was du meinst...«

»O doch, und ob du das weißt!« Seine intelligenten Augen sahen sie reglos an. »In der einen Minute haben wir die beste Zeit unseres Lebens miteinander und in der nächsten ist Eiszeit angesagt. Deine Stimmungswechsel liegen auf der Hand. Ich wünschte, du machtest endlich reinen Tisch.«

»Warum machst *du* nicht endlich reinen Tisch?«

»Aha!« Sein wissender Ton machte sie nur noch wütender.

Während sie noch über eine angemessene Retourkutsche nachdachte, stand er auf und trat ans Fenster. »Wie hast du es herausgefunden?«

Wenigstens, dachte sie, während sie seinen Rücken betrachtete, besaß er soviel Taktgefühl, sie nicht auch noch wie eine Idiotin zu behandeln. Aber sie wollte verdammt sein, wenn sie ihn die Regie übernehmen ließe – also ließ sie die Frage unbeantwortet in der Luft hängen. »Nun?« Er wandte sich ihr zu.

»Ist das denn wichtig?«

»Nicht unbedingt.« Er kehrte zu seinem Stuhl zurück, drehte ihn um und setzte sich rittlings hin. »Was machen wir jetzt? Helfen wir einander oder nicht?«

Sky gingen Jimbos Worte durch den Kopf... *vielleicht kann er uns sogar noch nützlich sein...* »Sieht kaum danach aus.«

Zur gleichen Zeit wurden auf verschiedenen Seiten der Welt zwei hitzige Telefongespräche geführt. Der Holzfäller, Martin O'Shaughnessy, erstattete Sheriff O'Connor Bericht, während der Kapitän der *Agnes Monica* in einer zugigen Telefonzelle in Killybegs stand und aufgebracht mit jemandem in einem Dubliner Hotel sprach.

»Jetzt reicht's, okay?« Der Holzfäller war so wütend, daß er jede Vorsicht vergaß. »Wir sind quitt.«

»Finden Sie?« fragte Sheriff O'Connor in seidigem Ton. »Ich nicht! Wir sind quitt, wenn ich es sage.« Er lächelte, als er durch den Hörer nur noch ein Tuten vernahm.

Der Zorn des Fischereikapitäns hingegen hatte seinen Kontaktmann deutlich alarmiert, doch zu beruhigen war er nicht. »Es ist mir scheißegal, wer zuhört, ich habe die Schnauze voll. Sie sollten das Szenarium mal sehen. Jedes verdammte Boot im Hafen wird auf den Kopf gestellt, und die ganze Zeit schleicht die *Aideen* wie ein schnüffelnder Schäferhund um uns herum. EG-Direktiven, mein Gott, ich kann Ihnen sagen, die Mannschaft macht das nicht mehr lange mit. Es hieß, daß alles ganz einfach ist. Sie haben versprochen, uns betrifft nur der Anfang.« Er hörte zu. »Das is' ja wohl für 'n Arsch«, brüllte er dann. »*Fünf Prozent*? Schieben Sie sich Ihre fünf zusätzlichen doch sonstwohin. Die machen den Ärger, den wir hier haben, bestimmt nicht wett. Wenn ich Pech habe, verliere ich vielleicht sogar mein Boot. Sie elender Pfennigfuchser!«

Wieder hörte er zu, und dann sagte er: »Mir scheißegal, wer uns vielleicht belauscht. Ich will endlich Kohle sehen, Kumpel. Und mein Anteil ist um fünfzehn Prozent gestiegen.« Er war so wütend, daß er sich erst, nachdem er den Hörer aufgeworfen hatte, die Mühe machte, durch die von der salzhaltigen Luft getrübten Scheiben der Zelle nach irgendwelchen Beobachtern Ausschau zu halten. Es war ein heller, klarer Nachmittag, und obwohl es im Hafenbereich vor Fahrzeugen und Schiffen nur so wimmelte, hatten die Bullen offenbar inzwischen das Feld geräumt.

Da niemand in der Nähe war, verließ er das Telefonhäuschen und ging eilig davon. Auf den gelben Lieferwagen der Elektrizitätswerke, der in einer Parkbucht in der Nähe eines Ampelkastens stand, achtete er nicht.

Der Techniker im Frachtraum des Lieferwagens spulte das Band zurück, das er soeben aufgenommen hatte. Sowohl er als auch der neben ihm sitzende Inspector erkannten, da keine Namen genannt worden waren, seine Bedeutungslosigkeit. Sie wußten, daß das Zieltelefon des Kapitäns im Foyer des Majestic Hotel in Dublin stand; aber da es ein öffentlicher Apparat war, konnten sie damit nichts anfangen. Das einzig Verwertbare war die implizite Drohung des Kapitäns, daß sich die Mannschaft sicher nicht länger hinhalten ließ.

Der Inspector griff nach seinem Telefon und rief in Dublin an.

Zu Skys Erleichterung schneite, kurz nachdem Lynskey gegangen war, Hermana herein. Sie befand sich zwar in offenem Streit mit dem Iren, aber war zugeknöpft geblieben. Als er einsah, daß sie gegenwärtig nicht mit sich reden ließ, hatte er das Feld geräumt.

So sehr sie auch von ihrem Verhalten überzeugt war, hatte sein Abgang Zweifel in ihr geweckt, ob sie damit richtig lag. Schließlich, schalt ihr Gewissen sie, brauchte sie sich nur anzusehen, was sie dem armen Greg zumutete, sobald ein interessanterer Mann am Horizont erschien.

Ein paar Minuten später wurde die noch narkotisierte Patientin in den Raum gerollt. Auch wenn Sky schockiert war, als sie das Gipsbecken, die Halskrause und die zahllosen Schläuche und Tropfe erblickte, an denen ihre Mutter hing, bestätigte ihr die Schwester einen völlig routinemäßigen Verlauf.

Während der nächsten Stunde tauchte Johanna immer wieder für ein paar Minuten aus dem Dämmer auf, stieß leise Seufzer aus; aber der Schwester zufolge waren ihre Schmerzen minimal. »Sie wird sicher den ganzen Tag über nicht richtig wach«, sagte Hermana, »und morgen erinnert sie sich bestimmt nicht mehr daran, daß du hier gewesen bist. Ich bleibe auf alle Fälle, warum fährst du also nicht einfach nach Hause und ruhst dich ein wenig aus? Schließlich mußt du heute abend fit sein, wenn deine Großmutter ankommt.«

Sky blickte auf die reglose Gestalt im Bett. Das Wort »ruhen« rief ein angenehmes Gefühl von gemütlichem Nichtstun in ihr wach. Und da ihre Großmutter sicher nicht bei Daniel Treacy, sondern bei ihnen wohnen wollen würde, räumte sie wohl besser vorsichtshalber Johannas Zimmer auf. »Wenn du das meinst«, sie lächelte die fürsorgliche Juno dankbar an und gab ihrer Mutter einen sanften Kuß auf die feuchte Stirn. »Bis später, Mom.« Ohne jedes Make-up und mit platt am Kopf liegendem Haar sah Johanna älter, aber zugleich so verwundbar wie ein Baby aus.

Sie so zu sehen, war erschreckend. Sky hatte immer gedacht, sie hätten noch jede Menge Zeit, um ihre Beziehung zu verbessern; aber nun, da Johannas Sterblichkeit allzu sichtbar wurde, bestand für dieses Vorhaben einige Dringlichkeit. *Es tut mir leid... In Zukunft werde ich mir größere Mühe geben, das verspreche ich. Die Dinge sollen sich ändern, Mom...* Im Bewußtsein von Hermanas Nähe hielt sie die Tränen, die ihr in den Augen brannten, tapfer zurück. Rührseligkeit half weder ihr noch ihrer Mom, und außerdem hatte sie jetzt allerhand zu erledigen.

Als sie nach Hause kam, befand sich eine Reihe von Anrufen auf ihrer Automatik. Der erste war von ihrem Onkel Francey, der mit besorgter Stimme fragte, wie es ihrer Mutter ging. Er würde zu Hause bleiben, bis Sky sich bei ihm meldete. Als nächstes erklang die Stimme ihrer Großmutter, die vom Hubert-H.-Humphrey-Flughafen in Minneapolis aus anrief und sagte: »Ich bin hier gerade gelandet, Sky. Wahrscheinlich bist du im Krankenhaus.« Ihre zögernde Stimme verriet, daß sie offenbar nur selten auf Anrufbeantworter sprach. »Ich telefoniere nicht noch einmal, aber ich freue mich sehr auf euch beide!« Wieder machte sie eine Pause, und im Hintergrund hörte Sky das Getöse des internationalen Terminals. »Bis dann!« Die dritte Nachricht war von Jimbo Larsens Frau, die nach Johanna fragte und wiederholte, daß Sky »jederzeit« bei ihnen willkommen war; der vierte Anruf stammte von Buffy, die sagte, sie wäre noch aufgehalten worden,würde aber spätestens gegen Mittag im Krankenhaus sein. Sky spulte das Band zurück und stellte das Gerät neu an. Sie war so müde, daß sie weder zum Richten einer Schlafstätte für ihre Großmutter noch zu einem Gespräch mit Francey in der Lage war. Die wichtigsten Informationen hatte er bereits, und die finanzielle Erörterung konnte warten. Das Krankenhaus warf Johanna in ihrem Zustand wohl kaum einfach hinaus.

Sie holte eine Kamera und legte sie auf das Telefontischchen neben der Wohnungstür, damit sie sie, wenn sie zum Flughafen fuhr, nicht vergaß. Dann machte sie sich, obwohl sie keinen Hunger hatte, aus Vernunftsgründen eine große Schüssel Cornflakes mit Milch und einer Extraportion Zucker zurecht. Sie nahm sie mit ins Schlafzimmer, stellte den Wecker auf vier Stunden später, legte sich, zu müde, um sich auch nur auszuziehen, in ihren Kleidern aufs Bett und zwang sich zu ein paar Löffeln Cornflakes. Allerdings war die Schüssel noch nicht leer, als sie, von Erschöpfung übermannt, in die Kissen sank.

Als das Klingeln des Weckers in ihr Bewußtsein drang, tauchte sie langsam durch mehrere Schichten grauen Nebels auf, bis sie erkannte, wo sie war, und nach dem Schalter des Geräts tastete. Sie hatte das Gefühl, als wäre eine Dampfwalze über sie hinweggerollt und hätte die Dimensionen ihres Körpers von drei auf zwei reduziert.

Als sie an den Fenstern des Schlafzimmers vorbei in Richtung Bad stolperte, blickte sie automatisch hinaus, um nach dem Wetter zu sehen. Zu ihrer Überraschung entdeckte sie, daß die Fahne über dem Briefkasten am Ende der Einfahrt hochgezogen war. Seltsam: Sonst machte das immer nur Johanna höchstpersönlich. Es war nicht einmal windig, so daß die Fahne schlaff herunterhing... Tja, vielleicht hatte irgendein Passant keine Lust gehabt, bis zum öffentlichen Briefkasten an der Ecke zu gehen, und hatte seine Post statt dessen bei ihnen eingesteckt.

Im Bad angelangt, drehte sie die Dusche auf. Anschließend zog sie, ein wenig munterer, ihren Bademantel an und ging nach draußen, um zu sehen, ob tatsächlich etwas im Kasten lag. Vielleicht war es nur ein Werbeprospekt, und der Verteiler hatte sichergehen wollen, daß sie ihn fand. Wenn ja, war das okay. Ihre Mutter besaß ein ausgeprägtes Faible für Sonderangebote. Bekam man zum Beispiel beim Kauf von sieben Gallonen Reinigungsmittel oder eines Satzes Nistkästen eine goldene Uhr geschenkt, rannte sie sofort los.

Eine Minute später starrte Sky voller Entsetzen auf den braunen, gefütterten Umschlag und den kleinen, zylindrischen Gegenstand in ihrer Hand. In all der Zeit, in der sie mit Greg zusammengewesen war, hatte sie ihn kein einziges Mal auf die Jagd begleitet, so daß sie zum ersten Mal in ihrem Leben einer Patrone ansichtig wurde. Allerdings hielt sie sie nur ein paar Sekunden lang, ehe sie sie, als wäre sie irgendeine glibberige, schleimige Kreatur, in hohem Bogen in die Einfahrt warf, wo sie boshaft glitzernd als die todbringende Miniaturrakete liegenblieb, die sie ja tatsächlich war. Das »Ping« beim Aufprall des Geschosses auf dem Boden war so unüberhörbar, daß sie erschreckt zusammenfuhr.

25

Sky starrte auf das gräßliche, kleine Stück Metall und hatte das Gefühl, als schwellten die Geräusche des Nachmittags – das Bellen eines Hundes, der regelmäßige Aufprall eines Basketballs an einer Garagentür – zu ohrenbetäubendem Getöse an. Der Sonnenschein, der ihr noch vor wenigen Augenblicken frisch und freundlich erschienen war, wirkte mit einem Mal furchtbar hart und grell. Sie rannte zurück ins Haus, stürzte ans Telefon und wählte instinktiv die Nummer der Polizei.

Doch noch ehe sie damit fertig war, warf sie den Hörer wieder auf. Auch wenn sie von Panik geschüttelt wurde, erkannte die Reporterin in ihr, daß sie besser nicht die Polizei, sondern zuerst ihren Boß anrief.

Jimbo Larsen blieb ruhig und gefaßt. »Geh wieder raus und heb das Ding vom Boden auf – benutz deinen Ärmel oder den Saum deines Rockes, damit du nicht noch mehr Fingerabdrücke darauf hinterläßt. Dann schiebst du es in den Umschlag zurück und wartest, bis ich bei dir bin. Wo steckt dein irischer Freund?«

»Keine Ahnung. Wann kannst du hier sein? Ich muß zurück ins Krankenhaus, und dann kommt auch bald meine Großmutter am Flughafen an.«

»Beruhige dich, Sky. Hole ein paarmal tief Luft.« Sein gelassener Ton drang zu ihr durch, aber während sie seine Anweisungen befolgte, zitterten ihre Knie derart, daß sie an der Wand hinunterglitt, bis sie auf dem Boden saß. »Bist du noch da? Sky? Sky?« Endlich verriet seine Stimme, daß auch er in Sorge war.

»Alles in Ordnung«, flüsterte sie. »Komm schnell.«

Als sie seinen Wagen in die Einfahrt biegen hörte, lief sie in Jeans und der letzten sauberen Bluse aus ihrem Kleiderschrank in den Flur. Zu Ehren des Besuchs ihrer Großmutter hatte sie versucht, sich so attraktiv wie möglich zu machen, das Haar frisch gewaschen, die Zipfel ihrer Bluse in Höhe der Taille verknotet und etwas von dem Modeschmuck ihrer Mutter angelegt, in der Hoffnung, daß sich auf diese Weise ein gewisser Côte-d'Azur-Effekt erzielen ließ – so wie der Look der jungen Brigitte Bardot, den die Kleine kürzlich aus einer alten *Vogue*-Ausgabe für die Modeseite des *Courier* übernommen hatte.

Sie öffnete die Tür und als sie Jimbos rötlich leuchtendes, dennoch beruhigendes Gesicht unter dem Dach seines Wagens auftauchen sah, hätte sie sich ihm am liebsten in die Arme geworfen und vor Erleichterung laut geschluchzt. Allerdings unterließ sie eine derartige Geste, da ihm bekanntlich jede Zurschaustellung von Gefühlen zuwider war.

»Wo ist sie?« Mit angespannter, doch zugleich entschlossener Miene kam er auf sie zu.

Sie reichte ihm die Jiffy-Tasche, die er in einen mitgebrachten Umschlag der Zeitung schob. »Was wirst du damit machen?«

»Das weiß ich noch nicht.« Er steckte den Umschlag in die Tasche seines Jacketts. »Trotz allem siehst du gut aus. Nettes Outfit.« Er trat einen Schritt zurück und unterzog sie einer kurzen Musterung.

»Vielen Dank.« Aus dem Mund von Jim Larsen war das der reinste Lobgesang.

Da sie ihm ohne Vorbehalt vertrauen konnte, erzählte sie ihm, während sie Kaffee kochte, jedes Detail. Sie erzählte ihm sogar von Treacys Krankheit, denn ihrer Meinung nach hatte das Auftauchen der Patrone jede Abmachung zunichte gemacht. Er hörte ihr reglos zu; aber sie spürte, daß er unter der gelassenen Fassade dieselbe journalistische Erregung verbarg wie sie selbst.

Während sie auf ihn gewartet hatte, war ihr eingefallen, wo sie einem identischen gefütterten Umschlag schon einmal begegnet war.

Es schien den Chefredakteur nicht sonderlich zu überraschen, daß Lynskey offenbar auf eine ähnliche Art bedroht worden war. Er stimmte mit ihr darin überein, die Polizei fürs erste aus der Sache herauszuhalten. Am besten sähe sich ein diskreter Freund an der Universität von Missoula die Patrone einmal genauer an. »Was mir die größten Sorgen macht – danke« – er nahm den Kaffee entgegen und setzte sich an den Küchentisch – »ist nicht die Patrone als solche oder für was sie steht, obwohl das natürlich schlimm genug ist. Aber wie kommt überhaupt jemand darauf, daß eine derartige Warnung nötig ist? Wer auch immer dieser Jemand ist, er weiß von unserem Verdacht – übrigens gegen wen eigentlich? Und wer beobachtet dich, und wo? Inzwischen tut es mir leid, daß du in diese Sache hineingezogen worden bist.«

»Du konntest ja nicht wissen, was dabei herauskommt.« Sky spürte, daß er ihre Miteinbeziehung, auch wenn er es behauptete, keineswegs bedauerte. »Ich kann immer noch nicht glauben, daß dieser Shamrock Haufen hinter all dem stecken soll.« Sie setzte sich ihm gegenüber und biß in ein mit Bananenstücken belegtes Roggenbrot. »Schau dir die Typen doch nur mal an, Jim. Durchschnittsalter mindestens sechzig, gelegentliche Treffen im steifen Rahmen, und ihre Pressemitteilungen enthalten nichts als abgedroschene Phrasen, die alle anderen außer ihnen ewig langweilen.«

»Ich denke, sie sind vor allem nichts weiter als eine traurige

Truppe übriggebliebener Fossile, deren Kenntnisse von Irland und Vorstellungen von Patriotismus hoffnungslos veraltet sind.« Er rührte trübsinnig in seiner Tasse herum. »Aber ich habe schon immer den Verdacht gehegt, daß ein oder zwei von ihnen vielleicht weiter gehen würden. Allerdings hätte ich bis gestern nicht vermutet, daß Collins dazugehört.«

»Aber das tut er wohl. Schließlich hat er dir den Tip bezüglich Fergus Lynskey gegeben, oder nicht? Aber Treacy meint, daß Collins nur ein kleiner Fisch ist und daß dieser ganze Shamrock-Haufen ...«

»Ich schätze, mit dieser Vermutung liegt er richtig. Wir reden hier nicht von einer der ordnungsgemäß registrierten Organisationen, die wir alle kennen und lieben. Dies ist etwas viel Größeres, und ich frage mich, ob es dabei überhaupt um Politik geht. Aber trotz all dieser Dinge muß ich darauf bestehen, Sky, daß du eine Pause machst. Du brauchst dringend ein paar Tage Urlaub – in der letzten Woche hast du genug Aufregung für ein ganzes Leben gehabt.«

Als sie ihm widersprach, sah er sie ernst an. »Es ist nicht nur das, Sky. So gern ich möglichst rasch und umfassend über diese ganze Sache berichten würde, frage ich mich, ob sich der *Courier* eine Story dieser Größenordnung leisten kann. Ich fürchte, dafür sind wesentlich größere Summen erforderlich, als uns zur Verfügung stehen. Ich werde mich zwar mit unserem Obersten in Verbindung setzen« – womit er den Eigentümer des Blattes meinte – »aber ich bin nicht sicher, daß er uns das Geld, das wahrscheinlich erforderlich wäre, zur Verfügung stellen wird. Was hältst du davon, die Laufarbeit mit einer größeren Zeitung aus Minneapolis oder vielleicht Detroit zu teilen? Ich habe ein paar Beziehungen ...«

»Jim, das ist nicht fair.« Die Reporterin in Sky lehnte sich mit aller Macht gegen diesen Vorschlag auf. »Es ist unsere Story.«

»Ja, aber als wir damit angefangen haben, hatten wir keine Ahnung von ihren Ausmaßen, wie groß sie ist. Es scheint, als führe sie über Ozeane und internationale Grenzen hinweg. Und nicht nur das. Auch wenn wir zu Hause bleiben, ist diese Story längst über unsere Ufer gegangen. Ich weiß mit Sicherheit, daß kein Medium in Montana groß genug ist für ein solches Ding. Die Typen auf Treacys Fersen sind ganz unzweifelhaft vom FBI. Und dann geht es auch um deine Sicherheit. Diese Patrone soll dir eine Vorstellung davon vermitteln, mit was für Leuten du es hier zu tun hast, Sky.«

»Trotzdem denke ich, daß es unsere große Chance ist. Wir könnten ja eng zusammenarbeiten, und vielleicht heuern wir noch jemanden an für die Recherchen.«

»Meiner Ansicht nach ist dies einfach nicht der richtige Zeitpunkt für ein derartiges Gespräch. Am besten verschieben wir die Unterhaltung auf ein anderes Mal.« Er leerte seine Tasse in einem Zug. »Wenigstens kann ich versuchen, den Knaben ausfindig zu machen, von dem der allererste, anonyme Hinweis auf dem Rabattmarkenwisch kam. Vielleicht kriege ich ja aus dem Hohlköpfchen bei uns im Büro noch etwas über sein Aussehen heraus. Übrigens tippt sie immer noch die Notizen, die du ihr gegeben hast.« Er lächelte und Sky merkte, daß er sich ein bißchen schuldig fühlte. »Na ja, um fair zu sein«, gab er dann auch zu, »muß ich sagen, daß sie zumindest ihre Modeseite ganz gut hinzukriegen scheint. Aber nun noch mal zu dir, junge Dame«, er tastete seine Taschen nach seinen Autoschlüsseln ab, »ich bestehe darauf, daß du ein paar Tage Urlaub nimmst.«

Als sie abermals widersprach, stand er auf. »Hör zu, die Story läuft uns nicht davon. Und Treacy stirbt wohl kaum heute abend, was meinst du?«

»Na schön, ich nehme mir ein, zwei Tage frei.« Sky gab sich für den Augenblick geschlagen, und gleichzeitig fiel ihr ein, daß sich ihre Großmutter wahrscheinlich bereits auf dem kurzen Flug von Billings nach Butte befand. »Aber ich rufe zwischendurch mal an.«

»Was ist mit Lynskey?« Jimbo warf ihr einen fragenden Blick zu.

»Was soll mit ihm sein?« Sie runzelte die Stirn.

»Nun, soweit ich sehe, weiß er mindestens soviel wie wir. Freilich hast du noch eine persönliche Rechnung mit ihm zu begleichen, Sky. Trotzdem würde ich mich gern mal mit ihm unterhalten.«

»Aber nicht ohne mich.« Auf keinen Fall würde sie zulassen, daß die Story ohne sie weiterging.

Sky hatte sich Elizabeth Sullivan durchaus rüstig vorgestellt, aber der Anblick der großen, kerzengeraden Gestalt mit der Einkaufstasche, die durch die kleine Empfangshalle des Flughafens strebte, überraschte sie.

Ihre Großmutter trug einen engen Schlauchrock und einen knielangen Mantel in weichem Avocadogrün. Ihre cremefarbene Bluse mit Schleifenkragen fiel weich auf ihre schlanke Taille herab; das graue Haar war wie das einer Ballettänzerin zu einem straffen Knoten gebunden und ihre hellen Schuhe wiesen, entgegen jeder besseren Einsicht, hohe Absätze auf.

Sky hatte sich ihre »irische Granny« trotz Fotos, die das Gegenteil bewiesen, immer als eine Mischung aus Maureen O'Hara in *The Quiet Man* und der Mutter von den *Waltons* vorgestellt. Zwischen diesen beiden und der eleganten Erscheinung, der sie sich hier gegenübersah, bestand allerdings nicht die geringste Ähnlichkeit.

»Großmutter?« Sie trat auf die alte Dame zu.

»Sky!« Das fein gemeißelte, von zwei schweren goldenen Ohrringen in Form römischer Münzen gerahmte Gesicht ihrer Großmutter hellte sich entzückt auf. »Endlich! Ich habe mir so gewünscht, dich einmal wiederzusehen. Es ist doch etwas ganz anderes, einander gegenüberzustehen, als wenn man sich Briefe schreibt oder telefoniert, nicht wahr? Vor allem, da ich, wie dir sicher aufgefallen ist«, ihr Lächeln verbreiterte sich, »keine Größe im Schreiben bin.«

»Mir geht es genauso – obwohl ich auf dem Gebiet sozusagen ein Profi sein sollte.« Sie umarmten einander, wobei Sky zu ihrem Erstaunen eine eigenartige Schüchternheit empfand. Das lag sicher daran, daß sie immer noch hundemüde war.

»Laß mich dich ansehen.« Ihre Großmutter, die deutlich weniger verlegen war, trat einen Schritt zurück. »Du bist eine wahre

Schönheit geworden, Sky. Noch schöner, als ich mir dich vorgestellt habe. Als kleines Mädchen warst du ja schon zauberhaft, aber jetzt …« Auch wenn sie weit weniger guttural und schneller als Fergus Lynskey sprach, hatte sie einen unüberhörbaren weichen irischen Akzent. Als sie einander zulächelten, meinte Sky, wie zur Verstärkung ihres Gefühls von Unwirklichkeit, direkt in ihre eigene Zukunft zu sehen. Wieder dachte sie an die Fotos und merkte, daß ihr die große Ähnlichkeit zwischen ihr und ihrer Großmutter bisher nie aufgefallen war. Sie waren sogar beinahe gleich groß, auch wenn Elizabeth Sullivan im Augenblick auf sie herunterblickte. Was allerdings wohl daran lag, daß Sky Espandrillos und ihre Großmutter hochhackige Schuhe trug. »Du bist sicher erschöpft.« Sky erinnerte sich daran, daß sie sich nun aber um Elizabeths Wohl kümmern sollte, so daß sie mit der einen Hand die Einkaufstasche und mit der anderen den Arm der alten Dame nahm und mit ihr zur Gepäckabholung ging.

»Ein bißchen«, gestand ihre Großmutter. »Es ist wirklich Arbeit, wenn man von Cork nach Butte, Montana, reist. Obwohl hierher zu gelangen wahrscheinlich von überall aus schwierig ist.«

Sky dachte an die Worte zurück, mit denen Daniel Treacy die Benutzung seines Privatflugzeugs angeboten hatte.

»Danke, Sky, ja, der da.« Ihre Großmutter zeigte auf einen makellosen karierten Koffer, und ihre Miene wurde ernst. »Jetzt erzähl mir von der armen Johanna. Ich habe versucht, dich anzurufen, aber da war immer diese gräßliche Maschine dran.«

»Ich habe deine Nachricht erhalten.« Sky nahm den Koffer und erzählte unterwegs zum Ausgang von der Operation. »Es gibt da noch etwas anderes.«

»Du hast mir in bezug auf Johanna nicht die Wahrheit gesagt.« Ihre Großmutter verzog sorgenvoll das Gesicht.

»Nein, das hat nichts mit Mom zu tun.« Sky zog sie ein wenig zur Seite, damit sie nicht genau vor der Tür des Gebäudes standen. »Es geht um Daniel Treacy, ich meine McCarthy …« Die Miene ihrer Großmutter wurde starr. »Er wartet draußen auf dem Parkplatz.«

Auf dem Weg ins Flughafengelände hatte sie Treacys Saab passiert; aber da es bereits ziemlich spät gewesen war, hatte sie nicht haltgemacht. »Er hofft, daß du mit ihm sprechen wirst, Grandma. Außerdem lädt er dich ein, bei ihm zu wohnen, wenn du willst.« Um ein Haar wäre sie auch noch mit der Nachricht von Treacys Krankheit herausgeplatzt.

»Ich verstehe.« In dem maskengleichen Gesicht ihrer Großmutter erkannte Sky nicht, ob sie sich freute oder nicht. »Wenn du möchtest, sage ich ihm, daß du heute abend zu müde bist«, bot sie ihre Hilfe an. »Schließlich war es mehr als ein langer Tag für dich. Du warst beinahe sechzehn Stunden in der Luft.«

Die Miene der alten Dame hellte sich ein wenig auf. »Ehrlich gesagt bin ich furchtbar neugierig auf ihn.« Als sie lächelte, sah sie dreißig Jahre jünger aus.

Während sie sich hinausbegaben in die warme Abendluft, hielt Sky diesen Augenblick für immer in ihrem Gedächtnis fest; bis an ihr Lebensende dächte sie sicher stets an das Gelächter und das aufeinanderfolgende Krachen von Autotüren auf dem kleinen Parkplatz, an die hellrosa und gelben Schäfchenwolken am Himmel, sowie an den Geruch von warmem Teer, Autoblech und starkem Benzin zurück.

Treacy stand neben seinem Wagen und richtete sich, als er sie kommen sah, zu seiner ganzen Größe auf, berührte die Brusttasche seines dunklen Jacketts und rückte den Knoten seiner Krawatte zurecht. Seine Kleidung stand in auffallendem Kontrast zur Garderobe der meisten anderen Menschen auf dem Parkplatz, die vorwiegend ausgefranste Shorts oder abgewetzte Jeans trugen.

Die beiden alten Menschen traten aufeinander zu und blieben wenige Zentimeter voreinander stehen. Statt einander zu umarmen oder wenigstens die Hände zu schütteln, starrten sie sich wortlos an. Das hieß, zumindest Treacy starrte; wie ihre Großmutter guckte, konnte Sky, da sie hinter ihr stand, nicht sehen. »Ich warte im Wagen auf dich, Grandma.« Sie berührte sie am Ellbogen, ehe sie sich zum Gehen wandte. »Laß mich einfach wissen, wie du dich entscheidest.«

Wie in Trance fuhr Elizabeth Sullivan herum. »Grandma?« Wieder streckte Sky die Hand nach ihrem Ellbogen aus. »Ist alles in Ordnung?« Der Blick der alten Frau kehrte zu Treacy zurück. »Nach all den Jahren. Ich war einfach nicht darauf vorbereitet, dich um so vieles älter zu sehen, Daniel.«

Sky dachte, daß dies der geeignete Moment zu einem taktvollen Rückzug war. »Ich nehme deine Taschen schon mal mit, Grandma.«

Sie warf das Gepäck auf den Rücksitz, setzte sich hinter das Lenkrad, kurbelte das Fenster herunter und betrachtete die beiden aus der Ferne. Keiner von ihnen rührte sich. Was für eine Beherrschung, dachte sie, nach dieser langen Zeit …

Aber auch wenn keiner der beiden einen Schritt in Richtung des anderen unternahm, hatte Treacy sich ein wenig vorgebeugt und hob beinahe flehend die Hände. Sky versuchte, sich in die Situation des Paares zu versetzen und überlegte, wie sie oder ihre Mutter sich wohl verhalten würden, tauchte mit einem Mal der Geliebte von vor fünfzig Jahren wieder auf. Johanna ginge ohne Zweifel behutsam damit um: Natürlich war die Begegnung wunderbar und vom Schicksal vorherbestimmt! Sky hingegen schmölze sicher wie ein emotionaler Fettfleck in der Sonne mitten auf dem Parkplatz dahin. Oder doch nicht? Beim Anblick ihrer Großmutter erfüllte Sky plötzlich eine merkwürdige Distanz. Irgend etwas fehlte bei dieser Begegnung, die beinahe schon historisch zu nennen war: Sollte Elizabeth nicht vor Freude in Tränen ausbrechen – und wenn schon nicht vor Freude, dann vielleicht aufgrund irgendeines anderen Gefühls? War sie vielleicht im Grunde ihres Herzens eine kalte Frau? Sky fühlte sich fast aus der Bahn geworfen, als wäre sie auf etwas getreten, das aussah wie ein freundlicher Pfad, bevor es sich hinterher als ein Stück Granitfels herausstellte.

Selbst als sie während der letzten Tage den Worten von Daniel Treacys stockenden Enthüllungen über die Elizabeth Sullivan, die er gekannt hatte und der er immer noch in abgöttischer Liebe verbunden war, seine Bangnis entnahm, war sie von ihrer eigenen Vorstellung einer märchenhaften Großmutter nicht abgerückt – so daß die Begegnung mit der wahren Grandma ihr fast weh tat. Diese schlanke, elegante Person, die in einem der luxuriösesten Restaurants von Manhattan sicher nicht fehl am Platz gewesen wäre, konnte niemals eine wahre Grandma, eine apfelwangige Bewahrerin häuslichen Friedens und Herrscherin über Spüle, Ofen und Strickkorb sein, eine Person, die, selbst in Abwesenheit, stets im Hintergrund das Mütterliche verkörperte. Wie in *Little Women* und all den anderen Seifenopern, die man ständig im Fernsehen sah. Sky hatte in Elizabeth Sullivan immer das Gegenstück zu dem faszinierenden, doch zugleich egozentrischen Freigeist ihrer Mutter gesehen, und nun gab es plötzlich niemanden mehr, der sie jemals dafür schelten würde, daß sie heimlich an die Keksdose gegangen war.

Um Himmels willen, dachte sie angesichts des jämmerlichen Selbstmitleids, das sie mit einem Mal empfand. Sie war ja wohl eine erwachsene Frau. Und wie konnte sie es wagen, sich ihrer Mutter gegenüber so illoyale Empfindungen zu erlauben? Was für eine Tochter – oder auch Enkelin – war sie überhaupt? Was für eine Erwachsene? Aus heiterem Himmel und ohne ersichtlichen Grund sehnte sich Sky nach ihrem Dad.

Wenige Augenblicke später sah sie, wie ihre Großmutter Daniel Treacy am Ärmel berührte, woraufhin er ihre Hand an seine Lippen hob. Na klasse, dachte sie und freute sich über die Ablenkung von ihrer eigenen Gefühlsduselei – endlich ging es bei den beiden voran. Aber ihre Freude war verfrüht. Ihre Großmutter zog ihre Hand zurück, sie wandten sich ihr zu und steuerten den Nissan an. Die alte Dame marschierte festen Schrittes ein Stückchen vor Treacy her, so daß Sky gewettet hätte, er sei mit seiner Einladung auf Ablehnung gestoßen.

Sie hatte recht. »So sehr ich ihr auch schmeichle, Sky! Sie kommt einfach nicht mit.« Treacy versuchte zu lächeln, als er neben den Wagen trat, und Sky empfand solches Mitleid mit ihm, daß sie am liebsten für ihn in die Bresche gesprungen wäre. Seine dunklen Augen brannten und trotz oder vielleicht gerade wegen der eleganten Garderobe sah er noch schlechter als am Morgen aus: Seine Haut hatte einen gelblichen Ton und sein Hals war so dünn, daß der Kragen seines Hemdes fast schlotterte. Dann allerdings schalt sie sich für ihre Dramatisierung. Sie sah diese Dinge nur deshalb so tragisch, dachte sie, weil sie seinen Gesundheitszustand kannte. Rasch stieg sie aus, kam um das Auto herum und öffnete ihrer Großmutter die Beifahrertür. »Sie ist sehr müde«, versuchte sie die Abfuhr ein wenig zu mildern, die Elizabeth ihm erteilt hatte.

»Aber wir sehen uns doch sicher morgen, Daniel, ja?« Skys Großmutter zögerte, ehe sie einstieg. »Es macht dir doch nichts aus, mich zu ihm zu fahren, Sky?«

Abgesehen davon, daß sie den Wunsch äußerte, sofort, nachdem sie sich frisch gemacht hätte, ins Krankenhaus zu fahren, sagte die alte Dame auf dem kurzen Weg zur Wohnung keinen Ton. Als der Wagen jedoch in die Einfahrt bog, wandte sie sich ihrer Enkeltochter zu. »Es ist fünfzig Jahre her, Sky. Kannst du das verstehen?«

»Ja, natürlich, Grandma«, sagte Sky, obgleich es eine Lüge war.

Es verwunderte sie nicht, daß eine jugendliche Romanze im Herzen ihrer Großmutter im Verlauf einer so langen Zeit eines natürlichen Todes gestorben war. Was sie nicht begriff, war die Intensität der Leidenschaft, die Daniel Treacy trotz aller Widrigkeiten in seinem Herzen bewahrt hatte.

26

»Ein Ort namens Killybegs.« Wieder ließen die Nachrichten des Leutnants aus Helena zu wünschen übrig, und für eine Frau, die es als Tugend erachtete, unter allen Umständen stets gelassen zu bleiben, reagierte sie bemerkenswert aufgebracht.

In Bestätigung ihres Zorns mußte der Leutnant gestehen, daß das bisher in den Probelauf investierte Geld vielleicht verloren war. Um jedoch nicht als Alleinschuldiger dazustehen, fügte er hinzu, daß er sich, mangels Erfahrung in Irland, bei der Suche nach geeigneten Partnern auf einheimische Quellen verlassen mußte.

»Ich habe versucht, Sie telefonisch zu erreichen.« Die Frau sprach gefährlich ruhig weiter. »Aber Sie waren offenbar nicht da. Höchst bedauerlich.«

»Es gab da ein Problem mit meinem Telefon, das inzwischen wieder behoben ist.«

Mittels eines tiefen Atemzugs erlangte die Frau ihre Beherrschung zurück. »Bitte fahren Sie fort.«

Das, was sie als nächstes hörte, rief dann weniger Wut als vielmehr Entsetzen in ihr wach. Auf die Anweisung hin, die Rückschläge in Montana wieder wettzumachen, hatte irgendein lächerlicher Untergebener, ein Sheriff, zwei Menschen anonym Patronen zugeschickt. Das war nicht nur primitiv, sondern mehr als dumm. Einer der beiden war eine Reporterin von einer Zeitung gewesen, die ein wenig herumzuschnüffeln schien: Egal, wie bedeutungslos das Blatt auch sein mochte, sah die Frau doch das Auftauchen einer Zeitung als schlechtes Omen an.

Solange man Umsicht walten ließ und ihre Verwicklung in ein Geschäft verborgen blieb, hatte die Frau nichts gegen die Anwendung schneller, sauberer Gewalt. In der Tat war genau der Leutnant, mit dem sie gerade sprach, für das Verschwinden von ein, zwei Menschen verantwortlich, deren Spuren trotz aller Bemühungen der Polizei unauffindbar blieben. Wenn jemand nicht parierte, hielt sie Gewalt durchaus für gerechtfertigt. Sie behandelte die Leute fair, so daß sie im Gegenzug Loyalität erwartete. Aber wenn man Polizisten und Zeitungsleute durch das Zusenden von Patronen bedrohte, rief man damit unweigerlich die Behörden auf den Plan. »Zahlen Sie diesen Menschen aus. Und wenn Sie es für notwendig erachten, dann kümmern Sie sich bitte auch um diese beiden Naseweise, die uns auf den Fersen sind. Aber nur, wenn es wirklich nötig ist. Ich werde Sie wissen lassen, ob wir mit unserem Vorhaben weitermachen. *Falls* wir weitermachen. Bisher haben sich meine Hoffnungen in bezug auf Irland nicht erfüllt. Unternehmen Sie bitte nichts Weiteres, bis Sie wieder von mir hören. Ich melde mich.«

Der Detective, der seit der Hausdurchsuchung in Ottawa mit der Überwachung der Gespräche der Frau beauftragt war, gab die Informationen an seine Vorgesetzten weiter, die dann eine Nachricht an Lynskey schickten.

Als sie ihrer Großmutter aus dem Wagen half und nach dem Gepäck auf dem Rücksitz griff, fiel Sky eine Bewegung am Ende der Einfahrt auf. Sie blickte über ihre Schulter und sah Fergus Lynskey fröhlich herbeischlendern.

Ihre Großmutter folgte ihrem Blick. »Jemand, den du kennst, Sky?«

Aber ehe ihre Enkelin etwas erwidern konnte, hatte Lynskey die beiden bereits erreicht. Seine gute Laune wirkte nicht im mindesten gespielt. »Ich dachte, ich komme kurz vorbei und erkundige mich, wie es im Krankenhaus steht. Das ist sicher deine Großmutter, Sky.« Strahlend reichte er der alten Dame die Hand. »Freut mich, Sie kennenzulernen. Ich bin Fergus Lynskey. In der Tat sind wir beinahe Nachbarn, das heißt, ich kenne Ihren Teil des Landes ziemlich gut. Persönlich stamme ich aus Kerry, also nur einen Katzensprung von Ihrer Heimat entfernt. Aber Sie leben natürlich nicht auf dem Land, sondern in der Stadt, nicht wahr?«

»Angenehm. In der Tat, ich lebe tatsächlich in Cork.«

»Sie müssen erschöpft sein«, sagte er, während er nach dem Koffer griff. »Obwohl ich annehme, daß du ebenfalls hundemüde bist. Hier, gib mir das Gepäck.« Sky wußte, sie würde zickig wirken, behielte sie die Tasche in der Hand. Er ging ihnen voran zur Tür, als gehöre ihm das Haus, wartete auf der Schwelle, daß sie den Schlüssel aus der Tasche zog, und während sie öffnete, hätte sie ihn am liebsten umgebracht.

Als sie eintraten, bot er an, Kaffee zu kochen, und ihre Großmutter nahm den Vorschlag mit solcher Begeisterung an, daß Sky innerlich zu brodeln begann. Offenbar setzte sich Fergus Lynskeys Charme in bezug auf Frauen über sämtliche Altersgrenzen hinweg. »Hier entlang, Grandma.« Sie bedachte ihn mit einem giftigen Blick, den er jedoch nicht zu bemerken schien, und führte die alte Dame in Johannas Schlafzimmer, wo sie sie zum Auspacken ihrer Sachen alleine ließ. Dann telefonierte sie mit dem Krankenhaus. Der Zustand ihrer Mutter war unverändert »gut«.

Da sie nicht wieder in die Küche wollte, wo sie dem Kerl erbarmungslos ausgeliefert wäre, ging Sky ins Wohnzimmer – das normalerweise weder sie noch ihre Mutter oft betraten. Hier hatte sich der beklagenswerte Geschmack ihres Vermieters, der bereits in den Schlafzimmern deutlich zu erkennen war, in Form von Eichenblatt-Tapeten mit braunen und ockerfarbenen Beeren sowie kunstlederbezogenen Möbeln aus den frühen Fünfzigern niedergeschlagen, und das einzige Fenster des Zimmers ging nach Norden raus. Sowohl Sky als auch ihre Mutter haßten diesen Raum, so daß er nur an Weihnachten benutzt wurde, wenn man sich so eine Art Familie vorgaukelte. Wenigstens befand sich hier ein richtiger Kamin, und mehr um die Zeit totzuschlagen als aus Sauberkeitsdrang fegte Sky mit einem Handfeger den hölzernen Sims.

Wie entfloh sie nur dieser Zwickmühle? Sie konnte ihm wohl kaum in Gegenwart ihrer Großmutter, die seinem Wesen ebenso schnell wie die Glückseligen Schwestern und wahrscheinlich jede andere Frau in einem Umkreis von einer Million Meilen verfallen war, die kalte Schulter zeigen. Er war ein echter Don Juan, dachte sie, und das Gefühl, einem Betrüger auf den Leim gegangen zu sein, rief erneute Erbitterung in ihr wach, während sie die nicht existente Asche zusammenschob.

»Deine Großmutter ist phantastisch, eine echte Dame.«

Als sie das Flüstern in ihrem Rücken vernahm, richtete sie sich auf und wirbelte herum, aber Lynskey legte einen Finger auf seine Lippen. »Pst, wir wollen doch nicht, daß sie uns über sich reden hört.«

»Wir reden nicht über sie.« Doch unwillkürlich senkte auch Sky ihre Stimme. »Ich rede mit dir über gar nichts mehr. Bitte geh.«

»Also hör mal, MacPee, was ist so schlimm daran, wenn wir miteinander reden?« Sein Gesichtsausdruck stand in deutlichem

Kontrast zu seinem heiteren Ton, und er trat näher. »Es gibt da etwas, das ich dir sagen muß, und es wird ein ziemlicher Schock für dich sein. Bitte sag nichts, bis ich mit meiner Mitteilung fertig bin. Du mußt vorübergehend von hier verschwinden.«

»*Was?* Das soll ja wohl ein Witz sein.«

»Es ist mein voller Ernst. Du bist in Gefahr.«

»Selbst wenn, höre ich bestimmt nicht auf jemanden, der so – so …« Zu ihrer Verärgerung fand sie kein Wort, mit dem sich das Ausmaß seiner Hinterhältigkeit beschreiben ließ.

»Durchtrieben ist?« Dies war keineswegs scherzhaft gemeint. »Ja – da hast du möglicherweise recht. Aber Sky, denk doch einmal nach.« Er versuchte, ihre Hand zu nehmen, aber sie zog sie vehement zurück, so daß er seinen Arm sinken ließ. »Versetze dich mal andeutungsweise in meine Lage. Am Anfang hatte ich einzig und allein meine eigenen Nachforschungen im Sinn. Ich wußte ja nicht, daß ich …« Seine Stimme erstarb. »Dies ist eine komplizierte Situation«, verbesserte er sich dann. »Das hast du mir selbst des öfteren gesagt.«

»Tut mir leid, falls ich dich gelangweilt habe.« Doch noch während sie sprach, haßte Sky sich für ihren beleidigten Ton.

»Rein aus Interesse: Wie hast du es herausgefunden?«

»Durch einen Anruf von Bill Collins.« Sie sah ihn an, und dann fügte sie mit ironischer Stimme hinzu: »Wahrscheinlich brauche ich dir nicht zu erklären, wer das ist.«

»Ah …« Lynskey nickte, als hätte er sich bereits gedacht, daß dieser Herr die Quelle war.

»Tu nicht so von oben herab!« Am liebsten hätte Sky ihm einen Schlag ins Gesicht versetzt.

Statt einer Antwort trat er noch näher an sie heran und, obgleich er sie nicht berührte, fühlte sie sich, als er ihr in die Augen sah, wie in einen Schutzmantel eingehüllt. »Verzeih mir.« Dann berührte er sie, indem er ihr sanft mit einem Finger über die Lippen strich. »Aber das, was ich gesagt habe, ist mein voller Ernst. Du mußt irgendwohin, wo du sicher bist. Ich kann dir noch nicht sagen, warum. Aber du wirst es rechtzeitig erfahren.«

»Geh weg!« Sie schlug nach seiner Hand. »Verstehst du kein

Englisch? Meine Großmutter ist gerade angekommen und meine Mutter liegt im Krankenhaus. Ich kann nicht weg. Und du verschwinde, Fergus, ich will dich nicht in meinem Haus.« Aber sie war unsicher geworden und das konnte ihm nicht verborgen geblieben sein.

»Du verstehst doch, daß ich es dir nicht sagen konnte, nicht wahr?« Er überging ihren Ausbruch. »Zu Anfang wußte ich nicht, womit ich es zu tun bekommen würde, aber dann, als ich dir begegnete...«

Da Sky nicht bereit war für das, was er ihr zwischen den Zeilen zu verstehen geben wollte, versuchte sie, Zeit zu schinden, indem sie auf etwas anderes zu sprechen kam: »Ich nehme an, der sogenannte Roman in deinem Aktenkoffer ist ein Haufen von Wanzen, ein Transmitter und so?«

Lynskey sah sie reglos an. »Nicht ganz, schließlich bin ich nicht vom KGB. Aber etwas Ähnliches. Ich zeige es dir, wenn du willst.«

»Ich will es nicht sehen, Lynskey. Laß mich in Ruhe. Du hast ja keine Ahnung, wie wütend ich bin.«

»Doch, ich kann es mir vorstellen. Normalerweise würde ich etwas Dämliches von mir geben wie ›Im Krieg und in der Liebe ist alles erlaubt‹, aber ich hätte einfach nicht gedacht – nun...« Ehe sie sich's versah, hatte er den Kopf geneigt und küßte sie auf den Mund. Einen Augenblick lang reagierte ihr Körper auf die Zärtlichkeit, doch dann schaltete sich ihr Gehirn wieder ein und sie riß sich empört von ihm los.

»Das ist ja nicht zu fassen!« Um der Versuchung zu entgehen, trat sie einen Schritt zurück. »Gehst du bei deinen Ermittlungen immer so vor? Wirfst irgendwelche Leute aufs Kreuz, damit du an Informationen rankommst?«

»Mit dir war es das erste Mal, das schwöre ich.« Er folgte ihr.

»Hau ab, Fergus.« Sie trat um ihn herum und eilte in die Küche, doch wieder folgte er. Als sie vor der Spüle stand und sich zu ihm umdrehte, fiel ihr ganz unvermittelt die Patrone ein. Und natürlich gingen wieder einmal die Pferde mit ihr durch, so daß sie sich verplapperte.

Entgeistert warf er die Arme in die Luft. »Himmel! Warum, zum Teufel, hast du das nicht gleich gesagt? Glaubst du mir denn jetzt endlich, daß du für eine Weile von hier verschwinden mußt?«

»Falls du dich erinnerst, habe ich gar nicht mehr mit dir gesprochen«, sie starrte ihn blitzeschleudernd an. »Aber da gerade von Warnungen in braunen, gefütterten Umschlägen die Rede ist – zufällig weiß ich, daß auch du eine bekommen hast. Mach dir nicht lange die Mühe, es zu leugnen. Und *du* hast es ja wohl ebenfalls nicht für notwendig befunden, *mir* davon zu erzählen, oder wie?«

Inzwischen war seine Miene so abgründig, daß ihr Zorn zu verrauchen begann. Aber schließlich hatte sie nichts Unrechtes getan. »Und vielleicht dürfte ich dich daran erinnern, daß du dich, ohne Einladung, in *meiner* Wohnung aufhältst – daher möchte ich dich bitten, mich nicht so zu behandeln, als ob ich – ich – ich *verdächtig* wäre.« Sie setzte sich an den Tisch. Ganz unvermittelt war ihr schwindlig – was sicher an zu wenig Schlaf und Essen sowie zuviel Koffein und Dramatik lag.

»Du mußt doch einsehen, wie brisant die Sache ist.« Er zog sich einen Stuhl heran und setzte sich neben sie. »Patronen sind kein Spielzeug, Sky.« Seine Stimme verriet Entschlossenheit. »Wo ist sie jetzt?« Als sie es ihm sagte, runzelte er die Stirn. »Hör zu, ich kümmere mich darum. Bist du sicher, daß du hier niemanden herumlungern sehen, keine eigenartigen Anrufe bekommen hast? Es hat niemand einfach mal aufgelegt, als du an den Apparat gegangen bist?« Erst in diesem Augenblick fiel ihr der Anruf des Holzfällers wieder ein. Bei allem, was in der Zwischenzeit geschehen war, hatte sie einfach nicht mehr daran gedacht.

»Das ist der Tropfen, der das Faß zum Überlaufen bringt, Sky.« Als sie mit ihrem Bericht am Ende war, kreuzte er die Arme vor der Brust. »Ich befehle dir, von jetzt an die Finger von der Geschichte zu lassen. Das werde ich auch deinem Chef sagen, ob es dir nun gefällt oder nicht.«

»Du *befiehlst* mir?« Sie war zu überrascht, um sofort einzuschnappen.

»Ich meine es ernst.« Das sah sie ihm allerdings an. »Und notfalls werde ich dich mit Gewalt davon abhalten, deine Nase weiter in diese Sache zu stecken. Dieses Spektakel ist ein paar Nummern zu groß für dich.«

»Wie kannst du es wagen, so mit mir zu reden? Ausgerechnet du willst mir vorschreiben …«

»Ich kann es wagen, weil in diesen Dingen ich der Profi bin«, unterbrach er sie. »Das ist mein Job. Denk doch mal nach, Sky. *Denk nach.* Willst du, daß die nächste Patrone aus einem Gewehrlauf kommt? Kannst du schießen? Hast du eine Waffe? Weißt du überhaupt, wer deine Feinde *sind*?«

»Mein Chef setzt mich auf eine Story an oder zieht mich wieder ab, nicht du«, zischte sie.

Zu ihrer Überraschung nahm Lynskey ihre beiden Hände und sah sie eindringlich an. »Ich werde dem Chefredakteur sagen, daß er dich von dieser Geschichte abziehen soll. Bitte, Sky, hör mir zu.«

»Rühr mich nicht an! Nimm deine Hände weg!«

Sie versuchte, sich ihm zu entziehen, aber er hielt sie weiter fest. »Hör mir bitte zu … psssst, Sky, ich flehe dich an …« Sie rangen miteinander, aber wie sie bereits zuvor herausgefunden hatte, war er stärker und innerhalb einer Minute taten ihr von der Anstrengung die Arme weh.

Also versuchte sie es, während sie weiter zerrte, mit lodernden Blicken. »Ich lasse mich nicht behandeln wie ein kleines Kind, Fergus.«

»Hörst du mir jetzt zu?« Er wartete, bis sie reglos vor ihm saß, ehe er mit sanfter Stimme weitersprach. »Wenn du schon nicht auf die Vernunft hören willst, dann hörst du vielleicht wenigstens auf die Unvernunft. Ich liebe dich. Ich weiß nicht, wie es gekommen ist – irgendwie kam es außerplanmäßig, da es verdammt unbequem für mich ist – aber ich liebe dich. Ich möchte nicht, daß du dich weiter in Gefahr begibst.«

Sky hatte das Gefühl, als wäre irgendwo in der Nähe ihres Sonnengeflechts eine Bombe explodiert.

»Hast du mich gehört? Ich liebe dich.« Er klang so ruhig, als hätte er etwas ganz Banales gesagt.

»Ich habe dich gehört.« Sie bemerkte, daß jemand anders mit ihrer Stimme sprach. Ebenso ruhig und gelassen wie er.

Dann vernahm sie hinter sich ein Geräusch. Es mochte ein Seufzer oder ein leises Husten gewesen sein, so daß sie sich umdrehte und ihre Großmutter in der Tür stehen sah. »Entschuldigung...« Lynskey ließ ihre Hände los.

»Tut mir leid, Grandma.« Sky stand auf und ging zum Ofen, auf dem die Kaffeekanne stand. Sie wollte nicht, daß ihre Großmutter ihre Erregung mitbekam.

Hinter sich hörte sie das Knarren eines Stuhls, als Lynskey sich ebenfalls erhob. »Kommen Sie herein, Ma'am, und nehmen Sie Platz.«

Der Sheriff von Mayville reagierte nicht gerade freundlich auf die Kritik. »Leck mich am Arsch«, sagte er leise, nachdem sein Anrufer aufgelegt hatte.

Was ihn betraf, so war seine Seite des Drogendeals bewundernswert glatt verlaufen, hatte alles wie am Schnürchen geklappt. Treacy hatte sich nicht gemuckst und würde es wohl auch in Zukunft nicht tun; denn, ehe seine Frau in Sicherheit wäre, wäre er längst tot. Brian O'Connor hatte nicht die Absicht, die Aufmerksamkeit der Behörden auf sich zu lenken, indem er auch nur einen einzigen Faden aus den Händen gab. Es bestand immer noch die etwaige Möglichkeit, daß Midge Treacy, die im Augenblick mehr tot als lebendig war, vielleicht doch wieder zu sich kam, und da es für ihn um mehr ging als um seine Rolle als Mittelsmann für irgendeinen privaten Profitjäger, hatte er in dem Heim in Oregon, in das sie verlegt werden würde, jemanden ausfindig gemacht, der sich für ihren Dämmerzustand bis ans Ende ihrer Tage verbürgte.

Aber jetzt hatten seine Auftraggeber offenbar genug von ihm. Was bildeten sich diese Wichtigtuer bloß ein? Geistesabwesend knackte der Sheriff eine Pistazie und zerquetschte sie grimmig. Es war ja wohl nicht seine Schuld, wenn irgendwelche Idioten in Irland die Tour vermasselten. Und was die Patronen betraf: schließlich hatte man ihn angewiesen, dafür zu sorgen, daß die

Schnüffler in Butte die Segel strichen. Seit er angefangen hatte, auf der schattigen Seite des Gesetzes zu wandeln, konnte er bereits wiederholte Male die Erfahrung machen, daß sich noch jeder Amateur durch eine kleine Patrone abschrecken ließ. Selbst ein professioneller Amateur wie dieser irische Bulle!

Und jetzt flippte der Mann in Helena einfach grundlos aus. Die telefonischen Warnungen des braven alten Kartoffelkopfs Collins hatten eben nicht genügt. Wenn diese Leute wollten, daß man ihre Gegner mit Samthandschuhen anfaßte, hätten sie es doch gleich sagen sollen!

Er stand auf und warf die zerdrückte Pistazie in den Mülleimer, der neben seinem Schreibtisch stand. Dann schüttelte er sich wie ein nasser Hund. Ihm stand die volle Summe, die ihm versprochen worden war, zu. Und irgend so eine aufgeschreckte Dumpfbacke in Helena machte ihm sein schönes Geschäft bestimmt nicht einfach kaputt!

»Also?« schnauzte der Chief Superintendent ins Telefon.

»Allmählich wird's hier oben ziemlich heiß.« Lynskeys Stimme verriet ruhige Gelassenheit. »Es scheint, daß in Vancouver einiges in Bewegung geraten ist.«

Sein Vorgesetzter zögerte, doch dann fuhr er weniger kampflustig fort: »Ist das alles? Den Mist weiß ich bereits. Unsere Freunde dort behaupten, die Hauptbeteiligten wollen vielleicht mit der Sache überhaupt nichts mehr zu tun haben. Und die Leute hier sind nervöser als je zuvor. Ich nehme an, die Chefin stellt sich allmählich die Frage, ob sie in Irland nicht ein größeres Stück vom Kuchen abgebissen hat, als sie schlucken kann.«

»Wir sollten zugreifen, solange es noch möglich ist. Mit all den aufgezeichneten Telefongesprächen haben wir doch sicher mehr als genug gegen die Typen in der Hand.«

»Noch nicht. Vielleicht macht sie ja weiter – und sollte man sich mit dem Spatz in der Hand begnügen, wenn sich die Taube auf dem Dach auch fangen läßt? Aber zumindest ist alles für den großen Coup bereit.«

»Hör zu, haben wir die andere Sache – Omega«, es war, als

klebe das Wort an Lynskeys Zunge fest, »immer noch im Griff? Und wissen wir inzwischen endlich, wer der Maulwurf auf unserer Seite ist?«

»Über die erste Sache wissen nur ich, du, der Commissioner, der Justiz- und der Außenminister Bescheid. Es sei denn, du hättest zum Beispiel gegenüber deiner – wie hast du sie genannt? –, deiner Reporterin etwas davon erwähnt.«

Lynskey ging nicht auf diese Spitze ein, und nach einer Sekunde ergänzte sein Vorgesetzter: »Den Maulwurf haben wir bisher noch nicht enttarnt. Allmählich werde ich wirklich nervös, Fergus, die Zeit läuft uns davon.«

Ein Stück vom Büro des Chief Superintendent entfernt saß Rupert de Burgh an seinem Schreibtisch und sah eifrig Notizen durch. Seit einiger Zeit hatte er beinahe ständig die Kopfhörer seines Walkmans auf. Den anderen gab er zu verstehen, mit Musik könne er sich besser konzentrieren, wenn er Berichte las oder schrieb.

Erst viel später an diesem Abend bekam Sky die Gelegenheit, auf Lynskeys Enthüllung sowohl von Liebe als auch Gefahr zu reagieren.

Zuerst unternahm sie die Fahrt zum Krankenhaus, während der er sich wie ein Parasit einfach nicht abschütteln ließ. Allerdings bestand sie darauf, ihn im Flur zurückzulassen; aus Sorge, der Schock, nach all den Jahren plötzlich ihre Mutter wiederzusehen, wäre zuviel für Johanna, betrat sie vor ihrer Großmutter den Raum.

Ihre Mutter schlief und ihr Körper war mit zahllosen Schläuchen von Infusionen und Kathedern verbunden; zögernd näherte Sky sich. Die letzte Abendsonne fiel durch das nach Westen gehende Fenster und tauchte die weiße Gipsschale und die Halskrause in helles Licht, so daß ihre Mutter einer kränkelnden Raupe glich. Der Eindruck wurde durch die Blässe ihres Gesichts noch verstärkt. »Mom?« Sky berührte den Rücken der Hand, die, zusammengerollt wie die eines Kindes, auf dem Laken lag.

Johanna schlug die Augen auf. »Du bist's, Sky!« Ihre Stimme war so leise, daß man sie kaum verstand, was Sky, die den melodischen, munteren Singsang vermißte, entsetzlich fand. Als spräche sie beruhigend auf ein Baby ein, hockte sie sich neben das Bett, so daß sich ihre Köpfe auf derselben Höhe befanden, und sagte: »Rate mal, wer hier ist, Mom?«

Mühsam wandte Johanna ihr ihre glasigen Augen zu.

»Grandma.« Sky schluckte schwer. »Grandma ist hier.«

Langsam wanderte Johannas Blick zur Tür, ehe sie mit noch leiserer Stimme als vorher fragte: »Mammy, du?«

Skys Großmutter trat einige Schritte vor, doch ihre kerzengerade Haltung gab sie erst bei Erreichen des Bettes auf. »Hallo, Johanna!« Sie faltete die Hände, als wäre Berühren nicht erlaubt – oder als brächte eine Berührung ihrer Tochter irgendein zwischen ihnen stehendes zartes Gebäude in Gefahr. »Es tut mir so leid – ich weiß nicht – nie hätte ich gedacht...«

»Es tut mir auch leid, Mammy – ich dachte, ich würde dich nie wiedersehen...«

Schließlich drangen Johannas heiseres Krächzen und die emotionale Starre der beiden Frauen durch Skys Panzer durch, und sie sah es kommen, daß sich binnen kurzem aus ihrer aller Augen wahre Sturzbäche von Tränen ergossen. Da ihr bereits die Vorstellung unerträglich war, verließ sie fluchtartig den Raum.

Lynskey kam gerade vom Telefon zurück, so daß er ihre erschütterte Miene erblickte. »Was ist los?«

»Nichts.« Da Sky sich nicht anmerken lassen wollte, wie aufgewühlt sie war, rieb sie sich verzweifelt die Augen. »Es geht ihr gut, alles ist gut, es ist nur...« Einzig ihr Stolz bewahrte sie davor, sich ihm schluchzend in die Arme zu werfen. »Gleich geht's wieder.« Sie suchte nach einem Taschentuch und schneuzte sich. »Die beiden haben sich einfach so lange nicht mehr gesehen.«

»Natürlich.« Lynskey war vernünftig genug, sie nicht zu berühren, ja nicht einmal anzusehen, bis sie ihre Haltung wiedergefunden hatte. »Mir wäre nach einem Tee zumute. Wie steht's mit dir? Es ist bestimmt schon zehn Minuten her, daß du deine letzte Koffeinration bekommen hast.« Als sie dankbar nickte, spazierte er in Richtung der Getränkemaschine davon, so daß sie sich noch einmal kräftig schneuzte und sich einen Waschlappen schalt.

Kaum hatte sie sich ein wenig gefaßt, als eine der Schwestern vorüberkam und ein kurzes Schwätzchen mit ihr hielt, und bald darauf kam ihre Großmutter aus dem Krankenzimmer in den Flur. »Sie kann sich nicht wach halten.« Ihre Augen wiesen rote Ränder auf, aber ansonsten strahlten sie vor Glück. »Ich habe ihr gesagt, daß ich gleich morgen früh wiederkomme – ich hoffe doch, daß das geht, Schwester?«

»Selbstverständlich.« Die Schwester wandte sich zum Gehen. »Bitte machen Sie sich keine Sorgen. Es wird noch ein paar Tage dauern, aber dann ist sie wieder auf dem Damm. Da kommt Ihr Kaffee«, sagte sie zu Sky und lächelte den sich nähernden Lynskey freundlich an. »Hallo!«

Noch eine Eroberung, dachte Sky, als sie sah, wie die Schwester dem Iren zublinzelte, und mit einem Mal war ihre gute Laune wiederhergestellt. Was hatte dieser Lümmel bloß an sich? Dieser Mann, der ihr seine Liebe gestanden hatte?

Den ganzen Rückweg vom Krankenhaus bis nach Hause kreuzte das Wort Liebe durch ihren Kopf. Während er so tat, als lebte er bereits seit seiner Geburt in Butte, und ihre Großmutter auf die Sehenswürdigkeiten der Stadt – die Statue, die High School, das Bürgerzentrum, das Gerichtsgebäude – hinwies, hämmerte es in Skys Schädel *ich liebe dich*. Allerdings machte ihr Herz jedesmal, wenn sich das Hämmern näherte, einen erschrockenen Satz. Nein, Liebe mit diesem Kerl? Ohne sie!

Mit keinem mehr. Basta!

Vielleicht eine Beziehung – welch überstrapaziertes Wort – aber nicht Liebe. Greg hatte stets behauptet, sie zu lieben, aber Sky war der Ansicht, daß er ein zu eingefleischter Macho war, um überhaupt zu wissen, wovon er sprach.

Und Lynskey? Wußte der, was Liebe war? Sie hatte das Gefühl, daß sie sich tatsächlich auf gefährlichem Terrain befand. Bisher hatte sie nur einen Mann jemals geliebt, ihren unzuverlässigen Ehemann. Das brauchte sie nicht noch mal.

Und trotzdem hatte Lynskey nur durch die Erwähnung des Wortes einen Dammbruch in ihrem Inneren ausgelöst, der sie in unbeschreiblicher Weise erregte.

Zum zweiten Mal innerhalb von zwei Stunden sehnte sich Sky, auch wenn sie während der letzten Monate, ja vielleicht Jahre, kaum an ihn gedacht hatte, nach ihrem Dad.

27

Zurück in ihrer Wohnung sah sich Sky dem Rätsel der Liebe schutzlos ausgesetzt. Lynskey bat sie um ein Wort unter vier Augen, als ihre Großmutter vor ihnen das Haus betrat; ihr fiel partout keine Ausflucht ein, so daß sie schweigend neben ihm die plötzlich endlos lang erscheinende Einfahrt hinuntertrottete.

Es war ein wunderbarer Abend, die Luft weich und warm wie Samt – in diesem Augenblick, kurz vor Anbruch der Dunkelheit, schien sich jeder Laut ein wenig zu verstärken, ehe er vor der Nacht verklang. Blechernes Gelächter drang aus dem offenen Fenster des Nachbarhauses hinter dem Zaun, das jedoch im Lärm der Straße beinahe unterging – zum einen im Getöse des defekten Auspuffs eines Pickups, der an ihnen vorüberknatterte, zum anderen im fröhlichen Gejuchze einer Horde von Jungen, die in einem PS-starken Cabrio offenbar auf der Suche nach Unterhaltung durch die Gegend tingelte. Und als sie endlich den Gehweg erreichten, brach in einem der Bäume neben ihnen explosionsartig das wilde Zwitschern zankender Spatzen los.

Sie tat, als wäre sie von dem Gekeife im Geäst fasziniert und hob den Kopf, aber Lynskey ließ eine weitere Verzögerung der Aussprache nicht zu. »Also, was meinst du?« Er drehte sie zu sich herum, nahm ihre Hände und zog sie dicht an sich.

»Was meine ich worüber?« Sie betrachtete den Rinnstein zwischen den Reifen des Topaz und dem Bürgersteig und erinnerte sich an die Tüte Murmeln, die man ihr als kleinem Mädchen aus Irland geschickt hatte. Perfekte Glasaugen mit regenbogenfarbenen Iriden. Sie lagen immer noch unversehrt in ihrem Schreibtisch, denn außer Johanna hatte niemand je gewußt, wie man mit ihnen spielte. »Sieh mich an, Sky!« Er zupfte an ihren Händen. »Du weißt ganz genau, wovon ich spreche. Über das, was wir beredet haben, ehe deine Großmutter in die Küche kam.« Mit forschendem Blick fragte er sanft: »Was ist? Wovor hast du Angst?«

Diese Worte trafen den Nagel auf den Kopf. »Ich weiß es nicht.«

»Schau, ich habe dir weder meine Feindschaft erklärt, noch habe ich dich gebeten, deine Freiheit aufzugeben. Es war und ist ganz einfach. Ich liebe dich.«

»Es ist alles ganz anders.« Sie merkte, daß ihre Handflächen zu schwitzen begannen und hoffte, daß er es nicht bemerkte. »Ich meine, *so* einfach ist es nicht.«

»Und ob! Ich liebe dich. Ende der Durchsage, keine Forderungen, nichts.«

»Aber ich will nicht, daß du mich liebst, ich habe dich nicht darum gebeten.« Trotz ihrer Bemühung um Beherrschung bekam ihre Stimme einen jämmerlichen Klang.

Er sah sie während der längsten fünf Sekunden ihres Lebens an, und zum ersten Mal, seit sie ihn kannte, drückte seine Miene tiefste Bewegung aus. »Nur ein Narr bettelt darum, daß man ihn liebt.« Endlich ließ er ihre Hände los und küßte sie sanft auf die Stirn. »Niemand hat sie verdient, niemand kann sie sich erarbeiten, niemandem ist man sie schuldig – Liebe. In deinem Alter weißt du das natürlich.«

»Aber wir haben uns gerade erst kennengelernt…« Sky, die für gewöhnlich so selbständig, erfahren und weise war, befand sich hier auf ziemlich unbekanntem Terrain.

Während sie noch schwankte, wurde seine Miene hart. »Vielleicht sollten wir darüber ein andermal reden; aber keine Sorge, in naher Zukunft spreche ich nicht mehr davon. Jetzt nehmen wir besser deine Sicherheit in Angriff. Wenn du nicht mit mir kooperieren willst, Sky, dann bin ich um deinetwillen gezwungen, zu anderen Maßnahmen zu greifen.«

Von diesem plötzlichen Themenwechsel war Sky so überrascht, daß sie sogar seine Absicht hinnahm, die Nacht bei ihr zu verbringen. »Auf der Couch, also mach dir keine Gedanken.« Er kletterte in seinen Mietwagen, kurbelte das Fenster herunter und sah sie an. »Ich muß noch mal kurz ins Hotel, um ein paar Sachen zu holen. Geh nicht an die Tür und auch nicht ans Telefon. Ich bin so schnell wie möglich zur Stelle.«

Sie sah den Rücklichtern seines Wagens nach, bis dieser um die Ecke bog und es außer dem Echo des Motorengeräuschs nichts mehr von ihm gab. Als sie sich umdrehte, um zurück ins Haus zu gehen, dachte sie über ihre Gefühle nach. Beinahe hätte sie zur Beschreibung das Wort Mahlstrom gewählt, das sie dann allerdings als allzu melodramatisch verwarf. Doch dieser Begriff war tatsächlich der einzige, der ihre Empfindungen genauestens traf.

Was hätte Fergus Lynskey nicht alles um eine gesunde Gleichgültigkeit gegeben, die sich jedoch nicht einstellte. Sie hatte kein Interesse, und er stand da wie ein Narr.

In dem Bewußtsein, daß Lynskey ganz in der Nähe im Wohnzimmer lag, wälzte sich Sky unruhig in den Federn. Es plagten sie Träume von monströsen Raupen, Verfolgungsjagden und Stürzen sowie von vagen, nicht greifbaren Ängsten. Mehrere Male, immer, wenn sie meinte, daß irgend etwas sie verschlingen wollte, fuhr sie erschreckt aus diesem Entsetzen.

Mit pochendem Herzen drehte sie das neben dem Bett stehende Radio an, und suchte, verzweifelt nach dem Trost menschlicher Stimmen, einen Nachrichtensender heraus.

Aber es sollte wohl nicht sein, und sie war froh, als sie hörte, daß ihre Großmutter, obgleich es noch sehr früh war, durch den Flur tappte.

Sie schlich auf Zehenspitzen zur Wohnzimmertür, machte sie so leise wie möglich auf und spähte in die Dunkelheit. Lynskeys Tasche stand mitten im Raum; aber die Decke, die sie ihm gegeben hatte, lag ordentlich zusammengefaltet auf der Couch. Daneben entdeckte sie einen Zettel:

Sky. Ich bin in weniger als einer Stunde zurück. Bitte denk dran, geh weder an die Tür noch ans Telefon. Ich klingle fünfmal, als Erkennungszeichen. F.

Seine Handschrift war ebenso ordentlich und präzise wie die Art, in der er die Decke zusammengefaltet hatte.

Nach einer kräftigen Dusche zog Sky sich an und ging in die Küche, durch deren Fenster bereits das Licht der Morgensonne fiel. Sicher würde es wieder ein heißer Tag; die Helligkeit und die stoische Normalität ihrer Umgebung kamen ihr angesichts dessen, was überall um sie herum geschah, einigermaßen absurd vor. Während sie Kaffee kochte, trat ihre Großmutter in einem von Johannas Kaftans auf den Plan. Wenn Skys Mutter diese Relikte ihrer Hippiejugend trug, wirkten sie immer ein wenig lächerlich; aber ihrer Großmutter verliehen die leuchtenden Farben und fließenden Linien eine beinahe königliche Eleganz. »Hast du Hunger, Grandma?« Sie öffnete einen Schrank, um nachzusehen, was dort – außer Katzenfutter – aufzutreiben war; zu ihrer Erleichterung entdeckte sie einen Karton Pfannkuchenbackmischung, den sie im Rahmen ihrer Quartals-Trotzkäufe erstanden hatte.

»Ich könnte durchaus etwas vertragen«, gab die alte Dame zu. »Das Essen im Flugzeug ist Geschmackssache, nicht wahr?«

»Ungefähr zehn Minuten, ja?«

Die Pfannkuchen waren fertig, als ihre Großmutter zum zweiten Mal in die Küche kam. Sie hatte sich umgezogen und wirkte in dem dunkelblauen Leinenkleid mit dem weißen Kragen kühl und frisch. Sky blickte mißmutig an ihrer eigenen Garderobe hinab. Sie trug das graue Kostüm, in dem sie auch zu ihrer Essensverabredung mit Daniel Treacy ins Copper King Mansion gegangen war; doch obgleich sie es in der Zwischenheit aufgehängt hatte, wäre eigentlich eine Behandlung mit dem Bügeleisen angesagt.

»Danke, meine Liebe. Grau steht dir – es wirkt Wunder bei deinem Haar. Ich selbst habe die Farbe immer gern angehabt.« Sie lächelten einander beinahe schüchtern zu.

»Oh, Grandma, es ist wunderbar, daß du gekommen bist.« Sky umarmte sie, dies war tatsächlich ihre erste spontane Geste der Zuneigung gegenüber Elizabeth.

Diese erwiderte die Umarmung und trat dann einen Schritt zurück. »Wir haben eine Menge nachzuholen, du und ich. Ich schäme mich, daß ich nicht früher gekommen bin.«

»Natürlich wäre ich dran gewesen«, stellte Sky richtig. »Jeder Collegestudent, den ich kenne, ist mindestens einmal nach Europa geflogen. Aber du verstehst, daß mir nach der ständigen Umzieherei in meiner Kindheit einfach nicht nach Reisen zumute war, oder? Der Gedanke, endlich einmal an einem Ort bleiben zu können, hat immer gesiegt.«

»Aber sicher!« Ihre Großmutter lächelte begütigend. »Hören wir doch einfach mit den Selbstvorwürfen auf. Wenigstens haben wir es geschafft, uns noch einmal zu treffen, bevor ich gezwungen bin, mir die Radieschen von unten anzusehen.«

»Grandma!«

»Um Himmels willen, Sky, ich bin über siebzig und habe ein ausgefülltes Leben gehabt.« Das Gesicht der alten Dame drückte Wehmut aus. »Mittlerweile werde ich offenbar von einem Teil meiner Vergangenheit wieder eingeholt. Für wieviel Uhr ist die Begegnung mit meinem Schicksal angesetzt?«

»Ich rufe ihn nach dem Frühstück an.«

Kaum saßen sie fünf Minuten am Tisch, als Lynskeys fünffaches Klingeln im Flur erklang. »Ziemlich früh für Besucher, meinst du nicht?« Ihre Großmutter sah sie verwundert an.

»Das ist Fergus. Ich erkläre es dir später.« Sky öffnete ihm. Solange die alte Dame in der Nähe war, konnte sie kaum ernsthaft mit dem Iren reden; aber mit dürren Worten machte sie ihm klar, daß sie die Absicht habe, sich weiter um ihre eigenen Angelegenheiten zu kümmern, ohne Einmischung von außen.

»Kein Problem.« Er war frisch geduscht, hatte sich rasiert – offenbar war er während der Stunde ins War Bonnet zurückgekehrt – und abermals ein verblichenes T-Shirt angezogen, dieses Mal eins, auf dem die Rockgruppe U2 prangte.

Die beiden Landsleute plauderten in der Küche, während sie

in der Annahme, halb acht wäre sicher nicht zu früh, bei Daniel Treacy anrief, der bereits voller Ungeduld auf Neuigkeiten gewartet zu haben schien. »Und, Sky …?« Offenbar wollte er noch etwas sagen, doch dann brach er mittendrin ab. »Nein, lassen wir das.« Sie selbst war so beschäftigt damit, diverse Vorhaben auf ihrer geistigen Liste abzuhaken, daß sie das Gespräch, ohne noch einmal nachzufragen, beendete.

Als nächstes rief sie bei Francey an, der neben Geld auch Terminvereinbarungen mit medizinischen Experten in der Harley Street und alles andere, was Johanna helfen könnte, anbot. Als sie ihm von den zahlreichen nicht eingelösten Schecks berichtete, brach er in so herzhaftes Gelächter aus, daß sie unwillkürlich miteinstimmte. »Typisch Johanna«, keuchte er. »Sie hat sich offenbar kein bißchen verändert, was?« Dann wurde er wieder ernst und sagte, er und Skys Tante Hazel hätten die Absicht, in die Staaten zu kommen; doch Sky, die mit den regelmäßigen Fahrten ins Krankenhaus und der Versorgung ihrer Großmutter bereits mehr als ausgelastet war, riet ihm, den Besuch zu vertagen, bis es ihrer Mutter wieder besser ging.

Schließlich telefonierte sie noch mit Jimbo, der ihr zu ihrem Ärger verkündete, daß Fergus ihn bereits kontaktiert und mit ihm für neun Uhr ein Treffen vereinbart habe. »Du kommst am besten auch, Sky.« Jimbos am Telefon normalerweise knurrigen Ton ersetzte heute ungewohnter Ernst.

Eine halbe Stunde später waren Sky und ihre Großmutter auf dem Weg zu Daniel Treacys Haus. Je näher es rückte, um so größer wurde die Anspannung der alten Dame, die kerzengerade wie eine Königin in den Polstern saß. Also erzählte Sky im Plauderton von ihrer Arbeit, von der Schönheit Montanas, von allem, was ihre Großmutter beruhigte und sie selbst davon abhielt, ständig im Rückspiegel nach der allgegenwärtigen Kühlerhaube des Chrysler Topaz zu sehen. Wenigstens war Lynskey so taktvoll, schließlich am Straßenrand stehenzubleiben und nicht hinter ihnen geradewegs bis vor Daniel Treacys Haustür zu kutschieren.

Auf den prachtvollen Ausblick von Treacys Parkplatz aus reagierte ihre Großmutter ähnlich wie sie selbst. »Mein Gott«, hauchte sie atemlos und riß die Augen auf. »Und ich habe mir immer eingebildet, die Béarahalbinsel wäre das Allerschönste.« Dann fügte sie, mehr für sich selbst als für Sky, hinzu: »Offenbar hat er es weit gebracht.«

An diesem Morgen wurde das Panorama selbst der kitschigsten Hochglanzbroschüre des Tourismusverbandes von Montana gerecht. Zwar war der Himmel klar, aber die Sonne hatte den Nebel noch nicht völlig aufgesogen; er benetzte die dunkelgrünen Wipfel der Bäume mit zarten Spinnweben – oder Engelshaar – und hüllte die Flanken der Rockies in weiche Watte, aus der eine Reihe von Gipfeln schwerelos in die Höhe ragte. »Wenn dir das hier gefällt, dann warte erst, bis du die Straße-zur-Sonne im Glacier siehst.« Sky freute sich über die Begeisterung ihrer Großmutter, so daß sie ein wenig wartete, bis sie fragte: »Was meinst du, gehen wir jetzt rein?«

»Du brauchst mich nicht zu begleiten, fahr du nur in dein Büro.«

Sky erkannte, daß ihre Großmutter Daniel Treacy offenbar lieber allein gegenübertrat, und sagte lediglich: »Alles klar, bis später dann.« Trotzdem fuhr sie so langsam die Einfahrt hinab, daß sie im Rückspiegel sehen konnte, wie Treacy wenige Sekunden, nachdem ihre Großmutter die kleine Veranda betreten hatte, an die Haustür kam.

Als sie aus der Einfahrt in die Straße bog, sah sie sich unauffällig nach der schlichten Limousine um, aber obgleich sie immer noch möglichst langsam fuhr und unter Verwendung sämtlicher Spiegel jede Richtung absuchte, machte sie nur den blauen Chrysler aus. Sie durfte ihn nicht an sich heranlassen, dachte sie, knirschte mit den Zähnen und starrte erbittert geradeaus.

Nach ihrem Eintritt in Daniel Treacys Heimstatt bemerkte Elizabeth Sullivan als erstes das Meer von weißen Blumen, das sie umgab. In allen Ecken und auf sämtlichen Tischen der Eingangshalle hatte er Vasen und Schalen mit Dutzenden, vielleicht Hunderten weißer Rosen aufgestellt; als sie sich anschließend in das Wohnzimmer und dann den Gartensalon begaben, entdeckte sie neben der Unzahl von Rosen noch ein Meer weißer Lilien und zahllose Schleierkrautgestecke.

»All diese Blumen – sie müssen dich ein Vermögen gekostet haben, Daniel.« Sie sah sich staunend um, doch er winkte ab.

»Ist es hier drinnen nicht zu kalt für dich?« Die Fenster entlang der Terrasse waren alle geöffnet, damit Haus und Natur gleichsam ineinander übergingen. Schmetterlinge flatterten fröhlich durch die warme Luft und das lauteste Geräusch war das Summen einer Biene, die an ihnen vorüberflog.

»Es ist unglaublich.« Die ausgedehnte Besichtigungstour durch das Anwesen hatte sie mit ehrlicher Bewunderung erfüllt. »Ich komme mir wie eine Märchenprinzessin vor.«

»Das hoffe ich. Aber sag bitte ehrlich, ob dir das Haus gefällt.«

»Da gibt es doch gar keinen Zweifel. Was ist los?« Sein leidenschaftlicher Blick wirkte beunruhigend auf sie.

»Ich weiß, daß es zwischen uns nie wieder wie früher werden kann, Elizabeth – aber dich hier zu haben ist die Erfüllung eines Traums. Ich wollte dich unbedingt noch einmal sehen. Und zwar in diesem Haus.«

»Warum? Hast du irgendwo ein Verlies, in dem du mich einsperren kannst, Daniel?« versuchte sie es aus Betroffenheit vor der Eindringlichkeit seines Tons mit einem kleinen Scherz.

»Nein«, sagte er leise. »Weder ein Verlies noch einen Turm. Dies ist dein Haus, Elizabeth. Ich habe es für dich gebaut.«

Es dauerte eine Weile, bis sie die Bedeutung seiner Worte auch nur annähernd begriff. »Mein Haus? Was meinst du damit?«

»Jedes Stück Holz und Glas, jeden Ziegel, jeden Grashalm draußen habe ich in Gedanken an dich gewählt.«

Sie war so verwirrt, daß sie sich, als fürchte sie, er könne versuchen, sie sich auch noch physisch zu unterwerfen, tiefer in die Polster ihres Sessels verkroch.

Als er ihre Reaktion bemerkte, sah er sie traurig an. »Es ist jetzt nicht mehr von Bedeutung, Elizabeth, meine Stunde hat ohnehin geschlagen. Aber dich hier zu haben… nur einmal… macht mich schon glücklich.«

»Was meinst du damit?«

Dann klärte er sie über seine Krankheit auf, und als sie schluckte, ging er vor ihr auf die Knie und nahm ihre Hand. »Ich sagte, daß es nicht mehr von Bedeutung ist, Elizabeth, und das entspricht der Wahrheit. Nun, da du, umgeben von all diesen Blumen, endlich bei mir bist, hat sich mein letzter Wunsch erfüllt. Jetzt macht mir das Sterben nichts mehr aus. Das einzige, wovor ich mich gefürchtet habe, war, in mein Grab zu gehen mit dem Gedanken, daß du mich haßt. Aber wenn du mich hassen würdest, wärst du nicht gekommen.« Die Traurigkeit in seinen Augen wich unendlicher Zärtlichkeit. »Bitte denke nicht, daß ich sonst noch etwas erwarte. Deine Vergebung ist alles, was ich brauche.« Mit schmerzverzerrtem Gesicht und unter Zuhilfenahme der Sessellehnen stand er wieder auf. »Es gibt nur noch eine Sache, die es zu erledigen gilt...«

Als er fortfuhr, sah sie ihn mit großen Augen an. Eine andere Frau wäre sicherlich in Tränen ausgebrochen; doch inzwischen hatte Elizabeth, in jüngeren Jahren eine sehr gefühlsbetonte Frau, einen Zustand des inneren und äußeren Friedens erlangt.

»Ich möchte, daß du das hier nimmst.« Er kam zurück und hielt ihr eine rechteckige Schmuckschatulle hin. »Das habe ich viele Jahre lang für dich aufbewahrt.«

»Wie soll ich das annehmen?« Jetzt geriet ihre Gelassenheit doch nachhaltig in Gefahr.

»Mach sie wenigstens auf und schau dir den Inhalt an«, drängte er in sanftem Ton. »Wenn es dir nicht gefällt, ist es etwas anderes; aber ich glaube, daß du es mögen wirst. Eigentlich wollte ich dir dieses Haus hinterlassen, da ich bereits beim Einzug wußte, daß Midge, falls sie mich überlebt, alles sofort verkaufen wird. Aber dann dachte ich, eine solche Hinterlassenschaft wäre nicht nur eine Zumutung, sondern obendrein sicher eine schreckliche Belastung für dich; so kam es zu dieser Alternative.«

Sie starrte hilflos auf den Kasten und merkte, daß seine Hände zitterten. Die Schatulle war aus glänzendem schwarzen Leder mit goldener Gravur, und sie wußte, was auch immer sie enthielt, mußte einen unermeßlichen Wert besitzen.

»Willst du sie nicht wenigstens aufmachen?« Das Beben seiner Hände verstärkte sich. »Sollte es dir nicht zusagen, brauchst du es nicht zu nehmen. Aber es würde mich glücklich machen, es nur ein einziges Mal an dir zu sehen. Und zu deiner Beruhigung versichere ich dir, daß es weder der Kohinoor-Diamant noch etwas Ähnliches ist.« Die Spur eines Lächelns huschte über sein wächsernes Gesicht. »Nicht der Wert ist so sehr von Bedeutung, sondern das, wofür es steht.«

Langsam nahm sie die Schachtel und öffnete sie, wobei sie spürte, daß er sie nicht für den Bruchteil einer Sekunde aus den Augen ließ. »Ich habe es für dich anfertigen lassen, Elizabeth. Dabei hatte ich das blaue Kleid vor Augen, das du an dem Abend, als wir miteinander tanzten, getragen hast. Erinnerst du dich?«

Die orientalische Frau hatte eine Entscheidung gefällt. Den Regen in Vancouver sah sie als Omen an.

Seit dem am Vorabend erfolgten Gespräch mit ihrem Leutnant in Helena ging ihr allerhand durch den Kopf und nüchtern prüfte sie sämtliche ihrer Aktiva. Selbst wenn ihre Investition in den Probelauf verloren war, besaß sie für den Rest ihres Lebens, ja sogar für zwei Leben, noch mehr als genug. Das, was sich durch eine Fortführung der irischen Operation hätte gewinnen lassen, wäre das Sahnehäubchen gewesen; aber sie hatte beschlossen, das Schicksal lieber nicht derartig herauszufordern. Während der letzten zehn Jahre hatte sie all ihre Geschäfte stets glatt und ohne jeden Zwischenfall abgewickelt, so daß die Häufung von Pannen in der letzten Zeit sicher als Warnung aufzufassen war.

Vielleicht verlor sie einfach ihr Gespür. Auf der Suche nach neuen Wegen, auf denen sich Europa mit Drogen beliefern ließ, war sie auf die Sargidee gekommen. Und sie hatte auch Montana, da es kaum als Drogenmetropole gesehen wurde, als Ausgangspunkt für das Geschäft gewählt. Zurückblickend konnte man weder den Sarg noch Irland als positiv bewerten. Vielleicht hatte die Kombination der beiden Faktoren zu der momentanen Katastrophe geführt? Es war höchste Zeit, die Segel zu streichen, und so kontaktierte sie abermals ihren Mann in Helena.

Er war überrascht, aber akzeptierte den Befehl, die gesamte Operation und selbst den Probelauf umgehend zu beenden. Die Frau hatte sämtliche finanziellen Aspekte des Unternehmens mit ihm geklärt und, obgleich sie nicht beabsichtigte, je wieder mit ihm zu sprechen, sagte sie, sie riefe ihn am nächsten Tag wegen einer neuen Aktion an. Im Augenblick hätte sie keine Zeit, denn sie mußte dringend zu einer Verabredung in die Stadt.

Sie war sehr zurückhaltend am Telefon; irgendwie kam ihr die Leitung zu sauber vor. Während ihrer Zeit in Ottawa hatte sie von ihren ehemaligen Liebhabern gelernt, daß, wenn man etwas zu verbergen hatte, angesichts einer auffallend störungsfreien Leitung Wachsamkeit geraten war... selbst wenn das Gespräch über angeblich abhörsichere Funktelefone lief. »Haben Sie sich um die andere Sache gekümmert? Ich mag in der Luft hängende Unternehmen nicht.«

»Alles klar.«

»Vielen Dank. Ihre Vergütung behalten Sie bitte in der üblichen Form ein.«

Nachdem sie aufgelegt hatte, sah sich die Frau, die, als hätte sie ein wichtiges Meeting, mit einem Seidengewand und einem passenden Turban bekleidet war, ein letztes Mal in ihrem Appartement um. Bedauern fühlte sie nicht, da es ohnehin nie ein Zuhause für sie geworden war. Vancouver mit seinen langen Wintern und seiner grauen Feuchtigkeit hatte sie immer nur als Durchgangsstation angesehen. Sie haßte Kälte und Regen, hatte sich immer schon nach der schimmernden Welt der Tropen gesehnt.

Sie zog einen voluminösen Baumwollregenmantel an, schob ihr Flugticket, ihre Pässe und die persönlichsten Finanzdokumente in eine große Ledertasche, stellte den Anrufbeantworter an, sah nach, ob der Gasherd abgedreht und die Fensterreihe zur

Terrasse geschlossen war, und trat – ganz die Geschäftsfrau auf wichtiger Mission – in den Flur hinaus.

»Schönen Tag – danke, Ma'am«, sagte der Portier, als sie ihn dafür, daß er ihr die Tür des Taxis aufhielt, mit einem fürstlichen Trinkgeld entlohnte.

»Danke, Mel. Ihnen auch einen schönen Tag.« Sie lächelte. »Bis später dann.«

Während sich ihr Taxi im dichten Berufsverkehr in Richtung City schob, informierte der Detective seinen Vorgesetzten über das soeben aufgezeichnete Telefongespräch, und der Vorgesetzte beschloß, die Frau nun, da das große Geschäft abgeblasen war, am besten auf der Stelle zu verhaften. »Hat sie gesagt, wohin sie fährt?« Er ging vor dem Detective her zu seinem Büro.

»Nein, sie könnte überall sein, fürchte ich. Wie Sie wissen, hat sie keine Stammlokale oder so.«

»Dann geben Sie möglichst schnell ihre Beschreibung raus«, wies der Chef ihn an. »Und stellen Sie Leute vor ihrem Appartement auf. Wenn wir sie unterwegs nirgends erwischen, passen wir sie eben zu Hause ab.«

Was der Vorgesetzte des Detectives natürlich nicht wissen konnte, war, daß der sorgsam ausgeklügelte Plan der Frau klappte. Sie hatte dem Portier den Namen eines Restaurants in der Stadt genannt, damit dieser ihn an den Taxifahrer weitergab; doch sobald sie auf dem Rücksitz des Fahrzeugs saß, tat sie, als hätte sie es sich anders überlegt und bat den Fahrer darum, sie statt dessen zu einem gerade öffnenden Einkaufszentrum zu bringen. Dort angekommen, bezahlte sie, marschierte zielstrebig auf den Eingang zu und blieb, offenbar begeistert, vor einem Schaufenster mit Schuhen stehen. Im Spiegel der Scheibe überprüfte sie, ob irgend jemand sie beschattete, doch die Luft war rein.

Sie wandte sich von der Scheibe ab und spazierte gemächlich weiter, bis sie, anscheinend spontan, die Frauentoilette betrat und von innen verriegelte.

Unter dem Mantel hatte sie einen leichten Nylonrucksack versteckt, wie er häufig bei Kindern als Schultasche Verwendung fand. Sie öffnete den Reißverschluß und zog eine Jacke in Kindergröße, eine dunkle Polyesterhose, Socken, weiche Jungenschuhe und eine Perücke heraus.

Als sie weniger als neunzig Sekunden später wieder aus der Toilette kam, war sie ein kleiner orientalischer Mann mit kurzgeschnittenem, grauem Haar.

Das Seidengewand, den Turban und die Handtasche hatte sie in den Mülleimer gestopft und den weiten Regenmantel mit leeren Taschen und nach sorgsamer Entfernung sämtlicher Etiketten einfach an einen Haken gehängt.

Einziger Gefahrenmoment war das Verlassen des Toilettenraums, aber auch das gelang. Niemand befand sich in der Nähe außer einem gelangweilten Jungen, der mit einem feuchten Mop den Boden wischte. Und der Gute hatte ihr den Rücken zugewandt.

28

Als Sky – Lynskey im Schlepptau – kurz vor dem Büro der Zeitung anlangte, erkannte sie plötzlich, was ihr an dem Namen Martin O'Shaughnessy so seltsam vorgekommen war. Genau wie Treacy oder McCarthy, Collins, O'Connor und Flynn klang auch O'Shaughnessy irisch. Und dann schnüffelte obendrein ein Bulle von der grünen Insel herum. Man brauchte kein Genie zu sein, um da eine Verbindung zu knüpfen. Kein Wunder, daß das FBI in die Sache verwickelt war.

Jimbo und Lynskey begrüßten einander wie alte Freunde und setzten sich gemütlich hin. Da Sky das meiste von dem, was sie sagten, bereits kannte, sah sie sich, statt sich an dem Gespräch zu beteiligen, den Iren genauer an. Äußerlich wirkte er vollkommen entspannt, auch wenn offensichtlich war, daß er den Chefredakteur des *Butte Courier* als Partner ernst nahm. Bisher hatte er seinen unverschämten Vorschlag, sie von der Story abzuziehen, noch nicht erwähnt.

Auch Jimbo gab sich so gesammelt, wie Sky ihn selten erlebte. Immer wieder bedachte er sie mit einem eigenartigen Seitenblick. »Lassen Sie uns sehen, wie weit wir mit der Sache sind«, sagte er, schob sein Computerterminal beiseite und blickte auf den Ausdruck, der vor ihm lag. »Es ist wirklich bedauerlich, daß Sie in bezug auf bestimmte Aspekte der Story nicht ein wenig konkreter werden können.«

Sky ging los, um sich einen Schluck Wasser zu holen, aber dann stellte sie fest, daß kein Styroporbecher mehr aufzutreiben war. Obgleich sie nicht genau zugehört hatte, bemerkte sie durchaus, daß Lynskey die Geschichte nicht einen Schritt weiterbrachte, sondern immer nur bestätigte, was Daniel Treacy ihr erzählt und was sie mit Jimbo zusammen herausgefunden hatte. »Dürfte ich vielleicht auch mal was sagen?« Statt wieder Platz zu nehmen, lehnte sie sich dort, wo sie stand, an die Wand.

»Aber bitte sehr.« Die Männer drehten sich erwartungsvoll zu ihr um.

Sie starrte den Iren an. »Jeder, der unseren bisherigen Erkenntnissen nach in die Sache verwickelt ist, stammt aus Irland. Also sprechen wir hier von Terroristen, Fergus, habe ich recht?« Um Lynskey Gerechtigkeit widerfahren zu lassen, mußte man erwähnen, daß er angesichts dieser Behauptung keine Miene verzog.

»Warum glaubst du das, Sky?« mischte Jimbo sich ein.

Lynskey hatte immer noch nicht reagiert, aber unter ihrer unverhohlenen Musterung wurde sein Gesichtsausdruck, wenn das überhaupt möglich war, noch nichtssagender. »Warum fragst du nicht Fergus, Jim?« Sie kehrte an den Tisch zurück und setzte sich. »Bestimmt kennt er die Antwort auf diese Frage. Ich habe lediglich zwei und zwei zusammengezählt – und wenn du schon dabei bist, frag ihn doch auch gleich, weshalb ich mich seiner Meinung nach verstecken soll.«

Der Chefredakteur sah von einem zum anderen. Er verhielt sich merkwürdig abwartend. »Hast du gehört, was ich gesagt habe, Jim?«

Lynskey legte seine Hände auf die Knie. »Ich bin sicher, Sie verstehen, weshalb ich nicht konkreter werden kann – in der Tat sollte ich eigentlich überhaupt nicht mit Ihnen reden –, aber glauben Sie mir«, er sah hinüber zu Sky, »ich übertreibe und dramatisiere die Dinge nicht. Wenn ich davon ausgehen kann, daß alles, was hier gesagt wird, vertraulich ist und nicht veröffentlicht wird …«

»Absolut.« Jimbo stellte einen Fuß auf seine Schreibtischplatte.

»… dann sage ich Ihnen, daß meine bisherigen Ermittlungen nur die Spitze eines Eisbergs sind. Wir glauben, daß hier zwei Operationen parallel laufen. Ob sie tatsächlich miteinander etwas zu tun haben, oder ob es reiner Zufall ist, steht noch in den Sternen. Ich gehe jedoch von letzterem aus …«

Lynskey hatte ganz eindeutig Jimbo bereits darüber informiert, daß sie sich verdünnisieren sollte. Ungläubig wandte sie ihre Aufmerksamkeit wieder dem Iren zu. »… und vermute, daß die Motive der Leute unterschiedlich sind. Es würde mich nicht überraschen, wenn Sky mit ihrer Vermutung richtig läge, und sich zum Beispiel der Sheriff von Mayville seinen irischen Kollegen aufgrund seines – tja – Nationalbewußtseins verbunden fühlt. Es erscheint mir nicht einleuchtend, daß er diese enormen Risiken nur aus Eigennutz eingeht. Sicher, er ist ein widerlicher Kerl, der schon immer alles genommen hat, was er kriegen konnte; aber bisher war er lediglich eine jämmerliche Schleimkugel, sonst nichts. Was sich allerdings im Augenblick abspielt«, er wählte seine Worte sorgsam aus, »geht meiner Ansicht nach über die für ihn typischen, normalen Schweinereien hinaus.«

»Wie bitte?« Sky war so wütend, daß sie den beiden Männern am liebsten zwei Seile gereicht hätte, damit sie sich gegenseitig aufhängen konnten. Wie wagten diese beiden Machos, sie auszuschließen und allein weiterzumachen, obgleich doch bisher sie das meiste in Gang gebracht hatte? »Wenn das FBI, wie du eben zugegeben hast, über all die Dinge Bescheid weiß«, fragte sie im Plauderton, »warum nehmen sie dann nicht einfach ein paar von diesen Leuten fest?«

Lynskey zögerte. »Wir stehen mit dem FBI in regelmäßigem Kontakt. Aber wir wollen noch ein bißchen abwarten, was genau vor sich geht; gleichwohl können wir jederzeit eingreifen, wenn es nötig ist. Deutlicher darf ich leider nicht werden.«

So viel zu Vertraulichkeit. Aber zumindest verstand Sky nun, weshalb vorhin keine Limousine vor Treacys Haus stand. »Ich nehme an, du warst derjenige, der die Leute von Daniel Treacy abgezogen hat? Schließlich habe ich dir ja die ganze Geschichte erzählt.«

»Du hast eine Menge Dinge für uns geklärt, vielen Dank!«

Vollkommen umsonst, dachte Sky erbost. Wie üblich hatte sie sich wieder einmal als gutgläubiger Trottel erwiesen. Statt dies zu verkünden, fragte sie nun lediglich, wer denn in den Genuß einer ständigen Beobachtung kam.

»Ja, wer? Vielleicht ein dickerer Fisch?« pflichtete Jimbo ihr eifrig bei.

Doch Lynskey machte noch dichter als zuvor. »Sie wissen, daß es darüber keine Auskunft geben kann.«

»Tja, dann sagen Sie uns vielleicht wenigstens, wo?« Jimbos Interesse war geweckt. »In Montana? Ich habe selbst ein paar Erkundigungen eingeholt und demnach hat die Polizei von Montana mit der Sache nicht das geringste zu tun.«

»Vielleicht«, Lynskey sah ihn an, »ist sich die Staatspolizei der Anwesenheit des FBI zwar bewußt, spielt aber nicht aktiv mit. Zumindest jetzt noch nicht. Wie Sie selbst bereits richtig geraten haben und wie es durch meine Anwesenheit und die des FBI ersichtlich wird, ist dies eine internationale Operation.«

»Wollen Sie mir etwa weismachen, all das – Sie hier, das FBI, die Polizei und die Navy drüben in Irland, die offenbar alle in hellster Aufregung schweben – wurde nur wegen einer einzigen Sargladung inszeniert?« Der Chefredakteur ließ seinen Kugelschreiber auf die Platte klappern. »Das klingt ja wohl höchst befremdlich, meinen Sie nicht?«

Lynskey sah ihn reglos an. »Kein Kommentar.«

»Ich verstehe.« Jimbo nahm den Kugelschreiber wieder zur Hand und kritzelte eine Reihe von Achten aufs Papier. »Auf alle

Fälle waren Drogen in dem Sarg, nicht wahr?« Jetzt wurden die Zahlen mit Blütenblättern verziert.

»Immer noch kein Kommentar.« Lynskey verzog keine Miene. »Aber vielleicht könnten wir ja jetzt darauf zu sprechen kommen, weshalb sich Sky meiner Ansicht nach hier für kurze Zeit rar machen sollte.«

Endlich. Sky war inzwischen so auf Hochtouren, daß sich in ihr eine geradezu unheimliche Ruhe ausbreitete. »Ich *mache* mich *nicht* rar!«

»Laß ihn reden, Sky.« Jimbo sah sie mit hochgezogenen Brauen an.

»Also gut, ich lasse ihn reden, schließlich ist dies ein freies Land; aber ich gehe nirgendwohin, solange meine Mutter im Krankenhaus liegt und meine Großmutter...«

»Wenn ich nun sagen würde, daß ich dich mit nach Irland nehme?« Lynskeys Blick wanderte erst zu Jimbo und dann zu ihr.

Das verschlug ihr nun aber wirklich die Sprache.

»Jetzt geh nicht gleich wieder in die Luft, Sky.« Jimbo sah sie beinahe verlegen an. »Ich habe den Vorschlag gemacht. Dies ist eine Riesenstory. In einer Unterredung mit unserem intellektuellen Freund habe ich ihn, Wunder über Wunder, dazu überreden können, die Kosten zu übernehmen.«

Sky lehnte sich auf ihrem Stuhl zurück. Die Arroganz, mit der diese beiden Affen hinter ihrem Rücken darüber diskutierten, wie ihr Leben und ihre Karriere weitergingen, nahm ihr regelrecht die Luft. »Schön für dich, Jim«, sagte sie in kühlem Ton. »Aber richte ihm aus, daß er sich das Geld sparen kann. Ich gehe nirgendwohin.«

Doch sie mußte feststellen, daß das längst noch nicht alles war. Offenbar würde sie nicht nur nach Irland, sondern »zu ihrem eigenen Besten« bis zum Abflug aus der Stadt verbannt. So bald wie möglich. Am liebsten noch heute abend. Auch das Ziel ihres plötzlichen Urlaubs hatten die beiden bereits ausgewählt: Sie würde zu ihrem Vater fliegen, und offensichtlich hatte Daniel Treacy, mit dem Lynskey während seiner kurzen Abwesenheit aus der Wohnung am frühen Morgen telefonierte, bereits eines der kleinen Firmenflugzeuge für den Flug nach Yaak zur Verfügung gestellt. Einer der Sommerlandeplätze, die das Unternehmen benutzte, lag in einer Talsohle der Purcell-Berge, nur zehn Meilen von der Stadt entfernt.

»Rein theoretisch, natürlich!« Sky mußte sich zwingen, die Erregung zu unterdrücken, die sie nun, da sie offenbar so kurz vor dem großen Durchbruch stand, befiel; aber unter keinen Umständen gäbe sie dem Ansinnen dieser beiden Vormünder so ohne weiteres nach. »Wäre ich in Irland nicht mindestens ebenso in Gefahr – wie ihr es nennt – wie hier in Butte?«

»Mitnichten.« Lynskeys lapidare Antwort ließ keine weiteren Widersprüche zu. »Dort kann ich wesentlich besser auf dich aufpassen als hier. Das ist mein Territorium und da erkenne ich leichter irgendwelche Verdächtigen. Außerdem werden mich meine Kollegen unterstützen.«

»Du denkst also wirklich, mein Leben ist in Gefahr?« Trotz allem bisher Gesagten und trotz der Patrone in ihrem Briefkasten fiel es ihr schwer zu glauben, was auf der Hand lag. Als er nicht antwortete, wandte sie sich an ihren Boß. »Bitte, Jim«, sie sah ihn beschwörend an. »Du glaubst das doch nicht etwa auch, oder?«

»Auf diesem Gebiet bin nicht ich der Experte, sondern er. Und ich mache mir Sorgen um dich.« Was ihm deutlich anzusehen war. Obgleich ihre Erregung ständig wuchs, versuchte sie einen letzten Vorstoß. »Und wie willst du die nächste Ausgabe von deinem *Courier* herausbringen, wenn ich in Irland bin?«

»So wie sonst auch während deines Urlaubs. Den Großteil der Sachen werde ich selber schreiben, dann weiten wir die Anzeigen aus; die Kleine kriegt statt einer Modeseite zwei und, wenn das noch nicht reicht, kupfern wir einfach irgendwas von den überregionalen Blättern ab. Kein Problem.«

Schließlich gab sie sich geschlagen, allerdings nur unter der Voraussetzung, daß sich für ihre Großmutter eine Unterbringung fand.

Kurz darauf erhob sich Lynskey von seinem Platz. »Ich muß

noch ein paar Leute treffen und ein paar Anrufe erledigen. Bis später, Sky. Bleib am besten hier, bis ich dich abholen komme, und dann führe ich dich zum Essen aus.«

Aber zu einem gemeinsamen Mittagessen kam es an jenem Tag nicht mehr.

Sobald die Tür hinter ihrem Besucher ins Schloß gefallen war, sprang Jimbo aufgeregt von seinem Stuhl. »Ich bin mir sicher, daß es um Drogen geht. Irland ist im Augenblick bei den Dealern sehr beliebt.« Er kam um seinen Schreibtisch herum und stapfte dort, wo sich keine Papierberge türmten, auf und ab. Seit sie vor acht Jahren zum *Courier* gekommen war, hatte sie ihn nie so aufgedreht erlebt. »Das würde auch erklären, warum er sich so viele Gedanken macht.« Jim stieß mit dem Knie gegen eine Kante des Tisches und rieb mit schmerzverzerrtem Gesicht sein Bein. »Aber bestimmt steckt noch mehr dahinter. Wenn es nur um einen Sarg voller Drogen – oder meinetwegen sogar Waffen ginge, wäre er nicht hier.« Erneut stürmte er hin und her. »Es gibt einfachere Methoden, Waffen nach Irland zu schmuggeln. Hast du mitgekriegt, daß er von zwei parallel verlaufenden Operationen sprach? Die zweite Sache muß der Knüller sein. Hör zu.« Er wandte sich ihr zu und sie bemerkte seinen beinahe frohlockenden Gesichtsausdruck. »Ich weiß, daß du es haßt, wenn man über deinen Kopf hinweg Entscheidungen für dich fällt, aber denk an die Story, Sky. Vielleicht machen wir damit sogar Geld. Auf jeden Fall ist noch niemand anderes an dem Fall. Lynskey würde uns beistehen – und außerdem magst du ihn, nicht wahr?« Er jauchzte beinahe vor Glück. »Oder zumindest kommst du mit ihm klar.«

Er war so aufgeregt, daß er gar nicht erst auf eine Antwort wartete, was vielleicht auch besser war, denn sie hätte ihn laut ausgelacht. »Meinst du nicht, daß du ein wenig vorschnell bist, Jim?« fragte sie, als er sich etwas beruhigte. »Und ich habe mich mit diesem Wahnsinn auch noch einverstanden erklärt, aber eine Drogenstory? Ganz zu schweigen von der zweiten Unbekannten, von der ihr beide ständig sprecht. Wo soll man denn da anfangen? Ich habe nicht mal einen Paß. Diese Art von Arbeit habe ich noch nie gemacht, das weißt du ebensogut wie ...«

»Er wird dir helfen. Und ich auch.« Er kehrte hinter seinen Schreibtisch zurück, öffnete eine Schublade und wühlte sich durch Hunderte von darin liegenden Visitenkarten. »Erinnerst du dich noch an das Seminar in Salt Lake City über Investitionen in Irland, auf dem ich war – das, auf dem der Taoiseach eine Rede gehalten hat –, ich habe hier den Namen von jemandem, der beim irischen Fernsehen ist... wo ist die verdammte Karte bloß? Egal, ich werde sie noch finden – und das Paßproblem überlaß einfach mir. Er hat gesagt, daß du nicht alleine bleiben sollst, aber persönlich denke ich, daß du wenigstens tagsüber relativ sicher bist...«

»Nun, das ist wirklich nett...«

»Na ja, fahren wir einfach zusammen in die Stadt. Du mußt Fotos machen lassen, bevor du in den Nordwesten fliegst, damit ich dir gleich den Paß besorgen kann. Und während du weg bist, höre ich mich ein bißchen um; dann kann ich dir vielleicht noch was sagen, bevor du abfliegst. Du bist mit der Sache nicht allein. Hör zu, Sky!« Er baute sich vor seinem Schreibtisch auf. »Wir alle wissen, daß überall auf der Welt riesige Drogendeals laufen, und wenn es *nur* das wäre, dächte ich nicht weiter darüber nach. Okay«, er zuckte mit den Schultern. »Wenn Montana plötzlich zum Zentrum für Drogengeschäfte geworden ist, dann sind das Neuigkeiten, aber nur für diesen Staat. Nein, ich würde meinen letzten Dollar darauf verwetten, daß es hier um etwas viel Größeres als routinemäßigen Drogenschmuggel geht. Die meisten Puzzleteile haben wir bereits. Wir brauchen nur noch ein paar weitere zu finden, und schon haben wir die Story im Sack. Aber für die noch fehlenden Teile mußt du unbedingt nach Irland fliegen.«

Sky verkniff es sich, ihn daran zu erinnern, daß er sie noch vor wenigen Stunden zu einem echten Urlaub gedrängt hatte. »Du vergißt, daß ich keine Erfahrung habe auf diesem Gebiet«, wiederholte sie. Ihrer Ansicht nach sollte er noch eine letzte Chance bekommen, sie von der Geschichte abzuziehen, ehe sie womöglich alles vermasselte.

Doch der urplötzlich so energiegeladene Jimbo sah sie ungeduldig an. »Um Himmels willen, flieg einfach los und zieh die Story an Land, fertig!«

Dann versuchte er, ihr auf die Schnelle beizubringen, wie man sich bei einem Auslandseinsatz verhielt; gerade als sie dachte, daß ihr der Schädel platzen würde von all den Kontaktadressen und Daten und historischen Details, sah er aus seiner Papiergrotte zu ihr auf. »Und jetzt vergißt du das alles wieder, ja? Benutz lediglich die Kontaktadressen, die ich dir gegeben habe; sieh zu, daß du soviel Hilfe wie möglich bekommst, und vor allem – ich kann es gar nicht oft genug wiederholen – vor *allem* halt Augen und Ohren auf. Vertrau auf dich, Sky, ich vertraue dir. Und wenn du nicht weißt, wo du anfangen sollst, erkundige dich nach dem Sarg. Finde heraus, wer ihn in Empfang genommen hat, wohin er vom Flughafen aus transportiert wurde. Dein Freund Teddy aus dem Bestattungsinstitut kann dir sicher behilflich sein – ich bin sicher, daß Collins irgendwelche Dokumente über den Sarg in seinem Unternehmen aufbewahrt. Es ist wie bei einem Staffellauf, Sky. Eine Information führt unweigerlich zur nächsten, und, wenn das Match erst einmal ins Rennen gekommen ist, hält es niemand mehr auf. Aber vertrau vor allem auf dich selbst. Oh, und viel Spaß – ich wünschte, ich wäre an deiner Stelle. Jawohl!«

Ganz schwindlig vor Aufregung fuhr sie mit ihm zum Fotografen, ehe sie, ebenfalls mit ihm gemeinsam, ihre Großmutter bei Daniel Treacy abholen wollte.

Die alte Dame öffnete ihnen selbst die Tür. »Ich bin noch nicht soweit, Sky«, sagte sie. »Ich werde ein Taxi nehmen oder Daniel fährt mich heim.«

»Wie kommt ihr zurecht?« Absurderweise fühlte sich Sky wie eine neugierige Mom, die danach trachtete, möglichst alles, was zwischen ihrer To chter und ihrem jungen Verehrer vor sich ging, zu erfahren. Im Grunde allerdings interessierte es sie nur zu hören, ob die Liebesgeschichte der beiden alten Leute eine Fortsetzung fand.

Aber ihre Großmutter sah sie reglos an. »Wunderbar!« Sie war bleich, aber gefaßt: Was auch immer in dem Haus vor sich ging, schien durchaus im Rahmen zu bleiben.

»Das ist schön.« Sky zögerte; doch als sie merkte, daß sie nicht hereingebeten werden würde, suchte sie fieberhaft nach einer eleganten Rückzugsmöglichkeit. Ihre Großmutter sprang rettend ein. »Ich muß wieder rein, Liebes. Sag Johanna, daß ich noch vor dem Mittag bei ihr bin. Bis später dann.«

Auf dem Rückweg in die Stadt fiel ihr auf, wie eigenartig es war, daß sie genau in dem Augenblick, in dem ihre Großmutter über den Ozean kam, in die entgegengesetzte Richtung flog. Vielleicht war ihnen tatsächlich ein gegenseitiges Kennenlernen vom Schicksal einfach nicht vergönnt.

Außerdem merkte sie, daß Lynskey mit all seinen Verschwörungstheorien und entsetzlichen Warnungen bei ihr auf fruchtbaren Boden gefallen war. Zum ersten Mal wallte ein gewisses Unbehagen in ihr auf. Während sie hier durch die helle Sonne fuhr und die Rockies wie steinerne Wächter am Horizont aufragen sah, kam ihr der Gedanke, daß jemand sie umbringen wollte, einerseits widersinnig vor ... aber andererseits? Es war ein eigenartiges Gefühl, sich plötzlich ständig in Begleitung eines Aufpassers zu befinden. »Glaubst du *wirklich*, daß ich in Gefahr bin?« Sie sah Jimbo fragend an.

»Er hat mich davon überzeugt.« Jimbos Ton war so ernst, daß Sky ganz mechanisch im Rückspiegel den glitzernden, leeren Highway absuchte.

Der Kontrolleur auf der irischen Seite des Drogengeschäfts bedauerte inzwischen zutiefst, daß ihm je etwas davon zu Ohren gekommen war. Ursprünglich hatte sich ein Mittelsmann aus dem Landwirtschaftsministerium in Dublin an ihn gewandt, dem im Laufe der Jahre ein beträchtlicher Anteil an den Profiten der agrarischen Tätigkeiten des Kontrolleurs zugeflossen war. Normalerweise war er mit dem Schmuggel von Engelsstaub, dem Dünger für die Jungs bei der IRA, im Geschäft. Nette, sichere, traditionelle Kriminalität. Obgleich er erkannt hatte, wie groß dieser neue vorgeschlagene Sprung war, hatte der enorme Verdienst eine übermächtige Anziehungskraft auf ihn ausgeübt.

Nun allerdings, da ihm die Kontrolle über seine Truppen entglitten war, betrat er die Fähre in Dun Laoghaire, um sich seiner drohenden Verhaftung durch die Flucht nach England zu entziehen.

Die *Agnes Monica* tuckerte, gefolgt von der *L.E. Aideen*, langsam mit ausgeworfenen Netzen in Richtung Tatort. Der Kapitän wußte, daß ihm die Aufmerksamkeit des Patrouillenbootes galt; aber es war mindestens anderthalb Meilen von ihm entfernt, und er hatte einen ergreifend einfachen Plan: Die Mannschaft hielte die *Agnes Monica* so dicht wie möglich an der Einfahrt der Bucht – das Wasser war tief, so daß dann die Distanz höchstens noch zwanzig Meter betrug – und er und ein anderer Mann nähmen das dicht an Steuerbord vertäute, somit von der offenen See und seitens ihrer Verfolger nicht sichtbare Beiboot, machten sich so spät wie möglich los und brausten eilends zu der bewußten Stelle. Die *Agnes Monica* führe ohne anzuhalten weiter und zöge die arglose *Aideen* automatisch mit.

Bis man auf der *Aideen* oder sonst irgendwo auf den Gedanken käme, daß etwas nicht in Ordnung war, wäre das Heroin längst versenkt, und der Skipper und seine Mannschaft sähen in aller Ruhe ein paar Meilen weiter östlich Richtung Killybegs ihre Hummerreusen durch.

Und so geschah es dann auch.

Stunden später musterte der Chief Superintendent eisig seine versammelten Truppen, über denen die Stille wie ein Atompilz hing.

»Nach x Konferenzen«, setzte er bedrohlich leise an, »y Geldern und z Stunden verpaßten Schlafs haben wir weder die Drogen noch den großen Deal noch irgendeine Verhaftung im Kasten, sondern lediglich einen Haufen von Gárdaí, der kopflos durch die Gegend flattert, vier Leichen, ein paar unschuldige Fischer und dann noch die Erniedrigung, die Briten um Ausschau auf der Fähre bitten zu müssen nach unserem Mann.« Seine finstere Miene ließ keinen Zweifel daran, daß er letzteres als den bei weitem schlimmsten Tiefschlag empfand. »Blieb nur zu hoffen, daß wir ihn vor ihnen erwischen. Oh, und beinahe hätte ich's vergessen«, Dalys Ton war nun fast ein Flüstern. »Außerdem haben wir noch einen wutschnaubenden Commissioner, ganz zu schweigen davon, was im Justizministerium und darüber vor sich geht.« Er machte eine Pause und sah seine Leute fragend an. »Hat vielleicht eins von euch Genies eine Vorstellung davon, wie es weitergehen soll?«

Das Telefon auf seinem Schreibtisch klingelte, und er riß den Hörer an sein Ohr. »Was ist? Ich habe doch gesagt, daß ich nicht gestört werden will.«

Dann: »Na wunderbar! Dann hören wir uns doch am besten mal seine phantastischen Ideen an. Stellen Sie ihn laut.« Er wartete ein paar Sekunden, während derer sich keiner seiner Untergebenen auch nur räusperte. Als schließlich Fergus Lynskeys verstärkte und verzerrte Stimme bleischwer auf die Köpfe der Anwesenden fiel – »hallo, hallo?« –, wandte er sich dem kleinen schwarzen, mitten auf seinem Tisch stehenden Kasten zu.

»Wie steht's mit dir, Lynskey? Du hast sicher schon gehört, was hier bei uns vorgefallen ist. Gibt es da noch irgendwas zu retten?«

»Ich habe es gehört, aber ich fürchte, ich weiß auch nicht, was man machen kann.« Lynskeys Stimme klang brüsk wie eh und je. »Aber nach der Konferenz möchte ich allein mit dir sprechen.«

»Nun, da diese sogenannte Konferenz sowieso zu nichts führt, schlage ich vor, wir beenden sie, damit du sofort mit der Sprache rausrückst.« Der Chief betrachtete seine Fingernägel, während seine Truppe gehorsam den Raum verließ. Zu dem bedrohlichen Knistern, das durch die Leitung drang, zupfte er so heftig an seinem Ohr, daß jeder, der ihn dabei beobachtet hätte, fürchten mußte, daß es vielleicht dauerhaften Schaden nahm. »Ich hoffe nur, daß du etwas Positives zu berichten hast«, schnaubte er, nachdem die Tür hinter dem letzten der Männer ins Schloß gefallen war. »Vielen herzlichen Dank, daß du mich immer so prompt zurückgerufen hast – wo, zur Hölle, hast du die ganze Zeit gesteckt? Abgesehen von dem Zirkus hier ist auch in Vancouver einiges passiert.« Während einer vollen Minute beschimpfte er Lynskey unflätig, der in seinem Zimmer im War

Bonnet ungerührt darauf wartete, daß seinem Chef die Puste ausging. Vor ihm lag ein Stapel Nachrichten von einem »Mr. Harvey« aus Dublin – Bill Dalys Sinn für Humor war ebenso transparent wie Elwood P. Dowds imaginäres Kaninchen – doch da der Chief augenblicklich eher üble Laune hatte, beschloß er, ihm vorläufig R. Sky MacPhersons Irlandreise zu verschweigen. »Also sieh um Himmels willen zu, daß du zu irgendwelchen Ergebnissen kommst.«

Der Chief machte eine Pause und Lynskey hoffte, daß er mit seiner Epistel endlich zum Ende kam. »Der Commissioner wird schon ganz kribbelig«, fügte Daly noch hinzu. »Und rate mal, wer dann den Kopf hinhalten darf?«

Immer noch war Lynskey die Ruhe in Person. »Was ist denn in Vancouver passiert?« Er hörte zu, als der Chief ihm die Neuigkeiten berichtete, und dann erzählte er selbst von seinem Gespräch mit dem Herausgeber des *Courier*.

»Jesus, Maria und Josef«, brüllte Daly ins Telefon. »Ich glaube es einfach nicht! Warum hängst du nicht gleich einen Zettel mit einem ausführlichen Bericht über unsere Aktivitäten an die chinesische Mauer? Dann weiß wenigstens jeder Bescheid!«

»Reg dich nicht auf. Ich hatte meine Gründe, und es hat durchaus mit der Sache zu tun, derentwegen ich ursprünglich hierhergeschickt wurde. Aber jetzt kann ich hier nichts mehr tun. Nach dem Kontaktieren der Männer, die die Telefongespräche abgehört haben, bin ich so gut wie überzeugt davon, daß diese Idioten hier keine Ahnung haben von deiner sogenannten Operation Omega. Meiner Ansicht nach kannst du dem hohen Besuch zustimmen. Übrigens, was diese Patronen betrifft: Der Hotelangestellte, der den Umschlag entgegengenommen hat, erinnert sich an einen Mann mit einem Truck. Wenn er der ist, an den ich denke, wäre es sinnlos, sich ihm an die Fersen zu heften. Er ist ein ganz kleiner Fisch. Konnten die Ballistiker etwas über das Ding herausfinden, das ich dem FBI übergeben habe?«

»Nein«, fuhr der Chief ihn an. »Sieh du wenigstens zu, daß du diesen Zeitungstypen im Auge behältst.«

»Mach ich sowieso – obwohl man ihm durchaus trauen kann.«

»Das will ich hoffen! Denn sowohl hier als auch bei euch drüben stehen die Verhaftungen kurz bevor. In Vancouver haben sie sich bereits vor dem Appartement der Drahtzieherin aufgebaut, und wenn die Medien davon Wind bekommen…«

»Werden sie nicht. Dann ist es also in Ordnung, wenn ich morgen nach Hause komme, ja?«

»Inzwischen tut es mir leid, dich überhaupt je über den Teich geschickt zu haben.« Der Chief Superintendent warf den Hörer auf die Gabel und Lynskey blieb mit einem Ohr voll Gebell in seinem Hotelzimmer zurück.

Das Varig-Flugzeug, mit dem die orientalische Frau von Los Angeles nach Rio de Janeiro reiste, kletterte immer höher über den Ozean. Natürlich reiste sie in der Touristenklasse, wie es sich für eine einfache philippinische Bäuerin gehörte, die ihre in Diensten einer reichen Familie stehende Tochter besuchte. Bescheiden nahm sie den Tomatensaft und die Erdnüsse, die die Stewardeß ihr anbot, und sah ihre Sitznachbarn, während sie die Packung aufriß, entschuldigend an. Offenbar hatte sie Sorge, daß der Lärm, den sie dabei veranstaltete, die anderen störte. Die beiden hatten jahrzehntelang für die Reise nach Südamerika gespart und die arme kleine Frau tat ihnen leid. Sie wirkte so furchtsam und verloren. »Haben Sie Verwandte in Rio?« fragte der Mann.

Die orientalische Frau starrte ihn mit schreckgeweiteten Augen an.

»Keine Sorge, Ma'am«, der Mann lächelte freundlich. »Wir wollen Sie nicht belästigen. Aber falls Sie Hilfe beim Zoll oder bei der Einreise brauchen, wenden Sie sich einfach an uns, okay?«

Schüchtern und zugleich dankbar nickte die arme Person, und der Mann und seine Gattin tauschten mitfühlende Blicke.

29

Johanna die Neuigkeit von ihrer bevorstehenden Irlandreise zu überbringen, erwies sich als höchst einfach. Sie war immer noch leicht betäubt und nahm die Botschaft gelassen hin. »Sieh zu, daß du sie alle besuchst. Und sag überall hallo von mir.«

Buffy nickte nur fröhlich, als Sky fragte, ob sie und Hermana für sie in die Bresche springen würden, »falls es tatsächlich zu dieser Reise kommt.« Schließlich gab es ja auch noch Elizabeth, die allerdings nach ihrer Ankunft im Krankenhaus nichts davon hören wollte, daß Sky ihretwegen zu Hause blieb. »In Cork lebe ich auch allein. Um Himmels willen, meinst du, ich komme etwa nicht zurecht?«

Erst jetzt dämpfte Skys heimliche Erregung darüber, daß sie auf dem Weg zur Story ihres Lebens war, die Erkenntnis der Gefahr auch für ihre Großmutter. Jedoch wollte sie weder sie noch Buffy ängstigen, so daß sie wohl am besten später mit Lynskey darüber sprach.

Als Lynskey kam, um sie auf dem kurzen Weg zu ihrer Wohnung zu begleiten, zog sie ihn beiseite und zischelte ihm, ohne daß die anderen es hören konnten, zu: »Das Ganze artet allmählich aus. Es ist hellichter Tag. Wir sind hier in Butte, Montana, im Jahre 1992, und nicht in Chicago zur Zeit der Prohibition.«

»Ich fahre hinter dir her, Schluß, aus!« Widerspruch war zwecklos.

Als sie die Haustür öffnete, blinkte der Anrufbeantworter, also hatte er Nachrichten gespeichert. Die erste galt Lynskey, den man um einen Rückruf unter der »ihm bekannten Nummer« in Washington D.C. bat. Sky tobte. »Du gibst also einfach meine Privatnummer heraus?« Sie war so wütend, daß sie der zweiten Nachricht gar keine Beachtung mehr schenkte. »Das ist ja wohl der Gipfel, Lynskey, wirklich...«

»Pst!« Er legte einen Finger an die Lippen. »Laß mich hören, was der zweite Anrufer will. Spul das Band mal zurück.« Erbittert gehorchte sie.

Der zweite Anruf ernüchterte sie indessen sofort wieder. Er kam von einem Mann, der sich Matt nannte und sich im übrigen nicht weiter zu erkennen gab. Er bat Sky um ein Treffen um neun Uhr abends in einem Café am Highway 15 kurz hinter Butte. Er behauptete, wichtige Informationen für sie zu besitzen. »Nicht du fährst dorthin, sondern ich«, sagte Lynskey, worauf sie ihn abermals mit bösen Blicken maß. Wieder begannen sie einen Streit – allerdings im Flüsterton, damit ihre Großmutter nichts davon mitbekam.

Aber Lynskey hielt alle Trümpfe in der Hand, und er würde tun, was er für richtig hielt, denn am Abend wäre sie längst bei ihrem Dad. Inzwischen freute sich Sky darauf, nicht nur, weil sie auf diese Weise ihren Vater endlich einmal wieder traf, sondern weil dies eine Pause von dem um sie herum ablaufenden Drama bedeutete. Das Flugzeug der Treacy Resources stünde in wenig mehr als zwei Stunden für sie bereit.

»Es kommt uns durchaus zupaß, Sky.« Lynskey ragte wie ein Erzengel – oder aber wie ein Teufel – über ihr auf. »Wenn dieser Typ mit mir redet, kann er sich wenigstens nicht dir an die Fersen heften. Obwohl ich die ganze Sache genauestens überprüft habe und nicht wüßte, woher er die Reise zu deinem Vater erfahren könnte, mache ich mir Sorgen wegen deines Trips in die Einsamkeit. Falls die Kerle dich allerdings in Butte wähnen, bist du dort oben besser aufgehoben.«

Die unausgesprochene Warnung erschien ihr hier, in ihrem eigenen Zuhause, einigermaßen lächerlich; doch da Sky nicht mehr wußte, was richtig war und was falsch, beschloß sie, einfach mal ihre Koffer zu packen. Am besten bereitete sie gleich auch die Irlandreise vor.

»Kann ich mal dein Telefon benutzen? Ich bezahle die Gespräche.« Lynskey stand immer noch im Flur.

»Bitte sehr.« Den Koffer und den Korb mit Bügelwäsche in Händen, schlängelte Sky sich an ihm vorbei in die Küche und machte sich ans Werk. Allerdings schloß sie demonstrativ die Tür hinter sich, damit er ja nicht dächte, sie belausche seine Gespräche womöglich.

Der Irlandbesuch des Prince of Wales war ernsthaft in Gefahr. Zum einen aufgrund allgemeiner Sicherheitsbedenken, und zum anderen, weil das FBI, das die Telefongespräche und Aktivitäten des Sheriffs von Mayville überwachte, herausgefunden hatte, daß O'Connor plötzlich Urlaub nehmen wollte. Diese Information erhielt Lynskey, als er von Skys Wohnung aus die Washingtoner Nummer anrief, die man ihm für dringende Angelegenheiten ausgehändigt hatte.

Sofort rief er in Dublin an. »Ich dachte, du bist bereits auf dem Heimweg?« Die Stimme des Chief Superintendent klang ungewöhnlich matt. »Soeben haben wir die Ergebnisse der ballistischen Untersuchungen hereingekriegt, zum einen die von der Universität mit dem Namen wie Sonnenblumenöl …«

»Missoula.«

»Wie auch immer. Und zum anderen vom FBI. Die beiden Patronen sind identisch, aber sonst wurde nichts Bemerkenswertes festgestellt. Keine Fingerabdrücke, keine der Patronen wurde je abgefeuert, die Dinger könnten aus jedem x-beliebigen Waffenladen stammen.«

»Da bin ich aber überrascht! Morgen komme ich zurück«, sagte Lynskey im gerade noch verständlichen Flüsterton. »Ich kann nicht lange reden, weil ich ein privates Telefon benutze, aber unser Freund in Mayville ist in Bewegung. Übermorgen. Wahrscheinlich sind wir auf der richtigen Fährte. Ach ja, noch etwas.« Er zögerte. »Es ist zwar *kein Problem*, aber ich denke, ich sollte dir sagen, daß diese Buttesche Zeitung, von der ich dir erzählte, eine Reporterin nach Irland schickt. Eine Miss R. Sky MacPherson, vielleicht erinnerst du dich an sie. Ich erwähnte den Namen schon mal.«

»Was zum …«

»Keine Sorge. Sie haben keine Ahnung, wonach sie suchen.« Er senkte seine Stimme noch weiter ab. »Nur, daß es um etwas Großes und einigermaßen Subversives geht, wissen sie.«

»Sie könnten uns wirklich in Schwierigkeiten bringen …«

»Hör zu, wie gesagt, es besteht kein Grund zur Aufregung. Die wichtigste Kontaktperson dieser Zeitungstante in Irland ist

Éamonn Vaughan, und der hat viel zuviel um die Ohren, jeden Tag genügend Nachrichten für RTE-Fernsehbulletins zusammenzubekommen, um einer derart vagen Story nachzugehen. Ich denke, es wird Zeit, die Briten über diese Gruppe zu informieren.«

»Würden – umgekehrt – sie das etwa tun?«

Daly verstummte und Lynskey ebenfalls. Auch wenn die Kooperation zwischen der Spezialabteilung der irischen Polizei und Scotland Yard offiziell hervorragend funktionierte, herrschten tatsächlich auf beiden Seiten Rivalitäten, Fremdenhaß und postkoloniale Vorurteile.

»Sie lachen sich bereits über den Zirkus, den wir im Augenblick wegen der Drogenaffäre veranstalten, halb tot«, sagte der Chief Superintendent schließlich in angespanntem Ton. »Und wenn ich ehrlich bin, kann ich sie verstehen. Überlaß die Gespräche mit den Briten bitte mir. Mit dem FBI habe ich die Sache bereits ausdiskutiert, und sie sagen, sie wären jederzeit zum Eingreifen bereit. Sie wollen nur warten, bis sie definitiv alle Namen haben, und dann schlagen sie überall gleichzeitig zu. Erst danach können wir entscheiden, was mit der Operation Omega geschieht. Wenn diese Gruppe aus dem Verkehr gezogen ist, ist alles okay.«

»Du bist hier der Boß.« Lynskey zuckte zusammen, als der Chief Superintendent krachend den Hörer auflegte.

Jim Larsen hatte beschlossen, ganz von vorne zu beginnen und nach dem Menschen zu suchen, der den Ball ins Rollen gebracht hatte. Ganz offensichtlich wußte der schwarze Geselle, der Typ, von dem der fehlerhaft geschriebene anonyme Hinweis gekommen war, von dem Zusammenstoß zwischen Midge Treacy und dem Landstreicher, so daß er sich vielleicht auch als brauchbarer Zeuge gegen den Sheriff von Mayville erwiese.

Zuallererst versuchte er es in der vagen Hoffnung, Mrs. Treacy wäre vielleicht doch irgendwie ansprechbar, in der Klinik in Choteau, wo er jedoch auf eine Mauer des Schweigens stieß. »Wir haben niemanden dieses Namens hier, Sir – da kann ich

Ihnen leider nicht weiterhelfen.« Hätte er Zeit genug gehabt, um hinzufahren, hätte er sich selbst ein Bild machen können; aber so ließ er es wohl oder übel sein.

»Also gut.« Er rief die Kleine zu sich ins Büro und breitete den Rabattmarkenwisch auf seinem Schreibtisch aus. »Jetzt denk gut nach, Lindy. Du hast uns schon alles erzählt, was du über die Größe, das Gewicht und andere Merkmale des Typen weißt, aber wir brauchen mehr. Du sagst, er war schwarz?«

»Tja – ich glaube, er war schwarz.«

»Kohlrabenschwarz? Braunschwarz, schokoladenbraun oder mahagonifarben?«

»Eher braunschwarz, glaube ich. Tut mir leid, Mr. Larsen.« Die Kleine zupfte nervös an der Nagelhaut ihres linken Daumens.

Jimbo setzte ein, wie er hoffte, ermutigendes Lächeln auf. »Meinst du, daß es vielleicht ein Indianer war? Was hat er angehabt?«

»Eine Art Jogginganzug, glaube ich, nein... ja... und ein Indianer war er nicht. Da bin ich mir vollkommen sicher. Zumindest hat er keine indianischen Wangenknochen gehabt.«

»Erinnerst du dich noch an die Farbe? Von dem Jogginganzug?«

Sofort hellte sich die Miene der Kleinen auf. Hier befand sie sich auf vertrautem Terrain. »Marinefarben – Sie wissen schon, dieses ganz dunkle Blau, nicht mitternachtsblau, sondern beinahe schwarz. Er war ziemlich neu. Und er hatte einen ungewöhnlichen U-Boot-Ausschnitt. Ehrlich gesagt, Mr. Larsen, sah er ziemlich teuer aus für einen Typen wie ihn.«

»Sie meinen, für einen Vagabunden?«

»Tja, ich glaube, er war kein richtiger. Ich meine, er hat nicht gestunken oder so. Obwohl...« Sie dachte noch einmal gründlich nach.

»Obwohl was?«

»Er hat nicht *gestunken*, aber ich glaube, sein Atem hat nach Alkohol gerochen und dann hat er noch einen anderen Geruch verströmt. Nach Verbranntem. Als hätte er in der Nähe eines Feuers gesessen oder so.«

Es war nicht viel, aber besser als nichts. »Danke, Lindy, das reicht für den Augenblick, aber wenn dir noch etwas einfallen sollte, irgendwas....« Er entließ sie und saß einen Moment lang gedankenversunken auf seinem Platz. Dann telefonierte er mit der Polizeistation. Sein Freund dort war nicht da, aber ehe Larsen eine Nachricht für ihn durchgeben konnte, kam der diensthabende Sergeant an den Apparat. Da die Zeit knapp war, beschloß er, ein Risiko zu wagen. »Jim Larsen, vom *Courier*.«

»Was kann ich für Sie tun?« Zwar waren die Beziehungen zwischen der Zeitung und der Polizei von gegenseitigem Respekt geprägt; aber besonders herzlich ging man nicht miteinander um. Larsen wußte, daß er als viel zu liberal galt. »Ich versuche, einen schwarzen Vagabunden ausfindig zu machen, jemanden, der vielleicht hier und da ein bißchen jobbt, etwa in einer Verbrennungsanlage oder auf einem Müllplatz oder so. Oder der gelegentlich im Sommer selbst gern am Feuer sitzt. Kennen Sie jemanden, auf den diese Beschreibung paßt?«

»Hat er irgend etwas angestellt?«

»Nicht daß ich wüßte, aber er hat uns ein paar Informationen geliefert, und ich würde gern noch einmal mit ihm reden.«

»Was für Informationen, Jim?«

»Oh, zu einer im Grunde nicht besonders wichtigen Story, die wir gerade recherchieren.«

»Ich verstehe. Tja, im Augenblick fällt mir niemand ein. Aber wenn Sie noch ein paar weitere Auskünfte über den Typen oder das, was Sie suchen, für mich hätten, könnte ich Ihnen ja vielleicht behilflich sein.«

Der Chefredakteur dachte eilig nach. Er wollte nicht allzu viele Details preisgeben, aber der Tod des alten Leon war so wieso allgemein bekannt. »Der Typ hat einen Zettel bei uns abgegeben. Offenbar ist ein Kumpel von ihm, ein Obdachloser namens Leon, oben im Norden auf der Strecke geblieben, und er möchte, daß wir einen Nachruf auf ihn schreiben. Wir würden ihm den Gefallen gerne tun – menschliche Schicksale haben unsere Leser schon immer interessiert –, aber über diesen Leon finden wir einfach nichts heraus. Deshalb müßten wir noch mal mit dem Schwarzen reden, damit er uns vielleicht noch mehr erzählt.«

»Ich werde mich ein bißchen umhören«, sagte der Sergeant in neutralem Ton. »Aber machen Sie sich lieber keine allzu großen Hoffnungen. Einen schwarzen Vagabunden habe ich hier in Butte noch nie gesehen.«

Die Zeit bis zu ihrem Abflug nach Yaak rannte ihr davon, und da ihr Koffer für Irland erst zu einem Viertel voll war, brach Sky allmählich in Panik aus. In diesem Augenblick tauchte ihre Großmutter in der Küche auf. »Setz dich doch, Grandma.« Sie räumte einen Teil des Tisches frei. »Hast du schon gegessen?« Wenigstens besaß ihr selbsternannter Leibwächter den Anstand, sich in einem der anderen Räume aufzuhalten. Nach seinem Telefongespräch hatte sie gehört, wie er ins Wohnzimmer gegangen war.

»Ja, danke.« Ihre Großmutter setzte sich auf den zugewiesenen Stuhl.

»Tut mir leid. Ich hoffe, es stört dich nicht, wenn ich hier weitermache?« fragte Sky, wobei sie auf den Berg Bügelwäsche wies. »Ich habe nicht mehr viel Zeit.« Elizabeth schüttelte den Kopf. »Also los, Grandma, erzähl mir, wie es war. Vor den anderen im Krankenhaus konnte ich ja schlecht fragen – aber ich sterbe vor Neugierde zu erfahren, wie du dich mit Daniel arrangiert hast.«

Statt einer Antwort zog Skys Großmutter ein Schmuckkästchen aus ihrer Handtasche und legte es auf den Tisch. »Sieh dir das mal an. Mir ist förmlich die Luft weggeblieben.«

Sky stellte das Bügeleisen zur Seite und machte die Schatulle auf. Auf einem Samtbett lag eine mit blaßblauen Steinen besetzte Kette aus weißem Gold. Modern und zugleich zeitlos war sie das schönste Kleinod, das Sky je erblickt hatte. Sie nahm die Kette und drapierte sie auf dem Rücken ihrer Hand, von dem sie sich wie eine aus dem blauweißen Inneren eines Eisbergs geflochtene, im Sonnenlicht schimmernde Quaste auf dem Tisch ergoß. »Sie ist sehr schwer.« Ihr fielen einfach nicht die passenden Worte zur Beschreibung eines solchen Juwels ein.

»Bei der Helligkeit der Steine dachte ich zuerst, es wären Aquamarine.« Ihre Großmutter strich sanft über das Schmuckstück. »Aber Daniel sagt, daß es besonders ausgewählte Saphire sind. Er hat so lange gesucht, bis er genau die richtige Farbe fand. Sie gehört dir, Sky. Ich kann sie unmöglich tragen.«

»Aber warum denn nicht?«

»Wegen der Dinge, die er gemeint hat, obwohl er sie taktvollerweise verschwieg. Wegen dem, was die Kette repräsentiert. Für ihn ist sie ein Symbol für eine lange vergangene Zeit – aber für mich ist damit allzuviel Leid verbunden. Seins – damals und jetzt –, meins, das aller anderen, selbst das seiner armen Frau. Natürlich erinnere ich mich an jenen Abend und an das blaue Kleid, das ich damals trug.« Sie sprach mehr zu sich selbst, während sie Sky die Kette aus den Händen nahm und sie durch ihre Finger rinnen ließ. »Erstaunlich, wie gut er die Farbe getroffen hat.« Sie wandte sich wieder ihrer Enkelin zu. »Ich trug das Kleid auf der Tanzveranstaltung an jenem Abend, als das mit deinem Großvater passierte. Daniel und ich haben dort zum ersten und letzten Mal miteinander getanzt.«

»Aber er sagte, daß es ein Unfall war. Mom hat das bestätigt...«

»Das Kapitel ist längst abgeschlossen. Nimm sie, Sky.« Entschlossen legte ihre Großmutter die Kette in die Schachtel zurück, klappte den Deckel zu und schob sie über den Tisch. »Ich vererbe sie dir sowieso. Nur erzähl Daniel bitte nicht, daß ich sie dir bereits ein wenig früher gegeben habe, ja? Außerdem«, ihre Miene hellte sich ein wenig auf, »sieht Weißgold auf alter Haut sowieso gräßlich aus.«

Sky nahm die Schatulle in die Hand. Sie würde sich später überlegen, was sie mit der Kostbarkeit machen würde; jetzt interessierte sie sich mehr für das, was zwischen Daniel Treacy und ihrer Großmutter vorgefallen war. »Erzähl mir bitte alles, Grandma, von Anfang an. Als ich losgefahren bin, habe ich noch gesehen, wie er an die Tür kam...«

Langsam und bedächtig setzte Skys Großmutter zu ihrem Bericht an, wobei sie reglos auf die Tischplatte vor sich sah. Dann allerdings hob sie den Kopf. »Was hätte ich sagen sollen, als er mir die Kette gab? Sie stand für so viele Träume, für ein großes Gefühl. Ich fühlte mich unwürdig, aber all das habe ich ja auch nie gewollt. Für mich ist es bereits seit einer Ewigkeit aus und vorbei.«

»Aber findest du es nicht wunderbar, Grandma, daß er über all die Jahre hinweg seine Liebe derart bewahrte?«

»Er legt mir da etwas zu Füßen, das ich nicht annehmen kann. Ich fühle mich schrecklich, es so unverblümt zu sagen, aber was soll ich machen? Ich weiß, daß der arme Mensch im Sterben liegt, und werde für ihn tun, was ich kann. In unserem Alter, Sky, ist der Tod...« Sie suchte nach einem passenden Vergleich, »nicht unbedingt ein Freund, aber zumindest eine Art Nachbar, der zu jeder beliebigen Tages- oder Nachtzeit vorbeikommen kann, um sich deine verbliebene Zeit zu holen. Auch wenn man nicht unentwegt an ihn denkt, ist er doch immer da, ganz nah, im Nebenraum. Man kann ihm unmöglich entrinnen, denn er hat bereits Angehörige, gute Schulfreunde und andere geholt...« Ihre Stimme verklang.

»Aber wenn du ihm schon nicht sagen konntest, was du in bezug auf die Geschichte mit seinem Haus empfindest, dann sagst du es ja vielleicht mir?«

»Was meinst du, wie es mir dabei ging? Ich war gerührt und schockiert und traurig und geschmeichelt, alles zugleich. Einst habe ich ihn geliebt, Sky. Ich war eine närrische und übermütige junge Frau – und er ein Prachtstück von Mann – du hättest ihn sehen sollen!«

Ihre Großmutter lächelte auf eine Weise, die Sky zeigte, wie sie als junges Mädchen gewesen war. Sie konnte sich vorstellen, was für ein Bild die beiden abgegeben hatten, einer in den Armen des anderen. »Und jetzt?« fragte sie atemlos. »Nun, da du einen ganzen Vormittag lang mit ihm zusammengewesen bist?«

Das Lächeln erstarb. »Natürlich liebe ich Daniel McCarthy immer noch. Aber nicht so wie er mich. Und das hat er sofort erkannt. Es war furchtbar traurig. Ich hätte ihm etwas vorgaukeln können. Schließlich«, sie wich Skys Blicken aus, »gibt es nichts zu verlieren. Während der paar Wochen, die er noch am Leben ist, hätte ich mit Leichtigkeit so tun können, als wäre ich immer noch in ihn verliebt. Aber dann dachte ich, ein solches Spiel ist unser beider nicht würdig. Auch seine arme Frau, wo immer sie sich befinden mag, verdient etwas Besseres.«

Sky öffnete die Schatulle erneut und sah sich die Saphire an. »Wann siehst du ihn wieder?«

»Heute abend. Er führt mich zum Essen aus. Und morgen treffe ich ihn ebenfalls, Sky. Ich werde ihn so oft besuchen, wie er will, bis ...« Sie brach ab und fuhr dann eilig fort: »Das ist auch der Grund, weshalb du, obwohl ich dich natürlich vermisse, ruhig auf Reisen gehen kannst. Aber ist es nicht eigenartig, daß wir offenbar abermals Bäumchen-wechsle-dich spielen? Als hätte das Schicksal vorherbestimmt, uns nie für längere Zeit zusammensein zu lassen. Tja, und Johanna wird noch lange im Krankenhaus liegen, so daß ich abgesehen von den Besuchen bei ihr wohl so oft wie möglich bei Daniel bin. Außerdem haben es sich die wirklich entzückenden Freundinnen deiner Mutter zur Aufgabe gemacht, mich mit ihrer Fürsorglichkeit einzupacken; da werde ich wahrscheinlich froh sein, mich ihrem Eifer hin und wieder zu entziehen. Daniel nimmt sich erst mal frei. Offenbar hat er seine Arbeit, seit er über seinen Zustand Bescheid weiß, so organisiert, daß sie praktisch von alleine läuft. Irgendwann in den nächsten Tagen besuchen wir zusammen seine Frau.«

»Ich verstehe.« Sky, die sich bisher noch nicht allzuviel mit den Gedankengängen älterer Menschen oder ihrem gegenseitigen Umgang befaßt hatte, überlegte, wer von den beiden auf diesen bizarren Gedanken gekommen war. Doch sie fragte lieber nicht. Vielleicht überwand man, wenn man um die Siebzig war, normale Rücksichten und Tabus. »Und was ist passiert, nach der Überreichung der Kette?«

»Nichts. Wir haben uns einfach unterhalten. Dann bot er mir Tee an – kannst du dir das vorstellen? Nach all den Jahren hat Daniel McCarthy mir Tee angeboten, wie es früher bei Besuch üblich war. Twining's.« Ein zärtliches Lächeln huschte über ihr Gesicht. »Er hat gesagt, daß das von allen Dingen, die man hier drüben bekommen kann, dem echten irischen Tee am nächsten kommt. Ich war ehrlich gerührt.«

In Ermangelung eines Spiegels hielt Sky, die sehen wollte, ob der Schmuck ihr stand, die Saphire gegen ihren Unterarm. »Er paßt wunderbar zu dir, Liebes«, sagte ihre Großmutter sanft. »Trag ihn und denk dabei daran, daß auch wir einmal jung waren.«

30

Nach seinem Anruf im Haus der Reporterin machte sich der Leutnant aus Helena gelassen auf den Weg. Er arbeitete immer allein. Bisher hatte er noch nichts Endgültiges für diese Journalistin beschlossen. Wie seine Arbeitgeberin wendete er nur dann Gewalt an, wenn sie unvermeidbar war.

Die Verabredung stellte in seinen Augen eine Aufklärungsmission dar. Oder zumindest finge sie so an. Wenn es ihm gelänge, sie derart zu verängstigen, daß sie sich weitere Recherchen verkniff, tja, dann ließe er sie in Ruhe.

Innerhalb von Minuten würde er wissen, ob ihr der Sinn nach Heldentaten stand. Die meisten Reporter hatten Egos so groß wie Mammutbäume, waren es gewohnt, daß alles nach ihrer Pfeife tanzte, und bildeten sich ein, unschlagbar zu sein: Sie meinten allen Ernstes, daß ihnen ihre Tätigkeit, Dinge an die Öffentlichkeit zu bringen, Macht verlieh.

Doch mit Macht kannte er sich aus. Als Mann mittleren Alters hatte er relativ früh seinen Posten als stellvertretender Bezirksstaatsanwalt an den Nagel gehängt, offiziell wegen eines kranken Herzens, inoffiziell jedoch, weil seine Arbeit für die Frau in Vancouver viel Zeit kostete. Allerdings traf er seine ehemaligen Kollegen immer noch. Auf diese Weise war er stets über alles, was in Montana geschah, im Bilde, und wußte auch, wo ein Großteil der beklagenswerten Opfer begraben lag.

Statt sich allerdings mit dieser R. Sky MacPherson in dem

Café auseinanderzusetzen, brächte er sie unter dem Vorwand, es wäre zu voll – was normalerweise auch den Tatsachen entsprach – lieber an einen ungestörten Ort. Daß sie kommen würde, bezweifelte er keine Sekunde lang. Kein Reporter der Welt konnte der Verlockung, anonyme Hinweise zu bekommen, widerstehen.

Auf der anderen Seite der Grenze, in Kanada, bestieg der ältliche Jerry Flynn – der bei weitem reichste Mann in der Gruppe der Verschwörer und außerdem der erste von ihnen, der nach Irland flöge – seine Limousine, damit ihn der Chauffeur zum Flughafen fuhr.

Anders als seine Komplicen war er weniger durch die jüngeren Ereignisse in der irischen Geschichte als vielmehr durch die Erinnerung an die Geschichten seiner irischen Großmutter motiviert; diese kam als junges Mädchen wie so viele andere Notleidende während der großen Hungersnot 1847 mit einem der sogenannten Schwimmenden Särge über den Atlantik. Acht Mitglieder ihrer Familie hatten sich in der Grafschaft Galway eingeschifft, aber angekommen war nur sie. Sie ging eine späte Ehe mit einem irisch-amerikanischen Polizisten ein, zog mit ihm nach Kanada und widmete sich dort ganz der Erziehung ihres einzigen Sohnes. Noch am Ende ihres vierundneunzig Jahre währenden Lebens pflanzte sie all ihren Enkeln und Urenkeln mit ihren Geschichten von der herzlosen Brutalität der englischen Herren und vom Leid der Iren den Haß auf die ehemaligen Unterdrücker ein.

Jerry Flynn hatte diese Geschichten in seiner Erinnerung auf Hochglanz poliert. Er spürte den Hunger seiner Urgroßmutter und ihrer Nachbarn, erbrach mit ihnen gemeinsam den grünen Schleim des vom Wegrand gerissenen und gierig in ihre Münder gestopften Grases, beobachtete stumpf die mit goldenem Korn beladenen Karren, die zur Begleichung der von den Engländern erhobenen Steuern von den Höfen zu den Häfen und den Tischen in England und Indien rumpelten.

Viele von Flynns Mitverschwörern sahen das Fehlschlagen

der Revolution von 1916 und die Hinrichtung von Pearse und den anderen Patrioten als Ursache der ungelösten irischen Frage an. Aber deren Motiv – die Engländer aus dem Land zu vertreiben und dafür zu sorgen, daß Irland endlich wieder seine Souveränität gewann – reichte Flynn nicht. Seiner Meinung nach war alles, was in Irland geschah, die direkte Folge des Unrechts an seinen Landsleuten während der großen Hungersnot. Er verstand das Unternehmen als Rachefeldzug. Rache für seine Urgroßmutter und für jeden seiner Vorfahren, der an dem ganzen Elend gestorben war. Die Kreaturen im irischen Parlament, die vor den Loyalisten und Unionisten in die Knie gingen, hatten eine Lektion verdient. Flynns Herz klopfte vor Erregung, als er seinem Chauffeur erklärte, er wäre ungefähr eine Woche in New York.

Drei Stunden später nahm er ein Taxi nach New York City, wo er sich die Haare schneiden ließ. »Und wenn Sie schon gerade dabei sind, junger Mann«, sagte er zu dem Friseur, »dann nehmen Sie mir doch auch gleich noch den Schnurrbart ab. Ich denke, ein neues Aussehen kommt bei den Damen sicher an.« Der Junge unterdrückte ein Kichern, doch dann rasierte er ihn so gründlich, daß es war, als raschelte Flynns Haut unter dem Messer. Im Anschluß an den Friseurbesuch ging Flynn in die einen halben Block vom Times Square entfernte 42. Straße, wo er, wie verabredet, Fotos machen ließ. Dann unternahm er einen kurzen Spaziergang, wobei er die Anonymität zwischen all den Touristen, Skateboardfahrern und schmierigen, zwielichtigen Typen, von denen die Gegend bevölkert war, genoß. Dann marschierte er mit den Paßbildern zu der zuständigen Behörde und nahm seinen neuen Ausweis in Empfang.

Als er, wieder auf dem Kennedy-Flughafen, Paß und Ticket über den Tresen des Busineßschalters der Aer Lingus schob, war er John Mulqueen, amerikanischer Pensionär. Er hatte das Gefühl, mindestens zwanzig Jahre jünger zu sein als noch vor wenigen Stunden.

»Ich bin froh, daß du die Sache endlich ernstzunehmen beginnst, Sky.« Lynskey fuhr sie zum Flughafen, wo die Maschine der Treacy Resources stand. »Natürlich findest du mich lästig; aber wenn du schon nicht selbst an deine Sicherheit denkst, dann muß es eben jemand anders tun. Die Untersuchungsergebnisse der Patronen sind da; aber es gibt keinen Hinweis, wer sie geschickt hat.«

»Du weißt ebensogut wie ich, daß das der Sheriff war.«

»Wahrscheinlich hast du recht, aber beweisen können wir es nicht. Doch wer auch immer der Absender war, scheint Zurückhaltung unnötig zu finden. Die Warnung war ernst gemeint, Sky.«

»Erzähl das meinem Chef«, erwiderte sie in möglichst erhabenem Ton.

»Worauf du wetten kannst«, versprach Lynskey, während er auf den Parkplatz bog. Er stellte den Motor ab und schüttelte den Kopf. »Was soll ich nur mit dir machen? Du bist ganz schön starrsinnig, weißt du das, MacPee? Aber bitte sehr!« Sein Ton und seine Stimmung vollzogen einen Wandel von hundertachtzig Grad, als er sich zu ihr hinüberbeugte und ihr einen Kuß auf die Wange gab. »Also zieh jetzt los, besuch deinen Dad und amüsier dich. Ich kümmere mich solange um alles andere.«

Sie starrte ihn verwundert an. Diesen Mann hatte sie erst vor einer Woche kennengelernt. Was war geschehen, daß er sich »um alles kümmern« wollte, solange sie verhindert war? Er sah ihren Blick und erriet, was in ihr vor sich ging. »Tut mir leid, schon wieder übernehme ich das Kommando, stimmt's? Aber ich kann nichts dafür. Ich liebe dich.«

Wieder wallte bei diesen Worten Erschrecken in ihr auf und sie nestelte umständlich an ihrer Reisetasche herum, damit er ihr Gesicht nicht sah. »Eins macht mir Sorge. Wirst du dafür sorgen, daß meiner Großmutter in dem Haus nichts zustößt? Wenn ich dort angeblich nicht sicher bin …«

»Sie wird gut bewacht. Und jetzt wünsche ich dir einen guten Flug.«

Sky hob den Mund zu einem Kuß, aber diesmal wich er aus,

so daß seine Lippen erneut ihre Wange trafen. »Bis bald, MacPee!«

»Bis bald!« Idiotischerweise war sie, als sie aus dem Wagen stieg, von seinem allzu brüderlichen Kuß enttäuscht.

Die einmotorige Maschine der Treacy Resources stand bereits auf dem Rollfeld, und der Pilot, der sicher mindestens zehn Jahre jünger als sie war, begrüßte sie an Bord.

Als das Flugzeug nach dem Start in die Horizontale ging, versuchte Sky, sich zu entspannen; doch abermals wallten die in der vergangenen Woche geweckten wirren Gefühle in ihr auf. Sie fühlte sich wund wie eine geschabte Karotte und tief in ihrem Herzen war sie, zumindest in diesem Augenblick, das kleine Mädchen, das sich danach sehnte, endlich bei seinem Daddy zu sein.

In ihrem Magen flatterte es nur so von wilden Schmetterlingen, als sie den breiten Kootenai River nordwestlich von Libby überflogen, ehe der kleinere, ruhigere Yaak sichtbar wurde. Der Nordwesten Montanas lag wie eine der hellen Reliefkarten, die sie aus Pappmaché für den Erdkundeunterricht in der Grundschule angefertigt hatte, unter ihr. Die Flüsse zogen glitzernd wie goldene und kupferfarbene Fäden zwischen üppigen, steilen, mit Laubbäumen und Koniferen bestandenen Ufern dahin und gelegentlich tauchte eine Holzhütte oder ein langgezogenes, niedriges Farmhaus, ein mit erhobenem Schweif galoppierendes Pferd auf einer leuchtendgrünen Weide oder eine braune Lichtung voller Holzfäller und gelber, dinosaurierähnlicher Maschinen auf.

Über und neben dem Flügel des Flugzeugs lagerten in einer langen, gemächlichen Linie die überfrorenen, verträumten Höhen der Rockies.

Schließlich näherten sie sich der Landebahn, und nun, da sie darüber nachdachte, verstand Sky nicht mehr, weshalb sie überhaupt die Reise zu ihrem Vater unternahm. Acht Jahre waren eine lange Zeit, und während die Begegnung in greifbare Nähe rückte, fragte sie sich, was sie bei ihrer Ankunft überhaupt sagen sollte. Sie konnte sich ihm wohl schwerlich in die Arme werfen – wonach ihr zu Beginn des Fluges durchaus zumute gewesen war – und konnte ihn ebenso schlecht um die Lösung ihrer Probleme mit der Reise, mit Lynskey, mit ihrer Mutter, bitten. Larry MacPherson hatte nicht einen einzigen Tag mit ihr und Johanna unter einem Dach gelebt, und ebensowenig hatte er je etwas mit ihrer beider emotionalem Befinden zu tun gehabt.

Zum ersten Mal kam Sky der Gedanke, daß niemand überhaupt auch nur auf die Idee gekommen war, Larry von dem häuslichen Unfall in Kenntnis zu setzen. Auch sie selbst hatte, trotz eines Telefonats mit ihm, nichts von Johannas Sturz gesagt. Jetzt wallten deswegen Schuldgefühle in ihr auf. Vor lauter Aufregung darüber, ihn wiederzusehen und direkt anschließend nach Irland zu reisen, war es ihr einfach entfallen.

Oder hatte sie ihm vielleicht aus Gründen, über die sie lieber nicht nachdachte, die Ereignisse verschwiegen? Als das Flugzeug auf der Schlackerollbahn an der als Warteraum und Servicecenter dienenden Wellblechhütte vorüberschoß, erhaschte sie einen Blick auf ihren Vater, der lässig im Türrahmen stand. Nicht zuletzt aus Freude nahm der Aufruhr in ihrem Bauch noch zu. Sie würde es ihm jetzt erzählen, ehe sie überhaupt irgend etwas anderes sagte.

Um ihre Nervosität zu dämpfen, beugte sie sich schwer vornüber, während sie unter großem Aufhebens ihre Tasche zwischen ihren Füßen unter dem Sitz herauszog; als das Flugzeug kehrtmachte und den kurzen Weg zur Hütte zurückrollte, hatte sie sich wieder gefaßt. Sie erinnerte den Piloten daran, daß er sie früh am nächsten Morgen wieder abholen sollte, sprang auf die Landebahn und rannte ihrem Vater entgegen. »Dad! Schön, dich wiederzusehen.« Sie vergrub den Kopf an seiner Schulter, als er sie in die Arme nahm. Sein Geruch – nach Tabak, altem Leder, und vor allem nach einem Leben in der Natur – nahm ihr jeden Zweifel daran, ob diese Reise richtig gewesen war.

»Laß mich dich ansehen.« Er hielt sie bei den Schultern und musterte sie von Kopf bis Fuß.

»Geht es einigermaßen?« Sie mußte schreien, damit er sie über dem Dröhnen der Motoren der startenden Maschine verstand.

»Rainbow Sky MacPherson.« Seine Stimme klang wie flüssige Schokolade. »Du siehst phantastisch aus.«

»Und jetzt kommst du dran, Dad!« Er trug die gleichen Kleider wie in ihrer Erinnerung: kariertes Hemd, zu einem gräulichen Weiß verblichene Jeans, blankgestoßene Lederboots. »Du hast dir die Haare geschnitten! Als ich letztes Mal hier war, sahst du wie Davy Crockett, der Waldläufer, aus.«

»Sagtest du damals auch schon.« Er grinste sie fröhlich an. Die weißen Ränder an seinem Hals und unter dem Schirm seiner Baseballmütze verrieten, daß der neue Schnitt quasi von gestern stammte. Sie war gerührt: Offenbar hatte er sich extra ihretwegen die Mühe gemacht. »Laß es ruhig wieder wachsen, Dad. Ich nehme alles zurück, irgendwie sahen deine Haare lang besser aus.«

»Den Frauen kann man es nie recht machen.« In gespielter Enttäuschung rollte er die Augen himmelwärts. »Hier, gib mir dein Gepäck, der Wagen steht gleich da vorn.« Er nahm ihre Tasche und warf sie auf die Rückbank eines blitzenden allradgetriebenen Daihatsu, der, alle vier Türen geöffnet, neben der Hütte stand.

»Ist der neu?« Als sie das letzte Mal hier oben gewesen war, hatte er einen Pickup besessen, den nur noch sein eigener Rost zusammengehalten hatte.

»Tja, die Geschäfte sind in den letzten Jahren ziemlich gut gelaufen. Wie geht es deiner Mom?« Er schloß die Hintertüren des Fahrzeugs und schob sich geschmeidig wie eine große Katze auf den Fahrersitz.

Sky kletterte neben ihn. »Mom liegt im Krankenhaus. Ich hätte es dir schon vorher erzählen sollen, ich weiß.«

»Alles in Ordnung mit ihr?« Larry drehte den Zündschlüssel herum.

»Tja...« Sky war ein wenig enttäuscht, daß er sich offenbar so gar nicht aufregte.

»Du hättest mir doch gesagt, wenn es etwas Ernstes wäre, oder?« Er legte den Gang ein und fuhr los.

»Aber das ist es, Dad. Sie hat sich das Rückgrat gebrochen.«

Ihr Vater stieß einen langen Pfiff aus, der dem langgezogenen Ton aus einer Mundharmonika ähnelte. »Aber sie wird sich doch wieder erholen, nicht wahr?«

»Was würdest du sagen, wenn du erführest, daß sie sich nicht mehr erholt?« Ehe sie sich's besann, waren die Worte heraus.

»Also bitte, Schatz, ich weiß, das hättest du mir doch dann gesagt.« Ihr Vater bog in einen breiten Weg, der geradewegs in den Wald zu führen schien. Dann sah er sie an. »Halt deinen Hut fest, ich fürchte, jetzt wird es ein wenig holprig.«

Sky saß stumm neben ihm. Sie wollte, daß er sich nach der Operation ihrer Mutter erkundigte und sich sorgte um Johanna. Statt dessen manövrierte er in aufgeräumtester Stimmung seinen Wagen mit dröhnendem Motor an den zahlreichen Schlaglöchern der Straße vorbei.

Nach ungefähr zwei Meilen, die Sky wie vierzig erschienen, hatten sie endlich den Highway erreicht. Es war nicht das körperliche Unbehagen, das sie störte, sondern eher das Gefühl des Schocks. Während das Fahrzeug schneller wurde, versuchte sie, die Sache nüchtern zu sehen. Ihr Vater und ihre Mutter hatten nie geheiratet – ja, niemals zusammengelebt. Weshalb sollte er also über die Nachricht von Johannas Unfall sonderlich beunruhigt sein? Was bedeutete sie ihm schon?

»Du bist sehr ruhig, Dad.« Unwillkürlich klang ihre Stimme provokativ.

»Hier oben gewöhnt man sich an Schweigen und Alleinsein«, erwiderte er in gelassenem Ton. »Das solltest du wissen, Schatz. Ihr Leute in den großen Städten hingegen macht mehr Lärm als ein Haufen junger Füchse.« Sie wußte, daß er ein Freund der Stille war. Er war so eine Art Lederstrumpf, dem jederzeit der Rückzug in seine eigenen Träume gelang.

Sie kamen an eine Kreuzung und bogen nach links in Richtung von Yaak, das aus einem Laden, zwei Telefonzellen und dem Dirty Shame Saloon bestand. »Sie wird ziemlich lange im Krankenhaus bleiben müssen«, sagte sie leise. »Mom«, fügte sie hinzu, als sie sah, daß er verwundert stutzte.

»Oh, ja... Falls sie irgend etwas braucht, wenn du verreist

bist, soll sie es mich einfach wissen lassen, okay, Schatz?« Mit einer Hand nahm ihr Vater eine dünne selbstgedrehte Zigarette aus einer Blechdose auf dem Armaturenbrett und schob sie sich in den Mund. »Aber hallo! Mein Töchterchen wird Auslandskorrespondentin – wie finde ich denn das?« Er tastete seine Taschen nach einer Packung Streichhölzer ab. Lachend schüttelte er den Kopf. »Wer hätte das gedacht? Willst du eine Cola oder so? Es gibt auch Eis.«

Im Moment hielt sie es für besser, nichts zu sagen. Nachdem er in den Laden gegangen war, stieg sie aus und setzte sich auf das Holzgeländer, das das Geschäft umgab. In Yaak herrschte reger Betrieb. Mitten auf der Straße stand ein Pickup mit laufendem Motor, während der Beifahrer in den Laden ging; und ihr gegenüber hielt mit quietschenden Bremsen ein riesiger Sattelschlepper genau vor dem Dirty Shame. Der Fahrer sprang aus der Kabine und streckte sich. »Hi«, rief er in Richtung von Sky. »Wie geht's?«

»Gut«, rief sie zurück und setzte ein möglichst unbekümmertes Lächeln auf.

»Das wette ich.« Der Fahrer schüttelte sich wie ein Bär, der ein Bad im Fluß genommen hatte, und marschierte entschlossen auf den Saloon zu.

»Bitte.« Ihr Vater kam mit zwei Colas und zwei Pappbechern zurück. »Willst du noch ein bißchen sitzen bleiben?« Da er ihr Schweigen als Einverständnis nahm, ging er noch einmal in den Laden zurück, holte eine Tüte Eis und riß sie auf dem Rückweg zu ihr mit den Zähnen auf. Erst füllte er die beiden Becher mit dem Eis, ehe er die Kronkorken der Colaflaschen am Rand des Geländers aufschlug. »Schön hier.« Er setzte sich neben sie. »Schön und kühl.«

Es war früher Abend, und die Bäume am Rand des Waldes auf der anderen Seite des Highway strahlten grüne Ruhe aus. Seit Wochen herrschte hier oben Trockenheit. Die Brise wirbelte kleine Staubwolken zu ihren Füßen auf, und um die beiden Tränken, die neben ihnen an den Dachbalken hingen, schwärmten zahlreiche Kolibris, deren Flügel beim Trinken so rasend flatterten, daß man sie nur verschwommen sah. »Mir ist der Winter lieber«, die Stimme des Vaters drückteWehmut aus. »Nie auch nur ein Hauch von Wind und mindestens sechzig Zentimeter Pulverschnee. Eine blau-weiße, klare Welt.«

»Niedliche kleine Dinger, nicht wahr? Ich wette, in der Stadt sieht man nicht allzu viele davon.« Er stützte die Ellbogen auf die Knie und beugte sich vor, um das Treiben der Kolibris zu beobachten. Sein Blick drückte ein zärtliches Vergnügen aus, das in krassem Gegensatz zu seiner scheinbaren Gefühllosigkeit gegenüber dem Elend ihrer Mutter stand.

»Wegen eines Kolibris liegt Mom im Krankenhaus.«

»Ach?« Während sie erklärte, was geschehen war, versuchte Sky, seiner Miene zu entnehmen, ob das Schicksal des in Moondancers Maul gefangenen Vogels ihn vielleicht mehr interessierte als Johannas Unfall. Sie beendete ihre Erzählung und tat, als wäre sie ganz auf den Genuß ihrer Cola konzentriert.

Was war in den letzten acht Jahren nur geschehen? Mit sechsundzwanzig stand sie diesem Mann zum letzten Mal gegenüber. Eine Erwachsene. Alt und erfahren genug, um die Wahrheit zu sehen. Verhielt er sich immer schon derart distanziert gegenüber der Mutter seines Kindes – oder beurteilte sie ihn jetzt anders wegen ihrer Konfrontation mit Johannas möglichem Ende?

Noch während sie dies dachte, merkte Sky, wie schwülstig diese Überlegung war, und am liebsten hätte sie sie als Sentimentalität abgetan. Doch gleichzeitig wurde ihr klar, daß sie – idiotischerweise – gehofft hatte, Larry MacPherson würde auf der Stelle ins Krankenhaus stürzen und sich um seine einstige Liebste kümmern.

Und daß es nach einem halben Leben für ihre Eltern endlich zu einem Happy-End käme.

Aus diesem Grund hatte sie auch am Telefon nichts von dem Unfall erwähnt. Sie hatte das Bedürfnis verspürt, ihm bei diesem Gespräch in die Augen zu sehen. All die Jahre umwob sie ihn mit einem Netz von Träumen, erhob ihren wunderbaren, abwesenden, attraktiven Vater zu Peter Pan in einem Märchenland. Selbst als erwachsene Frau.

Außerdem erkannte sie allmählich, daß der ganze Wirrwarr ihrer Gefühle in Zusammenhang mit dem verdammten Fergus Lynskey stand. »Ich habe einen Mann kennengelernt, Dad.«

»Ach?« Endlich wurde ihr seine ungeteilte Aufmerksamkeit zuteil. »Ist er wenigstens ein besserer Typ als dieser Randy?«

»Nicht viel«, gab sie, wenn auch widerwillig, zu. »Nun, er hat schon was drauf, aber macht mich – *verrückt*. Ich bin mir nicht sicher, ob ich ihm trauen kann, Dad – das heißt, eigentlich habe ich meine Bedenken. Aber er liebt mich.« Sie rutschte vom Geländer und wanderte zu der Tränke, an der im Augenblick kein Vogel trank. »Zumindest sagt er das, und das macht mir angst.« Sie tauchte einen Finger in das kleine Becken. »Ich meine, welcher Kerl sagt einer Frau, nur wenige Tage, nachdem er ihr zum ersten Mal begegnet ist, daß er sie liebt? Und nur, weil er *einmal* mit ihr geschlafen hat...«

»Ich verstehe«, sagte ihr Vater trocken. »Klingt nach einem wackeren Mannsbild!«

»Oh, Dad, was soll ich denn machen?« Sie drehte sich zu ihm um und er bedachte sie mit einem sanften Blick.

»Du wirst die richtige Entscheidung treffen, Rainbow Sky, das hast du bisher noch immer getan.«

»Mein Leben ist ein einziges Durcheinander.«

»Dummes Zeug! Du bist eine erfolgreiche Reporterin oder etwa nicht? Und außerdem hast du es geschafft, dich von diesem Randy loszueisen.«

»Das war etwas vollkommen anderes. Davon abgesehen bist du nicht mal zu unserer Hochzeit gekommen.«

»Was, wie sich herausgestellt hat, ja wohl eine durchaus weise Entscheidung war.«

»Und du haßt Mom.«

»Aber ich hasse deine Mutter doch nicht...« Sie sah, daß ihn diese Anschuldigung überhaupt nicht traf – und irgend etwas in ihrem Inneren, vielleicht ihre Kindheit, zerbrach.

31

Sheriff O'Connor, der geschieden und somit niemandem Rechenschaft über sein Kommen und Gehen schuldig war, behielt seine Urlaubspläne für sich. Und weder sein Stellvertreter noch sonst irgend jemand, der mit seinem Büro in Verbindung stand, fragte genauer nach. Ganz im Gegenteil, sämtliche Leute führten bildlich gesprochen Freudentänze auf. Brian O'Connor war in Mayville nicht sonderlich beliebt. Jeder, der über seine plötzliche Abreise sprach, sagte, daß ihm, da seine Exfrau vor ein paar Jahren nach Florida gezogen war, wahrscheinlich der Sinn nach einem Besuch bei seinen Kindern stand. Außer ihm selbst und einer Angestellten von British Airways wußten nur die Männer vom FBI, daß er ein Ticket nach London erworben hatte. Den Kauf des Tickets nach Dublin wollte er aus Gründen der Vorsicht erst in Heathrow tätigen.

Wenn seine Untergebenen schon im Gedanken an seine Abwesenheit jubelten, schwoll dem Sheriff selbst vor freudiger Erregung erst recht das Herz. Endlich fing die Sache an. Endlich folgten Taten dem Geplänkel am Telefon.

Jetzt, an diesem letzten Nachmittag, bevor das Abenteuer begann, saß er auf der Veranda hinter seinem schindelverkleideten Haus. Der Hof war staubig und überall wucherte wildes Gestrüpp. Er hatte kein Interesse an Gartenarbeit, an der Pflege der Büsche und blühenden Bäume, die seine Frau bei ihrem gemeinsamen Einzug vor über zwanzig Jahren so optimistisch angelegt hatte. Grüblerisch starrte er durch das Fliegengitter, aber das dichte Unkraut und den alles umschlingenden Efeu nahm er gar nicht wahr. Seine Erregung hatte sich schnell gelegt: Die Bezahlung für seine Rolle in dem Sarggeschäft hatte er heute morgen erhalten; aber als er den Umschlag öffnete, fand er nur ein Drittel der ursprünglich vereinbarten Summe darin. Es reichte für seine Reise und die Nebenkosten, aber kaum mehr.

Der Sheriff war erbost, da er den Rest des Geldes bereits verplant hatte. Er fühlte sich über den Tisch gezogen, etwas, womit er noch nie zurecht gekommen war.

Und darüber hinaus schien es, als hätte die Zeitung seine Warnung, sich von der Story zurückzuziehen, schlichtweg ignoriert: In der letzten Stunde hatten ihn sowohl aus Helena als auch aus Butte Leute, die ihm einen Gefallen schuldig waren, darüber informiert, daß der *Courier* immer noch herumschnüffelte. Er mußte vorsichtig sein! Wenn sie beharrlich genug waren, oder einfach mit ein bißchen Glück, konnten sie ihm wirklich gefährlich werden.

Unentwegt brütete er darüber, wie er sich an dem Typen in Helena rächen konnte, der ihn überhaupt erst in diesen Schlamassel hineingezogen hatte. Nicht nur an ihm, sondern auch am *Butte Courier*. Nicht nur an den beiden, sondern an der ganzen Welt. Je mehr der Sheriff über sein Dilemma nachgrübelte, um so wütender wurde er.

Über seinem Kopf wurde das metallische Dröhnen eines kleinen Flugzeugs laut und er blickte auf. Das Flugzeug, das den roten Schriftzug der Treacy Resources trug, flog ein wenig westlich von ihm mit südlichem Kurs. Im Grunde war es nicht erstaunlich, in diesen Breitengraden ein Flugzeug des Unternehmens zu sehen; aber soweit er wußte, hatte Treacy die Holzfäller- und Bergbauaktivitäten im Nordwesten derzeit eingestellt. Das Unternehmen besaß ein »rotierendes« Urlaubssystem, demzufolge jeweils die gesamte Belegschaft eines der Werke zu gleicher Zeit in Ferien ging.

War vielleicht Treacy selbst in seine Jagdhütte zurückgekehrt? Dem Sheriff kam eine Idee. Er hatte genug Zeit, um hinzufahren und rechtzeitig zurück zu sein – schließlich lag das Haus weniger als sechzig Meilen von Mayville entfernt.

Er rief im Firmensitz des Unternehmens in Butte an und fragte, ob Daniel Treacy zu sprechen sei. Die Sekretärin erklärte, Mr. Treacy sei augenblicklich nicht im Büro; aber falls es dringend wäre, richte sie ihm gerne etwas aus. Ohne auch nur seinen Namen zu nennen, legte der Sheriff wieder auf, griff nach seinem Hut und seiner Waffe, und eilte an dem Polizeiwagen vorbei zu dem kleinen Hyundai, den ihm Deke und Skippy, nachdem er sie dabei erwischt hatte, wie sie die Kilometerzähler einiger ihrer Gebrauchtwagen manipulierten, großzügigerweise zur Verfügung gestellt hatten.

Vielleicht rückte ja der Alte mit noch etwas mehr heraus. Manchmal legte eine Gans bekanntlich ein zweites goldenes Ei.

Sky war dankbar, daß ihr Vater während der Fahrt von Yaak bis zu seiner ungefähr sechs Meilen westlich gelegenen Hütte in zufriedenes Schweigen versank. Seine fröhliche Miene verriet, daß er keine Ahnung hatte, was auf der Veranda des Ladens zwischen ihnen vorgefallen war.

»Hier sind wir.« Er fuhr unter einem rohen Eingangsbogen aus drei zusammengehauenen Pfosten hindurch, und als sie ausstiegen, kam ein alter Mischling zur Begrüßung angetrottet.

»Du hast eine neue Veranda.« Sie war froh, daß es ein so unverfängliches Thema gab, auch wenn die fragliche Veranda ihr vor der herrlichen Holzhütte eher wie ein schimmernder Aluminiumabszeß erschien.

»Allerdings.« Ihr Vater schwang sich vom Fahrersitz. »Der alte Köter und ich hatten die Nase voll davon, daß es ständig durch die Ritzen der Haustür zog, nicht wahr?« Er kraulte den Hund hinter den Ohren und nahm Skys Tasche vom Sitz. »Möchtest du vielleicht ein Bier?«

Das Innere der Hütte entsprach noch genau ihrer Erinnerung. Das von dem großen, das ganze Jahr über brennenden Holzofen gemütlich erwärmte Wohnzimmer war mit zahllosen Jagdtrophäen und Gebrauchsgegenständen vollgestopft. Immer noch starrte sie aus einer Ecke der mehr als zwei Meter fünfzig hohe, ausgestopfte Grizzly drohend an; immer noch prangten an den Wänden Köpfe von Elchen, Hirschen, Waschbären, Ottern, Bibern, ja selbst eines alten Büffels. Hier oben war es sinnlos, um all die Geschöpfe zu weinen, die ihr Leben für diese Trophäen geopfert hatten – ihr Vater hätte sie bei einer derartigen Gefühlsäußerung höchstens mit einem verständnislosen Blick bedacht. Außer mit toten Tieren war der Raum noch mit zahlreichen indianischen Wandteppichen, Friedenspfeifen, Bärenklauen- und Muschelketten und gar mit einem Tomahawk geschmückt, einer solch prachtvollen Sammlung, daß sich damit sicher mühelos ein kleines Museum bestücken ließ.

Sie zog ihre Turnschuhe aus und streckte die Beine genüßlich auf den weichen Fellen aus. »Ist der neu?« Sie zeigte auf einen wunderschönen, mit Adlerfedern geschmückten Rohlederschild, auf dem ein pyramidenähnliches Muster leuchtete.

»Es war eine große Ehre«, sagte ihr Vater beinahe scheu. »Letztes Jahr haben ihn mir die Craw-Indianer auf einer Versammlung überreicht.«

»Und das?« Neben den Schalen und Krügen auf dem Tisch vor dem Fenster stand ein eindrucksvolles Funkgerät.

»Man muß schließlich mit der Zeit gehen.« Er setzte sein breites, gemütliches Lächeln auf und wandte sich der Küche zu.

»Deine Geschäfte florieren ja wirklich – das Ding kann nicht billig gewesen sein...« Sie folgte ihm, als er an den Kühlschrank trat und zwei Dosen Bier aus dem Eisfach nahm.

»Allerdings. All diese Geschäftsmänner aus der Stadt, die sich alle drei oder vier Jahre für zwei Tage einbilden, im Grunde ihres Herzens echte Naturburschen zu sein. Weißt du, ein paar von den Typen warten zehn Jahre auf eine Abschußlizenz für einen einzigen Elch.« Er zuckte mit den Schultern. »Und dann, wenn sie einen haben, wollen sie nur das Geweih, um es sich aufs Dach ihres allradgetriebenen Geländewagens zu setzen. Aber mir und meinen Nachbarn hier oben ist das egal. Auf diese Weise geht uns zumindest der Fleischvorrat nie aus!« Er öffnete den Deckel einer enormen Gefriertruhe, die neben dem Kühlschrank stand. Sie war bis zum Rand gefüllt. »Alles Wild.«

Sie nahmen das Bier mit nach draußen und setzten sich an einen Picknicktisch in einer kleinen Lichtung mitten in dem dichten Wald. Hier draußen biß die Kühle richtig, und die Stille war anders als in den Wäldern rings um Butte. Dort knackte und raschelte es allerorts, während hier, unter den jungfräulichen Bäumen, die Stille so durchdringend war, als verhielten sich die Tiere aus Furcht vor den Jägern besonders leise.

Obgleich sie sich auch früher nur selten gesehen hatten, war ihr Vater Sky nie als Fremder vorgekommen. Doch bereits beim Landen in Yaak war ihr die rosarote Brille, durch die sie ihn bisher immer betrachtet hatte, ein wenig von der Nase gerutscht; und während der letzten Minuten hatten ihre letzten Illusionen der endgültigen Ernüchterung Platz gemacht. Als sie das Funkgerät entdeckte, fiel ihr auf, daß er sie noch nie in ihrem Leben angerufen hatte. Irgendwie schaffte sie es bisher erfolgreich, dieses Phänomen zu ignorieren. Sicher, er hatte stets im Rahmen seiner finanziellen Möglichkeiten zu ihrem Unterhalt beigetragen, und auch ihren Geburtstag, Weihnachten und selbst ihren High-School-Abschluß vergaß er nicht. Freilich sagte er, daß er sie liebte, aber er sagte es in demselben zärtlichen Ton, in dem er mit seinem Köter sprach. Sky wünschte, sie hätte ihn nicht besucht. Es wäre soviel schöner gewesen, weiterhin das Märchen vom Prinzen aus ihrer Kindheit aufrechtzuerhalten. Aber aufgrund ihrer neu erwachten Empfindsamkeit erkannte sie nun, daß Larry MacPhersons Unabhängigkeit sich auf alle Menschen, einschließlich sie selbst, erstreckte. Er brauchte niemanden zu seinem Glück.

»Vor kurzem habe ich Daniel Treacy interviewt.« Sie hielt die Stille nicht mehr aus. »Er sagt, daß er hier ganz in der Nähe eine Jagdhütte besitzt.«

»Das stimmt – willst du noch ein Bier?« Er hielt seine leere Dose hoch.

»Nein danke.« Sie hatte an ihrem bisher noch kaum genippt. »Wie weit ist es denn bis dort?«

»Oh, zehn, elf Meilen vielleicht. Sie liegt direkt an der Grenze zu Idaho.«

»Aber jetzt wohnt dort keiner, oder?«

»So heißt es. Ich glaube, ich trinke noch eins.« Er stand auf.

»Interessiert dich eigentlich *überhaupt* nichts, Dad?«

Er runzelte seine normalerweise faltenlose Stirn. »Eigentlich nicht – tja, höchstens vielleicht, ob es der Schneepflug nach dem ersten Schneien bis hierher zu meiner Hütte schafft oder so.«

»Wie steht's mit Menschen? Bedeutet dir denn keiner etwas?«

»Schon, schon! Nur daß Menschen immer überall Unordnung

und Verwirrung stiften, findest du nicht?« Er blickte auf die Bierdose in seiner von schwerer körperlicher Arbeit schwieligen Hand, ehe er Nachschub holen ging.

Da sie es einfach nicht länger ertrug, untätig hier herumzusitzen, während er ihren Ängsten und Sorgen nicht die geringste Aufmerksamkeit schenkte, fragte sie ihn, nachdem er seine zweite Ration getrunken hatte, ob er vielleicht mit ihr zu Daniel Treacys Hütte führe. Als Grund für ihre Bitte gab sie rein journalistische Neugier an – auch wenn ihr Interesse an dem Unternehmer seit dem Auftauchen ihrer Großmutter eher persönlich war.

In weniger als einer Viertelstunde hatten sie Treacys Anwesen erreicht. Direkt vor einem Holzschild, das sie in Idaho willkommen hieß, bog ihr Vater vom Highway in eine schmale, nicht geteerte Straße ein, die geradewegs ins Unterholz zu führen schien. »Willst du direkt bis ans Haus?«

»Unbedingt!« Immer noch sah sie keinen Weg.

»Bis zur Einfahrt müßte es ungefähr noch eine Meile sein.« In letzter Minute entdeckte sie plötzlich eine Schneise zwischen den Bäumen, von der aus man offenbar über einen schmalen Pfad zu dem immer noch unsichtbaren Anwesen gelangte. Die Tarnung war meisterhaft: Nur, wer sich genauestens auskannte, fand den Weg. Behende fuhr ihr Vater zwischen den dicht stehenden Bäumen hindurch, ohne daß auch nur ein einziges Blatt sein Fahrzeug berührte.

In der Redaktion des *Courier* saß die Kleine mit rauchendem Kopf: So angestrengt hatte sie seit Jahren nicht mehr nachgedacht. Ihre Aufgabe bestand darin, sämtliche öffentlichen Gebäude in der Stadt anzurufen – Schulen, Kirchen, Versorgungsbetriebe, Banken, Büros und Appartementblöcke – ob bei ihnen vielleicht ein schwarzer Vagabund, wenn auch nur für ein paar Tage, in der Heizungsanlage mitgearbeitet habe.

Der Boß war auf den Straßen unterwegs, und obgleich er während der letzten anderthalb Stunden nicht auf den gesuchten Mann stieß, hatte er doch etwas entdeckt.

Gerade als er an dem Alkoholgeschäft in der Dublin Gulch vorüberging, kam Skys Freund Greg Landos aus der Tür; plötzlich erinnerte Jimbo sich daran, daß die Kleine an dem Überbringer des anonymen Hinweises eine Alkoholfahne gerochen hatte.

»Hi, Larsen, was kann ich für dich tun?« Gregs Zurückhaltung überraschte ihn, aber dann dachte er nicht weiter über die kühle Begrüßung nach. »Ich frage mich, ob du mir vielleicht helfen kannst.« Mit kurzen Worten beschrieb er ihm den Mann und zu seiner großen Freude fiel Greg tatsächlich etwas ein.

»Du sagst, er ist schwarz?«

»Ich schätze, ja.«

Der Gesuchte war nur einmal hier gewesen, aber während der paar Minuten seines Aufenthalts hatte er bereits einen Streit mit einem anderen Kunden, einem älteren Pförtner, vom Zaun gebrochen. »Ich habe die beiden rausgeworfen«; Greg war einfach von Natur aus ein Pragmatiker, »aber ungefähr eine Stunde später habe ich die beiden noch einmal gesehen. Sie saßen friedlich, wie dicke Freunde, zusammen auf einer Bank vor dem Bürgerzentrum. Der Alte arbeitet dort.«

Der Pförtner hatte seinen freien Tag, aber ihn zu finden, war nicht schwer. Mit seiner Adresse bewaffnet, fuhr der Chefredakteur nach Walkerville, einem heruntergekommenen Vorort von Butte. Das winzige, baufällige Häuschen stand im Schatten eines der verrosteten Grubenkräne. Nur noch der Abdruck einer ehemals vorhandenen Klingel war zu sehen, und als er klopfte, regneten Brösel verrottender Farbe und wurmstichigen Holzes auf ihn herab.

Geöffnet wurde ihm von einem älteren Mann, der nicht größer als ein Schuljunge und mit einem ölbefleckten Overall bekleidt war, und dessen Atem, als er sprach, unangenehm nach Schnaps stank. »Ich kaufe nichts.« Er wollte die Tür schon wieder schließen, als Larsen sich vorstellte und erklärte, weshalb er gekommen war. »Aber den Typen habe ich nur das eine Mal gesehen.« Wieder versuchte der Pförtner, die Tür zu schließen, aber Larsen gab nicht nach.

»Es ist wirklich wichtig, Mr. Schindler, ich muß ihn finden. Haben Sie vielleicht eine Ahnung, in welche Richtung er weitergezogen ist?«

»Er hat irgendwas von Anaconda gesagt.«

Nach ungefähr einer halben Meile führte der Weg über eine kleine, S-förmige Brücke, die schwankend über einem tiefen, braunen Flußlauf hing. Als der Wagen die zweite Kurve umrundete, öffnete sich mit einem Mal der Wald, so daß Treacys Haus zum Vorschein kam.

Was das imposante Ambiente betraf, stand diese sogenannte Hütte seinem Anwesen bei Butte nicht im geringsten nach. Sie wurde von dem sie wie ein Rundbild umgebenden Gebirge beherrscht, das ihr Schutz bot und sie gleichzeitig wie ein Gemälde wirken ließ. Ihr Vater schaltete einen Gang herunter und lenkte den Wagen einen pfeilgeraden Weg zwischen zwei gepflegten Rasenflächen aufwärts. Auf der Kuppe des Hügels stand das von einem Halbkreis von Zierbäumen umgebene Haus. Langgestreckt, niedrig und leicht sichelförmig angelegt, war es aus demselben Holz wie die Hütte ihres Vaters; aber Sky hatte lange genug in Montana gelebt, um zu wissen, daß der Unterschied zwischen den beiden Behausungen durchaus eine Million betragen konnte.

Allerdings sah das Haus mit den geschlossenen Fensterläden recht einsam und verlassen aus. Nur der kleine Hyundai, der auf dem Parkplatz stand, flößte ihm noch ein wenig Leben ein. »Ich schätze, daß er es immer noch in Ordnung halten läßt.« Larry stellte seinen Wagen neben dem Hyundai ab, stieg aus und streckte sich. »Willst du dir das Haus auch von hinten ansehen?«

»Nein.« Mehr als alles andere wollte Sky alleine sein. »Am liebsten mache ich einen kleinen Spaziergang im Wald.«

Ihr Vater lehnte sich gegen seinen Wagen, zog eine Kiste unter dem Rücksitz hervor und klappte den Deckel auf. »Hier, nimm das mal mit.« Er überprüfte, ob das Gewehr entsichert war. »Du weißt doch, wie man damit umgeht?«

»Das ist unmöglich …« Beim Anblick der Waffe fuhr Sky erschreckt zurück.

»Dann komme ich eben mit.« Er legte sich das Gewehr über die Schulter und wandte sich zum Gehen. »Bären«, erklärte er, als hätte er es mit einem kleinen Kind zu tun, und Sky fing unpassenderweise an zu gackern.

Auf der Rückseite steckte der Sheriff nun in der Klemme.

Er hatte das Haus erst vor wenigen Minuten erreicht und war geradewegs nach hinten marschiert, da sich ganz offensichtlich niemand hier aufhielt. Dann allerdings hatte er den Motor eines näher kommenden Fahrzeugs gehört, also war er entschieden nicht umsonst gekommen.

Er hatte kurz überlegt, ob er sich zeigen sollte – sein Auto vor dem Haus würde sowieso verraten, daß jemand in der Nähe war –, aber dann hatte er sich instinktiv versteckt. Besser wartete er ab, bis Treacy im Haus verschwunden wäre. Langsam hatte er sich an die Ecke der Mauern geschoben, um zu hören, wann der Unternehmer das Gebäude betrat.

Indessen nahm er, als das Motorengeräusch erstarb, zwei Stimmen wahr, von denen eine zu seinem Entsetzen der Reporterin vom *Butte Courier* zu gehören schien. Er erkannte sie sofort: Wie viele Frauen sprachen schon, wenn sie nicht gerade im Fernsehen Werbung machten, in diesem melodischen, singenden Ton?

Nun erklang das unmißverständliche Klicken eines Gewehrs, das entsichert wurde, wieder die Stimmen, und schließlich wurde ihr Lachen laut. Das Lachen einer Schlampe, jawohl!

Dieses Lachen war es, das … Der Sheriff mußte die Holzverstrebungen des Hauses umklammern, sonst wäre er den beiden auf der Stelle nachgerannt.

Seine Wut hatte er seit vielen, vielen Jahren unterdrückt. Nach ein paar hitzigen Explosionen in seiner Jugend hatte er erkannt, daß ein Mensch aufgrund von Zorn die Kontrolle über sich verlor – und Kontrolle war die Voraussetzung für Erfolg.

In seinem Inneren jedoch hatte diese Wut immer weiter

gegärt. Wut gegen die Schurken und Betrüger, die, manchmal im wahrsten Sinne des Wortes, selbst mit Mord davonkamen, nur weil ihnen irgendein gewiefter Anwalt zur Seite stand. Wut gegen seine idiotischen Eltern, die ihn regelmäßig grün und blau geschlagen hatten, Wut gegen seine Exfrau, die einfach mit seinen Kindern abgehauen war. Wut gegen die Regierung, die die Rechte der amerikanischen Bürger zugunsten von Ausländern, Schmarotzern und linken Agitatoren beschnitt. Wut gegen die Reichen, gegen jeden Mann, der besser aussah als er selbst. Und gegen die Weiber, die über seine Verführungsversuche lachten, so daß er mit Nutten zu schlafen gezwungen war.

Einen Teil dieser Wut hatte er in seinem Haß auf die Briten, die Irland immer noch besetzten, kanalisiert. Doch nun, als dieses Lachen ertönte, hatte er sich zum ersten Mal seit Jahrzehnten nicht mehr in der Gewalt.

Mittlerweile hielt der Sheriff sich krampfartig an einer Regenrinne fest. Er zitterte so heftig, daß er befürchtete, gleich das Rohr abzureißen; aber jetzt konnte er unmöglich loslassen. Er rang um Beherrschung und nach ungefähr einer Minute lockerte er seinen Griff. Seine Hände waren aufgescheuert und fingen schmerzhaft zu pochen an. Mit steifen Schritten ging er ums Haus.

Der allradgetriebene Wagen war achtlos hinter dem Hyundai geparkt. Drei der vier Türen standen offen. Ohne darauf zu achten, ob man ihn vielleicht sah, ging der Sheriff hinüber und machte die Motorhaube auf. Er sah sich die Drähte und Kabel genauestens an – und dann zog er, als hätte er alle Zeit der Welt, gelassen die Kabel der vorderen Bremsen heraus. Seine Hände und Unterarme waren stark, die ganze Aktion dauerte nur Sekunden; und da der Daihatsu über ein duales Bremssystem verfügte, vergaß er auch nicht die Kabel der Hinterradbremsen.

Anschließend klappte er die Motorhaube wieder zu und sah nach, ob vielleicht irgendwo eine verdächtige Lache ausgelaufener Bremsflüssigkeit zu sehen war; aber der sorgsam geharkte Kies hatte alles aufgesaugt.

Der Sheriff stieg in seinen eigenen Wagen und fuhr davon.

Nachdem er die ungefähr eine halbe Meile entfernte kleine Brücke hinter sich gebracht und wieder dichten Wald um sich hatte, ebbte seine Wut allmählich ab. Er fühlte sich leer. Und verwirrt. Was hatte er getan? Selbstverständlich hatten sie den Hyundai gesehen, so daß es nicht lange dauern würde, bis man ihm auf die Schliche kam.

Weshalb nur hatte er das getan? Irgendwie war ihm eine Sicherung durchgebrannt.

Als er am Ende des unbefestigten Wegs auf den Highway bog, hatte er sich wieder im Griff. Ja, ein wenig tat ihm sein unüberlegtes Handeln sogar leid. Jetzt müßte er nach Mayville zurückrasen, den Wagen abgeben und sich darauf verlassen, daß weder Skippy noch Deke aus der Rolle fielen. Der Sheriff stieß einen Seufzer aus. Das menschliche Verhalten stellte einen immer wieder vor Rätsel.

32

»Allmählich wird die Sache gefährlich.« Es war beinahe Mitternacht, und Rupert de Burgh sprach aus einer Telefonzelle an der Ecke der Straße, in der er zu Hause war. »So, wie sie reden, scheinen sie zu wissen, daß es irgendwo eine undichte Stelle gibt. Könnte sein, daß ich die – ach, du weißt schon – wieder entfernen muß.« Obwohl er mit seinem Bruder stets aus verschiedenen Telefonzellen sprach und keinesfalls die Nummer seines Londoner Appartements anwählte, ruhte sein Argwohn gegen mögliche Lauscher niemals. »Aber keine Sorge«, beschwichtigte er ihn schnell. »Sie ahnen nicht, wer der Maulwurf ist. Unser kleines Gerät hat seinen Zweck durchaus erfüllt, und bisher sind wir immer noch locker im Zeitplan. Wie läuft's bei dir?«

»Ich habe noch mal über die ganze Sache nachgedacht.«

De Burgh, der seinen Bruder kannte wie sich selbst, fiel das Unbehagen in Tobys Stimme auf. »Für einen Rückzieher ist es jetzt zu spät«, sagte er mit gewohnter Autorität. »Wir haben es hier nicht mit Menschen, sondern mit Zahlen zu tun, alles klar? Der Kerl ist Ehrenkommandeur der Fallschirmspringer, Toby. Entsinnst du dich noch, was die Fallschirmspringer damals in Derry angerichtet haben, oder nicht?«

»Ja, ja, durchaus.« Die Stimme seines Bruders hatte wieder ihren normalen, dumpfen Klang.

»Am besten unterhalten wir uns morgen. Vielleicht treffen wir uns zum Mittagessen im Club? Jetzt dauert es nicht mehr lange. Versuch, noch ein paar zusätzliche Informationen zu bekommen, Zeiten, Routen und so. Du weißt, was du zu tun hast, sobald sein Flugzeug gestartet ist?«

»Ja.«

»Drei verschiedene Telefonzellen, immer dasselbe Codewort. Hast du noch die Nummern, die ich dir gab? Du erinnerst dich doch an den vereinbarten Code?«

»Ich bin kein kleines Kind.«

De Burgh stieß einen Seufzer aus. Er war froh, daß es bald soweit war. »Denk an die Vergangenheit, Toby.« Das sagte er betont burschikos. »Und an den Ehrenplatz, den uns die Geschichte einräumen wird.«

Als Skys Vater ungefähr fünfzig Meter vor der kleinen, gewundenen Brücke am Fuß des Hügels unter Treacys Jagdhütte auf die Bremse trat, tat sich nichts. Zwar hatte er einen relativ niedrigen Gang eingelegt, aber trotzdem gewann das Fahrzeug an Geschwindigkeit. Fluchend trat er abermals auf das nutzlose Pedal, ehe er herunterschaltete und die Handbremse zog.

Der Motor kreischte, aber der Weg war zu steil für eine Notbremsung. In einer Sekunde hätten sie die Brücke erreicht, die knapp breit genug für ein einziges Fahrzeug war.

»Halt dich fest«, brüllte er, ließ die Bremse los und konzentrierte sich ganz darauf, nicht die Kontrolle über das Lenkrad zu verlieren.

Sky umklammerte panisch die Seiten ihres Sitzes, und ihr Vater trat aufs Gaspedal, lenkte den Wagen erfolgreich um die erste Kurve. Der Wagen wurde immer schneller, der Tacho war längst im roten Bereich, und nach der zweiten Kurve polterte der hintere Kotflügel gegen das Holzgeländer, das krachend zerbarst. Im Fahrzeug breitete sich der Geruch von qualmendem Öl aus; aber Larry ignorierte den Gestank und schoß mit dem Daihatsu, dessen Tacho am oberen Ende der Gefahrenzone hing, von der Brücke auf den Weg.

Als das geschafft war, nahm er den Fuß vom Gas und wartete, bis der Wagen ungefähr hundert Meter weiter auf dem holprigen Weg zum Stehen kam und der Motor in wirbelnden Wolken braunen Staubs abstarb. Er sah seine Tochter an. »Alles in Ordnung, Schatz?«

»Ja.« Sie brachte nur ein Flüstern heraus. Nach ihrem lauten Angstschrei und dem ohrenbetäubenden Motorenlärm erschienen ihr das sanfte Rauschen der Bäume und das leise Pfeifen des Windes wie die Brandung eines Ozeans.

»Ich verstehe es nicht.« Relativ gefaßt sprang Larry von seinem Sitz. »Das Schätzchen wurde erst vor zwei Wochen in der Werkstatt überprüft. Seit ich es gekauft habe, habe ich nie auch nur das kleinste Problem mit ihm gehabt. Hoffentlich ist nicht auch noch der Motor kaputt.« Er öffnete die Kühlerhaube und sah sich die Bescherung an.

Mit wackligen Beinen schob sich auch Sky von ihrem Sitz. Erst jetzt wurde ihr das Ausmaß dessen, was hätte geschehen können, ganz bewußt. Ihr wurde übel, und so stakste sie zum Rand des Weges, setzte sich auf einen weichen Teppich aus Pinienadeln und Moos, und legte den Kopf auf die Knie.

»Möchtest du vielleicht was trinken, Schatz?« Ihr Vater stand über ihr. »Ich habe immer eine kleine Flasche Bourbon dabei.« Er holte den Flachmann und hockte sich neben sie. »Wen kennst du, der einen Hyundai fährt?«

Sie hob verständnislos den Kopf, und er sah sie mit ernster Miene an. »Wer auch immer außer uns dort oben gewesen ist, hat meine Bremsen kaputtgemacht. Die Kabel sind herausgezogen, so daß die gesamte Bremsflüssigkeit ausgelaufen ist.«

»Kann man das reparieren?« Sky hob die Flasche an den Mund. Der Whiskey brannte in ihrer Kehle, aber beinahe sofort legte sich ihre Übelkeit. Es fiel ihr schwer zu glauben, daß jemand zu so einer gezielten Tat fähig war.

»Ich habe eine Menge Zeug dabei.« Ihr Vater klang relativ sachlich. »Aber nicht genug Bremsflüssigkeit, um sicher zu sein. Außerdem sind die Kabel defekt. Am besten trinken wir aus und dann rufe ich jemanden an, der uns abholen kommt. War so 'ne Ahnung bei dem Typen, der mir den Daihatsu verkauft hat, als er meinte, das Telefon würde mir sicher irgendwann mal nützlich sein.«

So langsam trat Zorn an die Stelle von Skys Schrecken. Wer wagte es, ihr – ihnen – so etwas anzutun?

Natürlich dieselbe Person, die ihr auch eine Patrone in den Briefkasten gelegt hatte.

Gemessen an den Entfernungen in Montana war es von Mayville bis hier nicht allzuweit, und es würde kaum schwierig werden zu beweisen, wer im Augenblick einen Hyundai fuhr. Sie war so wütend, daß sie ihre Angst vollkommen vergaß. »Dad, wenn du telefonierst, sag den Leuten, daß sie Zangen, Gummihandschuhe und *neue* Kabel mitbringen sollen.«

»Was?«

»Fingerabdrücke. Ich weiß, es ist ein bißchen weit hergeholt, aber eine Untersuchung schadet nicht. Und könnte ich vielleicht kurz dein Telefon benutzen, bevor du Hilfe rufst?«

Sie wählte die Nummer der Redaktion; doch die Kleine erklärte ihr atemlos, der Boß wäre auf der Suche nach dem Mann, der den anonymen Hinweis auf dem Rabattmarkenwisch abgegeben hatte, unterwegs. »Ich würde dir ja gerne helfen, Sky, aber im Augenblick habe ich keine Zeit. Da wartet noch die zweite Hälfte der Anrufe, die auf meiner Liste stehen.«

»Danke, Lindy. Sag ihm, wenn er sich bei dir meldet, daß er mich *umgehend* unter dieser Nummer anrufen soll.« Sie gab ihr die Nummer des Autotelefons und ließ sie sich wiederholen, um sicherzugehen, daß die Kleine sie richtig notiert hatte. Dann versuchte sie es im War Bonnet, aber auch Lynskey war nicht da. Ihm hinterließ sie ebenfalls ihre Nummer und sagte der Dame am Empfang, sie solle ihrem Gast ausrichten, es sei dringend.

Wenn man aus Butte in Richtung Anaconda fährt, fallen einem statt der wunderbaren, breiten Straßen und der blitzblanken Häuser zuerst ein riesiger über der Stadt thronender Schornstein und dann ein gewaltiger Schlackehaufen auf, das reinste Gebirge. Voller Stolz auf ihre Vergangenheit als Grubenstadt hatte die Stadt den Berg zu einer Touristenattraktion gemacht, so daß es im Besucherzentrum »Schlacke im Sacke« zu kaufen gab.

Jim Larsen hatte den Haufen erst bei der Fahrt in die Stadt und dann noch einmal zu Fuß auf der Suche nach jemandem, der vielleicht einen schwarzen Herumtreiber in einem dunkelblauen Jogginganzug gesehen hatte, passiert. Gerade als er aufgeben wollte, fiel ihm ein, daß vielleicht ein Besuch in den Läden und Cafés erfolgreich wäre.

Und tatsächlich hatte er Glück, als er in Donovans Restaurant, einem langen, schmalen Raum, vom Lärm der neben dem Tresen aufgestellten Spielautomaten erfüllt, an den Tisch einer alten Dame trat, die ein Glas Eistee an ihre Lippen hob. »Entschuldigen Sie, Ma'am.« Er wartete, bis die Frau die Zeitung, auf deren Titelseite ein großes Foto von Prinzessin Diana zu sehen war, sinken ließ.

»Ja?« Sie sprach langsam und zittrig, als hätte sie einen leichten Schlaganfall gehabt, aber die Augen hinter ihrer Brille blitzten ihn munter an.

Zum ungefähr hundertsten Mal setzte Larsen zu denselben Fragen an, aber statt ihn wie all die anderen zuvor verwundert anzuschauen, sagte die Frau: »Freilich kenne ich den Typen. Aber im Augenblick ist er nicht hier – er arbeitet oben in der Nähe von Georgetown in einer kleinen Bar.« Larsen traute seinen Ohren kaum. »Ob er heute auch dort ist, weiß ich natürlich nicht«, die Langsamkeit, mit der sie sprach, raubte ihm den letzten Nerv. »Aber gestern war er dort. Mein Sohn hat mich anläßlich meines Geburtstags dorthin eingeladen, und ich habe einen Typen den Müll rausbringen sehen, auf den die Beschreibung paßt. Ich erinnere mich deshalb so genau daran, weil man schließlich nicht oft…«

»Genau, Sie haben recht.« Larsen wollte dringend los. »Man sieht nicht oft Farbige bei uns. Danke für Ihre Hilfe, Ma'am.«

Auf dem Weg zu seinem Wagen kam er an einer Telefonzelle vorbei und überlegte kurz, ob er im Büro anrufen sollte, um zu erkunden, wie der kleine Hohlkopf weiterkam. Vielleicht war dieser schwarze Mann ja gar nicht der Gesuchte.

Dann allerdings dachte er, riefe er vielleicht besser erst bei der Kleinen an, sobald er sich seiner Sache sicher war.

Als Larry MacPherson zusammen mit seiner Tochter in dem reparierten Daihatsu endlich wieder bei seiner Hütte anlangte, war es bereits kurz vor neun. Sky hatte die Entfernung der defekten Kabel genauestens überwacht, hatte sie vorsichtig mit den Zangen auf den Rücksitz gelegt und wollte sie nun, da sie wieder in der Hütte war, in einem Gefrierbeutel verstauen.

Nach ihren ersten Anrufen hatte sie es sowohl im War Bonnet als auch bei Jim Larsen zu Hause noch mehrere Male vergeblich versucht; allmählich machte es sie wütend, daß keiner der beiden Männer zu erreichen war. Sie überlegte, ob sie vielleicht einen ihr bekannten Polizisten aus Butte anrufen sollte; aber da sie die Story ohne vorherige Absprache mit Jimbo nicht an die Öffentlichkeit bringen wollte, unterließ sie es.

Auch Lynskey riefe in der nächsten Zeit sicher nicht zurück: Schließlich träfe er sich in wenigen Minuten mit dem Typen namens Matt.

Der Ire trieb sich bereits seit einer halben Stunde auf dem Parkplatz des Cafés herum. Aber dieses Mal agierte er mit Hilfskräften. Angesichts der gefährlichen Situation und da er hier in Amerika ein Gast ohne besondere Befugnisse war, hatte er seine Kontaktleute beim FBI über das bevorstehende Treffen informiert. Vier Agenten waren auf zwei Wagen verteilt aufgetaucht; aber in ihren gepflegten Anzügen und mit den konservativen Frisuren fielen sie dermaßen auf, daß Lynskey schier verzweifeln wollte. Wenn dieser »Matt« erkannte, daß er nicht alleine war, machte er sich sicher umgehend aus dem Staub. Und Lynskey wußte einfach, daß der Kerl kein bloßer Trittbrettfahrer war. Seine Kontakte hatten es ihm bestätigt: Seit dem frühen Nachmittag traf kein Gespräch mehr aus Helena ein.

Die Agenten wollten, daß Lynskey die Sache von nun an aus den Händen gab; aber er überzeugte sie davon, daß er mehr als sie herausbekommen würde, und sie erklärten sich bereit zu warten bis zu einem verabredeten Zeichen. Jetzt saßen sie im Restaurant und Lynskey hoffte, daß ihr auffälliges Äußere im allgemeinen Gedränge vielleicht unterging. Der Laden schien nicht nur bei den Teenagern der Umgebung, sondern auch bei Erwachsenen ziemlich beliebt zu sein. Der immense Parkplatz, die kostenlosen Duschen und die phantastischen Steakgerichte zogen sowohl Touristen als auch Motorradfahrer und Trucker gleichermaßen an.

Ehe er seinen Posten bezog, hatte er das Etablissement sowohl von außen als auch von innen mitsamt der Toiletten, sämtlicher Ein- und Ausgänge und des vom Restaurant aus einsehbaren Teils der Küche genauestens in Augenschein genommen.

Nun stand er im Schatten eines riesigen Lkw und sah auf seine Uhr. Es war bereits fünf nach neun und obgleich in den letzten zwanzig Minuten drei einzelne Männer das Café betreten hatten, sah bisher noch niemand besonders verdächtig aus. Der erste von ihnen war in einem so zerbeulten Pickup aufgetaucht, daß Lynskey bezweifelte, ob der überhaupt die Strecke von Helena bis hier geschafft hätte; der zweite erschien in einem brandneuen Porsche, der einfach zu auffällig für ein solches Unterfangen war; und der dritte stieg aus einem riesigen Truck voller Schokoriegel. Das Bild auf der Seite des Fahrzeugs, auf dem man zwei Kinder fröhlich schmausen sah, ließ ihm das Wasser im Mund zusammenlaufen – er hatte seit dem Mittag keine Zeit mehr zum Essen gehabt –, aber dann traf ein weiteres Fahrzeug ein und Lynskey wandte seine Gedanken wieder seiner Arbeit zu.

Der Wagen fuhr langsam den Parkplatz ab; als er für kurze Zeit aus seinem Blickfeld verschwand, eilte Lynskey hinüber zu dem Schokoriegel-Truck und kletterte in die Fahrerkabine, die, wie er wußte, nicht verschlossen war. Es dämmerte bereits und von hier oben aus hatte er die Lichter des neu angekommenen Pkw, der sich am anderen Ende des Parkplatzes in eine Lücke schob, genau im Blick. Er schrumpfte auf seinem Sitz zusammen, tauchte jedoch eilig wieder auf, als der Fahrer des Autos vor die Tür des Cafés trat: mittelgroß, wahrscheinlich mittleren Alters, in der Uniform von Montana, die aus Jeans, Karohemd und Boots bestand. Dann schluckte ihn das Restaurant.

Lynskey zählte langsam bis zehn, bevor er dem Mann folgte. Sobald er vor der Glastür stand, entdeckte er, daß »Matt« auf einem Hocker an der Theke saß und, eine eingeschweißte Speisekarte in der Hand, die Menge unauffällig musterte. Aus dem Augenwinkel sah Lynskey, daß einer der Agenten sich ein wenig aufrichtete, als er selbst das Restaurant betrat, stehenblieb und erwartungsvoll, als hätte er ein Rendezvous, in die Runde blickte. Der Mann an der Theke registrierte sein Kommen, sah dann jedoch unbewegt über ihn hinweg.

Außer einem waren sämtliche Hocker am Tresen bereits besetzt. Der Mann in dem Karohemd hatte einen Platz zwischen zwei jungen Mädchen gewählt.

Lynskey trat gemächlich neben ihn. »Entschuldigen Sie – Sie sind Matt, nicht wahr?«

»Nein«, erwiderte der Mann in barschem Ton. »Da haben Sie offenbar den Falschen erwischt. Mein Name ist Pete.«

»Ach ja?« Auch wenn sich Lynskey sicher war, daß er mit seiner Vermutung richtig lag, wirkte das Auftreten des Kerls überzeugend. »Ich hätte schwören können, daß Sie Matt sind«, fuhr er unbekümmert fort. »Zumindest der Stimme nach. Obwohl man das bei diesen Anrufbeantwortern wahrscheinlich nie genau sagen kann.«

Der Mann glitt von seinem Hocker und fletschte die Zähne. »Ich habe doch bereits gesagt, daß ich der Falsche bin, und habe weder jetzt noch in Zukunft Lust auf ein Gespräch.« Er machte auf dem Absatz kehrt, aber Lynskey war schneller und packte schmerzhaft seinen Arm. »Sei jetzt ein braver Junge und setz dich wieder hin. Ich will mit dir reden. Du magst doch keine

Szene, oder? Vielleicht käme dann die Polizei.« Er war wesentlich größer und drahtiger als der Typ, so daß der sich geschlagen gab. »So ist's besser.« Lynskey setzte sich neben ihn. »Möchten Sie vielleicht einen Kaffee oder so?«

»Vergessen Sie's.« Die Miene des Mannes drückte Argwohn aus.

»Also gut, dann warte ich auch noch ein bißchen mit meinem Tee. Und jetzt, Matt oder Pete oder wie du eben heißt...«

Der Mann sprang auf und rannte auf den Ausgang zu, doch schon traten ihm vier FBI-Agenten in den Weg. Da er dieser Überzahl ganz sicher unterlegen war, machte er auf dem Absatz kehrt und preschte zur Küche. Als ihm Lynskey dabei in die Quere kam, rammte er ihm sein Knie in den Leib, so daß der Ire keuchend nach vorne fiel und dabei noch einen Hocker samt der darauf sitzenden Person mit in die Tiefe riß. Während er weiterrannte, zog der Verbrecher seine Pistole.

Die vier Mädchen hinter der Theke schrien furchtsam auf, als der Troß der FBI-Agenten auf dem Weg in die Küche alles durcheinanderwarf.

»Matt« war ihnen immer noch ein gutes Stück voraus. Als er durch die metallene Schwingtür brach, sprang der ältliche Angestellte, der ein Tablett voller Porzellangeschirr in Richtung Spüle wuchtete, gerade noch rechtzeitig zurück; doch das überladene Tablett krachte auf die Fliesen, so daß der Flüchtige, als er auf die rutschigen Scherben trat, kostbare Sekunden verlor.

Jetzt hatten auch die bewaffneten Agenten den Raum erreicht. Der Verfolgte schnappte sich einen jungen Aushilfskellner und hielt ihm seine Pistole an den Kopf. »Bleibt, wo ihr seid«, brüllte er die Ordnungshüter an.

Alle waren wie erstarrt. Die drei Köche und die Serviererin, die gerade Kartoffelbrei auf mehrere Teller verteilte, blieben reglos stehen.

Der panische Aushilfskellner, der höchstens fünfzehn war, brachte nicht einmal einen Schrei heraus, als sein Peiniger keuchend rückwärts mit ihm den Ausgang anpeilte.

Einer der Agenten schob sich zentimeterweise vor, steckte

seine Waffe weg und sah den Geiselnehmer lächelnd an. »Wir können über alles reden. Aber lassen Sie den Jungen gehen.«

»Bleibt, wo ihr seid.« Der Mann drückte dem Jungen die Pistole noch fester an die Schläfe, während er sich weiter rückwärts tastete.

Im Restaurant stürzte Lynskey, obgleich ihm vor Schmerzen immer noch schwindlig und übel war, halb rennend, halb humpelnd zur Vordertür, wobei er im Vorbeigehen eine Handvoll Gabeln und Messer aus dem Besteckfach nahm.

Draußen angekommen atmete er tief die kühle Nachtluft ein, was die Schmerzen verstärkte, aber die Übelkeit ein wenig milderte. Er humpelte um die Ecke des Gebäudes auf den Küchenausgang zu und betete, daß er für den Jungen noch rechtzeitig kam.

Ein paar Meter links von der Tür stand ein Mülleimer, hinter dem er in die Hocke ging. Wenige Sekunden später öffnete sich die Tür, und der Bewaffnete schob sich, den Jungen wie einen Schild vor seiner Brust, rückwärts auf den Hof. Einer der Agenten folgte ihm, wobei er die Hände zum Zeichen, daß er nicht bewaffnet war, nach oben hielt. »Also bitte«, sagte er sanft. »Wir können über alles reden. Lassen Sie den Jungen los ...«

»Bleib stehen, bleib *stehen.*« Der Mann war beherrscht, aber nervöser, als es Lynskey im Hinblick auf die Sicherheit des Jungen gefiel. Er ignorierte den immer noch stechenden Schmerz in seinem Unterleib und spannte sich an.

Während der Agent weiterhin die Aufmerksamkeit des Bewaffneten auf sich lenkte, trat Lynskey lautlos aus der Dunkelheit und rammte dem Kerl einen Löffel ins Genick. »Lassen Sie die Pistole fallen!« Gleichzeitig packte er »Matts« Handgelenk und drehte es herum, so daß die Waffe zu Boden polterte. Schluchzend riß sich der Junge los und rannte schreiend um das Haus.

Zwei Sekunden später lag der Geiselnehmer unter Lynskey und dem Agenten auf dem Pflaster – auch die drei anderen Polizisten schalteten auf Turbo.

33

Endlich! Sky, die inzwischen so oft im War Bonnet angerufen hatte, daß der am dortigen Empfangstresen sie garantiert nicht mehr mochte, stürzte zum Telefon, das neben dem Funkgerät ihres Vaters stand. Allerdings war nicht Lynskey, sondern Jim Larsen am Apparat. Er hatte den Überbringer der anonymen Nachricht ausfindig gemacht und auch wenn die Erinnerung des Mannes in bezug auf Einzelheiten schwankte, war er bereit zu schwören, daß in jener Nacht Midge Treacys Volvo seinen Freund angefahren hatte.

Er und sein Kumpel waren zusammen am frühen Nachmittag einen zwitschern gegangen, aber keiner von beiden, so hatte der Mann wiederholte Male beteuert, über den Durst hinaus. Sie waren entlang des Highways nach Norden in Richtung einer Scheune gezogen, um dort zu nächtigen; aber nach dem Unfall hatte sich der Schwarze – die Polizei machte ihn immer nervös – verdünnisiert. Als ihm dann allerdings zu Ohren gekommen war, daß die Frau, die Leon angefahren hatte, ungeschoren davonkommen sollte und sein Freund angeblich betrunken am Straßenrand erfroren war, hatte das seinen Sinn für Gerechtigkeit gestört. Er beschloß, etwas in der Angelegenheit zu unternehmen, und da er gerade in Butte war, hatte er sich eben an die dortige Lokalzeitung gewandt.

»Für dich habe ich auch ein paar Neuigkeiten...« Sie erzählte ihm von den herausgerissenen Bremsleitungen und von dem Hyundai, der bereits bei ihrer Ankunft auf dem Platz vor Treacys Jagdhütte parkte.

»Es dürfte nicht allzu schwierig sein herauszufinden, wem der Wagen gehört.« Jims Stimme verriet Oberwasser. »Jetzt haben wir ihn, Sky. Gut gemacht!«

»Sollten wir nicht vielleicht die Polizei verständigen?«

»Ist bereits geschehen.«

»Nun, ich nehme an, jetzt werde ich nicht mehr nach Irland fliegen.« Sky wußte nicht, ob sie darüber froh oder traurig war.

Allmählich hatte sie sich an den Gedanken gewöhnt, und außerdem würde ihr dadurch, daß sie mit Lynskey zusammen flöge, für den Augenblick ein ernsthaftes Nachdenken über ihre Beziehung zu ihm erspart. Es wäre etwas ganz anderes, verschwände er einfach so mir nichts, dir nichts, allein über den Ozean.

»Ich wette mit dir um eine Million, daß das noch nicht alles ist, Sky. Auch mit Lynskey habe ich schon gesprochen…« Jimbo zögerte.

»Diese Ratte. Warum hat er mich nicht angerufen? Ich habe es ungefähr zweitausendmal bei ihm im Hotel versucht.«

»Er ist nicht im Hotel, sondern mit ein paar Männern vom FBI oben in Helena. Offenbar hat er dich nicht ohne guten Grund gewarnt. Aber das will er dir vielleicht selber schildern.«

»Erzähl du es mir, Jim. Und zwar *jetzt*!«

Sprachlos lauschte sie, während Jim ihr erklärte, daß Lynskey ihr wahrscheinlich das Leben gerettet hatte.

Statt zu schlafen, ordnete Sky in jener Nacht unter Larry MacPhersons Dach ihre sich überstürzenden Gedanken. Als wäre es nicht bereits schlimm genug, daß sie ihre Beziehung zu ihrem Vater bestenfalls als oberflächlich bezeichnen konnte, tauchten immer, wenn sie erwachte, Lynskeys langes Gesicht und sein fröhlicher Blick vor ihren Augen auf. Der Typ schien ein hochkarätiger Held zu sein.

Aber weshalb meldete er sich nicht?

Während sie sich auf dem zerwühlten Laken wälzte, versuchte sie die Ereignisse zu analysieren. Im Bett war er ohne jeden Zweifel sagenhaft – allein bei der Erinnerung wogten Hitzewellen in ihr auf. Aber guter Sex hatte mit Liebe nichts zu tun; auch mit ihrem Ehemann hatte es im Bett hervorragend funktioniert – und was hatte es ihr gebracht? – ja sogar mit Greg hatte es ihr fast bis zum Schluß Spaß gemacht.

In der Tiefe der Nacht tauchten sämtliche sexuellen Beziehungen ihres Lebens vor ihrem geistigen Auge auf, angefangen mit dem erbärmlichen Gefummel auf den Rücksitzen von Thunderbirds und zerbeulten Chevys während der High-School- und College-Zeit, bis hin zu den technisch ausgereifteren Paarungen während der ersten Jahre ihrer journalistischen Tätigkeit, während derer sie allerdings eine immer größere Leere erfüllte.

Der Großteil dieser Begegnungen hatte dazu geführt, daß sie sich einbildete, in ihren jeweiligen Bettpartner verliebt zu sein. Aber ihr Herz war zu schnell und zu bedürftig gewesen, womit sie all die Teenager und jungen Männer, denen sie es geöffnet hatte, verschreckte. Bis Randy in ihr Leben getreten war. Und hinterher hatte sie eine solide Backsteinmauer um sich herum errichtet.

Einen Großteil ihres Erwachsenenlebens hatte sie auch ohne Affären durchaus angenehm verbracht und es gab vieles, wofür sie dankbar war. Sie hatte ihre Karriere, die trotz gewisser Nachteile wesentlich angenehmer war als die Arbeit in einem Büro in Detroit oder Chicago, oder beispielsweise als Immobilienmaklerin: die ihre Zeit damit verbrachte, mit jungen Paaren, die sich weder das eine noch das andere leisten konnten, Eigentumswohnungen oder Doppelhaushälften zu besichtigen. Sie lebte auf einem der schönsten Flecken der Erde, ganz in der Nähe eines der herrlichsten Winterskigebiete, in sauberer Luft und recht entspannt. Liebe war da kein Muß.

Aber Fergus Lynskey hatte ihre sorgsam aufgebauten Verteidigungswälle innerhalb kürzester Zeit zum Einsturz gebracht, und seltsamerweise war ihr das zu Anfang gar nicht aufgefallen. Ganz langsam, wie ein winziger Lichtstrahl, hatte sich diese Erkenntnis durch ihren Zorn über seine Täuschung und Bevormundung emporgearbeitet. Sie knirschte mit den Zähnen vor lauter Frust: Böse war sie nicht mehr auf diesen Lulatsch, aber ihn zu lieben kam trotzdem niemals in Frage!

Und doch wünschte sie sich gegen drei, vier Uhr morgens nichts sehnlicher, als in Lynskey verliebt zu sein. Gegen sechs jedoch, als der Wecker auf dem Nachttisch rappelte, hatte sie wieder die ursprüngliche Angst. Sie blickte auf das graugesichtige Wrack mit dem wirr zerzausten Haar, das ihr aus dem Badezimmerspiegel ihres Vaters entgegensah, und hätte sich am liebsten irgendwo versteckt. Vor allem und jedem, vor ihrem Chef, der zuviel von ihr erwartete, ebenso wie vor ihrem Vater, der gar nichts von ihr wollte. Aber hätte sie sich tatsächlich auch vor Lynskey gern versteckt?

Angenommen, sie rannte nicht vor ihm davon, schlugen ihre unkooperativen Gedanken vor. Angenommen, sie vertraute ihm und ließe ihn an sich heran? Aber wenn es nicht funktionierte und er sie verließ? Außerdem lebte er in Dublin, Irland, während sie in Butte, Montana, zu Hause war. Wirklich passend. Echt nett. »Dein Leben ist ein gottverdammtes Kuddelmuddel, R. Sky MacPherson«, fuhr sie erbost den Spiegel an. »Weißt du das?«

Der Sheriff von Mayville stand vor dem fleckigen Spiegel in seinem heruntergekommenen Bad und rasierte sich. Auch wenn der Zubringerflug über Billings nach Denver erst am frühen Nachmittag ging, hatte er sich, da er schlecht schlief und deshalb Frühaufsteher war, zeitig aus dem Bett gehievt.

Als er nun in den Spiegel sah, versuchte er, das Wohlgefühl wiederaufleben zu lassen, das ihn noch vor vierundzwanzig Stunden durchströmt hatte. Aber das war gewesen, bevor der Umschlag mit der zu geringen Bezahlung eintraf und vor seinen Manipulationen an den Bremskabeln des Daihatsu. Flüchtig überlegte er, was dort wohl, nachdem er den Parkplatz vor der Jagdhütte verlassen hatte, vor sich ging. War das Fahrzeug in den kleinen Fluß gestürzt? Am besten holte er ein paar Erkundigungen ein. Jedoch fiel ihm ein, daß er dazu gar keine Zeit hatte, und seine Laune besserte sich. Nur noch ein paar Stunden und er wäre in Richtung des größten Abenteuers seines Lebens unterwegs.

Es klingelte, und er blickte durch die Badezimmertür in den Korridor. Durch dic verglaste obere Hälfte seiner Haustür machte er einen Kollegen aus. Was wollte der wohl um diese frühe Stunde? »Einen Augenblick, Ed«, rief er laut.

Eilig wischte er sich mit einem alten Handtuch den Schaum aus dem Gesicht, stieg in seine Hose, die über dem Rand der Badewanne lag, und ging, in T-Shirt und mit herunterhängenden

Hosenträgern, an die Tür. »Es ist noch mitten in ...«, setzte er an, ehe eine Gruppe von FBI-Agenten ihn auf die Veranda zerrte, ihm seine Rechte vorlas und ihn mit Handschellen versah. Der Sheriff war klug genug, sich widerstandslos abführen zu lassen. Allerdings fragte er noch, ob ihm das Anziehen eines Pullovers gestattet wäre, und wenige Minuten später, im Wagen, schlug er den Beamten bereits einen Handel vor.

Zwei Stunden nach der Verhaftung des Sheriffs setzte in Helena ein anderer Mann, nachdem er ordnungsgemäß den Sicherheitsgurt angelegt hatte, den Blinker seines Wagens und fädelte sich aus einer Parkbucht vor der prachtvollen Bibliothek in den morgendlichen Berufsverkehr, als vorn und hinten jeweils ein Polizeiwagen mit quietschenden Bremsen zum Stehen kam. In Chicago wurde ein dritter Mann verhaftet, als er von seinem Haus im Vorort Park Ridge zu seinem Wagen ging. Gleichzeitig zog man einen vierten in New York aus der Schlange vor dem Verkaufstresen einer Apotheke, überwältigte einen fünften vor der Tür seines Hauses in Nashville, Tennessee, und machte einen sechsten dingfest, der auf dem Weg zum Flughafen von Dallas seinen Enkel zur örtlichen High-School fuhr.

Drei weitere vom Sheriff verratene Mitglieder der Gruppe waren augenblicklich nicht auffindbar, obgleich man sowohl bei ihnen zu Hause als auch an ihren Arbeitsstätten nach ihnen Ausschau hielt. Einer, ein Polizist aus Los Angeles, tauchte sicher in Kürze wieder auf, aber bei einem zweiten, einem Klempner aus Santa Barbara mit Namen Joe Mason, wäre es sicher nicht so leicht. Er lebte allein, hatte keine Verwandten, und außer seinem Anrufbeantworter, auf dem für den heutigen Tag kein Hilferuf eines Kunden verzeichnet war, gab es niemanden, der seine Termine kannte.

Auch Jerry Flynns kleines Imperium nördlich von Calgary, Alberta, lag verlassen da. Der Kanadier stand bereits auf dem Dubliner Flughafen in der langen Schlange der Besucher aus Nicht-EG-Ländern. Natürlich hieß er nicht mehr Jerry Flynn, sondern John Mulqueen, irgendein Senior aus Kanada.

Die Landung in Dublin war mit vierstündiger Verspätung erfolgt. Nach dem Einchecken in New York hatte sich bereits der Abflug aufgrund von technischen Problemen verzögert; und obgleich der Wartesaal durchaus gemütlich gewesen und er sogar kurz eingeschlafen war, fühlte er sich erschöpft. Auch daß er in Shannon ein Stunde lang auf den zwanzigminütigen Flug nach Dublin würde warten müssen, hatte man ihm vorher nicht gesagt.

Für einen kurzen Augenblick vergaß er, sich möglichst unauffällig zu verhalten, wurde wieder der alte Flynn und ergrimmte sowohl über die Verspätung als auch über das Schlangestehen. Außerdem war er wütend, weil es bei dieser blöden Warterei keine Sonderbehandlung für Passagiere der ersten Klasse gab. Er hatte die Nase voll von unablässig quasselnden Amerikanern, die mit den Münzen in den Taschen ihrer waschmaschinenfesten Hosen klimperten und sich über das vorsintflutliche Europa beschwerten.

Vor allem ärgerte ihn, daß ihm sein Geld, ja selbst sein Status, im Land seiner Vorfahren offenbar nicht das leiseste nützte.

Die Schlange war bis auf einen Vordermann zusammengeschrumpft und er setzte wieder ein freundliches Lächeln auf. Der Amerikaner vor ihm ereiferte sich immer noch: »Warum machen sie nicht einfach mehr Schalter auf? Nur zwei Leute für zwei vollbesetzte Boeings, Allmächtiger!«

Der Beamte sah ihn gelassen an. »Das ist nicht unsere Schuld, Sir. Einer der Flüge traf mit Verspätung ein.«

»Ja, aber meine Güte, sehen Sie sich das doch mal an…« Der Amerikaner winkte in Richtung der Schlange hinter sich.

»Es tut mir leid, daß es nicht schneller geht«, sagte der Zollbeamte gleichmütig. »Aber wir sind im Augenblick ein wenig unterbesetzt. Ich wünsche Ihnen einen schönen Aufenthalt in Irland.«

Flynns Mund wurde trocken, als er endlich an die Reihe kam. Er griff sich an die Brust, wie um sich zu vergewissern, ob die Proklamation, die er vor aller Welt verlesen würde, immer noch gut verstaut war, ehe er die Hand aus Furcht vor Beobachtung eilig wieder sinken ließ. Doch offenbar hatte niemand seine Geste auch nur registriert. »Guten Morgen, Sir.« Der Beamte schlug die erste Seite seines Passes auf. »Darf ich fragen, weshalb Sie nach Irland gekommen sind?«

»Ich m-mache n-nur U-urlaub.« Flynn verbarg seine Nervosität hinter einem gekünstelten Hustenreiz.

»Dann haben Sie genau die richtige Jahreszeit gewählt. Das Wetter ist im Augenblick wirklich schön.« Der Beamte blätterte in seiner Fahndungsliste und Flynns Herzschlag setzte aus.

»Wie lange wollen Sie bleiben?«

»Ungefähr drei Wochen.« Wenigstens das hatte er mit klarer, fester Stimme herausgebracht.

»Wunderbar.« Der Grenzer klappte Liste sowie Ausweis wieder zu und reichte letzteren dem Gast zurück. »Dann wünsche ich Ihnen schöne Ferien, Sir.«

Geschafft!

Er fuhr mit dem Bus ins Zentrum und nahm sich nicht weit vom Busbahnhof entfernt, in einem relativ heruntergekommenen Teil der Stadt, ein bescheidenes Hotelzimmer.

Eine halbe Stunde später – wesentlich verzögert, da die Hochsaison den ohnehin chronischen Personalmangel noch verschlimmerte – wurde die Fahndungsliste des Justizministeriums um mehrere neue Namen und Paßnummern ergänzt. Flynns Name gehörte ebenso dazu wie der eines Ordnungshüters und eines Klempners, beide aus Kalifornien.

Zu diesem Zeitpunkt hatte sich allerdings »John Mulqueen«, mit einer beigefarbenen Polyesterhose und einer dezenten, marineblauen Windjacke bekleidet, eine mittelgroße Pentax um den Hals, bereits ins Gedränge der irischen Hauptstadt gestürzt. Gemächlich spazierte er durch die Talbot Street zur O'Connell Street, wo er sein persönliches Mekka, die Hauptpost von Dublin, Schauplatz des blutigen Endes des Osteraufstands, besichtigen wollte.

Der einzige Name, den der Sheriff von Mayville in dem Versuch, seine eigene Haut zu retten, dem FBI nicht genannt hatte, war der von Rupert de Burgh. Der Sheriff hoffte immer noch, daß der Plan mit Hilfe des Iren, der ja vor Ort war, doch gelänge. Und, genau wie alle anderen Verhafteten, schwieg er sich über das Vorhaben als solches beharrlich aus.

Sky war so müde und mitgenommen, daß der Abschied von ihrem Vater am Morgen eilig und ohne die infolge der traumatischen Desillusionierung erwartete Dramatik vonstatten ging. Während er sie zurück zur Landebahn chauffierte, sprach er kaum ein Wort. Allerdings wirkte er so unbekümmert, daß er wohl nicht im entferntesten ahnte, daß etwas in ihrer Beziehung für alle Zeit zerbrochen war.

Sie konnte sich nicht mehr vorstellen, weshalb sie ihn überhaupt je in ihr Leben einbezogen hatte. Nachdem sie damit herausgeplatzt war, daß sie »einen Mann kennengelernt« hatte, hatte weder er noch sie ein zweites Mal die Sprache darauf gebracht.

»Das mit deinen Bremsen tut mir leid«, sagte sie zögernd, als es bis zur Landebahn nur noch ungefähr eine Meile war. »Man hat sie meinetwegen kaputtgemacht.«

»Vergiß es.« Er sah sie mit seinem leichten Lächeln an. »Aber deine Arbeit muß ja wesentlich gefährlicher sein, als ich dachte. Sei vorsichtig, wenn du in Irland bist, ja?« Trotz seiner Worte sah sie, daß seine Gedanken bereits meilenweit von ihr entfernt in seiner geliebten Wildnis weilten.

Das Flugzeug stand schon auf dem Rollfeld, als der Wagen neben der Wellblechhütte zum Stehen kam. Larry drückte ihr die Tasche in die Hand und umarmte sie. »Tschüs dann, mein Schatz, viel Spaß auf deiner Reise! Ich liebe dich!«

»Ich liebe dich auch, Dad«, erwiderte sie mechanisch, ehe sie sich von ihm löste und auf den wartenden Flieger zuging. Als sie eine Minute später beim Start aus dem kleinen Fenster sah, stellte sie fest, daß der Daihatsu schon abgefahren war.

Zum Grübeln gab es keine Zeit, denn der Flug war kurz und vom Augenblick der Landung an gab es alle Hände voll zu tun.

Im Grunde hatte sie halbwegs erwartet, daß Lynskey am Flughafen wäre, um sie abzuholen – doch er enttäuschte sie. Zur

Hölle mit dem Windbeutel, dachte sie, doch idiotischerweise vermißte sie ihn. Trotzdem riefe sie ihn lieber erst später an und führe statt dessen zunächst mit dem Taxi heim.

Zu ihrer Überraschung befand sich im Haus, obwohl es noch nicht einmal acht Uhr morgens war, niemand mehr. Sie sah im Zimmer ihrer Mutter und im Bad nach. Trotz der in beiden Räumen herrschenden Ordnung mußte wohl über Nacht jemand da gewesen sein. Sky vertraute darauf, daß es für die Abwesenheit ihrer Großmutter eine natürliche Erklärung gab. Wahrscheinlich hatte sie sich schon auf den Weg ins Krankenhaus gemacht.

Tatsächlich war Elizabeth Sullivan zusammen mit Treacy in Choteau.

Zu Daniels Überraschung hatte sie seinem Vorschlag, aus Gründen der Zeitersparnis einen Hubschrauber zu nehmen, mit einem »Jeder sollte in seinem Leben alles zumindest einmal ausprobiert haben« bereitwillig zugestimmt.

»Vielleicht war das Ganze ein Fehler.« Er sah sie ängstlich an, als er sie vom Landeplatz über den Rasen zu der Sanatoriumsanlage brachte. Man erwartete seinen Besuch, so daß es bezüglich der normalerweise sehr strengen Sicherheitsvorkehrungen keine Probleme gab.

»Natürlich war es kein Fehler. Daniel, nur junge Menschen machen Fehler. Menschen wie wir machen das, was sich in unserem Leben noch ordnen läßt.«

»Wenn du möchtest, können wir uns hinterher noch Choteau ansehen. Es ist ein sehr hübscher Ort.«

»Das wäre sicher nett, aber das hier reicht mir.« Sie sah sich die Umgebung an, und als er das Gebäude und die Landschaft mit ihren Augen betrachtete, mußte er zugeben, daß das Werk der Architekten des Teton-Sanatoriums tatsächlich mehr als gelungen war: Das ebenerdige, mit verwittertem Zedernholz verkleidete Gebäude fügte sich geradezu nahtlos in das Grün und Gold der endlosen Rasenflächen ein. Statt spektakulär wie in Glacier oder Yellowstone mutete die Landschaft hier, wie sie in weichen, grünen Wellen an den Rand der westlich gelegenen Berge schlug, sanft und beruhigend an. Es war die Art von Landschaft, der Montana seinen liebevollen Spitznamen Big Sky, weiter Himmel, verdankte.

Die Aussicht auf den Besuch bei seiner Frau machte Daniel nervös. Als er darüber nachdachte, weshalb er ausgerechnet mit Elizabeth zu ihr kommen wollte, hatte er nur einen möglichen Grund erkannt: Im Angesicht des Todes war es notwendig, die Dinge zusammenzubringen, dafür zu sorgen, daß sich der Kreis seines Lebens schloß.

Obwohl er versuchte, sich nichts anmerken zu lassen, ging es ihm heute morgen schlecht, und als er langsam neben Elizabeth in Richtung des Hauses schritt, bekam er kaum noch Luft. Vielleicht war das Ende ja näher als angenommen? Wer wußte das schon.

»Ist alles in Ordnung?« Sie blieb stehen und sah ihn fragend an. »Hast du Schmerzen? Dein Atem geht so laut.«

»Alles in Ordnung, ich fühle mich wohl.« Er verzog die Mundwinkel, aber sein Inneres bäumte sich auf gegen den Schmerz – sie ließ sich nicht täuschen.

»Am besten setzen wir uns einen Augenblick.« Sie sah sich nach einer passenden Stelle um. »Da drüben.« Behutsam führte sie ihn zu einem Grasfleck vor einem Blumenbeet. »Setz dich, Daniel, wir haben alle Zeit der Welt.«

Als er sich dankbar auf den für diesen Teil von Amerika typischen rauhen, struppigen Rasen sinken ließ, wallte die Sehnsucht nach dem weichen, samtigen Gras seiner Kindheit in Irland in ihm auf. »Leider habe ich dir versprochen, nicht rührselig zu werden; aber seit du angekommen bist, Elizabeth, denke ich immer wieder an die Zeit vor all den Jahren auf Béara zurück.« Noch während er sprach, taten ihm seine Worte leid. Vielleicht verschreckte er sie damit?

Aber sie setzte sich neben ihn und faltete ihre Hände ruhig im Schoß. Er hatte sie als rastlose junge Frau in Erinnerung gehabt, die ständig in Bewegung gewesen war; aber mit der Zeit hatte sie die Kunst des Loslassens gelernt. »Wir können soviel reden, wie du willst, Daniel. Und auch über alles. Solange du im Blick behältst, daß das, was zwischen uns war, vergangen ist. Es ist nicht fort, aber in die Vergangenheit eingehüllt. Wie bei den wunderbaren Saphiren, die du mir gegeben hast: Was in ihnen gelebt hat, was sie vor Millionen von Jahren so schön gemacht hat, ist in ihnen versiegelt, so daß es sich nicht mehr verändern und bewegen kann. Verstehst du mich? Ich hoffe, ich tue dir nicht weh.«

»Du tust mir nicht weh, Elizabeth.« Er sah in ihr liebliches, ruhiges Gesicht und am liebsten hätte er geweint. »Ich bin unsagbar glücklich!«

Aber offenbar durchschauten die Götter seinen Selbstbetrug und blitzartig schickten sie den Schmerz. Obgleich er sich verzweifelt bemühte, keine Miene zu verziehen, sah sie es. »Hast du deine Schmerzmittel dabei?«

»Die erlaubte Dosis habe ich bereits genommen«, keuchte er. »Wahrscheinlich brauche ich eine Spritze…« Er klappte zusammen, als ein so massiver Anfall kam, daß sich die Pein nicht mehr lokalisieren ließ.

Alarmiert beugte sie sich über ihn. »Daniel!«

»Warte, gleich ist es vorbei.«

Eine dritte Woge des Schmerzes jagte durch seine Organe; aber dann ebbte er endgültig ab, und ließ ihn schwach und ohne jede Energie zurück. »Gleich ist es wieder gut, ehrlich«, keuchte er, sobald er seine Stimme wiederfand. »Das ist in letzter Zeit schon öfter passiert.«

»Du gehörst ins Krankenhaus, Daniel.«

»Auf keinen Fall!«

Da es keinen Sinn hatte weiterzusprechen, verstummte sie.

Sie waren ungefähr zweihundert Meter vom Parkplatz neben dem ersten Gebäude entfernt, und obgleich sie das Kommen und Gehen der Menschen sehen konnten, hörten sie nichts außer dem geschäftigen Summen einer Biene und dem entfernten, seltsam gedämpften Zwitschern eines Vogelpaars. Das leise Rauschen, das natürlichen Weiten eigen ist, wurde durch diese Laute noch verstärkt.

Die auf diese Attacke folgende Schwäche verlieh ihm seltsamerweise Mut. »Hör zu, ich habe mich nie für den Tod deines Mannes entschuldigt, Elizabeth.«

Doch sie schüttelte den Kopf. »Das ist alles längst vorbei. Bitte, Daniel, sprich nicht mehr davon. Wir waren jung und dumm – zumindest du und ich.«

»Ich habe etwas für dich.«

Dieser Satz erregte sie noch mehr. »Du hast mir genug gegeben. Mehr kann ich nicht annehmen.«

»Eigentlich ist es nur etwas, das ich dir zurückgeben möchte. Im Grunde hat es mir nie gehört.« Aus der Innentasche seiner Jacke zog er das Silberkästchen mit ihrem Familienfoto hervor. »Ich habe es immer mit mir herumgetragen, aber jetzt hat es seine Aufgabe erfüllt.«

»Woher hattest du das?« Sie öffnete den Deckel und starrte auf das Bild.

»Ich habe ein Vermögen darauf verwendet, über Kontakte in Irland Negative zu bekommen; aber am Ende habe ich getan, was ich gleich hätte tun sollen, nämlich deine Tochter anzusprechen.«

»Johanna hat dir das Bild gegeben?«

»Bitte sei ihr deshalb nicht böse, Elizabeth. Weißt du, ich habe ziemlichen Druck auf sie ausgeübt, und sie ist eine so liebe, gutherzige Frau.«

Als sie fragte, warum er es ihr nun zurückgab, erklärte er, sein Schicksal sei besiegelt. »Ich kann es ja wohl kaum mit ins Grab nehmen, was meinst du? Und außerdem hat sich nun ein Bild von dir, wie du wirklich bist, in mein Herz gesenkt – bitte, laß mich weiterreden.« Er hatte bemerkt, daß sie widersprechen wollte.

Das Gras ringsum war von allzuviel Pflege und Dünger rauh. Er hatte keine Angst zu sterben; aber der Gedanke, sie zurücklassen zu müssen, nun, da er sie endlich gefunden hatte, erfüllte ihn mit beinahe unerträglicher Trauer. »Laß mich sagen, was ich fühle. Es sind doch nur Worte, Elizabeth. Ich habe keine Zeit mehr für etwas anderes als die Wahrheit.« Da er fürchtete, einen Schritt zu weit gegangen zu sein, sah er sie zögernd an, aber sie starrte in die Ferne zu den schimmernden Automobilen, die sich auf dem Parkplatz drängten. Es gab noch etwas, was er loswerden mußte, und dieser Augenblick war so gut wie jeder andere. »Hast du es ernst gemeint, als du gesagt hast, wir könnten über alles reden?«

»Ja.« Es war, als wüßte sie, was ihm noch auf dem Herzen lag.

»Ich habe bestimmte Vorkehrungen getroffen.« Eingehüllt in den geradezu betäubenden Moschusgeruch des Goldlackteppichs auf dem hinter ihm liegenden Blumenbeet hob er den Kopf und sah sie von der Seite an. Wenn sie auch nur das kleinste Zeichen des Entsetzens oder des Widerstands von sich gäbe, bräche er sofort ab. »Ich habe einen Vorrat an bestimmten Medikamenten bei mir im Haus.« Sie zeigte keine Reaktion. »Wenn die Zeit gekommen ist, wirst du dann bei mir sein?«

»Du bittest mich doch nicht um...« Immer noch blickte sie eisern in die Ferne.

»Nein. Ich möchte nur, daß du bei mir bist.«

Sie senkte den Kopf und sah ihre reglos im Schoß gefalteten Hände an. »Und wie sieht die rechtliche Seite aus?«

Auf diese Frage war er gefaßt gewesen, so daß er ohne zu zögern antwortete. »Ich werde dafür sorgen, daß du in keiner Weise mit der Sache in Verbindung stehst.«

»Kannst du das?« Beinahe überrascht schaute sie auf. »Steht das in deiner Macht?«

»Die Sache ist genauestens mit einem Anwalt geklärt, der auf diesem Gebiet bewandert ist. Du würdest es nicht mitbekommen, wenn ich...«

»Bitte schweig jetzt.« Sie blinzelte. »Ich tue es für dich, Daniel.«

»Es wird nicht mehr lange dauern.« Als er sich stark genug fühlte, half sie ihm auf die Beine, und sie machten sich, gegenseitig untergehakt, wieder auf den Weg.

34

Der mächtige Apparat der US-Behörden fegte nicht nur über die eher laienhaft organisierte Verschwörergruppe des Sheriffs hinweg, sondern zugleich über die wesentlich straffer geführte Söldnertruppe der orientalischen Frau, die bis vor kurzem von Vancouver aus operierte.

Sobald er in dem Restaurant überwältigt worden war, hatte man den Leutnant aus Montana von Butte ins FBI-Büro nach Helena geschafft. Als man ihm dort erklärte, daß seine Chefin geflüchtet war, sah er keinen Grund mehr, ihr gegenüber loyal oder fair zu sein, und hatte die Beamten mit seinen Augen auf die Spur bisher unbekannter Adressen in Anchorage, Los Angeles und Orlando gebracht. Gleichzeitig mit den Verhaftungen in den Vereinigten Staaten gelang der Schwesterorganisation des FBI in Mexico eine Festnahme in der Hauptstadt.

In Irland hatte man zur großen Erleichterung des Chief Superintendent den Schmuggler auf der Fähre ausfindig gemacht, ehe er in England an Land ging – wodurch ihm die Blamage, daß die Briten ihn identifizierten und auslieferten, erspart geblieben war.

Bei der Suche nach den Drogen tappten die irischen Beamten noch immer im dunkeln. Der Kerl weigerte sich beharrlich, auszusagen. Weder bestätigte noch leugnete er, daß ihm auch nur einer der von den Vernehmungsbeamten genannten Namen je zuvor zu Ohren gekommen war. Auch der Skipper der *Agnes Monica* und der Besitzer des Beerdigungsinstituts, der den Sarg in Empfang genommen hatte, stellten sich nach ihrer Verhaftung einfach taub.

Während die demoralisierte Polizei mehr Hilfskräfte forderte, da sie ihren ständig wachsenden Problemen ansonsten nicht mehr Herr zu werden schien, landete ein Wasserflugzeug auf der flachen, kobaltblauen See vor der Insel, die ihre neue Besitzerin Santa Tomás getauft hatte.

Das auf keiner internationalen Karte verzeichnete, kaum drei

Hektar große Eiland, das zwischen dem Dos-Abrolhos-Archipel und dem weniger als zehn Flugminuten entfernten brasilianischen Festland gelegen war, wies außer Bäumen und Büschen kaum etwas auf. Allerdings war der kleine, muschelförmige Strand mit Sand in der Konsistenz und Farbe von Talkpuder bedeckt, und der von der orientalischen Frau in Auftrag gegebene Brunnen garantierte stets frisches Wasser. Im Februar fiel allnachmittäglich um dieselbe Zeit genügend Regen auf die Insel, von dem sich das ganze Jahr über leben ließ. Außer in diesem Monat bot das Klima der Insel nichts als Sonnenschein ohne Ende.

Als das Wasserflugzeug zum Stehen kam, legte ein Motorboot vom Ufer ab und der Pilot öffnete die Tür, um die warme, sanfte, süße Brise hereinzulassen.

Während sie darauf wartete, daß das Boot das Flugzeug erreichte, betrachtete die Frau ihr Haus. Von bescheidener Größe, aber aus den beständigsten und teuersten Materialien, die es in Brasilia und Rio de Janeiro gab, hatte man es ein wenig abseits des Strandes im Schatten von Palmen errichtet. Links und rechts des Haupthauses gab es ähnliche Gebäude. Das erste diente als Unterkunft für das Personal, das zweite als Lagerhaus, in dem auch der Generator stand, während das dritte und größte als Hangar und Bootsschuppen Verwendung fand.

Zum ersten Mal in ihrem Leben besaß die Frau ein echtes Heim, einen Ort, an dem sie den Rest ihrer Tage in luxuriöser Einsamkeit verbringen würde, ohne lästige Störungen wie zum Beispiel durch die Überbringung eines unangenehmen Auslieferungsbefehls.

Daniel Treacys und Elizabeth Sullivans Besuch bei Midge stellte sich als deprimierend heraus. Sie fanden sie allein in ihrem Zimmer vor, und als Treacy zornig fragte, wo die bezahlte Gesellschafterin geblieben war, erfuhr er von deren Verschwinden. Als sie ihren Job nicht mehr antrat, hatte man dem Direktor des Sanatoriums auf seinen Anruf in ihrer Bleibe in Choteau hin erklärt, sie wäre überstürzt und ohne jede Erklärung abgereist.

Midge, die weiterhin unter dem Einfluß starker Beruhigungsmittel stand, war es vollkommen egal, ob jemand – und wenn ja, wer – ihr Gesellschaft leistete. Nur halb bei Bewußtsein, zeigte sie keinerlei Interesse an ihrem Mann oder der Frau, die ihn begleitete. Unter unablässigem Stöhnen formte ihr Mund eine Litanei von Worten, deren Bedeutung, wenn überhaupt, wohl nur ihr selbst verständlich war: *Eiersalat, Bäume in der Mitte, totale Vernichtung, schwarz ohne Wände...* »Es tut mir leid«, flüsterte Treacy. »Es tut mir wirklich leid. Ich weiß nicht mehr, weshalb ich dich überhaupt hierhergebracht habe.«

»Du hast mich hierhergebracht, weil es dir ein Bedürfnis war.« Skys Großmutter nahm seinen Arm. »Sie muß einmal eine wahre Schönheit gewesen sein.«

Treacy blickte auf die Frau mit dem von roten Flecken verunzierten, aufgedunsenen Gesicht, den aufgesprungenen Lippen und dem dünnen Haar. »Früher schon!«

Die Frau in dem Bett stieß einen lauten Seufzer aus und rollte den Kopf hin und her. *Schande und all das alte Zeug, Millionen, Trillionen, fünfundzwanzig und ein bißchen Brot und Butter...*

»Reg dich nicht auf, Daniel.« Wieder berührte Elizabeth ihn am Arm.

»Weißt du, die Leute haben sie gemocht.« Sein von der Krankheit gezeichnetes Gesicht drückte ehrliche Tragik aus. »Unter der distanzierten Oberfläche war sie freundlich und sanft. Arme Midge.«

Schweigend gingen sie auf den Ausgang zu; doch als sie endlich wieder in die Sonne traten, stieg ein vor Verlegenheit pinkgesichtiger junger Beamter aus einem auf dem Parkplatz stehenden Streifenwagen und wandte sich ihnen zu. »Mr. Treacy?«

»Ja.«

»Ich fürchte, ich muß Sie bitten, mit uns zu kommen. Wir haben ein paar Fragen an Sie.«

»Ist das eine Verhaftung?« Treacy blickte zwischen dem jungen Mann und seiner Begleiterin hin und her.

»Nein, Sir, eine Befragung, weiter nichts.«

Daniels Beine knickten sichtlich ein, ehe er sich zusammenriß.

»Wenn ich Ihnen mein Wort gebe, daß ich mich innerhalb der nächsten Stunde auf der Polizeiwache in Butte melde, darf ich dann vielleicht meine Freundin dorthin zurückbegleiten? Sie ist ein Gast und – bitte verzeih mir, Elizabeth...« Seine Mundwinkel hoben sich flüchtig, »nicht mehr die Jüngste. Ich habe einen Hubschrauber hier.«

»Da bin ich überfragt, Sir.« Der junge Polizist blickte nervös in Richtung seines Kollegen, der neben dem Streifenwagen stand.

»Rufen Sie an«, schlug Daniel vor. »Fragen Sie Ihren Vorgesetzten. Ich sage Ihnen was – hier ist meine Brieftasche als Sicherheit.« Er zog sie aus der Innentasche seines Jacketts. »Sie enthält nicht nur Bargeld, sondern auch all meine Kreditkarten.« Wieder lächelte er sanft. »Ohne sie komme ich nicht allzuweit.«

Beide Polizisten zuckten sichtlich zusammen, als er ihnen die Brieftasche entgegenhielt. »Tu, was er sagt«, wies schließlich der ältere seinen jüngeren Kollegen an. »Ruf an.«

Treacys Ehrenwort wurde ohne die zusätzliche Sicherheit seiner angebotenen Brieftasche akzeptiert, so daß er schließlich sich mit Elizabeth langsam zu seinem Hubschrauber schleppte.

Sky versuchte, Teddy Morzsansky zu überreden, daß er heimlich einen Blick in die Akten seines Arbeitgebers warf. Einen Grund für diese Bitte nannte sie ihm jedoch nicht. »Vertrau mir, Teddy. Schließlich haben wir uns im letzten High-School-Jahr ewige Treue geschworen, weißt du noch?«

»Das war unter die Gürtellinie, Sky.«

»Ich weiß. Aber bitte, Teddy, nur dieses eine Mal!«

Er tat ihr den Gefallen, auch wenn er darüber alles andere als glücklich war; doch als er sie schließlich anrief, überschlug er sich fast vor Aufregung. Bei den Unterlagen des Bestattungsinstituts der Collins-Brüder fand sich nicht ein einziges Blatt über Midge Treacy. »Das verstehe ich nicht. So etwas ist noch nie passiert, und Melinda geht bei der Ablage sämtlicher Dokumente immer mit *größter* Sorgfalt vor. Ich finde nicht mal mehr eine Kopie der Rechnung für den Sarg. Das ist wirklich ungewöhnlich, Sky. Was bedeutet das?«

»Das erzähle ich dir später, Teddy.« Seine erfolglose Suche überraschte sie nicht im geringsten.

Doch ihre Antwort machte ihn nur noch neugieriger, so daß sie zu einer Notlüge gezwungen war. »Ich dachte, da ich schon mal nach Irland fliege, führe ich am besten gleich ein paar Recherchen durch zu einem Buch, das ich vielleicht schreiben will. Du weißt schon, die Iren in Butte, so etwas. Aber jetzt muß ich los, Teddy. Denk dran, daß du Bill Collins und selbst Melinda nichts von meinem Vorhaben erzählst, okay? Irgendwie kommt mir meine Bitte im nachhinein ein wenig unanständig vor. Schließlich ist Mrs. Treacy noch nicht lange tot und so… Aber wenn du zufällig noch etwas finden solltest, oder wenn dir irgend etwas einfällt, was du vielleicht gehört oder gesehen hat, sagst du mir dann Bescheid? Jimbo Larsen hat die Telefonnummer, unter der ich in Dublin zu erreichen bin.«

»Für diese Sache bist du mir was schuldig, Sky MacPherson! Aber erst mal viel Spaß auf deinem Europatrip.«

Gerade, als sie den Hörer auflegte, traf ihre Großmutter ein. Sky wunderte sich über ihre Einsilbigkeit. »Warst du im Krankenhaus, Grandma?«

»Noch nicht, meine Liebe. Ich hatte gehofft, daß du mich vielleicht fährst.«

Sky fand, daß ihre Großmutter nicht nur stiller als sonst, sondern auch ungewöhnlich traurig war. »Sicher fahre ich dich, aber ist alles in Ordnung? Wo warst du? Was hast du gemacht?«

Sky lauschte mit halbem Ohr Elizabeth' Bericht, der ganz offensichtlich nur den »ausgewählten Höhepunkt« ihres Besuchs in dem Sanatorium enthielt, während sie gleichzeitig weiterbügelte und die sorgsam zusammengelegten Kleidungsstücke in den Koffer zu ihren Füßen zu packen begann; doch plötzlich rief ein Satz ihr Interesse wach. »Was hast du da gesagt, Grandma? Mom hat ihm ein Foto gegeben?«

»Das hier.« Die alte Dame zog ein flaches Silberkästchen, ähnlich einer altmodischen Zigarettendose, aus der Handtasche, öffnete es und zeigte es ihrer Enkelin.

Sky kannte das Foto; aber nicht aus diesem Grund war sie mit einem Mal erbost. Sie erinnerte sich an Johannas plötzliche Flucht zu Freda Little Calf und an ihre ungewöhnliche Verwirrtheit, als sie zum ersten Mal auf Daniel Treacy zu sprechen gekommen war. Mit einem Mal begriff sie den Grund für das Verhalten ihrer Mutter.

Als sie am späten Vormittag mit ihrer Großmutter ins Krankenhaus fuhr, brachte sie es allerdings nicht übers Herz, Johanna mit diesem Thema zu belasten – zumal sie, wenn auch immer noch unbeweglich, zum ersten Mal seit ihrem Unfall wieder vollkommen wach und erstaunlich lebhaft war.

Über Nacht hatte der Raum eine Verwandlung in einen wahrhaften Schrein durchgemacht: Kerzen, deren Flammen man wegen des hellen Tageslichts kaum sah, erwuchsen wie Stalagmiten der Fensterbank und dem Nachttisch; hoch auf dem Fernseher thronten Johannas Lieblingsfotos; die stickige Luft war vom Duft einer prächtigen Lilie erfüllt, und über dem Bett lag statt der Krankenhausdecke Hermanas fransenverziertes, in sämtlichen Farben eines Pfauenschwanzes schimmerndes Indianertuch. »Ist es nicht wunderbar, Sky? Mir geht es wirklich gut.« In der Mitte von allem lag Johanna und lächelte ihre Besucher, obgleich ihr Kopf festgeschnallt war, selig an. »Keine Schmerzen. Nirgends auch nur ein Ziepen.« Sie bewegte die Augen und bedachte Buffy, die neben dem Bett saß, mit einem herzlichen Strahlen. »Meine wunderbare Freundin hier ist extra ins Reservat gefahren und hat bei Freda Little Calf Kräutertee für mich geholt, der wahre Wunder wirkt. Du bist eine erstaunliche Frau, Buffy. Weißt du eigentlich, wie wichtig du mir bist?«

»Ach, sei still.« Buffy konnte bei aller Verlegenheit nicht verhehlen, wie gerührt sie war. »Du würdest für mich das gleiche tun.«

»Hast du mit dem Arzt gesprochen, bevor du den Tee getrunken hast, Mom?« Sky vermutete bereits seit längerem, daß Freda Little Calf weniger Heilkräuter als vielmehr Halluzinogene in ihre Zaubertränke gab, ein Eindruck, der sich verstärkte, als sie das Glitzern in den Augen ihrer Mutter sah.

»Puuh! Natürlich haben wir das, nicht wahr, Buffy?«

»Die Ärzte hier sind recht verständnisvoll«, versicherte diese Sky. »Der Spezialist, der deine Mom operiert hat, arbeitet auch oben im Krankenhaus des Reservats. Er weiß, was in den meisten Tees enthalten ist, und sagt, solange wir gemeinsam mit den Schwestern die konventionellen Medikamente darauf abstimmen, steht dem nichts im Wege.«

Sky ging nicht weiter auf das Thema ein: Johanna war klar und glücklich, also ließe sie wohl besser die Angelegenheit auf sich beruhen. Wenn Freda Little Calfs Gebräu sie zum Lächeln brachte und ihr die körperlichen Schmerzen nahm, ging das sicher in Ordnung. »Ich will ja nicht vom Thema ablenken, Mom, aber Grandma hat heute ein bestimmtes Foto zurückbekommen…«

»Was für ein Foto?« Johanna wirkte ehrlich verwirrt und am liebsten hätte Sky nicht weitergesprochen. Vielleicht war sie in den letzten paar Tagen endgültig erwachsen geworden; auf jeden Fall hatte sich die Spannung zwischen ihr und ihrer Mutter plötzlich vollkommen gelegt. Was sicher nicht ausschließlich das Ergebnis ihrer durch Johannas Krankenhausaufenthalt bedingten räumlichen Trennung war. Im Augenblick allerdings hatte sie keine Zeit, den Wandel in ihrer Beziehung einer genauen Prüfung zu unterziehen. »Es ist nicht weiter wichtig. Grandma erzählt es dir nachher selbst.«

»Tut mir leid, aber ich kann nicht lange bleiben.« Sie legte einen Strauß gelber Rosen auf die Decke, der ihr im Vergleich zu der liebevollen und opulenten Fürsorge, die ihre Mutter durch die glückseligen Schwestern erfuhr, beinahe armselig erschien. »Ich stelle sie noch ins Wasser, bevor ich gehe. Kann ich vielleicht sonst irgend etwas für dich tun?«

»Nichts, mein Schatz. Dieser Unfall war ein wahrer Segen. Jetzt weiß ich, von welcher Liebe ich umgeben bin. Stell dir nur vor, Buffy«, wieder wandte sie sich mit leuchtenden Augen ihrer Freundin zu. »Meine Mutter nimmt extra die weite Reise von Irland auf sich. Und gerade, bevor du hereinkamst, Schatz, haben wir festgestellt, daß ich keine bessere Tochter haben könnte, stimmt's, Buffy?« Ihr Blick wanderte zu Sky zurück. »Und rate was, Sky! Francey hat das Krankenhaus angerufen und gesagt, daß man sämtliche Rechnungen an ihn schicken soll. Buffy und Hermana sagen, daß ich ihn bezahlen lassen soll, weil er es sich leisten kann, also mache ich das auch. Kannst du das glauben? Ich bin so glücklich, alles läuft wie am Schnürchen.«

»Liebste Mom!« Vor lauter Schuldbewußtsein hätte Sky beinahe geweint. »Es hätte gar nicht erst zu einem Unfall kommen dürfen, damit du endlich unsere Liebe bemerkst.«

Aber tatsächlich war es so. Und genau das machte die Veränderung in ihrer Beziehung aus.

Hermana kam herein, um Buffy abzulösen; kurze Zeit später gab Sky ihrer Mutter einen Abschiedskuß und verließ, die besten Wünsche aller drei Glückseligen Schwestern für die Reise in den Ohren, das Krankenhaus. »Wir sehen uns dann später, Grandma – meinst du, daß du ein Taxi nehmen kannst?«

»Kein Problem.« Wieder hatte die Stimme ihrer Großmutter diesen unsagbar traurigen Klang.

Erst als sie in ihren Nissan stieg, fiel Sky ein, daß sie kein Wort über den Besuch bei ihrem Vater verloren hatte und auch keine der Frauen danach gefragt hatte.

Auf dem Rückweg zur Wohnung fuhr sie kurz in der Redaktion des *Courier* vorbei, um den Paß und die neue Kreditkarte abzuholen, die Jimbo für sie beantragt hatte. »Oh, Sky«, keuchte die Kleine und sah sie mit untertassengroßen Augen an. »Du hast Glück, daß du gestern nicht hier warst. Es ging alles drunter und drüber. Du kannst dir nicht vorstellen, wie viele Telefonanrufe ich machen mußte – und ist die Sache mit Daniel Treacy nicht seltsam?«

»Wieso mit Treacy?« Sky, die eigentlich im Laufschritt in Jims Büro hatte stürmen wollen, blieb stehen.

»Ja, hast du denn noch nichts davon gehört? Er ist verhaftet worden. Ach ja, Mr. Lynskey hat für dich angerufen. Ich habe die Nummer aufgeschrieben, unter der du ihn erreichen kannst – in Helena.«

Verhaftet? Ehe sie jedoch weiter darüber nachdenken konnte, hatte Sky bereits Lynskeys Nummer gewählt.

Allerdings hatte er sich offenbar nicht gerade vor Sehnsucht nach ihr verzehrt; denn er wollte lediglich sichergehen, daß sie am Abend in Minneapolis dieselbe Maschine nahm wie er. Angesichts all dessen, was seit ihrer letzten Begegnung vorgefallen war, empfand Sky beim Klang seiner Stimme eine eigenartige Schüchternheit. »Ich nehme an, die Sache mit Treacy hast du erfahren?« fragte sie in brüskem Ton.

»Ist nur pro forma!« Lynskey war fröhlich wie eh und je. »Auf keinen Fall wird er gerichtlich belangt – auch wenn er denkt, seine Krankheit sei ein Geheimnis, kennt inzwischen jedermann seinen Zustand. Und außerdem ist er wohl eher als Opfer denn als Täter anzusehen. Glaub mir, höchstwahrscheinlich befindet er sich bereits auf dem Weg nach Haus.«

»Das ist gut. He, Lynskey, wie ich gehört habe, hast du für eine Rolle als Superman geprobt.«

»Allerdings. Wobei ich natürlich hoffe, daß du dann meine Gespielin bist.«

»Im Ernst, ich gratuliere. Ganz offensichtlich hattest du recht und ich unrecht, was gestern nacht betraf. Tut mir leid.«

»Also bitte, MacPee. Jetzt enttäusch mich nicht. Gute Verlierer habe ich schon immer gehaßt.«

Hinter seiner Heiterkeit bemerkte sie eine gewisse Unsicherheit. »Was ist los?« Mit einem Blick in Richtung der Kleinen senkte sie die Stimme auf ein Flüstern herab. »Warum verurteilst du an anderen etwas, was du selber bist? Ich bedaure es wirklich.«

»Entschuldigung angenommen.« Wieder klang seine Stimme merkwürdig unsicher. »Wir sehen uns dann im Flugzeug.«

»Genau. Bis dann!« Lächelnd legte sie den Hörer auf, holte ihre Sachen aus Jimbos Büro und überlegte, was als nächstes drankam.

Von der Polizeiwache aus fuhr Daniel Treacy geradewegs nach Haus. Er fühlte sich entsetzlich, es war höchste Zeit für seine Medizin. Wie erniedrigend, daß die Vorladung ausgerechnet in Gegenwart von Elizabeth ausgesprochen wurde – vor allem erwachten durch das Auftauchen der Polizisten lange überwunden geglaubte Ängste und Erinnerungen erneut! Wenigstens hatte sie seine Einladung zum Abendessen akzeptiert. Er fühlte sich so müde und elend, daß er, bis es Zeit zum Duschen war, am besten erst mal lange schlief. Er würde ein Menü bestellen – sie wäre sicher mit allem einverstanden. Und für ihn selbst bedeutete die Nahrungsaufnahme ohnehin nur noch eine Plage; die Medikamente, die er nehmen mußte, waren so stark, daß selbst die würzigste Speise in seinem Mund jedesmal zu Chemie verkam.

Er schloß die Tür seines kühlen, schönen Hauses auf und hievte sich mühsam die Treppe bis in sein Schlafzimmer hinauf. Jede Stufe erschien ihm wie ein Berg. Wenigstens gäbe es ihn nicht mehr, ehe er gezwungen wäre, einen Treppenlift in die obere Etage zu installieren.

Keuchend setzte er sich auf die Kante seines eisigweißen Betts, wobei er jede einzelne heimtückische Krebszelle zu spüren meinte, die von seinem Körper Besitz ergriff, sich teilte und immer weiter an ihm fraß. Geradezu bildlich sah er es vor sich, wie sich die Horde der widerlichen Zellen der Völlerei ergab, hier und dort einen Bissen nahm, ihn ausspuckte und sich überlegte, welches Organ vielleicht für den nächsten Gang paßte. Der Tod wäre eine Erlösung von dieser Qual. Er hatte nicht gelogen, als er verkündete, keine Angst zu haben.

Aber in einer anderen Sache hatte er gelogen, als er so glücklich mit Elizabeth inmitten all der Blumen in seinem Gartensalon Tee trank: Nun, da er sie wiedergefunden hätte, sei er für den Tod bereit. Es war das gängige Klischee, und er hatte es für den Fall gesagt, daß sie für ihn nicht das gleiche empfand wie er für sie.

Und tatsächlich hatte sich seine Skepsis bewahrheitet. Aber er konnte die Sache weder »zivilisiert« noch »reif« noch »erwachsen-nüchtern« sehen. Das Wissen, daß sie seine Liebe nicht erwiderte, bereitete ihm einen ebensolchen Schmerz wie der Krebs. Der Gedanke, zu sterben und sie zurückzulassen, entsetzte ihn. Jetzt hätten sie sich endlich gegenseitig stützen können. Im Grunde seines Herzens war es ihm egal, ob sie ihn wollte oder nicht. Mit ein wenig Zeit hätte er sie sicher dazu bewegen können, noch ein wenig Zuneigung für ihn zu entwickeln.

Aber gerade Zeit stellte den einzigen Luxus dar, der ihm nicht mehr zur Verfügung stand.

Sein Magen zog sich so schmerzhaft zusammen, daß ihm ein lauter Schrei entfuhr. Man hatte ihm beigebracht, während derartiger Anfälle schnell und flach zu atmen, wie eine Frau, die in den Wehen lag. Er rollte sich auf dem Bett zusammen und begann, die Atemzüge zu zählen – eins – zwei – drei – vier – fünf – sechs – sieben – acht – aus Erfahrung wußte er, daß der Anfall normalerweise bei siebzehn vorüber war – fünfzehn – sechzehn – siebzehn...

Statt jedoch abzuklingen, wurde der Schmerz stärker. Er packte die Pillenflasche, die auf seinem Nachttisch stand, schüttelte zwei Tabletten in seinen Mund und würgte sie mit Spucke hinunter. Der Schmerz schwoll weiter an. Er zwang sich, erneut zu hecheln, auch wenn er inzwischen bereits Sterne sah: eins – zwei – drei – vier – fünf – sechs – sieben – acht – neun – zehn – elf... Bei zwölf durchbohrte ihm der Schmerz die Brust mit glühendweißem Stahl und sandte einen eisigen Schauder durch seine Oberarme bis in seinen Hals... seinen Kiefer... seinen Kopf. Dreizehn...

Jetzt passierte es. Bitte, noch nicht... Es war zu früh, zu früh... sie hatte sich zum Essen angesagt. Eins – zwei – drei – vier...«

Wieder streckte er die Hand nach den Pillen aus, doch er erreichte sie nicht mehr.

Bei der Bewegung hatte er das Gefühl, als zerrisse sein gesamter Leib. Er rollte sich so fest zusammen, wie es ihm möglich war, aber es wollte nicht gelingen. Der Schmerz hatte gesiegt. Eins – zwei, eins – zwei... Aus seiner Kehle drang ein lautes Röcheln. Eins – zwei...

Dann explodierte etwas, vielleicht ein Geschoß, in seinem Lebenszentrum.

Daniel Treacy starb um ein Uhr fünfzehn nachmittags. Den wie einen Fötus zusammengerollten Leichnam auf dem blutgetränkten Laken fand man erst um acht. Seine Augen starrten die Sanitäter irre an, sein aufgerissener Mund war schmerzverzerrt, seine Fäuste hatte er starr geballt. In jeder Hand blühte wie eine fette, rotgefleckte weiße Rose eine Handvoll des seidenen Bettbezugs.

An jenem Abend erzählten die Männer, die ihn entdeckten und die Seide von seinen Fingern schnitten, ihren Frauen, daß es offenbar ein schlimmer Tod gewesen war.

Voller Qual und Einsamkeit.

Skys Großmutter kam aus dem Krankenhaus nach Hause, um sich von ihr zu verabschieden, und in letzter Minute legte Sky zur großen Freude der alten Dame spontan die Saphirkette an, auch wenn sie zu der weißen Seidenbluse und den verwaschenen Jeans nicht ganz paßte. »Ich werde sie einfach nicht mehr ausziehen, sie ist mein Talisman.«

»Laß nur Daniel nicht sehen, daß du die Kette trägst«, warnte Elizabeth. »Dann wäre er vielleicht traurig, und das will ich nicht.«

Von draußen drang das Hupen des bestellten Taxis durch die Tür, und Sky schlang ihrer Großmutter die Arme um den Hals. »Auf Wiedersehen, Grandma, wünsch mir Glück.«

»Du weißt, daß ich das tue.« Ihre Großmutter umarmte sie liebevoll. »Du bist ein wunderbares Mädchen, ich kann stolz auf dich sein.«

»Kommst du wirklich ohne mich zurecht?« Sky trat einen Schritt zurück.

»Die Freundinnen deiner Mutter lassen mich sicher keine Sekunde allein.« Ihre Großmutter lächelte. »Und wie gesagt, werde ich so oft wie möglich bei Daniel sein. Gleich heute abend fahre ich zum Essen hin. Um dir ein kleines Geheimnis zu verraten, Sky, vielleicht übernachte ich sogar dort. Nur heute nacht. Was macht das schon? Ich weiß, ich habe gesagt, daß ich nicht will; aber es würde ihn so glücklich machen. Erzähl deiner Mutter bitte nichts davon, ja? Vielleicht findet sie das nicht gut.«

»Mom? Was sollte sie dagegen haben?« Wieder drang die Hupe des Taxis an ihr Ohr. »Aber jetzt muß ich los. Viel Spaß beim Essen – und tu nichts, was das Christuskind nicht sehen soll!«

Ihre Großmutter brach in fröhliches Lachen aus. »Raus mit dir – schließlich wollen wir nicht, daß du dein Flugzeug verpaßt.«

35

Erst eine halbe Stunde, nachdem die Maschine an jenem Nachmittag in Minneapolis gestartet war, glaubte Sky tatsächlich an ihre Irlandreise. Sie sah auf ihre Uhr: gerade fünf.

Jimbo hatte sein Wort gehalten und seine guten Kontakte genutzt, so daß sie nicht nur mit einem brandneuen Paß und einer nagelneuen Kreditkarte, sondern obendrein mit einem Ticket für die Business Class ausgestattet war. Während sie nun oben in der 747 in ihrem breiten, kuscheligen Sessel lungerte und ihr Glas an die Lippen hob, weckte es in ihr sowohl Schuldgefühle als auch Schadenfreude, zu wissen, daß irgendwo hinten in der Touristenklasse Fergus Lynskey, die Knie unter dem Kinn, zwischen zwei Fremden eingequetscht saß.

Sie hatte niemanden neben sich, was ihr durchaus gefiel; denn es war ein langer Flug, und zu irgendwelchen oberflächlichen Gesprächen mit einem beliebigen Nachbarn hätte sie nicht die geringste Lust. Sie hatte vergessen, ein Buch einzustecken; aber auch die angebotenen Zeitungen und Zeitschriften lehnte sie mit der Überlegung, daß sie vielleicht tatsächlich am besten einmal gar nichts tat, höflich ab. Sie starrte aus dem Fenster und deklarierte die verschiedenen Wolkenungetüme als Umrisse von Burgen, einem Walfisch, einem Schiffsrumpf.

Sechsunddreißigtausend Fuß über der Erde war sie noch nervöser als kürzlich, bei all den Informationen, die Jimbo ihr entgegengeschleudert hatte. Endlich bekam sie die lang erträumte Chance; aber nun, da sie am Anfang ihres Abenteuers stand, kam es ihr in erster Linie erschreckend vor. Es gab kein Zurück –

nicht nach all dem Stöhnen, wie frustriert sie während der letzten acht Jahre gewesen wäre. Sie betete, daß sie die Story nicht vermasselte und somit all das Geld, das der *Courier* investierte, vergeudete.

Um sich zu beruhigen, stellte sie ihr Glas in die kleine Vertiefung auf ihremTablett und öffnete die Brieftasche, in der sich neben Jimbos Kontaktadressen eine Zusammenfassung der Dinge, an die sie sich erinnern sollte, befand.

Allerdings wußte sie immer noch nicht, wonach sie überhaupt suchen sollte, wenn sie erst einmal auf irischem Boden weilte. Am Telefon hatte dieser Éamonn Vaughan eine durchaus angenehme, sympathische Stimme gehabt, auch wenn ihr Anruf ihn mehr als ein wenig erstaunte. Obgleich er über die Drogenconnection auf dem laufenden war – in der Tat arbeitete er gerade daran –, schien ihm von einer anderen großen Sache in Irland, an der vielleicht auch eine Reihe von Leuten aus Montana beteiligt war, noch nichts zu Ohren gekommen zu sein. Ganz offensichtlich hatte er von der zweiten Verhaftungswelle des FBI nichts gewußt, und sie hatte den Mund gehalten.

Aber Jimbo, dem der Typ eindeutig sympathisch war, hatte ihr empfohlen, sich ihm voll und ganz anzuvertrauen. »Du wirst feststellen, daß du deine Informationen gegen seine Kontakte tauschen kannst. Er kennt die besten Leute in unserer Branche, und ich möchte wetten, daß er dich ohne zu zögern mit ihnen zusammenbringt. Schließlich bist du als Ausländerin keine Konkurrenz.«

In der Tat hatte sich Vaughan von dem, was sie zu erzählen hatte, fasziniert gezeigt und sich bereit erklärt, sie in Dublin zu treffen. Was ja wohl zumindest ein Anfang war.

Lynskey hielt den Schlüssel zu der Story in der Hand, das war sowohl ihr als auch Jimbo klar. Am besten hängte sie sich wie eine Klette an ihn. »Mobilisier all deine weiblichen Tricks«, hatte Jimbo allen Ernstes gemeint. »Schließlich hat er dich auch benutzt.« Jimbo, der große Zeitungsmann und das Allroundtalent, hatte sich in bezug auf Herzensangelegenheiten noch nie übertrieben sensibel gezeigt.

»Du hast mir noch nicht erzählt, wie es bei deinem Vater war.« Sky, die nach dem Genuß des ihr vom Steward angebotenen Alkohols ein wenig müde war, machte die Augen auf und sah, daß dieser irische Polizist gemütlich auf dem Platz neben ihr saß. »Wie bist du hier herauf gekommen?« Sie wußte nicht, ob sie sich über sein Auftauchen freute oder ärgerte.

»Die reizende Stewardeß unten hat gesagt, daß ich dich besuchen darf.« Er war wieder ganz der kecke, unverfrorene Lynskey. »Ich habe behauptet, daß du meine Verlobte bist...«

»Du hast *was*?«

»...und daß ich ein notleidender Musiker bin und deine geizige Firma mein Ticket nicht bezahlen wollte, damit ich dich auf deiner Geschäftsreise begleiten kann. Ich habe ihr erzählt, wir hätten uns erst vor kurzem verlobt und ich ertrüge es einfach nicht, auch nur ein paar Stunden von dir getrennt zu sein.« Er grinste sie unbekümmert an. »Und, werde ich jetzt vielleicht endlich gebührend von dir begrüßt?«

»Lynskey!« Unweigerlich blickte Sky sich um, ob ihr Gespräch vielleicht irgend jemand mit angehört hatte; aber sämtliche anderen Passagiere saßen entweder mit Kopfhörern da oder dösten vor sich hin. »Dazu hattest du kein Recht«, schnaubte sie.

»Ich weiß. Bin ich nicht dreist? Die steht dir hervorragend.« Er wurde ernst und streckte vorsichtig die Hand nach ihrer Kette aus. »Sie paßt wunderbar zu deinen Augen.«

»Vielen Dank.« Sky strich über die Saphire; sie fühlten sich so perfekt an, wie sie aussahen.

Lynskey klappte die Fußstütze seines Sitzes aus und streckte mit einem wohligen Seufzer seine langen Beine von sich. »Diese Art des Fliegens ist wirklich angenehm.«

»Sie müssen jetzt bitte wieder zurück auf Ihren Platz, Sir. Wir servieren gleich das Abendessen.« Der Steward, der eindeutig etwas gegen Emporkömmlinge hatte, stand, ein gezwungenes Lächeln im Gesicht, im Gang.

»Sofort«, winkte Lynskey ab.

»Jetzt, Sir.« Das Lächeln des Herrn legte sich.

»Hör zu, mein Freund«, die Stimme des Iren war von leiser Eindringlichkeit. »In einer Minute räume ich das Feld.«

Etwas in seinem Blick brachte den Steward zum Verstummen, dennoch beugte er sich trotzig vor. »Entschuldigen Sie, Ma'am«, sagte er kühl und breitete eine Leinenserviette über Skys Essenstablett. »Wir servieren *jetzt*, Sir.«

»Ich komme noch mal zurück«, flüsterte Lynskey, »oder vielleicht hältst du es ja auch eine Weile in meinem Käfig aus?« Ehe er jedoch noch etwas sagen konnte, kam der Steward mit der Vorspeise und hielt demonstrativ Gabel und Löffel in die Luft. Endlich stand Lynskey auf. »Bis später dann!«

Während Sky beobachtete, wie er gemächlich in Richtung der Treppe zur Touristenklasse schlenderte, fielen ihr unweigerlich abermals Jimbos Worte ein: »Mobilisier deine weiblichen Tricks...« Doch die wären hier bestimmt nicht angebracht.

Gerade als man den siebten der Bodenstown-Verschwörer, den Polizisten aus Los Angeles, direkt auf der Wache verhaftete, bereitete sich Joe Mason in Amsterdam auf das Verlassen des Flugzeugs vor. Wie der neunte, Jerry Flynn, reiste auch Mason unter falschem Namen mit einem gefälschten Paß. Auch wenn er hervorragend sah, trug er auf dem Foto eine Brille.

Nun, da der Kapitän der KLM-Maschine nach der Landung die Bremsen betätigte, rieb sich Mason die Augen, als wäre er noch nicht ganz wach, und setzte die Brille auf. Sie hatte einen unauffälligen dunklen Plastikrahmen und die Linsen waren verkratzt, als benutze er die Sehhilfe schon lange.

Von den zehn ursprünglich an der Verschwörung Beteiligten waren nur noch drei auf freiem Fuß: Mason, Flynn, der bereits sicher in seinem heruntergekommenen Hotel in Dublin saß, und Rupert de Burgh. Und von diesen drei wußte nur letzterer, worum es tatsächlich ging.

Der Taoiseach, der Premierminister von Irland, dünner als seine Liebe zu gutem Essen und teurem Wein es hätte vermuten lassen, nahm einen Lappen und rieb an einem getrockneten Wassertropfen auf der schimmernden Oberfläche seines Schreibtischs herum. Als heikler Mensch arbeitete er so lange, bis keine Spur des Flecks mehr sichtbar war; dann faltete er den Lappen ordentlich zusammen, ehe er ihn in den neben dem Schreibtisch stehenden Papierkorb warf.

Die anderen Anwesenden, zwei Staatsbeamte und zwei Berater, ein Sekretär und der Justizminister, warteten darauf, daß er sprach. Ihm blieben weniger als zwei Stunden für die Entscheidung, ob er den geplanten Besuch der Republik durch den Erben des britischen Throns genehmigen sollte oder nicht. Am Vorabend hätte er den Besuch auf Anraten des Justizministers bereits beinahe abgesagt; aber dann hatte er sich noch ein wenig Bedenkzeit erbeten, die bis zum heutigen Mittag währte.

In Brüssel, während eines EG-Abendessens, hatte der britische Außenminister seinen irischen Kollegen inoffiziell über den Wunsch des Prince of Wales, an der Amnestykonferenz in Dublin teilzunehmen, informiert. Es war ein so sensibles Thema, daß der irische Minister nach seiner Rückkehr aus Belgien umgehend beim Taoiseach vorstellig geworden war. Immer noch wußten nur wenige Auserwählte über die königliche Beehrung Bescheid – die beiden anwesenden Politiker, der Gárdaí Commissioner und ein oder zwei andere. Bis vor einer Stunde waren selbst die jetzt anwesenden Staatsbeamten noch nicht im Bilde gewesen. Nun allerdings – in vierundzwanzig Stunden sollte die Konferenz der Menschenrechtsorganisation beginnen – stand die endgültige Entscheidung an.

Kein Mitglied der britischen Königsfamilie hatte Irland seit Erlangung seiner Unabhängigkeit im Jahre 1922 je offiziell besucht, auch wenn hin und wieder einer von ihnen privat zu einer Pferdeauktion oder zu einem Verwandtenbesuch herübergekommen war. Aber ein öffentlicher Auftritt des Thronfolgers war etwas ganz anderes. Auch wenn sein Erscheinen technisch betrachtet als privat anzusehen war, fände die Konferenz, vor allem, da Naboom Kebele kam, sicher Aufmerksamkeit über die Landesgrenzen hinaus, so daß das Erscheinen des Prinzen zu einem Politikum würde.

Es ging um viel: Trotz der Kampagnen der IRA und der Loyalisten, die den Norden auch weiterhin erschütterten, hatten sich die Beziehungen zwischen der britischen und der irischen Regierung im Verlauf der Thatcher-Jahre ständig verbessert, was offenbar unter John Major seine Fortsetzung fand. Vielleicht stand man an einem Wendepunkt; allmählich dämmerte es einigen Führern der nationalistischen Gemeinde in Nordirland, daß sich ihr Ziel vielleicht nicht durch die seit beinahe einem Vierteljahrhundert ständig eskalierende Gewalt, sondern auf demokratischem Wege erreichen ließ. Und nun lag es am Taoiseach, zu entscheiden, ob der Besuch des Prinzen, selbst wenn er als Privatmann nach Irland kam, die Nationalisten aus dem Norden eventuell derart in Zorn versetzen würde, daß sich der winzige Spalt der Annäherung vielleicht wieder schloß.

Wie die meisten Politiker, die bereitwillig die Lorbeeren einheimsen wurden für eine Woche voller Sonnenschein, neigte er dazu, den Besuch des Prinzen positiv zu sehen. Zahlreiche Meinungsumfragen hatten bestätigt, daß die britische Königsfamilie bei vielen Bewohnern der Republik Respekt genoß, und sicher machten die Medien aus dem Besuch ein Fest. Doch die Konsequenzen eines möglichen Zwischenfalls während des königlichen Besuchs wären fürchterlich. Zweifellos könnte sich die Partei des Taoiseach für lange Zeit von der Macht verabschieden, und international nähme ein unvorstellbarer Prestigeverlust seinen Lauf.

Er räusperte sich und sah sich in dem Raum um. Über die Fortschritte bei den Ermittlungen in den Vereinigten Staaten hatte man ihn ständig informiert. Bisher hatte keiner der Verhafteten etwas ausgesagt, aber wie seine Berater neigte auch der Premierminister zu der Annahme, daß zwischen dem Vorhaben der Verschwörer und dem Besuch des Prinzen kein Zusammenhang bestand.

In der Tat war die ganze Sache völlig rätselhaft; es erschien ihm widersinnig, daß Leuten mit ultranationalistischer Gesinnung der Sinn nach einer Schädigung der nationalistischen Regierung stand. Aber der Taoiseach erlaubte sich nicht, die schwachsinnige Leidenschaft bestimmter Randgruppen unter den Amerikanern irischer Abstammung zu unterschätzen. »Was meinen Sie?« Er wandte sich dem Justizminister zu. »Ich würde den Besuch genehmigen, aber Ihre Stellungnahme zählt mehr. Sie sagen, daß die meisten dieser sogenannten Verschwörer festgenommen worden sind?«

»Inzwischen sieben, soweit ich weiß.« Der Justizminister senkte seine Stimme, als würden sie belauscht. »Zwei – oder drei – weitere Verdächtige sind untergetaucht. Es heißt – man sollte es kaum glauben –, daß fünf der bisher Festgenommenen Polizisten oder ehemalige Sicherheitskräfte sind.«

»Das überrascht mich nicht.« Der Taoiseach schnippte ein Staubkorb von seinem Designeranzug. »Bei sieben Verhaftungen würde ich sagen, der Verein ist zusammengebrochen. Was meinen Sie, Minister? Ist die Sache sicher oder nicht?«

»Tja.« Der Minister zögerte, doch dann hellte sich seine Miene auf. »Er wird ja nur für ein paar Stunden hier sein. Wir könnten ihn über Baldonnel ein- und ausfliegen lassen«, nannte er den Militärflughafen, der ungefähr zwanzig Meilen vor Dublin lag. »Und ist nicht selbst Seine Heiligkeit ohne Probleme rein- und rausgekommen, obwohl er die ganze Zeit von Millionen von Menschen umgeben war?« Der Minister betrachtete den Papstbesuch 1979 als den Höhepunkt seiner Karriere. »Ich meine, was soll in den drei Stunden schon passieren?«

»Phantastisch – *phan-ta-stisch.*« Jill Tuffy, die Organisatorin der Amnestykonferenz, auf der Naboom Kebele der Ehrengast sein würde, warf den Hörer auf. Halbwegs übergeschnappt sprang sie von ihrem Stuhl und begann, durch das Büro zu hüpfen.

Die Einladung an den Prinzen war eine dieser Vieruhrmorgensideeen gewesen, die bei Tageslicht betrachtet so wenig Erfolg versprach, daß sie nicht die geringste Hoffnung gehegt hatte, er nähme tatsächlich an. Aber als über Tage und dann über Wochen hinweg keine Absage eintraf, hatte sie ganz allmählich doch zu träumen gewagt. Und nun stand der Wunsch offenbar kurz vor der Erfüllung.

Sie setzte sich wieder an ihren Schreibtisch und atmete tief durch. Die Anweisungen waren klar. Nur vier namentlich genannte Leute durften erfahren, daß der Prinz nach Dublin kam. Tauchte auch nur ein einziges Wort darüber in der Presse auf, bliese man die ganze Sache ab.

Wie sie diese Klippe umschiffen sollte, war das Hauptproblem…

Auch wenn die Konferenz auf lokaler Ebene beachtliches Interesse fand – sämtliche anerkannten irischen Zeitungen würden jemanden schicken, der darüber berichtete – hatte Miss Tuffy doch eine breitere Öffentlichkeit im Sinn: Sie wollte eine Konferenz, die Beachtung in den internationalen Medien fand. Sie hatte gejubelt, als Kebele ihre Einladung annahm; aber der Mangel an Interesse seitens der internationalen Presse hatte sie erschreckt. Nur vom *Economist* wollte ein Journalist kommen. Ansonsten blickten die Medien eher nach Osteuropa und auf die Vorbereitungen der Wahlen in Amerika. Afrika, das arme alte, verhungernde, sterbende, kämpfende Afrika, war ein alter Zopf.

Angestrengt überlegte sie. Die einzige Möglichkeit, Reporter anzulocken, ohne die Teilnahme des Prinzen zu gefährden, wäre ein gezieltes Durchsickernlassen der Information, daß ein Überraschungsgast erwartet wurde. Und wenn einer anbiß, bissen alle an – aus Angst, daß ihnen ansonsten vielleicht etwas Heißes durch die Lappen ging. Sie griff nach dem Telefon. »Hallo, RTE? Bitte, verbinden Sie mich mit Éamonn Vaughan von der Nachrichtenredaktion… Danke – ich warte…«

Im eine halbe Meile entfernten Museum für Naturgeschichte fiel die Reaktion auf den Anruf des Taoiseach eher gedämpft aus.

Der Mann, der den Anruf des irischen Premierministers entgegennahm, riß sich trotz seiner Überraschung zumindest soweit zusammen, daß er sagen konnte, der Direktor des Museums hielte sich augenblicklich in Island auf. »Aber ich glaube, ich weiß, wo er wohnt, und werde versuchen, ihn umgehend zum Rückflug zu bewegen.«

Nachdem er aufgelegt hatte, starrte er das altmodische schwarze Telefon auf seinem Schreibtisch an, als ginge von ihm die Tollwut aus. Dann trat er in die Tür seines Büros und blickte auf seine zweihundert Jahre alte Domäne, das vollgestopfte, enge Gemäuer zwischen dem Dáil und den Regierungsgebäuden hinab. Generationen von Schulkindern und ihren Eltern waren über die gekachelten Böden und hölzernen Treppen getrampelt; mit großen Augen hatten sie den Riesenhirsch und das von der Decke herabhängende Walskelett bestaunt, waren beim Anblick des Einschußlochs im Schädel des Polarbären zusammengezuckt, hatten den Elefanten getätschelt und die Giraffe gestreichelt – oder waren angewidert vor den auf Papier aufgespießten Insekten oder den Tentakeln der in Gläsern aufbewahrten Kraken zurückgeschreckt. Alles hatte man so altmodisch belassen, daß diese Institution inzwischen weltweit als das beste noch erhaltene Museum aus dem neunzehnten Jahrhundert galt. Einen Großteil der Sammlung, die inzwischen auf über vier Millionen Exemplare angewachsen war, hatte 1857 Livingstone persönlich zur Verfügung gestellt. Naturfreunde und Zoologiestudenten liebten diesen Ort und baten darum, ihn als Gegenstück zu den modernen Museen in seinem ursprünglichen Zustand zu erhalten. Abgesehen von einem Großreinemachen und einem neuen gelben Anstrich vor ein paar Jahren hatte man ihnen ihren Wunsch erfüllt.

Im Leben dieses Angestellten hatte noch nie ein bedeutender Würdenträger das Museum besucht – oder zumindest keiner, der sich als solcher zu erkennen gab. Unglückseligerweise sollte dieser Besuch nun morgen stattfinden, und die Zeitungsmeldung über die Eskimobrachvogelausstellung war mehr als ein wenig verfrüht gewesen. Aufgrund der krassen Beschneidungen öffentlicher Gelder kamen die inzwischen nur noch vier Angestellten – von denen jeder von ihnen eine Million Ausstellungsstücke betreute – mit der Arbeit nicht mehr nach. Die obere Galerie zum Beispiel, die die wirbellosen Tiere und die unbezahlbare Blaschkasammlung – handgemachte Glasreproduktionen von Meereslebewesen – beherbergte, hatte man aus

Personalmangel für die Öffentlichkeit bereits schließen müssen.

Vielleicht bekämen sie ja noch eine bescheidene Ausstellung, eine *sehr* bescheidene Ausstellung, auf die Beine gestellt, dachte er und runzelte die Stirn. Auch wenn das Museum die beiden Vögel hatte, waren die Dokumentation und das Material über deren Verbreitungsgebiete längst noch nicht soweit. Doch unter Aufbietung der letzten Reserven gelänge es vielleicht.

Der Mann kehrte an seinen Schreibtisch zurück und zog das Telefon heran. Am besten riefe er zunächst einmal umgehend den Direktor an. Allmählich jedoch hellte sich seine Miene ein wenig auf: Nachdem man jahrelang mißachtet worden war – heutzutage galt das offizielle Interesse nicht der Naturgeschichte, sondern der Archäologie – war es schön, daß endlich einmal wieder jemand von diesem wunderbaren alten Museum Notiz zu nehmen schien.

Nach dem Gespräch mit Éamonn Vaughan telefonierte Jill Tuffy mit einer Reporterin, die erst vor kurzem von RTE zur Nachrichtenredaktion der BBC gegangen war. »Nein, das kann ich Ihnen nicht sagen, wirklich nicht. Die Zeitungen sollen nichts davon erfahren, verstehen Sie? Aber glauben Sie mir, wenn Sie nicht kommen, verpassen Sie eine der Storys des Jahrhunderts.« Sie hörte zu und fragte dann. »War bisher irgendein Tip von mir vielleicht nicht gut?«

Zufrieden lehnte sie sich zurück. Wie auch immer sich Éamonn Vaughan verhalten würde, so wußte sie sicher, daß diese BBC-Reporterin jedenfalls, die mit einem stellvertretenden Redakteur des *Guardian* zusammenlebte, unfähig war, ein Geheimnis zu bewahren, selbst wenn es um ihr Leben ging. Also wären sie morgen abend alle da.

36

Auf den modernen, belebten Flughafen von Dublin war Sky, deren Vorstellung von Irland den Broschüren des irischen Touristenverbandes und den sepiafarbenen Erinnerungen ihrer Mutter entsprach, nicht gefaßt. Und der Kulturschock wurde während der gemeinsamen Taxifahrt mit Lynskey in die Stadt noch verstärkt. Diese Stadt sah auf den Postern ganz anders aus, wo die Touristen in Pferdekutschen über nebelverhangene, elegante Plätze fuhren oder händchenhaltend auf einer der zahllosen geschwungenen, von gußeisernen Spitzen gesäumten Brücken standen. Hier erlebte sie einen Moloch kurz vor dem Infarkt, in dem ein Gedränge überwiegend junger Menschen herrschte, und in dem man offenbar Hunde ohne Leine mit ins Zentrum nahm: Mindestens zweimal hätte das Taxi fast eins der Tiere erwischt, die kamikazegleich über die Straße sprangen.

Auch der Sonnenschein und die Hitze verblüfften sie, da sie doch mit dicken Pullovern und Regenmänteln ausgerüstet war. Lynskey gab zu, daß das Wetter, wie sie auch an den zahlreichen sonnenverbrannten Schienbeinen in Shorts und den roten Schultern in ärmellosen Kleidern ablesen konnte, gelegentlich mit Überraschungen aufwartete.

Da das kleine Volkswagen-Taxi sie zum Kochen brachte, überlegte sie verdrießlich, ob sie das Fenster besser öffnete oder lieber geschlossen ließ, was eindeutig beides gleichermaßen nervte. Die Luft draußen war vom Dieselgestank, dem ätzenden Geruch schmelzenden Teers und dem Staub unzähliger Straßenarbeiten und Baustellen geschwängert. Es schien, als würde die Gardiner Street, die augenscheinlich die Hauptarterie vom Flughafen ins Zentrum bildete, auf ihrer ganzen Länge entweder demoliert oder neu aufgebaut. Das Dröhnen zahlreicher Preßlufthämmer machte dem Rattern der Busmotoren lautstark Konkurrenz. Als sie allerdings das Fenter schloß, wurde die Hitze noch unerträglicher, und außerdem wäre sie an der Zigarette des paffenden Taxifahrers fast erstickt. Trotz eines Dankschildes am

Armaturenbrett, daß der Fahrgast das Rauchen unterließ, dampfte der Glimmstengel zwischen den Lippen des Kerls wie der Schornstein eines Krematoriums.

Sicher war sie nur aus Müdigkeit so gereizt; daher beschloß Sky, die Beurteilung Dublins zu verschieben, bis sie besserer Laune war. Während sich das Taxi zentimeterweise durch einen monumentalen Stau vor einer komplexen Reihe von Kreuzungen und Bushaltestellen am Ende der Straße schob, blickte sie zu Lynskey hinüber, der eingeschlafen war. Weshalb sollte er süß träumen, wenn sie litt? »Ich könnte eine Dusche vertragen. Wie steht's mit dir?« Schon hatte sie ihm einen Stoß mit dem Ellbogen verpaßt.

»Sind wir schon da?« Er fuhr auf und sah sich verschlafen um. »Ohhh!« Er wies mit dem ausgestreckten Zeigefinger auf ein Haus. »Da drüben wohne ich. Ich habe ein Appartement im obersten Stock.«

Sky blickte an ihm vorbei auf ein fünfgeschossiges, schmuckloses Backsteingebäude auf der anderen Straßenseite. »Sehr nett.«

»Es besteht kein Anlaß zu Sarkasmus.« Lächelnd klappte er die Augen wieder zu. Zuerst brächte er sie in ihr Hotel und dann führe er umgehend zu einer Besprechung ins Büro.

Gleich würden die Mittagsglocken läuten, und im Nachrichtenraum von RTE war der Teufel los. »Warten Sie, ich stelle Sie zu ihm durch.« Zum x-ten Mal an diesem Morgen drückte die Sekretärin vier Knöpfe und legte auf.

»Ja?« Zwei Tische weiter ging Éamonn Vaughan, der auf der Tastatur seines Computers herumgehämmert hatte, als hinge sein Leben davon ab, an den Apparat. »Was?« Er legte seine linke Hand über sein Ohr, bat die ihm am nächsten sitzenden Leute, ihre Lautstärke ein wenig zu dämpfen, und wandte sich wieder dem Menschen in der Leitung zu. »Tut mir leid. Was haben Sie eben gesagt?« Einen Augenblick lauschte er. »Verstehe.« Dann legte er den Hörer nachdenklich auf. Dies war der zweite angeblich heiße Tip, den er in ebenso vielen Minuten bekam. Doch die Themen der beiden Hinweise konnten verschiedener nicht sein. Auf alles, was Jill Tuffy sagte, war Verlaß – aber der zweite Anrufer hatte nicht einmal einen Namen genannt.

Während der Neunuhrnachrichten am Vorabend wurde Vaughans Bericht über die vermasselte Drogenoperation und die anschließenden chaotischen Ermittlungen gesendet. Die Morgenzeitungen hatten das Thema begeistert ausgewalzt, während die Polizei weiter im ganzen Land auf der Suche war. Der anonyme Informant hatte gesagt, die Drogenlieferung sei auf dem Grundstück eines Hotels in Glengarriff zu finden. Glengarriff lag im äußersten Südwesten des Landes: beinahe am entgegengesetzten Ende von Killybegs.

Nach ein paar Sekunden stand Vaughan auf und latschte – er ging nie normal – ans andere Ende des Nachrichtenraumes, wo der Schreibtisch der Korrespondentin für Sicherheitsfragen stand. »Bella, mit wem redet man am besten, wenn man einen Tip in dieser Drogensache bekommen hat?«

»Mit mir.« Sie hob den Kopf und runzelte die Stirn.

»Ja, mit dir.« Vaughan sah sie eindringlich an. »Das weiß ich; aber nenn mir einen Namen, nicht den des Ministers, sondern des Commissioners oder des Chief Super, der für die Ermittlungen zuständig ist. Den Namen eines Menschen, der als Gegenleistung für Informationen mit uns kooperiert.«

»Was für Informationen? Éamonn, dies ist mein Terrain!« Bereits bei den gestrigen Nachrichten hatte er sie mit der Drogengeschichte übers Ohr gehauen, so daß sie ihn jetzt streitlustig musterte. »Das mindeste wäre ja wohl, mich aufzuklären. Bei der letzten Teambesprechung...«

»Tut mir leid, daß ich gefragt habe.« Vaughan machte auf dem Absatz kehrt und stürmte zurück an seinen Platz. Dann allerdings dachte er noch einmal über die Sache nach und schließlich wählte er, wenn auch zögernd, die Nummer des RTE-Büros in Cork. Selbstverständlich hätte er gerne die Lorbeeren selbst geerntet, aber die Story kam zuerst. Denn wenn der anonyme Hinweis richtig und die Polizei bereits auf dem Weg nach Glengarriff war, träfe er niemals rechtzeitig zum Filmen dort ein. Also sorgte er besser dafür, daß eine andere Kamera zur Stelle war, die

die Arbeit für ihn übernahm. »Aber ruft mich zurück, selbst wenn es nichts aufzuzeichnen gibt.« Er verabschiedete sich von dem kontaktierten Kollegen und sah auf seine Uhr. Inzwischen bedauerte er, daß er sich mit dieser Reporterin aus Montana verabredet hatte. Eigentlich gab es viel zuviel zu tun.

Dann wandte er seine Gedanken wieder Jill Tuffy zu, nahm ein Blatt Papier und stellte eilig eine Liste berühmter Namen auf, deren Besuch unter Umständen ein Sicherheitsrisiko sein könnte. Je exotischer und unwahrscheinlicher, daß die Person auf einer Amnesty-International-Konferenz in Irland erschien, um so eher läge er vielleicht richtig. Yassir Arafat, John Major, Mutter Teresa, Saddam Hussein, Robert Mugabe, Nelson Mandela, die britische Königin, Präsident Bush…

Immer noch gedanklich in die Liste vertieft, machte er sich zusammen mit seinem Team auf den Weg zu einer Pressesitzung in die Stadt. Bei seiner Ankunft hatte er die Zahl der möglichen Überraschungsgäste auf drei beschränkt: John Major, Yassir Arafat, Moshe Dayan.

Während er durch das Foyer des Shelbourne marschierte, dachte er noch mal darüber nach: John Major hatte im letzten Jahr bereits ein europäisches Gipfeltreffen in Dublin besucht, so daß seine Anwesenheit keine große Sache wäre. Aber das kam auf das, was er sagen wollte, an – und außerdem waren britische Politiker auf irischem Boden bei den Fanatikern schon immer ein sehr beliebtes Ziel. Er versah den Namen des Premierministers mit einem Fragezeichen und dachte, am besten finge er mit seinen Nachforschungen – wenn auch vielleicht nur, um dann einen Namen streichen zu können – bei der britischen Botschaft an.

Die Sitzung fing verspätet an; also suchte er sich eine ruhige Ecke im Foyer und begann mit seinen Telefonaten.

Der Prince of Wales spazierte durch eine Fahrzeugteilfabrik und sah sich eine Maschine an, mit der sich aus einem Strom grauen Metalls eine Unzahl kleiner Scheiben stanzen ließ. Er zeigte sich höchst beeindruckt und wurde zur nächsten Station geführt; hier stürzten die kleinen Scheiben in eine Art Wasserfall, um sich dann hintereinander aufzureihen, ehe ein Arbeiter Löcher in sie stanzte.

Während der Prinz mit seinem Gefolge an der Fertigungsanlage vorbeidefilierte, trat ein Leibwächter vor und flüsterte ihm etwas ins Ohr. Der Prinz verzog keine Miene; aber am Ende der Besichtigung wurde dem Produktionsleiter der Fabrik erklärt, daß der Prinz unglücklicherweise nicht zum Essen bleiben könne. Wenige Minuten später blieb den Direktoren und Angestellten des Unternehmens nichts weiter übrig, als sich von ihrem erlauchten Gast zu verabschieden, als dieser in seinen neben der Fabrikhalle wartenden Hubschrauber stieg.

Der Terminplan des Prinzen für den folgenden Tag wies keinen Eintrag auf. Offiziell hatte er einfach einmal frei; da würde er sehr gerne die Reise nach Irland unternehmen. Nun, da die offizielle Genehmigung der Iren vorlag, brachen die Palastangestellten und Beamten des Außenministeriums in hektisches Treiben aus. Jede Silbe jeden Wortes – in der Tat sogar die Betonung jeder einzelnen Silbe –, die seine Königliche Hoheit während der wenigen Stunden seines Aufenthalts in Irland äußern wollte, wurde genauestens geprüft. Obgleich er als Privatmann vor der Amnestykonferenz spräche, war die historische Bedeutung des Besuches allen klar. Es bestand noch Ungewißheit, ob er während seiner Höflichkeitsvisite beim irischen Parlament überhaupt etwas sagen würde – doch wenn ja, blieb zu überlegen, was.

Sowohl in England als auch in Irland wußte man, daß der Prinz sich einen Besuch im Museum für Naturgeschichte wünschte. Der Verlockung, einen Eskimobrachvogel zu sehen, konnte er unmöglich widerstehen. Gut, daß das Museum unmittelbar neben den Regierungsgebäuden lag, so war keine lange Anfahrt nötig.

Rupert de Burgh wußte, daß die Nachricht früher oder später durchsickern würde; aber im Augenblick hatte noch keiner seiner Mitverschwörer etwas von dem Besuch des britischen

Thronfolgers in Dublin erfahren. Angesichts ihrer merklich geschrumpften Zahl wären sie vor dem Vorhaben, das sie da, ohne es zu ahnen, in Angriff nahmen, vielleicht zurückgeschreckt. Er wollte, daß dann, dem Stand der Dinge nach, ein Rückzieher unmöglich war. Sein Semtex-Sprengstoff lag bereit und die Stelle seiner Deponierung stand fest. Die Örtlichkeiten würden wie sämtliche Bereiche, an denen der Prinz auch nur vorüberkam, im voraus gesichert; und genau dies war der Punkt, an dem er zum Einsatz kam. Seine Operation hing davon ab, ob er es schaffte, dem Sicherheitstrupp zugeordnet zu werden, und bisher lief die Organisation ganz in seinem Sinne.

Den Sprengstoff hatte er sich ohne Probleme beschafft. Unter dem Vorwand verdeckter Polizeiermittlungen wendete er sich an einen GKK – gewöhnlichen Kleinkriminellen – einer der Dubliner Gangs mit Beziehungen zur IRA, der ihm als sehr verschwiegen bekannt war. De Burgh machte sich keine Illusionen hinsichtlich seiner Zukunft. Zumindest käme er unumgänglich ins Gefängnis, so daß es ohne jede Bedeutung war, ob sein Kontaktmann *nach* dem Ereignis weiter den Mund hielt oder ihn verriet.

Obgleich er noch nie besonders gut schlafen konnte, hatte er während der letzten Nächte überhaupt kein Auge mehr zugetan; deshalb trank er Unmengen von Kaffee und aß Berge von Zucker, um sich überhaupt auf den Beinen zu halten. Aber diese Therapie zeitigte auch Nachteile; er konnte es sich nicht leisten, seinen Kollegen gegenüber gereizt oder nervös aufzutreten. Die Anstrengung, sich normal verhalten zu müssen, überstieg beinahe seine Kräfte, und selbst seine Frau, die normalerweise ein dickes Fell besaß und der er sowieso ein Rätsel war, hatte ihn heute morgen gefragt, ob etwas nicht in Ordnung sei.

Bisher hatte er die Frage beiseite geschoben, wie es wäre, wenn er ins Gefängnis ginge und seine Familie alleine ließe. Wann auch immer ihm dieser Gedanke kam, verdrängte er ihn hastig. Er durfte und wollte nicht weich werden. Die Sache, von der er bereits seit so langer Zeit besessen war, kam ihm allgegenwärtig wie sein eigener Schatten vor; sie hatte den Platz in seinem Herzen übernommen, den bei anderen Männern Frauen und Kinder besetzten. Aber de Burgh hatte ein hochfliegenderes Ziel als persönliche Befriedigung. Für ihn bedeutete die Wandlung vom Saulus zum Paulus, die er beim Studienbeginn am Trinity durchgemacht hatte, als ihm die wahre irische Geschichte aufging, ebensoviel wie jemand anderem die Berufung zum Priester.

Obgleich er seine Kinder, vor allem den jüngsten, gerne hatte, liebte er seine Frau – wenn er sie überhaupt jemals geliebt hatte – schon lange nicht mehr. Sie war eine ruhige Person, die ihre Gelassenheit seiner Meinung nach vor allem einem Mangel an Phantasie verdankte. Sie hatte als Büroangestellte in einem Ministerium gearbeitet, als er ihr bei einer Tanzveranstaltung im Gárdaí Club begegnete. Zu jener Zeit verlobten sich fast alle in seiner näheren Umgebung. Da sie ihren Job haßte, auch die diamantbesetzten Verlobungsringe, mit denen ihre Freundinnen prahlten, neidisch begutachtete, sehnte sie sich selbst nach einem Ehemann und war froh gewesen, daß sich jemand für sie zu interessieren schien. Nach der Hochzeit hatte sie sich klaglos der Erziehung ihrer drei Kinder und der Führung des Haushalts gewidmet.

Den Kopfhörer des Walkman in den Ohren schrieb de Burgh eifrig an einem Bericht, wobei er hin und wieder am Ende seines Kugelschreibers kaute, oder nachdenklich zur Decke hochblickte. Natürlich ahnte in dem lärmerfüllten Raum niemand, daß sein Musikgerät mit einem winzigen, unter dem Schreibtisch des Chief Superintendent – im Kaugummi – versteckten Sender verbunden war. Bill Daly hatte eine Besprechung mit dem Gárdaí Commissioner, der Lynskey ebenfalls beiwohnte.

Durch die Kopfhörer vernahm de Burgh das blecherne Klingeln von Dalys Telefon und das »Ja?« des Chiefs. Dann: »Danke für den Anruf. Nein, im Augenblick kein Kommentar.« Da er auf der anderen Seite des Schreibtischs stand, klang die Stimme des Chiefs leicht verzerrt. »Aber auf jeden Fall gehen wir der Sache nach.«

»Das war RTE.« Wieder sprach der Chief. »Ein Reporter aus Cork, der nach einem anonymen Hinweis fragte, den Éamonn

Vaughan in Dublin erhalten hat. Derselbe Tip, wie de Burgh – einer meiner Männer hier – ihn bekommen hat. Es heißt, die Drogen wären irgendwo in Glengarriff versteckt.«

Draußen beugte de Burgh seinen Kopf tiefer über sein Blatt, als könne er nicht lesen, was er gerade selbst aufgeschrieben hatte.

»Nehmen Sie den Hinweis ernst?« Dies war der Commissioner, der sich offenbar genau über dem Sender befand, so daß sein Baß dröhnte, als zöge man bei einer Orgel sämtliche Register.

»Soll das ein Witz sein?« Auch Lynskey konnte de Burgh deutlich hören. »Zwei identische anonyme Hinweise, einer an uns und einer an die Medien? Glengarriff wäre der letzte Ort, auf den ich im Zusammenhang mit Drogen käme. Mich würde vielmehr interessieren zu erfahren, wer die Anrufe getätigt hat und warum dieser Jemand alle Welt dorthin dirigiert.«

De Burgh umklammerte seinen Stift so fest, daß das Weiß seiner Knöchel hervortrat. Es war ein Fehler gewesen, Vaughan anzurufen: sein erster Fehler bisher. Aber es gab Schlimmeres. Dann führen sie eben nicht nach Glengarriff, sondern blieben hier. Obgleich er nicht mehr viel Zeit hatte, fände er schon einen Weg, die Polizeidichte in Dublin am Tag X so gering wie möglich zu halten. Immer noch galt das Überstundenverbot; zwar zeigte es vorläufig noch keine allzu negative Wirkung; trotzdem würde es aufgrund des beständig anwachsenden Besucherstroms in der Stadt innerhalb der nächsten vierundzwanzig Stunden sicher eng.

»De Burgh, aufwachen!« Zu seiner Verärgerung sah Rupert, daß jemand vor seinem Schreibtisch stand. Der Kollege zeigte auf seine Kopfhörer und formte die Worte: »Nehmen Sie die Dinger ab«, als hätte er es mit einem Tauben zu tun.

»Was ist? Ich bin beschäftigt.« De Burgh nahm einen der Stöpsel aus den Ohren, während er sich Mühe gab, über den anderen weiterzuverfolgen, was im Büro des Chiefs vor sich ging.

»Sie werden unten am Telefon gewünscht.« Der andere Detective hatte sich bereits wieder zum Gehen gewandt. »Der Typ sagt, es ist wichtig – scheint ein Ami zu sein. Außerdem erwähnte er, daß er in einer Zelle steht und ihm die Münzen ausgehen.«

Rupert hatte keine Wahl, als der Aufforderung zu folgen. Daher nahm er die Kopfhörer ab und legte sie sich, während er seinen Schreibtisch verließ, lässig um den Hals. Er konnte wohl kaum mit den Dingern in den Ohren durch ein ganzes Nest von Detectives spazieren, ohne daß diese sich fragten, weshalb er seit einiger Zeit so versessen auf Musik war. Es mußte Flynn sein. Nur wenige Menschen in Irland bemerkten den Unterschied zwischen einem amerikanischen und einem kanadischen Akzent.

Außerdem stimmte etwas nicht. Keiner von ihnen riefe ihn, außer in einem Notfall, unter dieser Nummer an.

Während er telefonierte, wurde die Atmosphäre im Büro des Chief Superintendent bleischwer. »Sie wissen ebensogut wie ich«, der Commissioner sprach mit Nachdruck, »daß der Druck aufrechterhalten werden muß.« Das wußten wohl nicht nur sie, sondern jeder im Land; denn sogar der Justizminister hatte den Kampf gegen Drogen zu seinem persönlichen Kreuzzug erklärt. »Angesichts der Unmengen negativer Publicity, die wir in den letzten paar Tagen geerntet haben«, fügte er hinzu, »müssen wir wenigstens so *tun*, als unternähmen wir etwas.«

»Ich bin der Meinung«, mischte sich abermals Lynskey ein, »nein, ich bin der *Überzeugung*, daß dieser Tip mit dem Hotel in Glengarriff eine Ente ist. Lassen Sie die Leute von RTE hinfahren. Wenn sie dann unter irgendeinem Fuchsienstrauch Heroin ausfindig machen, haben sie ihren Knüller und wir unsere Ruhe. Ein derartiger Fingerzeig ist normalerweise entweder einfach ein schlechter Scherz oder der Versuch, die Polizei so weit wie möglich von Dublin fortzulocken. Ich glaube nicht, daß das zufällig jemand genau während dieser Konferenz einfädelt.«

»Ganz meine Meinung – aber die Entscheidung liegt bei Ihnen, Commissioner.« Bill Daly faltete die Hände und sah seinen Vorgesetzten abwartend an.

Der Commissioner dachte ein, zwei Minuten nach, ehe er

seine Handschuhe nahm. »Auf Ihre Verantwortung. Wenn RTE das Zeug findet, stehen wir wie die letzten Trottel da. Aber bei der anderen Sache darf wirklich niemand sonst zum Zuge kommen. Ich weiß, ein Großteil der Verschwörer wurde in Amerika festgenommen und obwohl wahrscheinlich nicht bekannt ist, daß Ihr Mann herüberkommen wird, habe ich immer noch ein ungutes Gefühl.« Er blickte auf einen Fleck an der Decke über den Köpfen seiner Untergebenen. »Ich bin lange genug im Geschäft, um zu wittern, wenn etwas nicht in Ordnung ist. Offensichtlich hat dieser Kerl, dieser Klempner, das schon des öfteren exerziert – einfach zu verschwinden, meine ich. Aber der andere Typ, Flynn, war bisher ein vorbildlicher kanadischer Bürger. Wissen Sie, ich hasse vorbildliche Bürger. Sie sind immer die, auf die man besonders achten sollte. Aber das Durchforsten der Passagierlisten sämtlicher Flüge von den Vereinigten Staaten nach Europa – schließlich muß er ja nicht direkt hierher geflogen sein – dauert leider eine halbe Ewigkeit.«

Der Commissioner gab die Betrachtung des Fleckens an der Decke auf. »Wenn es nach mir ginge, fände dieser Besuch *nicht* statt. Das habe ich auch dem Taoiseach deutlich gemacht. Allmächtiger«, er schüttelte den Kopf. »Wie sollen wir das alles gleichzeitig bewerkstelligen? Kebele, den Prince of Wales – und dann noch die zahllosen kleinen Einbrecher und Taschendiebe, die von den ganzen Konferenzen und dem Tanzfestival und den Touristen in der Stadt profitieren wollen? Außerdem ist morgen früh auch noch die Demonstration in Bodenstown. Aber wer hört schon auf mich? Schließlich bin ich nur ein armseliger Polizist, mehr nicht.«

»Könnten wir vielleicht ein Foto von ihm in Umlauf bringen, Sir? Von Flynn, meine ich«, meldete sich abermals Lynskey zu Wort. »Ich habe eins von ihm gemacht.«

Der Commissioner sah von einem zum anderen. »Meinetwegen tun Sie das – auch wenn ich nicht glaube, daß es viel bringen wird. Mit seinen ganzen Dollars hat er sich bestimmt liften lassen oder so.« Er erhob sich und klopfte mit seinen Handschuhen auf den Tisch. »Unter uns gesagt, Gentlemen, der Besuch dieses

VIP hier wird zum politischen Zirkus hochstilisiert. Am liebsten würden sie ihn vorführen wie einen preisgekrönten Zuchtbullen. Was er allerdings in gewissem Sinne ja auch ist.« Zum ersten Mal, seit er das Büro betreten hatte, setzte er ein, wenn auch zynisches, Lächeln auf. »Immerhin hat er, sollte er selbst vielleicht, da seine liebe Mom ja durchaus rüstig ist, niemals den britischen Thron besteigen, bereits den zukünftigen englischen König gezeugt.«

»Sehr lustig, Commissioner.« Lynskey wagte es nicht, Daly anzusehen. »Nur noch eins, Sir. Was ist mit unserem Maulwurf?« Er unterdrückte ein Gähnen. »Da die beiden, Mason und Flynn, untertauchen konnten, obgleich die Verhaftungen zeitlich genau aufeinander abgestimmt wurden, sind sie vermutlich gewarnt worden. Ich bringe nur deshalb die Sprache darauf, weil ich mich frage, ob vielleicht jemand die Telefone hier anzapft.«

»Das kann nicht sein.« Unwillkürlich streckte der Chief Superintendent die Hand nach dem Instrument auf seinem Schreibtisch aus. »Zumindest nicht hier bei mir. Niemand hat Zugang zu diesem Büro. Ich schließe jedesmal, wenn ich rausgehe, die Tür hinter mir ab.«

»Willst du sagen, nicht einmal eine Putzfrau kommt hier herein? Das ist doch der älteste Trick der Welt.« Lynskey zog eine Braue hoch.

»Lassen Sie alles genau untersuchen«, mischte sich der Commissioner ein. »Telefone, Computerterminals, alles, selbst die Glühbirnen. Und befragen Sie das Reinigungspersonal, vor allem sämtliche Aushilfskräfte, die vielleicht in der letzten Zeit einmal eingesprungen sind. Ich halte es für unwahrscheinlich – aber wenn man vom schlimmsten Fall ausgeht, das heißt, falls Sie tatsächlich belauscht worden sind, haben Sie hier drinnen irgend etwas verlauten lassen über ...« Er zögerte. »Operation Omega ...? Ich hasse diesen Namen. Klingt so nach Schmierenkrimi.«

»Der Name wurde in diesem Büro nur ein einziges Mal erwähnt, Commissioner, und zwar vor weniger als fünf Minuten von Ihnen selbst.«

Der Commissioner starrte den Chief Superintendent an, als rätsele er, ob dies ein Fall von Insubordination war oder nicht. Dann zog er entschlossen seine Handschuhe an. »Machen Sie Ihre Pläne und versetzen Sie Ihre Leute in Alarmbereitschaft. Keine Namen bis morgen früh. Bis dahin können Sie ja erzählen, John Major oder sonst irgendwer käme zu Besuch – denken Sie sich selbst was aus. Wann soll die Strategiebesprechung sein?«

»Heute abend um acht. Hoffen wir nur, daß die Presse nicht vor morgen früh von der Sache Wind bekommt.«

Unten am Telefon erzählte Jerry Flynn Rupert de Burgh nichts, was ihm nicht längstens bekannt gewesen wäre, und am liebsten hätte er seinen Gesprächspartner erwürgt. Das kam dabei heraus, wenn man mit einem altersschwachen Idealisten zusammenarbeitete, der nie zuvor dieses Land betreten hatte. Aber in der Umgebung, in der er sich befand, mußte er nicht nur seine Zunge hüten, sondern auch darauf achten, sich nicht durch seine Körpersprache zu verraten.

Jerry Flynn, alias John Mulqueen, rief vom Busbahnhof aus bei ihm an. Er erwartete Joe Mason, der soeben mit einer Maschine aus Amsterdam eintraf und vom Flughafen aus sicher geradewegs zu ihm kam. »Es sei denn, man hat ihn inzwischen ebenfalls verhaftet. – Zu zweit schaffen wir die Sache nie, Mr. de Burgh!«

»Das müssen wir auch nicht. Soweit ich gehört habe, liegt nichts Negatives vor; aber trotzdem danke für Ihren Anruf, Mr. Mulqueen.« Wegen etwaiger Zuhörer verlieh er seiner Stimme einen zuversichtlichen Klang. »Überlassen Sie einfach alles mir.«

Flynn verstand. »Eigentlich habe ich nur angerufen, um zu melden, daß das Flugzeug pünktlich gelandet ist. Und außerdem wollte ich fragen, ob das Treffen immer noch wie verabredet um drei Uhr stattfindet.«

»Natürlich. Keine Sorge. Nochmals danke, Mr. Mulqueen. Ich melde mich bei Ihnen. Und jetzt auf Wiederhören!«

Ehe der Kanadier noch etwas sagen konnte, legte de Burgh eilig auf und rannte zurück in sein Büro. Als er am Büro des Chief Superintendent vorbeischoß, wäre er beinahe mit dem

Commissioner zusammengestoßen, der soeben aufbrach. »Eile mit Weile, Detective!« Allerdings wirkte der Commissioner bei diesen Worten nicht allzu amüsiert.

37

Skys erste Eindrücke von Dublin waren bereits im Wandel begriffen. Ihr Hotel stellte sich als kleine, zwischen zwei georgianischen Plätzen gelegene Privatpension heraus, und hier, südlich der City, war der Verkehr zwar immer noch dicht, aber nicht mehr so erschreckend wie in der Gardiner Street. Allerdings dröhnten auch hier die Preßlufthämmer, so daß sie zu der Überzeugung gelangte, in dieser Stadt könnte man ihnen wohl nirgends entrinnen.

Der Mann hinter dem Empfangstresen in dem kleinen Foyer entschuldigte sich bei ihr für den Lärm: »So ist es bei uns jeden Sommer, tut mir leid.«

Allerdings noch mehr störte die Ursache des Krachs: Offenbar wurden die Wasserleitungen repariert, so daß man im Hotel momentan buchstäblich auf dem trockenen saß. »Es hätte zu keinem schlimmeren Zeitpunkt kommen können.« Der Empfangschef verdoppelte seine Anstrengungen, sich zu entschuldigen. »All unsere Zimmer sind belegt – die Stadt platzt an diesem Wochenende aus allen Nähten vor Besuchern. Aber man hat uns versprochen, daß das Wasser spätestens um sechs Uhr wieder laufen wird. Bis dahin haben wir einen Krug Wasser und eine Waschschüssel auf Ihren Ankleidetisch gestellt, Madam, damit Sie sich nach Ihrer langen Reise wenigstens etwas frisch machen können. Und bitte nehmen Sie das hier mit den besten Empfehlungen der Geschäftsleitung.« Zusammen mit dem Schlüssel überreichte er Sky eine kleine Karte, auf der der Name eines um die Ecke gelegenen Frisiersalons stand. »Die Rechnung geht an uns.«

Das Zimmer war gemütlich, wenn auch ein wenig zu spitzen-

und blumenverziert für Skys Geschmack; doch immerhin hatte es einen Fernseher und ein Telefon. Sie packte eilig aus, putzte sich die Zähne und wusch sich, so gut es mit den paar Tropfen in dem Krug möglich war. Bis zu ihrer Verabredung mit Éamonn Vaughan hatte sie noch zweieinhalb Stunden Zeit; und da sie zu aufgedreht zum Schlafen war, beschloß sie, das Angebot des Hotels auszunützen. Nach all der Fliegerei und aufgrund der Hitze fühlte sich ihr Haar in der Tat unangenehm klebrig an.

In dem in der zweiten Etage eines der großen georgianischen Häuser gelegenen Frisiersalon herrschte reger Betrieb; aber es hieß, wenn sie bereit wäre, ein paar Minuten zu warten, fände man sicher Zeit für sie. Während sie in dem winzigen, überhitzten Empfangsbereich saß, wählte sie die einzige irische Zeitung aus den angebotenen Publikationen aus, auch wenn sie bereits vor sechs Monaten erschienen war. Beinahe hätte sie die Tatsache, daß es sich um eine irische Zeitschrift handelte, übersehen; denn seltsamerweise war auf dem Titelblatt Prinzessin Diana zusammen mit ihrem Ehemann abgebildet, beide finster blickend und einander den Rücken zugewandt. Komisch, daß die Titelgeschichte den britischen Thronfolger betraf! Angesichts der Geschichte der beiden Länder wäre sie nie auf den Gedanken gekommen, irgendwelche Iren könnten auch nur das geringste Interesse an der englischen Königsfamilie hegen. Sie schlug die Zeitschrift auf, aber der Artikel enthielt nur das übliche Geschwätz über Eheschwierigkeiten, bestand größtenteils aus Spekulationen und war, wie ihr erfahrenes Auge erkannte, aus bereits anderswo erschienenen Texten kopiert: Absätze über Dianas Bulimie und ihre Vorliebe für leichte Musik wurden Aussagen gegenübergestellt, denen zufolge Charles mit seiner Leidenschaft für Vogelkunde, die Ornithologie, seinem Interesse an der Natur und seiner Begeisterung fürs Aquarellmalen eher als Eigenbrötler galt. Sky blätterte gerade weiter zu ihrem Horoskop, um zu prüfen, ob die Prophezeiung von vor sechs Monaten inzwischen eingetroffen war, als man sie an ein frei gewordenes Waschbecken rief.

Sie fühlte sich wesentlich besser, als sie wieder hinaus in die Sonne trat, und da sie bis zu ihrer Verabredung mit Éamonn

Vaughan immer noch anderthalb Stunden Zeit hatte, startete sie einen Spaziergang.

Allerdings kam sie nicht weiter als bis zu einem hübschen kleinen Park, in dem Büroangestellte ihre Mittagspause zwischen den Blumenbeeten auf dem smaragdfarbenen Rasen damit verbrachten, einem Poeten zu lauschen. Die Atmosphäre war das genaue Gegenteil von der Hektik der Innenstadt, die sie vorhin mit dem Taxi durchquert hatte. Obgleich in allen Richtungen moderne Bürogebäude aufragten und aus der Ferne unentwegt gedämpfter Lärm von Motoren zu hören war, brauchte der Rezitator, der auf einem grasüberwachsenen Hügel stand – eine ideale natürliche Bühne – keinen Verstärker, da direkte Nebengeräusche nur die Vögel produzierten.

Der bärtige Mittdreißiger mit den hypnotisierenden Augen deklamierte Gedichte, die von Liebe, Geheimnissen und pulsierendem Verlangen handelten, was Sky angesichts des strahlenden Sonnenscheins und der entspannten Ferienstimmung seiner Zuhörer durchaus passend erschien. Trotz brennender Augen und einer gewissen durch Müdigkeit sowie Jetlag hervorgerufenen Orientierungslosigkeit war Sky so bezaubert, daß sie ihre Verabredung beinahe vergaß.

Ungefähr eine halbe Stunde vor dem Termin um ein Uhr dreißig riß sie sich widerstrebend los, ging in eine Bank und tauschte ihre Dollar gegen irische Pfund. Das Mädchen hinter dem Schalter war sehr hilfsbereit, und auf ihre Frage nach dem öffentlichen Telefonsystem bot sie ihr eine ganze Tüte Münzen an. Gleichzeitig jedoch empfahl sie ihr den Erwerb von Telefonkarten, da ein Großteil der Fernsprecher inzwischen modernisiert worden war.

Als sie das gegenüber einer großen Konzerthalle, in der den angeschlagenen Plakaten zufolge am nächsten Abend eine Amnesty-International-Konferenz stattfand, gelegene Conrad Hotel betrat, überraschte sie dessen Ähnlichkeit mit Etablissements, die sie während ihrer Zeit in Chicago hin und wieder aufgesucht hatte. Modern und vornehm, voll von Lichteffekten und Glanz übertraf es sämtliche Erwartungen, mit denen sie angereist war.

Da sie noch ein paar Minuten übrig hatte, ging sie zunächst in den Laden neben der Eingangshalle und erwarb eine Telefonkarte, ehe sie sich auf ein bequemes Sofa hinter einem enormen Blumenarrangement setzte. Nun begann sie, das Gesicht jedes ankommenden Mannes zu mustern, ob die von Vaughan am Telefon gelieferte Beschreibung zutraf. Allerdings hätte sie sich keine Sorgen zu machen brauchen, denn sie erkannte ihn bereits an der hektischen Art, in der er das Foyer betrat, sowie an seinem suchenden Blick. »Mr. Vaughan?« Sie stand auf und wurde durch ein Aufhellen seiner zuvor finsteren Miene belohnt.

»Sie müssen Miss MacPherson sein!«

»Sagen Sie doch bitte Sky.«

»Éamonn.« Er ging die Treppe zu einem Zwischengeschoß hinauf, und zwangsläufig trippelte sie hinterher. »Tut mir leid, daß ich zu spät gekommen bin und außerdem ist es schade, daß ich auch gleich wieder gehen muß. Eigentlich nehme ich gerade an einer Sitzung im Shelbourne teil, das ein Stück die Straße runter liegt. Dort hätten wir uns treffen sollen, aber ich wußte nicht, wo ich Sie erreichen konnte – eine Cola, bitte!« Letzteres galt dem Mädchen hinter der Bar am Ende der Galerie. »Was nehmen Sie, Sky?« Er trug einen eleganten Anzug und seine Schuhe waren blank poliert; offenbar kleideten sich die Fernsehreporter hier ebenso förmlich wie daheim.

Sie war froh, daß sie ihre Jeans mit dem knitterfreien Sommerkleid vertauscht hatte. »Das gleiche.« Sie nickte dem Mädchen zu.

»Was kann ich für Sie tun?« Offensichtlich war er kein Mensch, der unnötig Zeit verlor.

»Offiziell oder inoffiziell?«

»Wie Sie wollen.« Vaughan zuckte die Schultern.

»Dann lieber inoffiziell.« Sky holte Luft und sah ihn an. »Vorschlagen möchte ich Ihnen eine Zusammenarbeit. Ich bin zwei Storys auf der Spur, bei denen es eine Verbindung zwischen Montana und Irland gibt.«

»Über die Drogenconnection wissen wir Bescheid.«

»Und wie sieht es mit der zweiten Sache aus?« Die Getränke kamen, und sie bestand darauf, die Rechnung zu übernehmen.

»Ehe ich eine Ohrfeige riskiere.« Er verzog das Gesicht und hob sein Glas an den Mund. »Aber was ist mit einem Mal an Montana so interessant?«

»Machen wir es so«, Sky wollte nicht, daß er womöglich von selbst auf irgendwelche Ideen kam, »ich teile Ihnen die Anhaltspunkte mit, die ich bisher habe, und dafür sind Sie mir beim Knüpfen einiger Kontakte behilflich. Wir gehen den beiden Storys gemeinsam nach, und wenn die Sache klappt, bringen wir sie gleichzeitig heraus, ich in den Staaten und Sie hier.«

»Ein solches Angebot hat mir bisher noch nie jemand gemacht. Offen gestanden klingt es ziemlich originell.«

»Und, sind Sie mit dem Handel einverstanden?«

»Geht es dabei um etwas, was ich nicht auch allein herausfinden könnte?«

»Das weiß ich nicht. Aber bevor ich noch mehr verrate, müssen Sie mir versprechen, daß die Sache unter uns bleibt – selbst wenn am Ende aus unserem Deal nichts wird. Sollten Sie das, was ich Ihnen erzählen werde, weitergeben, sehe ich mich gezwungen, mich an einen Ihrer Kollegen zu wenden, der vielleicht mehr Interesse an einer gemeinsamen Verfolgung der Geschichten hat.« Sie setzte ihr, wie sie hoffte, charmantestes Lächeln auf.

Zumindest hatte sie ihn inzwischen neugierig gemacht. »Was halten Sie von einem Hinweis?« Er verrührte mit der Fingerspitze das Eis in seinem Glas. »Ich gebe Ihnen mein Wort, daß ich Ihnen nicht in die Quere kommen werde, falls es für mich uninteressant ist. Aber ich muß Sie davon in Kenntnis setzen: als Angestellter kann ich keine Deals auf eigene Rechnung machen.«

Sky beschloß, auf seine Ehrlichkeit zu vertrauen, und so erzählte sie ihm alles, was ihr bisher über die Verschwörer zu Ohren gekommen war.

»Sonst noch was?« Mit einem Blick auf seine Uhr wollte er sie daran erinnern, daß seine Zeit kostbar war.

»Wir wissen von dem hiesigen Aufruhr der Polizei.« Sie

sprach nicht schneller als zuvor. »Sie hat sogar einen ihrer Detectives nach Montana geschickt, um sich dort ein wenig umzusehen. Durch ihn wurde ich überhaupt in die Sache hineingezogen. Einer meiner Artikel hat sein Interesse geweckt.«

»Wen haben sie geschickt?« Schlagartig war er hellwach.

»Einen Mann namens Fergus Lynskey. Kennen Sie ihn?«

»Nicht persönlich. Ich habe von ihm gehört – hin und wieder tauchen die Namen von Mitgliedern der Sondereinheiten in Gerichtsprotokollen auf.«

»Wir sprachen über Terroristen, und er hat nicht geleugnet, daß sie möglicherweise etwas im Schilde führen. Sämtliche Leute, die sie bisher festgenommen haben, tragen irische Namen. Bei der letzten Zählung waren es sieben, in verschiedenen Teilen der USA. Aber, Éamonn, das Interessanteste kommt jetzt. Noch *bevor* die Typen verhaftet werden, beschließt Lynskey plötzlich, heimzufliegen. Er kam mit derselben Maschine wie ich, und ist nicht einmal nach Hause gefahren, um sich umzuziehen oder so. Er fuhr direkt vom Flughafen ins Büro.«

»Wie gut kennen Sie ihn?«

»Ziemlich gut.« Es gelang ihr, keine Miene zu verziehen. »Ich treffe ihn bald wieder – offenbar ist sein Büro nicht weit von diesem Hotel entfernt und er sagte, wenn ich nach meinem Treffen mit Ihnen hier warten würde, käme er mich abholen.«

»Erzählen Sie ihm nicht, daß wir zusammenarbeiten, ja? Zumindest noch nicht.« Vaughan zog ein Notizbuch hervor. »Haben Sie die Namen der Leute, die man in den Staaten festgenommen hat?«

»Bisher nur einen, aber mein Chef meint, daß er die anderen bis zu meinem nächsten Anruf rausfindet.« Vaughan notierte den Namen des Sheriffs und die Staaten und Städte, in denen man sieben weitere Nationalisten erbeutete.

»Zumindest ist das mal ein Anfang.« Er blickte zweifelnd auf das Gekritzel in seinem Buch. »Haben Sie irgendeine Vorstellung, ob vielleicht von hier irgend jemand in die Sache verwickelt ist?«

»Bisher noch nicht, aber es sieht immerhin so aus, meinen Sie nicht? Aber jetzt sind erst mal Sie an der Reihe. Werden Sie mir ein paar Leute nennen, die etwas darüber wissen können?«

»Das werde ich, und ich halte Ihr Timing für geradezu brillant. Es gibt tatsächlich weitere Anhaltspunkte – und diesmal möchte ich darauf bestehen, daß Sie die Sache für sich behalten – wenn auch nur vorläufig. Wenn meine Vermutung richtig ist, dann weiß bald sowieso alle Welt Bescheid. Meiner Ansicht nach gibt es keinen unmittelbaren Zusammenhang zwischen Ihren Storys. Nun gut, morgen auf der Amnesty-Konferenz wird ein ganz hohes Tier erwartet. Ich habe bereits mit diversen Botschaften telefoniert – die Briten reagierten so zurückhaltend, daß ich zu glauben beginne, bei ihnen liege ich vielleicht richtig.«

»Wer meinen Sie, könnte es denn sein?« Beinahe hätte Sky geseufzt. Wenn sich der Überraschungsgast tatsächlich als storyträchtig erwiese, könnte sie über die Konferenz berichten; aber all die vor ihr liegende Arbeit war auch ohne einen Extraartikel über die Versammlung schon überwältigend. Er nannte ihr die Namen der Kontaktleute, derentwegen sie ihn überhaupt angerufen hatte. »Ich vertraue auf Ihre Diskretion. Sicher wollen Sie niemanden aufschrecken, indem Sie allzu viele Fragen stellen. Und falls Sie auf etwas stoßen, setzen Sie sich umgehend mit mir in Verbindung, ja? Hier ist meine Handynummer...«

Er beobachtete, wie sie sich alles notierte, und sah sie dann fragend an. »Vielleicht könnten Sie mir ja durch ihre Beziehungen zu diesem Lynskey bezüglich der Identität des großen Unbekannten auf der Amnesty-Konferenz behilflich sein. Wo kann ich Sie später erreichen?«

Sie nannte ihm den Namen ihrer Pension, sie verabredeten sich zum Vergleich ihrer Notizen für sieben Uhr abends bei RTE, und er eilte wieder los.

Sky wollte ein R-Gespräch mit Jim Larsen führen, bevor Lynskey eintraf. In Montana war es kurz nach sechs Uhr morgens und Jim liebte es, früh aufzustehen. Dann allerdings meldete sich das Fräulein von der Vermittlung und sagte: »Ich habe einen Anrufbeantworter erwischt, aber niemanden, der sich bereit erklärte, die Gebühren zu übernehmen.«

Es war ihr ganz entfallen, daß sowohl Jimbo als auch seine Frau jeden Tag mit einem Dauerlauf begannen. »Danke. Vielleicht klappt es später.«

Sie spielte mit dem Gedanken, zu Hause anzurufen, aber dann unterließ sie es. Es war noch viel zu früh, und ihre Großmutter dächte, *falls* sie überhaupt zu Hause war, sicher, sie kontrolliere sie. Obgleich Sky sich nicht als romantisch oder sentimental empfand, gefiel ihr doch die Vorstellung, daß die beiden alten Leute nach all den Jahren vielleicht wieder zueinander fanden. Das einzig Traurige daran war, daß sie aufgrund von Daniel Treacys Krankheit nicht mehr viel Zeit hatten.

Zuerst wandte sich wieder dem großen Sofa zu, wo sie auf Éamonn Vaughan gewartet hatte; doch dann gedachte sie, die Zeit bis zu Lynskeys Erscheinen besser zu nutzen. Sie brauchte eine Weile, bis sie die Tücken der irischen Telefonbücher bewältigte – und dann wählte sie gegen die irische Mittagspause an. Inzwischen war bereits zwei Uhr vorbei, aber nach fünf Anrufen hatte sie – unglaublich, aber wahr – immer noch niemanden erreicht. Beim sechsten Versuch bekam sie eine freundliche Vermittlerin an den Apparat, die ihr erklärte, daß es den Leuten schwerfiel, an die Arbeit zurückzukehren, solange die Sonne derart heiß aufs Pflaster schien. »Aber, meine Liebe, vor Viertel nach zwei ist er sonst auch nie an seinem Platz.«

»Wie lange macht man hier denn normalerweise Mittagspause?« Sky war, gelinde gesagt, verwirrt.

»Nun, eigentlich stehen uns allen anderthalb Stunden zu; aber es stört niemanden, wenn man sich ein paar Minuten mehr genehmigt, vor allem nicht an einem Tag wie diesem. Kann ich ihm etwas ausrichten?«

»Nein danke. Ich versuche es einfach später wieder.« Sky legte den Hörer auf. Eine anderthalbstündige oder gar noch längere Mittagspause kam ihr äußerst seltsam vor. Sie selbst hatte sich noch nie sonderlich fürs Essen interessiert, so daß sie gar nicht gewußt hätte, wohin mit all der Zeit.

Da Lynskey nicht in Sicht war, schlug sie die Nummer der Amnesty-Zentrale nach, ignorierte das demonstrative Seufzen des Mannes, der hinter ihr anstand, und gab rasch die Nummern ein. Dann allerdings überlegte sie es sich anders und legte wieder auf. »Bitte, Sir, tut mir leid, daß es so lange gedauert hat«, sagte sie und zog ihre Karte aus dem Schlitz.

Am besten ginge sie einfach über die Straße und sähe in der Halle nach. Wenn die Konferenz morgen abend stattfand, gab es bestimmt noch einige letzte Vorbereitungen zu treffen, und so lief dort sicher jemand von der Organisation herum.

38

Das Foyer der Konzerthalle war luftig, geräumig und, abgesehen von ein paar Gästen in dem angrenzenden Café, beinahe menschenleer. Die junge Frau am Vorverkaufsschalter blickte sehnsüchtig hinaus in den Sonnenschein, als Sky näher kam.

Soweit sie wußte, sagte sie, seien im Moment alle Amnesty-Organisatoren außer Haus – »nein, warten Sie, Irrtum! Jemand ist da«, verbesserte sie sich und wies auf eine Frau, die gerade das Café verließ.

»Entschuldigen Sie!« Sky rannte ihr nach.

»Ja?« Die kleine Dame mit dem lockigen Haar und den fröhlichen, schwarzen Augen blieb auf der Eingangstreppe stehen.

Sky nahm an, daß sie die richtige Person erwischt hatte, stellte sich vor und kam direkt auf den Punkt: »Wie ich höre, haben Sie morgen bedeutende Gäste auf Ihrer Konferenz?«

»Für welche Zeitung arbeiten Sie doch gleich?« Die Frau nestelte an einem ihrer gläsernen Ohrringe.

»Den *Butte Courier* – sicher haben Sie noch nichts davon gehört, Miss Tuffy, das liegt in Montana, USA.«

»Ich kann es kaum glauben. Das ging ja wirklich schnell.« Jill lachte verwundert auf. »Tja, da haben Sie recht – mhhh...« Sie sah sich Skys Visitenkarte an... »Miss MacPherson. Wir haben einen aufregenden Abend vor uns. Hätten Sie gern ein wenig Literatur?«

»Dürfte ich im Gegenzug fragen, wer von Ihnen erwartet wird?« Sky nahm ihr Notizbuch zur Hand.

»Naboom Kebele…« Die Frau brach ab und sah Sky von der Seite an.

Den Stift gezückt, gab Sky sich höflich interessiert. »Ja, ich habe seinen Namen bereits auf dem Plakat gesehen – sonst noch wer?«

»Sie sind nicht extra wegen unserer Konferenz hier, oder?« Die Miene der Frau drückte Skepsis aus.

»Nein, ich fürchte, nicht.«

»Kennen Sie vielleicht einen unserer hiesigen Journalisten? Éamonn Vaughan, zum Beispiel? Oder jemanden von der BBC in London?«

»Nein. Ich kam einfach gerade zufällig vorbei und habe das Poster gesehen.«

»Wo haben Sie denn gehört, daß jemand Bedeutendes kommen soll? Außer Naboom Kebele, meine ich…«

»Oh, so etwas spricht sich herum«, improvisierte Sky. »Sagen wir einfach, daß sich meine Zeitung, auch wenn sie Ihnen kein Begriff ist, bei vielen Leuten einer ziemlichen Beliebtheit erfreut.« Ihre Zehen kribbelten vor Verlegenheit; sie genierte sich für ihre Heuchelei.

»Anderer Vorschlag, Miss MacPherson«, setzte Jill Tuffy langsam an. »Wenn Sie morgen abend ungefähr fünfzehn Minuten vor Beginn unserer Versammlung hier sind, gebe ich Ihnen persönlich ein Interview. Ich *brenne* regelrecht darauf.« Dann fiel die Maske der Gelassenheit von ihr ab. »Sie werden nicht enttäuscht sein, Ehrenwort. Die ganze Welt staunt bestimmt, daß er kommt…« Sie brach ab, denn immerhin hatte sie damit leichtsinnigerweise bestätigt, daß der Überraschungsgast männlich war.

Sky tat, als hätte sie nichts bemerkt. »Montana hat acht Stunden Zeitverschiebung, und wenn diese Person wirklich so nachrichtenträchtig ist, wie man behauptet, werden die Zeitungen von der Ostküste schneller sein als wir. Sie könnten mir auch nicht den winzigsten Tip geben, nein?«

»Höchstens eins«, wieder zögerte die Amnesty-Frau, »daß nämlich diese Person nie zuvor hier gewesen ist. Und niemand, vor allem niemand in der irischen Republik, hätte gedacht, daß je der Tag käme, an dem er – diese Person – irischen Boden betritt. Mehr kann ich nicht sagen – ich fürchte, es war ohnehin schon zuviel.«

Sky verabredete mit ihr, sich vor der Konferenz zu treffen, obgleich sie bezweifelte, daß ihr die Einhaltung dieses Termins möglich war. Vielleicht steckte sie ja bis dahin bereits in einer wesentlich größeren Sache drin. Als sie am Straßenrand nach einem Loch im endlosen Strom der Fahrzeuge spähte, um die Straße zu überqueren, sah sie, daß Lynskey vor dem Conrad stand. Ihr Herz machte einen Satz, doch sofort unterdrückte sie das aufkommende Glücksgefühl.

Er entdeckte sie ebenfalls und winkte; aber als er sich näherte, bemerkte sie, daß der normalerweise vor unbekümmerter Selbstsicherheit strotzende Kerl ungewöhnlich niedergeschlagen war. »Hast du schon gegessen?« Er küßte sie auf die Wange.

»Soweit ich sehe, scheint ganz Irland mit dem Besteck zu klappern.«

Ohne zu antworten nahm er ihren Arm und zog sie nicht unbedingt sanft die Straße hinab. »Wir gehen zu O'Dwyer's; dort gibt es die besten Sandwiches der Stadt.«

»Wahnsinn!« Sie entzog ihm ihren Arm. »Weshalb die Eile? Vielleicht will ich ja gar nicht zu O'Dwyer's? Ich habe zu tun.«

»Ach so, tut mir leid. Hör zu, Sky, kommst du bitte für zehn Minuten mit? Ein wenig nette Gesellschaft täte mir sicher gut.« Er wirkte so gequält, daß sie sich geschlagen gab.

Das mit schimmerndem, braunem Holz ausgestattete Pub war auffallend leer. Lynskey dachte höflicherweise daran, sie zu fragen, was sie wollte, ehe er bestellte, und auf seinen Rat hin beschloß sie, das weltberühmte Guinness zu kosten. Als sie es jedoch probierte, fand sie den nussigen Geschmack und die Dickflüssigkeit des Getränks eher widerlich. »Ist es sehr stark?«

»Ein Glas schadet nichts.« Er selbst nahm einen tiefen

Schluck. »Es ist gut für die Nerven. Wie bist du mit Vaughan zurechtgekommen?«

Sie erzählte ihm mit sorgfältig abgewogenen Worten von dem Gespräch; aber dann merkte sie, daß er gar nicht zuhörte, sondern mit ganz anderen Dingen beschäftigt war – denn plötzlich streckte er die Hand nach den Saphiren an ihrer Kette aus. »Sie sind wirklich wunderschön.«

Ihr Körper reagierte auf seine Berührung sofort und sagte ihr, als er nicht nur die Saphire, sondern auch die darunterliegende Haut zu liebkosen begann, was sich da anbahnte. Sky hatte schon früher festgestellt, daß Fliegen das sexuelle Verlangen steigerte; vielleicht lag es einfach daran und nicht an seinen Fingern, daß sie mit einem Mal all die bekannten Signale empfing. Was auch immer der Grund für ihre Erregung war, sie begehrte ihn plötzlich auf eine geradezu schmerzliche Art. »Hör bitte auf.« Sie stellte ihr Guinness auf den Tresen zurück.

»Womit?« Er ignorierte ihre Bitte, beugte sich vor und küßte sie.

»Das ist nicht fair.« Sie sah sich um, aber niemand in der Bar achtete auf sie. So nüchtern es ging, mahnte sie: »Du weißt, daß es nicht geht – wir haben beide viel zuviel zu tun.«

»Dein Hotel liegt nur zehn Minuten von hier entfernt.«

»Ich habe zu *arbeiten*, Lynskey.«

»Meinst du, ich nicht?«

Beinahe konnte sie die Funken, die zwischen ihnen aufstoben, greifen.

Sie saßen einander gegenüber, als der Barmann kam. »Zweimal Schinken-Käse?« Er stellte die Sandwiches vor ihnen ab.

»Danke.« Lynskey fixierte Sky. »Heben Sie sie einfach auf, wir kommen nachher wieder.«

Er legte eine Handvoll Münzen auf den Tisch, ehe er synchron mit ihr von seinem Hocker glitt. Wortlos marschierten sie zu ihrer kleinen Pension, stiegen die Treppe hinauf und fielen sich dort geradewegs in die Arme.

Die junge Witwe des Lieferwagenfahrers, der bei dem Unfall in Killybegs ums Leben gekommen war, zupfte verzweifelt das Unkraut aus ihrem Vorgarten. Sie ertrug es einfach nicht, im Haus zu bleiben, hielt die wohlmeinenden, aber endlosen Beileidsbezeugungen sämtlicher Menschen der Umgebung nicht mehr aus. Sie hatte keine Privatsphäre mehr: Alle Mitglieder ihrer großen Familie saßen in der Küche, tranken Tee und diskutierten ihr zukünftiges Leben als alleinstehende Frau. Tränen – der Trauer und des Zorns gegenüber der Welt, ihrem Mann und Gott – rannen über ihr Gesicht, während sie mit einer sturen Löwenzahnwurzel, größer als eine Karotte, rang. Sie erwischte nur die Hälfte und es entfuhr ihr eine Verwünschung.

Als sie sich aufrichtete, um sich die Haare aus den Augen zu streichen, sah sie den Skipper der *Agnes Monica*, den man offenbar aus Mangel an Beweisen aus dem Polizeigewahrsam entlassen hatte, über die Straße auf sich zukommen. Seiner Miene nach zu urteilen war auch er auf dem Weg zu einem Beileidsbesuch.

Das Herz der Frau des Fahrers zerbarst vor Haß und Eifersucht, daß er noch am Leben und in Freiheit war, während ihr geliebter Mann tot und für immer in einer Holzkiste begraben lag.

Blind vor Tränen rannte sie ins Haus.

Die Hotelbar, in der Rupert de Burgh seinen amerikanischen und den kanadischen Mitverschwörer traf, war erst vor kurzem renoviert worden und zu übersichtlich für einen geeigneten Besprechungsort. Außerdem lag das Hotel, in dem der Kanadier ein Zimmer gebucht hatte, viel zu nahe an der Store-Street-Polizeistation. Dieses Detail hatte de Burgh leider übersehen.

Jetzt führte er die beiden Männer über die Straße in das überfüllte Café im Bahnhof an der Connolly Street, in dem es nach Katzenklo stank. Er bestellte drei Kaffee und brachte sie an den mühsam ergatterten Tisch zurück. Flynn hatte eine brandneue Adidas-Sporttasche mitgebracht, die er umklammert hielt, als beinhalte sie unbezahlbare Perlen. De Burgh, der den Kanadier nie zuvor gesehen hatte, war schockiert, als er den dürren, runzligen Hals, den Skinhead-Haarschnitt und die billigen Klamotten des Millionärs musterte. Aber seine Augen strahlten eine wache Klarheit aus, und de Burgh begriff, daß dieser Mann ungeachtet seines jämmerlichen Äußeren nicht zu unterschätzen war.

Joe Mason sah noch genauso aus wie in seiner Erinnerung, gedrungen, mit Bierbauch und dem langen Gesicht des Connemaramannes, das offenbar über Generationen hinweg vererbt wurde. Seit ihrem nächtlichen Gespräch in Kalifornien hielt de Burgh ihn für intelligent, aber eigensinnig – was immer eine gefährliche Mischung war.

»Was haben Sie da in der Tasche?« fragte er Flynn.

»Meine Papiere und so weiter. Ich dachte, damit sehe ich aus wie ein Tourist.«

»Das tun Sie auch. Wir dürfen nicht allzu lange bleiben.« Er teilte den Kaffee aus. »Ich habe Ihnen die Päckchen mitgebracht.« Er hatte einen Koffer mit zwei Pistolen, zwei halbautomatischen Maschinengewehren und Munition dabei. »Sie beide wissen, wie man mit den Sachen umgeht, ja?«

»Habe es mir beibringen lassen«, knurrte Flynn.

»Ich kenne mich damit aus, egal, woher.« Mason verzog das Gesicht, als er die graue Geschirrspülbrühe von Kaffee kostete.

»Sie sind sich der Tatsache hoffentlich bewußt, daß diese Dinge nur im Notfall Verwendung finden.« De Burgh musterte ein paar Neuankömmlinge am Nebentisch und senkte seine Stimme auf ein Flüstern herab. »Natürlich werden sie geladen sein, aber Sie sollen sie nicht unbedingt abfeuern müssen.«

Natürlich müßt ihr das nicht, dachte er und hob seine Tasse an den Mund. *Ihr wißt immer noch nicht, was ihr zu tun habt, bis ihr es morgen früh von mir erfahrt...*

Dann sprach er über den Rand seiner Tasse hinweg, ohne dabei die Lippen zu bewegen. »Die Einzelheiten des Bodenstown-Zeitplans, eine Liste der Teilnehmer, all das habe ich auch dazugelegt.« Er wandte sich an Flynn. »Haben Sie sich den Ort schon angesehen?«

»Ich war heute morgen dort, und heute abend fahren Mr. Mason und ich noch einmal hin. Mit all den Hügeln im Hintergrund ist es ein wahrhaft reizendes Fleckchen, obwohl«, er runzelte die Stirn, »mein Taxifahrer es nur unter Schwierigkeiten gefunden hat. Stellen Sie sich das vor! Eins unserer nationalen Heiligtümer, und er war noch nie dort.«

Er machte eine Pause, ehe er weitersprach. »Eine Sache allerdings stört mich, Mr. de Burgh. Ich will ganz offen sein. Der Friedhof von Bodenstown ist ziemlich leicht überschaubar, wesentlich freier als ich gedacht hatte. Das Ganze wird doch nicht etwa ein Selbstmordkommando werden? Schaffen wir das, was zu zehnt geplant war, zu dritt überhaupt?«

De Burgh sah die beiden Männer an. In beider Augen glimmte kaum gedämpfter Fanatismus. »Lassen Sie mich ebenso offen sein.« Er schob seine Tasse fort. »Es wird nicht einfach sein, mit dieser drastisch veränderten Situation; aber wenn es uns ein tatsächliches Bedürfnis ist, unserem Anliegen Geltung zu verschaffen, jawohl, dann schaffen wir es auch zu dritt. Auch wenn wegen der Teilnahme bekannter subversiver Kräfte an dem Marsch das Polizeiaufgebot sicher beachtlich ist, erwartet heutzutage niemand mehr ernsthafte Schwierigkeiten in Bodenstown. Wir werden bewaffnet sein und außerdem ist ja auch der Überraschungsmoment auf unserer Seite.« Er machte eine Pause, um dem, was er gesagt hatte, ein größeres Gewicht zu verleihen, und stellte zufrieden fest, daß in den Blicken der beiden eine gewisse Zustimmung lag. »Aber es liegt natürlich ganz an Ihnen«, fuhr er fort. »Sie beide werden in der ersten Reihe stehen. Bitte, fühlen Sie sich nicht gedrängt. Es gibt bestimmt auch irgendwann anders noch mal eine Möglichkeit.«

Die beiden Fremden sahen einander an. »Ich glaube, irgend jemand muß endlich etwas tun. Wir haben lange genug tatenlos zugesehen, wie unser Volk geknechtet wird.« Flynns Stimme drückte absolute Überzeugung aus.

Mason hingegen fühlte sich immer noch nicht ganz wohl. »Eigentlich habe ich nichts zu verlieren«, murmelte er schließlich. »Und ich stimme mit Ihnen darin überein, daß etwas geschehen muß. Aber ich bin mir nicht unbedingt sicher, daß wir es schaffen werden ... zu dritt ...«

De Burgh war alarmiert. Er brauchte die beiden zur Ablenkung, wenn er wollte, daß für sein eigenes Vorhaben auch nur die geringste Aussicht auf Erfolg bestand. »Am besten treffen wir die Entscheidung erst, wenn ich die endgültige Teilnehmerliste habe.« Er hoffte, daß er beruhigend klang. »Heute abend muß die Entscheidung nicht fallen. Noch könnten wir jederzeit einen Rückzieher machen, wenn wir zu nervös sind, um die Sache durchzuziehen. Ich melde mich bei Ihnen nach einer Besprechung heute abend um acht, an der ich teilzunehmen habe. Und dann treffe ich Sie morgen früh um die verabredete Zeit. Meinen Sie, daß das Pub in Ordnung ist?« Ihr letztes Treffen war in einem die ganze Nacht hindurch geöffneten Lokal in der Nähe des Hotels geplant, in dem man an diesem Freitagvormittag sicher mit jeder Menge Gäste rechnen konnte.

»Okay«, sagte Flynn, aber Rupert merkte, daß Mason schwieg.

»In Ordnung also.« Er stand auf. »Wir reden später weiter.« Er überflog die umstehenden Tische, um sicherzugehen, daß nirgends ein unerwünschter Lauscher saß, ehe er die Stimme erhob. »Ich wünsche Ihnen eine gute Reise...« Er ließ den Koffer neben Flynns Stuhl stehen, marschierte aus dem Café und eilte die Treppe zum belebten Bahnsteig hinab.

Er hatte zu lange auf eine Chance gewartet, um sich nun den Prinzen durch die Lappen gehen zu lassen, dachte er, und für die Rekrutierung anderer Helfer war es bereits zu spät. Die beiden *mußten* bei der Stange bleiben – ohne sie hätte er kaum eine Chance. Von Anfang an waren sie stets miteingeplant. Sie selbst hätten vielleicht den Taoiseach für ein paar Minuten gefangengehalten und eventuell sogar ihre Proklamation verlesen; doch de Burgh wußte weit besser als seine transatlantischen Partner, welche Reaktion weltweit eine derartige Darbietung hervorriefe. Ihre Vorstellung von Irland hatte sich seit Generationen konserviert, wohingegen das, was er mit dem Prinzen vorhatte, in den Bereich der *Realpolitik* gehörte.

Er würde ihnen erst bei ihrem letzten Treffen morgen vormittag erläutern, welches ihre tatsächliche Rolle war, und ganz ohne Frage sahen sie bestimmt ein, daß sein Vorhaben das Bessere war.

Doch vorher mußte er in Erfahrung bringen, wann genau der Prinz im Museum für Naturgeschichte einträfe. Denn für dort hatte er seinen Schlag geplant.

Vielleicht waren ihre Schäferstündchen teilweise deshalb so etwas so Besonderes, weil sie immer unter höchst unpassenden Umständen stattfanden. Sky rollte sich auf den Rücken und schob sich ihr feuchtes Haar aus der Stirn. Als sie die Ellbogen anhob, spannte sich die Haut ihrer Schenkel, wobei sie jeden Zentimeter als so geschmeidig wie Seide empfand. Genüßlich streckte sie erst den einen und dann den anderen Arm, bis er im rechten Winkel zu ihrer Schulter stand. Ihre Gedanken trieben wie Blätter auf einem ruhigen See dahin.

Sie sollte sich anziehen: In weniger als einer Stunde mußte sie bei Vaughan sein. Ihre und Lynskeys Kleider lagen überall auf dem Boden des Raums verstreut, durch dessen Schiebefenster das Licht der nachmittäglichen Sonne fiel. Da sie nur zwei Sommerkleider eingepackt hatte, würde sie das, was im Augenblick zerknüllt auf der Erde lag, noch mal anziehen. Im Augenblick allerdings war es ihr egal, denn am liebsten wäre sie aus diesem gemütlichen Tagtraum in einen sanften Schlaf geglitten.

Lynskey, der mit gespreizten Beinen ebenfalls rücklings auf dem Laken lag, rang immer noch nach Luft. »Jesus, Maria und Josef«, keuchte er. »Ich dachte, es würde nie mehr aufhören, ich dachte, ich würde sterben… es war ungeheuer.« Er stützte sich auf einem Ellbogen ab und plazierte auf ihrer Schulter einen zarten Kuß. »Du bist erstaunlich. *Wir* sind erstaunlich.«

»Mmm.« Sie vergrub ihr Gesicht an seinem feuchten Schlüsselbein. »Übrigens, wer ist der geheimnisvolle VIP, der auf der Amnesty-Konferenz erwartet wird?«

Er starrte sie entgeistert an und zuckte zusammen, als hätte sie ihm einen Schlag versetzt. »Das ist aber nicht besonders clever, Sky.«

Sie hatte es nicht fragen wollen, aber nun, da ihr der Satz herausgerutscht war, gab es kein Zurück. »Erzähl es mir doch einfach, Fergus.« Zärtlich streichelte sie ihm den Rücken. »Hat die

Sache irgend etwas damit zu tun, daß du in die Staaten geschickt worden bist?« Auch sie stützte sich nun auf einen Ellbogen und schmiegte sich an seine Brust.

»Das ist nicht fair«, rief er leidenschaftlich, schüttelte sie ab und setzte sich auf. »Du weißt, daß ich es dir nicht sagen darf.« Er griff nach seinem Hemd und zog es sich über den Kopf.

»Also los, Lynskey.« Ihre Schläfrigkeit verflog und sie empfand eine gewisse Verärgerung. »Es ist ja wohl keine große Sache. Immerhin bist du in Butte mit mir ebenso verfahren. Du hast mich die ganze Zeit dort über Daniel Treacy ausgequetscht.«

»Willst du etwa sagen, daß du nur deshalb mit mir ins Bett gegangen bist, weil du Informationen aus mir herausholen wolltest?« Er wandte sich ihr zu, wobei er sein ohnedies schon langes Gesicht ungläubig noch weiter in die Länge zog.

»Aha!« Auch sie setzte sich auf. »Jetzt kommen wir der Wahrheit also ein Stückchen näher! Und das heißt, daß *du* aus diesem Grund in Butte mit mir geschlafen hast?« Sie starrten einander böse an, wobei die eben erlebte Intimität entweder verflog oder aber – Sky wußte es nicht – allzu schmerzlich wirksam wurde.

Lynskey wandte sich von ihr ab und sagte mit einer Stimme, die eine unendliche Einsamkeit verriet: »Es scheint, als hättest du die Sache falsch herum angepackt, Sky. Die Franzosen haben ein Sprichwort, in dem es um solche Dinge geht. In der Art, daß die Frau vorher erbitten sollte, was sie will, der Mann jedoch erst hinterher...«

Während er durch den Flur zu seinem Schreibtisch im Hauptquartier der Gárdaí ging, wurde Rupert de Burgh, als er den Ankömmling sah, den er aus einer anderen Umgebung kannte, vor Entsetzen kreidebleich. Der Kerl, der soeben das Büro des Chief Superintendent betrat, war ein Sicherheitsexperte, dem er einmal auf einer Computer- und Elektronikmesse begegnet war. Rupert, in dessen Vorstellung das tödliche Stückchen Gummi unter dem Schreibtisch des Chief die Größe eines Rhabarberblattes bekam, fiel nur eine einzige Erklärung zu der Anwesenheit des Mannes ein.

Aber da er ihn nur für den Bruchteil einer Sekunde bemerkt

hatte, wußte er nicht, ob der Experte mit seiner Ausrüstung in den Raum gegangen war. Ehe er sich auch nur überlegen konnte, was er sagen sollte, hatte er auch schon an die Tür geklopft.

»Einen Augenblick«, rief der Chief heraus und nach einer kurzen Pause öffnete sich die Tür. »Ach, Sie sind's, de Burgh.« Er wirkte angestrengt. »Was wollen Sie?« Rupert warf einen unauffälligen Blick über die Schulter des Chiefs und stellte erleichtert fest, daß die Ausrüstung des Sicherheitsmannes nirgends zu entdecken war. »Tut mir leid, Sir«, murmelte er. »Wie ich sehe, sind Sie beschäftigt. Ich probiere es dann später noch mal.« Er trat einen Schritt zurück und wäre beinahe in das Büro, das er mit den anderen teilte, gerannt.

»Oh, warten Sie, da kommt er gerade!« Einer dieser Kollegen winkte ihn ans Telefon.

»Wer ist denn dran?« Rupert griff nach dem Hörer und hielt ihn gegen seine Brust: Er hatte keine Lust, sich um etwas zu kümmern, wobei es um irgendeine Bagatelle ging.

»Jemand aus Killybegs. Sie sagt, es sei dringend.«

»Hallo?« Entgeistert lauschte Burgh, als die Informantin ihm erklärte, daß die gesuchte Drogenlieferung in der Bucht zu finden war. Das hatte ihm heute gerade noch gefehlt. Er sah sich um, aber drei der anderen vier Männer im Zimmer telefonierten selbst, und der vierte saß über einen Bericht gebeugt. »Danke«, sagte er in möglichst ruhigem Ton. »Heute geht es bei uns ein bißchen hektisch zu, aber wir kümmern uns sofort darum. Könnten Sie mir bitte Ihren Namen nennen und mir sagen, wo ich Sie später noch mal erreichen kann?« Als Antwort auf diese Frage drang das Rauschen der gekappten Leitung an sein Ohr.

Er spielte mit dem Gedanken, den Anruf zu ignorieren, aber die Informantin hatte nach ihm persönlich gefragt; wenn sie nun im Laufe der nächsten paar Stunden keine Polizeiaktivitäten bemerkte, riefe sie vielleicht noch einmal, und dann einen Höhergestellten, an.

Mittlerweile erkannte er jedoch, daß sich die Information durchaus zu seinem Vorteil nutzen ließ.

Abermals setzte er sich in Bewegung und stürzte den Korridor hinab. Als er jetzt klopfte, tat er es wesentlich selbstsicherer als beim ersten Mal. »Was ist los?« Das Gebrüll des Chief Superintendent war sicher noch unten auf der Straße zu hören.

Rupert öffnete die Tür und streckte den Kopf ins Büro. »Vorhin wollte ich ja noch warten, Chief, aber ich fürchte, es ist wirklich dringend.« Dann sagte er an den Elektronikexperten, der ihn glücklicherweise nicht zu erkennen schien, gewandt: »Tut mir leid, wenn ich störe, Sir – geht leider nicht anders.« Er betete, daß der Chief den Eindringling auffordern würde, das Büro zu verlassen, statt zu ihm in den Korridor zu kommen. Und sein Gebet wurde erhört.

»Kein Problem.« Der Sicherheitsmensch stand höflich auf. »Ich trinke solange einen Kaffee – ich weiß, wo die Kantine ist.«

De Burgh setzte ein entschuldigendes Lächeln auf, als der Mann dem Raum verließ; jetzt trat er selbst ein und nahm unmittelbar vor dem Schreibtisch Platz. Innerhalb von drei Sekunden hatte er den Gummi in der Hand. Allerdings nicht voraussehen hatte er können, daß man ihm die Leitung der Suche in Killybegs übertrug.

»Dürfte ich vielleicht um einen Gefallen bitten, Sir?« Er dachte eilig nach.

»Was denn noch? Am besten machen Sie sich sofort auf den Weg, de Burgh. Dies ist wohl kaum der richtige Augenblick für eine Diskussion.«

»Es ist vertraulich, Sir.« Er starrte über den Schreibtisch, als könne er seinen Vorgesetzten auf diese Weise dazu zwingen, Geduld walten zu lassen.

Der Chief Superintendent stieß einen Seufzer aus. »Ich bin sehr beschäftigt, de Burgh.«

»Das ist mir durchaus klar, Sir! Aber ich frage mich, ob vielleicht jemand anders nach Killybegs vorausfahren könnte, zumindest so lange, bis ich ein paar persönliche Angelegenheiten geregelt habe.«

»Hoffentlich sind diese persönlichen Angelegenheiten wirklich wichtig.«

»Meine Frau hat heute morgen festgestellt, daß sie schwanger ist.«

Der Chief sah ihn schweigend aus zusammengekniffenen Augen an. »Ach ja?« fragte er nach einer Ewigkeit. »Ich dachte, die Schwester Ihrer Frau ist schwanger.«

»Ist sie auch, Sir, bei ihr ist es jeden Tag soweit – aber als meine Frau feststellte, daß sie selber ebenfalls schwanger ist, hat sie sich furchtbar aufgeregt. Ich kann gar nicht sagen, wie.«

Zwei Minuten später trat er, von der Fahrt nach Killybegs verschont und von einer Zentnerlast befreit, wieder in den Korridor.

39

In der ebenerdigen, auf drei Seiten mit Fenstern vom Boden bis zur Decke versehenen RTE-Kantine herrschten ein Gedränge und ein Lärm wie in einem Käfig voller Kakadus, als sich Éamonn Vaughan, Sky im Schlepptau, auf der Suche nach zwei freien Plätzen durch die Tischreihen schob. »Da drüben!« In der Nähe eines Fensters entdeckte er einen leeren Tisch. Sky, deren Beine bleischwer waren vor Müdigkeit, beobachtete konsterniert, wie er kleine weiße Schauer über seine Spiegeleier und seine Pommes frites streute. Die Iren schienen vom Salz regelrecht besessen zu sein, dachte sie, denn auch Lynskey hatte ein Faible für dieses Gewürz.

Sie und Lynskey hatten sich, wenn zwar nicht als Feinde, so doch gewiß ebensowenig als Liebende getrennt. Er war zutiefst erbittert darüber, offenbar von ihr ausgenutzt worden zu sein; und je mehr sie ihm zu beweisen versuchte, daß dieser Vorwurf ausgerechnet aus seinem Mund eine Frechheit war, um so zorniger wurde er. Sie konnte kaum glauben, daß er erst vor so kurzer Zeit in ihr Leben getreten war. Obgleich die Worte »Tage« und »Wochen« inzwischen ihre exakte Bedeutung für sie verloren hatten, konnten seit ihrer ersten Begegnung nicht mehr als eine

Woche, höchstens aber zehn Tage vergangen sein. Sie trugen ihre Gefechte nicht zögernd wie zwei Frischverliebte aus, sondern so, als kannten sie einander seit Jahren. Diese Kreatur mußte aus ihrer Erinnerung verschwinden und energisch schob sie sich eine Gabel voll Lasagne in den Mund.

Weder sie noch der irische Reporter hatten in bezug auf die gemeinsame Story auch nur die geringsten Fortschritte gemacht. Vaughan verbrachte den ganzen Nachmittag über mit Routinearbeit für seine Fernsehbulletins; und sie selbst hatte ihm gegenüber die Wahrheit ein wenig gefärbt und behauptet, nach der anstrengenden Reise wären unbedingt ein paar Stunden Schlaf fällig gewesen.

»Macht nichts.« Vaughan schaufelte sich sein Essen in den Mund. »Jetzt habe ich ein bißchen Zeit. Sie können mit mir in den Nachrichtenraum kommen, und dort hängt sich jeder ans Telefon.« Er schien einer der Stars des Senders zu sein und obendrein durchaus beliebt. Während der Mahlzeit traten immer wieder Menschen an ihren Tisch und plauderten kurz mit ihnen.

»Die Leute hier sind alle unheimlich nett«, sagte sie, als sie für einen kurzen Augenblick mit ihm alleine war. »Hier zu arbeiten ist sicher wunderbar.«

»Sie sind fremd hier, darum kennen Sie die negativen Seiten nicht. Warten Sie's ab.« Vaughan trank seinen Tee. »Wollen wir?«

Ehe sie sich allerdings erheben konnte, wurden sie abermals gestört – dieses Mal von einem Mann mit jenem weltbekannten Smiley-Lächeln. Sky verstand seinen Namen nicht, aber sie kapierte, daß er beim Kinderfernsehen und gleichzeitig Naturliebhaber war. »Butte, Montana?« wiederholte er. »Da wollte ich schon immer mal hin.« Dann sprach er über ein Projekt, für das er die Nachrichtenredaktion seit langem zu begeistern versuchte, einen Tierspot, mit dem man einmal in der Woche die Nachrichten beschließen sollte: »Das ist echt kein Witz, Sky! Selbst wenn es nur einmal im Monat käme, würde es die Leute interessieren, Éamonn, das verspreche ich. Auch die Stadtmenschen. Elstern, Füchse, Mäuse, ich hätte alles mögliche für euch.«

»Du predigst jemandem, der seit langem ein Bekehrter ist. Wie gesagt, ich habe das Thema zur Sprache gebracht, aber es war einfach niemand interessiert.« Vaughan schüttelte bedauernd den Kopf.

»Dann versuch es doch bitte noch einmal, ja?«

»Meinetwegen.« Er erhob sich und Sky folgte ihm.

Die drei gingen gemeinsam aus der Kantine in Richtung eines säulenverzierten Gebäudes, das offenbar den Nachrichtenraum und die Fernsehstudios beherbergte. »Heute habe ich etwas wirklich Ungewöhnliches erlebt«, sagte der Naturfreund, als sie sich den Drehtüren näherten. »Ich habe eine Gruppe von Kindern im Museum für Naturgeschichte gehabt, und zum ersten Mal in all den Jahren meiner Führungen habe ich dort geradezu hektisches Treiben erlebt.« Er lachte fröhlich auf. »Was in bezug auf das Museum bedeutet, daß mindestens drei Leute durch die Gegend preschten – nämlich die gesamte Belegschaft – der Direktor ist im Augenblick nicht da. Vielleicht wärst du ja an einem Bericht über das Museum interessiert, Vaughan? Ich finde, daß es seit einer Ewigkeit in geradezu schändlicher Weise venachlässigt wird.«

»Was war denn los?« Vaughan winkte einem anderen Kollegen über den Rasen hinweg zu.

»Keine Ahnung. Mir haben sie es nicht gesagt. Ich habe nur bemerkt, daß sie einen meiner kleinen Lieblinge aus seinem Glaskasten genommen haben – vielleicht hat es etwas mit der seit langem versprochenen Ausstellung zu tun. Ich nehme an, du hast noch nichts von dem Eskimobrachvogel gehört, der vor kurzem entdeckt wurde?«

»Nein.« Sky sah, daß Vaughan nicht im geringsten interessiert, sondern bloß höflich war. Inzwischen hatten sie die Tür erreicht und, da der Naturfreund nicht mit hinein wollte, haltgemacht. »Das ist ein kleiner Vogel, der als ausgestorben galt – ach, egal.« Endlich gestand er sich die Tatsache ein, daß er mit seiner Begeisterung alleine war. »Natürlich ist das nur für Ornithologen von Interesse.«

»Vielleicht sehe ich mir das Museum mal zusammen mit meinen Kindern an – bis dann…« Vaughan trat zurück und ließ Sky vor sich eintreten.

Den gesamten Weg die hübsche, gewundene Treppe aus dem Foyer in die zweite Etage des Fernsehgebäudes hinauf ging Sky der Begriff »Ornithologie« nicht mehr aus dem Kopf. Sie erinnerte sich nicht mehr genau, aber er war ihr vor kurzem schon einmal begegnet – und vielleicht wichtig.

Im Nachrichtenraum herrschte reges Treiben, doch die Lautstärke hielt sich in Grenzen, so daß das Klicken der Computer deutlich zu hören war. Vaughan setzte sie in einen kleinen Nebenraum. »Hier sind Sie ungestört. Um eine Amtsleitung zu bekommen, wählen Sie zuerst die Neun.«

Als sie ihn endlich erreichte, hatte Jimbo außer den Namen der Verhafteten nicht viel zu bieten; aber während sie sie sich von ihm buchstabieren ließ, vernahm Sky in seiner Stimme einen ungewohnten Unterton. Als er endete, fragte sie, ob etwas nicht in Ordnung war.

»Hast du schon zu Hause angerufen, Sky?«

»Nein.« Es war, als glitte ihr etwas Kaltes über den Nacken. »Noch nicht. Ich wollte es gleich machen, nach meinem Gespräch mit dir – warum?«

Er zögerte. »Es tut mir leid, daß ausgerechnet ich derjenige bin, von dem du die traurige Nachricht erfährst – aber Daniel Treacy ist gestern nachmittag gestorben.«

»Oh, nein!« Noch während sie das sagte, verspürte Sky Erleichterung darüber, daß es nicht um Johanna ging. Dann allerdings fiel ihr ihre Grandma ein. »Ich muß zu Hause anrufen, Jim. Meine Großmutter...«

»Du wirst sie nicht erreichen. Sie war diejenige, die Treacy gestern abend gefunden hat. Sie ist bemerkenswert gefaßt. Eine der Freundinnen deiner Mutter – ich weiß ihren Namen nicht mehr...«

»Hermana? Buffy?«

»Genau die – sie kümmert sich um die alte Dame.«

Dann klärte Sky ihn mit kurzen Worten über die – jämmerlich bescheidenen – Fortschritte bei ihrer Arbeit in Dublin auf. »Aber auch wenn ich im Augenblick noch nicht allzuviel berichten kann, besteht die Möglichkeit, daß ich – wir...« – sie blickte hinüber zu Éamonn Vaughan, der in die Muschel seines eigenen Telefons flüsterte und nicht auf sie achtete – »bald wissen werden, was Lynskey überhaupt in den Staaten zu suchen hatte.«

»Geht es um mehr als die Typen, die bereits verhaftet worden sind?«

»Vielleicht.« Sie senkte ihre Stimme auf ein Flüstern herab. »Morgen weiß ich es genau.«

Nach dem Gespräch rief sie Buffys Nummer an, und gerade, als sie, da sich niemand meldete, den Hörer wieder auf die Gabel legte, trieb der Fetzen einer Erinnerung an die Oberfläche ihres Gehirns, so verschwommen, daß sie ihn beinahe übersah. Irgendwie war es jedoch lebenswichtig, ihn zu fassen zu bekommen.

Ohne einen Gedanken darauf zu verschwenden, wer sie sah oder was man vielleicht von ihr dachte, legte Sky ihren Kopf auf das kühle Holz der Schreibtischplatte, schloß die Augen und zwang sich zu größter Konzentration. Etwas wirklich Wichtiges... etwas, das in Zusammenhang mit dem Wort »Ornithologie« stand... sie preßte ihren Kopf so fest auf das Holz, daß die Stirn zu schmerzen begann...

Dann endlich brach sich der Gedanke Bahn. Als hätte sie die Kombination eines Zahlenschlosses geknackt, gingen ihr plötzlich, wie bei einem Aktenkoffer der Deckel, die Augen auf: der sechs Monate alte Zeitungsartikel; der Hinweis der Amnesty-Frau, daß der bedeutsame Gast nie zuvor in Irland gewesen und auch jetzt im Grunde hier nicht zu erwarten war; Vaughans Bemerkung, wie verschlossen man sich auf der britischen Botschaft gab; die Aufregung der Bediensteten des Museums für Naturgeschichte, die dem Naturfreund zufolge mit irgendwelchen Vögeln, Eskimobrachvögeln, zusammenhing.

»Er ist es!« schrie sie so laut, daß Vaughan in seinem Flüstern innehielt und zu ihr herübersah. »Éamonn, ich hab's! Ich weiß den Namen des geheimnisvollen Besuchers.«

»Dürfte ich Sie daran erinnern, daß morgen das Überstundenverbot beginnt, Sir?« Der dies sagte, war seltsamerweise Rupert de Burgh, ein Beamter, der normalerweise bei Besprechungen den Mund kaum aufbekam.

Nichts lief wie von den Planern vorhergesehen. Sämtliche Urlaubsanträge für das Wochenende hatte man zwar gestrichen; aber die Stadt war zum Bersten voll von Touristen, und die Amnesty-Konferenz hatte das allgemeine Sicherheitsrisiko um ein Zehnfaches erhöht – also bezweifelte der Commissioner, daß diese – eher bescheidene – Maßnahme ausreichte.

»Könnten wir nicht vielleicht wenigstens erfahren, wen wir beschützen sollen, Sir?« Diese Frage stellte ein Detective Inspector am unteren Ende des Tisches.

»Nein!« antwortete der Commissioner überraschend vehement. »Noch nicht«, fuhr er ein wenig friedlicher fort. »Natürlich werden Sie alle auf vertraulicher Basis morgen am frühen Nachmittag darüber informiert. Bis dahin nehmen Sie bitte mein Wort, Gentlemen – und Ladys«, er nickte den anwesenden Frauen zu, »dies ist eine ungewöhnliche Situation, aber zweifellos sind wir ihr, wie bisher noch jeder Krise, gewachsen.« Während er die ernsten Gesichter der Beamten musterte, empfand er nicht die Hälfte der Zuversicht, mit der er sprach. Dann nickte er dem Chief Superintendent zu.

Dieser teilte ein paar seiner Leute für die Sicherung der Örtlichkeiten, an denen der geheimnisvolle Gast erwartet wurde, ein, erläuterte, wie bei der Absicherung vorzugehen war, und dann wandte er sich an einen seiner Untergebenen. »De Burgh«, bellte er, »bleiben Sie dran an der Sache in Killybegs, machen Sie den Junge da oben Dampf. Dann kriegen wir vielleicht endlich mal wieder einen positiven Pressebericht.«

»Mein Kontaktmann ist bei einer Besprechung.« Éamonn Vaughan warf den Hörer auf. »Warum versuchen Sie es nicht mal bei Ihrem Freund?«

»Aber sicher.« Sky holte Luft. Obgleich sie bei ihrem Abschied von Lynskey eine Verabredung für den folgenden Tag ausgemacht hatte, würde es wohl kaum angenehm werden, abermals über dieses Reizthema zu sprechen.

Insgeheim erleichtert stellte sie fest, daß Lynskey genau wie Vaughans Kontaktperson bei einer Besprechung war.

»Wird wohl ein und dieselbe Besprechung sein.« Vaughan trommelte mit den Fingern auf der Schreibtischplatte herum. »Na, dann rufen wir einfach direkt bei der Botschaft an.«

Der britische Botschafter in Irland war an diesem Abend auf einem Empfang, so daß Éamonn Vaughan auch ihn nicht erreichen konnte. Lynskey schien, ohne Rückmeldung bei Sky, untergetaucht zu sein, und auch Vaughans Freund bei der Spezialeinheit hielt sich diskret bedeckt.

Zwei Stunden waren vergangen und sie – oder besser gesagt, Vaughan – hatte überall herumtelefoniert, ohne jedoch eine Bestätigung von Skys Verdacht zu erhalten. Auch Buffy in Butte war wie vom Erdboden verschluckt; doch einen Anruf im Krankenhaus wagte Sky aus Furcht, ihre Mutter aufzuregen, nicht.

»Wir müßten jemanden finden, bei dem wir uns vergewissern könnten, Himmel noch einmal.« Vaughan stapfte in der kleinen Kammer auf und ab, in die er sich mit ihr zurückgezogen hatte, nachdem die eigentlichen Benutzer ihren ersten Unterschlupf wieder mit Beschlag belegten. Sky, der vor lauter Müdigkeit übel war, befürchtete, daß ihrer beider plötzliches Interesse an dem geheimnisvollen Amnesty-Gast allzu augenfällig war. Sie sah bereits, wie ihr Knüller Flügel bekam und sich ihrer Reichweite entzog, falls irgendein anderer Reporter witterte, was sie und Vaughan vermuteten. RTE würde die ganze Nacht die Nachricht per Funk verbreiten.

Als das Telefon in der Kammer klingelte, riß Vaughan den Hörer an sein Ohr. »Ja? Also gut, stellen Sie sie durch. Oh, hallo!« Seine Stimme wurde zuckersüß. »Gerade habe ich an dich gedacht. Was kann ich für dich tun?« Dann: »Seltsamerweise kam mir genau dasselbe zu Ohren. Ich frage mich, ob du vielleicht dieselbe Quelle hast? Nein... du zuerst...« An Sky gewandt, verzog er das Gesicht. »Verstehe. Tja, ich habe mir bereits etwas

Ähnliches gedacht und möglicherweise liegst du mit deiner Vermutung ... Also bitte ... Du erwartest doch wohl nicht allen Ernstes, daß ich dir das jetzt erzähle, oder?« Er lauschte. »Klar, dann treffen wir uns also, wenn du herüberspazierst, okay? Komm einfach in den Nachrichtenraum. Vielleicht haben wir einander bis dahin ja etwas mehr zu berichten.«

Er warf den Hörer wieder auf. »Das war eine BBC-Reporterin, eine junge Frau, die von hier dorthin gewechselt hat. Sie hat denselben Tip bekommen wie ich, ist aber ahnungslos bezüglich der Identität. Alles, was sie bisher herausfand, war negativ. John Major scheidet schon mal aus. Aber sie hat etwas Interessantes gesagt. Im britischen Außenministerium ist man bei ihrem Anruf vollkommen ausgeflippt. Sky, allmählich beginne ich zu glauben, Sie sind ein kleines Genie.«

Sky setzte ein höfliches Lächeln auf. Statt wie ein Genie fühlte sie sich eher wie ein Kaninchen, das mit einem für einen Elefanten bestimmten Gewehr angeschossen worden war.

Was offenbar auch Éamonn erkannte. »Sie schlafen ja gleich im Stehen ein. Warum fahren Sie nicht einfach in Ihr Hotel und holen sich ein paar Stunden Ruhe? Ich bestelle Ihnen ein Taxi. Wirklich, ich rufe an, sobald sich irgendwas ergibt. Außerdem kann man mitten in der Nacht sowieso nichts mehr zu tun – der Botschafter würde sich bestimmt bedanken, riefe ich ihn um diese Uhrzeit noch an. Ich für meinen Teil mache Feierabend. Aber inzwischen stimme ich Ihrer Ahnung tatsächlich zu.«

»Erspar mir die Details, Toby. Ruf einfach an, sobald du was Konkretes hast. Aber denk dran, daß ich hier nicht ungehindert reden kann.« Rupert de Burgh sprach von dem Telefonanschluß in seinem Schlafzimmer. Der Freund seines Bruders aus dem Außenministerium wollte, nachdem er dem Prinzen bei seiner Rede behilflich wäre, Toby zu einem späten Abendessen aufsuchen.

Er stützte seinen Kopf in die Hände. Nun, da es soweit war, mußte er die Nerven behalten, vor allem, da jedem anderen – erstens Toby, dem Klempner – offenbar das Herz in die Knie sank.

Aber auch Jerry Flynn hatte bei ihrem letzten Telefongespräch Anzeichen von Schwäche gezeigt.

Wenigstens war er dem Sicherheitstrupp zur Bewachung des mysteriösen Gastes zugeteilt. Unglücklicherweise Fergus Lynskey ebenfalls. Hätte de Burgh sich aussuchen können, welcher seiner Kollegen nicht daran beteiligt sein sollte, dann hätte er genau Lynskey abserviert.

Seit dem aufregenden Tag 1972, an dem Fergus Lynskey durch eine zufällige Bemerkung über seinen Beitritt zur Polizei de Burgh auf seinen gegenwärtigen Weg gebracht hatte, lebte er in der ständigen Furcht, daß sich der hakennasige Ire plötzlich an die Begegnung erinnern würde und ihm auf die Schliche käme. Die Ausbildung in Templemore war für alle Rekruten hart gewesen; aber einzig de Burgh mußte mit der zusätzlichen Belastung fertig werden, ständig Lynskey daraufhin zu beobachten, ob ihm die schicksalhafte Begegnung noch gegenwärtig war. Wieder und wieder hatte er das Zusammentreffen in Gedanken durchgespielt, wieder und wieder hatte er sein eigenes im Schatten liegende Gesicht aus Lynskeys Perspektive zu »sehen« versucht.

Mit der Zeit allerdings ließ seine Anspannung ein wenig nach. Auch wenn Lynskey deutlich gemacht hatte, daß ihm an de Burghs Freundschaft nicht gelegen war, hatte das wohl weniger mit unterschiedlichen politischen Ansichten – die der Engländer sowieso nie in der Öffentlichkeit zum besten gab – zu tun, sondern vielmehr mit persönlicher Antipathie oder bestenfalls Gleichgültigkeit ihm gegenüber. Der Ire gab durch nichts zu erkennen, daß er de Burgh je zuvor schon einmal irgendwo begegnet war.

Während der folgenden Jahre hatte de Burgh, immer noch übervorsichtig, Kontakte mit Lynskey auf das unvermeidbare Minimum reduziert. Wenn es von Zeit zu Zeit – wie bei der morgigen Arbeit – nicht zu umgehen war, hielt er sich bedeckt und vermied um jeden Preis die Aufmerksamkeit des anderen.

Auch ohne seine politischen Überzeugungen hätte de Burgh Lynskey instinktiv gehaßt: die lässige Fröhlichkeit, mit der er seinem Beruf nachging, die hohe Erfolgsquote, die gegenseitige Sympathie, ja persönliche Freundschaft, die ihn mit dem Chief Super verband – das alles war Grund genug zum Neid; demzufolge mißfiel de Burgh der Gedanke an eine enge Zusammenarbeit mit Fergus Lynskey immer schon. Und diesmal käme es wohl zu einer Zerreißprobe. Doch er hielt sich nüchtern vor Augen, daß nicht alles planmäßig klappen konnte, und wenn es soweit wäre, ginge es sowieso nur noch um den Prinzen und ihn selbst.

Er öffnete seine Brieftasche und las noch einmal den Brief, den er am Vormittag an seine Familie geschrieben hatte.

Seine Frau war mit einer Freundin im Kino, und seine drei Kinder, die gerade Schulferien hatten, nutzten ihre Abwesenheit zur Gänze aus. Unten plärrte der Fernseher und im Zimmer nebenan hatte sein älterer Sohn, der sich ihm gegenüber stets verschlossen zeigte, die Stereoanlage aufgedreht. Wie immer berauschte er sich an Metallica.

»Stell das Ding leiser!« Rupert hämmerte mit der Faust gegen die Wand, doch nichts geschah. Normalerweise hätte er seinen Junior zornig niedergedonnert; aber da dies wahrscheinlich sein letzter Abend zu Hause war, unterließ er es. Ein paar Sekunden lang kämpfte er gegen ihm bisher unbekannte Gefühle an und strich sanft über das Schreiben, ehe er es wieder in seine Brieftasche gleiten ließ.

Unten lief er durch die Küche in den Garten und dort über einen schmalen Weg zu dem kleinen Schuppen, zu dem er den einzigen Schlüssel besaß. Seine Familie wußte, wenn er in dem Schuppen war und an den günstig erworbenen Lautsprechern, Modellflugzeugen oder booten sowie anderen elektronischen Spielereien herumbastelte – übrigens sein einziges Hobby –, störte man ihn besser nicht.

Er öffnete die Tür, trat ein, schloß wieder ab und gönnte sich einen tiefen Atemzug. Hier drinnen fühlte er sich immer ruhig, ja beinahe glücklich, auch wenn Glück für ihn schwer zu definieren war. Ja, damals, in jenen taumeligen, aufregenden Tagen seiner kurzen Karriere am Trinity, war er ohne Zweifel glücklich gewesen. Hier gefiel ihm besonders der Geruch – die Mischung aus süßem, verrottendem Holz, Klebstoff und scharfer Modrigkeit – den er mit dem Öffnen der Verpackung neuer elektronischer Bauteile verband.

Von einem hohen Regal nahm er den Semtex-Sprengstoff herab, der für den Fall, daß irgend jemand in seinen Aktenkoffer sah, sorgsam in die Folie von Butterpaketen gewickelt war. So könnte er, falls jemand fragte, behaupten, seine Frau hätte ihn gebeten, Butter mitzubringen – zur Versiegelung ihrer Gläser mit selbstgemachter Pâté. Er hatte genügend Sprengstoff eingepackt, mit dem sich materieller Schaden und Panik auslösen ließ, aber nur im schlimmsten Fall würde jemand verletzt oder gar tödlich getroffen.

Dann nahm er noch zwei weitere, ungewöhnlichere und wesentlich kleinere, flache, tränenförmige, höchstens acht Zentimeter lange, mit Zeitzündern versehene Bomben vom Regal.

Die Hauptbombe würde durch die Fernbedienung eines Fernsehers ausgelöst. Zunächst hatte er mit dem Gedanken an die Fernbedienung einer Autoalarmanlage gespielt, die sich unauffällig an seinem Schlüsselring festmachen ließ; aber die Einzelteile waren für eine solche Hülle nicht klein und stark genug. Also würde er einfach die Fernbedienung in die Tasche stecken, und falls jemand sie sähe, täte er überrascht und behauptete einfach, sicher hätte eins seiner Kinder sie aus Spaß dort hineingesteckt.

Jemand klopfte an die Tür. »Dad?«

»Was ist?« De Burgh, der gerade den Sprengstoff in den Aktenkoffer legen wollte, hob gereizt den Kopf.

»Ich sage nur schnell gute Nacht, weil ich jetzt ins Bett gehe.« Es war sein jüngerer dreizehnjähriger Sohn, und das einzige seiner Kinder, das überhaupt hin und wieder Zeit für ihn zu haben schien.

»Ich kann gerade nicht aufmachen«, brummte er, »weil ich was klebe – gute Nacht.«

»Nacht, Daddy!«

De Burgh lauschte, als sein Sohn über den betonierten Weg zurücksauste.

Egal, was für Katastrophen sich noch ereigneten, er führte seinen Plan – nötigenfalls auch ganz alleine – aus. Hätte man ihn gebeten zu beschreiben, was ihn trieb, hätte er es nicht sagen können. Seine gesamte Konzentration richtete sich einzig und allein auf den Augenblick, an dem er morgen dem Prince of Wales gegenüberstand. Es war, als hätte er sein ganzes Wesen wie mit einem dünnen, eleganten Laserstrahl von seiner Familie und jedweder persönlichen Bindung abgetrennt. Alles außer seinem Vorhaben war nunmehr vollkommen bedeutungslos.

Zehn Minuten nach Verlassen von RTE hatte Sky ihr Hotel erreicht. Gerade, als sie den Taxifahrer bezahlte, stieg aus einem ein Stück entfernt parkenden Wagen Lynskey aus.

»Tut mir leid«, sagte er schlicht. »Verzeihst du mir?«

»Ich hätte das nicht sagen sollen. Das war ziemlich kraß, du hattest recht. Aber inzwischen solltest du wissen, daß meine Zunge oft schneller ist als mein Verstand.«

»Doch, du sollst immer mit der Sprache herausrücken. Ich war genauso schlimm wie du. Du hattest völlig recht.«

»Nein, ich war diejenige…« Sky unterbrach sich. »Ach, was soll's! Hauptsache, jetzt bist du da«, sagte sie sanft. »Gib mir einen Kuß.«

Er erfüllte ihr die Bitte und zum ersten Mal küßten sie einander nicht wie zwei Menschen, die ein überwältigendes sexuelles Verlangen nacheinander verband, sondern wie ein echtes Paar. »Vielleicht sollten wir uns erst wieder sehen, wenn die ganze Sache ausgestanden ist?«

Umgehend katapultierte er sie in das zwischen ihnen bestehende Problem zurück. Er schob sie ein Stückchen von sich fort und sah sie an. »Es wird nicht mehr lange dauern, das verspreche ich. Morgen abend um diese Zeit können wir zusammensein, ohne daß es noch irgendwelche Geheimnisse oder irgendeinen Interessenkonflikt zwischen uns beiden gibt.«

Was die endgültige Bestätigung ihrer Vermutung war.

40

Sky blickte auf ihre Armbanduhr. Trotz der frühen Morgenstunde war der Raum bereits in milchiges Licht getaucht. Sie hatte die rüschenverzierten Vorhänge nicht zugezogen, da ihr der Anblick der spitzenbesetzten Stores lieber war.

Ein paar Minuten lang genoß sie die wohlige Gemütlichkeit ihres Betts, ehe sie zum sechsten Mal seit ihrer Ankunft in Irland nach dem Telefon griff und Buffys Nummer zu wählen begann. Dieses Mal ging tatsächlich jemand an den Apparat.

»Oh, Sky!« Die Stimme der älteren Frau klang gedämpft. »Uns allen geht es gut. Und dir, meine Liebe? Wie gefällt dir Irland bisher?«

»Buffy, die Sache mit Daniel Treacy weiß ich bereits. Wie kommt Grandma damit zurecht?«

»Sie steht hier direkt neben mir.« Buffys Erleichterung war nicht zu überhören. »Ich gebe dich weiter.«

Elizabeth sprach ruhig und beherrscht. »Ich möchte nicht, daß du dir Sorgen um mich machst. Buffy hier könnte nicht netter sein, ebensowenig wie Hermana. Die beiden kümmern sich um mich, als wäre ich eine Königin.« Treacys Totenwache fände am folgenden Abend statt, und sie freute sich nicht gerade darauf. »Natürlich bin ich traurig, und außerdem fühle ich mich ein wenig schuldig.« Der Ton der alten Dame verbot jeden Einwand durch Sky. »Warum bist du überhaupt schon so früh auf? Wie kommt du zurecht? Gefällt dir Dublin?«

»Soweit ich bisher sehen konnte, scheint es eine schöne Stadt zu sein.« Sky war nicht danach zumute, alles zu berichten, was seit ihrer Ankunft vorgefallen – oder nicht vorgefallen – war. »Und was mein frühes Aufwachen betrifft, kann ich einfach nicht mehr schlafen. Anscheinend liegt das an der Zeitumstellung. Gleich rufe ich auch im Krankenhaus an. Wie geht es Mom?«

Johanna ginge es den Umständen entsprechend gut, sagte ihre Großmutter, und dann: »Am besten legen wir jetzt auf, meine Liebe, das Gespräch muß dich ja ein Vermögen kosten.«

»Keineswegs«, protestierte Sky. Was war es nur, weshalb den Iren das Telefonieren offenbar derart mißfiel? »Der *Butte Courier* bezahlt.«

»Vergiß nicht deine Tante Maggie in Lahersheen, ja?«

»Ich werde sie nicht nur anrufen, sondern fahre, wenn ich mit meiner Story fertig bin, persönlich hin. Irgendwann muß ich mir ja wohl mal das Land meiner Vorfahren anschauen.«

Nachdem sie aufgelegt hatte, starrte Sky auf das Schneeflokkenmuster der Spitzen vor dem Fenster. Ein paar zuversichtliche Worte über die Abwicklung der Story waren leicht gesagt. Es dann in die Tat umzusetzen, funktionierte nicht so einfach.

Im Geiste erstellte sie eine Liste dessen, was sie bisher in Erfahrung gebracht hatte: die Drogensache, die inzwischen allseits bekannt war und in Montana auf kein besonderes Interesse stieß – abgesehen von ein paar kurzen Absätzen mit dem Untertitel: »Männer aus Helena und Mayville involviert«; irgendeine Sache, in der es um Terrorismus und eine irisch-amerikanische Gruppe in den Staaten ging und in die ebenfalls »ein Mann aus Mayville verwickelt« war; die Ankunft des Prince of Wales in Dublin anläßlich einer Amnesty-Konferenz, deren Besuch er wahrscheinlich mit dem Besuch einer Vogelausstellung in einem Museum verband.

Je mehr sie darüber nachdachte, um so deutlicher sah sie die Verbindung, die zwischen dem Besuch des Prinzen und den mutmaßlichen Terroristen bestand: Zweifellos hatte man Lynskey deshalb nach Amerika geschickt.

Sie setzte sich auf, denn jetzt war sie hellwach. Das mußte die Story sein. Sicher war Charles das ausersehene Ziel.

Da die Amnesty-Konferenz selbst unter großen Sicherheitsvorkehrungen stattfinden würde, konnte sie wohl kaum der Ort des Geschehens sein. Sie brauchte unbedingt den gesamten Zeitplan des königlichen Besuchs.

Gerade als sie sich ans Telefon begab, Éamonns Vaughan anzurufen, fiel ihr ein, daß es noch nicht einmal sechs Uhr morgens war.

Auch Rupert de Burgh schlief nicht mehr und ging im Geiste ununterbrochen die möglichen Ereignisse des Tages sowie dessen etwaiges Ende durch. Er hatte für alle Fälle vorgesorgt: Sein Testament war überarbeitet, und der Brief an seine Frau und Kinder lag sicher verwahrt im Schuppen. Der Schuppen würde definitiv als erstes von seinen Kollegen auf der Suche nach dem Tatmotiv auf den Kopf gestellt werden.

Um sechs Uhr dreißig stahl er sich aus dem Bett, nahm seine Kleider und schlich auf Zehenspitzen zur Tür. Hinter ihm drehte sich seine Frau seufzend im Bett herum. Reglos blieb er stehen: Sie war es gewohnt, daß er zu eigenartigen Zeiten kam und ging; gegenwärtig hatte er keine Lust, Fragen zu beantworten.

Nicht lange, und er träfe Flynn und Mason in dem Pub, wo man ihre Anwesenheit im Gedränge der Touristen, Nachtarbeiter und Alkoholiker wohl kaum bemerkte. Es würde ein kurzes Treffen, denn er mußte rechtzeitig wieder zu Hause sein; vereinbarungsgemäß sollte er seinen jüngeren Sohn auf dem Weg zur Arbeit zum Sommerferienlager fahren.

Bambi war ein Rottweiler, dessen Führer nach Ansicht seiner Kollegen einen kranken Sinn für Humor besaß.

Aber nein, hätte der Hundeführer daraufhin gesagt: trotz Bambis Größe und seinem Raubtiermaul war er so sanft wie sein Namensgeber und lebte im Haus bei der Familie, wo er häufig auf dem Bett eines der Kinder schlief. Nun wedelte Bambi, als der Mann mit müden Augen in die Küche gestolpert kam, freudig mit dem Stummelschwanz und rannte zur Hintertür, damit man ihn in den Garten ließ.

»Guten Morgen, mein Freund.« Der Hundeführer stöpselte den Stecker des Wasserkochers ein, trottete hinüber zu dem Tier und strich ihm über den samtigen Kopf. »Heute ist unser großer Tag.« Bambi hatte einen unfehlbaren Riecher, wenn es um Sprengstoff ging.

»Ich frage mich, wie er auf all die Knochen reagieren wird. Aber ich bin sicher, das ist kein Problem – wie ich höre, sollen die

Hunde ja sehr gut ausgebildet sein.« Der Direktor des Museums für Naturgeschichte und einer seiner Untergebenen hatten die ganze Nacht über kein Auge zugetan, um endlose Stunden mit dem Arrangement der Eskimobrachvogelausstellung zuzubringen. Nun, als das Morgenlicht durch die gläserne Decke des dreigeteilten Ausstellungsraums auf der Galerie oberhalb des Erdgeschosses fiel, traten die beiden einen Schritt zurück und betrachteten zufrieden ihr Werk.

»Haben wir je zuvor einen Hund hier drinnen gehabt?« Der Direktor rieb sich die flatternden Augen.

»Nicht daß ich wüßte.« Sein Angestellter gähnte. »Tja, ich für meinen Teil fahre jetzt erst mal nach Hause und haue mich aufs Ohr. Mehr können wir nicht tun. Wie lange wird sich der Gast die Sachen wohl ansehen, was meinen Sie? Eine Minute oder vielleicht sogar anderthalb?«

»Oder er bleibt sogar länger!« Der Direktor runzelte die Stirn. Er sah sich in seiner Domäne um, an deren Wänden so viele Köpfe, Hörner und Geweihe hingen, daß es deutlich an die Trophäensammlung eines Maharadschas erinnerte. »Gleich kommt noch ein letztes Mal die Putzkolonne vorbei.«

»Vergessen Sie die Spezialeinheit der Polizei und ihren Bluthund nicht. Ich bin dann in ein paar Stunden wieder da.«

Jerry Flynn hatte gut geschlafen und fühlte sich quicklebendig, wenn auch ein wenig angespannt. Was für ein Abenteuer dies doch war: Überall auf der Welt hatte er in Fünfsternehotels residiert; aber in dieser kleinen Pension eines Randviertels von Dublin gefiel es ihm besser als je in Toronto, New York oder auch Las Vegas. Die Dusche mochte nicht mehr als ein Rinnsal und der Lärm aus der Bar unten störend sein, aber im großen und ganzen fühlte er sich in Hochstimmung.

Dublin selbst hatte ihn allerdings enttäuscht: eine schmutzige Stadt mit verpesteter Luft. Natürlich konnte er die Metropole nicht mit dem Land gleichsetzen; außerdem war dieser Teil mit dem Bahnhof, seinem Verkehr und den endlosen Straßenarbeiten nicht das wahre Dublin; doch der Geschmack der Umgebung sagte ihm nicht recht zu. Er hatte immer das Gefühl gehabt, eine Stadt zu schmecken, indem man durch ihre Straßen lief und ihre Fernsehprogramme ansah. Die hiesigen Straßen waren nicht so entspannt und freundlich wie erhofft, und das irische Fernsehen zeigte jede Menge britischer und amerikanischer Importe. Selbst die Lokalnachrichten schienen sich krummzulegen, nur um den Unionisten und Loyalisten und Briten gegenüber »fair« zu sein, wobei die Gegner nationalistischer Aktionen unverhältnismäßig viel Sendezeit besetzten. In der Tat machte er nirgends – abgesehen von einigen amateurhaften Postern an Laternenpfählen und bei den jungen Leuten vor dem Hauptpostamt, die die nationalistische Zeitung *An Phoblacht* verkauften – Gefühle wie die seinen aus. Offenbar hatten die Iren die Sünden der Vergangenheit aus ihrer kollektiven Erinnerung verbannt. Abgesehen von den jungen, idealistischen Zeitungsverkäufern hatte er niemanden gefunden, der das schreiende Unrecht noch wirklich empfand. Genau wegen dieser kollektiven Amnesie und Gleichgültigkeit war Flynn hergekommen. Auf jeden Fall rechtfertigten sie sein Tun.

Als tief religiöser Mensch erfuhr er zu seiner Enttäuschung, daß es in Dublin keine Frühmesse mehr gab – oder zumindest keine, die früh genug stattfand, daß er ordnungsgemäß zu dem Treffen mit Joe Mason und Rupert de Burgh erscheinen konnte. Er war mit der Vorstellung aufgewachsen, daß die Führer des Aufstandes von 1916 am Vorabend ihres eigenen Opfers die Sakramente empfangen hatten; auch ihm wäre ein Kirchgang angemessen vorgekommen. Obgleich er tief in seinem Inneren nicht glaubte, daß er sterben würde, hielt ihn hier auf Erden nur noch wenig. Er war verwitwet, hatte ein langes, nützliches Leben geführt, seine Kinder brauchten ihn nicht mehr. Es konnte losgehen.

Während er sich rasierte, gestattete er sich bezüglich des Engagements seines Kollegen aus Santa Barbara einige Bedenken. Am Vortag hatte der Klempner etliche Vorbehalte gegen die Wahrscheinlichkeit eines Erfolges zum Ausdruck gebracht.

Aber Rupert de Burgh würde dafür sorgen, daß die Sache gelang. Offenbar teilte der irische Polizist seine eigene leidenschaftliche Überzeugung, das Richtige zu tun.

Als der mit zwei Glocken ausgestattete Wecker neben seinem Ohr klingelte, zuckte bei Fergus Lynskey nicht einmal ein Augenlid. Er schnaufte tief und regelmäßig, und nach ungefähr einer Minute größten Bemühens gaben die Glocken ermattet auf. Da das Einzimmerappartement in der obersten Etage lag, herrschte köstlicher Frieden. Das Schlafzimmerfenster war geöffnet, aber der frühmorgendliche Verkehr in der Gardiner Street störte nicht, und die Straßenarbeiter fingen erst in ungefähr einer Stunde an. Das Klingeln des Weckers hatte Lynskey jedoch in einen Zwischenzustand versetzt, und er meinte, schwerelos in einer Hängematte zwischen Träumen und Wachen zu schweben.

Nach einem Augenblick begann das in Fünfsekundenintervallen ertönende Rasseln des zweiten Weckers, das nicht kapitulieren wollte. Einen Moment lang hielt er es noch aus, aber dann wurde das Geräusch so penetrant, daß er aufstehen mußte, um es abzustellen.

Beide Handflächen auf seinen Ankleidetisch gestützt, spielte er mit dem Gedanken, den Wecker fünfzehn Minuten weiter zu stellen; aber dann packte ihn die Bedeutung des heutigen Tages wie ein Tornado und hastig stolperte er unter die Dusche.

Der königliche Privatsekretär brachte dem Prince of Wales eine Kopie der Rede für das Amnesty-Seminar und ließ ihn anschließend damit allein. Notwendigerweise war sie kurz: Als Erbe des britischen Throns enthielte er sich jeden politischen Kommentars, und bezüglich des Themas der Konferenz – »Politische Repressionen; der neue globale Holocaust« – gäbe das zukünftige Oberhaupt des Commonwealth am besten ebenfalls kaum seine wahren Gedanken und Kenntnisse preis.

Der Prince würde mit einem Flugzeug der britischen Luftwaffe direkt zu einem Militärflughafen und von dort mit einem Hubschrauber zur Residenz der Präsidentin gebracht, die offenbar inmitten eines großen Parks lag. Angesichts seiner knapp bemessenen Zeit sähe er unglücklicherweise kaum etwas von der Stadt. Alle Orte, an die man ihn brächte – die Regierungsgebäude, das Museum für Naturgeschichte, die Amnesty-Konferenz, das Außenministerium – befanden sich samt und sonders im Zentrum der Stadt.

»Entschuldigen Sie, Hoheit!« Wieder war es der Sekretär. »Mr. de Burgh ist am Telefon. Möchten Sie ihn sprechen?«

Der Prinz nahm den Anruf entgegen, und es stellte sich heraus, daß Toby ihm lediglich alles Gute wünschen wollte für den Irlandbesuch.

Toby kannte Dublin, und sie plauderten ein paar Minuten über die öffentlichen Gebäude der Stadt, nach denen der Prinz Ausschau halten sollte, sofern es ihm möglich war. Dann verabschiedete sich der Thronfolger und wandte seine Aufmerksamkeit wieder der Rede zu.

Kurz nach halb sieben lastete auf den Pubbesuchern derartiger Zigarettenqualm, daß de Burgh, ein militanter Nichtraucher, das Gefühl hatte, er ließe sich nur noch mit einer Machete durchtrennen. Für die Nachtarbeiter war dies Feierabend und für die Nachtschwärmer nicht der Zeitpunkt, heimzugehen, sondern mit dem Feiern fortzufahren, das man am Vorabend so feuchtfröhlich begonnen hatte. Nun, wenigstens herrschte ein solcher Lärm, daß niemand die Worte des Nachbarn verstand.

Er schob sich auf einen Barhocker zwischen einen strahlenden Jerry Flynn und den Kalifornier. Unter den anwesenden – Ruperts erfahrenem Blick nach zu urteilen, holländischen und deutschen – Touristen fiel zumindest Flynn, der immer noch die Adidas-Sporttasche umklammert hielt, gewiß nicht auf. Nachdem er die Normalität seiner Gegenwart durch Bestellen eines Guinness bekräftigt hatte, senkte er seine Stimme ein wenig. »Wir müssen miteinander reden.«

»Oh? Ist irgendwas nicht in Ordnung?« Joe Mason hob argwöhnisch den Kopf und Rupert wählte den Tonfall, den er auch bei Toby anschlug, wenn dieser ins Wanken geraten wollte.

»Alles in Ordnung. In der Tat sogar mehr als das. Soeben habe ich erfahren, daß sich uns eine Möglichkeit bietet, die unsere kühnsten Erwartungen übersteigt.« Mason, so sah er, blieb argwöhnisch, und Flynn wirkte einfach überrascht.

»Was für eine Möglichkeit, Mr. de Burgh?« fragte denn auch der Kanadier.

»Wir brauchen nicht extra raus nach Bodenstown.« Er sah die beiden an. »Soeben habe ich etwas gehört, was uns eine wesentlich größere Wirkung verheißt als erhofft. Der Prince of Wales kommt überraschend zu Besuch, und ich habe unsere Pläne entsprechend geändert.«

»Aber ich dachte...«

Mason preßte die Lippen zusammen, doch Rupert kam jedem möglichen Protest zuvor. »Joe! Stellen Sie sich vor, wie die Welt reagieren wird, wenn wir statt des Taoiseach den britischen Thronfolger als Geisel nehmen. Ich habe alles genauestens durchdacht – und es wird machbar sein.« Gespannt hielt er den Atem an.

»Ich stimme weder dieser noch irgendeiner anderen Sache zu, solange ich nicht weiß, was genau Sie vorhaben.« De Burgh sah, daß der Widerstand des Klempners wuchs.

»Lassen Sie mich Ihnen also meinen Plan unterbreiten. Hören Sie mir kurz zu.« Er blickte von einem zum anderen, während er in ein langsames, hypnotisierendes Flüstern verfiel. »Ich garantiere Ihnen, wenn wir uns an meine Strategie halten, sind wir heute abend weltweit in sämtlichen Nachrichtensendungen und morgen früh auf allen Titelseiten. Niemand wird unsere Forderungen ignorieren können. Manchmal genügt zur Lösung eines hochkomplizierten Problems ein ganz einfacher Plan.«

Zu ihrer Enttäuschung stellte Sky fest, daß das Museum für Naturgeschichte, von ihrem Hotel aus bequem zu Fuß erreichbar, erst um zehn öffnete. Es war erst kurz vor neun, und sie lief bereits auf vollen Touren.

Mehrere Male hatte sie versucht, Vaughan zu erreichen; aber bei ihm zu Hause ging niemand ans Telefon und sowohl in seinem Büro als auch über sein Handy hatte sie nur einen Anrufbeantworter am anderen Ende. Da ihr nichts anderes übrig blieb als zu warten, bis das Museum endlich öffnete, spazierte sie in den Park, in dem am Vortag der Dichter seine Verse deklamierte. An diesem bedeckten Vormittag sah die Atmosphäre ganz anders aus als gestern im mittäglichen Sonnenschein: Die tadellosen Rasenflächen waren abgesehen von ein paar aktenkofferbewehrten Angestellten, die mit gesenkten Häuptern vorübereilten, menschenleer. Als sie auf der anderen Seite des Parks wieder auf die Straße trat, hielt gerade ein Doppeldeckerbus an der nahe gelegenen Haltestelle, und da sie immer noch eine ganze Stunde totschlagen mußte, sprang sie einfach auf.

Zehn Minuten später hatte sie den bräunlichen Fluß Liffey erreicht und ging auf eine breite Brücke zu. Als sie dort ankam, bot sich ihr auf den sechs Fahrspuren das freitagmorgendliche Berufsverkehrschaos. Die Brückenüberquerung kam ihr wie eine allzu verwegene Geschwindigkeits- und Belastungsprobe vor, so daß sie sich statt dessen nach links wandte, in welcher Richtung sowohl ihr Hotel als auch das Museum lag.

Während sie dahinschlenderte, neben ihr befand sich eine mit einem Geländer versehene Steinmauer, fiel ihr Blick auf ein geschwungenes, prächtiges Gebäude – daher stieß sie mit einem älteren Mann zusammen, der reglos mitten auf dem Gehweg stand. »Entschuldigen Sie bitte. Tut mir leid.« Verlegen trat sie einen Schritt zurück.

Auch ein Tourist, dachte sie, als sie die um seinen Hals baumelnde Kamera erblickte. Er verzog den Mund zu einem Lächeln, doch dann wandte er sich ab. Seinen runden Kopf zierten weiße Stoppeln und er war ziemlich dünn; aber obgleich sein Äußeres kaum auffiel, rief etwas an seinem halben Lächeln – vielleicht das kurze Aufblitzen von Goldzähnen – eine entfernte Erinnerung in ihr wach. »Sind Sie sicher, daß alles in Ordnung ist?« Sie nahm helfend seinen Arm, während sie in ihrem Gedächtnis kramte, wo sie diesem Mann schon einmal begegnet war.

Er nickte zum Zeichen seines Wohlbefindens, machte auf dem Absatz kehrt und marschierte eilig in die Richtung, aus der sie gekommen war, davon. Immer noch verwirrt blickte sie ihm nach.

Mit klopfendem Herzen eilte Flynn an der Mauer entlang, die seines Wissens den Campus des Trinity College umgab. Was in aller Welt machte dieses Mädel hier? Daß er in einer Stadt mit einer Million Menschen ausgerechnet dieser Person begegnete! Hatte sie ihn vielleicht erkannt?

Seine Reaktion auf die Begegnung erschreckte ihn: Wenn er bereits bei einem so belanglosen Zwischenfall die Nerven verlor, wie sollte er dann mit der Sache fertig werden, die er später an diesem Tag zu bewältigen hatte? Er tröstete sich mit dem Gedanken, daß er dann genaue Anweisungen erhielt. Was ihn erschüttert hatte, war seine Kopflosigkeit bei dem Zusammenprall.

In seiner Panik war er blind losmarschiert und auch wenn er sich nicht unbedingt vollkommen verirrt hatte – die letzten Reste der Trinitymauer waren noch zu sehen – mußte er stehenbleiben, um zu erkunden, wo genau er sich befand. Er stand gegenüber einem Pub an der Ecke einer Seitenstraße, die im Nichts zu enden schien; offenbar führte sie zum Fluß hinab. Von dort aus wüßte er den Weg zurück in sein Hotel am Nordufer.

Inzwischen fühlte er sich wieder besser, also überquerte er die Straße und trabte auf den Fluß zu.

Die mit Fahrzeugen verstopfte Straße war schmal, und an einer Seite reckten sich hohe Appartementhäuser neben einer verfallenen Werkstatt und einigen Garagen in den Himmel. Er stand an einer Ampel, als er plötzlich zwischen seinen Schulterblättern einen stechenden Schmerz wahrnahm. Gleichzeitig zerrte jemand heftig an dem Schulterriemen seiner Adidastasche.

Er umklammerte sein Hab und Gut, wirbelte herum und merkte, daß er sich mit zwei Knirpsen von vielleicht zehn oder elf im Streit um das Gepäckstück befand. Um sich tretend, erwischte er das Schienbein des einen, aber sofort kam der Junge zurück, wobei er einen großen, in einen Nylonstrumpf gehüllten Backstein schwang. Flynn duckte sich, indessen Kumpel Nummer zwei heftig am Tragriemen der Tasche riß, wodurch er das

Gleichgewicht verlor. Als er zu Boden ging, sprangen ein Auto- und ein Taxifahrer, die beide an der Ampel warteten, aus ihren Fahrzeugen, um ihm in diesem Getümmel behilflich zu sein.

Der Junge wirbelte den Stein, der krachend auf Flynns Handrücken niederging. Er brüllte vor Schmerz und ließ die Tasche los, woraufhin der andere Bengel sie packte und damit in der Menschenmenge verschwand.

Als der Herr aus dem Auto ihn erreichte, hob Flynn den Kopf und sah, daß der Taxifahrer die Verfolgung der beiden Missetäter aufgenommen hatte. Während alle drei in einem nahe gelegenen Hauseingang verschwanden, half ihm der Einheimische freundlich auf. »Kleine Halunken! Ist alles in Ordnung?«

»Meine Tasche – meine Tasche…« Flynn hielt seine verletzte Hand und wollte auf der Stelle den Jungen und ihrem Verfolger nacheilen, als der Taxifahrer kopfschüttelnd aus dem Hauseingang kam.

»Ist Ihre Hand verletzt? Ich habe den Wagen da – soll ich Sie vielleicht in ein Krankenhaus bringen?« Der keuchende Helfer trat neben ihn.

»Nein, nein, alles in Ordnung, wirklich.« Flynn war außer sich, und zwar nicht nur über den Verlust der Tasche samt Inhalt, sondern vor allem, weil er aufgrund des Zwischenfalls im Mittelpunkt des allgemeinen Interesses stand. Die Ampel zeigte nun Grün, und die Luft vibrierte vom wilden Hupen der durch die beiden führerlosen Fahrzeuge aufgehaltenen Verkehrsteilnehmer.

»Hatten Sie Ihr Geld in der Tasche, Dad?« fragte der Taxifahrer besorgt.

»Ja, aber das macht nichts, halb so schlimm.« Flynn wollte sich entfernen, doch wieder hielt der Samariter ihn zurück.

»Warten Sie einen Augenblick.«

»Ich glaube, ich fahre mal besser meinen Wagen weg.« Der hilfsbereite Autofahrer blickte sich nach den Insassen seines Fahrzeugs um.

»Nur zu, guter Mann!« Der Taxifahrer entließ ihn gnädig und wandte sich dann wieder dem armen Opfer zu. »Sie sollten die Hand versorgen lassen.«

»Das werde ich auch.« Flynn rief sich jedes Gramm Autorität in Erinnerung, die er durch jahrelange Führung zahlreicher Untergebener erworben hatte, und sagte in ruhigem Ton: »Bitte keine Aufregung, aber trotzdem gehe ich bestimmt zu einem Arzt.«

»Und zur Polizei. Die finden Sie gleich um die Ecke in der Pearse Street. Am besten rufen Sie die amerikanische Botschaft an – die ist in Ballsbridge. Hören Sie, Dad...« Als sich der Kanadier zum Gehen wandte, folgte ihm der Taxifahrer auf den Fersen. »Sie haben einen furchtbaren Schock gekriegt. Warum steigen Sie nicht einfach ein und ich fahre Sie zur...« Plötzlich unterbrach er sich. »Na, toll! Großartig! Hier ist genau das, was wir brauchen.« Unter Flynns entgeistertem Blick winkte er eine uniformierte Polizistin heran, die gerade um die Ecke bog.

41

Als Rupert den Hundeführer und Bambi traf, schnupperte das Tier zunächst erfreut an seiner Hand, ehe es heftig zu niesen begann.

Nachdem er am Vorabend das Semtex in den Aktenkoffer gepackt hatte, hatte sich der Polizist sorgfältig mit dem Saft Dutzender Zitronen gewaschen, hatte die Aktion am Morgen, bevor seine Frau aufgestanden war, wiederholt, und zusätzlich noch etwas Pfeffer hinzugefügt. »Was haben Sie denn an Ihren Händen?« fragte der Hundeführer neugierig.

Rupert erklärte, daß er am Vorabend den Gartenzaun mit einem bestimmten Lack gestrichen habe und etwas davon unter seinen Nägeln hängengeblieben war. Auf Anraten seiner Frau sei er dem Zeug mit Zitronensaft zu Leibe gerückt. Er sah auf seine Hände: »Fast so gut wie Fairy Ultra, hat sie gesagt.«

Bevor sie ins Museum gingen, rief Sky aus einer Telefonzelle bei Lynskey an. Sein Ton drückte Zurückhaltung aus: »Ich kann jetzt nicht reden.«

In der Tat hörte Sky Stimmengewirr im Hintergrund. »Könnten wir uns vielleicht zum Mittagessen treffen?«

»Versuchen werde ich es, aber sicher habe ich nicht viel Zeit. Wo kann ich dich erreichen?«

»Um halb eins in meinem Hotelzimmer!«

Ohne sich auch nur von ihr zu verabschieden, legte er den Hörer auf.

Als das Museum, ein durch drei unausgefüllte Nischen und zwei leere Fenster oberhalb sowie links und rechts des steinernen Türrahmens eigenartig abweisendes Gebäude, vor ihr aufragte, kam gerade die Sonne heraus.

Trotzdem war ihr erster Eindruck von dem Haus Unfreundlichkeit und innen Düsternis: dunkle Holzschränke, dunkle Knochen, der fette, dunkle Leib eines ausgestopften Riesenhais, der unter der Decke hing. Als sie dann allerdings ein wenig herumspazierte, wurde der Eindruck von Leblosigkeit und nur mühsam hinausgezögertem Verfall durch das Fell beziehungsweise Gefieder der ausgestellten Kreaturen – die schillernden Federn eines Eisvogels, den sanften, honigfarbenen Pelz junger Füchse in ihrer Höhle – mehr als wettgemacht.

Oben fand sich eine Reihe der ungewöhnlichsten Räume, in denen sie sich je aufgehalten hatte. Die knarrende Holztreppe führte auf eine, von zwei weiteren Emporen umgebene und von einem Walskelett beherrschte, große Galerie. Auf dem Zwischengeschoß tummelten sich Bären, Löwen, eine Giraffe, ein Zwergflußpferd, Affen, Elefanten, Fische und Vögel. Außerdem wurden jede Menge wirbelloser Tiere, Kraken, Schmetterlinge, Käfer, Spinnen und Fliegen in Phiolen und Gläsern oder auf schwarzem Samt in Schaukästen ausgestellt, während jede sonstige freie Fläche mit Tierköpfen, Hörnern und Geweihen bestückt war.

»Entschuldigung.« Sie ging zu einem Mann, der in Hemdsärmeln vor einem der Kästen stand.

»Ja?« Der Mensch wirkte nervös, und Sky setzte ihr charmantestes Lächeln auf.

»Ich bin eine amerikanische Besucherin. Könnten Sie mich

vielleicht bitte zu der Person führen, die die Leitung des Museums innehat?«

»Leider ist der Direktor im Augenblick nicht da.« Der Mann wirkte gehetzt. »Vielleicht kann ja ich Ihnen behilflich sein? Obgleich ich fürchte, daß es gegenwärtig in jedem Fall nicht gut paßt.«

»Das weiß ich.« Sky lächelte immer noch. »Vielleicht sollte ich Ihnen einfach erklären, weshalb ich gekommen bin. Wie ich hörte, wird heute ein sehr bedeutender Gast in Ihrem Museum erwartet.«

Der Mann riß entsetzt die Augen auf. »Aber das sollte niemand wissen. Man hat uns sogar verboten, unseren Frauen davon zu erzählen.«

»Ich habe es von Verwandten in England erfahren.« Nun wurde ihre Miene gleichzeitig vertraulich und aristokratisch. »Aber keine Sorge, ich wollte mir nur selbst einmal die kleine Eskimoausstellung ansehen .« Da sie sich nicht mehr an den genauen Namen erinnerte, den der Naturfreund bei RTE erwähnte, nuschelte sie so amerikanisch wie möglich, damit es nach Insiderjargon klang.

Der Mann unterzog sie einer gründlichen Musterung. »Kann schon sein, daß das in Ordnung geht. Aber zuerst«, erinnerte er sich an seine Sorgfaltspflicht, »würde ich gern einen Ausweis von Ihnen sehen – eine Sicherheitsmaßnahme.«

»Selbstverständlich.« Sky wühlte in ihrer Handtasche. Sie dachte eilig nach. Wenn er erführe, daß sie Journalistin war, träte dieser Beamte sicher umgehend den Rückzug an. »Reicht das aus?« Sie zog ihre brandneue Kreditkarte und ihren Mitgliedsausweis des Fotoclubs hervor, der ein Bild von ihr zeigte.

Nach einer genauen Überprüfung der beiden Karten sagte er: »Folgen Sie mir«, und führte sie in den hinteren Teil der Ausstellungsräume im ersten Stock, wo er auf einen Glaskasten mit zwei mittelgroßen Vögeln wies. Einer der beiden schien auf einem Nest aus Flechten oder Moos zu brüten, während der andere auf einem Stein kauerte. Soweit Sky es beurteilen konnte, waren es zwei relativ unauffällige Geschöpfe, bräunlichbeige mit dürren blaugrauen Beinen und Schnäbeln, die eine gewisse Ähnlichkeit mit Miniatursäbeln besaßen. Alles in allem nichts, wodurch sich soviel Aufhebens rechtfertigen ließ.

»Was meinen Sie?« Ein zweiter, wesentlich jüngerer Mann trat neben sie, und die Züge des ersten Ansprechpartners hellten sich vor Erleichterung auf. »Sie hat gesagt, sie wüßte, wer kommt.« Er wandte sich an Sky. »Das ist unser Direktor«, ehe er wieder mit seinem Vorgesetzten sprach: »Sie studiert in Amerika, ich habe es überprüft.«

»Machen Sie sich darüber keine Gedanken.« Der jüngere Mann lächelte. »Jetzt können wir sowieso nichts mehr verhindern, es wird sich inzwischen herumgesprochen haben – diese Stadt ist wie ein Dorf. Offensichtlich sind Sie noch nicht lange hier. Nach ein paar Tagen werden Sie merken, daß man überall dieselben Leute trifft. Wir alle laufen uns ständig über den Weg.« Mit ausgestreckter Hand stellte er sich vor. »Ich bin Declan Corkery, der Direktor dieses Museums.«

»Sky MacPherson.«

Er wandte sich wieder dem Glaskasten zu. »Und, sind Sie zufrieden mit unserer Arbeit? Der Kasten mußte extra angefertigt werden, und es war ein verdammtes Problem, das Material über den Lebensraum der Tiere zusammenzubekommen.«

»Sehr nett. Hmm – Declan.« Sie zögerte. »Könnte ich vielleicht kurz mit Ihnen sprechen?«

»Aber sicher, ein paar Minuten habe ich Zeit. Am besten kommen Sie mit in mein Büro.«

»Ich werde direkt zur Sache kommen.« Nachdem er die Tür hinter ihnen geschlossen hatte, holte Sky tief Luft. »Sie irren sich gründlich, wenn Sie meinen, alle Welt wüßte inzwischen, wer heute erwartet wird. Die einzigen Leute, die es wissen, sind die Polizei, die Regierung, Sie selbst, die Leute von Amnesty International und ich.«

Der Direktor sah sie fragend an: »Und was wollen Sie jetzt von mir?«

Nun ließ sich die Wahrheit nicht länger verschweigen. »Ich bin keine Studentin, sondern Reporterin. Mein Job ist bei einer kleinen und ziemlich armen Zeitung in Butte, Montana. Eine Konkurrenz für Ihre einheimischen Reporter wäre ich nicht; aber es könnte ein äußerst lukrativer Coup für uns werden, wenn ich eine Exklusivstory – irgendeine Episode – mitbrächte vom Prince of Wales.« Gespannt wartete sie ab. Er hatte auf den Namen in keiner Weise reagiert. Was eine weitere Bestätigung ihrer Vermutung war.

»Fahren Sie fort.«

»Könnten Sie es vielleicht arrangieren, daß ich hier bin, wenn er kommt? Ich werde mich ihm nicht nähern und nicht mit ihm sprechen, es sei denn, er spricht mit mir; und selbst wenn er es tut, werde ich nicht sagen, daß ich Journalistin bin. Ich schreibe einfach einen netten Artikel über seinen Besuch und darüber, wie ihm die Eskimovogelausstellung gefallen hat.«

»Eskimobrachvogel. Wenn Sie schon so tun, als wären Sie an den Tieren interessiert, dann prägen Sie sich wenigstens den Namen ein.«

»Bitte, Mr. Corkery.« Sie beugte sich vor und sah ihn mit Johannas kornblumenblauen Augen an. »Die anderen Presseleute bekommen ja auch ihre Gelegenheit – zum Beispiel die Amnesty-Konferenz. Dort würde ich nur eine von vielen sein. Sie haben keine Ahnung, wie wichtig die für mich ist. Für unsere Zeitung geht es ums Überleben, denn wir könnten den Artikel an andere Blätter verkaufen. Wenn wir nicht umgehend zu etwas Geld kommen, bin ich bald arbeitslos. Aber es geht nicht nur um meinen Job, sondern darum, unsere Zeitung zu retten. Der *Butte Courier* ist eine der letzten unabhängigen Stimmen in Montana, vielleicht sogar in den USA. Wir vertreten die Interessen der kleinen Leute und der Umwelt gegenüber den Multis ...« Da sie fürchtete zu übertreiben, unterbrach sie sich.

Verstohlen betrachtete sie ihn, um zu sehen, ob er ihr ihre Geschichte abgekauft hatte, und zu ihrer großen Freude umspielte seinen Mund ein gewinnendes Lächeln. »Zugegebenermaßen war das eine durchaus beeindruckende Rede. Was würden Sie sagen, wenn ich Ihnen erklärte, daß meine eigene Frau Reporterin ist und selbst *sie* nicht hereingelassen wird?«

Sky starrte ihn entgeistert an.

»Das war nur ein Scherz, Miss MacPherson, ich bin überhaupt nicht verheiratet.« Als er abermals Hoffnung in ihren Augen blitzen sah, hob er abwehrend die Hand. »Leider sind mir die Hände gebunden. Ich bin Beamter, da kann man nicht einfach tun und lassen, was man will.«

»Gibt es denn keine Nische hier für mich? Ich könnte mich als Forscherin ausgeben oder als Sekretärin vielleicht. Falls es hinterher irgendwelche Fragen geben sollte, übernähme ich natürlich die volle Verantwortung. Sie können einfach behaupten, ich hätte Sie getäuscht, und das bestätige ich dann.«

»Ganz offensichtlich haben Sie keine Ahnung davon, wie das irische Beamtensystem funktioniert.« Er sah sie mit einem müden Lächeln an. »Um hier – oder überhaupt irgendwo – hereinzukommen, ist zuvor der Erlaß eines neuen Gesetzes erforderlich – in dreifacher Ausführung. Ich würde Ihnen gern behilflich sein, aber das ist ausgeschlossen. Unsere Anordnungen sind eindeutig, und außerdem kommt jede Minute die Polizei und räumt das Haus.«

Hinter sich hörte Sky ein leises Klopfen und schon öffnete sich die Tür. Sie blickte sich um und sah, daß der ältere Mann, dem sie zuerst begegnet war, den Raum betrat. »Der Hundeführer ist da, Declan.«

»Wenn man vom Teufel spricht… Führ sie herein.« Er stand auf.

Sky erhob sich ebenfalls, als der Angestellte mit zwei Männern und einem riesigen Köter wiederkam. Das leise hechelnde Tier legte sich sofort zu Füßen seines Führers hin. Unangenehm dicht bei Sky. Der Begleiter sah sie argwöhnisch an. »Auf unserer Liste steht keine Frau.« Sie haßte die Art, in der sich der Blick seiner hellen Augen in sie hineinbohrte.

»Das ist Sky MacPherson aus Amerika.« Der Direktor sah zwischen ihr und dem Polizisten hin und her. »Ich versichere Ihnen, sie ist rein zufällig hier.« Sky sah ihn mit einem dankbaren Lächeln an, aber seine Miene blieb ausdruckslos.

»Ich fürchte, ich muß Sie bitten zu gehen, Miss«, sagte der Polizist mit den hellen Augen barsch. »Dürfte ich vorher vielleicht noch Ihren Ausweis sehen?«

Sie fischte dieselben zwei Karten hervor wie die, mit denen sich zuvor der Angestellte des Museums zufriedengegeben hatte. Keine der beiden wies eine Adresse auf. »Als Urlauberin habe ich soeben einen Spaziergang im Park gemacht und bin zufällig hier hereingeschneit. Dürfte ich vielleicht meine Unterhaltung mit dem Direktor noch zu Ende führen?«

Der Bulle gab ihr die Karten zurück. »Sie können bleiben, bis wir mit den anderen Räumen fertig sind. Wir fangen in der obersten Etage an und arbeiten uns dann nach unten vor.«

Offenbar hatte der Polizist kein Interesse mehr an ihr, denn er fragte den Direktor, ob alle Nebenbüros und Lagerräume offen waren. Als der Direktor dies bejahte, sagte er: »Sobald wir sie durchsucht haben, müssen sie abgeschlossen werden. Am besten begleiten Sie uns und bringen die Schlüssel mit.«

Als der Hundeführer ein wenig an der Leine zog, erhob sich auch das Tier. »Bitte, warten Sie hier, Miss MacPherson. Ich bin so schnell wie möglich zurück.« Der Direktor nahm die Schlüssel vom Tisch, und die drei Männer verließen mit dem Vierbeiner das Büro.

Sofort griff Sky nach dem Hörer des Telefons, das auf dem Schreibtisch des Direktors stand. »Éamonn«, flüsterte sie eindringlich, als er das Klingeln seines Handys beantwortete. »Können Sie sich mit mir treffen? Umgehend, ja?«

»Jesus, Maria und Josef! Der totale Wahnsinn… ich *fasse* es einfach nicht!« Die beiden jungen Diebe versteckten sich gemütlich zwischen dem Müll hinter einem Transformatorenhäuschen und durchwühlten die Adidastasche.

Die Beute überstieg alles bisher Dagewesene. Ihnen war nicht nur ein Haufen Bargeld in die Hände gefallen, sondern auch noch etwas ganz anderes. Ehrfürchtig zog der größere der beiden eine Pistole heraus, die bereits durchaus beeindruckend war, aber den eigentlichen Hit bildete der zweite Gegenstand. Obgleich er nie zuvor eins in der Hand gehabt hatte, erkannte der

Junge ein Maschinengewehr auf den ersten Blick. »Sind die echt?« Der kleinere Junge starrte ihn mit Augen wie Untertassen an.

»Natürlich sind die echt, du Idiot.« Der ältere Junge schob beide Waffen in die Tasche zurück, lehnte sich gemütlich an das Transformatorenhäuschen und dachte nach.

»Möchten Sie vielleicht noch eine Tasse Tee, Sir?« Die Freundlichkeit der Polizisten auf der Wache in der Pearse Street brachte Jerry Flynn allmählich um. Wenigstens hatte sich der Taxifahrer irgendwann dazu überreden lassen, das Feld zu räumen; aber die Polizistin, die ihn hierhergeschleppt hatte, bemühte sich immer noch rührend um ihn. Sie war drall, mit einem frischen, ländlichen Gesicht, und unter anderen Umständen hätte Flynn sie sicherlich gemocht.

Nun allerdings sehnte er sich geradezu schmerzlich nach einer Möglichkeit zur Flucht; aber da er als ältlicher Tourist ohne drängende Termine galt, stellte er sich besser dumm. Wenigstens hatte er die Geistesgegenwart besessen, keinen Namen und als Adresse ein Hotel zu nennen, in dem er am Vortag eine Tasse Kaffee getrunken hatte – in einer wesentlich eleganteren Gegend als das seine. »Aber jetzt muß ich wirklich los.« Er stand entschlossen auf. »Und vielen Dank für alles, was sie für mich getan haben. Das war echt nett.«

»Sind Sie sicher, daß ich nicht Victim Support, den irischen Verband zur Unterstützung von Verbrechensopfern, anrufen soll? Sie sind zu bescheiden. Möchten Sie, daß jemand von uns Sie zu Ihrem Hotel zurückfährt?«

»Ich gehe lieber zu Fuß. Bestimmt. Trotzdem vielen Dank.«

Als er die Polizeiwache verließ, bekam er einen noch größeren Schreck als in dem Augenblick, als die beiden Rotzlöffel über ihn herfielen. Achtlos auf einen Stapel Aktenordner geworfen lag ein Hochglanzfoto von ihm selbst in seiner Rodeokluft.

Endlich sicher auf der Straße, zitterte er so heftig, daß ihn schwindelte, und nur unter Aufbietung all seiner Willenskraft wankte er vorwärts bis zu einem kleinen Platz vor einem Kino, wo er sich auf das Geländer eines Blumenbeets sinken ließ. Statt allerdings den Kopf zu senken, wonach ihm wahrlich zumute war, tat er, als genieße er den Sonnenschein. Das letzte, was er jetzt brauchen konnte, war eine neuerliche Retterseele, die abermals ihre Hilfe anbot.

Ganz allmählich wurde er wieder ruhig. Er bewegte seine Hand: Sie schmerzte und schwoll an, aber gebrochen war sie sicher nicht.

Nun, vielleicht nicht die Hand, dafür jedoch sein Herz – er hatte so lange auf diese Gelegenheit gewartet! Aber es stand grausam fest, daß sein großer Traum in Scherben zu seinen Füßen lag. Jerry Flynn war ein Idealist und Patriot, gleichwohl kein Trottel: Sein Gastspiel bei der Mission hatte ein Ende gefunden.

Er mußte so schnell wie möglich fort von hier.

Nun, wenigstens lagen sein Flugticket und sein falscher Paß noch sicher im Hotel.

Fergus Lynskey traf den Chief Superintendent auf der Herrentoilette des Gárdaí-Hauptquartiers. »Wie sollen wir mit der Presse verfahren? Ich bin sicher, sobald sie dahinterkommen, wer hier in Dublin ist, eröffnen sie die Jagd. Die Printmedien sind mir egal – für sie ist es sowieso zu spät –, aber wir können sicher sein, daß es im Radio kommt, und dann haben wir die Horden von Schaulustigen da.«

»Für dieselbe Zeit wie die Amnesty-Konferenz habe ich eine Presseversammlung über die Drogenfunde in Killybegs angesetzt. Das wird ein paar der Typen ablenken, wenn auch sicher nicht für lange.«

»Warum ausgerechnet hier?« Lynskey, der sich gerade mit einem Kamm durch seinen Schopf fuhr, starrte trübsinnig auf sein Spiegelbild. »Wir haben überhaupt keine Räumlichkeiten für diese Heinis – warum bestellen wir sie nicht einfach in die Stadt?«

»Weil Harcourt Square zu dicht an der Konzerthalle liegt, du Anfänger!« Der Chief drehte das Wasser auf und seifte sich die

Hände. »Wo steckt de Burgh? Er ist unser Verbindungsmann nach Killybegs, ich brauche ihn hier.«

»Er zieht mit dem Hundeführer herum. Schätze, daß er bald eintreffen wird – aber ich bin nicht sein Kindermädchen, also, was weiß ich?«

»Du bist niemandes Kindermädchen. Apropos, was macht die kleine Amerikanerin?«

»Kein Kommentar.« Doch gleichzeitig bemerkte Lynskey, daß er den Mund zu einem Grinsen verzog.

»Kein Kommentar ist auch einer.« Der Chief trocknete sich die Hände ab und versetzte Lynskey einen freundschaftlichen Stoß. »Wenn du de Burgh vor mir siehst, sag ihm, daß er sich bei mir melden soll, die Zeit wird wirklich knapp.«

Rupert de Burgh, Bambi und Bambis Herrchen hatten die Durchsuchung des Museums abgeschlossen und waren zusammen mit einer anderen Hundestaffel auf dem Weg zum Parlament.

Als Grund für ihre Aktivitäten hatten sie einen kurzen Besuch von Naboom Kebele vor dem erlauchten Haus genannt, aber es brodelte bereits vor Gerüchten. Während der zehn Minuten in der Küche hatte man sie mehrere Male gefragt, wer denn nun tatsächlich kam; doch obgleich einer der Aushilfskellner den Richtigen riet und einer der Küchenchefs sagte, er hätte auch gehört, es wäre der Herzog von Edinburgh, wetteten die meisten Leute offenbar auf den Herzog von York. Obgleich er mehr als die Hälfte seines Lebens hier verbracht hatte, war Rupert de Burgh immer noch verwundert darüber, wie schnell sich jede noch so unbedeutende Nachricht verbreitete. Wahrscheinlich war dies eine moderne Variante der von Folkloristen so genannten Tradition der mündlichen Überlieferung.

42

Als die Arbeit im Parlament beendet war, ging Rupert mit seinem Kollegen zu den in der Nähe geparkten Wagen zurück. Unter dem Vorwand, für seine Frau einen Brief zur Post bringen zu müssen und seinen Kollegen samt Hund nicht unnötig aufhalten zu wollen, hatte er sein eigenes Auto mitgebracht. »Verdammt!« Jetzt tastete er seine Taschen ab. »Ich finde meine Schlüssel nicht. Das muß das Loch sein in der Hosentasche – sicher sind sie da rausgerutscht. Am besten fahren Sie einfach schon mal vor. Sagen Sie, ich komme unverzüglich nach.«

»Aber sicher.« Sein Kollege tätschelte Bambis mächtigen Kopf. »Wir sehen uns dann im Steinbruch.«

Unter dem Vorwand, auf dem Boden zu suchen, wartete de Burgh, bis das Fahrzeug des Hundeführers verschwunden war; nun sprintete er zu seinem eigenen Wagen, den er fern genug abgestellt hatte, um vor dem Interesse des Hundes sicher zu sein. Aus dem Kofferraum nahm er den Aktenkoffer mit dem Sprengstoff und befestigte ihn mit Handschellen an seinem Handgelenk.

»Ich dachte, wir wären Sie endlich los.« Der Türsteher des Museums grinste gut gelaunt.

»Nur noch eine allerletzte Überprüfung.« Außer Hörweite seines Kollegen sprach de Burgh nun in ebenso lockerem Ton. »Man kann nicht vorsichtig genug sein. Vielleicht haben Sie ja, nachdem wir gegangen sind, schnell noch eine Bombe im Rüssel des Elefanten versteckt.«

Er erklomm die Treppe und sah sich noch einmal sämtliche oberen Galerien an, wobei er auch die Decke und die Lampenfassungen nicht vergaß. Als er das Büro des Direktors erreichte, klopfte er einmal kurz und öffnete die Tür. »Scheint alles in Ordnung zu sein.«

Declan Corkery blickte zu ihm auf. »Dürfte ich ausnahmsweise Ihre Toilette benutzen?« Rupert sah ihn mit einem entschuldigenden Lächeln an. »Tut mir leid, ich weiß, daß sie bereits abgeschlossen ist; aber es eilt ziemlich! Und dann das noch«, fügte er mit einem Blick auf den an seinem Arm festgemachten Aktenkoffer hinzu.

Die Herrentoilette befand sich links von der Treppe im ersten Stock. Der Direktor schloß auf, reichte den Schlüssel dem Museumswärter und kehrte in sein Büro zurück.

Innerhalb von einer Minute hatte de Burgh die mit einer Zündschnur verbundenen Butterpäckchen hinter einer der Toilettenschüsseln verstaut. Er schloß die Tür der Kabine von innen ab, stellte sich auf den Toilettenrand und kletterte über die Trennwand in das benachbarte Kämmerchen.

Dann wusch er sich die Hände, wobei er großzügige Mengen Jif-Zitronensaft als Vorsichtsmaßnahme gegen eine abermalige, zufällige Begegnung mit Bambi oder einem seiner Kollegen auf seine Finger gab.

Der Wärter wartete bereits, als er wieder nach draußen kam. »So ist's besser.« Er signalisierte Erleichterung. »Nur gut, daß ich zurückgekommen bin. Die Dinger hier haben wir nämlich vergessen.« Er schloß die Tür ab, gab den Schlüssel an den Angestellten des Museums zurück, nahm zwei Rollen gelbes Polizeiband, wie man es für die Sicherung eines Tatorts verwendete, aus dem Aktenkoffer und versiegelte damit sowohl die Tür der Herren- als auch die der Damentoilette. »Und jetzt vergessen Sie nicht, etwaige Interessenten, notfalls auch den Papst, abzuweisen, bis der berühmte Besucher wieder gegangen ist.«

»Die Toilette für das Personal ist ebenfalls abgeschlossen – und wenn nun einer von uns muß?« warf der Angestellte ein.

»Hier in der Gegend gibt es jede Menge Hotels und Restaurants«, schlug Rupert hilfreich vor. »Bitte, richten Sie unbedingt auch Ihrem Boß aus, daß niemand die Toiletten benutzen darf! Ich muß noch woandershin und bin sehr spät dran.« Er nahm an, daß die Angestellten, ja selbst die Direktoren von Institutionen wie dieser keine Ahnung davon hatten, welche Sorte Sicherheitsmaßnahmen man beim Besuch eines bedeutenden Staatsgastes üblicherweise traf.

Und offenbar lag er damit richtig. »Keine Sorge.« Der Museumswärter winkte lässig ab. »Sie können sich auf mich verlassen.«

Rupert ging nach unten, und als er das Gebäude verließ, überprüfte er noch rasch sowohl die innere als auch die äußere Eingangstür. Er hatte bereits bemerkt, daß die innere praktischerweise mit einem ganz normalen Drehgriff, die äußere jedoch mit einem Riegel und einem zusätzlichen Sicherheitsschloß versehen war. Wie bereits zuvor machte er auch jetzt nirgends einen Schlüssel aus. »Wirklich zufriedenstellend.« Mit einem letzten Gruß für den Portier begab er sich zum Parkplatz.

Als er in seinen Wagen stieg, merkte er, daß seine Hände schwitzten und er ließ sich einen Augenblick Zeit, wieder auf die Reihe zu kommen.

Anschließend fuhr er die Abbey Street hinab, bog nach rechts in die Liffey Street und parkte vor dem Hintereingang von Arnott, einem der großen Kaufhäuser der Stadt. Er stellte sein Blaulicht an, als wäre er aufgrund eines Notrufs unterwegs, schloß ab und marschierte inmitten der Wochenendeinkäufer in den Warentempel.

Die Abteilung für Männergarderobe hatte die altmodische Atmosphäre eines ländlichen Herrenausstatters bewahrt; die Angestellten ließen zwar Aufmerksamkeit walten, aber sie drängten sich den stöbernden Kunden nicht im geringsten auf. Rupert ging an den verschiedenen Ständern vorbei und zog hier einen Anzug und dort eine Sportjacke heraus; gleichzeitig bewegte er sich langsam in Richtung der teuren Regenmäntel vorwärts, wo er einen am Ende der Stange in seiner Größe vom Bügel nahm. Der Bügel war aus Plastik und wies an jedem Ende eine gepolsterte Verdickung auf, damit der Schnitt des Kleidungsstücks vorteilhaft zur Geltung kam.

Er probierte den Trench an und trat vor einen Spiegel, wobei er den Bügel in Händen hielt. An diesem Vormittag war die Abteilung gut besucht, wenn auch nicht überfüllt; da es sich überwiegend um ältere Männer handelte, achtete niemand auf ihn, als er sich drehte und wendete, wie um zu sehen, ob der Mantel richtig saß. Während er das tat, drückte er eins der tränenförmigen Pakete in den Hohlraum unter einem der Polster, mit denen der Bügel ausgestattet war.

Dann sah er sich den Mantel noch einmal aus einer anderen Perspektive an. »Nein, ich glaube nicht.«

»Entschuldigen Sie, Sir.« Einer der Verkäufer trat neben ihn. »Der Mantel ist zu groß. Ich hole Ihnen gerne einen, der paßt.«

Rupert hatte sich vorbereitet auf diesen Fall. »Er soll für meinen Vater sein. Arnott's ist eins der wenigen Geschäfte, in denen man anständige Kleidung in seiner Größe bekommt. Aber ich bin mir nicht sicher, ob ihm die Farbe gefällt. Es wäre sicher besser, noch mal mit ihm selbst zu kommen.«

»Tun Sie das.« Der Verkäufer verlor das Interesse und wandte sich auf der Suche nach einem anderen Kunden von ihm ab.

Rupert zog den Mantel aus, hängte ihn wieder auf den Bügel und schob ihn an genau dieselbe Stelle zurück, wo er zuvor gehangen hatte. Es wäre ein höchst unglücklicher Zufall, wenn jemand, bevor die Bombe in wenig mehr als vier Stunden explodieren würde, nach einem Mantel in dieser Größe sah.

Er wiederholte das ganze zweihundert Meter weiter bei Clery's in der O'Connell Street, und als er schließlich zu seinem Gárdaí-Hauptquartier fuhr, fühlte er sich, nun, da die Operation gestartet war, erleichtert, ja beinahe heiter. Als er am College Green in einen Stau geriet, rief er im Büro an und erfuhr, daß der Chief Superintendent ihn bereits dringend erwartete. »Bin schon unterwegs«, sagte er gut gelaunt. »Ich hatte ein paar Probleme mit meinem Wagen. Aber in ungefähr zehn Minuten bin ich da.«

Sky unterhielt sich mit Éamonn Vaughan in seinem Auto, der zufällig auch einen Nissan, wenn auch einen wesentlich größeren als ihrer, fuhr. »Sie meinen also, es hätte keinen Sinn?« Sie war am Boden zerstört. »Keiner Ihrer Kontaktleute konnte Ihnen auch nur im geringsten behilflich sein? Er ist ein netter Mann, ich denke, er würde mich in sein Museum lassen, wenn er die Erlaubnis dazu bekäme.«

Langsam schüttelte er den Kopf. »Niemand, den ich kenne,

würde mir bei einer solchen Sache behilflich sein. Wenn sie einen Journalisten reinlassen, haben sie all die anderen am Hals.«

»Wie wäre es, wenn ich mich bereit erklären würde, alles, was ich herausfinde, offiziell zu teilen?«

»Das haben sie versucht, als Reagan hier war; aber dabei mußten wir alle vorher gründliche Sicherheitstests über uns ergehen lassen, durften nicht an den Absperrungen vorbei, all das Zeug.« Vaughan verzog angesichts dieser schmählichen Erinnerungen das Gesicht. »Wir müssen uns etwas anderes überlegen. Und er sieht sich die Ausstellung definitiv vor dem Amnesty-Treffen an?«

»Auf jeden Fall.« Soviel hatte Sky dem Direktor zumindest entlockt. »Aber bitte, Éamonn«, mit einem Mal setzte sie sich kerzengerade auf. »Ich vertraue darauf, daß Sie nicht mit Ihrem gesamten Fernsehteam dort anrücken. Was für eine Chance wir auch immer haben, dadurch würde sie eindeutig zunichte gemacht. Wenn Sie mir helfen, da reinzukommen, verspreche ich Ihnen, daß ich anschließend geradewegs zu der Konferenz kommen und Ihnen alles haarklein berichten werde, jedes Wackeln seines Kopfs oder auch seines kleinen Fingers, wenn es für Sie von Bedeutung ist.«

Sie war froh, nichts von ihrem Verdacht verraten zu haben, daß es eine Verbindung zwischen den sogenannten Verschwörern und dem Prinzen gab.

»Jederzeit könnte ich ein komplettes Team hinschicken – schließlich haben Sie die Story erst durch mich gekriegt...« setzte er trotzig an.

»Aber ich war diejenige, die die Identität des geheimnisvollen Besuchers entdeckt hat – und Ihre Informationen hätte ich auch über meinen Kontaktmann, Fergus Lynskey, erhalten können.«

Als er merkte, daß sie böse wurde, gab er, wenn auch widerstrebend, nach. »Und Sie teilen alles mit mir? Auch alles, was dieser Lynskey Ihnen verklickert?«

Sie nickte. »Alles, was ich auf legitime Art und Weise herausfinde.«

»Geben Sie mir einen Augenblick Zeit.« Er starrte durch die

Windschutzscheibe in den heißen Sonnenschein hinaus, und beinahe meinte sie zu sehen, wie es in seinem Hirn knirschte.

Dann hatte sie plötzlich einen Geistesblitz. »Wie hieß noch mal dieser Naturfreund vom Fernsehen, den Sie mir gestern abend vorstellten? Ich habe seinen Namen nicht mitgekriegt.«

»Rory Traynor. Ja-a!« Er sah sie bewundernd an. »Ich verstehe, was Sie meinen. Und er hat nicht nur gute Kontakte zum Museum, sondern obendrein auch zu unserem Premierminister, der leidenschaftliche Appelle über unsere unbezahlbare natürliche Umgebung an die Nation richtet.«

»Wo kann ich ihn finden? Kann ich mal Ihr Telefon benutzen?«

»Am besten rufen Sie die Auskunft an, 1190. Ich glaube, er lebt irgendwo in Terenure.« Er stellte das Handy an und reichte es ihr.

Zu ihrer großen Freude kam Traynor persönlich an den Apparat und erinnerte sich sofort an sie. »Hören Sie zu, Rory«, begann sie ohne Umschweife. »Sie können uns helfen oder lassen es sein. Aber wollten Sie nicht schon immer mal nach Montana? Wenn Sie mich unterstützen, werde ich nach meiner Rückkehr in die Staaten alles in meiner Macht Stehende tun, damit Ihnen der Montana Parks and Wildlife Service eine Tour in den Nationalpark von Yellowstone oder Glacier finanziert.« Sie bewegte sich auf dünnem Eis, aber angesichts des höhnischen Grinsens in Vaughans Gesicht schwor sie sich, tatsächlich nichts unversucht zu lassen.

Rory Traynor lachte und sagte, eigentlich hätte er jeden Tag Lust auf ein derart verlockendes Bestechungsangebot.

Ermutigt erklärte sie ihm, worum es ging: »Wie ich höre, bewegen Sie sich gelegentlich in erlauchten Kreisen. Könnten Sie vielleicht den Taoiseach fragen, ob es möglich wäre? *Ihnen* wird er doch eine derartige Bitte nicht abschlagen, Rory!«

»Bringe ich dich nicht an entzückende Orte?« Lynskey grinste Sky vergnügt an. Sie aßen im Abrakadabra, einem auf Kebab spezialisierten Fast-Food-Restaurant. »Was ist los? Du scheinst in Gedanken ganz woanders zu sein.«

»Tut mir leid, ich habe nur gerade nachgedacht.« Sky, die Rory Traynor gesagt hatte, sie riefe in einer Stunde noch einmal an, brannte auf das Ende der Warterei, aber es blieben immer noch fünfzehn Minuten. Also versuchte sie, sich auf ihr Essen zu konzentrieren: »Tja, zumindest bekommt man hier jede Menge Fleisch – brrrhhh!« Ein Teil der Kebabsauce spritzte aus dem Tütchen auf ihr Kleid. »Jetzt muß ich zurück ins Hotel und mich umziehen.«

»Soll ich dich vielleicht begleiten?«

»Ich dachte, du hättest zu tun – he! Mir fällt gerade etwas ein!« Sky legte ihr Kebab wieder auf den Teller zurück.

»Was denn?« Lynskey hörte zu kauen auf.

»Das Rodeo. Auf dem Rodeo hast auch irgend so einen Matsch gegessen.«

»Na und?« Er sah sie verwundert an.

»Dort habe ich ihn schon mal gesehen!«

»Um Himmels willen, wen?«

Beleidigt starrte sie ihn an. »Schrei nicht so. Wenn du nicht wenigstens die Grundregeln der Höflichkeit...«

»Also gut, tut mir wirklich leid, aber ich stehe im Augenblick ziemlich unter Druck, und du führst dich wie eine Rätseltante auf. Wen hast du auf dem Rodeo gesehen, an den mein sogenanntes Essen dich erinnert?«

»Diesen Kanadier, Jerry Flynn. Ich habe ihn gestern gesehen, Fergus, mit einem neuen Haarschnitt und ohne Schnurrbart – er muß es gewesen sein. Der Typ war mir schon einmal irgendwo begegnet. An seinen Goldzähnen erkannte ich ihn, er ist hier in Dublin.«

Sofort vergaß er, daß noch ein Teil seines Essens auf dem Teller lag.

Das Gárdaí-Hauptquartier erweckte den Eindruck, kurz vor dem organisatorischen Infarkt zu stehen: Polizeifahrzeuge schossen mit quietschenden Reifen davon und alle Leute rannten durch alle Korridore.

Im Büro des Chief Superintendent war die Atmosphäre keineswegs weniger angespannt: Rupert de Burgh empfing einen lautstarken Anschiß. Trotz seines beständigen Beharrens, aufgrund dessen sich ein Reifenwechsel als unmöglich erwiesen hatte, brüllte der Chief wutschnaubend: »Zumindest anrufen hätten Sie können, Sie hirnloser Mensch. Ausgerechnet heute! Vier Leute sind bereits gar nicht erst zur Arbeit erschienen ...«

»Das liegt an dem Überstundenverbot, Sir.«

»Ersparen Sie mir endlich dieses verdammte Überstundenverbot.« Der Ton des Chiefs stand im gleichen Kontrast zu dem seines Untergebenen wie das Trompeten eines Elefanten zum Fiepen einer Maus. »Erzählen Sie mir nicht, was mir seit langem zum Hals heraushängt!«

»Verzeihung, aber ich kam wirklich nicht vom Fleck.«

»Hören Sie«, der Chief winkte ungeduldig ab. »Vergessen Sie's. Was ist mit der Drogensuche in Killybegs? Ich möchte, daß in fünfzehn Minuten ein ausführlicher Bericht auf meinem Schreibtisch liegt. Und außerdem will ich wissen, was *genau* wir auf der Pressekonferenz zu sagen haben, die in vier Stunden hier stattfindet.« Das Telefon auf seinem Schreibtisch klingelte und er meldete sich ungnädig. »Was ist denn jetzt schon wieder?«

Während er zuhörte, rang er nach Luft. »Das darf doch nicht wahr sein.« Ermattet sank er in seinem Stuhl zurück. »Wann? Wie lange ist das her?«

De Burgh wollte sich diskret aus dem Staub machen, aber sein Vorgesetzter nagelte ihn mit einem einzigen Blick fest. »Rufen Sie mich an, sobald Sie weitere Einzelheiten wissen«, sprach er gefaßt ins Telefon, legte auf und sah sein Gegenüber an. »Das war die Einheit in Mountjoy. In Finglas haben sie einen Überfall auf den Geldtransporter eines Supermarkts versucht. Der Fahrer und einer der Halunken sind verletzt. Wir kennen die beiden, ein Mann mit seinem Neffen. Aber als wäre das nicht genug, stellte sich die Waffe dieses Subjekts auch noch als AK47 heraus. Und können Sie sich das vorstellen? Der andere ist auf einem Mountainbike entwischt – einem *Mountainbike*! Damit fehlen uns weitere Leute... Offenbar ist die Hälfte der Wagen des nördlichen Dezernats in der Gegend von Finglas auf der Jagd.«

Dies war unbestreitbar der Tropfen, der das Faß zum Überlaufen brachte, und beinahe hätte de Burgh Mitleid mit ihm gehabt – aber für ihn kam diese Geschichte wie gerufen.

Zuerst stellte er zu dem Vorfall keine Verbindung her. Als er es jedoch tat, machte sein Herz einen erschreckten Satz.

Dann schlug es allerdings wieder normal. Auch wenn die automatische Kalaschnikow AK47, die er dem Klempner und Jerry Flynn ausgehändigt hatte, aus dem Gárdaí-Lager für aus IRA-Beständen konfiszierte Geräte stammte, konnte es unmöglich dieselbe sein wie die Tatwaffe in Finglas. AK47-Gewehre waren nicht gerade dicht gesät, trotzdem trieb man sie relativ leicht auf.

»Gehen Sie los und schreiben Sie Ihren Bericht«, sagte der Chief Superintendent in ruhigem Ton. »Und dann machen Sie und Lynskey sich auf den Weg nach Baldonnel. Sobald ich einen Ersatz für Sie gefunden habe, kommen Sie dann zu der Presseversammlung. Aber halten Sie mich auf dem laufenden!«

»Ja, Sir.« Als er das Büro verließ, umklammerte de Burgh die tröstlichen Umrisse der TV-Fernbedienung in seiner Jackentasche. Sobald er an seinem Schreibtisch war, wählte er die Nummer des Hotels. Weder Mr. Mulqueen noch seinen Freund erreichte er. »Keine Nachrichten.« Er legte wieder auf.

»Das ist ja wie der Dritte Weltkrieg.« Eine Frau mit einem Einkaufswagen blieb in sicherer Entfernung des Geschehens stehen.

»Echt gemein, schließlich sind Kinder in der Nähe und so«, pflichtete ihr ihre Freundin bei. Trotzdem schauten die beiden weiter der mit ihrem panischen Fohlen dahinhetzenden Stute zu, die in gestrecktem Galopp über die große Weide floh. Die beiden Tiere flüchteten vor einem verzweifelten jungen Mann auf einem Mountainbike, dem wiederum eine Armada von drei Polizeiwagen mit plärrenden Sirenen und im hellen Sonnenschein blinkenden Blaulichtern auf den Fersen war.

Mit einem Mal schlug der junge Mann einen Haken und raste wieder auf die Hauptstraße zu. Die Einsatzwagen schlitterten auf dem weichen Gras, wodurch der Radfahrer kostbare Sekunden gewann. Immer noch von den außer sich geratenen Tieren begleitet, radelte er so schnell, daß man seine Füße nur noch als verschwommene Flecke auf den Pedalen sah. Auf der Hauptstraße herrschte dichter Verkehr, und in beiden Richtungen brausten Fahrzeuge mit teilweise überhöhter Geschwindigkeit heran.

Der junge Mann zögerte kurzfristig, bis er eine winzige Lücke zwischen einem Pkw und einem entgegenkommenden Laster entdeckte, und auf die andere Straßenseite schoß, ehe auch nur einer der Fahrer Gelegenheit zum Bremsen bekam.

Die Polizisten, die sahen, daß der Flüchtling das steil abfallende Ufer zum Tolka in Richtung des gegenüberliegenden Dubliner Industriegebiets hinunterpreschte, kehrten mit quietschenden Reifen auf die Straße zurück, die zu einer eine halbe Meile entfernten Brücke führte. Inzwischen beteiligte sich auch ein Polizist auf einem Motorrad, ebenfalls mit blinkenden Lichtern und kreischender Sirene, an der Verfolgung.

Sky konnte ihr Glück nicht fassen.

Als sie, fünf Minuten, ehe die Stunde vorüber war, wieder mit Traynor telefonierte, hatte dieser gute Nachrichten für sie. »Aufrichtigkeit ist Trumpf! Ich habe dem Taoiseach erklärt, ich wollte ebenfalls dabeisein und außerdem hätten Sie mir eine Reise nach Montana zum Ausgleich versprochen. Er weiß, daß das seit Jahren ein Traum von mir ist. Ich soll Sie im Auge behalten. Aber Sie müssen schwören, nicht einen einzigen anderen Reporter darüber zu informieren, okay?«

Am liebsten hätte sie einen Freudentanz aufgeführt. »Oh, Mr. Traynor, ich könnte Sie küssen!«

Wieder lachte er. »Ist das auch ein Versprechen? Ermöglichen Sie mir einfach eine Stippvisite im Glacier National Park. Das reicht völlig!«

Sobald sie aufgelegt hatte, rief sie Jimbo an, aber seine Reaktion enttäuschte sie. »Also gut, ich nehme an, daß es in gewisser Weise ein Knüller ist«, gab er knurrend zu. »Aber bitte, Sky, die britische Königsfamilie? Wer liest denn so was?«

»Das wird eine *weltweite Exklusivstory*, Jim. Warte nur, unsere

Leserschaft interessiert sich bestimmt dafür. Außerdem kannst du die Story weiterverkaufen.«

»Wahrscheinlich.« Immer noch zögerte er. »Aber was ist mit der eigentlichen Sensation? Bist du der inzwischen einen Schritt nähergekommen?«

»Was für ein Pech! Mein Geld ist alle. Ich rufe dich bald wieder an.« Sky war so wütend, daß sie das Gespräch abbrach, obwohl das Sichtfenster des Telefonapparats noch dreiundzwanzig Einheiten anzeigte.

Das windige Terrain des Militärflughafens von Baldonnel war nicht gerade Fergus Lynskeys Aufenthalt der Wahl. Es erfüllte ihn mit Unbehagen, daß Jerry Flynn Dublin unsicher machte, und er wünschte sich, er wäre näher an der Stadt – im Regierungsgebäude oder in Áras an Uachtaráin, der Residenz der irischen Präsidentin im Phoenix Park.

Auf der Landebahn wimmelte es von Sicherheitsbeamten aller Art. Sämtliche Zufahrtsstraßen hatte man gesperrt, über die umliegenden Felder patrouillierten die Ranger der irischen Armee – einer bestens ausgebildeten Einsatztruppe; und auf dem Rollfeld wartete ein Konvoi von Armeehubschraubern, bereit für den Transfer in den Park. Auch das war so eine Sache: Lynskey haßte Hubschrauberflüge, haßte ihre gespenstische, auf den Magen schlagende Manövrierfähigkeit. Ein toller privater, unauffälliger Besuch war das. Wieder blickte er zu der Menschenmenge hinüber, die sich auf dem Vorfeld versammelt hatte: Zwar war keine Ehrengarde aufmarschiert und es wehten auch keine Willkommensfahnen; aber es mußten mindestens fünfzig Personen erschienen sein, vom britischen Botschafter über den Justizminister und die Verteidigungsministerin bis hin zu Beamten, von denen einige als enge Vertraute des Prinzen galten, und einem Kontingent von Militär- und Polizeioberen mit mehr Sternen und Streifen an den Uniformen als auf der amerikanischen Flagge.

»Ich bin gleich wieder da«, sagte er aufs Geratewohl und ging an eine Stelle etwas abseits, von wo aus sich das Hauptquartier anrufen ließ.

Es wäre die Untertreibung des Jahrtausends gewesen, den Chief Superintendent als gequält zu bezeichnen. Jede unterbesetzte Polizeiwache der Stadt war bis unters Dach mit Kleinganoven und Dieben angefüllt. Ein Gaunerpärchen hatte bei einem Überfall auf den Geldtransporter eines Supermarkts sogar eine Kalaschnikow zum Einsatz gebracht. »Jetzt fehlt nur noch die IRA.«

»Hast du gesagt, versuchter Überfall?« Lynskey hielt sein freies Ohr zu, als plötzlich in seiner Nähe dröhnendes Gelächter erklang. »Habt ihr die Waffe sichergestellt?«

»Ja. Im Augenblick ist sie bei der Ballistik, aber sie kommen nicht vor nächster Woche dazu, sie zu untersuchen.«

»Es ist soweit, Gentlemen.« Der Gárdaí Commissioner und ein Chief Superintendent einer anderen als Lynskeys Einheit standen nicht weit von ihm entfernt. Lynskey blickte nach Osten: Die Landelichter der britischen Militärmaschine waren bereits zu sehen. »Ich muß los. Wenn wir im Park sind, rufe ich wieder an.«

»Also noch einmal! Woher hattet ihr die Waffe?« Der Detective Sergeant rückte seinen Gefangenen mit seiner Massigkeit zu Leibe. Der Jugendliche, der aussah, als könnte er mal eine anständige Mahlzeit vertragen, starrte auf einen Fleck an der Wand hinter dem Kopf des Detectives. Am Ende des Manövers hatte man ihn auf dem Parkplatz eines Fabrikgeländes im Industriegebiet gestellt. »Dein Onkel ist in schlechter Verfassung, mein Junge.« Der andere Polizist versuchte es auf die freundliche Tour. »Es ist vorbei. Warum sagst du es uns nicht? Wenn du uns entgegenkommst, geht die Sache für dich vor Gericht vielleicht ein bißchen glimpflicher aus. ›Er hat sich kooperativ gezeigt, Herr Richter.‹ Du weißt ja, wie das läuft.«

Der Junge unterbrach seine Betrachtung der Wand und sah die beiden Vernehmungsbeamten fragend an. »Hören Sie, kann ich vielleicht eine Zigarette haben?«

»Aber gern.« Der Sergeant schüttelte eine aus einer Packung Benson and Hedges und gab sie ihm. Der junge Mann nahm einen tiefen Zug und atmete langsam wieder aus, so daß in dem kleinen Raum plötzlich Rauchschwaden aufstiegen. Keiner der beiden Detectives blinzelte auch nur.

Dann erzählte er ihnen, wie die Waffen in seinen und den Besitz seines Onkels geraten war.

Zu ungefähr derselben Zeit hatte ein Gárdaí-Officer der stark unterbesetzten technischen Abteilung die AK47 mit einem Schildchen verstehen, in eine Plastiktüte gepackt und trug sie in den Lagerraum des Gárdaí-Depots im Phoenix Park. »Eigenartig.« Er blickte erst auf das Metallregal und dann wieder auf das Paket in seiner Hand.

Da gab es eindeutig etwas in den Unterlagen nachzuprüfen.

43

Die Spannung im Museum steigerte sich sekündlich. Der unglückselige Türsteher verdaute gerade die Auseinandersetzungen mit zwei Gruppen enttäuschter Schulkinder – und ihren Lehrern –, jeweils gebuchten Führungen mit mehreren Universitätsmitgliedern sowie erbosten Touristen; die Leute wedelten die Informationsbroschüren und gedruckten Führer, in denen die Öffnungszeiten angegeben waren, vor seiner Nase auf und ab, und forderten lautstark Einlaß.

Sky, die zusammen mit Rory Traynor im Büro des Direktors saß, ging noch einmal im Geiste ihre Möglichkeiten durch. Ihr stünde bestimmt ein Fischzug bevor, selbst wenn am Ende nur ein in der ersten Person abgefaßtes Stück »Wie ich es geschafft habe, den Prinzen zu sehen« dabei herauskommen sollte – was nicht unbedingt dem Stil des *Courier* entsprach. Aber das war immerhin besser als nichts – zumindest hatte sie in dieser ersten Schlacht gesiegt.

Allerdings verlor sie in bezug auf ihre eigentliche Arbeit – das Zusammensetzen sämtlicher Puzzleteile für den Hauptartikel –

allmählich den Mut: Selbst wenn sie den Prinzen ausklammerte, wäre es sicher alles andere als einfach, einen Artikel zu verfassen, der Drogen und Waffen und Verschwörungen zwischen Montana und Irland auf eine allgemein verständliche Weise miteinander verwob. Wahrscheinlich bräuchte sie dafür soviel Platz, wie er höchstens dem Verfasser eines Leitartikels im *New Yorker* zur Verfügung stand.

Wenigstens ging alles sehr schnell, so daß sie dem knickrigen Eigentümer des *Courier* nicht allzu lange auf der Tasche läge.

»Jetzt ist es bald soweit, was?« Der Direktor war über Mittag nach Hause gefahren, um sich umzuziehen, und nun war er, ausstaffiert wie eine Schaufensterpuppe einer Herrenboutique, zurückgekehrt. Man hatte ihnen gesagt, daß mit dem Besuch des Prinzen um drei Uhr zu rechnen war.

»Ganz alleine schlendre ich durch eine fremde Stadt...«

»Was?« Rupert de Burgh fuhr herum, als hätte er Schlittschuhe an.

»Nur die Ruhe, de Burgh.« Lynskey sah den Engländer erstaunt an. »Ich war nur ein bißchen ironisch.« Er unterzog die Reihen von Polizisten und Armeeangehörigen vor der Residenz der Präsidentin einer kritischen Musterung. »Ehrlich gesagt halte ich das alles für einen schlechten Witz. Hier sind wir mit einem sogenannten anonymen Gast, der auch anonym bleiben soll; und gleich rasen wir durch die Stadt, sämtliche Ampeln werden seinetwegen umgestellt, all das Zeug. Sicher ist die gesamte Pressemeute der Stadt hinter uns her, ehe wir überhaupt in die Parkgate Street eingebogen sind.«

Um nicht antworten zu müssen, ging de Burgh hinüber zu dem Wagen, der ihn und Lynskey durch die City fahren sollte. Er war sich bewußt, daß man ihm seine Nervosität anmerkte. Als er nach dem Telefonhörer griff, zwang er sich zur Ruhe. Nur noch eine Viertelstunde...

Hinter sich hörte er das Scharren von ungefähr sechs Dutzend Stiefeln auf dem Kies, als die Motorradstaffel die heißen Öfen bestieg. Er legte den Hörer wieder auf, ohne überhaupt gewählt zu haben, straffte sich und sah in Richtung der Tür, aus der die irische Präsidentin mit ihrem Besucher treten sollte. Doch statt der beiden begegnete er Fergus Lynskeys verwirrtem Blick.

Die Organisatoren der Amnesty-Konferenz – die um fünf Uhr anfangen sollte, weil man auf diese Weise den Veranstaltern der *Late Late Show* um einundzwanzig Uhr fünfzehn, deren einziger Gast Kebele sein würde, entgegenkam – schwirrten aufgeregt durch die Gegend. Dabei hatten sie selbst für den ganzen Wirbel gesorgt. Inzwischen ging es wie ein Lauffeuer durch die Reihen, daß ein geheimnisvoller Gast in Baldonnel gelandet, dort vom britischen Botschafter in Empfang genommen und mit dem Hubschrauber weiter nach Áras an Uachtaráin im Phoenix Park geflogen worden war. Außerdem hieß es, die Hälfte der Motorradstreifen der Stadt sei mit der Regelung des Verkehrs beauftragt, so daß man nicht viel Phantasie zum Erraten Seiner Hoheit brauchte.

Und nicht nur die Presse wußte Bescheid: Das effiziente, mündliche Dubliner Nachrichtensystem hatte dafür gesorgt, daß sich inzwischen eine beachtliche Menschenmenge vor der Konzerthalle drängelte. »Ich hoffe nur, daß man nicht mir die Schuld daran in die Schuhe schiebt.« Jill Tuffy blickte zufrieden in Richtung der Filmteams, die Leitern und Hocker heranschleppten, und ständig über die Drähte und Kabel der jeweils anderen Kameraleute stolperten. »Erzählt habe ich es niemandem.«

»Inzwischen ist es vollkommen egal, wie es herausgekommen ist.« Ihr Kollege sah sie von der Seite an. »Wäre nur schade, wenn sich unsere anderen Gäste zurückgesetzt fühlten angesichts dieses Spektakels.«

»Unsinn.« Die Frau warf einen Blick auf die Liste, die sie soeben studierte. »Diese Konferenz wird heute abend überall in Europa, nein, überall auf der Welt in den Nachrichten ausgestrahlt. Wieviel Uhr ist es? Ich möchte hören, ob schon etwas in der Dreiuhrsendung kommt.«

Toby de Burgh rann der Schweiß über die Stirn. Die drei Telefonzellen, von denen aus er seine Anrufe tätigen sollte, lagen dicht beieinander in der Nähe vom Leicester Square; aber trotzdem mußte er sich beeilen, wenn er die Aufgabe innerhalb der Sechsminutenfrist bewältigen wollte, die sein Bruder ihm gewährt hatte.

Zwei konnte er schon abhaken.

Er hatte die Dubliner Radiosender angerufen und das von seinem Bruder bestimmte Codewort genannt. Den ersten Sender warnte er vor einer angeblich bei McDonald's in der O'Connell Street plazierten Bombe, den zweiten vor einem geplanten Sprengstoffattentat bei McDonald's in der Grafton Street.

Nun eilte er so schnell wie möglich auf die dritte Zelle zu, wobei er immer wieder ängstlich über seine Schulter blickte, als sähen ihm die Menschen seine Gedanken an. Der Schweiß brannte in seinen Augen und unter seinem locker sitzenden Seidenhemd spürte er auch dort unangenehm kalt rinnende Bäche am Rücken. Es war einer dieser schwülen Londoner Tage, an denen die Luft dick wie Baumwolle erschien und an denen die Taxifahrer in kompletten Verkehrsstaus miteinander durch die geöffneten Fenster plauderten. »Heiliges Kanonenrohr«, murmelte er, als er sich durch die Blechschlange zwängte. »Warum mache ich überhaupt bei diesem Wahnsinn mit...?« Dann blickte er abermals über die Schulter, aus Furcht, es hätte ihn jemand gehört.

Endlich erreichte er die dritte Telefonzelle, die neben drei anderen am Ende einer kleinen Gasse stand.

Er warf zwei Pfundmünzen in den Schlitz.

Beim dritten Radiosender auf seiner Liste, RTE, ging man erst beim vierzehnten Läuten an den Apparat, und als er endlich seine Nachricht los wurde, klopfte ihm das Herz bis zum Hals. Dieses Mal war die Bombe angeblich bei Bewley in der George's Street plaziert.

Alle drei Restaurants lagen in sehr belebten Gegenden. Alle drei waren bis unter die Decke besetzt, und in allen dreien würde die Evakuierung alles andere als leicht sein.

Als sein Auftrag erledigt war, sank sein Adrenalinspiegel so plötzlich ab, daß er befürchtete, jeden Augenblick in Ohnmacht zu fallen. Er sah auf seine Uhr. Es war auf die Sekunde genau zehn vor drei.

Ebenfalls um zehn vor drei winkte ein gebeugter alter Mann, der trotz des herrlichen Sonnenscheins mit einer Wollmütze, Handschuhen und einem Schal bis übers Kinn bekleidet war, am Zentralbusbahnhof von Dublin ein Taxi heran. Obgleich er kein Gepäck bei sich trug, bat er den Fahrer, ihn zum Flughafen zu fahren. »Nehmen Sie Kreditkarten?« Als der Chauffeur ihm erklärte, daß das nicht in Frage kam, zog er einen Fünfzigdollarschein heraus. »Den habe ich immer für Notfälle dabei.«

»Sieht das hier vielleicht wie eine Wechselstube aus?« Der Fahrer musterte ihn im Rückspiegel.

»Egal.« Der alte Mann versank noch tiefer in seinem Schal. »Wären fünfzig Dollar für den Weg zum Flughafen genug?«

»Ich schätze schon.« Schulterzuckend fuhr der Taxifahrer los.

Flynn entspannte sich ein wenig. Er wäre bereits früher aufgebrochen, aber aus Furcht vor Entdeckung hatte er über eine Stunde in seinem Zimmer gesessen und überlegt, ob er die Operation abblasen sollte. Doch je mehr Zeit verging, um so deutlicher erkannte er, daß er in der Falle saß. Mit jeder Minute wurde die Chance, entdeckt zu werden, größer. Es war nicht nur der elende Zwischenfall mit dem Diebsgesindel. Seinem Dafürhalten nach hatte ihn auch diese Reporterin vom Rodeo erkannt.

Die Verbindung zu de Burgh klappte ebensowenig. Zweimal hatte er es telefonisch versucht, aber jedesmal hörte er, der Detective wäre nicht da. Beim dritten Anruf hatte Flynn eine Nachricht hinterlassen: John Mulqueen und sein Freund seien in einer dringenden Angelegenheit unterwegs, aber sie riefen wieder an. Etwas anderes konnte er unter den gegebenen Umständen nicht tun.

Der Taxifahrer verfluchte den Verkehr, als er an der Kreuzung Gardiner Street/North Circular Road in einen Stau geriet, wohingegen sich Flynns Laune ein wenig besserte: daß aus *diesem*

Abenteuer nichts geworden war, hieß keinesfalls, daß sich nicht irgendwann anders eine Gelegenheit böte. Schließlich wartete die Gerechtigkeit immerzu, daß jemand sie ordnungsgemäß vertrat. In der Ferne heulten Polizeisirenen auf, und er verkrampfte sich; doch dann wurde ihm klar, daß das Geräusch verklang, daß der Streifenwagen also in eine andere Richtung fuhr. Nur noch eine Stunde und er wäre in Sicherheit.

Joe Mason, der abermals die zerkratzte Brille trug, war bereits am Flughafen, wo er die Maschine nach Amsterdam bestieg. Er hatte keine Zeit mit Überlegen vergeudet, sondern nach Flynns Bericht sofort das Hotel verlassen.

Rupert de Burgh war nun allein mit seiner Aktion.

Bei der Überprüfung der Unterlagen hatte der Polizeibeamte, der die nach dem versuchten Geldraub konfiszierte AK47 ins Lager hatte bringen sollen, festgestellt, daß genau dieselbe Waffe bereits vor knapp einem Monat schon mal eingezogen wurde. Allerdings fand er nirgends einen Vermerk, weshalb sie jemand zwischenzeitlich dem Lager wieder entnommen hatte.

Als er weiterforschte, entdeckte er noch etwas Seltsames: Drei weitere Waffen – zwei Pistolen und ein zweites Maschinengewehr – fehlten ebenfalls.

In letzter Zeit hatten die Gárdaí bei der Suche nach IRA-Waffen- und -Munitionsdepots überall in der Republik einigen Erfolg gehabt und das Lager war so voll, daß das Fehlen von vier Stücken nicht groß auffiel. Vor allem, wenn man bedachte, unter welchem Personalmangel die Abteilung litt!

Er informierte seinen Vorgesetzten über die Angelegenheit, was dieser sofort weitergab.

Der Prinz und sein Gefolge kamen die North Circular Road herab und überquerten die große Kreuzung zur Dorset Street; die meisten Fußgänger, die es gewohnt waren, daß man die Hauptverkehrsstraßen häufig in Szenen aus *Starsky and Hutch* verwandelte, nahmen keine Notiz davon. Die Autofahrer jedoch, die aufgrund des dichten freitagnachmittäglichen Verkehrs sowieso kaum vorwärts kamen und nun auch noch von den dem Konvoi vorausfahrenden Polizisten auf Motorrädern zur Seite gewinkt wurden, waren weniger gelassen und veranstalteten ein wütendes Hupkonzert.

De Burgh saß hinter dem Steuer eines der Wagen an der Spitze der Kolonne, und Lynskey räkelte sich gemütlich neben ihm auf dem Beifahrersitz. Die hinter ihnen fahrende Motorradstaffel veranstaltete ein solches Getöse, daß Lynskey eher spürte als hörte, wie das Handy in seiner Hosentasche zu klingeln begann. Er nahm es in die Hand und zog die winzige Kunststoffantenne heraus. »Ja?«

Alles, was er hörte, war Knistern, Rauschen und dann nichts. »Ich verstehe Sie nicht, wer auch immer Sie sind«, brüllte er. »Rufen Sie in ein paar Minuten noch mal an. Wir haben soeben den Mountjoy Square erreicht.«

Er stellte das Telefon auf Standby und sah schulterzuckend hinüber zu de Burgh.

Vor der Konzerthalle hatten es sich Éamonn Vaughan und die BBC-Reporterin, die am vergangenen Nachmittag die glückliche Empfängerin von Jill Tuffys zweitem Anruf gewesen war, in Vaughans Wagen bequem gemacht. Ihre Kamerateams steckten in dem Gewimmel des Foyers.

Während sie ihre Notizen verglichen, preschte plötzlich ein zuvor gemütlich herantuckernder Polizeiwagen mit quietschenden Reifen los, ehe er mit Blaulicht und Sirenengeheul um die Ecke verschwand.

»Was war denn das?« Vaughan sprang aus dem Wagen und lauschte angestrengt. Inzwischen heulten mehrere Sirenen durch die Luft. »Es ist beinahe drei Uhr. Schnell! Schalte das Autoradio ein!« Eilig setzte er seine Kopfhörer auf.

»Oh, mein Gott!« Die Frau, die zwischen den Herrenregenmänteln bei Arnott's gestöbert hatte, sprang erschrocken zurück und riß ihr Baby aus seinem Buggy, als eine Flammenzunge aus einem der Mäntel am Ende der Stange schoß. Schreiend zerrte sie

den Buggy hinter sich her und stieß gegen einen Stapel Viyella-Hemden, der zusammenbrach, während Angestellte und Kunden kopflos durch die Gegend pesten. Ein geistesgegenwärtiger Azubi schnappte sich einen Feuerlöscher und machte das kleine Feuer aus – aber es war bereits zu spät. Die Frau und ihr Baby kreischten um die Wette, und die Menschen stürzten panisch auf die Türen zu.

Bei Clery's, weniger als eine Viertelmeile entfernt, hatte ein texanischer Tourist mittleren Alters weniger Glück als die Frau. Groß – in seiner Jugend war er ein Basketballspieler gewesen – und breit bis hin zu fett, griff er gerade nach einem Mantel, als die Bombe explodierte und ihm gegen die Wange schlug, so daß sein üppiges weißes Haar innerhalb weniger Sekunden in Flammen stand.

Es ging so schnell, daß seine Frau, die sich zehn Meter von ihm entfernt die Hemden ansah, erst etwas bemerkte, als sie den Schrei eines jungen Mädchens vernahm. Sie drehte sich gerade noch rechtzeitig um, um zu sehen, wie jemand ein schweres, wollenes Umhängetuch über den Kopf ihres Mannes warf. Eine Seite seines Gesichts sah aus wie ein gegrilltes Steak.

Die verschiedenen Nachrichten stürmten allzu schnell nacheinander auf ihn ein: Der Chief Superintendent vergrub den Kopf in den Händen und stieß einen Laut tiefster Qual aus. Die Bombenwarnungen hatten ihn von einem Bild abgelenkt, das sich in Zeitlupe vor seinem geistigen Auge zu formen begonnen hatte. Er zog einen Block heran und blickte auf das erste Blatt:

- AK47 tauchte bei dem Überfall auf den Supermarkt auf
- Pistole ebenfalls
- Pistole von Kindern gekauft, denen sie beim Diebstahl einer Tasche in die Hände fiel
- AK47 stammt bestimmt aus derselben Tasche
- Lynskeys Freundin hat Jerry Flynn erkannt. Paßt zu der Beschreibung des Touristen, dem die Tasche gestohlen worden ist

Er griff nach seinem Telefon: »Besorgen Sie mir die Namen von allen Leuten, die letzte Woche in dem Lagerraum gewesen sind. Vor allem von denen, die nicht dort arbeiten. Ich will die Antwort SOFORT!« Er warf den Hörer auf die Gabel zurück, woraufhin das Telefon losschrillte.

Währenddessen fühlte sich Sky in dem Museum lächerlicherweise wie ein aufgeregter Teenager. Sie hatte versucht, sich einzureden, daß es ihr ausschließlich um die Exklusivstory ging – aber wenn sie ehrlich war, lag der Grund für ihre Aufregung in dem bevorstehenden Zusammentreffen mit einem echten Prinzen.

»Was haben die Mitglieder von Königsfamilien nur an sich, das einem normalen Sterblichen fehlt?«

Der Direktor reagierte, als hätte sie ihn mit einer Nadel gepiekt. »Was meinen Sie damit?«

»Ach, nichts weiter. Sind Sie sicher, daß wir nicht weiter im Hintergrund bleiben sollten?« Sie blickte auf Rory Traynor, der so gelassen wirkte, als hätte er es jeden Tag mit Königen zu tun.

»Sie stehen gut da, wo Sie sind.« Der Direktor sah auf seine Uhr. »Jetzt müßte es jede Minute soweit sein.«

Und wie aufs Stichwort setzte draußen das Jaulen zahlreicher Sirenen ein.

»Himmel, er ist da!« Der Direktor rannte beinahe zur Tür, doch dann stürzte er an seinen selbsterkorenen Platz zurück.

»Beruhigen Sie sich, Declan.« Seltsamerweise wirkte seine Aufregung dämpfend auf Sky. »In drei oder vier Minuten ist alles vorbei.«

»Ach nein, er kann gerne länger bleiben. Nach der ganzen Inszenierung seinetwegen…«

»Wer?« Der Chief Superintendent sprang von seinem Stuhl. »Schnell! Sind Sie sicher, daß er der einzige war, der nicht dort arbeitet und in der letzten Woche im Lager war?«

Was auch immer die Person am anderen Ende der Leitung sagte, führte dazu, daß er den Telefonhörer fallen ließ, aus dem

Büro rannte und noch auf dem Weg in den Besprechungsraum auf sein Handy einzuhämmern begann. »Lynskey«, zischte er in das Mundstück. »Bist du allein?«

»Nein, Chief«, Lynskey verzog das Gesicht. »Wie du sicher hören kannst, sind wir von einem Drittel der Armee umringt. Wir fahren gerade vor dem Museum vor.« Die Motorradeskorte tauchte neben ihnen auf und der Rest dessen, was der Chief zu sagen hatte, ertrank im Dröhnen der Krafträder. »Was ist, Chief?« Lynskey trat auf die Straße, während hinter ihm der Prinz samt Gefolge unter dem ohrenbetäubenden Jubel der zügig anwachsenden Zuschauermenge ebenfalls aus dem Wagen stieg. Jetzt drang nur noch Rauschen an sein Ohr. Offenbar hatte der Chief aufgelegt.

Rupert de Burgh sah in die Richtung, aus der er Jerry Flynn erwartete. Der Alte hatte einen Bus samt Passagieren vor dem Trinity College kapern und unmittelbar vor der Ankunft des Prinzen an die Kreuzung Merrion Street/Merrion Square dirigieren sollen, um dann geradewegs in Richtung der Regierungsgebäude zu fahren, so daß die Polizei abgelenkt wäre von dem, was vor dem Museum geschah. Doch als er hinter Lynskey in Richtung des Prinzen ging, klopfte ihm das Herz bis zum Hals. Nirgends war auch nur die Spur von einem Bus in Sicht.

Er sah, daß der Prinz, statt geradewegs durch die Eisentore des Vorplatzes zu treten, stehengeblieben war, Hände schüttelte und mit einer Gruppe von Dubliner Bürgern und aufgeregten Touristen sprach, die von einer Phalanx von Polizisten umzingelt waren.

»Er hat eine Waffe«, improvisierte de Burgh, rannte hinter Lynskey her und packte ihn am Arm.

»Wer?« Lynskey wirbelte herum.

»Der Mann da drüben!« Er wies die Straße hinauf in Richtung eines ungepflegten Jugendlichen, der aus Neugier auf sie zueilte.

Abermals schrillte das Handy in Lynskeys Hand. »Was ist?« brüllte er hinein, während er den schnell näher kommenden Jugendlichen nicht aus den Augen ließ. Er konnte nirgends eine Waffe erkennen.

Wieder knisterte es, doch dann hörte er deutlich: »Laß de Burgh nicht in die Nähe des Prinzen.« Die Stimme in seinem Ohr überschlug sich. »Er ist unser Maulwurf.«

Inzwischen waren der Prinz und seine Leibwächter durch das Tor gegangen und schritten den Weg entlang. Lynskey sah, daß de Burgh unmittelbar hinter ihnen aufrückte. Die Hände des von de Burgh verdächtigten Jungen waren leer. Lynskey rannte los.

Er erreichte de Burgh genau in dem Augenblick, als dieser beim Prinzen und seiner Gruppe anlangte. Sie waren nur noch wenige Meter von der Tür und dem Empfangskomitee, das – zu Lynskeys Entsetzen – auch Sky MacPherson umfaßte, entfernt. Dann sah er, daß de Burghs Hand in seine Tasche fuhr.

Lynskey warf sich zwischen den Leibwächtern des Prinzen hindurch gegen den Rücken seines Kollegen, so daß dieser das Gleichgewicht genau in dem Augenblick verlor, als im Inneren des Museums eine Explosion ertönte. Die Leibwächter zogen den Prinzen zur Seite, aber Lynskey flog durch die Wucht seines Aufpralls zusammen mit de Burgh durch die Tür in die von Staub und Trümmern übersäte Galerie. Er warf noch einen kurzen Blick auf Skys verwirrtes Gesicht, ehe er zusammen mit seinem Kollegen auf den gefliesten Boden sackte.

De Burghs Plan war es gewesen, den Prinzen während der Bombenexplosion vor sich in das Museum zu stoßen und dann sowohl die schwere äußere als auch die innere Tür hinter sich ins Schloß zu ziehen. Ungefähr fünf Minuten hätte er Zeit gehabt, um den Prinzen zu zwingen, eine Entschuldigung für die britischen Greueltaten an Irland zu unterzeichnen – woraufhin er ihn mit einem einzigen Schuß niederstrecken wollte. Genau wie eine Gruppe von dreizehn unschuldigen Zivilisten von den Fallschirmspringern des Thronfolgers in Derry niedergemäht worden war.

Statt dessen ging es jetzt nur noch um ihn selbst.

Zwanzig Jahre der Planung und des geduldigen Wartens umsonst.

Aber zwanzig Jahre des unterdrückten Zorns verliehen de Burgh auch eine ungeahnte Kraft und Entschlossenheit. Er zielte mit den Fingern auf Lynskeys Augen und als sich sein Kollege instinktiv nach hinten bog, befreite er sich.

Lynskey flog durch die innere Tür, wodurch de Burgh genügend Zeit bekam, auf die Füße zu springen, die äußere Tür zu verriegeln und in dem Bruchteil einer Sekunde, ehe Lynskey wieder bei ihm war, seine Waffe aus der Jacke zu ziehen.

Langsam ließ Lynskey die eigene Pistole sinken und trat einen Schritt zurück.

Mit einer geschickten Bewegung seiner Schulter drückte de Burgh auch die innere Tür ins Schloß.

44

Alles hatte sich so schnell abgewickelt, daß Sky nicht einmal zum Schreien kam. In einem Augenblick hatte sie auf Zehenspitzen gestanden und dem Direktor über die Schulter gesehen, während sich der Prinz näherte – und im nächsten hatte es eine gewaltige Explosion gegeben, die Lynskey mitsamt seinem Kollegen ins Innere des Museums schleuderte. Die Neonlampen über ihren Köpfen waren erloschen und die halbe Decke stürzte inmitten eines gläsernen Wasserfalls herab, während gleichzeitig etwas Riesiges, Dunkles ein Stück neben ihr auf die Erde krachte. Wie gebannt von dem Kampf der beiden Männer auf dem Boden, wagte sie nicht, den Kopf zu drehen, um sich zu informieren.

Das Gefecht hatte nur wenige Sekunden gedauert und schon vollführte Lynskeys Gegner einen Satz zur Tür.

Man konnte kaum atmen: Die Luft war stickig von Fellen, Federn und Jahrhundertstaub. Sie bedeckte ihren Mund und ihre Nase mit einer Hand und wagte einen Blick darüber hinweg. Durch den sich legenden Trümmerhagel sah sie, daß der zweite

Mann an der geschlossenen Tür lehnte und mit einer Waffe auf sie zielte. Der riesige, dunkle Gegenstand war das Walskelett aus der oberen Galerie, das nun an dem Knochen der Schwanzflosse von der zerstörten Decke baumelte.

Neben ihr wurde ein Stöhnen laut. Der Direktor hockte auf den Knien, und aus einer Wunde an seiner Schläfe rann Blut über sein Gesicht. Ohne zu überlegen, bückte sie sich, um ihm behilflich zu sein, aber der Bewaffnete brüllte: »Bleiben Sie, wo Sie sind!«

»Lassen Sie sie, de Burgh.« Lynskeys Schritte knirschten auf dem Glas, als er zu ihr herüberkam. Auch er war immer noch bewaffnet, doch hielt er seine Pistole locker in der Hand. Paradoxerweise begann Skys Herz, als sie seine so gelassene und sachliche Stimme vernahm, furchtsam zu rasen. »Sie ist eine Zivilistin«, sagte Lynskey ruhig, »außer Ihnen und mir sind nur Zivilisten hier. Lassen Sie sie gehen.«

»Bleibt, wo ihr seid. *Ihr alle, ich warne euch…*« Der Mann namens de Burgh ging ein wenig in die Knie und preßte seinen Rücken fester gegen die Tür. Er hob seine Waffe, die er inzwischen in beiden Händen hielt.

»Wie viele Runden haben Sie, de Burgh? Wir sind hier drinnen zu siebt.« Lynskey trat vor Sky.

»Geh wieder hinter sie *und laß deine Waffe fallen.*« De Burgh verzog das Gesicht.

Lynskey streckte seinen Arm so weit wie möglich aus und nahm die Pistole theatralisch zwischen Daumen und Zeigefinger, ehe er sie fallen ließ.

Sky rechnete nach – die Tür war vor höchstens einer Minute ins Schloß gefallen. Wie durch einen Schleier hindurch nahm sie wahr, daß der Museumswärter, der stellvertretende Direktor, Traynor und die anderen beiden Angestellten hinter ihr und Lynskey kauerten. Absurderweise war das gelbe Polizeiband vor der Tür der Damentoilette noch intakt. Es sah wie eine fröhliche leuchtende Leitlinie aus. Jetzt erinnerte sie sich, wo sie diesem Mann zuvor schon einmal begegnet war. Er war der Polizist, der sie nach einem Ausweis gefragt hatte.

Erst jetzt nahm sie das keuchende, halb schluchzende Atmen des Direktors wahr, doch sie wagte nicht, sich noch einmal nach ihm umzudrehen. »Und was jetzt, de Burgh?« Lynskeys Stimme hatte einen leisen, beinahe hypnotisierenden Klang. »Sie können uns unmöglich alle umbringen, das wissen Sie. Warum lassen Sie die anderen nicht einfach gehen? Ich bleibe hier bei Ihnen, unbewaffnet! Lassen Sie sie gehen. Sie haben keine Chance mehr, das wissen Sie. Warum schicken Sie die Leute also nicht fort?« Er trat einen Schritt vor.

»Bleib, wo du *bist*!« De Burgh hob seine Waffe noch höher und zielte auf Lynskeys Stirn. »Stell dich neben sie.«

»Bitte sehr.« Lynskey trat noch einen Schritt auf ihn zu.

De Burgh senkte die Waffe ein wenig und schoß. Sky fuhr zusammen, als sie den durch den geschlossenen Raum mehrfach verstärkten Knall und das Splittern von Glas unmittelbar zu Lynskeys Füßen vernahm. Dieses Mal schrie sie, ebenso wie einer der Männer hinter ihr.

»Okay, okay!« Lynskey hob seine Hände und trat wieder neben sie.

Der Direktor brach zusammen und stürzte in das unter ihm liegende Glas.

»Er ist verletzt, er braucht Hilfe.«

Skys Schrei machte den Geiselnehmer nervös. »Halt die Klappe, halt die Klappe, halt die *Klappe*!« Wieder schoß er, dieses Mal in die Decke, wo er das baumelnde Walskelett traf. Aus dieser Nähe traf die Kugel mit solcher Wucht, daß sich die Halterung aufgrund der Erschütterung löste und das riesige Knochengerüst krachend auf die letzten noch nicht zerstörten Glasvitrinen im Erdgeschoß niederging.

Sky machte die Augen zu und sammelte ihren verbliebenen Mut, während ihr der Widerhall des Schusses ebenso wie das Splittern des Glases in den Ohren hing. Neben ihr wimmerte der Direktor leise vor sich hin.

»Wie viele Kugeln haben Sie jetzt noch, de Burgh?« fragte Lynskey, als das Getöse abebbte.

Seine leise Stimme schien seine Wirkung auf den Bewaffneten

nicht zu verfehlen. »Nun gut, ihr drei«, sagte er mit fester Stimme und winkte mit der Waffe den Angestellten des Museums, die hinter ihrem Vorgesetzten kauerten, »ihr nehmt jetzt den Verletzten und tragt ihn raus. Und du Lynskey, gehst solange rüber an die Wand.« Er zögerte. »Sie können auch weg«, sagte er an Rory Traynor gewandt.

Dann fuhr er herum zu Sky. »Sie bleiben hier, aber erst heben Sie die Waffe vom Boden auf und geben sie mir.«

Von draußen hörte Sky eine Stimme, die durch ein Megaphon zu sprechen schien; aber trotzdem war sie zu gedämpft, als daß sie die Worte verstand. Wenigstens ließ man sie in ihrem Elend nicht allein. Lynskeys Waffe fühlte sich wie ein Eisklumpen an, als sie sie vom Boden nahm, wie eine Opfergabe vor sich hielt und damit über das mit Scherben gepflasterte Niemandsland auf den Geiselnehmer zuwatete.

Er nahm sie beinahe beiläufig und schob sie in den Gürtel unter seinem offenen Jackett. Offenbar gewann er mit jeder Sekunde mehr Selbstvertrauen zurück. »Und jetzt«, sagte er zu ihr, »bleiben Sie hier bei mir. Ihr drei nehmt den Verletzten und bringt ihn raus. Wenn mir irgend etwas seltsam erscheint, während die Tür offen ist, erschieße ich die Frau. Und bitte denkt nicht, es wäre mir nicht ernst. Ich habe nichts mehr zu verlieren.«

»Lassen Sie sie auch gehen, de Burgh.« Wieder öffnete Lynskey den Mund auf seinem Posten an der Wand. »Warum ziehen Sie sie in die Sache mit hinein?«

»Zum letzten Mal, Lynskey, hältst du jetzt endlich das Maul? Ich ertrage dein Gelabere schon länger, als es überhaupt zumutbar ist.« Als sie neben ihm stand, bemerkte Sky zu ihrer Überraschung, daß er nach Zitrone roch.

Die drei verängstigten Männer beugten sich über den Direktor und hoben ihn, zwei an den Schultern und einer an den Füßen, langsam hoch. Beide Seiten seines Hemdkragens sowie ein Großteil seiner anderen Kleider waren blutgetränkt, und Sky wandte eilig den Blick von ihm ab: In dem Dämmerlicht sah er mit seinem klaffenden Mund und dem Kopf, der wie abgetrennt hin und her baumelte, aus, als hätte man ihn zu enthaupten versucht.

»Jetzt sage ich dir genau, was du machen wirst«, sagte die Stimme des Bewaffneten direkt an ihrem Ohr. »Ich werde die Tür einen Spaltbreit aufmachen und du streckst den Kopf raus. Aber du gehst nicht einen Schritt vor die Tür, kapiert? Du wirst denen, die da draußen sind, sagen, daß ein Verletzter raus soll. Das ist alles. Dann kommst du wieder rein. Ich stehe die ganze Zeit zehn Zentimeter hinter dir und ziele mit meiner Waffe direkt auf dein Gehirn. Ist das klar?«

In irgendeinem ihr bisher unbekannten Teil ihres Inneren fand Sky den Mut, zu sprechen. »Ja.«

Der Geiselnehmer trat zur Seite, denn auf diese Weise hatte er nicht nur sie, sondern zugleich Lynskey an der gegenüberliegenden Wand im Visier. Langsam öffnete er die innere Tür, und sie spürte seine Hand in ihrem Rücken, die sie vorwärts schob.

Langsam, den Rücken zur äußeren Tür, streckte er die Hand aus und schob den Riegel auf. Ein winziger Lichtstrahl fiel durch einen Spalt.

Dann machte sie nur wenige Meter von sich entfernt zu beiden Seiten der Tür mehrere Polizisten mit gezogenen Waffen aus. Ungefähr sechzehn Meter vor ihr stand eine Statue auf einem großen Steinsockel, hinter der weitere Polizisten auf der Lauer lagen, und hinter dem Zaun waren ungefähr zwanzig Einsatzwagen kreuz und quer geparkt. Der in Zivil gekleidete Mann mit dem Megaphon stand unmittelbar neben dem Tor.

Sie spürte den Druck der Hand des Bewaffneten in ihrem Kreuz. »Hallo«, rief sie. »Ein Verletzter kommt!« Der Druck der Hand in ihrem Rücken verstärkte sich und obgleich sie für den Bruchteil einer Sekunde in Versuchung war, einfach loszurennen, machte sie kehrt und ging in das Museum zurück. Gerade, bevor die Außenwelt wieder aus ihrem Blickfeld entschwand, sah sie, daß Éamonn Vaughan mit seinem Kamerateam vor dem Tor erschien.

Wieder drinnen wurde ihr befohlen, sich neben Lynskey an die Wand zu stellen, während de Burgh die drei Männer mit ihrer

Last, gefolgt von Rory Traynor, gehen ließ. Dann machte er die Tür wieder zu, so daß sie allein mit ihm und Lynskey erneut von der Außenwelt abgeschnitten war. Sie schob sich dichter an Lynskey und merkte, daß er ihr etwas, ein Stück Papier, zwischen die Finger schob. »Stellt euch nicht so dicht nebeneinander.« Zur Bekräftigung seiner Worte fuchtelte de Burgh mit seiner Waffe herum.

»Und jetzt?« Während er einen Schritt zur Seite trat, sprach Lynskey wieder in diesem ruhigen, hypnotisierenden Ton. »Es gibt keinen Ausweg.«

»O doch, und ob es den gibt!« De Burgh lächelte. »Ich fall nicht auf den Quatsch von einem glücklichen Ende herein – und werde zumindest kundtun, worum es mir geht.«

»Worum geht es Ihnen denn?« Sky befühlte verstohlen das Papier in ihrer Hand. Inzwischen war ihr klar, daß Lynskey ihr eine Nachricht zugeschoben hatte.

»So leicht kriegt ihr mich nicht...« setzte de Burgh an, als plötzlich Lynskeys Telefon klingelte.

De Burgh reagierte auf das Geräusch, als hätte er eine Kugel aus seiner eigenen Waffe abgekriegt. »Mach das Ding aus!«

»Sie sind ziemlich nervös.« Lynskey stellte das Handy ab und dann lehnte er sich, das Gerät immer noch in der Hand, lässig an die Wand. »Hören Sie, de Burgh, all Ihre Freunde sind bereits verhaftet worden, jeder einzelne. Es gibt nichts mehr für Sie alleine auszurichten. Das wissen Sie und das weiß ich, warum also vergeuden wir hier noch länger unsere Zeit?«

Draußen wurden die Appelle, oder was auch immer es war, ohne Unterbrechung fortgeführt.

Ohne de Burgh aus den Augen zu lassen, öffnete Sky langsam und vorsichtig mit Daumen und kleinem Finger das zusammengeknüllte Stück Papier. Sie hatte begriffen, daß es irgendwelche Instruktionen enthielt – und wenn sich die Gelegenheit ergäbe, wollte sie in der Lage sein, mit einem Blick die Botschaft zu erfassen. Die Konzentration auf eine so winzige und doch lebenswichtige Tätigkeit erfüllte sie ebenso wie Lynskeys warme Nähe und ruhige Gelassenheit mit einem Hauch von Zuversicht.

Die Welt war auf die Dimension dieses in dämmriges Licht getauchten Raums geschrumpft; irgendwie erschien diese Umgebung für ein so abstruses Erlebnis angemessen: der gigantische Wal, der wie ein zusammengebrochenes Gerüst auf dem Boden lag, das halbe Geweih zu Füßen des Geiselnehmers und das kleine Glasauge, das sie aus einem staubigen Nest neben ihr auf dem Boden anzustarren schien.

»Na schön.« De Burgh hatte sich wieder gefaßt. »Sie bleibt hier bei mir. Lynskey, du gehst raus und sagst ihnen, daß ich den Commissioner sehen will. Hier drin. Unbewaffnet und allein.«

»Sie sind der Boß.« Lynskey trat einen Schritt vor.

»Langsam, und die Hände über dem Kopf, wo ich sie sehen kann.« De Burgh hob seine Waffe und verfolgte jede Bewegung des Kollegen mit Argusaugen.

Langsam, Schritt für Schritt, die Hände über dem Kopf – Sky merkte, daß er immer noch das Telefon festhielt –, ging Lynskey zur Tür.

De Burghs Blicke folgten ihm. Als Lynskey näher kam, umkreiste er ihn, wobei er ständig eine Entfernung von ungefähr zwei Metern einhielt. Lynskey hatte den Ausgang inzwischen beinahe erreicht, streckte die Hand nach dem Türgriff aus und …

Sky schrie aus voller Kehle los.

De Burgh fuhr zu ihr herum.

Lynskey schleuderte ihm das Telefon ins Gesicht und machte einen Hechtsprung in Richtung der Waffe, die auf den Boden fiel. Dabei löste sich ein Schuß, doch glücklicherweise raste die Kugel, ohne jemanden zu treffen, durch die offene Tür der Männertoilette. Dann griff er de Burgh so unvermittelt und auf eine so professionelle Weise an, daß letzterem keine Chance blieb. Er wurde zu Boden geworfen, wo er auf dem Bauch liegen blieb. Lynskey drehte ihm den Arm auf den Rücken und nahm ihm seine eigene Waffe wieder ab.

Gleichzeitig wurde der Raum von Dutzenden bewaffneter Polizisten gestürmt.

Es war dunkel, aber noch nicht ganz Nacht – ein paar Sekunden lang hatte Sky nicht die geringste Ahnung, wo sie sich befand. Dann hörte sie Lynskeys tiefe, regelmäßige Atemzüge neben sich in dem schmalen Bett. Dem Licht nach zu urteilen mußten, seit sie eingeschlafen war, Stunden vergangen sein.

Sie lag reglos da und lauschte den Geräuschen der unter ihr liegenden Stadt. Die Ereignisse des Nachmittags erschienen ihr wie ein Horrortrip. Nach ihrer Rettung hatte sie sich geweigert, ins Krankenhaus oder auch nur zu einem Arzt zu fahren, obwohl sie sich mit Psychosachen genügend auskannte; irgendeine körperliche oder geistige Reaktion auf die Ereignisse würde schon noch kommen. Im Augenblick jedoch war sie von einem Gefühl dumpfen Friedens erfüllt.

Sofort nach dem Ereignis hatte sie darauf bestanden, vom nächstgelegenen Telefon aus, das, wie sich zeigte, im Büro des Museumsdirektors stand, ihrem Chef mitzuteilen, was vorgefallen war. Es erschien ihr eigenartig, dies in Gegenwart von Lynskey, einem anderen Polizisten und Éamonn Vaughan zu tun, der nicht behaupten konnte, daß sie ihm gegenüber Wort brach. Sie hatte sich sogar so weit im Griff, um ihm vor dem Museum in einem kurzen Interview Rede und Antwort zu stehen. Und gnädig Jimbos Entschuldigung anzunehmen für seine Blindheit.

Dann waren sie und Lynskey direkt vom Museum in seine Wohnung gefahren: Zum ersten Mal in seinem Leben hatte man ihn von einer Einsatzbesprechung – oder Zusammenfassung, an der er normalerweise hätte teilnehmen müssen – freigestellt.

Zuerst hatte sie gezögert, ihn zu begleiten, da sie es für besser hielt, in ihr Hotel zurückzufahren, dort ausgiebig zu duschen und anschließend die erforderlichen Telefonate zu erledigen. Aber noch während sie dies gesagt hatte, überkam sie eine melancholische Schläfrigkeit; aufgrund derer konnte Lynskey sie beschwatzen, sich doch lieber ihm anzuschließen. In seinem Appartement hatte er sie dann mit routinierten Handgriffen aus den Kleidern geschält, ihr eins seiner Hemden als Nachtgewand übergestreift und sie ins Bett gesteckt. Dann mußte sie – wie es schien, innerhalb von Sekunden – eingeschlafen sein.

Soweit sie bei der spärlichen Beleuchtung erkennen konnte, war seine winzige Wohnung recht spartanisch möbliert. Außer dem Bett stand in dem Raum lediglich ein schmaler, vom Boden bis zur Decke reichender Schrank, eine Truhe, die offenbar gleichzeitig als Ankleidetisch fungierte, ein Stuhl, auf dem sie ihre ordentlich zusammengelegten Kleider erspähte; auf ihrer Seite des Bettes befand sich ein Nachttisch mit einer Lampe, einem Telefon und einem altmodischen Wecker, den zwei glänzende Silberglocken krönten.

Sie merkte, daß ihre Hand weh tat und entdeckte, daß sie zur Faust geballt und unbeweglich war. Lynskeys Nachricht steckte immer noch zwischen ihren Fingern, mit denen sie, als Sky geschrien hatte, um de Burgh abzulenken, regelrecht verschmolzen war. War dies die erwartete Reaktion? Hatte sie nun vielleicht eine gelähmte Hand?

»Bist du wach?« Er sah sie reglos an.

»Ja.«

»Möchtest du eine Tasse Tee – tut mir leid, Kaffee, meine ich?«

»Sehr gern.« Merkwürdigerweise flüsterten sie.

Hinter sich spürte sie, daß er aus dem Bett glitt und zur Tür stolperte. Sie schob sich ein wenig dichter an den warmen Flecken, den er zurückgelassen hatte.

»Soll ich das Licht ausmachen?« Nach ungefähr fünf Minuten war er, zwei Becher in den Händen, wieder da.

»Nein, es ist schön so.« Sie schob ihr Kissen ein wenig höher und kuschelte sich hinein. Er hielt ihr einen der Becher hin; aber als sie ihn nehmen wollte, fiel ihr wieder ein, daß sich ihre Faust nicht öffnen ließ.

»Was ist mit deiner Hand, Sky?« Er stellte die beiden Becher auf den Boden und trat neben sie. »Zeig sie mir!« Sie ließ ihn die Hand nehmen und nach einer kurzen Untersuchung beugte er sich über sie und drehte die Nachttischlampe an. »Sie blutet ja. Was ist damit passiert?«

»Ich weiß es nicht. Aber ich kann sie nicht aufmachen – deine Nachricht ist immer noch drin.«

Er nahm ihre Hand und massierte sie rundum. Langsam spürte

sie eine angenehme Wärme, die von der Handfläche langsam in Richtung ihres Daumens kroch. Erst als er ihre Finger nach hinten bog, bemerkte sie die schmerzenden vier kleinen Halbmonde aus getrocknetem Blut in der Mitte. Der Zettel war zerdrückt und so fleckig, daß sie die Botschaft nicht mehr entziffern konnte. »Das ist jetzt erledigt.« Lynskey nahm ihr den Zettel ab.

»Was stand denn drauf?«

»Nichts weiter, vergiß es. Versuch, alles zu vergessen, was an diesem Nachmittag los war.«

»Ich muß noch meinen Artikel schreiben. Das, was ich am Telefon erzählt habe, war nur ein Kurzbericht.«

»Ja. Wie konnte ich so dumm sein?« Er grinste sie fröhlich an. »Und, willst du jetzt vielleicht deinen Kaffee?«

Sie lehnten sich nebeneinander in ihre Kissen zurück. »Bitte erzähl mir, was auf dem Zettel stand, Fergus.« Sky wandte ihren Blick nicht von der Decke ab.

Er zögerte – schindete mit Seufzen ein wenig Zeit – doch dann ermannte er sich: »Auf dem Zettel hätte gestanden, ich liebe dich.«

»Hätte gestanden?«

»Ja, es war einfach ein Stück Papier. Ich hoffte, dich damit abzulenken.«

Er liebte sie. Sky empfand keine Überraschung und kein jubelndes Glücksgefühl, aber zum ersten Mal rief diese Erklärung weder Angst noch Panik in ihr wach. »Ich denke, mir geht es genauso.«

»Du denkst es nur?« Wieder nahm sie sein Zögern wahr, doch dann stützte er sich halb auf einen Ellbogen und wandte sich ihr zu.

»Weißt du, so etwas zu sagen, fällt mir nicht gerade leicht.«

Er lächelte, schloß die Augen und lehnte sich wieder zurück, was genau die richtige Reaktion auf ihr Geständnis war. Hätte er sie in irgendeiner Weise bedrängt, wäre sie vielleicht geflohen. Das, was sie empfand, war ein noch sehr zerbrechliches Gefühl. Die warme Luft im Zimmer kroch um das schmale Bett und tauchte es in einen Kokon gemeinsamer Intimität, die sie bisher höchstens ein- oder zweimal, seit langen Jahren jedoch überhaupt nie mehr, erlebt hatte.

Ihr Kaffee war beinahe ausgetrunken, als ihr schwerfälliges Hirn plötzlich Probleme in einer Beziehung mit Lynskey aufwarf. Vielleicht stellten sie sich ja als unüberwindbar heraus? »Was ist mit der praktischen Seite?«

»Ich liebe dich, Sky.« Er wandte sich ihr zu und zog sich, damit sie einander in die Augen sehen konnten, gleichzeitig ein kleines Stück zurück.

Sky lächelte über seine Gewißheit. Das Lächeln begann unter ihren Fußsohlen und wanderte ihren Körper hinauf, bis es ihre Augen erreichte, und sie war sich sicher, daß es daraus nie wieder verflog. »Wäre es in Ordnung, wenn ich im Krankenhaus anrufen würde?« Für ein Gespräch über die Gründe dieses Lächelns war es noch zu früh. »Ich möchte nicht, daß Mom mich unvorbereitet in den Abendnachrichten sieht.«

»Nur zu.« Auch er lächelte, wandte jedoch seinen Blick wieder der Decke zu.

Als sie Johanna erreichte, waren auch ihre Großmutter und Hermana gerade dort, »und Buffy kommt jeden Augenblick vorbei. Inzwischen gleicht mein Zimmer dem einer Kongregation. Sky, vielleicht feiern wir heute abend sogar ein Fest.« Als Sky sie auf das, was sie vielleicht im Fernsehen zu sehen bekommen würde, möglichst schonend vorzubereiten begann, stellte sich die Nachricht bereits als alter Zopf heraus. »Fergus hat uns schon alles erzählt. Du bist eine Heldin, Sky, wir sind alle furchtbar stolz auf dich.«

Als sie die Zustimmung der anderen Damen aus dem Hintergrund vernahm, blickte Sky hinüber zu Lynskey, der gelassen seinen Becher Tee an die Lippen hob. »Wann hat er dich denn angerufen?«

»Oh, bereits vor einer Ewigkeit. Auch er lobt dich über den grünen Klee, Sky. Nimm ihn von uns allen ganz lieb in den Arm.«

»Wann findet Daniel Treacys Totenwache statt?« Sky fand es

sicherer, ein anderes Thema anzuschlagen. Inzwischen hatte sie keine Vorstellung mehr, welches Datum überhaupt war.

»Hmmm ...« Die Stimme ihrer Mutter bekam einen leicht nervösen Ton.

»Was ist los, Mom? Ist sie schon vorbei? Ist etwas passiert, was ich wissen sollte?«

»Hör zu, Sky, deine Großmutter möchte dich sprechen.«

Sky hörte Flüstern und nach einer kurzen Pause kam ihre Großmutter an den Apparat. »Sag etwas, Grandma!«

»Bitte versteh uns nicht falsch, Sky. Wir denken noch darüber nach und werden keine Entscheidung fällen, ohne nicht zuvor deine Meinung dazu einzuholen. Aber deine Mutter und ich – das heißt, wir alle hier, also auch Buffy und Hermana – hatten eine Idee. Wir haben uns gefragt, was du davon halten würdest, wenn wir alle uns, aus naheliegenden Gründen nicht sofort natürlich, übergangsweise um Daniels Frau kümmern würden, bis sie wieder halbwegs genesen ist?«

Ehe Sky sich auch nur fassen konnte, war abermals ihre Mutter am Apparat. »Was hältst du davon, Sky?« Ihre Stimme war so frisch, als käme sie gerade vom Gänseblümchenpflücken zurück, statt in einem Krankenhausgips eingezwängt zu sein. »Sieh es einfach als Projekt. Wie deine Grandma schon sagte, nicht sofort, denn schließlich liegen sowohl ich als auch die arme Midge noch im Krankenhaus. Und du mußt nichts damit zu tun haben, wenn du nicht willst, Sky. Mit ihrem ganzen Geld kann sie sich halb Butte kaufen. Und deine Grandma sagt, daß das Haus oben am Fuß der Berge einfach reizend ist. Jede Menge Platz – so daß wir Schwestern zu ihrer Pflege einstellen können, bis sie wieder auf die Beine kommt. Aber sie hat niemanden, Sky. Nur Geld. Wir würden alle helfen. Freda Little Calf hat eine Menge Erfahrung im Umgang mit Alkoholproblemen, das weißt du ...«

»Moment mal, Mom!« Sky hatte das Gefühl, als würde die Uhr zurückgedreht. Nichts war in den letzten drei Wochen passiert, kein Lynskey, kein Irland, keine Waffen, keine Kugeln, keine absurden Situationen, die sie zu bewältigen hatte. Sie war wieder am Ausgangspunkt der Beziehung zu ihrer Mutter angelangt.

Und doch sah mit einem Mal alles anders aus als zuvor. Plötzlich entdeckte sie ein Tor, durch das sie auf eine riesige grüne Wiese blickte: Sie brauchte sich nicht zu engagieren, wenn ihr nicht danach zumute war. »Ich halte das für eine großartige Idee.«

Die überraschte Stille am anderen Ende der Leitung war Zeugnis dessen, was sich zwischen ihnen abspielte. »Bist du noch dran? Mom?«

»Hast du ganz wirklich nichts dagegen?«

»Warum sollte ich? Bleibt Grandma etwa dort und hilft euch bei dem Projekt?«

»Nein«, ihre Mutter kicherte vergnügt. »Natürlich nicht. Sie hat ihr eigenes Leben in Irland. Aber sie wird so lange bleiben, bis die Sache läuft.«

»Du bist erstaunlich, Mom, weißt du das? Und ich hab' dich so lieb.«

Mit diesen Worten legte sie abrupt den Hörer auf, denn inzwischen rann ihr ein unaufhaltsamer Tränenstrom über die Wangen.

Lynskey nahm sie tröstend in seine Arme.

Danksagungen

Wie immer gab es viele, die mir über einen langen Zeitraum hinweg behilflich gewesen sind. Mein Dank gilt Mairéad Coyle vom Dubliner Conrad Hotel, Evanna McGilligan und Clare Tuohy von der kanadischen bzw. britischen Botschaft, Tim Kelly vom Dubliner Büro der Europäischen Kommission, Tom Davitt von der Rechtsabteilung, Gerry Martin vom Taekwondo-Zentrum, Phena O'Boyle vom Bord Iascaigh Mhara, Tierarzt Michael Hatton, Dr. Jim O'Connor, dem Leiter des Naturhistorischen Museums von Irland, meiner Mutter und meinem Vater, Bill und Maureen Purcell, von denen ich zahlreiche Details erfuhr. Dank auch an Ciarán Gavin vom Computer Workshop, der mir mehr als einmal geholfen hat, wenn ich zuviel von meinen Geräten verlangte, sowie an Michael Cuddihy, Tom McCaughran, Martin McGowan und meinen Freund, den Ornithologen Killian Mullarney.

In Montana danke ich Karen Huff, die so großzügig war, ihr Häuschen am Flathead Lake einer vollkommen Fremden zur Verfügung zu stellen – sowie John und Mary O'Conor, durch deren Vermittlung dies zustande kam. Auch Valerie Hemingway und Father Sarsfield O'Sullivan aus der Gemeinde Butte (und Béara) haben sich mir gegenüber ungemein gastfreundlich gezeigt. Darüber hinaus bin ich Ellen Crain vom Butte/Silber Bow Archiv sehr verbunden.

Herzlichen Dank all meinen lieben Freunden und Freundinnen, die mich während der ganzen Zeit nicht im Stich gelassen haben. Ich hoffe, niemand wird es mir verübeln, wenn meine besondere Erwähnung Pat Brennan, Treasa Davison, Gill Bowler, Frank und Patricia Byrne sowie Patricia Scanlan gilt, deren grenzenlose, beständige Ermutigung mir eine zuverlässige Stütze war.

Dank auch Macmillan in Australien, Neuseeland und London, vor allem Susan Robbins, Jill Rawnesly, Hazel Orme und meiner taktvollen Lektorin Suzanne Baboneau. Wie immer möchte ich ebenfalls Treasa Coady, Charles Pick und Martin Pick erwähnen, deren Unterstützung mich sämtliche Klippen sicher umschiffen ließ.

Und ohne Kevin, Adrian und Simon hätte meine Arbeit überhaupt keinen Sinn.

Schließlich danke ich den Northwest Airlines, die mich freundlicherweise auf meiner Reise zu Recherchen nach Montana in der Business Class haben fliegen lassen, so daß ich, wie Sky, in den Genuß der feudalen, geräumigen Sessel kam.